ANTONIA NEUMAYER

SELKIE

ROMAN

WILHELM HEYNE VERLAG
MÜNCHEN

FSC
www.fsc.org
MIX
Papier aus verantwortungsvollen Quellen
FSC® C083411

Verlagsgruppe Random House FSC® N001967

Originalausgabe 05/2017
Redaktion: Martina Vogl

Printed in Germany
Karten und Illustrationen: Andreas Hancock
Umschlaggestaltung: DAS ILLUSTRAT GbR, München
Satz: Leingärtner, Nabburg
Druck und Bindung: CPI books GmbH, Leck

ISBN: 978-3-453-31799-4

www.heyne.de

Shetland
Orkney

»As soon as the seal was clear of the water,
it reared up and its skin slipped down to the sand.
What had been a seal was a white skinned boy.«

»Sobald der letzte Wassertropfen von der Robbe
abgeperlt war, bäumte sie sich auf und ließ ihre Haut
im Sand zurück. Wo zuvor eine Robbe gewesen war,
stand nun ein hellhäutiger Junge.«

GEORGE MACKAY BROWN

Prolog

Der Junge konnte nicht schlafen.

Er versuchte es nun schon seit Stunden, wenigstens um dem Tosen des Wassers, dem heftigen Schaukeln des Schiffes und dem grollenden Donner von draußen für kurze Zeit zu entfliehen. Doch was er auch tat, ob er nun die Augen zusammenkniff oder sich sein kleines, weiches Kissen so fest er konnte aufs Ohr presste, nichts reichte aus, um das Wüten der Naturgewalten auch nur ansatzweise zu verharmlosen.

Es war furchtbar.

Bereits an Land hatte er Gewitter gehasst, doch er hätte niemals gedacht, dass es auf dem Meer so schlimm sein würde. Dass es sich auf dem Schiff anfühlen würde, als würden sie geradewegs durch die Hölle segeln.

Das Schiff neigte sich erneut quälend langsam zur Seite, diesmal stark genug, um die große Wasserflasche, die neben den beiden Kojen auf dem Boden lag, polternd gegen die gegenüberliegende Wand kullern zu lassen.

Fast gleichzeitig rollte ein weiterer tiefer Donner über das Schiff hinweg. Draußen auf dem Gang hörte der Junge hastige Schritte vorbeieilen, zusammen mit dem Klang aufgewühlter Stimmen.

Die Erwachsenen waren alle auf den Beinen. Die Eltern des Jungen sowie die Eltern seines besten Freundes – sie alle versuchten gemeinsam, das Schiff zu navigieren, es stabil zu halten und so wieder heil aus dem Sturm herauszubringen. Nur den beiden Kindern hatte man die Gefahr an Deck offenbar nicht zugetraut. Als sich die ersten dunklen Wolken blitzend am Horizont gezeigt hatten und der Wind langsam an Kraft gewonnen hatte, hatte man sie unter beruhigenden Worten ins Bett gebracht. Und so lag der Junge nun steif in seiner Koje, über seinem seit einer gefühlten Ewigkeit tief und fest schlafenden besten Freund.

Ihn schien der Lärm kein bisschen zu stören. Es war, als wäre das Heulen des Sturms sein Schlaflied und das Schaukeln des Schiffes seine Wiege.

Doch Henry war schon immer der unbekümmertere, der mutigere von beiden gewesen. Henry war der, der wie ein Eichhörnchen auf die höchsten Bäume und die dünnsten Äste kletterte, während er, der Jüngere, lieber vom sicheren Boden aus zusah. Henry war der, der selbst bei Wind noch lachend über die Reling des Segelbootes balancierte. Der das Wort Gefahr gar nicht kannte.

Und genau für diese Eigenschaften beneidete der Junge seinen besten Freund. Wie gerne hätte er jetzt auch einfach geschlafen, statt vor lauter Angst um sich selbst und seine Eltern oben an Deck immer weiter in Panik zu geraten.

Die Flasche rollte wieder zurück auf die andere Seite.

Der Junge zog seine Beine an den Körper und presste sich sein Kissen noch fester aufs Ohr, den Blick starr auf die dunkle Wand vor sich gerichtet. Doch es half nicht.

Obwohl das Kissen das Tosen des Wetters zu einem stetigen Rauschen abdämpfen konnte, ließ es das nicht enden wollende Schwanken des Schiffes nur noch stärker erscheinen.

Würde es bei einem solchen Wellengang nicht irgendwann einfach umkippen? Der Junge konnte sich an Bilder von Schiffen im Sturm erinnern, er hatte Filme gesehen und Bücher gelesen, in denen Schiffe kenterten und nur die Helden es schafften, sich mit letzter Kraft an Land zu schleppen.

Aber das waren ja nur Filme, oder?

Und diese Schiffe waren zumeist riesige, alte Fregatten mit Dutzenden von Soldaten darauf. Ihr Boot hingegen war fast neu und viel, viel kleiner. Das war doch etwas völlig anderes, oder?

Aber was würde passieren, wenn das Schiff wirklich umkippte? Würden seine Eltern an Deck den Halt verlieren und in das schwarze, brodelnde Wasser stürzen?

Gegen seinen Willen manifestierte sich das Bild des schrägen Schiffskörpers im Kopf des Jungen, wie er sich immer weiter dem Meer zuneigte, bis die Füße der Erwachsenen auf den nassen Holzplanken ausrutschten und ihre Körper haltlos wie Steine hinab ins Wasser stürzten und nie wieder auftauchten.

Nein, nein, nein!

Der Junge machte sich noch kleiner, kniff die Augen zusammen und schüttelte den Kopf. Das konnte nicht passieren! Schiffe waren zum Schwimmen gemacht, sie konnten nicht einfach umkippen!

Das Boot neigte sich wieder, diesmal so stark, dass es klang, als würde die Flasche senkrecht auf die andere Seite fallen. Vielleicht … vielleicht konnten Schiffe ja doch umkippen. Vielleicht hatte ihm das nur keiner gesagt. Was, wenn sie alle untergehen würden?

Der Junge setzte sich mit pochendem Herzen auf, lehnte sich über den Rand seiner Koje nach unten und versuchte, in der Dunkelheit seinen besten Freund zu erkennen. Er sah nicht viel von ihm, nur die Silhouette seines Kopfs und die weiße Decke, in die sein Körper gewickelt war, doch er schien noch immer seelenruhig zu schlafen.

»Hey, Henry«, flüsterte er. »Bist du wach?«

Keine Antwort. Also schlief er wirklich. Er hätte ihn nicht

einfach ignoriert, wenn er wach gewesen wäre, besonders nicht bei einem solchen Sturm. Der Junge richtete sich wieder auf und überlegte, ob er ihn aufwecken sollte. Aber wahrscheinlich wusste Henry auch nicht viel mehr als er selbst.

Er wollte zu seinem Vater. Wenn es jemanden gab, den er alles fragen konnte, dann ihn. Sein Vater würde ihm bestimmt erklären können, dass das Boot stabil war und nichts passieren würde. Vielleicht konnte er dann auch endlich einschlafen. Und selbst wenn nicht, alles war ihm lieber, als weiter hellwach und untätig in der Koje liegen zu müssen.

Der Junge setzte sich vorsichtig auf, wenigstens so weit es möglich war, ohne mit dem Kopf gegen die Decke zu knallen, schwang die Beine aus dem Bett und kletterte über die schmale Holzleiter hinab. Am Boden angekommen, hielt er einen Augenblick inne, die Hände fest um die Leiter gekrallt, bis er glaubte, dass sein Gleichgewicht sich halbwegs an das unregelmäßige Schwanken gewöhnt hatte.

Er würde es schaffen. Nach einem letzten Blick auf den schlafenden Henry ließ er die Leiter los und schlüpfte hinaus auf den Gang.

Dort war es viel heller als in der stockdunklen Kajüte. An den glatten Holzwänden glommen in regelmäßigen Abständen warme gelbe Lampen, die, mehr aus dekorativen Zwecken, in Käfige aus dicken Eisenstangen eingefasst waren. Ihr Licht wurde auf dem matt glänzenden Teakholzboden von mehreren nassen Schuhabdrücken und kleinen Pfützen reflektiert. Weder links noch rechts war irgendjemand zu sehen. Wahrscheinlich waren die Erwachsenen nach wie vor an Deck.

Also gut. Der Gang war nicht allzu lang, und er kannte die Wege durch das Boot in- und auswendig. Es konnte nichts schiefgehen. Der Junge nahm einen letzten tiefen Atemzug, ehe er sich vorsichtig in Richtung Treppe aufmachte.

Der nasse Boden fühlte sich unter seinen nackten Füßen eiskalt an, und immer wieder neigte sich das Schiff so stark zur Seite, dass der Junge sich an der Wand abstützen musste, um nicht zu fallen.

Doch er würde nicht mehr umdrehen. Sein Vater, oder Henry, sie wären in einem solchen Moment doch auch weitergegangen!

Schritt für Schritt kämpfte er sich vorwärts, bis er die Treppe erreichte, die ihn an Deck führen würde. Hastig stieg er die glatten, nassen Stufen hinauf und stieß schließlich die schwere Tür nach draußen auf.

Ein eiskalter Schwall aus Wind und Wasser schlug ihm entgegen, sodass er die Tür nur mit Mühe weit genug aufdrücken konnte, um überhaupt hinauszukommen. Sobald er die Tür losließ, knallte sie hinter ihm zu, und er lehnte sich schwer atmend dagegen. Das Bild, das sich ihm auf dem Deck bot, wirkte wie ein Gemälde der Hölle selbst: Riesige Wellen türmten sich wie die Rücken von Ungeheuern unter den tintenschwarzen Wolken auf, aus denen hin und wieder gleißend helle Blitze ihren Weg ins Meer fanden.

Einige Meter vor ihm liefen drei in gelbe Öljacken gehüllte Gestalten hastig herum, während die Wellen gegen die Schiffswände brachen und sich spritzend über das ohnehin schon klitschnasse Deck ergossen. Der vierte Erwachsene war vermutlich am Steuerrad, das sich hinter dem Jungen, oben auf dem Aufbau, befand.

Vielleicht war es doch keine so gute Idee gewesen, heraufzukommen. Und wo war denn nun sein Vater? Durch den strömenden Regen und die Dunkelheit, die nur gelegentlich vom Licht der Blitze erhellt wurde, sahen alle Erwachsenen auf dem Deck gleichermaßen aus wie nasse, laufende Öljacken.

»Papa?«, rief der Junge, doch seine Stimme war viel zu leise, um über das Tosen von Wasser und Wind hinwegzukommen. »Papa!«

Er ließ den Blick seiner weit geöffneten Augen über die Szene vor sich schweifen, während er sich von der Tür abstieß und mit langsamen, wackeligen Schritten auf das Deck trat. Durch die Regenschauer nahm er nur undeutlich wahr, dass die Erwachsenen weiterhin umhereilten und sich hin und wieder einzelne Sätze zuriefen. Das Kind bemerkten sie überhaupt nicht.

»Papa?«, rief er erneut und zuckte zusammen, als ein weiterer, heller Blitz die Wolkendecke erhellte. Nur wenige Sekunden später rollte der zugehörige Donner über das Schiff hinweg.

»Was machst du denn da?«

Er hob den Kopf und sah sich hastig um, als ihn endlich der Klang der vertrauten Stimme erreichte.

»Papa!«, stieß der Junge freudig aus, als er sah, wie sein Vater sich von den anderen beiden gelben Gestalten löste und mit schnellen Schritten auf ihn zukam. Bei ihm angekommen, ging er in die Hocke und legte ihm vorsichtig seine kräftigen Hände auf die dünnen Arme.

»Wieso bist du denn nicht unten bei Henry?«, fragte er mit deutlicher Besorgnis in den grünen Augen. Sein dunkles braunes Haar war wirr und klebte in nassen Strähnen an Stirn und Schläfen.

Er sah müde aus, gestresst. Der Junge suchte nach dem entspannten Lächeln, das das Gesicht seines Vaters normalerweise erhellte, nach dem sicheren Ausdruck in seinen Augen, doch er fand nichts davon.

»Papa …«, sagte der Junge. »Ich kann nicht schlafen.«

Sein Vater warf einen hastigen Blick über seine Schulter, wo die anderen beiden Erwachsenen immer noch eilig ihre jeweiligen Aufgaben erfüllten. »Hör mal, mein Schatz«, sagte er dann, nahm das Gesicht des Jungen zärtlich in seine rauen Hände und sah ihn mit einem sanften Lächeln an. Es wirkte gezwungen. »Geh wieder runter, ja? Wir haben alles im Griff, du musst dir keine Sorgen machen. Das Wetter zieht schon wieder weiter, es ist bald vorbei.«

Der Junge blickte zum Bug des Schiffs, wo eine der zwei Gestalten nun direkt zu ihnen herübersah.

Er glaubte, die langen, hellen Haare und das Gesicht zu erkennen, das schon so oft voller Fürsorge, Liebe und Zärtlichkeit auf ihn herabgeblickt hatte. *Mama.* In ihren Augen spiegelte sich nichts als Sorge und Angst. Kippte das Schiff vielleicht doch um?

Der Junge sah wieder zu seinem Vater. »Bitte, geh wieder zu Henry. Mama und ich kommen euch holen, sobald das Meer wieder ruhiger ist. Versprochen.«

»Was ist, wenn das Schiff umkippt?«, fragte der Junge. Sein Vater schenkte ihm ein schmales Lächeln.

»Schiffe kippen nicht einfach um. Mach dir keine Sorgen.«

»Aber …«

Plötzlich ging ein heftiger Ruck durch das ganze Boot, stark genug, dass die Gestalt, die der Junge für Henrys Mutter hielt, das Gleichgewicht verlor und unbeholfen auf das harte Deck fiel. In den schrecklichen Sekunden nach dem Stoß schienen alle Rufe an Bord schlagartig zu verstummen, als würden sie von der wortlosen Frage nach dem Grund übertönt.

Der Junge blickte fragend zu seinem Vater, doch der starrte an ihm vorbei, die Augen so weit geöffnet, dass seine Iris als vollständiger Kreis zu sehen war. Das war nicht gut. Der Junge spürte, wie aufsteigende Panik sich wie eine kalte Hand um sein Herz legte und langsam zudrückte.

»Verdammte Scheiße!«, hörte er hinter sich Henrys Vater fluchen. »Gott im Himmel!«

»Was ist passiert?«, rief Henrys Mutter. Sie klang, als würde sie weinen. Der Junge sah, wie sie sich auf dem rutschigen Deck wieder auf die Füße kämpfte, die Hände nun fest an die Reling gekrallt, während das Schiff unter weiteren, kleineren Stößen erbebte.

Das Deck begann langsam, sich zur Seite zu neigen.

»Die Felsen …! Wir … wir waren irgendwie zu nah dran, wir sind aufgelaufen«, stieß Henrys Vater hervor, und obwohl seine Stimme kaum laut genug war, um über das brüllende Unwetter hinwegzukommen, war die Botschaft seiner Worte klar und deutlich zu verstehen.

Der Junge krallte sich angsterfüllt an den Ärmel seines Vaters. »Papa …« Das Schiff unter ihren Füßen ächzte und knarzte, während es sich immer weiter nach rechts neigte, dem schwarzen Meer zu.

Sein Vater reagierte endlich. Er stand auf, nahm die kleine, dünne Hand seines Sohnes in seine eigene.

»Wir brauchen das Beiboot!«, rief er den anderen zu. »Ich gehe Henry holen!«

Er packte die Hand des Jungen fester, und gemeinsam eilten sie auf die Tür zu, die unter Deck führte, als plötzlich ein letzter, heftiger Stoß durch das Schiff ging und es sich schlagartig nach links neigte.

Auf einmal war der Boden viel zu steil, viel zu glatt, um den Füßen noch Halt zu bieten. Eine der gelben Gestalten verlor unter einem hellen Aufschrei ihr Gleichgewicht, fiel der Länge nach hin und kullerte wie ein Stein das schräge Deck hinab, fiel haltlos über die Reling in das spritzende Wasser, ohne wieder aufzutauchen.

Sein Vater hob den Jungen in die Arme und preschte los, auf die rettende, erhöhte Seite des Decks zu. Er löste eine Hand vom Körper seines Sohnes, streckte sie nach vorn, um die Reling zu ergreifen, als er plötzlich auf dem klitschnassen Holz den Halt verlor und nach hinten wegrutschte.

Der Junge spürte einen schrecklichen Augenblick lang, wie

sie fielen, dann den harten Aufprall auf dem Deck, der ihn aus den Armen seines Vaters riss. Er sah nicht, was mit seinem Vater passierte oder was mit seiner Mama oder den anderen war, nur eine wirre Mischung aus Schwarz und Stahlgrau, aus Blitzlicht und vereinzelten gelben Öljacken, als sein Körper haltlos auf das brodelnde Wasser zurollte.

Kurz schien es ihm, als würde ihn ein Paar großer schwarzer Augen aus der Gischt heraus anfunkeln. Vorstellungen von Haien, Monstern und Seeungeheuern schossen durch seine panischen Gedanken, doch der Moment war viel zu schnell vorbei, sein Sturz viel zu rasch, um sagen zu können, was das Wesen in den Wellen war. Ob es ihm wehtun wollte. Ob es böse war.

Sein Körper schlug schmerzhaft gegen das Deck, und er drehte sich um die eigene Achse. Als das viel zu schnell näher rückende Wasser erneut in sein Sichtfeld trat, waren die seltsamen schwarzen Augen verschwunden.

»Papa! Mama!«, rief der Junge. Doch da war niemand, der ihn beschützen konnte, und ihm wurde mit entsetzlicher Klarheit bewusst, dass er ganz allein war. Verzweifelt suchten seine Hände nach Halt und griffen ins Leere, während das Schiff sich weiter neigte.

Er würde fallen.

»*Papa!*«, schrie er ein letztes Mal aus Leibeskräften, doch seine Stimme, das Toben von Wind und Regen, das gequälte Ächzen des Schiffes, all das wurde von tauber Dunkelheit verschluckt, als der Junge ungebremst in das eiskalte Wasser stürzte.

1

Zehn Jahre später

Bonnie! Hey, wo steckst du denn? Bonnie!«

Glasklare Wellen glitten in einem gleichmäßigen, ruhigen Rhythmus den groben Sand des Strandes herauf, leckten über abgerundete Felsen und ausgeblichene Stücke Treibholz und zogen sich schließlich still ins Meer zurück. Es war warm, bestimmt über zwanzig Grad, und weit oben, am wolkenlosen Himmel, erklangen die heiseren Schreie der Möwen. Das Meer war ruhig, der Wind nicht viel mehr als eine leichte Brise.

Eigentlich war es ein perfekter Tag.

Wenn nur dieses verdammte Schaf noch da wäre, wo es hingehörte.

»Bonnie!«

Der Strand wurde zusehends schmaler, und bald blieb Kate nichts anderes mehr übrig, als direkt durch das seichte Meerwasser zu laufen. Zum Glück hatte sie noch rechtzeitig daran gedacht, ihre Gummistiefel anzuziehen – denn obwohl es bereits Sommer war, war das Wasser eisig. Eine der logischen Folgen, wenn man auf einer kleinen Insel am nördlichsten Ende Schottlands lebte.

»Komm schon«, murmelte Kate genervt. Natürlich brachte es nicht allzu viel, ein entlaufenes Schaf beim Namen zu rufen und dann darauf zu warten, dass es fröhlich angetrottet kam, das wusste sie selbst. Aber die Suche dauerte nun schon fast eineinhalb Stunden, und ihrer Meinung nach wurde es langsam wirklich Zeit, dass Bonnie sich wieder blicken ließ.

Außerdem konnte es hier unten ziemlich ungemütlich werden, wenn die Flut erst zurückkam.

Die Wellen zu ihren Füßen brachten kleine braune Stücke Seegras mit sich, die wie muntere Fische umherschwammen und dann leblos an den Felsen und an ihren Stiefeln kleben blieben. Nachdem sie ein paar Meter weiter durch das niedrige Wasser getappt war, stieg sie auf einen flachen, glitschigen Felsen, der sich gerade so über das Wasser erhob, und sah sich kurz um.

Vor ihr lag nichts als das weite tiefblaue Meer mit den grauen und grünen Konturen der anderen Inseln in der Ferne, links und rechts von ihr erstreckte sich der schmale, teils von mit Algen bewachsenen Felsen bedeckte Strand. Hinter ihr ragte eine knapp drei Meter hohe Steilwand in den kitschig blauen Himmel hinein.

Was aber nirgends zu sehen war, war das Schaf.

Bei jedem anderen Tier der Herde wäre es vermutlich gar nicht erst aufgefallen, wenn es weggelaufen wäre, höchstens beim wöchentlichen Durchzählen. Bonnie war da leider ein wenig anders. Ihre Mutter hatte damals Zwillinge bekommen und sich dann dafür entschieden, dass sie nur ein Lämmchen haben wollte. Bonnie hatte sie einfach verstoßen, weshalb Kate und ihr Bruder das kleine Schaf mit der Flasche hatten aufziehen müssen.

In Anbetracht der Tatsache, dass Bonnie es nun als eine Art Hobby betrachtete, die Insel alle paar Wochen auf eigene Faust zu erkunden, statt einfach wie alle normalen Schafe bei ihrer Herde zu bleiben, war das wohl die falsche Art von Erziehung gewesen. Kate stieß ein frustriertes Schnauben aus. Wenn es so etwas wie böswillige Schafe gab, dann gehörte dieses Tierchen hier eindeutig dazu.

»Hey, Kate!«

Sie drehte sich überrascht um, als vom oberen Rand der Steilwand aus die vertraute Stimme ihres älteren Bruders ertönte. »Hast du sie gefunden?«, fragte er.

Die Nachmittagssonne strahlte so hell vom Himmel herab, dass Kate eine Hand über die Augen halten musste, um überhaupt etwas sehen zu können. Aber auch so erkannte sie von Gabriel nicht sehr viel mehr als die lichtumkränzte Silhouette seines Kopfes.

»Nein«, sagte sie. »Noch keine Spur. Bei dir auch nicht, oder?«

»Nee, keine Ahnung. Die kann ja nicht über Nacht nach Norwegen geschwommen sein«, sagte er, den Kopf nachdenklich zur Seite geneigt. »Vielleicht ist sie noch da, und unser alter Herr hat sie beim Zählen einfach übersehen.«

»Der würde eher drei zu viel als eins zu wenig zählen«, erwiderte Kate düster. Da die Küche heute Morgen bereits ziemlich nach Whisky gerochen hatte, war dieser Gedanke leider gar nicht so abwegig.

Gabriel lachte. Obwohl Kate ihre Worte weit weniger lustig fand als er, war es ein schönes Geräusch. In den letzten Wochen hatte Gabriel oft abwesend, manchmal fast niedergeschlagen gewirkt, und Kate war jedes Mal froh, wenn sich seine Stimmung besserte.

»Auch wieder wahr«, sagte Gabriel nun und seufzte. »Dann geh ich wohl mal weitersuchen. Viel Glück dir, sag Bescheid, wenn du was findest, Katy.«

»Mach ich.«

Er wandte sich ab und verschwand hinter dem Rand der Steilwand. Kate wollte gerade ebenfalls weitergehen, als aus ein paar Metern Entfernung ein leises Blöken ertönte.

»Gabriel!«, rief sie. »Warte mal!«

Sie warf einen Blick in die Richtung, aus der das Geräusch gekommen war, und sah dann erneut die Steilwand hinauf, wo nun wieder der Kopf ihres Bruders erschien.

»Was gibt's?«, fragte er.

»Ich glaub, sie ist hier unten!«, sagte Kate. »Ich hab sie gerade gehört!«

Wie um ihre Worte zu bestätigen, erklang die Stimme des Schafes ein zweites Mal, nun so laut, dass auch Gabriel es hören musste.

»Da unten?«, fragte er ungläubig, und obwohl sie sein Gesicht nicht sehen konnte, wusste sie, dass er eine Braue hochzog. »Verrücktes Schaf. Aber gut, wir kommen runter. Vielleicht hast du sie bis dahin.«

Als Gabriel erneut verschwand, senkte Kate den Blick und blinzelte ein paarmal, bis die bunten Flecken, die das helle Licht in ihr Sichtfeld gebrannt hatte, verschwunden waren und sie wieder klar sehen konnte.

Bonnie war also wirklich noch weiter gelangt als sonst. Es war ein gutes Stück von den Weiden bis hierher, und Kate wollte nicht wirklich daran denken, was passiert wäre, wenn sie das Biest nicht vor der nächsten Flut gefunden hätten. Schafe waren ihres Wissens nach nicht unbedingt die besten Langstreckenschwimmer.

Kate steckte sich ein paar lose Haarsträhnen hinters Ohr, warf ihren locker geflochtenen Zopf zurück über die Schulter und machte sich auf die Suche. Das Blöken war von links gekommen, wo ein paar große Felsen aus den niedrigen Wellen ragten. Wirklich weit weg konnte Bonnie ja nicht sein, also steckte sie höchstwahrscheinlich hinter einem der Steine und wartete darauf, dass man sie abholte.

Kate ging auf die Felsen zu und um sie herum, und tatsächlich entdeckte sie nur wenig später das schwarz-weiß gefleckte Schaf, das genüsslich an einem langen Strang Seetang knabberte und mit mäßigem Interesse aufsah, als Kate in sein Sichtfeld trat.

»Da bist du ja«, sagte Kate.

Bonnie starrte sie kauend an. Sie wirkte vollkommen entspannt, überhaupt nicht wie ein Schaf, das stundenlang von seiner Herde getrennt gewesen war. Kate trat einen Schritt zurück und blickte um die Felsen herum den Strand entlang, doch natürlich waren weder Hund noch Herrchen irgendwo zu sehen. Beide hatten die gelegentlich nervige Angewohnheit, sich auf ihren Wegen alle Zeit der Welt zu lassen und lieber dreißig Minuten zu spät zu kommen als auch nur fünf zu früh.

»Also, Bonnie …«, sagte sie und zog ein schmales Stück Treibholz aus dem flachen Wasser, um es dem Schaf sanft auf den wolligen Po zu klopfen. »Zurück nach Hause.«

Bonnie reagierte zwar zögerlich und ließ nur widerwillig von dem Seetang ab, mit dem sie gerade eben noch beschäftigt gewesen war, aber letztendlich gab sie nach, hopste zunächst recht ungnädig durch das seichte Wasser und begann dann, vor Kate her den Strand entlangzutrotten.

Gabriels struppiger schwarzer Hund kam ihnen erst entgegen, als sie schon die Hälfte des Weges hinter sich gebracht hatten. Unter freudigem Gebell rannte er mit seinen kurzen Beinchen auf sie zu und sprang sofort an Kates Jeans hoch, wo er sandige Pfotenabdrücke hinterließ. Anschließend waren Bonnies Beine dran. Das Schaf trabte mit ängstlich erhobenem Kopf an und verlangsamte seinen Schritt erst wieder, als von weiter vorne ein Pfiff ertönte und der kleine Hund folgsam von ihr abließ, um zu seinem Herrn zurückzukehren.

»Crab!«, rief Gabriel, als auch er endlich in Sichtweite kam. »Hör auf, die Schafe zu ärgern, die sind größer als du.«

»Ein ganz kleines bisschen«, bestätigte Kate mit einem ironischen Lächeln. Crab war vielleicht dreißig Zentimeter hoch und damit gerade einmal halb so groß wie die meisten ihrer Schafe. Aber was dem Hund an Körpergröße fehlte, das kompensierte er mit seinem überdimensionalen Ego, das ihm nach einiger Zeit auch den Respekt der Schafherde verschafft hatte.

»Da ist das kleine Monster ja«, sagte Gabriel, als er bei seiner Schwester ankam und kehrtmachte, um neben ihr hergehen zu können. Crab führte die kleine Gruppe mit hocherhobener Rute an.

»Und wir haben nicht mal ganze zwei Stunden gebraucht, um sie zu finden«, sagte Kate und begann beiläufig damit, Crabs sandige Fußabdrücke von ihrer Hose zu wischen.

Der Sand fiel unter den Flecken von Öl, Erde und Schafspucke, die sich dort im Laufe des Tages bereits angesammelt hatten, gar nicht weiter auf, aber es ging ihr um das schlichte Prinzip, nicht endgültig wie jemand auszusehen, der in seinem Leben noch keine Wäsche gewaschen hatte.

»Sorry wegen der Flecken«, sagte Gabriel mit einem Blick auf ihre Hose. »Nächstes Mal, wenn er das macht, zieh einfach kurz dein Knie hoch, dann lässt er's vielleicht irgendwann.«

»Der arme Hund.«

»Manche Männer lernen's halt nur so«, erklärte Gabriel grinsend und entblößte dabei die winzige Lücke zwischen seinen Schneidezähnen, außer seinen stets rauen Händen der einzige Makel an ihm.

Es war klar, dass Gabriel derjenige war, der die Schönheit ihrer Mutter vollständig geerbt hatte. Nahezu alles an ihm schien perfekt – seine sanften Gesichtszüge, seine Augen, die leuchteten wie der Himmel an einem wolkenlosen Sommertag, seine kinnlangen goldblonden Locken, selbst seine große, schlanke Statur. Ein paar der Mädels in der Schule auf der Hauptinsel sabberten beinahe auf den Fußboden, wenn er mit ihnen redete.

Leider war sich Gabriel dessen durchaus bewusst.

Kate hatte ihn weiß Gott wie oft dafür beneidet, dass er aussah wie ein gefallener Engel, während sie neben ihm zu einem kleinen grauen Entchen verblasste. Gut, das mit dem Entchen war vielleicht übertrieben, aber dennoch schwankten ihre Haare irgendwo zwischen braun und blond, ohne sich wirklich für eine der beiden Farben entscheiden zu können, und auch ihre Augen waren eher grau und farblos, ohne eine Spur des kräftigen, strahlenden Blaus, das Gabriel zweifellos von ihrer Mutter geerbt hatte. Zumindest ihre Figur war Kates Meinung nach in Ordnung.

Sie war insgesamt nicht unzufrieden mit ihrem Äußeren, aber zu wissen, dass sie dieselben Eltern hatte wie Gabriel und trotzdem nichts von dieser schieren Perfektion abbekommen hatte, ärgerte sie dann doch gelegentlich.

»Eigentlich blöd, dass wir sie so schnell gefunden haben, was?«, fragte ihr Bruder, nachdem sie ein paar Meter gegangen waren.

»Du meinst, du wärst lieber geschwommen, um sie dann heldenhaft aus den Fluten zu retten?«, fragte Kate mit einem halben Lächeln.

Gabriel schüttelte rasch den Kopf. »Nein, nein. Ich meinte, dass wir jetzt keine Ausrede mehr haben, um nicht heimzugehen … Ich glaube, er hat heute nicht seinen besten Tag. Whisky um sieben Uhr morgens und so weiter.«

Kate nickte. Sie benötigte nicht mehr als diese paar Worte ihres Bruders, um ganz genau zu wissen, von wem die Rede war. Und Gabriel hatte recht. Wenn ihr Vater bereits morgens anfing zu trinken, dann war das meistens ein ganz schlechtes Zeichen für seine Stimmung.

Dabei war er, als Gabriel und Kate noch Kinder gewesen waren, so lieb gewesen, so normal. Dann, vor ein paar Jahren, hatte ihn seine Frau verlassen, war plötzlich spurlos verschwunden.

Und was er nun einfach nicht überwinden konnte, war, dass sie nie anrief, weder Briefe noch Mails schrieb und erst recht nicht zu Besuch kam. Sie war weg.

Kate hatte ihre Mutter über alles geliebt, aber sie liebte auch ihren Vater. Und zu sehen, was in den letzten Jahren aus ihm geworden war – nicht viel mehr als ein angetrunkener Schatten seiner selbst –, machte sie gelegentlich wütend auf die Frau, die dafür verantwortlich war.

»Er wollte doch noch mit dir den Stall reparieren, oder?«, fragte Kate und warf ihrem Bruder einen kurzen Blick zu. Mittlerweile hatten sie den breiten Teil des Strands erreicht und damit auch den steilen, von rauem Gras bewachsenen Hang, der hinauf zu den Weiden führte.

»Ja, schon, den hat's beim letzten Sturm ja leider ziemlich zerlegt, und irgendwann muss es halt gemacht werden«, sagte Gabriel und stieg vor ihr den Hang hinauf. »Wir schieben das jetzt schon seit Wochen auf.«

Bonnie kletterte mit angestrengt wippendem Kopf neben ihnen her, dicht gefolgt von Crab, der ihr jedes Mal in die Fesseln zwickte, wenn sie ein klein wenig an Tempo verlor.

»Ich kann euch helfen«, bot Kate an, doch ihr Bruder winkte ab.

»Lass mal«, sagte er. »Kümmer du dich lieber darum, dass dieser gottverdammte Pick-up wieder anspringt. Der Alte wird wahnsinnig, wenn die Kiste heute Abend immer noch nicht läuft.«

»Ich helfe trotzdem«, protestierte Kate, die wenig Lust darauf hatte, sich erneut mit dem alten Auto zu beschäftigen. Es war ihr Hobby, an Motoren und Maschinen herumzubasteln, aber der Pick-up ihres Vaters hatte die lästige Angewohnheit, auch dann zu streiken, wenn eigentlich gar nichts kaputt war. »Wahnsinnig wird er wahrscheinlich so oder so.«

»Das wiederum liegt daran, dass er wahnsinnig *ist*.«

»*Gabriel!*«

»Na schön.« Ihr Bruder erreichte die Kante des Hangs, drehte sich um und ergriff ihre Hand, um sie zu sich hinaufzuziehen. »Du kannst helfen.«

»Außerdem hab ich mir das Ding schon vorhin angeschaut, und da lief er eigentlich ohne Probleme«, sagte Kate. »Ich hab also sehr wohl Zeit.«

»Wie du meinst. Wenn Katy um jeden Preis Ärger will, dann kann Katy natürlich Ärger haben«, sagte Gabriel neckend, aber mit einem liebevollen Lächeln auf den Lippen. Vermutlich war Kate das einzige Mädchen auf der Welt, das er nicht so behandelte, wie es ihm gerade am besten passte.

Sie sahen Bonnie dabei zu, wie auch sie das letzte Stück des Hanges erklomm, ihre Herde in einiger Entfernung auf der Wiese erblickte und dann eilig zurück zu ihren Artgenossen trabte. Die anderen Schafe begrüßten sie mit lautem Blöken, stoben aber auseinander wie eine Staubwolke, als Crab kläffend in ihre Mitte drang.

Kate warf ihrem Bruder einen Blick zu. Seine Augen wirkten von Weitem normal, doch bei genauerem Hinsehen erkannte sie auch jetzt den bedrückten, leeren Ausdruck in ihnen, der in den letzten Wochen immer öfter zu sehen gewesen war. Das strahlende Blau schien zu verblassen, abzustumpfen wie alte Buntglasfenster in einer verlassenen Kirche. Früher hätte Kate es nicht für möglich gehalten, dass ihr fröhlicher, stolzer Bruder so abwesend sein konnte, doch nun war es schon mehrmals vorgekommen, dass er minutenlang geradeaus starrte, ohne wirklich etwas zu sehen. Als würde er über etwas nachdenken, das nur ihn alleine etwas anging. Gelegentlich verschwand er sogar ein oder zwei Tage lang.

An und für sich wäre dieser Umstand nichts Ungewöhnliches gewesen, da Gabriel Freunde treffen und mit ihnen um die Häuser ziehen als eigenes Hobby betrachtete, aber Kate kannte die meisten seiner Kumpel und wusste daher, dass er in letzter Zeit eher Abstand zu ihnen hielt.

Irgendetwas stimmte nicht mit ihm, irgendetwas ging in ihm vor, doch sie hatte keine Ahnung, was es war. Sie hatte ihn natürlich schon gefragt, ob alles in Ordnung sei, ob es etwas gäbe, das ihn bedrückte, aber er hatte immer verneint und so getan, als wäre alles so wie immer.

Normalerweise sprachen sie über alles miteinander, besonders seitdem ihre Mutter gegangen war. Nun jedoch schien erstmals ein Problem in Gabriels Leben getreten zu sein, das er nicht einmal seiner eigenen Schwester anvertrauen wollte.

»Ist was?«, fragte Gabriel, als er ihren Blick bemerkte. Der unheimliche Ausdruck in seinen Augen verschwand so schnell wieder, wie er gekommen war, und wich einem schrägen Lächeln.

»Nein«, sagte Kate vielleicht etwas zu rasch und deutete auf Crab, der nach wie vor seinen Spaß daran hatte, die Schafe an einem neuen Formieren der Herde zu hindern. »Willst du ihn nicht rufen?«

»Und damit seine tyrannische Herrschaft über die Schafe beenden?«, fragte Gabriel grinsend.

»Zum Beispiel«, bestätigte sie und konnte es trotz ihrer Sorgen nicht verhindern, dass sich auch auf ihre Lippen ein Lächeln schlich.

»Ach, komm schon. Die Schafe sind eben die Einzigen, die überhaupt vor ihm weglaufen. Sogar die Möwen würden eher ihn fressen als andersrum.«

»Nur weil er andere drangsalieren *kann*, heißt das nicht, dass er das auch *soll*«, sagte sie nachdrücklich.

Gabriel lachte hellauf. »Ja. Theoretisch. Aber erklär das bitte mal ihm und nicht mir.«

Nach einem letzten Blick auf die Tiere wandten sie sich ab

und gingen auf das Moped zu, das sie in einigen Metern Entfernung am Wegesrand stehen gelassen hatten.

Die Insel, auf der sie lebten, war nicht sonderlich groß, hauptsächlich von Feldern, Weiden und Moor bedeckt und hatte etwa dreimal so viele Schafe und Rinder wie menschliche Einwohner, von Möwen und Robben ganz zu schweigen. Mit ihren knapp zwanzig Quadratmeilen Landfläche gehörte sie aber bereits zu einer der mittelgroßen Inseln Orkneys.

»Crab zu erziehen ist unmöglich, und das weißt du auch«, sagte Kate, während sie nebeneinander durch das tiefgrüne Gras der Weide gingen.

Gabriel hob gelassen die Schultern. »Natürlich weiß ich das. Aber du kannst es ja mal probieren. Ich hab gehört, manche Männer sind recht leicht zu beeinflussen, wenn eine Frau mit ihnen redet.«

Kate schnaubte. »Das funktioniert bei dem vielleicht mit einer Hündin, nicht mit mir.«

Sie hatten den Feldweg mit dem Moped gerade erreicht, als die aufgeregten Rufe eines Jungen zu ihnen drangen.

»Katherine! Gabriel!«

Kate warf ihrem Bruder einen irritierten Blick zu, den er jedoch nur mit einem kurzen, ebenso ratlosen Schulterzucken beantwortete.

»Kate!«, rief die Stimme nun, und wenig später kam die schlaksige Gestalt des Jungen hinter einem nahen Hügel hervor. Er überblickte hastig die Weiden, bis er Kate und Gabriel entdeckte und erleichtert auf sie zulief. »Gabriel! Da seid ihr ja!« Er kam ein paar Meter vor ihnen zum Stehen und sah mit vor Anstrengung geröteten Wangen zu ihnen auf.

»Terry«, stellte Gabriel fest. »Was ist los?«

»Ich hab euch gesucht«, sagte Terry zwischen zwei heftigen Atemzügen.

Der Hafenort, wo der Junge mit seinen Eltern wohnte, war knapp zwei Kilometer von der Weide entfernt. Wenn Terry den ganzen Weg über gerannt war, war es kein Wunder, dass er aus der Puste war.

»Aber warum? Ist etwas passiert?«, fragte Kate besorgt. Sie betete innerlich, dass es nichts mit ihrem Vater zu tun hatte.

Der Blick aus Terrys großen dunklen Augen huschte zu Gabriel, der nach wie vor fragend auf den Jungen herabsah.

»Äh, nicht richtig«, sagte Terry. »Also, schon. Da sind drei Männer an Land gekommen, die dich sehen wollen, Gabriel. Die meinten, du sollst zum Hafen kommen.« In seiner Stimme lag eine Dringlichkeit, die Kate zuvor noch nie bei dem sonst immer so fröhlichen Jungen erlebt hatte.

Sie sah zu ihrem Bruder, dessen Gesicht auf einen Schlag käseweiß geworden war. »Drei Männer?«, wiederholte er nahezu tonlos.

»Ja. Die sind mit einem ziemlich großen Schiff gekommen«, sagte Terry mit einem knappen Blick über die Schulter, als wäre das Ding mit gebleckten Zähnen hinter ihm her. »Ich war gerade in der Nähe vom Hafen, und da haben die mich gesehen und gesagt, dass ich dich suchen soll. Ich wusste ja, dass ihr bei den Schafen seid, deswegen bin ich gleich hergekommen.«

»Und die Herren kommen nicht auf die Idee, erst mal bei uns zu Hause nachzufragen?«, fragte Kate, der die Vorstellung, dass diese Kerle unbeteiligte Jungs über die halbe Insel hetzten, definitiv nicht gefiel.

Terry hob die Augenbrauen und schüttelte schnell den Kopf. »Ich glaub nicht, dass die gewusst haben, wo ihr wohnt, keine Ahnung. Die sahen nicht aus, als ob sie sich hier gut auskennen würden, und ich hab die davor auch noch nie hier gesehen.«

»Die sind mit einem großen Schiff da, sagst du?«, fragte Gabriel nach, was der Junge mit einem eifrigen Nicken bestätigte. »Und die wollten explizit mich sehen? Nicht unseren Vater oder so?«

»Nee. Die haben gefragt, ob ich weiß, ›wo Gabriel Corrigal sich zurzeit aufhält‹«, zitierte Terry in einem übertrieben gehobenen Tonfall. »Ich hab dann gesagt, dass du wahrscheinlich bei den Weiden bist, woraufhin die meinten, ich soll dich so schnell wie möglich zu ihnen bringen.«

»Scheinen ja sehr nett zu sein«, bemerkte Kate abfällig.

»Total«, sagte Terry mit einem angedeuteten Augenrollen. »Aber kennst du die überhaupt, Gabriel? Da war so ein älterer Kerl, ziemlich groß, und er sah ziemlich wichtig aus und dann noch so zwei Typen. Einer mit 'nem Bart, wie ein Pirat oder so was. Und der andere ... Ich weiß nicht, der sah ein bisschen so aus, als ob er in einem Film über die Börse den Bösen spielen würde.« Während er die Männer beschrieb, gestikulierte Terry etwas wirr herum, deutete erst mit der flachen Hand in die Luft weit über sich, wohl um die Größe des älteren Mannes zu unterstreichen, und fuhr sich dann am Kinn entlang, um den besagten Bart anzudeuten. »Ziemlich groß und irgendwie ... glatt, weißt du? Könnte auch Versicherungen verkaufen«, fügte er hinzu.

Gabriels Gesicht hatte inzwischen die Farbe der Innenseite einer Muschel angenommen.

»Haben sie auch gesagt, was sie wollen?«, fragte Kate, doch ihr Bruder schüttelte knapp den Kopf, als Terry zu einer Antwort ausholen wollte.

»Lass es, Kate. Ich weiß, wer das ist«, sagte Gabriel ernst, doch sie konnte hören, dass seine Stimme bebte. »Ich ... ich fahr kurz hin und seh nach, was sie wollen, dann hol ich dich hier – oder nein, geh einfach mit Terry zurück ins Dorf oder nach Hause ... Ich komm dann später nach.«

Kate legte rasch eine Hand auf seinen Arm, als er ein Bein

über das Moped schwang und den Schlüssel aus der Tasche seiner Jeans kramte. »Ich komme mit dir.«

Er schob ihre Hand sanft von sich und schenkte ihr ein schmales, angespanntes Lächeln. »Ich regel das alleine. Mach dir keine Sorgen.«

»Gabe, ich will dir nur helfen ...«

»Das geht nicht. Ich muss alleine da hin. Wirklich, es ...« Er schüttelte den Kopf, als er den Schlüssel in das Zündschloss steckte. »Es geht nicht anders. Sorry.«

Gabriel trat den Ständer des Mopeds nach hinten weg und drehte es mithilfe seiner Füße in die richtige Richtung. Dann startete er den Motor, warf Kate und Terry noch einen kurzen Blick zu und fuhr ohne ein weiteres Wort los, die beiden in einer Wolke aufgewirbelten Staubs hinter sich zurücklassend.

Crab, den die Schafe letztendlich wohl doch gelangweilt hatten, bemerkte erst viel zu spät, dass sein Herrchen soeben ohne ihn abgehauen war. Er rannte zunächst bellend hinter dem Moped her, gab es aber nach einigen Metern wieder auf und kehrte mit hängenden Ohren zu Terry und Kate zurück.

»Es geht nicht anders?«, wiederholte sie ungläubig Gabriels Worte, als ihr Bruder um eine Kurve fuhr und hinter dem kleinen Hügel verschwand, hinter dem Terry zuvor aufgetaucht war. »Was war denn das gerade?«

Irgendetwas stimmte hier doch vorne und hinten nicht. Hatte die plötzliche Ankunft dieser Männer vielleicht mit der seltsamen Stimmung zu tun, die Gabriel in letzter Zeit immer wieder an den Tag legte? So wie er eben reagiert hatte, schien ihr das nicht unwahrscheinlich. Langsam hatte Kate ein mehr als nur ungutes Gefühl in der Magengegend.

Terry, der seinen Atem allmählich wieder im Griff hatte, schüttelte nachdenklich den Kopf. »Wir folgen ihm trotzdem, oder?«, fragte er mit einem kleinen Funkeln in den Augen und sprach damit genau das aus, was Kate sich ohnehin schon gedacht hatte.

»Natürlich folgen wir ihm«, sagte sie.

Sie wusste, dass sie, Crab und Terry keine Chance hatten, das Moped zu Fuß einzuholen, aber das hier war eine Insel, und Gabriel konnte sich ja nicht einfach in Luft auflösen. Vielleicht war die Hälfte der Sache schon gelaufen, wenn sie beim Dorf ankamen, aber selbst das war besser, als hier herumzustehen und keine Ahnung zu haben, was das für Kerle waren, die einfach so auf die Insel spazierten und nach ihrem Bruder verlangten.

»Also los«, sagte Terry, und unter Crabs heiserem Kläffen setzten sie sich in Bewegung.

Sie liefen so rasch sie konnten, ohne nach wenigen Metern aus der Puste zu geraten, aber auch so waren sie nicht einmal halb so schnell unterwegs wie Gabriel.

Im Winter wäre es möglich gewesen, einige Abkürzungen zu nehmen, doch jetzt, wo die meisten Weiden für das Vieh umzäunt waren und auf den Feldern hüfthoch Getreide wuchs, waren sie gezwungen, dem Weg mit seinen zahlreichen Biegungen zu folgen, was sie zusätzlich Zeit und Kraft kostete.

Als das Dorf näher rückte, war von Gabriels Moped natürlich weit und breit nichts mehr zu sehen. Ein paar Minuten später erreichten sie endlich die geteerte Straße, die sie an den Wohnhäusern des Ortes vorbei zum Hafen führen würde. Erst hier fielen sie nebeneinander in ein schnelles Gehen.

»Siehst du, da ist das Schiff«, sagte Terry, sobald das Hafenbecken sichtbar war, und deutete auf einen mittelgroßen Fischkutter, auf dessen dunklen Bug in edel geschwungenen Buchstaben der Name *Sealgair* gepinselt worden war.

Kate nahm an, dass es ein gälisches Wort war, wusste aber nicht, was es bedeutete. Auf Orkney konnte ohnehin so gut wie niemand Gälisch.

Ganz so groß, wie Kate es sich nach Terrys Beschreibungen vorgestellt hatte, war das Ding nicht – es war insgesamt vielleicht elf oder zwölf Meter lang, mit einem kleinen Aufbau am hinteren Ende und einem zugedeckten Beiboot auf dem Deck. Der Kutter schien jedenfalls kein Schiff zu sein, mit dem man mehrere Tage lang unterwegs sein konnte, also mussten die Männer aus der Gegend stammen. Vielleicht kamen sie von Shetland oder von der schottischen Küste.

Terry und sie gingen rasch weiter, bogen um eine Häuserecke – und konnten schließlich den ganzen Hafen überblicken. Eine der Fähren, die mehrmals täglich hier vorbeikamen, legte gerade ab, vermutlich in Richtung der Hauptinsel. Ein paar der Inselbewohner, allesamt Menschen, die Kate schon ihr Leben lang kannte, lungerten am Rande des Hafengeländes herum oder saßen auf der kleinen Terrasse des Inselpubs, von wo aus sie gelegentlich neugierige Blicke zu Gabriel und den drei fremden Männern warfen, die sich dicht am Wasser konzentriert miteinander unterhielten.

Gabriel hielt dabei etwas Abstand zum Rest der Gruppe, als wären die drei Fremden Personen, mit denen er eigentlich nicht sprechen wollte. Der Wind drückte sein dünnes graues Shirt an seinen geraden Rücken und verriet so die deutliche Anspannung seiner Schultern.

Das ungute Gefühl, das Kate schon bei Gabriels fluchtartigem Wegfahren gehabt hatte, verstärkte sich zusehends.

Sie schritt mit Terry und Crab direkt auf die kleine Gruppe zu, ohne anzuhalten oder zu zögern. Erst als sie nur mehr einen Meter entfernt waren, unterbrachen die Männer ihre Unterhaltung, um den Neuankömmlingen entgegen zu sehen.

Auch Gabriel, der zuvor mit dem Rücken zu ihnen gestanden hatte, drehte sich jetzt um, die blauen Augen viel weiter geöffnet als sonst. »Äh, Kate …«, stellte er verwirrt fest und warf ihr, sobald er sein Gesicht wieder unter Kontrolle hatte, einen Blick zu, der ihr mehr als deutlich mitteilte, dass sie seiner Meinung nach nicht hätte herkommen sollen.

»Ihr kennt euch?«, fragte der jüngste der drei Männer und hob die dünnen Brauen an. Terrys Beschreibungen nach zu urteilen, war das wohl derjenige, der den Bösewicht in einem Börsenthriller spielen könnte, auch wenn dieses Urteil aus Kates Sicht nicht wirklich zutraf. Sie wusste nicht genau, was Terry ausgerechnet an die Börse hatte denken lassen, denn der junge Mann schien nicht viel älter zu sein als Gabriel, höchstens Anfang zwanzig.

Vielleicht war es das kurze, sorgfältig gescheitelte schwarze Haar gewesen, das Terrys Eindruck beeinflusst hatte, vielleicht aber auch die kristallblauen Augen, deren stechender Blick Kate und Terry geradewegs zu durchbohren schien.

Noch nie hatte Kate jemanden mit so hellen Augen gesehen – als das Sonnenlicht auf seine Iris traf, war sie blass wie Eis. Er sah eigentlich gut aus. Er hatte ein gerades, fein geschnittenes Gesicht mit hohen Wangenknochen, war groß und schlank, aber es schien eine Art starrer Kälte von ihm auszugehen, die Kate automatisch auf Abstand hielt.

Als sie ihren Blick auch über die beiden anderen Männer schweifen ließ, fiel ihr auf, dass alle drei recht muskulös wirkten. Zudem trugen sie alle die gleiche Kleidung: dünne schwarze Pullover mit einer uniformartigen marineblauen Jacke darüber, dazu Jeans und feste schwarze Stiefel. Auf die linke Brusttasche der Jacken war eine Art Logo gestickt worden. Kate erkannte ein Schwert und eine Art Vogel – eine Möwe? –, wollte aber nicht unhöflich starren. Was war man, wenn man so durch die Gegend lief? Ein selbst ernannter Ordnungshüter vielleicht?

Terrys Pirat, ein Mann mit Fünftagebart, den Kate auf Anfang, Mitte dreißig schätzte, ließ den Blick seiner bernsteinfarbenen

Augen langsam über Kates Körper wandern, zunächst ohne ihr direkt ins Gesicht zu sehen. Sie kämpfte gegen den Drang an, vor den Männern zurückzuweichen – sie würde standhaft bleiben und sich nicht einschüchtern lassen.

»Deine Freundin etwa?«, fragte der Pirat mit einer tiefen, rauen Stimme und einem schiefen Grinsen, das eine Reihe strahlend weißer Zähne entblößte. Erst jetzt fiel Kate auf, dass seine Kleidung sich ein wenig von der der beiden anderen abhob – um den Hals trug er ein schwarzes Tuch, das mit goldenen, rankenähnlichen Mustern verziert war, und an seinem rechten Ohr blitzten ein paar schimmernde Ringe unter dem wirren braunen Haar hervor.

»Meine Schwester. Und ein Freund von uns«, korrigierte Gabriel den Mann.

Kate konnte deutlich hören und sehen, wie angespannt ihr Bruder war. Sie hoffte, dass nur sie das wahrnahm, weil sie sich so nahestanden, und dass die Männer es nicht bemerkten.

»Wer? Der Hund oder der Junge?«, fragte der Kerl mit Tuch, und Gabriel geriet einen Moment ins Stocken.

»*Jack*«, zischte der Jüngste, und Jack hob entschuldigend die Hände, ohne dass das amüsierte Lächeln von seinen Lippen verschwand.

»Bitte vielmals um Vergebung«, sagte er und klang dabei keine Sekunde lang, als würde er es tatsächlich so meinen.

Nun erhob auch der Älteste der drei Männer mit einem strengen Räuspern die Stimme. Die beiden anderen verstummten augenblicklich wie gut abgerichtete Hunde.

»Miss Corrigal, nehme ich dann an?«, fragte der Mann und sah Kate dabei direkt ins Gesicht. Sein Blick war unheimlich – die Iris war fast genauso hell wie die des Jüngsten, nur noch gemischt mit einem milchig-weißen Ton, der seinen Augen zwar ein wenig von der unbewegten Kälte nahm, ihn aber keineswegs weniger bedrohlich aussehen ließ. Sein kurzes, ordentliches Haar war schneeweiß, obwohl er Kates Einschätzung nach nicht sehr viel älter als fünfzig sein konnte. Aber vielleicht täuschte sie sich da auch.

Kate nickte und warf den anderen beiden Männern einen knappen, fast schon Hilfe suchenden Blick zu. Ein Teil von ihr wünschte sich, dass sie für sie einsprangen, damit es nicht allein an ihr lag, dem Mann eine Antwort zu geben. Doch Jack sah ihr nun mit mildem Interesse ins Gesicht, während der jüngere Kerl stur geradeaus starrte, als wäre das andere Ende des Hafens plötzlich überaus spannend geworden.

Der Älteste, offenbar der Anführer, nickte ebenfalls. »Miss Corrigal, wenn Sie Gabriels Schwester sind, nehme ich stark an, dass Sie beide dieselbe Erziehung genossen haben«, sagte er. »Insofern gehe ich davon aus, dass Sie wissen, wie unhöflich es ist, sich unaufgefordert in eine bestehende Unterhaltung zu drängen, richtig?«

Kate war geradezu erschlagen von der Art und Weise, wie der Mann sprach. Heutzutage, wo man bei den meisten Leuten schon froh sein konnte, wenn sie grammatikalisch korrekte Sätze zustande brachten, gab es also tatsächlich noch Menschen, die ihre Sätze formulierten, als verkörperten sie die Hauptrolle in einem Historienfilm.

»Äh … Ja, natürlich weiß ich das …«, brachte sie hervor. Im Augenwinkel konnte sie Jack grinsen sehen. Na ganz toll. Was für einen perfekten ersten Eindruck sie doch machen konnte – sie hätte sich selbst am liebsten getreten.

»Es ist genauso unhöflich, einfach auf unserer Insel aufzutauchen und nach Gabriel zu verlangen, ohne zu sagen, was man überhaupt will«, warf Terry ein, und seine hohe Jungenstimme klang dabei erstaunlich selbstsicher.

Die Mundwinkel des Anführers zuckten. »Ich denke, Gabriel

weiß sehr wohl, was wir von ihm wollen. Ganz so überraschend war unser Besuch nun auch wieder nicht.«

Kate schaute zu ihrem Bruder. War das der Grund, aus dem Gabriel sich in letzter Zeit so eigenartig verhalten hatte? Aber warum hatte er ihr nie etwas von diesen Männern gesagt?

Gabriel erwiderte ihren Blick fast flehend und schüttelte kaum merklich den Kopf, doch sie konnte beim besten Willen nicht sagen, ob es nun ein »Glaub ihm nicht« oder ein »Tut mir leid, es ging nicht anders« war, das er ihr mitzuteilen versuchte.

»Und, was wollen Sie von meinem Bruder?«, fragte Kate den Anführer und blickte so herausfordernd, wie sie konnte, zu ihm auf. Sie schätzte ihn auf ein gutes Stück über eins achtzig, und so überragte er sie um einiges. »Warum sind Sie hier?«

»Ich denke, das geht die junge Lady nichts an«, antwortete Jack an seiner Stelle.

»Wenn es meinen Bruder etwas angeht, dann darf ich es ja wohl auch wissen«, entgegnete Kate stur.

»Geht's hier um Feminismus, oder ist das so was wie Geschwisterliebe?«, fragte Jack, eine seiner dunklen, dichten Augenbrauen bis zum Anschlag angehoben.

»Das ist nun wirklich völlig unerheblich, Dullahan«, knurrte der Anführer und wandte sich wieder an Kate. »Abgesehen davon stimmt es allerdings, dass es Dinge auf der Welt gibt, die Sie im Moment nicht zu interessieren haben. Und glauben Sie mir, es wäre mehr als ungut für Sie, Ihre Nase zu tief in fremde Angelegenheiten zu stecken.«

Kate zögerte eine Sekunde. War das gerade wirklich eine Drohung gewesen? Hier, am Hafen, in ihrem Dorf, ausgesprochen von einem alten Mann in Uniform, den sie zuvor noch nie gesehen hatte? Sie spürte, wie sich etwas in ihr verkrampfte. Es war alles so seltsam, so surreal. Seit wann kamen denn bitte unfreundliche Kerle in erfundenen Uniformen auf einem Fischkutter zu einer Insel mit nicht einmal dreihundert Einwohnern gefahren, außer vielleicht in schlechten Filmen?

Sie wollte gerade zu einer passenden Erwiderung ansetzen, als der Anführer weitersprach. »Alaric«, sagte er knapp, und der Blick des Jüngsten huschte zu ihm. Im direkten Vergleich bemerkte Kate, dass nicht nur die Augen, sondern auch die Gesichter der beiden deutlich Ähnlichkeiten miteinander aufwiesen. Wenn sie nicht alles täuschte, dann waren die beiden verwandt, und das nicht gerade entfernt. Vielleicht waren sie sogar Vater und Sohn.

»Sir?«, fragte Alaric und machte damit Kates Vermutung augenblicklich zunichte. Niemand sprach seinen eigenen Vater mit »Sir« an.

»Geh in den Pub und sieh nach, ob es dort eine Möglichkeit gibt, sich ungestört zu unterhalten. Ich kenne den Besitzer, er sollte wissen, wer du bist«, befahl der Anführer, woraufhin Alaric ein Nicken andeutete und ging.

Alaric. Der Name passte irgendwie zu den edlen Zügen des jungen Mannes.

»Sie müssen doch einen Grund haben, warum Sie hier sind!«, versuchte Terry es erneut, als die schwere Holztür des Pubs hinter Alaric ins Schloss gefallen war.

»Selbstverständlich gibt es einen Grund für unsere Anwesenheit«, sagte der Anführer, der mittlerweile den Eindruck machte, er sei von der Unterhaltung gelangweilt. »Das ändert jedoch nichts daran, dass wir sorgfältig aussuchen, mit wem wir gewisse Informationen teilen und mit wem nicht.«

»Aber …«, begann Terry, doch diesmal war es Gabriel, der ihn unterbrach.

»Lass es, Terry«, sagte er, und der Junge bedachte ihn mit einem empörten Blick, in dem mit fetten Großbuchstaben das Wort »Verräter« zu stehen schien. Kate konnte inzwischen nicht mehr anders, als darüber nachzudenken, was diese Kerle ihrem Bruder angedroht haben mochten, damit er eine solche Sache wochenlang vor ihr verschwieg. Sie konnten über *alles* miteinander reden, das wusste er doch! Vielleicht würde sie Gabriel einfach noch einmal fragen, wenn sie heute Abend zu Hause waren. Sie hatte bereits gemerkt, dass sie hier und jetzt nicht sehr viel weiterkommen würde.

So barsch, wie die Männer Terry und sie behandelt hatten, wollte sie aber trotzdem nicht ganz kampflos aufgeben.

»Können Sie uns nicht wenigstens sagen, *was* Sie überhaupt sind?«, fragte sie.

»Wir sind Menschen«, erwiderte Jack mit der Andeutung eines Lächelns.

Kate war sich nicht sicher, ob er nur versuchte, sie weiter hinzuhalten, oder ob er das wirklich für eine nennenswerte Information hielt. Wahrscheinlich war es Ersteres.

»Ich meinte die Uniform«, erklärte sie nachdrücklich.

»Dann solltest du aber vielleicht fragen, warum wir eine Uniform tragen, nicht, was wir sind«, sagte Jack ein wenig so, als würde er gerade mit einem kleinen Mädchen reden.

Vermutlich sah er das wirklich so, und das ärgerte Kate. Sie war siebzehn und wurde in nicht einmal zwei Monaten volljährig – sie war nun wirklich kein Kind mehr.

»Also gut, warum tragt ihr diese komischen Uniformen?«, fragte Terry herausfordernd.

Der Älteste starrte schweigend auf die geschlossene Tür des Pubs, als würde er bereits sehnsüchtig auf die Rückkehr Alarics warten.

»Wir finden das schick. Wichtige Leute tragen halt Uniformen oder Anzüge, aber Anzüge sind so schnell im Arsch«, erklärte Jack lapidar. »Deswegen Uniformen.«

Nun war klar, dass er sie nur hinhalten wollte, bis sie einen ruhigen Ort für ihr ominöses Gespräch gefunden hatten. Am liebsten hätte Kate ihren Bruder einfach an der Hand gepackt und wäre mit ihm gegangen. Sollten sich diese unsympathischen Typen doch jemand anderen suchen, nicht Gabe.

Aber bevor sie weiter darüber nachdenken konnte, schwang die Tür des Pubs auf, und Alaric kam heraus.

»Drinnen ist fast nichts los. Es gibt eine Nische, in der man sich unterhalten kann, vermutlich ohne dass jemand anders es hört«, berichtete Alaric im Näherkommen und blieb schließlich neben Kate, seinem Anführer gegenüber, stehen, ohne sie aber anzusehen. »Außerdem hat der Besitzer gesagt, es würde ihn freuen, Sie zu sehen, Sir.«

Kate hob die Brauen an – das war nun schon das zweite »Sir« gewesen. Sie war nach wie vor davon überzeugt, dass die beiden Männer miteinander verwandt sein mussten, und so kam ihr die förmliche Anrede ein wenig seltsam vor.

Den Anführer hingegen schien das nicht weiter zu stören. Er nickte. »Sehr schön. Dann werden wir diese Unterredung wohl dort zu Ende führen. Ihr folgt mir?«

Er warf Gabriel einen fordernden Blick zu und setzte sich dicht gefolgt von Alaric und Jack in Bewegung. Gabriel zögerte kurz und ging dann mit etwas Abstand hinter ihnen her, offenbar unsicher, ob er noch etwas zu Kate und Terry sagen sollte oder nicht.

Terry nahm ihm die Entscheidung ab. »Sollen wir mit reinkommen, Gabe?«, fragte er leise, aber offensichtlich hörten die drei anderen seine Worte trotzdem.

»Selbstverständlich kommt ihr *nicht* mit rein«, raunzte Jack über die Schulter nach hinten, als sie schon fast bei der Tür auf der kleinen Terrasse waren.

Kate, Terry und Crab ignorierten seine Worte und blieben dicht bei Gabriel, als er den Männern zum Pub folgte.

»Kate, es ist besser, wenn ihr heimgeht. Wirklich. Nimm das Moped, ich kann auch nach Hause laufen«, sagte ihr Bruder, und sein Blick wirkte etwas zerstreut, als der Anführer mit Alaric in den Pub trat, während Jack noch draußen wartete, um die Tür aufzuhalten.

»Für die Lady«, erklärte er und sah dabei Gabriel an.

»Also, ich komm dann nachher heim, Kate, ja?«, sagte der und bedachte seine Schwester mit einem dieser »Hör bitte einmal auf das, was ich sage und kletter nicht da hoch«-Blicke, über die große Geschwister von Geburt an zu verfügen schienen.

»Aber Gabe …«, protestierte sie schwach.

»Das ist nichts Schlimmes«, sagte er, wohl um sie zu beruhigen, doch sie glaubte ihm kein Wort. »In spätestens zwei Stunden bin ich zu Hause.«

Mit diesen Worten verschwand er im schummrigen Inneren des Pubs.

Terry machte natürlich prompt Anstalten, ihm zu folgen, aber Jack war ebenfalls in den Raum geschlüpft und hatte die Tür nun so weit geschlossen, dass Terry und Kate durch den Spalt nicht viel mehr als eine Hälfte seines Gesichts sehen konnten. Da waren einige kleine Narben an seiner Schläfe und Wange, die Kate zuvor noch nicht aufgefallen waren.

Crab versuchte, sich an Jacks Füßen vorbeizudrängen, um seinem Herrchen zu folgen, aber Jack schubste den kleinen Hund ohne viel Federlesen unsanft nach draußen.

»Also, Mädel«, sagte er mit einem kleinen Zwinkern in Kates Richtung. »War nett, dich kennenzulernen. Wir reißen deinem Bruder schon nicht sein hübsches blondes Köpfchen ab. Vielleicht tust du einfach, was er sagt, und gehst nach Hause. Und nimm deine beiden Streuner da mit.«

Kate konnte hören, wie Terry empört nach Luft schnappte.

Sie hielt ihm rasch eine Hand vor die Brust, um ihn davon abzuhalten, etwas Unüberlegtes zu sagen.

Jacks Blick blieb noch ein paar Sekunden an Kate hängen. Ein merkwürdiges Funkeln schien durch seine Augen zu huschen. »Und … wer weiß, Katherine«, sagte er, »vielleicht kreuzen sich unsere Wege in diesem Leben ja noch einmal.«

Ehe Kate etwas erwidern konnte, schloss Jack geräuschvoll die Tür.

»Woher kannte der deinen Namen?«, fragte Terry in die folgende Stille hinein.

Niemand schien mehr sprechen zu wollen nach diesem seltsamen Auftritt. Die Leute vor dem Pub und auf dem Hafenplatz waren schon länger verstummt, nur ein Tisch voll englischer Touristen hatte bis zuletzt munter weitergeplaudert und Fotos von sich und dem Hafen geschossen.

Kate schüttelte mit einem leichten Anflug von Ungeduld den Kopf. »Gabriel hat vorhin ›Kate‹ zu mir gesagt, da gibt's nicht viel mehr Möglichkeiten als das«, sagte sie zu Terry.

In Gedanken war sie aber damit beschäftigt, was wohl passieren würde, wenn sie den Männern einfach in den Pub folgte. Vermutlich würde es ihr gar nichts bringen – sie würden sie wohl einfach wieder rausschmeißen oder in der hintersten Ecke sitzen lassen, wie die lästige kleine Schwester, die sie nie hatte sein wollen.

Crab winselte leise und sprang mit seinen kleinen Pfoten an der Tür hoch. Er war es nicht gewohnt, dass Gabriel ihn einfach sitzen ließ; eine Sache, die der Hund mit Kate gemeinsam hatte.

Die Leute um sie herum auf der Terrasse wandten sich langsam wieder ihrem Bier oder Kaffee zu, ohne dass einer von ihnen Fragen stellte. Das allein war schon komisch auf einer Insel, auf der jeder eigentlich immer sofort über alles ganz genau Bescheid wissen wollten. Was war hier nur los?

»Und jetzt?«, fragte Terry.

Kate hob ratlos die Schultern. »Was sollen wir schon machen? Wir können nur warten, bis Gabriel wieder heimkommt. Und dann werde ich mal mit ihm reden, denke ich.«

»Und du glaubst, er wird dir sagen, was das alles soll?«, fragte Terry.

»Nein«, sagte Kate und schüttelte langsam den Kopf. »Nein, das glaube ich nicht.«

2

Kate hob zum zweiten Mal einen kleinen Kiesel vom Rand der asphaltierten Straße auf und warf ihn nach oben, wo er mit einem leisen Klacken von Terrys Fenster abprallte und schließlich zurück auf den Boden fiel. Sie sah zu der Scheibe auf, die die kleinen weißen Lichtpunkte der Sterne am Himmel spiegelte, doch dahinter blieb es dunkel – nichts rührte sich.

Verdammt.

Gabriel war erst spät am Abend nach Hause gekommen. Kate hatte keine Ahnung, ob er wirklich so lange mit den uniformierten Sympathiebomben des Jahrhunderts beschäftigt gewesen war, oder ob er vielleicht noch Zeit für sich gebraucht hatte und deswegen nicht gleich zurückgekommen war. Doch eigentlich war ihr das auch nicht sonderlich wichtig.

Im Moment erschien ihr viel wichtiger, dass sie mit ihrer Vermutung recht behalten hatte – Gabriel hatte ihr so gut wie gar nichts über die Männer oder den Grund ihrer Anwesenheit verraten. Was er hingegen ziemlich deutlich gesagt hatte, war, dass er gehen würde.

Er würde die Insel verlassen. Und zwar morgen.

Ungefähr für ein halbes Jahr, hatte er gesagt. Vielleicht auch länger.

Als Gabriel die Neuigkeit von seinem Weggang verkündet hatte, war Kate jedenfalls fast die Kinnlade heruntergefallen. Zunächst hatte sie gar nicht glauben können, dass er das wirklich ernst meinte. Sie hatte ihren Bruder mit all den Fragen gelöchert, die ihr in den Sinn gekommen waren: Wohin würde er gehen? Warum so lange? Warum, um alles in der Welt, ging er denn bitte *überhaupt?* Was war mit dem Studium, für das er Anfang Herbst eigentlich nach Glasgow hatte ziehen wollen? Warum hatte er ihr nie etwas von den Kerlen gesagt? Was konnte sie tun, um ihm aus der ganzen Sache rauszuhelfen? Um ihn hierzubehalten?

Gabriels Antworten waren sehr dürftig gewesen. Er hatte gesagt, er würde eben nächstes Jahr anfangen zu studieren, er sei ja noch nicht einmal zwanzig und habe noch Zeit. Er habe ihr nie etwas von seinen Plänen gesagt, weil er nicht darüber reden durfte und weil es Probleme gegeben hätte, wenn er es doch getan hätte. Sie könne nichts tun, es wäre jetzt eben so und ließe sich nicht mehr ändern.

Für Kate hatte es ausgesehen, als sei das empfindliche Glas in seinen Augen endgültig zu Scherben zersprungen. Sie hatte weiter nachgehakt, wieder und wieder, bald der Verzweiflung nahe, während Gabriels Gesichtsausdruck immer düsterer und er selbst immer abweisender geworden war. Das Einzige, das er schließlich von sich gegeben hatte, war, dass es bei der Sache um eine Art Sommerlager für ein paar ausgesuchte junge Männer von Orkney ging.

Also lief man wegen eines Sommerlagers heutzutage in Uniform rum und behandelte jede noch so kleine Information gleich wie ein Staatsgeheimnis, natürlich. Kate wusste genau, dass er gelogen hatte. Vermutlich hatte er es nicht mehr ertragen, ihr *überhaupt nichts* zu sagen. Kate konnte sich nicht erinnern, dass Gabriel sie zuvor jemals angelogen hatte. Zumindest nicht, wenn es um so etwas Wichtiges ging. Sie wusste nicht, was von beidem sie schlimmer gefunden hatte: die Lüge oder sein Schweigen.

Sie las den nächsten Kiesel vom Boden auf, diesmal ein etwas größeres Exemplar, und warf auch ihn in Richtung Fenster. Diesmal verfehlte der Stein sein Ziel komplett und prallte stattdessen von der Hauswand ab.

Irgendwann, wohl als ihm die verzweifelten Fragen seiner Schwester und der nahezu leere Blick seines schweigenden Vaters am Küchentisch zu viel geworden waren, hatte Gabriel fluchtartig die Küche verlassen, war in sein Zimmer gegangen und hatte die Tür hinter sich versperrt. Crab, Kate und ihr Vater waren zurückgeblieben; keiner von ihnen hatte versucht, ihm zu folgen.

Kate war sich sicher gewesen, dass ihr Bruder auf ein Klopfen ohnehin nicht reagiert hätte.

Ihr Vater hatte während des gesamten Wortwechsels seiner beiden Kinder stumm am Tisch gesessen, einen undefinierbaren Ausdruck in seinem Blick, als wären alle Versuche, Gabriel am Gehen zu hindern, ohnehin zwecklos, als habe er sich bereits damit abgefunden, dass sein einziger Sohn ihn verlassen würde, als habe er schon damit gerechnet, dass ihn dieses Schicksal eines Tages ereilen würde.

Nachdem Gabriel gegangen war, hatte Kate ihrem Vater einen Hilfe suchenden Blick zugeworfen und dabei erschrocken festgestellt, dass seine braunen Augen feucht gewesen waren. Sie hatte ihren Vater noch nie weinen sehen. Er hatte im Normalfall andere Flüssigkeiten als Tränen, um seine Trauer zum Ausdruck zu bringen, und diese hatten meistens Zahlen über zehn Prozent auf dem Etikett stehen. Wenig später war eine einsame Träne über seine hohle Wange gerollt.

»Tu ihr nichts an«, hatte er geflüstert, mehr zu sich selbst und dem hölzernen Küchentisch als zu seiner Tochter. »Vergiss nicht, wer du bist …«

Vergiss nicht, wer du bist.

Kate konnte sich noch immer keinen Reim aus seinen Worten machen, ging aber davon aus, dass er Gabriel gemeint hatte, nicht sie oder die Tischplatte. Sie hatte so vorsichtig wie möglich nachgefragt, doch ihr Vater hatte nur den Kopf geschüttelt und war dann ins Bett gewankt.

Sie warf den nächsten Kiesel, dann noch ein paar, aber obwohl einige der kleinen Steine tatsächlich Terrys Fenster trafen, rührte sich hinter der Scheibe überhaupt nichts, und der Raum blieb dunkel.

Was sollte sie denn noch machen, um Terry auf sich aufmerksam zu machen? Vielleicht einen Felsbrocken werfen?

Sie brauchte den Jungen!

Schließlich war auch Kate in ihr Zimmer gegangen – aber nicht, um schmollend auf dem Bett zu sitzen und sich wegen ihrem furchtbaren Schicksal selbst zu bemitleiden. Nein, sie hatte etwas tun müssen, *handeln*. Sie konnte auf gar keinen Fall tatenlos bei Crab und den Schafen herumsitzen, während Gabriel weiß Gott wo war und vielleicht Dinge tun musste, die er gar nicht wollte.

Er war ihr Bruder, die wichtigste Person auf der gesamten Welt, der Einzige, der sie besser kannte als sie sich selbst. Sie würde ihn nicht kampflos diesen glatt geleckten Vollidioten überlassen. Sie musste ihm helfen, egal wie. Sie hatte also zunächst einen Plan gebraucht. Und den hatte sie letztendlich gefunden.

Dieser Plan war wiederum der Grund dafür, dass sie nun mitten in der Nacht vor dem Haus von Terrys Eltern stand und Steine gegen ihre Fenster warf. Ihr Vorhaben war zugegebenermaßen waghalsig und konnte mit großer Wahrscheinlichkeit schiefgehen, aber eine bessere Idee hatte sie nun mal nicht.

Auf bloße Worte und Diskussionen schienen die uniformierten Herren ja nicht sonderlich gut anzuspringen, also musste eben gehandelt werden. Die Kerle waren ja auch selbst schuld, wenn sie im Gasthaus der Insel übernachteten und das Schiff völlig unbewacht im Hafen liegen ließen, anstatt Gabriel noch am selben Abend einzupacken und mitzunehmen.

Auf der Straße rührte sich etwas. Kate wirbelte herum, doch als sie nichts als eine getigerte Hauskatze sah, die mit einem kleinen toten Tier im Maul davonhuschte, atmete sie erleichtert auf. Sie musste um jeden Preis verhindern, dass jemand außer Terry mitbekam, was sie vorhatte. Ihr Zimmer zu Hause hatte sie abgesperrt hinterlassen – somit dürften ihr Vater und Gabriel kein Problem mehr darstellen. Wenn aber einer der anderen Dorfbewohner sie durch die Gegend schleichen sah, war das sehr, sehr schlecht für das Gelingen ihres schönen Plans, den sie sich innerhalb der letzten Stunden so sorgfältig zurechtgelegt hatte.

Er hatte vielleicht ein paar Lücken, und eine Alternative war auch nicht wirklich vorhanden, aber es war besser als nichts und … Es würde schon irgendwie klappen. Zumindest hoffte sie das.

Jedenfalls brachte ihr kein Plan der Welt etwas, wenn sie schon am ersten Schritt scheiterte – und das war in diesem Fall, Terry ans Fenster zu bekommen. Frustriert von seinem vorzeitigen Winterschlaf, hob Kate den nächsten Kiesel auf, warf, und das Fenster wurde knarrend geöffnet.

»Terry!«, stieß sie erschrocken aus, viel zu laut für die Stille der Nacht um sie herum. Zum Glück reagierte der Junge rechtzeitig und schaffte es gerade noch, sich wegzuducken, ehe der Stein auch schon an ihm vorbei in sein Zimmer flog. »O Gott. Entschuldige«, flüsterte Kate, froh, ihn nicht getroffen zu haben.

Terrys Kopf tauchte wieder im Fensterrahmen auf. Seine Haare waren zerzaust, und sein Blick wirkte trotz seiner schnellen

Reaktion gerade eben noch ziemlich verschlafen. »Wolltest du mich umbringen, Kate?«, fragte er mit einem schiefen Grinsen zu ihr herunter.

Sie hielt sich rasch einen Finger vor die Lippen. Wenn er so laut weiterredete, würden bald nicht nur seine Eltern, sondern auch die Nachbarn kommen, um nachzusehen, was dort draußen los war.

»Schon gut«, sagte Terry, nun etwas leiser als zuvor. Er streckte seinen Kopf aus dem Fenster und ließ seinen Blick über die dunkle Straße schweifen. »Was machst du denn hier? Hast du Gabriel gefragt, was das heute Nachmittag für Typen waren?«

Heute Nachmittag. Es klang so seltsam, dass sie noch vor Stunden mit Gabriel nach Bonnie gesucht hatte, wie sie es so oft taten, dass sie gescherzt hatten und alles normal gewesen war. Dann hatte sich innerhalb eines halben Tages plötzlich alles geändert, und nun stand sie unter Terrys Fenster und hatte ernsthaft vor, sich mitten in der Nacht auf das Schiff von drei unheimlichen, fremden Männern zu schleichen.

»Nicht wirklich ... Also, er hat schon was gesagt, aber nichts Gutes.«

Terry hob interessiert die Augenbrauen. »Und? Was war das?«

Kate nahm einen tiefen Atemzug. In ihrem Kopf meldeten sich sämtliche Zweifel zu Wort, die sie selbst von Anfang an gehabt hatte, doch jetzt war es zu spät, um einen Rückzieher zu machen. Sie hatte sich für diesen Plan entschieden, nun würde sie ihn auch durchführen.

Alles war besser, als morgen früh am Hafen zu stehen und hilflos dabei zuzusehen, wie der Kutter sich mit Gabriel an Bord in einen immer kleiner werdenden Punkt am Horizont verwandelte.

»Ich brauche deine Hilfe, Terry«, sagte sie. »Kannst du runterkommen?«

Terry stützte sich mit den Armen am Fensterrahmen ab, um sich noch weiter nach draußen lehnen zu können. »Bei was?«, fragte er hastig, als könne er kaum erwarten zu erfahren, was Kate wohl von ihm brauchen würde.

»Kann ich dir das später erklären? Bitte.« Als Terry zögerte, schob sie rasch hinterher: »Ähm, du musst natürlich nicht, aber kannst du bitte runterkommen? Also, nur wenn du willst. Und es muss auch nicht lange sein.«

Voller Hoffnung sah sie zu dem Jungen hoch. Terry war außer Gabriel der Einzige auf der Insel, dem sie voll und ganz vertraute. Er war zwar vier Jahre jünger als sie, aber Kate und Terry hatten sich bereits gut miteinander verstanden, als sie sich noch zum Spaß mit Dreck beworfen hatten, und daran hatte sich bis heute nichts geändert. Terry war einer von Kates besten Freunden hier – der Altersunterschied störte sie dabei wenig.

Natürlich hatte sie auch Freunde aus der Schule, die ihr waghalsiges Vorhaben nicht verraten hätten, aber keiner von ihnen lebte auf derselben Insel wie sie.

In ihrem Alter gab es hier nur noch Andrew, Gabriels besten Freund, der sich aber noch nie sonderlich für Kate interessiert hatte, und dessen feste Freundin Charlotte, die wirklich lieb, aber etwa so intelligent wie ein Schaf war. Ansonsten noch einige kleinere Kinder und ein paar Leute knapp über zwanzig, aber niemanden, mit dem Kate auch nur annähernd gut genug befreundet war, um ihn bei einer solchen Sache um Hilfe zu bitten.

Kate sah erneut zu Terry hoch. Er schien sich immer noch nicht sicher zu sein, ob er ihr helfen wollte. Kate konnte es ihm nicht verübeln – seine Eltern waren sehr strenge, disziplinierte Menschen, und sie wollte nicht wissen, was bei ihm zu Hause los war, wenn sie herausfanden, dass ihr Sohn nachts aus dem

Fenster stieg, um einem fast erwachsenen Mädchen bei einem lebensmüden und verbotenen Vorhaben zu helfen.

»Nur wenn wir aufpassen, dass uns niemand sieht«, sagte Terry schließlich und legte fragend den Kopf schief.

Kate spürte, wie sich ein kleines, erleichtertes Lächeln auf ihre Lippen legte. »Sowieso.«

Terry nickte zufrieden. »Gut. Dann komm ich jetzt runter«, verkündete er. »Ich muss mich nur umziehen. Und ... ich brauche meine Schuhe. Wartest du kurz?«

Kate sah sich um – sie hatte noch immer Angst, dass sie jemand sehen könnte, aber die Straße war nach wie vor verlassen, und bis die ersten Anwohner aufstanden, würden noch Stunden vergehen. »Klar«, sagte sie schließlich.

»Ich beeil mich auch«, versicherte Terry und verschwand in seinem Zimmer.

Kate hatte sich innerlich bereits auf eine längere Wartezeit eingestellt, doch es vergingen nur wenige Augenblicke bis Terry wieder auftauchte und eines seiner dünnen Beine aus dem Fenster schwang. Dann hielt er inne. »Soll ich noch irgendwas mitnehmen?«

»Nein, ich glaube nicht ...«, sagte Kate mit einer leichten Spur von Unsicherheit in der Stimme.

Hoffentlich hatte sie an alles gedacht. Die Dinge, die sie als nützlich erachtet hatte, wie etwas Wäsche und Geld, etwas zu essen und eine große Flasche Wasser, hatte sie bereits in ihren Rucksack gepackt, der nun beruhigend an ihrem Rücken hing. Ihr Handy hatte sie ebenfalls dabei. Es würde auf dem Meer die meiste Zeit über ziemlich nutzlos sein, aber sie fand es wichtig, es wenigstens dabeizuhaben. Nicht zuletzt wegen der Uhrzeit.

Zusätzlich hatte sie ein mittelgroßes Messer aus der Küche mitgenommen und es sorgfältig in einem Paar Socken versteckt.

Keinesfalls, weil sie irgendetwas damit abstechen wollte; sie fand einfach, dass man ein Messer dabeihaben sollte, wenn man sich heimlich auf eine semi-legale Mission begab. Vielleicht würde sie sich gegen jemanden verteidigen müssen? Sie glaubte es zwar nicht, wollte aber in jedem Fall vorbereitet sein.

Terry hatte mittlerweile seinen ganzen Körper aus dem Fenster im ersten Stock befördert und ließ sich nun vorsichtig herab. Als seine abgenutzten Turnschuhe nur noch einen knappen Meter über dem Boden baumelten, ließ er den Fensterrahmen los und landete leichtfüßig vor Kate.

»Geschafft«, verkündete er mit einem kleinen, selbstzufriedenen Grinsen im Gesicht. Kate verzichtete darauf, ihm mitzuteilen, dass er sein T-Shirt auf links trug. Wenn sie sich mitten in der Nacht innerhalb von dreißig Sekunden angezogen hätte, wäre ihr das vermutlich auch passiert, und sie wollte seinen Enthusiasmus nicht unnötig trüben. »Also gut, worum geht's?«

Kate umklammerte mit einer Hand den Riemen ihres Rucksacks. »Gehen wir erst mal ein Stück weg, ja?«, sagte sie mit einem Blick auf die anderen Fenster seines Hauses, die glücklicherweise alle dunkel geblieben waren. Auch bei den Nachbarn brannte nirgends Licht.

So weit, so gut.

Terry nickte eifrig und blieb an ihrer Seite, als sie rasch losging, einen schmalen Pfad entlang, der sie über einen kleinen Umweg zum Hafen führen würde. Und damit auch zu dem Kutter der drei Männer.

Kate zog ihr Handy aus der Hosentasche und warf einen raschen Blick darauf. Es war bereits nach zwei Uhr nachts.

»Jetzt sag mal«, sagte Terry, sobald sie etwas Abstand zu den Häusern gewonnen hatten. »Was ist los?«

Kate wusste, dass sie ihm nun wirklich eine Erklärung schuldig war, und so erzählte sie, was sich bei ihnen zu Hause abgespielt hatte, wobei sie ihren Vater und seine merkwürdige Reaktion aber so gut wie komplett ausließ. Sie wusste nicht, was er mit seinen Worten gemeint hatte, herrje, sie wusste ja nicht einmal, ob die Sätze *überhaupt* einen tieferen Sinn gehabt hatten. Aber besonders die Träne fand sie viel zu persönlich, viel zu intim, als dass sie jemandem davon erzählt hätte, der nicht zur Familie gehörte.

Terry hörte ihr gespannt zu, während sie redete, und seine dunklen Augen schienen stetig größer zu werden, als würde sie ihm gerade von einem spannenden Roman und nicht von echten Tatsachen berichten.

»Und du glaubst, Gabriel hat das ernst gemeint?«, fragte er, nachdem Kate geendet hatte. »Also will er wirklich morgen mit den Typen wegfahren, einfach so?«

»Natürlich hat er das ernst gemeint«, sagte Kate. »Du hättest ihn mal sehen sollen … Er war immer noch total blass und sah wirklich fertig aus. Und er scheint echt Angst vor diesen Kerlen zu haben. Ich glaube nicht, dass er freiwillig mit denen mitgeht.«

»Also drohen die ihm?«, fragte Terry gespannt. »So richtig? Wie in einem schlechten Krimi?«

»Terry, wenn diese Leute harmlos wären, hätte er uns doch schon mal was von denen erzählt, oder? Zumindest mir. Und erinnerst du dich noch an die Worte des Anführers? Er hat gesagt, Gabriel weiß, was sie wollen, und dass der Besuch nicht unangekündigt war. Und Gabe ist sofort leichenblass geworden, als du die Männer das erste Mal beschrieben hast. Wahrscheinlich war ihm schon länger klar, dass sie eines Tages kommen und ihn mitnehmen würden, er hat nur nie etwas davon erzählt.«

Terry sah nach vorne auf den Weg und nickte langsam. »Wow«, machte er dann nach ein paar Sekunden. »Ich hätte nicht gedacht, dass es so was wirklich gibt. Gefährlich aussehende Typen in Uniformen, die mal eben vorbeikommen und unsere Leute mitnehmen, ohne zu sagen, warum …«

»Ich eigentlich auch nicht«, sagte Kate. »Zumindest nicht hier. Ich meine, wir leben eigentlich ziemlich weit weg vom Rest der Welt, oder? Und trotzdem tauchen so komische Leute auf.«

»Vielleicht gerade deswegen«, murmelte Terry, und vermutlich lag er damit nicht ganz falsch.

Wem fiel es schon auf, wenn am Ende der Welt junge Männer verschleppt wurden?

Polizisten und Ähnliches bekam man hier ohnehin eher selten zu Gesicht, wer war also da, um zu sagen, was erlaubt war und was nicht? Meistens waren die Inselbewohner ganz gut darin, ihre Probleme selbst zu lösen, ohne Hilfe von außerhalb. Sie waren eine aufeinander angewiesene Gemeinschaft, und das wussten sie alle. Aber wenn Kate an die unbewegten Gesichter der Leute vor dem Pub zurückdachte, dann war ihr klar, dass diesmal etwas anders war als sonst.

»Und was willst du jetzt tun?«, fragte Terry und dämpfte die Stimme, als ihr kleiner Umweg in Richtung Hafen sie zurück auf eine größere, auf beiden Seiten von Häusern gesäumte Straße führte. Das unheilvolle Funkeln kehrte in seine Augen zurück. »Wir könnten Reißnägel vor ihre Zimmertüren legen. Wobei, das wäre zu auffällig … Oder wir tauschen die Milch im Gasthaus gegen alte aus … Aber wir kommen da nicht ran, oder? Aber irgendwie müssen wir die ja aufhalten. Hey, du kennst dich doch mit Motoren und so aus, wir könnten einfach das Boot lahmlegen, und dann sollen sie doch mal schauen, wie sie uns Gabriel wegnehmen …«

»Hey, Terry«, unterbrach Kate ihn vorsichtig, als sie merkte, dass er seinen Redeschwall wohl erst beenden würde, wenn er eine passende Lösung für das Problem mit den Fremden gefunden hatte. »Wir machen nichts davon. Wir können die so nicht aufhalten. Erstens denken die bestimmt gleich an uns, wenn ihr Boot nicht mehr geht, und zweitens werden sie dann eben fahren, sobald es repariert ist. Ich will Gabriel *wirklich* helfen oder zumindest rausfinden, was die genau vorhaben. Wenn ich Beweise finde, dass die Gabriel drohen oder so, dann können wir sie vielleicht anzeigen. Vielleicht decken wir da sogar eine größere Sache auf ... Und selbst wenn nicht: Das ist besser, als ihre Abreise ein, zwei Tage herauszuzögern und dann nichts mehr tun zu können.«

»Ja, klar. Natürlich wäre das irgendwie besser, aber eben nur *irgendwie*. Ich meine, wie willst du das denn anstellen? Wir können ja schlecht hinter denen her schwimmen, oder?«, meinte Terry nachdenklich.

»Ich gehe auf das Schiff«, platzte Kate heraus, ehe sie es verhindern konnte. Das war es dann also mit der langen, vernünftigen Erklärung, die sie sich in ihrem Kopf so sorgfältig zurechtgelegt hatte.

Terry schien ein paar Sekunden lang zu zögern. »Auf welches? Das von den Männern?«

Kate spürte, dass er sie ansah, hielt ihren eigenen Blick aber stur nach vorne gerichtet. Sie wusste ja selbst, wie bescheuert ihre Idee klingen musste, und wollte Terrys ungläubigen, vielleicht sogar entsetzten Gesichtsausdruck gar nicht erst sehen. »Ja.«

»Und was genau willst du da?«, hakte Terry weiter nach.

»Ich will an Bord«, sagte Kate. »Mich verstecken und dann sehen, wohin sie fahren.«

Als der Junge neben ihr schwieg, schielte Kate doch noch zu ihm rüber. Er sah alles andere als entsetzt aus – eher aufgeregt. »Wirklich?«

»Ja. Für Gabe.«

»Krass«, bemerkte Terry strahlend. »Aber hey, was machst du, wenn die dich erwischen? Oder wenn ihr dann ankommt, was dann? Ich mein nur, so wie die gestern drauf waren, sind die wahrscheinlich nicht gerade glücklich, wenn die rausfinden, dass ein blinder Passagier an Bord ist.«

Kate zuckte mit den Schultern, viel lockerer, als sie es eigentlich war. Terry hatte recht. Wenn die Männer sie wirklich bemerkten, war das alles andere als gut. »Was sollen sie schon machen?«, sagte sie so gelassen, wie sie konnte. »Sie können mich ja schlecht im Meer versenken, wenn sie mich entdecken. Wahrscheinlich setzen sie mich irgendwo ab, und dann nehme ich eben die nächste Fähre zurück.«

»Und was ist mit eurem Dad? Der packt das doch nicht, wenn ihr beide plötzlich weg seid, oder? Und die Schafe? Oder Crab?«, fragte Terry. Sie waren um eine weitere Ecke gebogen und konnten zwischen den Häusern das dunkle, ruhige Wasser des Hafens schimmern sehen. Der Kutter der drei Männer lag nahezu regungslos auf den kleinen Wellen und schien tatsächlich völlig verlassen zu sein.

Natürlich ist niemand hier, dachte Kate. Die Männer schliefen wahrscheinlich tief und fest in den Betten des Gasthauses und würden sich vor sechs oder sieben Uhr bestimmt nicht mehr blicken lassen. Sie hatten freie Bahn.

»Ich bin ja nicht lange weg«, sagte Kate und merkte mit einem Anflug von Scham, dass sich ein trotziger Unterton in ihre Stimme geschlichen hatte. Es ärgerte sie, dass es Terry, der so viel jünger war als sie, mühelos gelang, all die kleinen Fehler und Ungereimtheiten in ihrem Plan auszumachen, als wäre er ein eigens dafür ausgebildeter Spürhund. »Und bis ich wieder da bin, kommt er auch allein klar, die Schafe brauchen nicht viel, wenn sie auf der Weide sind.«

Terry nickte zögernd. »Ja, stimmt schon ... Ich meine, ich

könnte ihm auch helfen, bis du heimkommst. Wär echt kein Problem, es sind ja Ferien.«

Kate musste lächeln. »Das ist lieb von dir«, sagte sie, und dann fiel ihr ein, worum sie Terry ohnehin hatte bitten wollen. »Warte mal, es gibt wirklich etwas, das du tun könntest.«

»Was denn?«, fragte Terry, nun wieder neugierig.

Sie schob eine Hand in die Tasche ihrer dünnen Windjacke und zog ein zu einem kleinen Rechteck gefaltetes Stück Papier hervor.

»Was ist das?«, fragte Terry und nahm den Zettel mit spitzen Fingern entgegen, als wäre er eine zerbrechliche kleine Handarbeit, die auf keinen Fall beschädigt werden durfte.

»Ein Brief für meinen Vater«, sagte sie. »Ich hab versucht, ihm zu erklären, was ich vorhabe, und geschrieben, dass ich so bald wie möglich wieder da bin. Vielleicht beruhigt ihn das ein bisschen.«

»Ich geb's ihm«, bestätigte Terry und steckte den Zettel in die Tasche seiner Jogginghose.

»Danke, Terry.«

Sie waren kurz davor, den Schutz der Häuser zu verlassen und auf den freien Platz des Hafens zu treten, als ein Stück vor ihnen plötzlich ein helles, klingelndes Lachen ertönte. Kate blieb vor Schreck beinahe das Herz stehen. Wer war denn so spät noch unterwegs?

Das Lachen ebbte ab, und nun war der tiefe, raue Klang einer Männerstimme zu vernehmen, auch wenn man durch die Entfernung noch keine genauen Worte verstand.

»Das ist Andrew«, flüsterte Terry, ehe Kate die Stimme einordnen konnte, und huschte zurück in den Schatten der schützenden Hauswände. Die Frau, die eben gelacht hatte, schaltete sich wieder ein, nun deutlicher als zuvor.

Die beiden kamen also direkt auf sie zu.

Kate wandte sich rasch ab, um Terry zu folgen. Er hatte sich in einem nahen Türbogen verborgen; sie eilte zu ihm und drückte sich neben ihm dicht an die Wand, sodass sie noch vorsichtig aus ihrem Versteck hervorschauen konnte.

»Andrew und Charlotte, oder?«, flüsterte Terry.

»Ich glaub schon.«

»Was machen die denn mitten in der Nacht am Hafen?«

»Keine Ahnung«, wisperte Kate mit einem kleinen Schulterzucken. »Romantischer Spaziergang am Meer vielleicht? Was weiß ich.«

Sie verstummten, als die beiden Stimmen immer näher kamen und erst einzelne Worte, dann ganze Sätze verständlich wurden. »Was ich noch fragen wollte ... Habt ihr Jungs schon Pläne für die Ferien?«, fragte Charlotte in ihrem üblichen, etwas treudoof anmutenden Tonfall.

»Hm, eigentlich schon. Gabe und ich wollten mit ein paar anderen Jungs für ein paar Tage nach Glasgow fahren«, sagte Andrew. Kate runzelte die Stirn – Gabriel hatte nie ein Wort von dem geplanten Ausflug erwähnt. »Aber jetzt, wo Gabe morgen abhaut, weiß ich noch nicht, ob es dabei bleibt. Mal schauen.«

Kate tauschte einen knappen Blick mit Terry. Woher wusste Andrew jetzt schon davon, dass ihr Bruder weggehen würde? Soweit sie informiert war, hatten die beiden in den letzten Wochen immer seltener Kontakt zueinander gehabt, als Gabriel sich zusehends aus seinem Sozialleben zurückgezogen hatte. Kate glaubte nicht, dass Gabe gerade mit ihm über seinen baldigen Fortgang gesprochen hatte, wo er es noch nicht einmal seiner eigenen Schwester erzählt hatte.

Charlotte schwieg eine Weile. »Das hast du vorhin schon mal erwähnt«, sagte sie dann. »Dass Gabriel die Insel verlässt, meine ich ... Aber ich hab das nicht ganz verstanden. Wohin geht er denn?«

»Keine Ahnung, wohin genau«, erwiderte Andrew. »Ich weiß auch nicht viel darüber. Ich hab nur heute Nachmittag das fremde Schiff im Hafen gesehen und meinen Vater gefragt, ob er was über das Teil weiß, woraufhin er meinte, dass es wahrscheinlich den … Ah, verdammt, ich hab den Namen von denen vergessen! Aber egal. War irgendwas Gälisches. Auf jeden Fall gehört das wohl einer Gruppe, die ab und zu hier vorbeikommt und manchmal jemanden mitnimmt. Aber das betrifft wohl nur Jungs, deren Familien seit Generationen auf der Insel leben, deswegen weiß mein Vater da auch nicht viel mehr als das … Machen alle ein ziemliches Geheimnis daraus.«

Kates Brauen schossen in die Höhe. Der ganze Mist hatte also damit zu tun, wie lange eine Familie hier auf ihrer kleinen Insel lebte? Sie war sich nicht ganz sicher, aber sie glaubte, dass Andrews Vater ursprünglich aus England kam und hergezogen war, um sich in Ruhe um seine Frau und seine Kinder kümmern zu können, weit weg von sämtlichen Ablenkungen der Großstädte.

Das Haus, in dem sie selbst mit ihrem Vater und Gabriel lebte, war hingegen schon seit mindestens drei Generationen in Familienbesitz. War wirklich das der Grund, warum diese Männer ausgerechnet Gabriel mit sich nehmen wollten?

»Das klingt unheimlich«, sagte Charlotte.

»Da hat sie ausnahmsweise mal recht«, flüsterte Terry.

»Und wie lange bleibt er weg?«, fragte Charlotte nun. Sie und Andrew waren nun nur noch wenige Schritte von Terry und Kate entfernt, und Kate sah, wie die beiden Händchen haltend nebeneinander herschlenderten, als würden sie einen kleinen Bummel machen. Aber vielleicht war es das ja wirklich?

Andrew war in den Augen mancher Inselbewohner etwas … *eigenartig*, einfach anders als der Durchschnitt. Vermutlich wollte er mit seiner Liebsten zu den Klippen am Ostende der Insel spazieren und dort auf den Sonnenaufgang warten.

»Keine Ahnung. Wie gesagt, ich weiß fast nichts darüber, aber die werden ihn schon nicht lebenslänglich verschleppen, sonst wäre das doch schon mal jemandem aufgefallen«, antwortete Andrew, und Kate sah, wie er seinen Arm schützend um Charlottes schmale Schultern legte. Zum Glück hatten die beiden nur Augen füreinander und bemerkten Kate und Terry in ihrer dunklen Nische nicht.

»Aber wenn das alle so geheim halten …?«, gab Charlotte zu bedenken.

»Trotzdem. Wenn pausenlos junge Männer von hier und den anderen Inseln auf Nimmerwiedersehen verschwinden würden, hätten das schon mehrere Leute bemerkt und die Polizei eingeschaltet. Wahrscheinlich wird er gar nicht lange weg sein.«

Andrew und Charlotte entschwanden Kates Blicken. Nur ihre Stimmen wurden weiterhin zu ihrem Versteck getragen. »Aber was, glaubst du, machen die mit Gabriel?«, fragte Charlotte.

»Weiß nicht. Ihn in die altehrwürdige Tradition von Orkney einweisen vielleicht? Ihm alte Sprachen und Volkstänze beibringen, so was halt?«, mutmaßte Andrew kichernd.

Der sollte bloß noch mal mit seiner gottverdammten kaputten Kaffeemaschine vorbeikommen, dachte Kate, als ihre unterdrückte Wut heiß in die Wangen kroch. Nächstes Mal würde sie ihm das Ding an den Kopf werfen und ihn ins Meer jagen. Immerhin war Andrew Gabriels bester Freund, oder er hatte zumindest so getan. Sie hatte erwartet, dass er sich wenigstens ein bisschen um ihren Bruder sorgte. So munter und locker, wie er gerade redete, klang es eher, als würden sich die beiden nur flüchtig kennen.

»Das war eine ernst gemeinte Frage«, erwiderte Charlotte mit einem leicht eingeschnappten Unterton, was ihr wohl oder übel zwei Pluspunkte auf Kates Sympathieskala einbrachte. Andrew lachte bloß auf und gab ihr schließlich eine Antwort, die Kate leider nicht mehr verstand, da das Pärchen inzwischen zu weit weg war.

Kate und Terry schwiegen noch ein paar Sekunden, während die Stimmen der beiden Turteltauben immer leiser wurden und schließlich ganz in der Stille der Nacht verschwanden.

»Der hält sich irgendwie für extrem wichtig, oder?«, brach Terry das Schweigen.

»Leider ja«, murrte Kate, rückte ihren Rucksack zurecht und trat auf die Straße zurück. »Wir hätten ihm einen von den Blumentöpfen hier hinterherwerfen sollen, als er noch in der Nähe war.«

Terry nickte und folgte ihr, als sie wieder in Richtung Hafen ging. »Aber dann hätte er wohl aufgehört zu reden. Und man hätte uns entdeckt«, entgegnete er.

»Ich weiß ja. Aber sonst hätte ich es vielleicht wirklich gemacht«, schnaubte sie.

Wenn sie nicht ein anderes Ziel verfolgen würde, wäre sie jedenfalls sofort zu Gabriel gegangen, um ihm wenigstens das zu berichten, was sie durch Andrew über die netten Herren mit dem Fischkutter erfahren hatte. Falls ihm das nicht ohnehin schon alles bekannt war.

»Es ist echt ärgerlich, dass Andrew auch fast nichts weiß. Da haben wir schon das Glück, ihn genau dann belauschen zu können, wenn er über das Thema redet, und dann das. Wenn er nur gewusst hätte, wo die morgen hinfahren, das hätte uns echt geholfen«, sagte Kate, als sie das offene Hafengelände betraten. Kurz blieb sie stehen und sah sich um. Alles schien ruhig, niemand lief mehr herum, und nirgends brannte Licht, nicht einmal mehr im Pub. Das war gut.

»Stimmt schon«, sagte Terry, sobald auch er sich vergewissert hatte, dass die Luft rein war. »Wäre ja auch zu schön gewesen, wenn er zur Abwechslung mal was Sinnvolles von sich gegeben hätte.«

Sie setzten sich erneut in Bewegung und gingen auf den Steg zu, an dem die Männer am Nachmittag ihren Kutter vertäut hatten.

In regelmäßigen Abständen warf Terry nervöse Blicke über die Schulter, vermutlich in Richtung Pub. »Und du bleibst wirklich dabei?«, fragte er nach einer Weile.

»Ja«, schoss Kate augenblicklich zurück. Sie wollte mit Terry nicht schon wieder über mögliche Lücken in ihrem Plan sprechen. Sie selbst war schon längst nicht mehr halb so sicher, wie sie es noch in der Geborgenheit ihres Zimmers gewesen war; aber sie durfte sich nun keinen Rückzieher mehr erlauben. Dafür war sie bereits viel zu weit gekommen. Es gab keinen anderen Weg, um Gabriel zu helfen, das war einfach so. Sie musste das hier durchziehen.

Nebeneinander traten sie auf den breiten Holzsteg und gingen an den anderen Booten vorbei auf den Kutter der Männer zu. Unter ihnen plätscherte das Wasser sachte vor sich hin; und wenn Kate nicht alles täuschte, dann war der Horizont bereits ein klein wenig heller als der Rest des Nachthimmels.

Hier im Norden ging die Sonne im Sommer unheimlich früh auf, bei der Sonnenwende im Juni schon um vier Uhr morgens, was bedeutete, dass es nur wenige Stunden lang wirklich dunkel war.

Sie durften nicht zu lange herumtrödeln, denn wenn es erst einmal zu dämmern begann, wäre es ein Leichtes, sie von den Fenstern des Pubs aus zu beobachten.

»Wo genau willst du dich auf dem Teil verstecken?«, fragte Terry und deutete auf das Deck des Kutters, das bis auf ein paar Stahlkisten, den Aufbau am Ende und ein abgedecktes, offenbar motorbetriebenes Beiboot ziemlich leer wirkte. Die Kräne in der Mitte, an denen normalerweise die Fischnetze befestigt wurden, dienten wohl nur noch dazu, das Beiboot bei Bedarf ins Wasser zu hieven, denn Netze konnte Kate nirgends auf dem Boot entdecken. Vielleicht wurde der Kutter ja überhaupt nicht mehr zum Fischen genutzt.

Kate ließ ihren Blick ein paarmal über das Deck huschen – sie hatte tatsächlich schon ein mögliches Versteck gewählt, doch sie wollte sich zunächst wirklich sicher sein, dass es keine bessere Lösung gab.

Die Kisten kamen jedenfalls nicht infrage; die meisten waren zu klein und vermutlich nicht einmal leer, und auch der Aufbau war keine Option. Die Männer würden während der Fahrt dort ein und aus gehen, wenn sie nicht gar die ganze Zeit im Inneren verbrachten. Übrig blieb also das Beiboot, das zugedeckt am Rand des Decks ruhte.

Die meisten Fischkutter hatten wenig Tiefgang und konnten nah an Küsten heranfahren, ohne aufzulaufen – mit etwas Glück würde das Beiboot also gar nicht erst zum Einsatz kommen, und Kate würde unentdeckt an ihr Ziel gelangen.

»Ich mein, außer dem Beiboot gibt's eh nicht viele Möglichkeiten«, murmelte Terry und sprach damit aus, was sie sich ohnehin schon gedacht hatte. »Aber wenn sie es benutzen, hast du ein Problem …«

Kate zuckte hilflos mit den Schultern. »Das können wir jetzt auch nicht mehr ändern. Ich versuch es einfach damit.«

»Aber wenn sie während der Fahrt reinschauen und dich entdecken?«

Terry blieb zögernd auf dem Steg stehen, während Kate mit aller Macht versuchte, ihre Bedenken zu unterdrücken, und an Bord sprang. Das Boot wackelte unter ihren Füßen ein wenig, machte aber keine Anstalten, vom Steg abzutreiben. »Weißt du etwas Besseres?«, fragte sie Terry und ging zu dem Beiboot hinüber, um die Schnur an einem Ende der Plane zu lösen.

Sie konnte förmlich spüren, dass Terry hinter ihr schluckte. »Nein.«

»Also«, sagte sie, ein letztes Mal zu den Fenstern des Gasthauses blickend. Ein Teil von ihr erwartete fast schon, ein Paar kristallblauer Augen hinter einer der Scheiben aufblitzen zu sehen, aber alles war dunkel, nirgends eine Bewegung. Ganz abgesehen davon waren Augen auch keine Scheinwerfer, egal, wie unheimlich sie bei Tageslicht gewirkt haben mochten. Bei der herrschenden Dunkelheit hätte sie vermutlich selbst dann nichts gesehen, wenn einer der Männer direkt hinter der Scheibe gestanden hätte. »Dann fangen wir mal an.«

Mit einem Ruck zog sie die Plane über dem Beiboot zur Seite, sodass die darunter liegenden Sitzbänke und ein paar weitere Stahlkisten zum Vorschein kamen.

»Du meinst das echt ernst, oder?«, fragte Terry in ihrem Rücken.

»Natürlich«, sagte sie und versuchte dabei, das leise Zittern ihrer Stimme vor Terry zu verbergen. Nun, da sie sich direkt neben dem Ort befand, an dem sie die nächsten vielleicht nur zwei, vielleicht sogar sieben, acht Stunden – wer konnte schon sagen, wann die Reise losging und wie lange sie letztendlich dauern würde – ihres Lebens verbringen würde, wirkten die Gefahren, die ihr Plan möglicherweise mit sich brachte, plötzlich wesentlich echter. »Sonst wären wir nicht hier.«

Terry schwieg, während sie ihren Rucksack am Boden des kleinen Bootes verstaute.

»Du bist echt mutig«, sagte er dann.

Kate selbst fand sich nicht mutig. Sie hatte mittlerweile eine Heidenangst, und es war nur der Glaube daran, ihren Bruder aus seiner Klemme befreien zu können, der sie weitermachen ließ. »Jetzt müsstest du mir helfen«, sagte sie, um nicht näher auf seine Bemerkung eingehen zu müssen.

»Äh, klar …«, antwortete Terry, sah aber immer noch nicht so aus, als ob er scharf darauf wäre, an Bord des Kutters zu kommen. »Bei was denn?«

»Die Plane bis auf eine kleine Lücke zu schließen … Es muss wieder aussehen wie davor, aber ich muss auch an den Knoten drankommen, sonst kann ich nicht mehr raus.« Kates Blick fiel auf die schwer aussehenden Kisten im Beiboot. Sie waren zwar wesentlich kleiner als der Kram, der an Deck des Kutters herumstand, nahmen aber trotzdem einiges an Platz weg. »Was ist da überhaupt drinnen?«, fragte sie und bückte sich, um eine der Kisten zu öffnen.

Ein leises Poltern und ein neuerliches Schwanken des Kutters verrieten ihr, dass nun auch Terry an Bord gekommen war. Sie hörte, wie er näher kam und dann neben ihr stehen blieb, um ebenfalls einen Blick auf die rätselhaften Kisten werfen zu können.

Kate nestelte einen Moment an den Verschlüssen herum, musste dann aber ernüchtert feststellen, dass sie sich nicht öffnen ließen. »Abgeschlossen«, murmelte sie.

»War ja klar«, seufzte Terry.

Kate hob eine der Kisten an – sie war schwer, ließ sich aber gut heben. Kurz spielte sie mit dem Gedanken, die Dinger im Wasser zu versenken, um sich selbst mehr Platz zu verschaffen, verwarf ihn dann aber wieder. Vielleicht war der Inhalt ja wertvoll, und wenn sie dann tatsächlich entdeckt wurde, würde sie auch noch eine Anzeige wegen Sachbeschädigung am Hals haben. Keine gute Idee also.

»Reicht dir der Platz?«, fragte Terry.

Kate stellte die Kiste wieder ab, zuckte mit den Schultern und stieg in das Boot. Terry sah ihr schweigend zu, während sie sich auf den Boden setzte und versuchte, zwischen und unter den Sitzbänken eine halbwegs bequeme Position zu finden, die vielleicht nicht allzu viele ihrer Nerven abklemmte.

Es war ziemlich eng, und sie wusste schon jetzt, dass ihr nach spätestens drei Stunden alles wehtun würde. Aber es war ja für Gabriel.

Kurz darauf gab sie auf und fand sich damit ab, dass sie ihre Beine in einer nicht wirklich gemütlichen Haltung anwinkeln musste, wenn sie nicht wollte, dass eines ihrer Körperteile sich als deutlich sichtbare Erhebung unter der Plane bemerkbar machte. Ohne die Kisten hätte sie wesentlich mehr Platz gehabt, aber es schien ihr noch immer zu gefährlich, sie zu entfernen. Nichtsdestotrotz war es ihr ein Rätsel, warum um alles in Welt man so viel zusätzliches Gewicht mit auf ein kleines Beiboot nahm.

»Ich glaub, so geht es«, sagte sie und blinzelte zu Terry hinauf, in dessen Augen noch immer eine Spur von Skepsis lag.

Trotzdem nickte er. »Ich drück dir die Daumen, dass die Fahrt nicht zu lange dauert, sonst wird das echt unbequem für dich.«

»Es ist jetzt schon unbequem«, sagte Kate, und endlich schlich sich ein leises Lächeln auf Terrys Lippen.

Sie schwiegen ein paar Sekunden, als sei sich keiner von ihnen sicher, was es noch zu sagen gab. Schließlich war es Terry, der seine Stimme wiederfand. »Kate?«, fragte er leise, den Blick auf den Boden zu seinen Füßen gerichtet.

»Hm?«

»Kannst du mir was versprechen?«

Kate hob die Augenbrauen an. »Klar. Worum geht's denn?«

Terry sah auf und ihr direkt ins Gesicht. »Versprich mir, dass ihr beide so schnell wie möglich wieder zurückkommt, ja?«

Seine dunklen Augen waren so voller Entschlossenheit und

Zuversicht, dass Kate lächeln musste, obwohl sie selbst alles andere als überzeugt von dem Gelingen ihres Plans war. Doch sie musste es einfach tun, sie musste es schaffen. Nicht nur für Gabriel, auch für Terry, für ihren Vater, für sich selbst, sogar für Crab.

Terry strahlte, als sie ihm ihre Antwort gab.

»Das werden wir«, sagte sie. »Versprochen.«

3

Einige Stunden später, der Uhr auf dem Display ihres Handys nach zu urteilen, um kurz nach acht Uhr morgens, als der Kutter den Hafen ihrer Heimat schon länger verlassen hatte, konnte Kate es immer noch nicht glauben, dass sie in ihrem nicht gerade kreativen Versteck tatsächlich so weit gekommen war.

Sie konnte auch nicht glauben, dass ihre Beine und ihre Hüften tatsächlich noch durchblutet wurden, aber das war eine andere Sache.

Die drei Männer waren erstaunlich früh an Bord gegangen, nämlich um 6:21 Uhr am Morgen, Gabriel war um 6:38 Uhr zu ihnen gestoßen. Da sie in ihrem dunklen Versteck ohnehin nicht viel zu tun hatte, führte Kate in ihrem Kopf ein genaues Protokoll darüber, was wann passierte.

Leider ereignete sich so gut wie gar nichts.

Um kurz vor sieben hatten sie abgelegt, um zwanzig nach sieben war es etwas windiger gewesen als sonst, und um 7:55 Uhr war sie beinahe einem Herzinfarkt erlegen, da einer der Männer urplötzlich damit begonnen hatte, auf der Plane des Beibootes herumzutrommeln. Er hatte glücklicherweise nur einen fragwürdigen Rhythmus geklopft und war dann summend vorübergegangen, ohne nachzusehen, ob sich vielleicht ein blinder Passagier im Beiboot versteckt hielt, und so hatte Kate sich kurz darauf wieder entspannen können.

Den größten Teil ihrer Zeit verbrachte sie damit, den mehr

oder weniger fesselnden Unterhaltungen der Männer an Bord zu lauschen. Es hatte zwar anfangs einen Moment gedauert, aber mittlerweile war sie recht gut darin, die einzelnen Stimmen richtig zuzuordnen. Gabriel stellte ohnehin kein Problem dar – ihn hätte sie noch unter hundert anderen Männern erkannt. Jacks Stimme war tief und rau, wie die eines Rauchers, und er redete genauso direkt und unverblümt wie gestern auf der Insel. Alaric hingegen schien das komplette Gegenteil von ihm zu sein; obwohl er viel jünger war, waren seine Worte wesentlich gewählter und seine Stimme so kühl und glatt wie die Oberfläche von angetautem Eis.

Der Anführer der drei, der von Jack, Alaric und Gabriel doch allen Ernstes mit »General Blackbird« angesprochen wurde, hatte wohl das Steuern des Kutters übernommen, zumindest war seine kräftige, befehlsgewohnte Stimme in den Gesprächen an Deck so gut wie nicht vertreten.

Gabriel schwieg die meiste Zeit über, und wenn er doch sprach, dann klang seine Stimme zurückhaltend und angespannt. Er war dem Tonfall nach zu urteilen alles andere als glücklich, und mehr als einmal wäre Kate am liebsten aus ihrem Versteck gesprungen, um ihm zur Seite zu stehen. Doch sie befanden sich inzwischen höchstwahrscheinlich auf offenem Meer, und somit hatte Kate keine Ahnung, was sie *nach* ihrem Sprung aus dem Beiboot hätte tun sollen. Ihr blieb nichts anderes übrig, als unter der Plane zu verharren und Gabriel weiterhin sich selbst zu überlassen.

Ursprünglich hatte sie gehofft, dass sich die Unterhaltung an Bord zumindest teilweise um wichtige, spannende Themen drehen würde, wie etwa das Ziel ihrer Reise oder den Grund, aus dem sie Gabriel überhaupt mitgenommen hatten. Kleine Informationen, die ihr verraten würden, warum erwachsene Leute in Uniformen mit einem Fischkutter durch die Gegend fuhren und unschuldige Jungs verschleppten. Aber die liebsten Gesprächsthemen von Jack und Alaric schienen auf das Wetter und das Leben anderer Leute beschränkt zu sein.

Alaric blieb die ganze Zeit über eher distanziert, und nur sehr, sehr selten meinte Kate so etwas wie ein kleines Lächeln in seiner Stimme zu hören. Es war Jack, der das Wort führte, von einem »heißen Stück« erzählte, das er unter erheblichem Alkoholkonsum auf Sanday kennengelernt hatte, und schließlich dazu überging, Witze über einen gewissen Quentin zu reißen, der sich offenbar einen äußerst unvorteilhaften Oberlippenbart stehen ließ.

Gabriel hörte seinen Ausführungen zu, sagte gelegentlich kleine Dinge wie »oh« oder »wirklich«, ohne aber viel beizutragen. Kate konnte ihn verstehen – immerhin kannte er wahrscheinlich weder das besagte heiße Stück noch den armen Quentin –, aber es wäre ihr lieber gewesen, wenn ihr Bruder wenigstens ein paar Fragen gestellt hätte, die die beiden anderen dann dazu gezwungen hätten, endlich etwas Nützliches von sich zu geben. Vielleicht hatten sie ihm aber auch gestern im Pub schon alles erzählt, was er wissen musste, und er brauchte deshalb nicht mehr nachzufragen.

Erst als Quentins Name das gefühlt zwanzigste Mal erwähnt wurde, schien Gabriel doch neugierig zu werden. »Wer ist dieser Quentin denn?«, fragte er vorsichtig. »Sollte ich ihn kennen?«

»Du wirst ihn noch kennenlernen«, sagte Alaric knapp.

»Ob du willst oder nicht«, fügte Jack hinzu. »Lernst du ihn nicht kennen, lernt er dich kennen.«

»Er ist einer der Männer im Fort«, erläuterte Alaric dann, ohne näher auf Jacks Bemerkung einzugehen. »Er hat ein paar … Eigenheiten, was gewisse Menschen leider Gottes unheimlich witzig finden.« Der finstere Seitenblick zu Jack war spürbar, obwohl Kate nur Dunkelheit vor sich hatte.

Ihre Aufmerksamkeit war jedenfalls geweckt worden. Was war dieses »Fort«, das Alaric gerade erwähnt hatte? Ihr Ziel vielleicht? Sie wusste, dass es auf ein paar der nördlichsten schottischen Inseln noch Überreste von Kriegsanlagen gab. War damit eine dieser Ruinen gemeint? Sie ärgerte sich, dass sie keinen Kompass mitgenommen hatte. So hatte sie nämlich nicht einmal eine Ahnung, in welche Richtung sie überhaupt fuhren.

»Ist er auch ... neu?«, fragte Gabriel nun.

»Quentin?«, entgegnete Jack. Es entstand eine kurze Pause, in der Gabriel vermutlich nickte. »Nee, nee. Der hängt schon verdammt lang rum und belästigt seine Mitmen...«

»Er ist seit achtzehn Jahren bei uns«, sagte Alaric. »Und damit wesentlich länger als viele andere.«

Jack stieß ein abwertendes Schnauben aus. »So viel länger nun auch wieder nicht. Ich bin auch schon dreizehn Jahre da, und beim General wollen wir gar nicht erst anfangen, Kleiner.«

»Immerhin macht er seinen Job. Und dabei solltest du es auch belassen.«

»Er ist doch selbst schuld. Wenn ich mit so 'nem Rollrasen auf der Oberlippe durch die Gegend laufen würde, darf ich mich auch nicht wundern, wenn andere schlecht über mich reden. Außerdem werd ich das Gefühl nicht los, dass er das alles mit Absicht macht. Ich mein, es kann doch kein Zufall sein, dass man jeden zweiten Satz, der unter seinem kleinen Bärtchen herauspurzelt, auch anders interpretieren kann, oder?«

»Vielleicht liegt das daran, dass du einfach jeden zweiten Satz so interpretierst, wie es dir gerade passt.«

Kate konnte hören, dass Alaric langsam die Geduld mit dieser Diskussion verlor – er klang noch desinteressierter als sonst, fast schon genervt.

»Wenn das nur an mir läge, würde es mir ja bei dir oder Gabriel auch so gehen«, erklärte Jack, dem der Wechsel in Alarics

Stimmung offenbar nicht aufgefallen war. »Aber bei euch verstehe ich tatsächlich nur das, was ihr meint, und keine unheimlichen Sachen, von denen kleine Kinder Albträume kriegen würden.«

Kates Aufmerksamkeit schwand wieder, als die Männer sich weiterhin kabbelten, ohne dabei auch nur in die Nähe interessanterer Themen zu gelangen. Trotz der Schmerzen in ihren Gliedern überlegte sie fieberhaft, was es mit diesem Fort auf sich haben könnte. Mehr und mehr war sie davon überzeugt, dass es sich dabei um ein Versteck in den Ruinen alter Kriegsbauten handelte. Allein die Möglichkeit, dass diese Leute sich für ihre rätselhaften Machenschaften in verlassenen Gebäuden aus dem Zweiten Weltkrieg verstecken mussten, war für Kate mehr als beunruhigend.

Einen Moment lauschte sie nach draußen, doch als sie noch immer nichts hörte, das sie als wichtig empfunden hätte, schaltete sie erneut ihr Handy an. Sie hatte es zwischenzeitlich ausgemacht, um den Akku zu schonen. Es war ein altes Nokia, ein Ersatzhandy, da das Smartphone, auf das sie eine halbe Ewigkeit lang hingespart hatte, schnell den Schafen und dem Wetter zum Opfer gefallen war und nun in einem Geschäft auf der Hauptinsel auf seine Reparatur wartete.

Es war fast halb neun.

»Ich geh jetzt Essen machen«, verkündete Jack plötzlich, und Kate konnte die dumpfen Schritte seiner Stiefel hören, als er an ihr vorbei zum hinteren Teil des Decks marschierte.

»Es ist noch nicht einmal neun«, sagte Alaric ungläubig. »Und du hast vorhin gefrühstückt.«

»Ist mir schon klar«, erwiderte Jack. »Aber mir ist dummerweise gerade eingefallen, dass heute Gordon und Adam mit Kochen dran sind. Ich muss vorsorgen. Außerdem sind wir bald da.«

Alaric seufzte leise, sagte aber nichts, und schließlich hörte Kate, wie Jack durch die Tür ins Innere des Kutters ging.

»Ich sehe einmal nach, ob der General mich benötigt«, sagte Alaric dann, und Kate beschlich der Verdacht, dass er keine Lust hatte, allein mit Gabriel an Deck zu bleiben. »Vielleicht kann ich ihn ablösen. Du kannst zu Jack gehen, wenn du willst … Aufpassen, dass er mit dem Gaskocher nicht das halbe Boot in die Luft jagt.«

Kate hatte kurz gehofft, dass Alaric sie mit ihrem Bruder allein lassen würde, doch Gabriel sagte augenblicklich »Okay« und machte diese Aussicht damit wieder zunichte. Sie hörte die Schritte der beiden, als sie schweigend an ihr vorbeigingen, und schließlich das Quietschen der Tür. Danach war es bis auf die vertrauten Geräusche von Wind und Wellen und des vor sich hin brummenden Motors völlig still um sie herum.

Einfach großartig. Nun waren alle weg, und sie war allein mit ihren Gedanken.

Aber das, was Jack zuvor gesagt hatte, ließ ihr Herz schneller schlagen – sie waren bald da! Eine bessere Nachricht hätte es gar nicht geben können, denn es fühlte sich jetzt schon so an, als wären ihre Beine und ihr rechter Arm klinisch tot. Um nicht gänzlich einzurosten, begann sie vorsichtig, ihre Gliedmaßen ein klein wenig zu bewegen und zu strecken, gerade so weit, wie es in dem beengten Raum eben möglich war, ohne dabei versehentlich gegen die Plane über sich zu stoßen.

Wie lange lag sie nun schon hier? Fünf, sechs Stunden? Jedenfalls zu lange.

Nachdem wenigstens ein bisschen Gefühl in ihre Gliedmaßen zurückgekehrt war, hielt sie wieder still und starrte die dunkle Seitenwand vor ihrer Nase an. Draußen klatschten sanfte Wellen gegen den massigen Körper des Kutters und ließen ihn gleichmäßig auf und ab schaukeln.

Kate war dankbar dafür, dass sie nicht leicht seekrank wurde.

Sie dachte gerade darüber nach, wie peinlich es gewesen wäre, wenn sie neben Jack und Alaric in das Beiboot gekotzt hätte, als der friedliche Rhythmus der Wellen und des Motors plötzlich von einem lauteren Plätschern unterbrochen wurde. Es klang ein wenig so, als hielte jemand ein triefend nasses Handtuch über die Wasseroberfläche. Es folgte ein kleines Poltern, ein leises Zischen und dann – Schritte.

Das feuchte Tapsen von nassen Füßen auf dem glatten Deck des Kutters.

Kate hielt mit weit aufgerissenen Augen den Atem an. Da war jemand an Bord geklettert.

Und sie konnte seine Schritte nur hören, weil sie keine zwei Meter Entfernung von diesem Jemand trennten. Wenn Gabriel und die anderen nicht gerade zufällig aus dem Fenster sahen, bekamen sie vermutlich gar nichts von dem Eindringling mit.

Die vorsichtigen Schritte kamen noch näher an sie heran. Wer auch immer das war, er bewegte sich direkt auf sie zu.

Kate hatte in ihrem Leben nie übermäßig viel Glück gehabt, aber in den letzten Tagen schien sie anhaltendes Pech regelrecht gemietet zu haben. Erst wurde ihr Bruder von irgendwelchen Vollidioten mitgenommen, und ausgerechnet jetzt, wo sie klein und hilflos in einem Beiboot lag, schlich sich natürlich ein Fremder an Bord, um … Ja, was wollte der Eindringling eigentlich?

Sie konnte sich nicht vorstellen, dass es an Deck des alten Kutters etwas zu holen gab, und im Schiffsinneren waren Gabriel und die anderen drei.

Die Schritte waren fast bei ihr angekommen.

Kate presste sich mit ihrem Rücken so dicht wie möglich an die Seitenwand hinter sich, zog die Beine an und betete, dass der Fremde einfach vorübergehen würde, ohne ein näheres Interesse an dem Beiboot zu zeigen. Die Schritte verstummten. Für ein paar Augenblicke blieb es vollkommen still.

Dann kam der Eindringling näher an ihr Versteck heran. Mit

zitternden Fingern und darum bemüht, nicht einmal das kleinste Geräusch zu machen, griff Kate nach ihrem Rucksack, der vor ihrem Bauch auf dem Boden lag. Sie brauchte das Messer.

Nur für alle Fälle.

Ihre Finger rutschten einmal von dem Reißverschluss ab, ehe sie ihn richtig zu fassen bekam und ihn quälend langsam öffnete. Sie hörte, wie der Fremde anfing, an der Plane herumzuwerkeln.

Sobald die Öffnung im Reißverschluss groß genug für ihre Hand war, stopfte sie ihr Handy in den Rucksack und tastete nach dem richtigen Bündel Socken. Leider hatte sie mehrere Paar mitgenommen. Sie ärgerte sich, dass sie nicht auf die Idee gekommen war, das Bündel mit dem Messer in irgendeiner Form zu markieren. Denn so blieb ihr nichts anderes übrig, als auf dem weichen Stoff herumzudrücken, bis sie glaubte, einen härteren Gegenstand unter der Wolle zu spüren.

In diesem Moment wurde am anderen Ende des Beiboots ein Teil der Plane beiseite gezogen. Kate unterdrückte einen Fluch, presste die Beine noch enger an den Körper, in der schwachen Hoffnung, dass der Fremde sie gar nicht erst sah, und fuhr mit der Hand im Rucksack hektisch damit fort, das hoffentlich richtige Bündel Socken zu entknoten.

Zwei gebräunte, nass glänzende Arme griffen am aufgedeckten Ende in das Boot und hoben eine dieser rätselhaften Stahlkisten hoch, um sie anschließend auf der hinteren Sitzbank abzustellen. Kate wusste, wie schwer diese Kisten waren, und obwohl sie deutlich sehen konnte, wie sich die Muskeln unter der Haut des Fremden bewegten, schien er keine sonderlichen Probleme mit dem Gewicht zu haben. Er nestelte eine Weile an dem Verschluss der Kiste herum, als wolle er sie öffnen, musste dann aber wohl feststellen, dass sie verschlossen war. Kate erwartete, dass er die Kiste zurückstellen und gehen würde, doch stattdessen hob er sie an und trug sie aus ihrem Sichtfeld. Es folgten zwei Schritte, dann Stille und schließlich ein lautes Platschen.

Kate erstarrte. Hatte der Kerl die Kiste gerade ins Wasser geworfen?

Der Fremde kehrte zurück und wiederholte die Prozedur mit der zweiten Kiste. Es war die letzte im aufgedeckten Ende des Bootes – die nächsten befanden sich bei Kate.

Sie spürte, wie ihr Puls sich auf ein ungesundes Maß beschleunigte, als das Platschen der zweiten Kiste erklang. Endlich, und keine Sekunde zu spät, schafften ihre unsicheren Finger es, das Messer aus seinem Versteck freizukämpfen. Sie umklammerte den kühlen, plötzlich rutschigen Griff ihrer einzigen Waffe so fest sie konnte, sah, wie die Hände des Fremden erneut nach der Plane griffen – sie zerrte das Messer aus den Fängen des Rucksacks, konnte gerade so verhindern, dass es ihr aus der Hand fiel –, und die Plane wurde mit einem Ruck zur Seite gezogen.

Kate verengte die Augen zu Schlitzen, als helles Sonnenlicht ihr zuvor dunkles Versteck flutete. Sie wandte den Blick ab, hob aber mit der rechten Hand das Messer schützend vor sich, die Spitze dorthin gerichtet, wo sie das Gesicht des Fremden vermutete.

Atemlos wartete sie auf eine Reaktion. Einen erstaunten Ausruf, eine Hand, die nach ihrem Handgelenk griff vielleicht, irgendwas. Doch es kam nichts. Rein gar nichts.

Sie blinzelte, und langsam ließ der Schmerz in ihren Augen nach. Es passierte immer noch nichts, doch sie hörte den flachen Atem des Fremden über sich und wusste dadurch, dass er noch da war.

Vielleicht konnte sie es wagen, ihn anzusehen.

Ohne das Messer sinken zu lassen, drehte sie ihren Kopf vorsichtig in die Richtung des Fremden – und sah in zwei meergrüne

Augen, dunkel gegen das Sonnenlicht. Dem Gesicht nach, das von fast schulterlangen, nassen Locken eingefasst war, schien er nicht sehr viel älter als Gabriel zu sein.

Eine weitere Sache, die Kate auffiel, obwohl sie nicht explizit hinsah, war, dass er kein Hemd trug.

Er starrte auf sie herab, eine Mischung aus Neugier und ratlosem Erstaunen in den Augen, und sie erwiderte seinen Blick, so fest sie konnte. Sie sah die Spitze ihres Messers deutlich beben, hoffte aber, dass er es nicht bemerkte.

»Du hast zehn Sekunden, um mir zu erklären, was in Gottes Namen du hier machst«, zischte er leise. Kates Mund klappte kurz auf und dann wieder zu. Sie wusste nicht, was sie sagen sollte. Sie wusste ja nicht einmal, was der Mann war. Eine Art Pirat? Aber seit wann warfen die ihre Beute ins Wasser? Außerdem konnte sie sich nicht erinnern, jemals etwas von Seeräubern in dieser Gegend gehört zu haben – so etwas gab es vielleicht irgendwo anders auf der Welt, aber doch nicht *hier*.

»Ich …«, begann sie. Die dichten Augenbrauen des Fremden hoben sich erwartungsvoll an. Doch sie entschied sich dagegen, ihm etwas zu verraten. Sie brauchte Zeit, um eine Ausrede zu finden, mit der sie möglichst unbehelligt aus der Sache herauskommen konnte. Und früher oder später mussten doch auch die Männer vom Schiff sehen, was hier vor sich ging. »Wer bist du?«, fragte sie stattdessen.

Der Blick des Fremden verdüsterte sich. »Ganz schlechter Zeitpunkt für Fragen.«

Er schielte kurz auf die wackelnde Spitze des Messers, die etwa dreißig Zentimeter vor seinem Hals in der Luft schwebte. »Also. Erklär mir bitte, was ein mit einem Küchengerät bewaffnetes Mädchen auf einem fremden Boot der *Saighdear* macht«, forderte er erneut, diesmal schon dringlicher.

Nun war wohl auch ihm aufgefallen, dass die anderen früher

oder später vorbeischauen würden. Wenn Kate es bis dahin schaffte, den Fremden hinzuhalten, dann …

»Nur wenn du mir sagst, was *du* hier machst«, erwiderte sie.

Die Augen des Fremden verengten sich zu Schlitzen. »Hast du überhaupt eine Ahnung, wem das Boot hier gehört?«

Kate zögerte. Sie wusste immer noch nicht, welcher Art von Organisation die Männer angehörten, doch sie kannte den Namen ihres Anführers. »General Blackbird«, sagte sie.

»Das macht deine Lage nicht besser«, zischte er. »Gehörst du zu denen?«

»Ich …«

»Nein. Tust du nicht. Du gehörst nicht zu ihnen«, sagte der Fremde, ohne ihre ganze Antwort überhaupt abzuwarten. »Du hast dich an Bord geschlichen, oder? Warum?«

Kate sagte nichts, und er schien auch nicht mehr von ihr zu erwarten. »Es ist ein Wunder, dass die dich nicht schon längst gefunden haben«, sagte er bitter und stieß ein leises Schnauben aus, das vielleicht als Andeutung eines Lachens gemeint war. »Weißt du, was die mit dir machen, wenn sie dich hier finden?«

»Die werden mich schon nicht umbringen«, fauchte Kate, sobald sie ihre Stimme wiedergefunden hatte.

»Was macht dich da so sicher?«, fragte der junge Mann, als plötzlich ein schriller Pfiff ertönte. Der Fremde riss den Blick von ihr los und schaute nach links, auf etwas, das Kate nicht sehen konnte. »Verdammte Scheiße«, zischte er – und dann tat er etwas, das noch merkwürdiger war, als sich auf offener See auf ein Boot voll uniformierter Männer zu schleichen. Kate beobachtete ratlos, wie er mit seinen Händen ein paar hastige Gesten machte und mit den Lippen eine Reihe lautloser Worte formte, als wollte er zaubern.

Kurz wandte er sich in Richtung des Aufbaus. »War ja klar, dass das nicht gut geht«, sagte er leise, wie zu sich selbst. Dann drehte er sich wieder zu Kate um. »Pass auf. Ich will nett sein. Du hast eine einzige Möglichkeit, hier abzuhauen, bevor sie dich finden, und die besteht darin, die Klappe zu halten und mit mir zu kommen, ist das klar?«

Der Pfiff ertönte erneut, diesmal dringlicher. Der junge Mann wurde merklich unruhiger, und Kate war sich sicher, dass er auch ohne sie gehen würde, wenn sie zu lange brauchte, um eine Entscheidung zu treffen. Sie wollte Gabriel auf keinen Fall zurücklassen, aber die Andeutungen, die der Fremde über Blackbird und die anderen beiden gemacht hatte, jagten ihr Angst ein. Sie ließ das Messer langsam sinken.

Der Fremde nickte rasch. »Zieh die Kapuze deiner Jacke über, und lass nichts hier liegen. Du hast Glück, wenn die dich nicht wiedererkennen, solltest du sie noch mal sehen.«

Kate tat, was er sagte, mit tauben Fingern und einem Gefühl, als wäre all dies nicht real. War sie wirklich im Begriff, mitten auf dem Meer einem Fremden zu folgen, wohin auch immer?

Das Quietschen der Tür war zu hören.

»Ich brauch genau drei Sekunden, um zu zielen und dir dein Scheißhirn rauszublasen«, knurrte Jacks tiefe Stimme vom anderen Ende des Kutters her.

»Komm jetzt«, fauchte der Fremde, packte Kates Handgelenk und zog sie hinter sich her. Sie stolperte über den Rand des Beiboots, fiel beinahe hin und schaffte es gerade noch so, ihre fast gefühllosen Beine zur Arbeit zu zwingen. Sie betete, dass ihre Kapuze tief genug über ihre Stirn reichte, damit Jack sie nicht erkannte. Wenn Gabriel aber nach draußen kam, war alles zu spät – er kannte ihre Jacke, ihren Rucksack, vermutlich sogar ihre Statur, und würde sofort wissen, dass sie es war.

Ein Schuss zerriss die Luft.

»Glück gehabt«, knurrte der Fremde leise. Sie waren auf die Reling zugerannt, nun drückte er Kate mit einer Hand nach unten und schubste sie kommentarlos in Richtung Wasser. »Klappe halten«, erinnerte er sie überaus hilfreich.

Nur mit Mühe unterdrückte sie einen Aufschrei, als sie haltlos auf das dunkle Wasser zufiel, ihr Handgelenk immer noch im festen Griff des Fremden, der mit ihr abgesprungen war.

Keine Sekunde später nahm die schneidende Kälte des Meerwassers sie in Empfang, drang unerbittlich in ihre Stiefel, ihre Jeans und unter ihre Jacke. Sie spürte das Brennen des Salzwassers fast gar nicht, als sie panisch die Augen aufriss und versuchte, etwas in dem verschwommenen Blau um sich herum zu erkennen. Sie sah nichts außer aufsteigenden Blasen, endlosem dunklen Wasser und dem gedimmten Sonnenlicht von oben. Kate hatte kaum noch Zeit gehabt, um Luft zu holen, und so merkte sie bereits jetzt, dass diese nicht lange würde anhalten können. Aber was würde passieren, wenn sie an die Oberfläche kam? Würde Jack wirklich wieder schießen, in der vollen Absicht, sie und den Fremden zu treffen? Sie wusste nicht, ob der Schuss gerade eine Warnung gewesen war – doch allein der Gedanke daran, dass Jack vielleicht versucht hatte, sie zu töten, jagte ihr einen eiskalten Schauer durch den Körper.

Der Fremde zog fordernd an ihrem Handgelenk. Sie wandte sich strampelnd in seine Richtung und meinte in dem schwachen bläulichen Licht zu erkennen, wie er schräg nach unten deutete und dann begann, in diese Richtung zu schwimmen, ihr Handgelenk noch immer fest in seinem Griff.

Kate zögerte, musste aber schnell feststellen, dass ihr gar nichts anderes übrig blieb, als ihm zu folgen. Vermutlich hatte er ihr gerade ihr Leben gerettet oder ihr zumindest einen gigantischen Berg an Ärger erspart. Sie glaubte nicht, dass er ihr etwas Böses wollte, zumindest nicht jetzt, wo er auch sein eigenes Leben vor Jacks Pistole retten musste.

Sie musste ihm vertrauen.

Sobald sie zu diesem Schluss gekommen war, begann sie, mit den Beinen Schwimmbewegungen zu machen, anstatt sich weiter von dem Mann ziehen zu lassen. Es war unglaublich anstrengend. In einer Hand hielt sie immer noch den Riemen ihres Rucksacks umklammert, die andere befand sich im Griff des Fremden und bewegte sich relativ nutzlos mit seinen kräftigen Armbewegungen mit. Zudem machten ihre schweren Klamotten das Schwimmen alles andere als einfach. Nach wenigen Sekunden begannen ihre Muskeln zu schmerzen, und ihre Lunge verlangte immer drängender nach Luft.

Der Fremde hingegen schien überhaupt keine Probleme mit dem Schwimmen zu haben, was wohl teilweise dem Umstand geschuldet war, dass er außer einer Jeans keinerlei Klamotten trug. Trotzdem hatte auch er keine Hand frei, wie Kate erst jetzt bemerkte – mit einer umklammerte er ja ihre Hand, und in der anderen hielt er ein dunkles Bündel fest, das sie entfernt an zusammengeknüllten Stoff erinnerte. Kate war das Ding zuvor nicht aufgefallen, und auch jetzt wusste sie nicht, was es war oder warum er es überhaupt mit sich nahm.

Nachdem sie etwa zwei Meter an zusätzlicher Tiefe gewonnen hatten, hörte der Fremde auf, weiter nach unten zu tauchen, und schwamm nun stattdessen stetig nach vorn. Es war weit und breit nichts zu sehen außer Wasser, dessen dunkelblaue Färbung nach unten hin langsam in tiefes Schwarz überging. Kate hatte keine Ahnung, wie weit sie schon gekommen waren, doch sie nahm an, dass sie vom Fischkutter aus immer noch gut sichtbar wären, sollten sie auftauchen.

Aus dem Augenwinkel sah Kate zu dem jungen Mann hinüber, der so ruhig und kraftvoll neben ihr schwamm. Er schien nicht einmal daran zu denken, wieder Luft zu holen. Gelegentlich stiegen einzelne Blasen aus der Richtung seines Gesichtes auf, aber das war auch schon alles. Mochte ja sein, dass er trainierte und deswegen so lang die Luft anhalten konnte, aber er musste doch auch daran denken, dass er eine normale Person hinter sich herschleifte, oder?

Kates Lunge brannte. Sie war erstaunt, dass sie überhaupt so lange durchgehalten hatte, ohne kläglich zu ertrinken. Doch langsam wurde es wirklich knapp. Ihre Arme und Beine schmerzten und kamen ihren Aufgaben nur noch widerstrebend nach. Wenn sie doch wenigstens diese dämliche Jacke los wäre …

Drei, vier Züge hielt sie noch durch, dann ging es nicht mehr. Sie ruckte an seiner Hand, damit ihr Begleiter auf sie aufmerksam wurde, und versuchte, weiter nach oben zu kommen. Ihre Sicht war nach wie vor verschwommen, doch sie meinte zu sehen, wie er sich zu ihr umdrehte. Sie deutete mit dem Kinn Richtung Oberfläche.

Er schien zu verstehen.

Er zögerte zwar, begann dann aber, nach oben zu schwimmen, noch immer so kräftig, als sei er gerade eben erst ins Wasser gesprungen. Kate zog er dabei mehr oder weniger hinter sich her wie eine kaputte Stoffpuppe. Sie kämpfte mit aller Kraft gegen den Drang an, nach Luft zu schnappen, während die glitzernde Oberfläche näher und näher kam.

Es war ein wunderbares Gefühl, ihren Kopf endlich wieder aus dem drückenden, kalten Wasser auftauchen zu lassen und den Wind im Gesicht zu spüren. Sie hustete und schnappte nach Luft, wollte so viel Sauerstoff wie möglich in ihre Lunge pressen, da sie wusste, dass sie nicht viel Zeit zum Verschnaufen hatte. Kaum dass sie ein paar Atemzüge genommen hatte, zupfte sie ihr Begleiter, der neben ihr an die Oberfläche gestoßen war, wieder an ihrem Handgelenk.

»Wir haben ein Problem, wenn die uns folgen«, erklärte er noch knapp, kaum außer Atem, ehe sie auch schon wieder untertauchten, zurück in die schwere Stille, die das Meerwasser über sie legte.

Kate drohte nun zwar nicht mehr unmittelbar zu ertrinken, aber der Fremde legte weiterhin ein rasches Tempo vor, dem sie nur folgen konnte, weil er sie nach wie vor halb hinter sich herzog. Mit jedem Beinschwung wurden ihre Muskeln widerstrebender und müder, und es dauerte auch nicht allzu lange, bis ihr Verlangen nach Luft wieder einsetzte. Noch immer hatte sie keine Ahnung, wie weit der Fremde auf diese Weise gelangen wollte. Sie konnte ihm jedenfalls versichern, dass sie wahrscheinlich auf der Hälfte der von ihm angestrebten Entfernung ertrinken würde. Jede Sekunde, jeder zurückgelegte Meter schien sich zu einer Ewigkeit hinzuziehen, während sie weiterschwammen.

Im Nachhinein wusste Kate nicht zu sagen, wie lange oder wie weit sie sich so fortbewegt hatten. Wenn sie nicht mehr konnte, tauchten sie kurz auf, manchmal begleitet von kleinen, mehr oder weniger aufmunternden Sätzen ihres Begleiters wie »Wir haben's bald geschafft« oder »Nicht mehr weit«, was ihr aber überhaupt nichts brachte, da sich seine Definition von »weit« offensichtlich von der ihren unterschied. Sie merkte, dass ihre Gedanken immer unklarer und unzusammenhängender wurden und schließlich fast ganz verstummten.

Dunkelheit und kleine blitzende Sternchen begannen sich an den Rand ihres Sichtfelds zu drängen. Einmal, kurz nachdem sie wieder aufgetaucht waren, um Luft zu holen, hielt der junge Mann an und half ihr, sich aus der vollgesogenen Jacke zu schälen. Sie schwebte leblos neben ihnen im Wasser, bereits zu nass, um noch wirklich nach oben zu treiben. Kate dachte nicht einmal daran, das Teil mitzunehmen, sie war nur noch froh, es endlich los zu sein. Sie schwammen weiter.

Der Rest ihres Weges brannte sich als ein Gewirr aus schmerzenden Muskeln, schneidender Kälte und verschwommenem

Blau in Kates Erinnerungen, lediglich unterbrochen von ihren wenigen, kurzen Aufenthalten an der Oberfläche. Ihr Sichtfeld und ihr Bewusstsein verdunkelten sich zusehends. So bekam sie es auch kaum noch mit, dass sie schließlich neben einem kleinen Motorboot auftauchten. Ihr Begleiter ließ zum ersten Mal ihr Handgelenk los, um seine Hände fest um ihre Taille zu legen und sie ein Stück nach oben zu heben. Wie durch eine Glaswand hörte sie Stimmen miteinander reden, ohne den Sinn ihrer Worte zu verstehen.

Da waren noch mehr Hände, zwei dunkle und zwei helle, die wohl zu den Leuten auf dem Boot gehörten. Sie griffen ebenfalls nach ihrem Körper, zogen sie mit der Hilfe des Mannes im Wasser an Bord.

Kate versuchte, sich so leicht wie möglich zu machen, um ihnen zu helfen, doch sie glaubte nicht, dass ihr Zutun viel brachte. Sie kam sich vor wie ein Sack nassen Mehls, als sie es endlich auf das Boot geschafft hatte und kraftlos auf dem Deck liegen blieb. Der Boden war nass von dem Wasser, das immer noch in Strömen aus ihren Haaren und ihrer Kleidung rann, doch das war ihr egal. Es war ein fester Untergrund, einer, in dem man nicht untergehen konnte, mehr brauchte sie nicht. Da war Luft um sie herum, frisch, klar und salzig. Sonne auf ihrer Haut. Sie konnte wieder atmen, so viel sie wollte. Sie musste nicht mehr tauchen. Sie hatte es geschafft.

Sie wollte die Menschen sehen, die sie gerettet hatten, wollte sich bedanken, doch ihre Lider waren zu schwer, um sich noch öffnen zu lassen. Es fühlte sich an, als würde das Boot sich in langsamen Kreisen um die eigene Achse drehen. Das Letzte, das sie wahrnahm, ehe ihr Bewusstsein sie gänzlich verließ, waren die verschwommenen Klänge zweier Stimmen, die hitzig miteinander diskutierten.

4

Als Kate wieder zu sich kam, stand die Sonne noch hoch am Himmel. Sie konnte ihr helles Licht selbst durch ihre geschlossenen Lider wahrnehmen und spürte die Wärme ihrer Strahlen, obwohl ihre Haare noch feucht waren und ihre Klamotten nass und klamm vom Wind an ihrem Körper klebten. Sie wusste nicht, wie lange sie bewusstlos gewesen war. Ihr Mund fühlte sich trocken an, und es schien ihr im Moment unmöglich, die Augen zu öffnen, da kleine getrocknete Salzkristalle ihre Wimpern verklebten. Ihr Kopf dröhnte.

Das Boot unter ihr tanzte schaukelnd über kleine Wellen, schien aber nicht zu fahren. Immerhin wusste sie noch, dass sie sich auf dem Boot des fremden jungen Mannes befand und wie sie hergekommen war. Das änderte aber nichts daran, dass sie keine Ahnung hatte, wo sie eigentlich waren – waren sie überhaupt noch in der Nähe von Orkney, ihrem Zuhause? Oder würde sie, wenn sie die Augen öffnete, nichts weiter als die endlose Nordsee erblicken?

Sie hatte versagt, das wurde ihr langsam bewusst. Wegen Gabriel hatte sie die Insel überhaupt verlassen, und nun war er kilometerweit entfernt, und sie hatte noch immer keine Ahnung, wohin die Männer ihn brachten. Oder was sie mit ihm vorhatten. Ob er wiederkommen würde.

»Trotzdem ... Wenn du schon jemanden anschleppst, musst du ihn ja nicht gleich ertränken«, sagte plötzlich eine Frauenstimme, einen deutlichen Vorwurf in der Stimme. Sie klang noch jung, sicher nicht sehr viel älter als Kate selbst.

»Sie ist ja nicht tot«, knurrte eine Männerstimme. Die Stimme kam Kate bekannt vor, und kurze Zeit später wusste sie auch woher – sie gehörte dem jungen Mann, mit dem sie vom Kutter geflohen war. Dem Kerl, der sie eine gefühlte Stunde lang hinter sich her durchs Wasser gezerrt hatte, als sei sie nichts weiter als ein lebloses Stofftierchen.

»Dann ist sie aber erstaunlich gut darin, so zu tun, als ob«, entgegnete die junge Frau.

»Sie ist bewusstlos. Das hab ich dir grade eben schon gesagt. Sie atmet ja noch.«

»Du sagst es. *Noch*«, sagte sie, gefolgt von einem kurzen, bitter klingenden Auflachen. »Noch ein paar Tage mit dir als glorreichem Beschützer, und sie ist hinüber.«

»Was hätte ich denn sonst machen sollen? An der Oberfläche schwimmen vielleicht?«, fragte der Mann.

Kate war sich sicher, dass sie vorhin drei Paar Hände gesehen hatte. Jetzt waren es aber nur zwei Stimmen, die miteinander diskutierten, war die dritte Person vielleicht weg? Oder war sie einfach nur weniger redselig als die anderen beiden und hielt sich vielleicht absichtlich aus der Diskussion heraus?

»Zum Beispiel«, sagte die junge Frau jetzt, und Kate hörte ein kleines, dumpfes Geräusch, wie wenn sich jemand hinsetzt.

»Lauren, ich weiß nicht, ob es dir schon mal aufgefallen ist, aber wenn die uns folgen, sind wir *am Arsch*«, entgegnete der junge Mann. Es folgte eine kurze Pause. Keine Antwort von Lauren.

»Hm?«, machte Kates Retter nach einer Zeit, ohne dass jemand etwas gesagt hatte. »Ja, ja, ich weiß. Aber ich weiß es *jetzt*. Vorhin im Wasser wäre es zu gefährlich gewesen, einfach zu hoffen, dass alles gut geht.«

Kates Stirn zog sich unwillkürlich in Falten. Wovon redete der? Lauren hatte überhaupt nichts gesagt, und doch hatte er plötzlich das Thema gewechselt. Sprach er etwa mit sich selbst? Vielleicht war er ja verrückt. Ein Teil von ihr wollte in Erwägung ziehen, dass er einfach telefonierte, aber dann hätte sich die junge Frau wohl nicht an dem Gespräch beteiligt.

Kate wollte unbedingt verstehen, worum es ging, doch die Unterhaltung wirkte wie einer der Lückentexte, die sie früher in der Schule bearbeitet hatten. Es schienen ganze Teile zu fehlen, aber ihr Gehirn war einfach nicht in der Lage, die Leerstellen sinnvoll zu füllen.

»Du hättest doch gehört, wenn sie euch verfolgt hätten«, sagte Lauren nun.

»Wenn sie uns verfolgt hätten, wäre es schon zu spät gewesen. Motorbetriebene Boote sind bekanntlich ein wenig schneller als schwimmende Menschen.«

Lauren stieß einen lang gezogenen Seufzer aus. »Warum hast du sie denn überhaupt mitgenommen? Weißt du, Menschen sind ein bisschen anstrengender als Katzenbabys oder so. Menschen nimmt man nicht einfach *mit*.«

Wieder sagte keiner etwas, und trotzdem reagierte Lauren nach einer Weile, als hätte jemand etwas auf ihre Worte erwidert. »Mag sein. Aber wenn man freiwillig zu den Idioten ins Boot steigt, kann man ja eigentlich nichts anderes erwarten.«

Beide Stimmen schienen sich nicht in der Nähe von Kates Gesicht zu befinden. Dem Klang nach hielten sie sich eher hinter ihr an ihren Füßen auf. Vielleicht konnte sie kurz die Augen öffnen, ohne dass gleich jemand bemerkte, dass sie wach war.

Sie schlug blinzelnd ihre Lider auf – und sah keinen halben Meter von ihrem Gesicht entfernt ein Paar blasser, nackter Füße stehen. So viel also zu der dritten Person. Hier war sie ja.

Kurz überlegte Kate, sich wieder schlafend zu stellen, sie hatte aber das ungute Gefühl, dass sie bereits beobachtet wurde. Zögernd ließ sie ihren Blick an den Füßen hinaufwandern, über die in eine dunkle, feuchte Hose gekleideten Beine, die helle Haut eines schlanken, nackten Oberkörpers, bis hin zu zwei grüngrauen Augen, die sie neugierig musterten.

Es war ein weiterer, relativ junger Mann mit einer Haut so hell wie feiner Sand. Sein weißblondes Haar schien lang zu sein und im Nacken von einem Band zusammengehalten zu werden. Um seinen Hals baumelte eine kleine Pfeife, wie sie Kate sonst nur von besonders boshaften Sportlehrern in der Schule kannte. Daher also die Pfiffe, die Kate an Bord des Kutters vernommen hatte.

Sie blickten sich einen Moment lang in die Augen, ohne dass einer von ihnen etwas sagte.

»Ist sie wach?«, fragte Lauren dann und klang dabei ehrlich interessiert.

Der hellhäutige Mann löste seinen Blick von Kate, vermutlich um zu Lauren zu sehen. »Sorry. Ist sie wach?«, fragte sie erneut. Der Mann nickte, und kurz darauf tauchte ein weiteres Paar Füße in Kates Sichtfeld auf. Dieses war wesentlich dunkler als das des Mannes, hatte etwa die Farbe von Kaffee mit einem kleinen Schuss Milch und wirkte zudem um einiges zierlicher. Kate vermutete, dass es zu Lauren gehörte.

Nun, da zwei Leute direkt vor ihrer Nase standen, fühlte es sich falsch an, weiterhin nutzlos auf dem Boden herumzuliegen. Obwohl Kates Kopf noch immer pochte und ihre Muskeln bei jeder Bewegung protestierten, bemühte sie sich, in eine halbwegs aufrechte Position zu gelangen. Ihr ganzer Körper fühlte sich an, als habe man ihn ein paar Mal kräftig gegen eine massive Wand geschlagen. Sie verbiss sich einen Fluch.

»Hey, warte«, sagte Laurens Stimme, und dann tauchten ihre dunklen Hände auf und schoben Kates Schultern ein Stück nach hinten, sodass sie sich an einer der Sitzbänke des Bootes anlehnen konnte.

»Danke«, presste Kate hervor. Ihre Stimme klang rau, und ihre Kehle war trocken wie Sandpapier. Vielleicht hatte sie doch ein wenig mehr Salzwasser geschluckt, als sie es gehofft hatte. Sie ließ ihren Blick suchend über den feuchten, abgenutzten Boden des kleinen Motorbootes schweifen, bis sie ihren Rucksack entdeckte. Er lag unter der Sitzbank ihr gegenüber, noch immer triefend nass.

Das Handy war vom Meer wahrscheinlich unwiederbringlich zerstört worden, und das Messer war ihr im Wasser relativ schnell aus der Hand gerutscht, doch sie hatte auch eine Trinkflasche eingepackt. Leider war es ihr im Moment unmöglich dranzukommen, ohne über den nassen Kunststoffboden zu robben, und sie wollte sich nicht die Blöße geben, die Hand danach auszustrecken wie jemand, der zuvor drei Tage lang durch die Wüste gekrochen war.

»Wie geht es dir?«, fragte Lauren.

Was für eine sinnvolle Frage. Kate räusperte sich. Sie wollte, dass ihre Stimme wieder etwas klarer klang. Es tat weh, und sie bereute es gleich darauf.

»Es geht schon«, sagte sie schließlich, um ein schwaches Lächeln bemüht. Sie nahm sich kurz Zeit, Lauren zu mustern – sie war ein hübsches dunkelhäutiges Mädchen, mit großen, nahezu schwarzen Augen und langem welligen Haar, das in der Sonne schimmerte wie flüssige Tinte. Sie sah sympathisch aus, wie jemand, mit dem man viel Spaß haben konnte. Wäre die ganze Situation nicht so eigenartig, hätte Kate sich bestimmt gut mit ihr verstanden.

»Siehst du, sie lebt noch. Welch ein Wunder. Ich hab's dir gleich gesagt«, schaltete sich die Stimme von Kates Retter-Schrägstrich-Entführer wieder ein.

Kate wandte den Kopf in seine Richtung. Er saß in knapp dreißig Zentimetern Abstand zu ihrem Kopf auf der Sitzbank, die Arme vor der nach wie vor nackten Brust verschränkt. Wenigstens Lauren hatte den Anstand, ein graues Tanktop zu tragen und nicht mit völlig freiem Oberkörper durch die Gegend zu springen.

»Schon klar«, murrte Lauren mit einem angedeuteten Augenrollen. Sie schien einen Moment lang nachzudenken, dann ging sie vor Kate in die Hocke und hielt ihr eine Hand hin. »Vielleicht stellen wir uns kurz vor. Ich bin Lauren.«

Kate ergriff die Hand der jungen Frau, die sich warm und trocken auf ihrer eigenen, klammen Haut anfühlte. Lauren schien vielleicht achtzehn oder neunzehn Jahre alt zu sein, zumindest sah sie nicht sehr viel älter aus als Kate selbst.

»Kate«, stellte sie sich vor. Lauren zog mit einem kleinen Lächeln ihre Hand zurück, um auf den blassen, hochgewachsenen Mann zu deuten, der halb hinter ihr stand und bis jetzt mit einem schwer zu deutenden Gesichtsausdruck auf Kate herabgestarrt hatte. Sobald Lauren sich aber halb zu ihm umdrehte, löste sich sein Blick von Kate und huschte zu ihr.

»Das ist Fynn«, erklärte sie.

Fynn senkte das Kinn zu einer Art angedeutetem Nicken, ohne aber etwas zu sagen. In der ganzen Zeit, in der Kate nun schon wach war, hatte er noch keinen Laut von sich gegeben. Sie war sich nicht sicher, ob er etwas gegen sie hatte. Sie hatte weder ihm noch den anderen etwas getan, oder?

Kate wandte sich nun an ihren vermeintlichen Retter, der nach wie vor auf der Bank neben ihrem Kopf saß und sie aus seinen meergrünen Augen beobachtete. »Und du bist ...?«, fragte sie, als er von sich aus nichts sagte und auch Lauren keine Anstalten machte, ihn vorzustellen.

»Ian«, sagte er schlicht und hielt ihr ebenfalls eine Hand hin.

Sie fühlte sich warm und kräftig an, als Kate sie schüttelte und den kurzen Moment nutzte, um Ian noch einmal genauer in Augenschein zu nehmen. Inzwischen waren seine Haare fast getrocknet. Zuvor, auf dem Kutter, waren sie nass gewesen und hatten nur dunkel ausgesehen, doch nun bemerkte Kate, dass sie am Ansatz von einem warmen Braun waren und zu den Spitzen hin heller wurden, bis sie knapp über seinen Schultern in einem beinahe blonden Farbton endeten. Es sah nicht gefärbt aus – vermutlich waren es die Sonne und das Salzwasser gewesen, die seine Haare mit der Zeit ausgebleicht hatten.

»Ziemlich schwielige Hände, was?«, fragte Ian, kaum dass Kate ihre Hand zurückgenommen hatte.

Sie stutzte. Was war das denn bitte für eine Bemerkung?

»Ian!«, zischte Lauren.

Doch der ignorierte sie und hielt seinen Blick interessiert auf Kate gerichtet, als erwarte er wirklich noch eine Antwort auf diese überaus schmeichelhafte Feststellung.

»Das … äh, ja. Vielleicht«, sagte sie nach ein paar Sekunden. Aus dem Augenwinkel sah sie, dass Ian Fynn einen knappen Blick zuschoss. »Danke für das Kompliment«, hängte sie noch an und versuchte gar nicht erst, den Sarkasmus in ihrer Stimme zu verbergen.

»Stets zu Diensten«, erwiderte Ian leichthin.

Es blieb einen Moment lang still. Fynn sah wieder auf Kate herab, die Arme vor der Brust verschränkt, Ian war dazu übergegangen, mit schief gelegtem Kopf auf den Horizont zu starren. Die Mädchen sahen ein paarmal zwischen den beiden hin und her, Kate etwas verunsichert, Lauren eher mit einem prüfenden Ausdruck im Gesicht.

Schließlich war es Lauren, die wieder das Wort ergriff.

»Also … Kate. Du kannst es dir wahrscheinlich schon denken, aber wir würden dich gerne ein paar Sachen fragen. Nur aus

Interesse. Dann bringen wir dich auch wieder nach Hause, wenn du das möchtest, das liegt ganz bei dir«, sagte sie und blickte Kate dabei fest ins Gesicht. Ihre Augen wirkten fast so schwarz wie das endlos tiefe Wasser, durch das Kate und Ian zuvor hinweggeschwommen waren.

Kate nickte. Natürlich war sie davon ausgegangen, dass man sie nicht einfach zur nächsten bewohnten Insel bringen würde, ohne vorher herauszufinden, was sie eigentlich auf dem Fischkutter gemacht hatte. Vermutlich war es nicht gerade üblich, dass man in einem Beiboot versteckte, blinde Passagiere auflas.

Umgekehrt war es aber auch alles andere als üblich, mitten auf dem Meer auf fremde Schiffe zu steigen, um die Ausrüstung der Mannschaft über Bord zu werfen, fand Kate.

Sie wollte wissen, was Lauren, Fynn und Ian für Leute waren. Sie würde sich nicht damit zufriedengeben, rein gar nichts über ihre Retter in Erfahrung zu bringen, während sie sie verhörten.

»Kann ich euch auch Fragen stellen?«, sagte sie also, obwohl ihr das Sprechen noch immer schwerfiel und ihre Stimme kratzig klang.

Laurens geschwungene Brauen zogen sich ein wenig zusammen. »Hast du etwas zu trinken in deiner Tasche?« Als Kate nickte, wandte sie sich an Fynn und berührte ihn kurz am Bein. Sofort löste er seinen Blick von Kate und richtete seine Aufmerksamkeit auf das andere Mädchen. »Kannst du nachsehen, ob in dem Rucksack eine Flasche ist?«

Fynn nickte, ließ sich bei dem Rucksack auf die Sitzbank sinken und begann dann damit, seinen Inhalt zu durchforsten. Kate wunderte sich, dass die drei ihre Sachen nicht schon längst durchsucht hatten. Darum bemüht zu ignorieren, dass ein fremder Mann gerade in ihren Höschen herumwühlte, sah sie wieder zu Lauren, die immer noch in der Hocke vor ihr saß.

»Du darfst Fragen stellen«, sagte die nun. »Aber wir können dir nicht versprechen, dass du auf alles Antworten bekommst.«

Na klasse. Das hieß dann wohl, dass *sie* keine Informationen bekam, aber selber reden musste. Kate öffnete gerade ihren Mund, um zu protestieren, als Ian sich wieder zu Wort meldete.

»Wir haben dir deinen Hintern gerettet, wir bringen dich sogar wieder nach Hause, und im Gegenzug musst du uns nur verraten, was du auf dem Kahn von denen verloren hast. Das ist ein mehr als fairer Deal, findest du nicht auch?«

Kate klappte den Mund wieder zu und schwieg. Dagegen konnte sie nicht viel sagen – im Prinzip hatte er recht. Sie konnte nicht wissen, was passiert wäre, wenn General Blackbirds Männer sie an Bord des Kutters entdeckt hätten, und ohne Ians Hilfe wäre sie niemals davongekommen. Inzwischen musste Kate sich eingestehen, dass sie die Männer, die Gabriel mitgenommen hatten, maßlos unterschätzt hatte. Sie hätte nie im Leben geglaubt, dass die drei Waffen mit sich führten. Das Dröhnen des Schusses hallte wie ein geisterhaftes Echo durch ihre Gedanken, und sie fragte sich, ob sie das Geräusch jemals würde vergessen können.

Fynn hatte seine Untersuchung von Kates Sachen indessen beendet und die große Plastikflasche mit Wasser zutage befördert. Er reichte sie Lauren, die sie an Kate weitergab. Sie nahm sie dankbar entgegen und schraubte sie auf – nur um kurz darauf zu beobachten, wie Fynn mit spitzen Fingern ihr Handy aus dem Rucksack hervorholte.

Es gefiel ihr nicht, das Gerät in seinen Händen zu sehen, aber sie sagte nichts, als er es kurz musterte und dann fragend zu Ian blickte. Der bedeutete ihm mit einer knappen Geste, das Ding zu ihm herüberzuwerfen.

»Jungs«, seufzte Lauren, allmählich einen genervten Unterton in der Stimme.

Ian ignorierte sie, fing das Handy geschickt auf und untersuchte es mit interessiertem Blick, als sei das alte Teil ein glänzendes neues Spielzeug und er ein kleiner Junge. Es dauerte jedoch nicht lange, bis die Neugierde in seinen Augen wieder verlosch.

»Von wann ist das denn?«, fragte er.

Kate runzelte die Stirn. »Keine Ahnung. Vielleicht zehn Jahre alt oder so?«, mutmaßte sie und stellte erleichtert fest, dass ihre Stimme endlich wieder etwas klarer klang. Das kühle Wasser aus ihrer Flasche wirkte Wunder.

Ian nickte bedächtig, ohne von dem Handy aufzusehen. »Die Dinger gab's schon, als ich noch in der Grundschule war.«

»Ähm, cool«, sagte Kate schwach, nicht sicher, was sie sonst hätte erwidern sollen. »Dann bist du jetzt … zwanzig oder so?«

»Noch nicht«, sagte er und sah sie kurz an. »Ich bin neunzehn. Aber nicht mehr lange.«

Also ungefähr ein halbes Jahr älter als Gabriel, dachte Kate. Und damit zwei Jahre älter als sie.

Ian konzentrierte sich wieder voll auf das Handy in seinen Fingern. Er drückte ein paar Knöpfe, und schließlich – Kate konnte es selbst nicht richtig glauben – leuchtete das Display auf. Vielleicht sollte sie dem alten Modell doch dankbar sein; kein Smartphone der Welt hätte einen solchen Ausflug durchs Meer unbeschadet überstanden.

Mit dem Licht des Bildschirms war offenbar auch Ians Interesse neu entflammt. Kate war heilfroh, dass sie weder peinliche Nachrichten noch Selfies oder sonstigen Kram auf dem Teil gespeichert hatte, besonders als Ian Fynn zu sich winkte und die beiden sich neugierig über den Bildschirm beugten.

Lauren beobachtete die beiden mit einem eher zweifelnden Ausdruck.

»Jungs. Das ist ein *zehn Jahre altes Nokia*, nicht der Stein der

Weisen. Können wir bitte zusehen, dass wir hier fertig sind, bevor es dunkel wird?«, fragte sie.

Ian schien über eine Antwort nachzudenken, sah dann aber wohl ein, dass sie wichtigere Probleme hatten als ein voreiszeitliches Handy. Mit einem widerwilligen Gesichtsausdruck schaltete er den Bildschirm aus und legte das Gerät neben seinem Oberschenkel auf der Sitzbank ab.

Fynn, der sich nicht hingesetzt hatte, sondern vor Ian stehen geblieben war, um sich über das Handy zu beugen, richtete sich auf, verschränkte erneut die Arme und ging wieder dazu über, mit seinem unergründlichen Blick auf Kate herabzustarren.

»Danke«, sagte Lauren zu den beiden. Dann wandte sie sich an Kate. »Also gut. Warum warst du auf dem Boot?«

»Wegen meinem Bruder«, sagte Kate. Es war die Wahrheit, nicht mehr und nicht weniger.

»Ist dein Bruder einer von denen?«, fragte Ian.

Kate runzelte die Stirn. »Frage meinerseits: Wer sind ›die‹ denn überhaupt?«

»*Saighdear.* Eine Art Organisation«, erklärte Ian. »Ist ein gälisches Wort. Bedeutet so viel wie ›Haufen minderbemittelter Vollidioten‹.«

»Und … was machen die?«, hakte Kate nach. Irgendetwas sagte ihr, dass Ians freundliche Übersetzung des Organisationsnamens nicht ganz korrekt war, und mittlerweile ärgerte sie sich darüber, dass sie in ihrem gesamten Leben noch kein einziges Wort Gälisch gelernt hatte, wo Gabriels neue Freunde doch so einen offensichtlichen Fimmel für die Sprache hatten.

»Kein Kommentar«, sagte Ian. »Also: Gehört dein Bruder zu denen?«

Kate schüttelte zögernd den Kopf. »Nein, ich … ich glaube nicht. Nicht dass ich wüsste.«

»Aber er war auf deren Boot?«, fragte Lauren.

»Er war … Äh, ja. War er.«

»Die lassen normalerweise niemanden auf ihr Boot, der nicht zu ihrem Haufen gehört«, sagte Lauren langsam, beinahe mitfühlend. »Aber es würde mich nicht wundern, wenn dein Bruder dir nichts davon gesagt hat. Die waren schon immer mehr als verschlossen gegenüber Außenstehenden.«

»Mein Bruder sagt mir alles«, protestierte Kate, musste Lauren innerlich aber recht geben. Wenn man den Andeutungen der Männer Glauben schenken konnte – und Kate wusste nicht, warum sie in diesem Punkt hätten lügen sollen –, dann hatte Gabriel schon länger gewusst, dass sie ihn früher oder später abholen würden. Und hatte er jemals mit ihr darüber gesprochen? Nein. Hatte er nicht.

Leider schien Ian bemerkt zu haben, wie schnell die Sicherheit in ihrem Ausdruck verblasst war.

»*Fast* alles, hm?«, fragte er.

Kate senkte den Blick. Der Wind hatte aufgefrischt, ihre Sachen waren immer noch feucht, und sie begann langsam zu frösteln. »Ja, fast alles«, gab sie widerwillig zu. »Aber ich kenne ihn lange genug, und ich habe gesehen, wie er mit denen geredet hat. Er mag die Kerle nicht, und er wollte nicht wirklich mit ihnen mitkommen. Ich kann mir nicht vorstellen, dass er das freiwillig gemacht hat. Die haben ihn irgendwie dazu gezwungen.«

»Kann schon sein. Das würde zu denen passen«, sagte Lauren.

»Besonders mit Blackbird als Anführer«, fügte Ian mit leiser Verachtung in der Stimme an.

»Ist das denn das erste Mal, dass sie deinen Bruder mitgenommen haben?«, fragte Lauren nun.

»Ja«, antwortete Kate, obwohl sie sich langsam selbst nicht mehr sicher war, ob sie das behaupten konnte. Immerhin war Gabriel in den letzten Wochen gelegentlich etwas … seltsam gewesen und manchmal für ein paar Tage verschwunden, ohne Bescheid zu sagen, wohin er ging. Hatte er diese Zeit vielleicht schon mit Alaric und Jack verbracht? »Also, er … O Mann. Er war manchmal weg, aber nie wirklich lange. Und als sie ihn jetzt abgeholt haben, klang das, als ob er die nächsten Wochen oder sogar Monate nicht mehr wiederkommen würde.«

»Vielleicht nehmen sie ihn gerade auf«, sagte Ian, sobald Kate wieder verstummt war. »Die haben im Moment ein klitzekleines Personalproblem. Wundert mich nicht, wenn sie mittlerweile Leute aus Familien rekrutieren, die sonst nicht auf ihrer Liste stehen.«

Liste. Rekrutieren. Es klang, als wären diese Leute eine Art selbst ernannte Marine. Allein die Uniformen und dieses ominöse »Fort«, von dem Alaric erzählt hatte, sprachen dafür. Ebenso die Schusswaffen. Es war alles so absurd. Kate hatte ihr ganzes Leben lang nur ihre kleine Inselwelt gekannt, mit ihren Freunden, ihrer Familie und den Schafen. Und nun hatte sich in nicht einmal vierundzwanzig Stunden alles auf den Kopf gestellt, und sie befand sich mit zwei halb nackten jungen Männern und einer, immerhin akzeptabel angezogenen, jungen Frau auf einem winzigen Motorboot, das auf den kleinen Wellen munter vor sich hinschaukelte. Um sie herum erstreckte sich mehrere hundert Meter weit nichts als Wasser, nur in der Ferne konnte sie verschwommen die grün-grauen Silhouetten einiger Inseln erkennen, die sie im Moment aber nicht richtig zuordnen konnte. Sie war vermutlich kilometerweit von ihrem Zuhause und ihrem Bruder entfernt und wollte gar nicht erst daran denken, was mit ihr hätte passieren können, wenn Ian sie nicht rechtzeitig aufgegabelt hätte. So hatte sie sich den Ausgang ihres Plans definitiv nicht vorgestellt.

Ohne weiteren Protest ließ sie das restliche Verhör von Ian und Lauren über sich ergehen. Die beiden wollten alles wissen, was Kate über Alaric, Jack und den General erfahren hatte: Was die Männer auf der Insel zu ihr gesagt hatten, worüber sie an Bord des Kutters geredet hatten oder ob Gabriel zuvor einen von ihnen namentlich erwähnt hatte. Die Antworten, die Kate ihnen auf ihre Fragen geben konnte, waren leider mehr als dürftig – immerhin waren die liebsten Themen von Jack und Alaric das Leben, die Bärte und die Kochkünste anderer Leute gewesen, und dies schien nicht wirklich die Art von Information zu sein, die Ian und Lauren interessierte.

Zuletzt wollten sie wissen, wann und wie sie selbst an Bord gelangt war.

»Und die haben keinen Blick in ihr Beiboot geworfen?«, fragte Ian ungläubig.

Kate schüttelte den Kopf. »Kein einziges Mal. Sonst würde ich ja nicht hier sitzen, oder?«

»Wahrscheinlich nicht«, sagte Lauren und presste die vollen Lippen aufeinander. »Wie gesagt, die haben's nicht gern, wenn Fremde auf ihren Booten rumklettern, auch wenn die einzige wirkliche Information, die du kriegen konntest, Quentins Oberlippenbart betrifft.«

»Der Kerl lässt nach, oder?«, sagte Ian. »Jack, meine ich. Hat verdammt lange gedauert, bis die überhaupt gemerkt haben, dass Fynn und ich an Bord gekommen sind.«

Kates Brauen zuckten nach oben. Wäre die Pfeife nicht gewesen, hätte sie überhaupt nicht gemerkt, dass Fynn ebenfalls in der Nähe gewesen war. Aber sogar an Bord? Es lag wohl daran, dass er so gut wie gar keine Geräusche machte. Plötzlich fielen ihr die Worte ein, die Ian am Kutter mit den Lippen geformt hatte, ohne dabei einen einzigen Laut von sich zu geben. Die raschen Gesten seiner Hände. Fynns helle Augen, die geschäftig zwischen den verschiedenen Personen umhertanzten, wenn sie mit Ian und Lauren redete. Die Leerstellen in der Unterhaltung, die vorhin aufgetreten waren, als sie sich noch bewusstlos gestellt hatte.

In ihrem Hinterkopf begann sich eine leise Vorahnung zu regen. Vielleicht war Fynn gar nicht so unhöflich, wie sie anfangs gedacht hatte. Vielleicht lag es an etwas ganz anderem, dass er kein Wort sagte.

»Kann sein, dass er betrunken war …«, sagte Lauren zu Ians Kommentar über Jack und zuckte dabei mit den Schultern. Dann wandte sie sich wieder an Kate. »Ähm, gut, da wäre noch eine Sache, die wir bisher vergessen haben. Warum bist du überhaupt zu denen aufs Boot geklettert, Kate?«

Kate stutzte. »Das hatten wir doch ganz am Anfang. Wegen meinem Bruder. Wegen Gabriel.«

Sie hörte, wie Ian den Namen ihres Bruders leise wiederholte, offenbar mehr zu sich selbst als zu jemand anderem. Vielleicht sollte sie langsam die geistige Gesundheit ihrer Retter anzweifeln. Das machte ihre Lage zwar nicht besser, war aber eine recht logische Erklärung für das Verhalten der drei.

»Ja, das hast du gesagt«, gestand Lauren ihr ein.

»Aber das ist *keine* Begründung für dein Handeln«, sagte Ian, nachdem er offenbar wieder aus dem Reich seiner geistigen Umnachtung erstanden war. »Dein Bruder war an Bord, schön. Ich glaube, Jack hat auch eine Schwester. Der Unterschied ist nur, dass die nicht ins Beiboot klettert, sobald er in See sticht.«

»Ich glaube, er möchte dich fragen, was du damit erreichen wolltest«, sagte Lauren mit einem schwer zu deutenden Blick auf Ian. Er sagte nichts.

»Ich wollte wissen, wo sie ihn hinbringen«, sagte Kate und warf einen Blick in die Runde, um ihre Reaktionen abzuschätzen. Sie sah bloß neugierig angehobene Augenbrauen, als erwarteten alle drei eine genauere Ausführung. »Ich meine, die sind gestern plötzlich aufgetaucht und haben gesagt, dass sie ihn mitnehmen. Ohne zu erklären, wohin, wofür oder wie lange. Ich kann nicht kommentarlos sitzen bleiben, während die meinen Bruder verschleppen. Ich wollte einfach etwas tun.«

»Du wolltest ihm also helfen?«, fragte Ian.

Kate zögerte, ehe sie eine Antwort gab. Sie war sich nicht sicher, ob Ians Worte eine aufrichtige Frage waren oder nicht. Es erschien ihr durchaus möglich, dass er nur nachhakte, um sich anschließend über die Aussichtslosigkeit ihrer Pläne lustig zu machen. »Ja, wollte ich«, sagte sie.

»Um jeden Preis, oder? So sehr, dass du dafür Risiken in Kauf nimmst, von denen du im Prinzip keine Ahnung hast?«, fragte er, als wäre er der Sprecher in einer schlechten Werbung für Versicherungen.

»Äh … Sieht so aus, oder?«, sagte Kate. Sie wusste immer noch nicht, worauf er hinauswollte. Überhaupt dauerte ihr diese Fragerei nun schon viel zu lange, und so langsam hatte sie genug davon. Sie wollte nur noch heim.

Einem Teil von ihr widerstrebte es zwar, mit völlig leeren Händen zu ihrem Vater und Terry und den anderen zurückzukehren, wo sie mit dem Brief und Terrys Versprechen doch so einen Wirbel um ihren Aufbruch gemacht hatte. Der Rest von ihr sehnte sich jedoch bereits nach der tröstlichen Sicherheit ihres Zuhauses, in dem keiner mit Schusswaffen hantierte.

Vielleicht konnte sie sich in den nächsten Tagen einen besseren Plan zurechtlegen. Einen, der auch wirklich funktionierte und der weniger Risiken für sie und Gabriel barg.

»Und du willst es immer noch?« Ian hob fordernd die Augenbrauen an und ließ sie erst wieder sinken, als sie langsam nickte.

»Ja«, sagte sie nun auch laut. »Aber ich bin ja wohl ziemlich gescheitert. Und wenn ich das richtig verstanden habe, findet ihr meinen Plan auch nicht sehr sinnvoll. Also hätte das allem Anschein nach eh keinem was gebracht.«

Ian gab ihr keine Antwort. Etwa in der ersten Hälfte ihres Satzes war er plötzlich aufgesprungen und zu Fynn hinübergegangen. Nun nahm er den blassen blonden Mann so weit beiseite, wie es in dem kleinen Motorboot eben möglich war, und begann mit einem bohrenden, festen Blick auf ihn einzureden, ohne dass dabei auch nur ein Laut über seine Lippen drang.

Fynn nickte gelegentlich, und manchmal formte er mit seinen Händen Gesten, die Kate nicht kannte. Ian nahm ebenfalls ab und zu seine Hände zu Hilfe, auch wenn seine Bewegungen etwas fahriger und unsicherer wirkten als Fynns und bei Weitem nicht so schnell waren. Kate sah ihre Vermutung bestätigt.

Fynn war nicht unhöflich. Er war taub.

Sie beobachtete die Unterhaltung der beiden fasziniert, ohne ein einziges Wort zu verstehen, und wurde abrupt aus ihrer Starre gerissen, als Lauren sie ansprach.

»Hm?«, fragte sie, da sie keine Ahnung hatte, was das Mädchen zu ihr gesagt hatte.

»Ich hab gesagt, wir können dich jetzt heimbringen«, wiederholte sie nicht unfreundlich. »Bevor dein Vater sich Sorgen macht. Und du hast wahrscheinlich auch keinen Bock, noch weiter hier rumzusitzen.«

»Warte mal, Lauren«, sagte Ian, bevor Kate eine Antwort geben konnte, fuhr dann aber mit seiner eigenen Konversation fort, den Blick weiterhin konzentriert auf sein Gegenüber gerichtet.

»Was denn?«, fragte Lauren, eine Augenbraue angehoben, doch die beiden beachteten sie nicht.

Vielleicht war das ein guter Zeitpunkt für Kate, um doch noch ein wenig mehr über ihre Retter in Erfahrung zu bringen. Immerhin schien Lauren die freundlichste und gesprächigste der drei zu sein. Nicht dass das Fynns Schuld gewesen wäre.

»Kann ich dich was fragen?«

Lauren biss sich auf die Unterlippe. »Hm, klar. Worum geht's?«

»Was haben Ian und Fynn auf dem Boot gemacht?« Kate sah, dass Ian ihnen einen knappen Blick zuschoss. Doch sie hoffte, dass Lauren es nicht bemerkt hatte und ihr eine befriedigende Antwort gab.

»Du hast es vielleicht schon gemerkt, aber …«, begann Lauren und zögerte dann. »Also, unsere Beziehung zu denen, zu den *Saighdear*, ist ein wenig angespannt. Wir haben ein Problem mit denen und die mit uns. Nenn es eine Art Konflikt. Jedenfalls kam es vor Kurzem zu einer kleinen Auseinandersetzung. Ian und Fynn waren jetzt auf dem Kutter, um ein paar Waffen über Bord zu werfen.«

Waffen? War das der Inhalt der Kisten gewesen? *Waffen?*

Etwas sagte Kate, dass sie von dieser Information eigentlich nicht mehr überrascht sein sollte, aber trotzdem jagte sie ihr einen eiskalten Schauer über den Rücken. Gabriel schien in eine Sache verwickelt zu sein, die viel größer, viel gefährlicher war, als sie es anfangs angenommen hatte.

Plötzlich fiel ihr ein, was Ian zuvor erwähnt hatte. »Warte mal. Kommt daher das Personalproblem von denen? Aus dem Konflikt mit euch?«

Lauren schlug die Augen nieder, fast als schämte sie sich für ihre Antwort. »So in der Art.«

»Weil ihr … euch gegenseitig umbringt?«, fragte Kate, und mit einem Mal schien die Welt stillzustehen. Hatte sie sich die ganze Zeit über mit Mördern unterhalten, ohne es zu merken? Aber diese Leute hatten sie doch gerettet, sie waren freundlich, sie konnten doch unmöglich …

In diesem Moment beendete Ian seine Unterhaltung mit Fynn und trat wieder zu den beiden Mädchen. Nun, da sie darauf achtete, bemerkte Kate, dass Fynn sich stets so positionierte, dass er alle an Bord im Auge behalten konnte.

»Okay, Cathy«, sagte Ian. »Wir haben ein Angebot für dich.«

»Kate«, sagte sie. Ian starrte sie verständnislos an, von ihrem Einwand offensichtlich aus dem Konzept gebracht. »Ich heiße Kate. Nicht Cathy«, erklärte sie.

Er machte eine kleine, abwinkende Geste. »Ist ja fast dasselbe. Dürfte ich dann jetzt mein Angebot vorbringen, holde Maid?«

Kate hob die Augenbrauen, kommentierte seine spitze Anrede aber nicht weiter. Es interessierte sie zu sehr, was er zu sagen hatte. »Ja, darfst du. Worum geht's?«

»Du willst deinen Bruder immer noch da rausholen?«, fragte er zum gefühlt zehnten Mal.

»Ja, will ich«, sagte sie, nun zusätzlich angespornt von der Tatsache, dass Gabriel wahrscheinlich in ernsthafter Gefahr war. Nicht dass sie sonderlich darauf aus war, in eine ähnliche Situation zu geraten wie ihr Bruder. Sie wollte nur einen möglichst risikofreien Weg finden, ihn zurückzuholen.

»Wir können dir dabei helfen«, sagte Ian, hob aber augenblicklich die Hand, um einer Frage von ihr vorzubeugen. »Wenn du uns dafür auch hilfst. Eine Hand wäscht die andere. Wir helfen dir, deinen Bruder nach Hause zu holen, ohne dass euch etwas geschieht. Im Gegenzug kommst du mit uns und tust das, was wir dir sagen. Das mag abgedroschen klingen, aber wir versprechen dir, weder dich noch deinen Bruder in ernsthafte Gefahr zu bringen, zumindest wenn sich das vermeiden lässt. Klingt das fair?«

Aus Filmen und Büchern wusste Kate, dass die meisten Leute solche Angebote nur machten, um für sich selbst einen haushohen Vorteil herauszuschlagen. Andererseits war das hier kein Film oder Buch, sondern die Realität. Wenn die drei ihr etwas Böses gewollt hätten, dann hätten sie sie einfach an Bord des Kutters lassen können, und da Kate ihren Bruder nach wie vor retten wollte, schien Ians Angebot vorerst der einzige Weg zu sein, das auch zu schaffen. Schließlich hatte sie keine Ahnung von den *Saighdear,* wusste nicht, wo deren Fort war oder wie gefährlich die Organisation wirklich war. Alles Informationen, die Ian und seine Freunde höchstwahrscheinlich hatten. Und wenn es ihr mit den dreien zu bunt wurde, konnte sie ja immer noch abhauen.

»Du weißt doch noch gar nicht, was die anderen dazu sagen, oder? Was ist mit Nile?«, wandte Lauren ein, bevor Kate antworten konnte. Sie wirkte tatsächlich ein wenig verunsichert. »Außerdem ist das …«

»Später«, fiel Ian ihr ins Wort. »Ich werd das mit den anderen noch klären.« Er wandte sich wieder an Kate. »Es ist wie gesagt nur ein Angebot. Ich kann dir noch nicht versprechen, dass die anderen einverstanden sein werden. Ich gehe aber davon aus. Wenn nicht, bringen wir dich eben nach Hause und vergessen das Ganze wieder. Für den Moment zählt nur, was du dazu sagst.«

Kate blickte zu ihm auf. Sie saß immer noch auf dem tollen, überhaupt nicht feuchten Boden, und so, wie Ian mit all seinen Muskeln vor ihr stand, wirkte er beinahe bedrohlich. »Also mache ich irgendwas für euch, und dafür tut ihr Gabriel nichts? Und helft ihm, wieder heimzukommen?«

»Das hab ich doch gerade gesagt, oder?«, fragte Ian.

»Äh, ja … Hast du wohl. Das heißt, ich komme jetzt mit euch?«

»Wenn dich zu Hause keiner vermisst. Was ist mit deinem Vater?«, fragte Lauren. Ging man denn heutzutage gar nicht mehr von der Existenz von Müttern aus?

»Ich hab ihm einen Brief geschrieben«, sagte Kate. »Ich denke, er weiß, dass ich eine Weile weg bin. Wenn alles gut geht, sagt er dem Rest meiner Familie, dass ich mit Freundinnen im Urlaub bin.«

»Glaubst du, er macht das? Und was ist mit deinen Freundinnen?«

»Die sind wirklich im Urlaub.«

»Und die Schule?«

»Es sind Sommerferien.«

»Lauren«, seufzte Ian, ehe sie noch weiter Fragen stellen konnte. »Um auf dich zurückzukommen, *Kate.*« Er betonte den Namen, als sei er wegen der Unterbrechung von vorhin immer noch beleidigt. »Wir würden dich jetzt erst mal mitnehmen, um das alles abzuklären. Es wird viel Gelaber geben, wahrscheinlich ist es stellenweise langweilig, aber bei einem Großteil des Gelabers musst du gar nicht dabei sein. Danach sehen wir weiter. Vielleicht sollte ich noch sagen, dass das die einzige Möglichkeit ist. Wir können dich auch heimbringen, aber dann wirst du uns – und vielleicht auch Gabriel – in deinem ganzen Leben nicht mehr wiedersehen. Es liegt ganz bei dir.«

Er sah erwartungsvoll auf sie herab. Kate dachte einen Moment lang über seine Worte nach, stellte aber schnell fest, dass es nichts mehr zu überlegen gab. Sie wusste bereits, was sie tun würde.

»Also gut. Ich mache mit«, sagte sie.

Ian nickte langsam. Das schwer zu deutende Blitzen in seinen Augen, das auf ihre Zusage folgte, ließ sie kurz zweifeln, ob sie die richtige Entscheidung getroffen hatte, doch sie weigerte sich, etwas daran zu ändern. Auch dann noch, als Lauren ihr einen kleinen Blick zuwarf.

»Schön. Dann herzlich willkommen an Bord«, sagte Ian.

5

Es war erstaunlich, wie schnell die unterschwellige Anspannung auf dem Boot verschwand, nachdem Fynn ans Steuer getreten war und den Motor gestartet hatte. Obwohl Lauren zuvor noch so gewirkt hatte, als würde sie protestieren wollen, schnitt sie das Thema nun gar nicht mehr an. Auch Ian beließ es bei seinem letzten Satz, als hätten die beiden das Problem ohne ein weiteres Wort geklärt.

Fynn wendete das Boot in eine Richtung, die Kate aufgrund des Sonnenstands für Südwesten hielt, auch wenn sie sich nicht sicher war, und beschleunigte dann, bis das kalte Meerwasser zu beiden Seiten des Schiffskörpers emporspritzte. Lauren und Ian hatten sich einander gegenüber auf die Sitzbänke fallen lassen und wechselten nun ein paar belanglose Sätze über ein paar Leute, die Kate selbstverständlich nicht kannte. Ebenso selbstverständlich erklärte ihr keiner von beiden, um wen es gerade ging.

Immerhin waren ihre Kräfte nach und nach wieder zurückgekehrt, und so schaffte sie es nun, sich mit bestechender Eleganz neben Ian auf die Sitzbank zu hieven. Wenn sie noch weiter auf dem dämlichen feuchten Boden hockte, bekam sie am Ende eine Nierenentzündung oder Ähnliches, und das konnte sie im Moment nun wirklich nicht gebrauchen.

Erst als sie oben saß, bemerkte sie, dass Ian ihren Positionswechsel aus dem Augenwinkel beobachtet hatte.

»Tut mir leid«, sagte sie, bevor er ihre Bewegungen in irgendeiner Weise kommentieren konnte. »So ein Verrückter hat mich gefühlte drei Kilometer durchs Wasser geschleift.«

»Wenn ich mich nicht ganz täusche, war das weniger«, erwiderte Ian, und tatsächlich zuckten seine Mundwinkel dabei ein Stück nach oben. Es war das erste Mal, dass er lächelte.

»Deswegen habe ich *gefühlte* drei Kilometer gesagt.«

Ian hob die dunklen Brauen an. »Sind gefühlte Kilometer eine neue Einheit? Wie berechnet man die? Tatsächliche Distanz mal zehn im Quadrat?«

»Ha, ha«, sagte Kate sarkastisch. Definitiv die schlagfertigste Antwort, die man auf eine solche Bemerkung hätte geben können, doch sie war noch nie gut in solchen Dingen gewesen. Sicher, manchmal gelang es ihr, rasch passende Erwiderungen zu finden, aber eben nur … manchmal. Sie fürchtete schon jetzt, dass das bei Ian zu einem Nachteil werden konnte.

»Es war schon ziemlich weit«, schaltete Lauren sich ein. Sie hatte die Ellbogen auf die Knie gestützt, um ihr Gesicht in die Hände legen zu können, und sah aus ihren großen dunklen Augen zu Kate und Ian herüber. »Fynn und ich haben uns schon gefragt, ob ihr abgesoffen seid.«

»Dann hättest du nicht regelmäßig zwei Köpfe aus dem Wasser auftauchen sehen, oder?«, erwiderte Ian. »Ich hab mal gehört, Ertrunkene haben es nicht so mit dem Luftholen.«

Lauren verzog das Gesicht. »So leicht sieht man das bei den Wellen nun auch wieder nicht. Außerdem hab ich mich eher auf das Schiff von denen konzentriert und nicht auf deine Haare.«

»Haben die dich denn nicht gesehen?«, fragte Kate. Die zwei sahen so schnell zu ihr, dass sie sich plötzlich nicht mehr sicher war, ob es ihr überhaupt erlaubt war, zu reden. »Die *Saigh*…? Äh. Egal. Alaric und so, meine ich?«

»Die?« Laurens Gesicht entspannte sich wieder, was Kate

innerlich erleichtert aufatmen ließ. »Ich denke, die *Saighdear* haben mich gesehen. Aber hier in der Gegend sind ja recht viele Inseln. Also auch viele Boote. Und welches Boot uns gehört und welches nicht, können sie zum Glück noch nicht riechen.«

»Kommt alles noch. Wart's nur ab«, murmelte Ian.

»Äh, Lauren ...«, sagte Kate, und das andere Mädchen blickte wieder zu ihr. »Eins noch. Du hast vorhin gesagt, Fynn war bei dir am Boot, oder? Aber ich dachte, er war auch am Kutter ... Ich versteh das nicht ganz. Weil ... er müsste doch eigentlich mit uns oder nach uns bei dir angekommen sein, oder?«, stammelte sie zusammen, in der Hoffnung, dass Lauren verstand, worauf sie hinauswollte.

»Fynn hatte keine achtzig Kilo Zusatzgewicht dabei. Natürlich war er schneller als wir«, erklärte Ian an Laurens statt, als wäre ihre Frage außerordentlich dämlich gewesen.

»Ich wiege keine achtzig Kilo«, erwiderte Kate empört.

Ian schenkte ihr ein süßliches Lächeln. »Sorry. *Gefühlte* achtzig Kilo meinte ich natürlich.«

Lauren vergrub unter einem langen, schnaubenden Ausatmen das Gesicht in den Händen und sagte nichts.

»Was habt ihr eigentlich gegen die *Saighdear?*«, fragte Kate wie beiläufig. Die Stimmung auf dem kleinen Boot wirkte immer noch entspannt. Vielleicht bekam sie eine Antwort.

»Vergiss es«, sagte Ian sofort und zerschlug so mit seinem verbalen Vorschlaghammer ihren kleinen, zerbrechlichen Hoffnungsschimmer. »Wie gesagt. Erst klären wir das mit dem Rest. Dann klären wir noch mal was mit dir. Und dann überlegen wir uns, wie viel Wissen gut für dich ist und was dir nur schadet.«

Ian blieb stur. Während der ganzen Fahrt versuchte Kate immer wieder, kleine, unauffällige Fragen in das Gespräch einzubauen, manchmal so versteckt, dass sie selbst stolz darauf war, aber es half alles nichts. Zwar schien Lauren hin und wieder eine Antwort in Erwägung zu ziehen, doch Ian hatte offenbar einen eingebauten Sensor für die Herausgabe vertraulicher Informationen und lenkte stets vom Thema ab, bevor Lauren auch nur ein Wort sagen konnte.

Das genaue Ziel der Fahrt wollten ihr beide nicht verraten. Da Kate während ihrer Zeit im Beiboot keine Orientierung gehabt hatte, wusste sie weder, in welche Himmelsrichtung sie gefahren waren, noch wie schnell sie sich fortbewegt hatten. Sie wusste nicht, wo sie waren, wie weit es zu ihrer Heimatinsel war und konnte die Inseln, die sie gelegentlich passierten, aus dieser Entfernung nicht benennen.

Und so drehte sich der Rest ihrer Unterhaltung um harmlose Themen. Lauren fragte, offenbar ernsthaft interessiert, nach der Schule und nach Kates Freunden, und Ian fragte, ob sie sich ihre Intelligenz und ihr Risikobewusstsein eigentlich von ihren Schafen geborgt hatte. Kate hatte keine Ahnung, was er damit erreichen wollte, außer sich unsympathisch zu machen. Vielleicht waren diese hohlen Bemerkungen aber auch seine ganz persönliche Art von Humor. Wenn er über so was denn verfügte.

Die Fahrt schien ewig zu dauern. Als sie die meisten bewohnten Inseln hinter sich gelassen hatten und nur noch vereinzelt Felsflächen aus dem Wasser ragten, erkannte Kate, was genau Fynn ansteuerte: einen alten, vermutlich schon lange stillgelegten Leuchtturm, der auf seinem felsigen Thron die umliegenden Wellen überwachte.

Erst irgendein Fort, jetzt verlassene Leuchttürme. Was kam denn bitte noch alles? Alte Schmugglerhöhlen vielleicht, die man nur durch einen Zugang unter Wasser erreichen konnte? Je näher sie dem gedrungenen Turm aus grauen Steinen kamen, desto stiller wurde es auch auf dem Motorboot. Ein Teil der vorherigen Anspannung kehrte zurück, wenn Lauren auch die

Einzige war, der Kate es wirklich ansehen konnte. In den Gesichtern von Ian und Fynn regte sich indessen so gut wie nichts.

Fynn steuerte das Boot in einem weiten Bogen am Leuchtturm vorbei, und Kate sah, dass sich hinter dem Turm noch mehr als dreihundert Meter Land befanden, dessen schroffe Küste an einer Stelle etwas flacher abfiel und weniger felsig war. Dort ragte ein verwitterter Steg aufs Wasser hinaus, an dem noch ein weiteres kleines Motorboot vertäut war.

Unwillkürlich überlegte Kate, woher man auf einer so abgelegenen Insel den Sprit für die Teile bekam. Doch wichtiger war wohl die Frage, warum Ian, Lauren und Fynn es nötig hatten, einen alten Leuchtturm als Rückzugsort zu verwenden.

»Kümmert ihr euch um das Boot und die anderen«, sagte Ian zu Lauren und zog sich ein schwarzes Shirt über, das er zuvor aus einer zerfledderten Tasche in einer Ecke des Boots gezogen hatte, während Fynn vorsichtig den Steg ansteuerte. »Ich gehe mit Cat zu …«

»*Kate.*«

»… mit unserer kleinen Zicke hier zu Nile und rede mal mit ihm«, vervollständigte er seinen Satz.

Lauren nickte langsam. Ihr Blick war nachdenklich auf die Anlegestelle gerichtet. »Tu, was du nicht lassen kannst. Ich bin sicher, er freut sich.«

»Davon gehe ich aus.«

Kate blickte kurz zu Lauren, doch diese sah nicht so aus, als würde Ian sie und Kate zu diesem Nile begleiten wollen. Es wäre ihr lieber gewesen, Lauren bei sich zu wissen, allein schon, weil sie ihr von den dreien am sympathischsten war und weil sie bisher nicht den Eindruck hatte, dass Ian sie sonderlich leiden konnte.

Aber Kate würde sich keinesfalls die Blöße geben, etwas zu sagen. Auf den blöden Spruch von Ian, der auf so eine

Beschwerde vermutlich folgen würde, konnte sie wirklich verzichten.

Ian und Fynn zogen das Boot nun mit geübten Bewegungen an den Steg heran und machten es fest. Einen Moment lang sah es so aus, als wolle Ian daraufhin abspringen, doch dann sah er kurz auf den Boden des Motorboots und blieb zögernd stehen. Fynn warf ihm einen fragenden Blick zu, den Ian mit ein paar knappen Gesten beantwortete, die Kate natürlich nicht zuordnen konnte. Für sie sah es aus, als ob Ian Fynn dazu anwies, den Boden des Bootes mit einem Pullover zu schrubben.

Fynn nickte jedenfalls, und damit schien die Sache für beide geklärt zu sein.

Ian sprang auf den Steg und bot Kate eine Hand an, um ihr ebenfalls hinüber zu helfen. Sie ignorierte sie, packte mit einer Hand ihren Rucksack und machte einen großen Satz.

»Gern geschehen«, hörte sie ihn neben sich murmeln.

»Ich hab erst mal genug davon, von dir irgendwo hingezogen zu werden«, sagte sie. Sie glaubte, ganz gut gekontert zu haben, doch Ian hob nur die Brauen an.

»Bist du eigentlich immer so nachtragend oder ist das was Persönliches?«

»Da redet der Richtige. Du bist doch immer gleich eingeschnappt, wenn ich die falsche Aussprache meines Namens korrigiere.«

»Das liegt daran, dass ihr Mädels heutzutage alle so heißt«, erklärte Ian. »Kate, Cathy, Cat, Kitty, Katy, ist alles dasselbe.« Er sah sie einen Moment lang an, doch sein Blick sagte deutlich, dass er keine Erwiderung mehr hören wollte. »Also, komm mit. Ich bin sicher, man hat uns schon gesehen, und Geduld war noch nie Niles größte Stärke.«

Er warf noch einen kurzen Blick zu seinen Freunden, oder in welcher Beziehung auch immer die drei zueinander stehen mochten, dann drehte er ab und ging in Richtung Strand. Kate wollte ihm gerade folgen, als sie hinter sich Laurens Stimme hörte.

»Hey, Kate.«

Sie drehte sich um. Lauren sprang nun ebenfalls auf den Steg und kam direkt vor ihr zum Stehen. Kate fiel erst jetzt auf, dass das andere Mädchen ein gutes Stück größer war als sie selbst.

»Es ist wichtig, dass ihr jetzt mit Nile sprecht. Er ist so was wie unser Anführer. Boss. Wie auch immer man das nennt«, sagte sie leise, auch wenn sich Kate nicht ganz erschloss, warum. Fynn hörte sowieso nichts von dem, was sie sagten, und Ian, wieder einmal voll und ganz der Gentleman, war natürlich weitergegangen, wie ihr ein knapper Blick über die Schulter verriet.

»Alphatierchen?«, riet sie, aber Lauren ging nicht weiter darauf ein.

»Ich würde dir gern mehr sagen, aber wenn er davon Wind bekommt, dass ich dir Dinge erzählt habe, die dich in seinen Augen vielleicht nichts angehen, dann gibt das Probleme für uns beide. Jedenfalls ist Nile nicht ganz einfach. Halt dich ein wenig zurück. Ian kennt ihn besser als wir alle, er weiß, was er tut. Vertrau ihm. Fynn und ich kommen später nach.«

Vertrau ihm. Kate schnaubte. Bis jetzt hatte Ian sich nicht gerade darum bemüht, von ihr mit Sympathie und Vertrauen beworfen zu werden. Andererseits hatte er sie aber auch aus einer potenziell gefährlichen Situation gerettet und angeboten, Gabriel zu helfen. Mal ganz abgesehen davon, dass sie alleine ohnehin nicht mehr von hier wegkam.

»Kitty«, rief Ian. »Ich hab nicht den ganzen verdammten Tag Zeit.« Kate schnaubte. Zu blöd, dass der Name Ian zu kurz war, um dämliche Abkürzungen für ihn zu finden, dachte sie.

»Du solltest jetzt gehen«, sagte Lauren.

»Glaubst du, er hasst mich irgendwie?«, fragte Kate rasch, den kurzen Moment ausnutzend, den die beiden Mädchen für sich hatten. Laurens Brauen zogen sich ein Stück zusammen, ehe sie den Kopf schüttelte.

»Nein. Wir kennen dich doch noch gar nicht richtig. Ian ist Fremden gegenüber immer etwas schwierig, das ist alles«, erklärte sie. Die Antwort kam ein klein wenig zu zögerlich, und Kate fragte sich, ob nicht vielleicht noch mehr dahintersteckte, als Lauren tatsächlich gesagt hatte. Leider blieb ihr nun aber keine Zeit mehr, um das herauszufinden. Sie konnte regelrecht spüren, wie sich Ians Blick in ihren Rücken bohrte.

»Ähm … Danke«, sagte sie zu Lauren, nicht sicher, wie sie die Unterhaltung sonst hätte beenden sollen.

Lauren nickte, schenkte ihr ein kleines Lächeln und drückte ihr kurz die Schulter. »Kein Problem. Und viel Erfolg euch beiden.«

Kate bemühte sich zu ignorieren, dass der Satz klang, als hätte sie soeben ihre Verlobung mit dem Kerl verkündet, wandte sich ab und ging auf Ian zu, der in etwa dreißig Metern Entfernung stehen geblieben war und nun mit verschränkten Armen auf sie wartete.

»Mädchengespräche, hm?«, fragte er, als sie bei ihm angekommen war.

»Nein, sie hat nur gesagt, dass …«

»Ich will's gar nicht wissen«, unterbrach er sie. »Behaltet den Kram für euch.«

Kate warf ergeben die Hände in die Luft, obwohl Ian bereits vorausgegangen war und nichts davon sah. »Wie du meinst.«

Sie folgten einem schmalen Trampelpfad, der in einer sanft geschwungenen Kurve schräg über die Insel führte, dann anstieg und direkt am Leuchtturm endete. Links und rechts des Weges wuchs nicht viel mehr als dürres Gras ohne eine Spur von Sträuchern oder gar Bäumen, wie es auf den meisten Inseln Orkneys der Fall war. Auf den gezackten Klippen, die die Insel umgaben, hockten scharenweise Möwen und Papageitaucher, deren schrille Schreie durcheinander tönten, untermalt vom rauschenden Brechen der Wellen am Fuße der Felsen. Es waren vertraute Geräusche für Kate und das in einer Situation, die eigentlich alles andere als real wirkte. Es war eigenartig – sie war noch keine zwölf Stunden von zu Hause fort, und doch war bereits mehr passiert als sonst in einem ganzen Monat.

Ian vor ihr sagte nichts mehr, und so ging sie schweigend hinter ihm her, bis er vor den Stufen, die zu einer verwitterten Stahltür führten, stehen blieb. Kate sah an dem Gebäude hinauf. Man konnte nicht mehr sagen, ob er einmal farbig angestrichen gewesen war. Die Wände bestanden aus grob behauenem, mit der Zeit verwittertem Stein, stellenweise versehen mit kleinen Fenstern. Der gesamte Turm sah eher aus wie der Schauplatz einer Sendung über übernatürliche Begegnungen, nicht wie ein Ort, an dem tatsächlich Menschen *wohnten*.

»Nett habt ihr's hier«, kommentierte sie leise. Ian zuckte nur mit den Schultern.

»Hat Lauren was über Nile gesagt?«, fragte er.

Kate brauchte eine Sekunde, um eine passende Formulierung für Laurens Worte zu finden. »Dass er schwierig ist«, sagte sie schließlich. »Und dass ich die Klappe halten soll.«

Ian nickte, offenbar zufrieden mit ihrer Antwort. »Klingt nach einem guten Plan. Mach das. Lass mich das Reden erledigen, und wir kriegen das schon hin.« Ehe sie noch etwas darauf erwidern konnte, stieg er die Stufen hinauf, stieß die Tür auf, und eine Welle kühler, feuchter Luft schlug ihnen entgegen.

Drinnen war es dunkler als draußen in der Sonne, und so konnte Kate vom Inneren des Leuchtturms nicht viel erkennen, bevor Ian eintrat und ihr mit einer raschen Handbewegung bedeutete, ihm zu folgen. Sobald sie im Turm war, zog er die Tür wieder fest ins Schloss. Die Helligkeit, die frische, salzige Luft von draußen und die Geräusche von Seevögeln und Wellen wurden augenblicklich abgeschnitten – auf einmal war es so still und dunkel wie in einer Grabkammer. Das weite, offene Meer schien Hunderte Kilometer von ihr entfernt zu sein, und obwohl Kate keine Platzangst hatte, hatte sie in dem maroden Turm das Gefühl, eingesperrt zu sein.

Sie fröstelte. Die Luft wirkte viel schwerer als draußen, war feucht und roch nach Diesel und alten Gebäuden, nach Fisch und – sehr zu Kates Verwunderung – ein wenig nach nassem Hund. Erst als ihre Augen sich an das spärliche Licht gewöhnt hatten, merkte sie, dass der Raum doch nicht ganz so düster war, wie sie zunächst angenommen hatte.

Er war vollkommen rund und recht groß, und durch die kleinen, hoch gelegenen Fenster fielen vereinzelte Strahlen weißen Sonnenlichts herein. Rechts führte eine abgenutzte Treppe an der Wand entlang in den nächsten Stock. Auf dem Boden lagen einige Kisten und Kanister herum, dazwischen Netze, Seile, Stücke von Segeltuch und anderes Gerümpel, was Kate ein wenig an einen Schrottplatz erinnerte. Hoffentlich waren nicht alle Stockwerke so unordentlich.

Zu ihrer Linken erblickte sie einen Ofen, der aber nicht so aussah, als wäre er in letzter Zeit häufig in Gebrauch gewesen. Es war zwar Sommer, aber auch in der wärmsten Jahreszeit hatten sie hier auf den Inseln nur selten über zwanzig Grad, und Kate glaubte nicht, dass es in einem maroden Leuchtturm nachts angenehm warm war. Allerdings schienen weder Ian noch Lauren oder Fynn auf dem Boot ein großes Problem mit den herrschenden Temperaturen gehabt zu haben – Kate hingegen konnte sich auch jetzt, wo sie endlich wieder trocken war, nicht vorstellen, in einem dünnen Top oder Shirt eine Bootsfahrt zu unternehmen.

Sie horchte auf, als über ihnen das Murmeln von Stimmen ertönte. Wortlos positionierte sich Ian halb vor ihr, der Treppe zugewandt. Kate hatte den Eindruck, dass die Muskeln in seinem Rücken angespannter waren als vorher. Ein Gefühl, das sich verstärkte, als am oberen Treppenabsatz Schritte erklangen.

Sie hätte es niemals zugegeben, aber seit sie den Turm betreten hatten, war sie recht froh über Ians Anwesenheit. Sie kannte ihn zwar erst seit ein paar Stunden, aber zumindest schien er ihr nichts antun zu wollen, ganz im Gegenteil: Er erweckte fast den Eindruck, als wolle er sie schützen. In Anbetracht der Warnungen, die er und Lauren über Nile ausgesprochen hatten, war ihr dies nun mehr als willkommen.

Trotzdem trieb ihre Neugier Kate dazu, einen kleinen Schritt zur Seite zu machen, um an Ian vorbei in Richtung Treppe zu spähen, als auch schon zwei nackte Füße auftauchten, die in einem gemächlichen Tempo die Stufen herabschritten. Dann kamen die Beine in Sicht, in eine zerrissene blaue Jeans gekleidet.

»Ian, hm?«, fragte eine raue Stimme, als nach und nach der Rest des Mannes erschien. Er blieb etwa auf der Hälfte seines Weges stehen, eine Hand locker auf das Geländer gelegt, und ließ seinen Blick träge über Kate und Ian wandern, als würde er noch überlegen, was er über die beiden Leute in seinem Turm denken sollte. »Was hast du denn da Schönes mitgebracht?«

»Einen … Menschen«, sagte Ian überaus hilfreich.

Kate konnte den Mann auf der Treppe, vermutlich Nile, wegen der herrschenden Lichtverhältnisse nicht ganz erkennen. Was sie aber sah, waren seine ausgeprägten Muskeln, die durch das weiße Shirt, das er trug, noch betont wurden. Ian und Fynn waren trotz ihrer unter der Haut deutlich sichtbaren Muskeln beide schlank, aber dieser Kerl sah aus, als würde er regelmäßig im Fitnessstudio Gewichte stemmen.

Seine Haare waren hellbraun, vielleicht auch dunkelblond,

und an den Seiten höchstens so lang wie ein Fingernagel. Oben waren sie etwas länger und zudem ziemlich sorgfältig gekämmt. Kate fragte sich unweigerlich, ob jemand, der so offensichtlich auf sein Aussehen achtete, vielleicht schwul war. Normale Kerle sahen eigentlich nicht aus wie ein Model von Hollister, wenn sie bei sich zu Hause eine Treppe herunterliefen.

Der Mann hob eine dunkle Braue an. »Ach ja?«

»Wir haben sie auf der *Sealgair* aufgegabelt«, führte Ian weiter aus.

Kate brauchte einen Augenblick, bis ihr wieder einfiel, dass das der Name des Bootes gewesen war, auf dem sie sich versteckt hatte. Dass sie erst gestern mit Terry hinter Gabriel hergelaufen war, schien bereits tagelang entfernt zu sein.

»*Sealgair* … Dieser hässliche Kutter von Blackbird, oder?« Ian nickte zur Antwort. »Hm. Und sie gehört nicht zu denen?«

»Nein.«

»Was hat sie dann auf deren Kahn gemacht?«, fragte der Mann. Obwohl er gelassen wirkte, strahlte er in seinem ganzen Verhalten Autorität aus; außerdem schien er einige Jahre älter als Lauren, Ian und Fynn zu sein, vermutlich Anfang dreißig. Ians deutliche Anspannung verstärkte diesen Eindruck noch.

»Sie hat sich im Beiboot versteckt«, sagte Ian. »Wir haben sie gefunden und mitgenommen, bevor Blackbirds Leute sie entdeckt haben.«

Nun schossen beide Augenbrauen des Anführers in die Höhe. Und zum ersten Mal, seit er heruntergekommen war, sah er Kate richtig an. Für den Bruchteil einer Sekunde schien sich etwas in seinem Gesicht zu regen, doch ehe Kate den veränderten Ausdruck deuten konnte, war er auch schon wieder verschwunden. »Beeindruckend«, sagte er, ohne dabei auch beeindruckt zu klingen. Er kam zwei weitere Stufen herab. »Warum warst du auf dem Boot?«

Es war bestimmt das vierte Mal, dass ihr diese Frage heute gestellt wurde. Kate wusste sehr wohl, wie die Antwort lautete, aber sie wusste nicht, ob sie sprechen sollte.

Tatsächlich hob Ian als Erster die Stimme an. »Es war eine versuchte …«

Nile schnitt ihm mit einer knappen Geste das Wort ab, ohne ihn überhaupt anzusehen. »Nicht jetzt. Ich will es von ihr wissen. Du kannst doch reden, oder?«

Kate bemühte sich, rasch zu nicken, auch wenn sie sich dabei ein wenig vorkam wie eine übereifrige Schülerin. »Ich wollte meinem Bruder helfen. Er war auch auf dem Schiff«, sagte sie und schwieg dann einen Moment, in der Hoffnung, dass diese Erklärung für den Anfang genügen würde. Da Nile jedoch nichts als erwartungsvolle Stille von sich gab, musste sie wohl oder übel noch mehr sagen, damit er zufrieden war.

Sie warf einen unsicheren Blick zu Ian, der ihr aber immer noch halb den Rücken zugewandt hatte und ihr Hilfegesuch somit nicht bemerkte. Alle beide, er und Lauren, hatten ihr gesagt, sie solle so wenig wie möglich reden, und nun hatte sie keine Ahnung, was sie sagen sollte und was sie besser für sich behielt.

Es fiel ihr schwer, Nile richtig einzuschätzen.

»Wir glauben, dass er ihrer Organisation beitreten muss«, fügte sie leise hinzu.

»Ah«, machte Nile nach einem Augenblick. »Natürlich.« Er fuhr sich mit einer Hand nachdenklich übers Kinn, löste den Blick nur langsam von Kate und wandte sich an Ian. »Was war mit Jack? Nichts gemerkt?«

Ian zuckte mit den Schultern. »Erst verdammt spät. Wir waren bestimmt schon zwei Minuten an Bord, bevor er rauskam. Hat dann aber gleich geschossen.«

Niles Mundwinkel zuckte. »Was ist mit den Waffen?«

»Die Kisten waren abgesperrt, aber wir haben die meisten im Meer versenkt«, sagte Ian.

»Immerhin.« Nile nickte langsam, ehe er zu Boden sah und es für einige Sekunden still wurde.

Auf dem Boot hatte Ian eine ziemlich große Klappe gehabt, doch nun kam es Kate vor, als wäre er ein pflichtbewusster Soldat, der seinem Offizier von der letzten Mission Bericht erstattete. Vielleicht lag sie mit diesem Vergleich ja auch gar nicht so falsch. Waffen, Uniformen, das Fort, es klang alles so, als würde ein Haufen erwachsener Männer miteinander Krieg spielen. Wäre ihr nicht inzwischen bewusst geworden, wie ernst die Sache war, hätte sie sowohl diese *Saighdear* als auch Nile und seine Leute schlichtweg für verrückt erklärt.

»Also gut«, sagte Nile, und Kate löste sich blinzelnd aus ihren Gedanken, um wieder zu ihm aufzusehen. Sein Blick war jedoch fest auf Ian geheftet. »Ich bin sicher, es gibt einen guten Grund, warum ihr sie hergebracht habt, nicht wahr? Ich würde ihn schrecklich gerne hören.«

Egal, wie freundlich die Worte an sich waren – so wie Nile sie betonte, klangen sie eher nach einer Drohung.

Ian nickte. »Haben wir. Nur würde ich die Einzelheiten gern mit dir allein klären und sie nicht durch den halben Turm schreien, Nile.«

»Ich denke, deine neue Freundin hat durchaus ein Recht darauf mitzureden. Findest du nicht auch?«, sagte Nile. Ian erwiderte nichts. Doch offenbar wurde das auch gar nicht von ihm erwartet. »Dann wäre das wohl geklärt, hm? Aber es stimmt, wir sollten nicht durch den ganzen Turm schreien. Ich komme zu euch.«

Er stieg in aller Gelassenheit die letzten Stufen herunter, die ihn noch vom Boden trennten, und erinnerte Kate dabei ein wenig an eine selbst ernannte Gottheit, die sich an ihrem Feiertag ausnahmsweise dazu bequemte, ihren Untertanen einen kleinen Besuch abzustatten.

Zum ersten Mal seit Langem drehte sich Ian wieder zu Kate um. In seinen Augen schien etwas Dringliches zu liegen, eine Bitte oder eine Forderung, doch Kate kannte ihn nicht gut genug, um den Blick richtig zu deuten. Es hätte genauso gut Bedauern darüber sein können, dass er seine diabolischen Pläne nun in ihrer Anwesenheit besprechen musste.

Hilflos hob sie die Schultern, woraufhin Ian den Kopf schüttelte und sich wieder in Niles Richtung wandte, als sei nichts gewesen. Vermutlich würde sie den Kerl nicht einmal dann verstehen, wenn sie noch fünf Jahre Zeit gehabt hätte, um ihn kennenzulernen.

Inzwischen hatte Nile die letzten Meter, die ihn noch von Ian und Kate getrennt hatten, überwunden und blieb direkt vor Kate stehen. Erschrocken stellte sie fest, dass sich seine Augen in etwa auf Höhe ihrer Nasenspitze befanden. Sie war nicht gerade klein für ein Mädchen, aber auch kein Riese – Nile konnte allerhöchstens eins siebzig groß sein.

Sie konnte nicht genau sagen, warum sie gedacht hatte, er wäre wesentlich größer als sie – vielleicht waren es seine Ausstrahlung, sein Auftritt auf der Treppe und sein muskulöser Körperbau gewesen. Jedenfalls hätte sie niemals damit gerechnet, ihn um einige Zentimeter zu überragen.

»Ich nehme an, du kennst meinen Namen bereits. Aber trotzdem. Ich bin Nile«, sagte er nun mit einem kleinen, katzenhaften Lächeln, das schnell wieder verschwand. Er gab ihr nicht die Hand. »Und du bist?«

»Kate«, sagte sie, bevor Ian noch auf die Idee kam, die Frage zu beantworten. Vermutlich hätte er wieder den falschen Namen genannt, und darauf konnte sie im Moment wirklich verzichten.

Ein Schatten schien durch Niles Augen zu huschen. Aus der Nähe erkannte Kate, dass sie von einem kühlen, harten Grau waren – die Farbe erinnerte sie an den Stahl, aus dem Waffen gefertigt wurden. »Kate …«, wiederholte er leise. »Das ist die Abkürzung von Katherine, oder?«

»Ja …«, sagte sie, langsam etwas verunsichert. »Ist das … äh, ein Problem?«

Nile starrte sie einen Moment lang an. »Nein.«

»Der Grund, aus dem sie hier ist«, schaltete sich Ian wieder ein, und Kate war fast erleichtert, als Nile blinzelnd von ihr wegsah, um Ian zuzuhören.

»Ja?«, fragte er.

»Der Grund ist, dass sie jetzt einen Bruder bei denen hat«, erklärte Ian.

»Einen Bruder, der mit Sicherheit kein Sterbenswörtchen verraten wird. Die sprechen nicht über ihren Kram – die wissen, wie sie ihre Leute erziehen, und keiner von denen redet, schon gar nicht mit uns«, sagte Nile. »Und wenn er doch etwas rauslassen sollte, versenken die ihn mit dreißig Kilo Blei beschwert im Meer.«

»Darf ich vielleicht ausreden?«, fragte Ian betont höflich, obwohl ein Muskel an seinem Kiefer zuckte. Seit sie den Leuchtturm betreten hatten, war Ian in seiner Rede und Haltung ungewohnt steif. Kate fragte sich langsam, ob seine Beziehung zu Nile rein positiver Natur war. Es war sicher nicht angenehm, wenn man mit dem eigenen Anführer Probleme hatte. Vor allem schien Nile niemand zu sein, der in Konflikten leicht klein beigab.

»Rede«, sagte Nile jetzt, verschränkte die Arme vor der Brust und starrte Ian erwartungsvoll an.

»Die *Saighdear* haben Schwierigkeiten, neue Rekruten zu finden, ja? Sie haben zu wenig Leute und finden keine Neuen, die ihre ganzen Anforderungen erfüllen«, begann Ian.

»Anforderungen?«, fragte Kate. Das Wort war ihr herausgerutscht, ehe sie es hatte verhindern können. Sie erwartete böse Blicke von den anderen beiden, doch keiner von ihnen sah sie richtig an. Sie waren gerade in eine Art verbissenes Starrduell verwickelt, und wie es schien, wollte keiner von ihnen der Erste sein, der wegsah.

»Über einen Meter siebzig groß, nach internationalen Maßstäben gut aussehend und einen Intelligenzquotienten unter hundert Punkten«, antwortete Nile lapidar, den Blick abschätzig auf Ian gerichtet, fast als erwarte er gleich einen tätlichen Angriff.

»Ihre potenziellen Mitglieder müssen gewisse Kriterien erfüllen«, sagte Ian. »Sie müssen männlich sein und aus einer Familie stammen, die seit mehreren Generationen auf Orkney oder Shetland lebt. Die haben ihre eigenen historischen Hintergründe dafür, und früher waren die Regeln wesentlich strikter. Sie haben sie gelockert, weil sie keine Leute mehr finden konnten …«

Nile wedelte mit der Hand. »Reicht schon wieder. Wir sind nicht in der Schule, oder?«

»Wenn du mir nur ein paar Sekunden geben würdest«, sagte Ian. Nile schwieg und warf einen demonstrativen Blick auf eine imaginäre Armbanduhr, ehe er Ian mit einem kleinen Nicken bedeutete weiterzureden. »Der Punkt ist, dass sie ihre Regeln immer weiter lockern. In den Highlands nehmen die *Saighdear* sogar schon Frauen auf, deshalb ist es nicht auszuschließen, dass sie das hier auch machen werden. Kates Bruder scheinen sie für geeignet zu halten, und sie suchen nach Freiwilligen. Vielleicht können wir Kate einschleusen.«

Ians Worte ließen einen kleinen Schauer durch Kates Körper rieseln. Das war also sein Plan! *Das* hatte er auf dem Boot mit Fynn besprochen. Und das war wohl die Gegenleistung, die er von ihr erwartete, damit er ihr half, Gabriel heil nach Hause zu bringen.

Sie biss sich fest auf die Unterlippe, um nichts zu sagen. Sie hätte auch gar nicht gewusst, was. Sie war sich ja nicht einmal sicher, was sie von Ians Vorschlag hielt. Sie wusste so gut wie gar nichts, und dieser Zustand nagte gehörig an ihren Nerven.

»Das ist dein Plan? Den Haufen mit Nachschub zu versorgen? Schon mal darüber nachgedacht, dass wir nicht dazu da sind, denen bei ihrem Scheiß zu helfen?«, fragte Nile. Während Ian geredet hatte, waren in seinen Augen dunkle Wolken aufgezogen.

»Es geht darum, Informationen zu bekommen, nicht um das Verstärken ihrer Kampfkraft. Seit dieser Duncan sich letzte Woche von Abby getrennt hat, ist keiner von uns mehr auch nur in ihre Nähe gelangt. Wir haben keine Ahnung, was sie vorhaben. Es wäre mehr als hilfreich, wenn jemand bei ihnen wäre, den wir auf unserer Seite wissen.«

»Du weißt doch, wohin das führt – hätte Abigail nicht *zufällig* richtig reagiert, dann hätten die sie kaltgemacht«, knurrte Nile. »Wir haben das nicht mehr nötig. Wir sind so kurz davor zu gewinnen, *so kurz.*« Er hob eine Hand und presste Daumen und Zeigefinger zusammen, um seine Worte zu unterstreichen. »Wir können keine Experimente gebrauchen.«

»Wir sind noch nicht mal in der Überzahl«, hielt Ian dagegen.

»Aber das werden wir bald sein.«

»Nile, die lassen sich nicht einfach so von dir plattmachen. Die haben Ressourcen, die wir nicht haben. Waffen. Wenn sie zu wenig Mitglieder haben, suchen sie Freiwillige. Fordern Unterstützung von anderen Einheiten an«, sagte Ian.

Niles Augen blitzten auf.

Kate hatte zugegebenermaßen mit vielem gerechnet, aber nicht damit, hilflos neben einer Diskussion der beiden zu stehen. Sie hasste Streit und hätte gerne etwas getan, um eine Eskalation zu verhindern, doch ihr Kopf war immer noch viel zu voll von ihren wirbelnden Gedanken und möglichen Schlussfolgerungen, als dass sie klar hätte überlegen können.

Ian wollte sie also bei den *Saighdear* unterbringen, bei Alaric, Jack und General Blackbird. Aber was bedeutete das genau? Sicher, sie würde wieder bei Gabriel sein. Und das war es doch, was sie in erster Linie wollte? Aber dieser Konflikt, dieser Krieg, von dem pausenlos gesprochen wurde, damit wollte sie nichts zu tun haben. Die einzige Waffe, mit der sie jemals hantiert hatte, hatte aus Pixeln bestanden und war Teil eines Computerspiels gewesen. Sie hatte nie davon geträumt, einmal zur Marine oder zum Militär zu gehen, ja, sie hatte nicht einmal darüber nachgedacht. Gabriel eigentlich auch nicht.

Wo waren sie da nur hineingeraten?

»Der einzige Weg, um Unkraut loszuwerden, ist, es auszurotten«, knurrte Nile. »Du wirst mit dem Zeug nicht fertig, indem du es freundlich bittest zu gehen.«

»Keiner redet von freundlichen Bitten, Nile«, erwiderte Ian stur.

Es war deutlich zu sehen, wie die Spannung in Niles Muskeln und Kiefer Stück für Stück zunahm. Seine Stimme blieb jedoch ruhig. »Trotzdem, wenn du sie unbedingt dabeihaben willst, dann ganz. Besprich *das* mit ihr.«

»Aber dann ist es vollkommen unmöglich, sie …«

»Ich weiß. Darum geht es auch nicht. Wir brauchen keine Spione.«

»Wir wissen seit letzter Woche nichts mehr darüber, was die *Saighdear* tun. Du bringst die anderen nur in Gefahr!«

Nile öffnete gerade den Mund zu einer Erwiderung, als die Tür aufgerissen wurde und das helle Licht von draußen den Raum flutete. Kate musste erst ein paarmal blinzeln, ehe sie erkannte, wer da im Türrahmen stand. Es war Lauren.

»Nile«, sagte sie atemlos. Ihr Blick huschte über die drei Personen vor ihr und blieb schließlich an ihrem Anführer hängen. »Es ist wegen Matthew … Er …«

»Was ist mit ihm?«, fragte Nile, von einer Sekunde auf die andere bereit, loszuspringen wie eine Feder, sollte die Situation es erfordern. Seine Auseinandersetzung mit Ian schien er völlig vergessen zu haben.

»Wir wissen nicht, ob er … Er … Du musst kommen!«, flehte Lauren, die Hand so fest an den Türrahmen geklammert, dass die Knöchel ihrer Finger deutlich hervortraten. »Was ist mit Matthew?«, wiederholte Nile, diesmal fast bellend, obwohl er schon auf dem Weg zur Tür war, dicht gefolgt von Ian. Als er sich Lauren näherte, huschte sie aus dem Türrahmen nach draußen wie eine verschreckte Katze.

Kate beschloss sofort, den dreien zu folgen. Die einzig andere denkbare Option wäre es gewesen, weiter hier herumzustehen, alleine, und das brachte weder ihr noch den anderen was. Vielleicht konnte sie helfen. Außerdem, auch wenn sie sich das nur ungern eingestand, Laurens aufgelöster Auftritt hatte eine seltsame Art von Neugierde in ihr geweckt, vielleicht vergleichbar mit der von Gaffern, die sich um den Schauplatz eines Unfalls drängten.

»Angeschossen«, sagte Lauren. »Er blutet ziemlich stark … Ich weiß nicht, ob er …«

Sie beendete den Satz nicht, doch selbst Kate war sofort klar, worum es ging. Eilig folgte sie Ian nach draußen. Die Tür fiel hinter ihnen laut ins Schloss.

Sobald sie den Turm verlassen hatten, liefen sie den Pfad, über den Ian sie zuvor heraufgeführt hatte, entlang. Kates Herz schlug heftig gegen ihren Brustkorb, obwohl sie kein Problem damit hatte, mit den anderen mitzuhalten. Sie glaubte aber auch nicht, dass ihr hoher Puls diesmal etwas mit körperlicher Anstrengung zu tun hatte.

Es dauerte nicht lange, bis ihr Ziel in Sicht kam. Als Erstes erkannte Kate Fynn. Rote Flecken zogen sich über das helle Shirt, das er sich inzwischen übergezogen hatte. Ein fremder Mann hatte einen Arm um Fynns Schultern gelegt und stützte sich auf ihm ab. Er schien zu humpeln, oder ... Nein! Er humpelte nicht – er belastete sein linkes Bein überhaupt nicht. Kates Blick blieb an dem eher behelfsmäßig wirkenden Verband am Ansatz seines Oberschenkels hängen.

Ein dunkelroter, fast schon schwarzer Fleck hatte sich auf dem schmutzig-weißen Stoff ausgebreitet. Kate spürte, wie sich ihr Magen schmerzlich zusammenzog. Als sie und die anderen näher an die beiden Männer herankamen, wurden sie langsamer und blieben schließlich kurz vor ihnen stehen. Auch Fynn hielt an. Der Mann neben ihm schien sich nur mit Mühe überhaupt noch auf den Beinen halten zu können. Die nackte Haut seines Oberkörpers glänzte vor Schweiß.

»Was ist passiert?«, fragte Nile. Lauren und Ian blieben hinter ihm. Kate trat vorsichtig neben Ian, um außer den Rücken der drei etwas sehen zu können.

»Es tut mir so leid«, heulte eine hohe Mädchenstimme.

Kates Blick ruckte zur Seite, wo ein kleines, zierliches Mädchen mit nassen blonden Haaren stand. Sie war höchstens fünfzehn Jahre alt. Sie hatte das Mädchen zuvor überhaupt nicht gesehen. Tränen rannen in Strömen ihre geröteten Wangen hinab, und sie presste ein dickes, dunkles Bündel an ihre Brust.

Kate konnte nicht erkennen, worum es sich dabei handelte, doch die Form und Textur erinnerten sie auf eine seltsame Art an das Fell von toten Tieren.

»Was. Ist. Passiert«, wiederholte Nile, jedes Wort so betonend, dass die Frage eher wie eine Reihe von Befehlen klang.

»Wir haben gemacht, was du gesagt hast«, stieß das Mädchen schluchzend hervor. »Und wir ... Wir haben sie nicht gesehen!

Wir dachten, sie wären nicht da. Aber es waren welche da! Und … Ich …«

»*Saighdear?*«, fragte Ian.

Das Mädchen nickte. »Zwei! Ich … Wir haben's nicht gewusst, dass sie da sind …« Sie presste die Felle in ihrem Arm noch enger an ihre Brust und blickte aus tränenverschleierten Augen zu Nile hoch. »Wenn wir weiter weg gewesen wären, dann …«

Nile starrte einen Moment schweigend auf sie herab, ehe er etwas sagte. »Wart ihr aber nicht. Immerhin ist er noch am Leben.«

»Aber wenn …«

»Lauren«, sagte Nile. Die Angesprochene sah sofort zu ihm. »Hilf Fynn, Matt zum Turm zu bringen. Lou ist dort. Seht zu, was ihr tun könnt. Jetzt!«

Lauren nickte, sah zu Fynn und machte irgendeine hastige Geste. Er nickte, die Augenbrauen ernst zusammengezogen, und gemeinsam machten sie sich daran, Matt in Richtung des Turmes zu befördern. Kate ging reflexartig zur Seite, damit die drei mehr Platz hatten.

»Es tut mir so leid, Nile … Wir hätten besser aufpassen sollen«, wimmerte das Mädchen.

»Wo ist James?«, fragte er, nicht weniger fordernd als zuvor.

Das Mädchen blickte zu Boden und schüttelte schluchzend den Kopf. »Ich hab sie nicht gesehen! Wir wussten nicht, dass sie da sind! Gott, ich schwöre es!«

»Caroline«, fauchte Nile. Er packte das Mädchen an den Armen, doch trotzdem sah sie nicht zu ihm auf. »Ich glaube dir. Wo ist James?«

Sie schüttelte wieder den Kopf.

Kate trat einen Schritt zurück. Mit jeder Sekunde, die verstrich, wurde ihr klarer, wo dieser James vermutlich steckte. Was mit ihm passiert war. Es fühlte sich an, als würde sich alles in ihrem Körper zu einem einzigen, schmerzenden Knoten zusammenziehen. Sie hatte ihn nicht gekannt, aber trotzdem. Das war zu viel. Sie hatte Alaric und die anderen beiden ja nie nett gefunden, aber das … Das war einfach zu viel. Es konnte einfach nicht sein.

»Er«, stieß das Mädchen nun hervor. »Er … Es tut mir leid. Es tut mir leid!«

Nile ließ ihre Arme los, als eine weitere Reihe von Schluchzern ihren Körper schüttelte.

»Hast du gesehen, wer es war?«, fragte er.

»Zwei«, sagte das Mädchen wieder. »Aber ich kannte sie nicht. Keiner von denen, die ich schon gesehen hab.«

»Würdest du sie wiedererkennen?«

»Ich … Ich glaub schon.«

Nile nickte, scheinbar zufrieden mit der Antwort. Dann griff er sich an die Nasenwurzel. »Wir kümmern uns darum. Geh rein und hilf den anderen. Und hör auf zu weinen. Wir reden später.«

Das Mädchen nickte und lief los in Richtung Leuchtturm, sodass nur noch Nile, Ian und Kate zurückblieben.

»Sollen wir auch reingehen?«, fragte Ian seinen Anführer. *Wir*. Kate war fast verwundert darüber, dass sich in einem solchen Moment überhaupt noch jemand an ihre Existenz erinnerte.

»*Ihr* tut gar nichts«, bellte Nile. Sein Blick wanderte für einen Moment ziellos über den Horizont, ehe er wieder zu Boden sah. »Du bringst sie heim. Jetzt sofort. Wenn sie plaudert, rollen Köpfe. Klar?«

»Nile, ich …«, setzte Ian an, doch Nile schnitt ihm mit einer scharfen Geste augenblicklich das Wort ab.

»Es sind genug Leute da, die sich um Matt kümmern können. Du bringst das Mädchen zuerst einmal nach Hause. Dann kommst du zurück. Und dann … will ich mit dir reden«, sagte Nile nachdrücklich. »Bis später.«

Er ließ Ian und Kate stehen, ohne noch ein weiteres Wort zu verlieren oder auf eine Antwort zu warten. Die beiden sahen ihm schweigend nach, bis er im dunklen Eingang des Turmes verschwunden war und die Tür hinter ihm laut und deutlich hörbar ins Schloss knallte.

6

Nachdem Nile verschwunden war, wurde es für einen Augenblick still. Für einen kurzen Moment fühlte es sich an, als sei das Rauschen von Wind und Wellen verstummt, als behielten die Möwen ihre nervtötenden Schreie wenigstens kurz für sich. Erst als Kate wieder etwas sagte, merkte Ian, dass er sich getäuscht hatte. Es war keine Sekunde lang leiser gewesen als sonst auch – die Vögel auf den Felsen waren genau so laut wie immer, und das Meer klatschte weiterhin ungehalten gegen das steinige Ufer der Insel. Die einzige Stille, die er wahrgenommen hatte, war die, die in seinen Gedanken herrschte.

James. Tot.

Und wer konnte schon mit Sicherheit sagen, ob Matt den Tag überstehen würde?

»Ian?«, fragte Kate. Ihre Stimme klang plötzlich fremd. Sie gehörte nicht hierher. Vielleicht hatte Nile recht. Vielleicht sollten sie nicht mehr Leute als nötig in eine Sache ziehen, die mit Sicherheit nicht jeder von ihnen überleben würde.

»Was ist?«, fragte Ian. Sein Blick glitt zu den am Steg vertäuten Booten. Shapinsay, die Insel, die Kate ihnen zuvor als ihre Heimat genannt hatte, war kilometerweit von hier entfernt. Mit den kleinen Motorbooten würde er Stunden brauchen, bis er wieder hier sein konnte. Das war viel zu lang. Alles in ihm sträubte sich dagegen, ewig durch die Gegend zu fahren, während alle anderen hier waren und Matt möglicherweise im Sterben lag.

Vielleicht sollte er Kate einfach zur nächsten bewohnten Insel bringen, von wo aus sie eine Fähre nehmen und ihren Weg nach Hause alleine finden konnte.

Doch er war sich nicht sicher, ob er das überhaupt wollte. Das Mädchen war die größte Chance seit langer Zeit! Wenn er jetzt nachgab, würde Nile sich im Nachhinein nicht mehr umstimmen lassen. Nile war stur, besonders dann, wenn er sich absolut sicher war, dass er recht hatte.

»Ich ... ich hab nur gefragt, was jetzt passiert«, sagte Kate und klang dabei ein wenig unsicher. »Ich hab hier wahrscheinlich keinen Empfang, aber wenn wir zur nächsten bewohnten Insel fahren, könnten wir einen Arzt holen.«

Ian schüttelte sofort den Kopf. »Nein. Kein Arzt.«

»Aber ...« Kate schwieg für eine Sekunde, als müsse sie erst einmal verarbeiten, wie unglaublich dämlich es war, bei einer Schussverletzung keine Hilfe zu holen. Ian konnte es ihr nicht verdenken. Es hatte bereits öfter Situationen gegeben, in denen ein richtiger Mediziner nötig gewesen wäre. Ein einziges Mal war selbst Nile kurz davor gewesen, Hilfe zu holen. Aber nur kurz davor. Es ging einfach nicht.

»Aber warum nicht? Euer ... euer Freund, er braucht einen Arzt, oder? Ich meine, ich kenn mich nicht aus, aber Leute, die angeschossen wurden, kommen doch normalerweise ins Krankenhaus, oder? Sie *müssen* ins Krankenhaus.«

Ian warf Kate einen Blick zu. Ihre schmalen dunkelblonden Brauen hatten sich zusammengezogen, hatten eine kleine Falte in ihrer Mitte gebildet. In ihren Augen spiegelten sich wie erwartet zwei Dinge: Besorgnis und, sehr viel deutlicher, Unverständnis. Natürlich wäre die Behandlung durch einen erfahrenen, fertig ausgebildeten Arzt in einem Krankenhaus um einiges wirksamer als die durch eine junge Hilfsärztin in einem baufälligen Leuchtturm. Wie erklärte man einem Krankenhaus aber

Verletzungen, die gar nicht existieren sollten? Wie sollte man überhaupt eine Behandlung erhalten, ohne Ausweis, Adresse oder Geld? Kate hatte recht, normalerweise müsste Matt ins Krankenhaus. Aber hier war eben nichts normal, und genau das war das Problem.

»Es geht nicht. Er kann nicht ins Krankenhaus. Lou ist Ärztin, sie kümmert sich um ihn«, sagte er und ließ das »Hilfs-« in Lous Berufsbezeichnung dabei bewusst aus. Sie hatte ja immerhin schon fertig studiert, und er wollte es vermeiden, Kate noch mehr in Panik zu versetzen.

»Ich glaub dir ja, dass sie das kann«, sagte Kate, klang dabei aber nicht so, als ob sie ihm überhaupt etwas glaubte. »Aber die haben in einem Krankenhaus eine ganz andere Ausrüstung als ihr hier. Die kennen sich mit solchen Sachen aus.«

»Lou auch«, erwiderte Ian knapp, wohl wissend, dass seine Argumentation gerade nicht auf der Höhe war. Seine Gedanken waren zu wirr, sein Kopf zu voll mit den Ereignissen des Tages, als dass er sich jetzt auf eine Diskussion mit Kate hätte einlassen können.

»Im Ernst. Das war verdammt viel Blut gerade eben. Nile ist doch euer … Anführer. Der muss doch auch wissen, dass es gefährlich ist, wenn ihr keinen Notarzt holt, oder?«, sagte Kate.

»Kate.« Ian stieß einen Schwall Luft durch die Nase aus. »Nile weiß das. Aber wir können keine Hilfe holen. Es geht nicht.«

»Wieso nicht?«

Er holte zu einer Antwort aus, zögerte dann aber in letzter Sekunde. Es war nicht gut, wenn Kate zu viel wusste.

Ian hatte eigentlich mit Nile abklären wollen, was er ihr sagen durfte und was er lieber für sich behielt, doch dafür war es nun zu spät – Kate war hier und stellte berechtigte Fragen. Vermutlich war es erst mal das Beste, so wenig zu sagen wie möglich.

Besonders solange er sich selbst noch nicht einmal genau darüber im Klaren war, welche Rolle Kate im weiteren Verlauf spielen könnte. Er warf einen erneuten Blick auf die Boote, dann sah er wieder in Richtung Leuchtturm. Er würde Kate jetzt nicht nach Hause bringen, egal was Nile davon hielt. Wenn sie jemanden bei den *Saighdear* gehabt hätten, der auch nur grundlegende Informationen über ihre Einsatzpläne hätte einholen können, dann wäre Matt vielleicht nicht verwundet und James noch am Leben.

Vielleicht war ein Spion ein hohes Risiko, aber selbst Nile mit seiner festgestampften Weltanschauung musste doch einsehen, dass es eines war, das man unter den gegebenen Umständen eingehen konnte. Kate bei den *Saighdear* einzuschleusen war eine deutlich bessere Option, als weiter im Dunkeln zu tappen und alle Angriffe auf gut Glück zu planen. Genau das würde er Nile erklären. Möglichst unter vier Augen, ohne Kate oder einen der anderen in Hörweite.

»Komm.« Er griff nach Kates Handgelenk und zog sie hinter sich her, als er den Rückweg zum Leuchtturm antrat. Sie folgte ihm mit spürbarem Widerstand.

»Ich hab dich was gefragt«, sagte sie.

»Und ich weiß nicht, ob ich dir eine Antwort darauf geben kann«, erwiderte er.

»Wieso könnt ihr mit Matt nicht in ein Krankenhaus? Warum wollt ihr ihm nicht *richtig* helfen?«

Ian wusste nicht, was er darauf noch sagen sollte. Kates Worte schmerzten. Sie alle wollten Matt *richtig* helfen, natürlich wollten sie das, aber sie hatten keine andere Wahl. Sie taten, was sie konnten.

Kate machte Anstalten, ihr Handgelenk wieder aus seinem Griff zu entwinden. »Kannst du eigentlich mal aufhören, mich pausenlos hinter dir herzuziehen? Ich kann selber laufen.«

Ian öffnete kommentarlos die Hand, doch sobald er losgelassen hatte, verstummten Kates Schritte hinter ihm. Er hielt ebenfalls an, unterdrückte mühevoll alle Emotionen, die sich in seinem Bauch angestaut hatten, und drehte sich zu ihr um.

»Klappt wohl doch nicht so gut mit dem Alleinelaufen, oder?«, fragte er so gelassen, wie er konnte.

Kate spielte mit dem Saum ihres linken Ärmels herum, hielt seinem Blick aber stand. »Nile wollte, dass du mich heimbringst, oder nicht?«

Ian hob mit ehrlicher Überraschung die Augenbrauen an. »Willst du denn heim?«

»Ich will zu Gabriel«, sagte sie, ohne zu zögern. Ian kam nicht umhin, sich zu fragen, ob das wirklich der einzige Grund für das Verhalten des Mädchens war. Da steckte doch mehr dahinter. Wollte sie jemandem etwas beweisen, vielleicht sogar sich selbst? Ihrem Zuhause entkommen? Ein Abenteuer erleben? Sie musste doch inzwischen begriffen haben, wie ernst die ganze Geschichte war. Menschen starben. Und trotzdem war sie noch hier und offenbar fest entschlossen weiterzumachen, statt sich einfach zurückzuziehen, wo sie nun die Möglichkeit dazu hatte.

Es war sicher mutig von ihr, so weit zu gehen, nur um ihrem Bruder zu helfen, aber es war auch naiv. Dumm.

Ian konnte sich nicht vorstellen, dass Kate sich des vollen Ausmaßes ihrer Entscheidungen bewusst war. Sonst hätte sie sich gar nicht erst auf dem Boot der *Saighdear* versteckt. Andererseits war ihm ihre unerschütterliche Entschlossenheit im Moment nur recht. Denn wenn das bedeutete, dass sie ihnen half und auf ihrer Seite stand, brachte ihnen das in erster Linie nur Vorteile. Ob ihr dabei etwas zustieß, kümmerte ihn gerade eher weniger. Es war das Schicksal seiner Freunde, das ihn interessierte.

»Dann sei doch froh, dass ich dich nicht heimbringe«, sagte er.

»Musst du denn nicht das tun, was Nile sagt?«

Ian schwieg einen Moment. »Theoretisch.«

»Er wirft mich sofort wieder raus, wenn er merkt, dass ich noch hier bin, oder? Du kannst mich auch einfach direkt zu Gabriel bringen, wenn das nicht zu weit ist, dann hast du keine Probleme. Und ich komm auch allein klar«, sagte Kate.

Ian schnaubte. »Ja. Natürlich. Ich bin sicher, die *Saighdear* bereiten dir einen wunderbaren Empfang. Mal ganz abgesehen davon, dass die wahrscheinlich auf unser Boot ballern, sobald wir ihnen zu nahe kommen. Klingt nach einer tollen Idee«, sagte er sarkastisch.

Das konnte sie doch unmöglich ernst meinen. Immerhin war seine These, dass sie die *Saighdear* immer noch dezent unterschätzte, nun bestätigt. »Also, vergiss es. Ich rede mit Nile. Und wenn er dich dann immer noch loswerden will, habe ich es wenigstens versucht.«

Kate schwieg für eine Sekunde, ehe sie sagte: »Kann sein. Vielleicht hast du recht.«

»Nicht nur vielleicht. Und jetzt komm endlich.« Er wandte sich ab und setzte sich erneut in Bewegung. Diesmal folgten die Geräusche von Kates Schritten ihm den Trampelpfad entlang bis hinauf zum Leuchtturm.

Er hielt ihr die schwere Tür auf und schlüpfte hinter ihr in das dunkle, kühle Innere des Gebäudes. Als er die Türe wieder schloss, war es ruhig. Kein Weinen, keine Schreie, kein Wehklagen, nur das entfernte, unverständliche Gemurmel mehrerer Stimmen von weiter oben. Ian konnte nicht beurteilen, ob das nun ein gutes oder ein schlechtes Zeichen war.

Er bedeutete Kate mit dem Kinn, ihm zu folgen, und ging auf die Treppe zu. Der Leuchtturm hatte mit dem Erdgeschoss vier Stockwerke, jedes mit seiner eigenen Funktion. Er würde Kate im ersten Stock absetzen, in dem Raum, den man wohl als eine

Art Aufenthaltsraum betrachten konnte und in dem sie, wenn sie hier waren, die meiste Zeit verbrachten.

Lou, Nile und die anderen waren vermutlich im Stockwerk darüber, wo sie ihre Schlafplätze und ihre improvisierte Krankenstation hatten. Ganz oben war Niles Reich. Man musste durch dieses Zimmer, um zur Spitze des Turms und ihrem lange stillgelegten Leuchtfeuer zu gelangen. Doch das war selten erlaubt, und so versammelten sie sich dort nur für ihre Besprechungen und zum Schmieden ihrer Pläne. Die meiste Zeit war Niles Raum tabu.

Ein kleiner Nachteil des Lebens in einem alten Leuchtturm war, dass es keine einzelnen Zimmer gab, nur Stockwerke. Privatsphäre war etwas, mit dessen Nichtexistenz man sich hier relativ schnell abfinden musste. Doch Ian lebte bereits seit fast zehn Jahren so und hatte sich vollkommen daran gewöhnt.

Es waren eher die kleinen, voneinander abgeschnittenen Räume in normalen Häusern, die er inzwischen etwas befremdlich fand. Er konnte gar nicht mehr sagen, wann genau er das letzte Mal allein in einem Zimmer geschlafen hatte.

Gemeinsam mit Kate stieg er die Treppe zum ersten Stock hinauf. Oben angekommen, ließ Kate einen unergründlichen Blick durch den Raum schweifen, und Ian konnte nicht sagen, ob sie überrascht, verwundert oder vielleicht sogar enttäuscht war.

Denn viel gab es nicht zu sehen.

Die gesamte Einrichtung bestand aus einem Tisch, ein paar eher zufällig zusammengewürfelten und teils selbst gezimmerten Stühlen, einer durchgesessenen Couch und zwei etwa hüfthohen Regalen. Über den ganzen Raum verstreut lagen noch abgegriffene Bücher, herrenlose Dolche, Messer und abgewetzte Decken. Vielleicht war es nicht schön, aber es war okay.

»Du kannst hierbleiben«, sagte Ian. »Ich sehe nach Matt und rede mit Nile.«

Für einen kurzen Moment sah Kate aus, als wolle sie widersprechen, doch dann nickte sie langsam. »Okay. Ich warte.«

Ian nickte ebenfalls. Er wusste nicht, ob er noch etwas sagen wollte oder musste. Er hatte nur selten auf freundschaftlicher Ebene mit Menschen zu tun, die er so gut wie gar nicht kannte. Eine Sekunde lang blieb er noch stehen, den Blick nachdenklich auf Kates Gesicht gerichtet. Da war eine kleine, sorgenvoll oder auch zweifelnd wirkende Falte zwischen ihren Augenbrauen, doch als auch Kate schwieg, wandte er sich von ihr ab, um in den zweiten Stock zu gehen.

»Bin in ein paar Minuten wieder da. Mach's dir bequem.«

Sie antwortete nicht. Vermutlich wusste sie genauso gut wie Ian, dass »ein paar Minuten« eine hoffnungslose Untertreibung waren. Allein bei Matt, Lou und den anderen verbrachte er eine knappe Viertelstunde, regelmäßig aufgespießt von Niles stechenden Blicken. Natürlich hatte der schon längst gemerkt, dass Kate wieder im Turm war.

Caroline war nach wie vor blass wie ein Leichentuch, und auch Matt sah nicht gut aus, obwohl Lou versicherte, dass die Wunde nicht lebensgefährlich war. Lauren und Fynn versuchten, sie zu unterstützen, wo es ging. Eine weitere helfende Hand wurde nicht gebraucht, und so stand Nile mit verschränkten Armen an der Wand und begnügte sich damit, böse zu schauen.

Leider konnte auch Ian nichts mehr tun, um sich nützlich zu machen.

Viel zu schnell waren alle nötigen Worte gewechselt worden, und er sah sich hinter Nile die Treppe zum dritten Stock heraufsteigen, um jenes Gespräch zu führen, das er die ganze Zeit gefürchtet hatte. Mit Nile zu diskutieren konnte produktiv und interessant sein, es konnte aber auch dem Versuch einer sinnvollen Unterhaltung mit einer Backsteinmauer ähneln.

Wie das Gespräch verlief, hing von mehreren Faktoren ab.

Zum Beispiel von der allgemeinen Stimmung der Gruppe, dem Stand im Konflikt mit den *Saighdear* und Niles Grad der Überzeugung von sich selbst und seinen Argumenten. Lauren war sogar der Meinung, dass selbst das Wetter eine Rolle spielte.

Jedenfalls fürchtete Ian, dass er unter den gegebenen Umständen die metaphorische Backsteinmauer in ihrer vollen Entfaltung abbekommen würde.

Er folgte Nile die Treppe hinauf, ohne dass einer von ihnen etwas sagte. Sogar die anderen, die sie mit jeder Stufe ein Stückchen weiter hinter sich zurückließen, sprachen für eine kurze Zeit nicht miteinander. Ian spürte Blicke in seinem Rücken, vermutlich die von Fynn und Lauren.

Im obersten Stockwerk angekommen, ließ sich Nile an dem klobigen Holztisch in der Mitte des Raums auf einen nicht wesentlich schöneren Stuhl fallen. Auf der abgenutzten Tischplatte war alles an relevanten Karten sowie Dokumenten ausgebreitet, was sie besaßen. Viel war es nicht – Papier und Salzwasser vertrugen sich bekanntlich nicht sehr gut, und nur das wenigste in ihrem Besitz blieb über längere Zeit trocken.

Ian war in der Nähe des Treppenabsatzes stehen geblieben. Nile verschränkte die Arme und hob fordernd eine seiner Augenbrauen an. Noch immer sagte er kein Wort.

Sie wussten beide auch so, was geklärt werden musste und wessen Aufgabe es war, mit dem Reden zu beginnen. Ian bemühte sich darum, Niles Blick zu erwidern. Das schmale Bett, die Fenster, die Papiere auf dem Tisch, das Fell, das sorgfältig zusammengerollt auf der Sitzfläche eines weiteren Stuhls lag, all das blendete er aus.

Er hatte es schon Dutzende Male gesehen. Was jetzt zählte, war nur Nile. Ihr Anführer.

»Sie wird uns helfen«, sagte Ian.

»Natürlich wird sie das«, erwiderte Nile. Es war nicht schwer zu erkennen, dass seine Worte in keinerlei Weise so gemeint waren, wie er sie gesagt hatte.

»Ich meine das ernst.«

»Natürlich meinst du das.«

Ian schluckte den schwachen, brennenden Anflug von Wut, der seine Kehle heraufstieg, wieder herunter. Im Normalfall brauchte es mehr, um ihn zu reizen. Aber vielleicht hatte ihn die Nachricht von James' Tod doch härter getroffen, als er im ersten Moment angenommen hatte. Er hatte in seinem Leben schon genug Menschen verloren. Manchmal glaubte Ian, dass er sich daran gewöhnt hatte. Es waren Tage wie dieser, an denen er feststellen musste, dass das nie geschehen würde. Und wenn er noch ein halbes Jahrhundert lebte und noch ein halbes Dutzend Menschen in seinem Umfeld gehen sah, er würde sich niemals an die Löcher gewöhnen, die ihr Tod in seiner Welt hinterließ.

Er schüttelte kaum merklich den Kopf, um all die schweren Gedanken in seinem Inneren zu vertreiben. Das Einzige, das jetzt zählte, war, Nile zu überzeugen. Es half nichts zu trauern, er musste nach vorn sehen, egal wie schwer es ihm im Moment fallen mochte. »Wenn wir Glück haben, können wir das, was heute passiert ist, in Zukunft verhindern«, sagte Ian.

Nile blinzelte. Ein einziges Mal und das so langsam, als würde die Bewegung in Zeitlupe ablaufen. »Du sagst es. Wenn wir Glück haben. Wenn wir Pech haben, haben unsere Freunde Kates Bruder schon voll im Griff, und vor lauter Freude über das Familientreffen plaudert sie etwas von alten Leuchttürmen und den lustigen Leuten, die dort wohnen, aus. Dann steht in ein paar Tagen ein Haufen uniformierter Volltrottel vor der Tür, und wir haben an Land keinen Rückzugsort mehr«, sagte er sachlich. »Klingt hervorragend.«

»Sie wird nicht reden«, erwiderte Ian, obwohl er nicht garantieren konnte, dass Kate tatsächlich die Klappe hielt. »Ihr geht es bei der ganzen Geschichte nur um ihren Bruder. Um nichts anderes. Sie will uns nicht verpfeifen oder unsere Pläne sabotieren. Solange wir ihr die Möglichkeit geben, dass sie und ihr Bruder heil da rauskommen, wird sie uns auch nicht verraten.«

»Und das kannst du mit Sicherheit behaupten, weil du Kate so gut kennst?«, fragte Nile.

»Ich behaupte das, weil wir es wenigstens versuchen müssen.«

»Warum? Weil du das sagst?«

»Weil wir *verlieren*«, sagte Ian nachdrücklich. Ein hartes Blitzen glitt durch Niles stahlgraue Augen, und der Muskel an seinem Kiefer zuckte, doch er erwiderte nichts. Für den Moment nicht. »Ohne James sind wir noch zu zwölft, und im Moment kann keiner sagen, wann Matt wieder voll einsatzfähig ist.« In Gedanken hängte Ian noch ein »falls er jemals wieder einsatzfähig sein wird« an. Er kannte Nile nun seit einem knappen Jahrzehnt, und allein diese minimalen Bewegungen in seiner Mimik reichten aus, um Ian mitzuteilen, dass er sich auf ganz dünnem Eis bewegte. »Die *Saighdear* sind mehr als doppelt so viele. Nach dieser Freiwilligensuche vielleicht noch mehr. Und sie können jederzeit losziehen und sich neue Leute suchen. Wir nicht«, fügte er bitter hinzu.

Nile schwieg einen weiteren Moment. »Danke für den Hinweis. Ich bin sicher, allein wäre ich nicht darauf gekommen«, sagte er dann.

»Wir riskieren zu viel, wenn wir weitermachen wie bisher«, hielt Ian dagegen. Er verspürte den Drang, lauter zu sprechen, hielt sich aber zurück. Von unten war nichts zu hören; vermutlich lauschten die anderen ohnehin schon, und er wollte vermeiden, dass sie alles Wort für Wort hörten. Fynn ausgenommen wussten die anderen ja noch nicht mal, was er überhaupt vorhatte. »Vielleicht können wir gelegentlich den ein oder anderen Erfolg verbuchen, und nicht einmal das ist sicher. Wir haben versucht, voll in die Offensive zu gehen, und kommen damit nicht mehr weiter. Wir haben keine Ahnung, was die *Saighdear* planen, wann und wo sie erneut zuschlagen werden. Selbst wenn sie ihre ganzen Leute mobilisieren und direkt hierherbringen, würden wir es wahrscheinlich erst merken, wenn es zu spät ist. Reicht dir das nicht?«

»Selbstverständlich würden wir das rechtzeitig merken«, knurrte Nile.

»Wir können es doch wenigstens versuchen, oder?«, fragte Ian in der Hoffnung, dass er bereits ein winziges Stückchen vorangekommen war. Niles Gesicht zeigte zwar keinerlei Anzeichen dafür, dass dem so war, aber er saß noch hier und hörte ihm zu, ohne ihm das Wort abzuschneiden. Allein das konnte schon etwas bedeuten. »Wir haben jetzt eine Chance, die wir so wahrscheinlich nicht mehr bekommen werden. Es ist nur ein Versuch, mehr nicht. Wenn es klappt, haben wir jemanden in ihren Reihen, ohne dass sie es wissen … Wir könnten von innen *und* von außen angreifen. Wir könnten so planen und gegen sie vorgehen, dass das Risiko für uns alle geringer ist. Wir könnten *gewinnen.*«

Nile stieß ein leises, ungläubiges Schnauben aus. »Ob wir gewinnen oder nicht, hängt in keinster Weise von einem minderjährigen Mädchen ab.«

»Nile. Es ist nur ein Versuch. Wir müssen jeden Vorteil nutzen, der sich uns bietet.«

»Wir wissen nicht einmal mit Sicherheit, ob uns das *irgendeinen* Vorteil bringen wird«, erwiderte Nile. »Das sind alles nur Vermutungen. Und wohin uns Vermutungen bringen, hast du doch heute gesehen. Wenn nicht, geh noch mal die Treppe runter und frag Matt.«

Da war sie ja, die unnachgiebige Mauer. Doch Ian würde nicht aufgeben. Ihn beschlich das Gefühl, dass er noch eine Chance hatte, zu Nile durchzukommen. Er musste sie nur finden. »Kate soll sich einfach melden, wenn sie demnächst die Inseln nach Freiwilligen absuchen, dann …«

»Denkst du auch nur ein einziges Mal an Eleanor?«, unterbrach Nile ihn plötzlich. Der Name ließ einen kleinen Blitz durch Ians Körper zucken. »Ein ganz kleines bisschen vielleicht? Auf keinen Fall sollten Katherine und ihr Bruder … Wie heißt er? Gabriel?«

»Ja. Gabriel«, sagte Ian langsam. Kate hatte den Namen ihm, Lauren und Fynn gegenüber mehrmals erwähnt, vor Nile war er nie gefallen. Und trotzdem überraschte es ihn nicht, dass sein Anführer den Namen von Eleanors erstem Kind noch wusste.

Nile nickte und fuhr sich mit einer Hand durch die Haare. »Alles, was sie wollte, ist, dass die beiden nicht in diesen ganzen gottverdammten Scheiß verwickelt werden. Und jetzt ist der eine bei diesen Volltrotteln, und du gibst dir alle Mühe der Welt, die andere auch noch da reinzuwerfen«, sagte er, einen leisen Vorwurf in der Stimme.

Einen kurzen Moment legte sich Stille über den Raum.

»Hast du das wirklich gleich gemerkt?«, fragte Ian. Er wusste, dass er den Augenblick eigentlich nutzen musste, um in irgendeiner Weise bei seinem Plan voranzukommen, doch die Frage war aus ihm herausgeschlüpft, ehe er sie verhindern konnte.

»Was gemerkt?«, fragte Nile.

»Dass Kate ihre Tochter ist.«

»Nicht sofort. Aber so schwer ist das nun auch wieder nicht, hm? Sie sieht ihr recht ähnlich, und so viele Kates im richtigen Alter wird es hier in der Gegend kaum geben, oder?« Da Ian darauf nichts erwiderte, sprach Nile weiter. »Eleanor hat sich gewünscht, dass wir ihre Kinder da raushalten. Dass wir sie schützen. Nicht dass wir alle beide in diesen Mist reinziehen, sobald sie es selbst nicht mehr verhindern kann.«

»Die *Saighdear* haben Gabriel rekrutiert. Das ist nicht unsere

Schuld«, hielt Ian nun wieder dagegen. »Und es war und ist Kates eigene Entscheidung, ihren Bruder zu retten.«

Nile schnaubte erneut, doch Ian fuhr unbeirrt fort.

»Wir können nichts dafür, dass Kate hier und Gabriel im Fort ist. Wir konnten es nicht verhindern, oder? Und jetzt ist es zu spät, sie völlig aus der Sache herauszuhalten. Kate wird wahrscheinlich sofort wieder versuchen, Gabriel zurückzuholen, sobald wir sie nach Hause gebracht haben – ich glaube, sie ist einfach so. Und das ist gefährlicher für sie, als wenn sie mit uns zusammenarbeitet.«

Er machte eine höfliche Pause, um Nile die Möglichkeit für Gegenargumente zu bieten, doch es kam nichts. Tatsächlich fiel es Ian plötzlich ziemlich schwer, Niles Stimmung richtig einzuschätzen. Er wusste nicht, ob er überhaupt noch auf dem richtigen Weg war, oder ob er die kleine Chance, die er gehabt hatte, schon längst verspielt hatte.

»Wir können das, was passiert ist, nicht mehr rückgängig machen«, fuhr er fort, obwohl die Worte sich in seinem Mund zu abgegriffen anfühlten, zu flach. »Alles, was wir noch tun können, ist, das Beste aus der Situation zu machen ... Wenn Kate uns hilft, bringt uns das einen großen Vorteil. Und ... wenn wir hin und wieder ein Auge auf die beiden haben, können wir verhindern, dass ihnen etwas passiert.«

»Wenn *du* ein Auge auf sie hast«, korrigierte Nile ausdruckslos. »Ich kann keine zusätzlichen Leute für deine fragwürdigen Experimente entbehren.«

Ian war eigentlich auf einen weiteren Konter gefasst gewesen. Nun brachten ihn Niles Worte völlig aus dem Konzept. »War das ... War das ein Ja?«, fragte er unsicher.

»Hab ich das etwa gesagt?«, schoss Nile sofort zurück. »Es war kein Ja. Ich verstehe, was du sagen willst. Es stimmt, dass es uns weiterbringen könnte. Aber die Betonung liegt auf *könnte*.

Es könnte ebenso gut schiefgehen, und das weißt du.« Er schwieg eine Sekunde und ließ den Blick fast beiläufig über die Papiere auf dem Tisch gleiten. »Aber du hast recht damit, dass es zu spät ist, die beiden jetzt noch völlig rauszuhalten. Was das angeht, haben wir bereits versagt.«

»Und das bedeutet nun?«, hakte Ian vorsichtig nach, als Niles Fingerspitzen suchend über einige lose Blätter huschten.

Der Anführer löste den Blick wieder von der Tischfläche und sah zu Ian auf, die Hand nun flach auf ein bestimmtes Blatt gelegt.

»Du kannst es versuchen«, sagte er. »Unter gewissen Bedingungen. Erstens, du kümmerst dich alleine darum. Lauren und Fynn hältst du da raus. Wenn du Hilfe brauchst, lassen wir dich nicht alleine, aber ich will nicht zu viele Leute in einer Mission einsetzen, die mit hoher Wahrscheinlichkeit scheitert. Zweitens, du führst deine eigenen Aufgaben weiterhin aus. Du teilst dir selbst ein, wann du dir Zeit für die Sache mit Kate und Gabriel nimmst. Drittens, sobald du merkst, dass einer von beiden wegen deiner Idee in ernsthafte Gefahr gerät, brichst du die Sache augenblicklich ab. Du wirst sie schützen, wenn nötig aus diesem Idiotenverein herausholen und herbringen. Das sind meine Bedingungen. Wenn es dir das wert ist, bin ich einverstanden. Wenn nicht, dann fährst du sie jetzt nach Hause.«

Niles grauer Blick ruhte mit dem abwartenden, kühlen Ausdruck einer Katze auf ihm, und Ian bemühte sich, keine Reaktion zu zeigen. Er hatte eben einen riesigen Erfolg errungen. Obwohl Nile zuvor so gegen den Plan gewesen war, hatte er nachgegeben. Und doch ließen die scharfen Bedingungen Ians Kehle enger werden. Nicht weil er mehr zu tun haben würde. Wenn es bedeutete, dass sie aus diesem irrsinnigen Konflikt siegreich hervorgingen, dann war es das wert.

Was ihn störte, war, dass Lauren und Fynn ihm nicht helfen

durften. Seit fast zwei Jahren arbeiteten sie nun schon zu dritt zusammen und gingen nur in den seltensten Fällen allein vor. Sie waren seine Freunde. Seine Familie. Es würde ungewohnt sein, sie nicht bei sich zu wissen, wenn er sich in der Nähe der *Saighdear* befand. Doch auch das würde er auf die Reihe bekommen.

Sein größtes Problem war die enorme Verantwortung, die er auf sich nahm. Niles Worte waren mehr als ausreichend gewesen, um ihm klar mitzuteilen, wer schuld war, wenn einem von Eleanors Kindern etwas zustieß.

Er alleine.

Ian sah ein, dass es seine Idee gewesen war, dass er derjenige war, der auf diesen Plan beharrte, und dass er dafür geradestehen musste. Doch wie sollte er rund um die Uhr ein Auge auf Kate und Gabriel haben, wenn er nebenbei noch mit seinen normalen Aufgaben beschäftigt war?

»Hast du es dir anders überlegt?«, fragte Nile gar nicht mal unfreundlich.

Spätestens jetzt wurde ihm klar, dass die Bedingungen wohl teilweise dazu dienten, ihn von seinem Vorhaben abzubringen. Doch das würde Nile nicht gelingen. Ian war nach wie vor davon überzeugt, dass Kate zur größten Chance werden konnte, die sie seit Langem gehabt hatten. Vielleicht würde Kate es ihnen sogar ermöglichen, diesen bescheuerten Krieg ohne weitere Verluste zu beenden.

Denn davon war Ian überzeugt: Es würde sie noch weitere Leben kosten, wenn sie einfach so weitermachten wie bisher. Nile war in vielerlei Hinsicht genial, daran bestand kein Zweifel, doch auch er konnte sich irren. Seine Taktik, so lange draufzuhauen und anzugreifen, bis der Feind schließlich nachgab, mochte früher, als er noch als Polizist gearbeitet hatte, funktioniert haben, doch bei den *Saighdear* war sie nutzlos. Im direkten Kampf gegen eine gut ausgebildete Gruppe bewaffneter Männer hatten sie mit gerade einmal zwölf Leuten unter normalen Umständen nicht den Hauch einer Chance. Den von Nile so lange ersehnten Sieg würden sie auf diesem Weg nie erringen.

»Nein«, sagte Ian. »Hab ich nicht. Ich mach es.«

Nile nickte bedächtig, als habe er nichts anderes erwartet. »Gut.« Er hob das Papier, auf dem seine Hand eben noch gelegen hatte, hoch und streckte es Ian entgegen. »Viel Spaß bei deiner Planung. Wenn du Fragen hast oder über etwas sprechen möchtest, bin ich da.«

Ian trat zum Tisch und nahm das Blatt entgegen. Er warf einen knappen Blick darauf; es war eine Zeichnung, eine Karte, um genau zu sein. Er erkannte Niles gerade, methodische Linien, seine kantige, enge Schrift. Die Karte war eine grobe Skizze von Orkney und Shetland, auf der drei verschiedene Inseln eingekreist worden waren. Neben den Kreisen standen Daten und genauere Ortsbezeichnungen, die jedoch alle mit einem kleinen Fragezeichen versehen worden waren.

»Das sind alle Informationen, die wir zur Freiwilligensuche der *Saighdear* haben«, sagte Nile. »Sie stammen noch von Abby. Es kann also sein, dass sie ihre Pläne mittlerweile geändert haben. Wenn dem so ist, wird deine Sache vermutlich schwieriger. Wenn nicht, kannst du es ja probieren. Sie müssten morgen auf der Hauptinsel sein. In Kirkwall.«

Ian ließ den Zettel sinken und nickte langsam. »Ja«, sagte er. Er hatte nicht erwartet, dass Nile ihm helfen würde, und nun spürte er, dass er sich bedanken sollte, egal wie schwer ihm das fiel. Nile hätte es bei seiner Zustimmung belassen können; stattdessen hatte er ihm angeboten, mit ihm über seine Pläne zu sprechen, wenn nötig, und ihm auch noch eines seiner kostbaren Papiere überlassen.

Es war viel mehr, als Ian jemals erwartet hatte. »Danke«, presste er hervor.

Nile winkte mit einer lockeren Handbewegung ab. »Kümmer dich um dein neues Haustier. Bring sie noch mal heim, behalt sie bis morgen hier, ist mir eigentlich egal. Aber erzähl ihr nichts über uns. Je weniger sie weiß, desto geringer ist das Risiko, dass sie sich bei denen verplappert.«

»Du wärst einverstanden, wenn sie hierbleibt?«, fragte Ian überrascht.

»*Solange du aufpasst*. Es ist ja nur eine Nacht. Aber räumt die Felle weg. Gebt darauf acht, dass sie *nichts* erfährt, das uns gefährlich werden kann, sollten Jack oder Blackbird sie sich vornehmen«, sagte Nile. »Halt sie irgendwie bei Laune. Die oberen beiden Stockwerke sind tabu – Matt braucht Ruhe, und hier bei mir hat sie erst recht nichts verloren. Klar?«

»Warte. Wir sollen ihr nichts sagen? Gar nichts?«, hakte Ian zur Sicherheit nach. »Wie stellst du dir das vor? Wenn wir nichts sagen, werden es die *Saighdear* tun.«

»Die können ihr so viel von Meerjungfrauen und Feen erzählen, wie sie wollen«, erwiderte Nile düster. »Es geht mir darum, dass sie dabei keine Verbindung zu uns herstellt, zu dem, was wir sind, zumindest vorerst nicht. Wenn wir sicher sind, dass wir ihr vertrauen können, ist das etwas anderes ... Aber fürs Erste sagst du ihr, dass wir Menschen sind wie sie auch, ja? Normale Menschen, die mit den Handlungen der *Saighdear* nicht einverstanden sind und dagegen vorgehen. Rebellen, wenn du es so willst. Natürlich werden die *Saighdear* ihr etwas von den bösartigen Feinden der Menschheit erzählen. Und natürlich sind sie verdammt gut darin, jemanden von ihrem ganzen Mist zu überzeugen. Sie sollte vielleicht nicht von Anfang an merken, dass die Rede von uns ist, sonst wechselt sie schneller die Seiten, als du schauen kannst, und alles, was wir getan haben, ist, denen ein weiteres Mitglied auf dem Silbertablett zu servieren.«

Ian schwieg. Bestimmt ergab das alles in Niles Kopf Sinn, doch er selbst hätte Kate lieber wenigstens in die Grundlagen eingeweiht. Es würde so oder so nicht ganz einfach werden, sie auf ihrer Seite zu halten.

Zum Glück hatte er Gabriel und die Aussicht auf seine »Befreiung« von den *Saighdear* als Druckmittel. Es würde schon funktionieren.

Zumindest hoffte er das.

»Noch Fragen?«, fragte Nile.

Ian schüttelte den Kopf. »Nein. Das war's erst mal.«

»Dann kannst du gehen.«

Die Blicke von Lauren und Fynn durchbohrten ihn beinahe, als er die Treppe runterkam. Langsam schritt Ian die letzten Stufen hinunter, erst dann sah er sich in ihrer Schlafetage um. Lou war im Moment nicht da, vielleicht schnappte sie kurz frische Luft, Matt lag reglos auf dem Krankenbett, und Caroline hatte sich an die Wand verzogen, die Arme fest um ihr Fell geschlungen. Die Stille war bedrückend und so vollkommen, dass Ian sich sicher war, dass die anderen Teile der Unterhaltung mit Nile mitbekommen hatten.

»Du weißt, dass du einiges zu erklären hast, oder?«

Laurens gezischte Frage bestätigte seine Vermutung.

»Ich kann es mir denken«, entgegnete er ruhig und fügte dann hinzu: »Wie geht es Matt?«

»Besser«, sagte Lauren.

»Das heißt …?«

»Wenn sich die Wunde nicht entzündet, wird er es schaffen«, sagte Lauren, wobei ihre dunklen Augen zu dem Knäuel rotbraun befleckten Stoffes huschten, das in der Nähe des Krankenbetts einsam an der Wand lag. Sie und Fynn saßen auf der durchgelegenen Matratze, die ihnen vor Jahren ein Bekannter von den

Inseln überlassen hatte und die Lauren und Caroline abwechselnd zum Schlafen benutzten.

Dass es Matt besser ging, war eine gute Nachricht.

Noch vor Kurzem war Ian sich beinahe sicher gewesen, dass sie ihn auch verlieren würden. Es hatte nach verdammt viel Blut ausgesehen. Vielleicht hätte er also glücklich sein sollen – erleichtert zumindest –, immerhin hatte er Niles vorläufige Zusage erhalten, und hier unten bei den anderen sah es besser aus als erwartet. Doch er spürte nichts als die leise Anspannung, die der Hindernisparcour von Niles Regeln und Bedingungen ausgelöst hatte.

Warum die Dinge einfach halten, wenn es auch kompliziert geht.

Er spürte Fynns fragenden Blick auf sich ruhen, sah zu ihm und nickte. Mit ihm hatte er vorhin auf dem Boot schon sprechen können, er wusste bereits, worum es ging. Lauren war da ein anderer Fall.

»Hättet ihr kurz Zeit zum Reden?«, fragte Ian.

»Es ist auch mehr als fällig«, sagte Lauren, doch sie lächelte dabei.

Fynn nickte. Es war erstaunlich, fast schon beängstigend, wie gut sein Freund darin war, Worte einfach von den Bewegungen der Lippen abzulesen. Das machte die Kommunikation wesentlich einfacher, besonders da weder Ian noch Lauren jemals großes Talent beim Erlernen der Gebärdensprache gezeigt hatten.

Ian trat zu den beiden und ging vor ihnen in die Hocke, dem Rest des Raumes den Rücken zugewandt.

Nile hatte gesagt, er solle Lauren und Fynn nicht mit einbeziehen – aber er durfte ja wohl mit ihnen darüber reden. Und so erklärte er den beiden nun rasch und nur flüsternd, was er mit Nile besprochen hatte, und wiederholte für Lauren noch einmal, was genau er mit Kate vorhatte. Er beschrieb alles nur grob und relativ knapp, immerhin saß Kate nun schon eine ganze Weile alleine da unten herum. Für genauere Diskussionen mit den beiden würde er später Zeit finden müssen.

»Also bleibt sie die Nacht über hier?«, fragte Lauren zweifelnd. Sie wirkte alles andere als begeistert von dem ganzen Unterfangen. Während Ian geredet hatte, hatten sich regelmäßig kleine Falten auf ihrer Stirn gebildet, und manchmal hatte sie, wie jetzt auch, skeptische Fragen eingeworfen. »Und gleichzeitig will Nile, dass sie nichts merkt? Wie soll das bitte gehen?«

Ian schüttelte den Kopf. »Ich habe absolut keine Ahnung. Aber es ist ja nur eine Nacht. Für die paar Stunden werden wir es schon hinbekommen.«

»Und was soll das bringen?«

»Nile vertraut ihr noch nicht. Wenn die *Saighdear* ihr die Geschichte vom bösartigen Feind der Menschheit erzählen, wie sie das ja immer tun, will er nicht, dass sie das sofort auf uns bezieht und die Seiten wechselt. Sie darf uns nicht für Monster halten, sonst wird es unmöglich, sie dazu zu bringen, uns zu helfen«, erklärte Ian und hoffte, Niles Gedankengang richtig wiedergegeben zu haben.

»Und morgen fährst du sie dann … zur Hauptinsel, ja? Nach Kirkwall?«, fragte Lauren.

»Ja. Die *Saighdear* müssten morgen dort sein, um sich nach Freiwilligen umzusehen. Vielleicht gelingt es Kate, dort von ihnen aufgenommen zu werden.«

Lauren nickte langsam. »Dir ist schon klar, dass das alles auch ins Auge gehen kann, oder?«

»Ja. Aber ich werde aufpassen, dass das nicht passiert. Und wenn wir nichts ändern, wenn wir einfach so weitermachen wie jetzt, dann bringen wir uns damit irgendwann um. Darin sind wir uns einig, oder?«

»Schätze schon.«

Ian blickte blinzelnd auf, als ihn jemand am Arm berührte. Es war Fynn. Er deutete nach unten, also in Kates Richtung, und führte seine Hand dann in Richtung Mund. Anschließend hob er fragend die Hände. Es waren einfache Gesten, und glücklicherweise brauchte Ian gar nicht erst nachzudenken oder gar nachzufragen, um sie zu verstehen. Eine Antwort hatte er allerdings auch nicht wirklich parat. Es stimmte, sie hatten nichts im Haus, das sie Kate zum Essen anbieten konnten. Geschweige denn ein richtiges Bett oder andere lebensnotwendige Dinge, an die das Mädchen zweifellos gewöhnt war.

»Vielleicht hat sie was dabei?«, versuchte Ian es. »Du hast doch in ihren Rucksack geschaut, oder?«

Fynn sah ihn einen Moment lang an, als müsse er sich den Inhalt des Teils wieder ins Gedächtnis rufen, und nickte dann.

»Also gut. Dann kann sie immerhin das essen«, sagte Ian erleichtert. Er hatte keine Lust, die Angeln auszugraben, die im Erdgeschoss hinter Gerümpel verborgen waren, mal ganz abgesehen davon, dass sie wahrscheinlich eh nichts fangen würden.

»Hat Kate die ganze Zeit unten gesessen?«, schaltete Lauren sich wieder in die Unterhaltung ein.

Ian verzog beinahe beschämt das Gesicht. »Äh. Ja. War ich lange bei Nile?«

Lauren bedachte ihn mit einem vorwurfsvollen Blick, stand auf und klaubte zwei Decken auf.

»Zwanzig Minuten oder so«, murmelte Lauren. »Aber für einen Gentleman wie dich ist es natürlich vollkommen in Ordnung, ein Mädchen eine Dreiviertelstunde lang allein und im Ungewissen in einem ranzigen Leuchtturm sitzen zu lassen.«

»Komm schon, es gibt Schlimmeres«, sagte Ian.

»Ja. Ich glaube, dich zu heiraten wäre schlimmer«, erwiderte sie, doch immerhin war der Vorwurf größtenteils aus ihrer Stimme gewichen.

»Was wird das überhaupt? Ziehst du aus?«, fragte er, als sie, die Decken im Arm, in Richtung Treppe ging. Sie blieb stehen und warf ihm einen Blick über die Schulter zu.

»Ich weiß nicht, ob du es schon wieder vergessen hast, Ian, aber da unten ist ein Mädchen. Und wie du gesagt hast, darf sie nicht hier hochkommen, deswegen schläft sie unten.«

»Und du auch?«

»Vielleicht.«

Ehe Lauren sich wieder abwenden konnte, sprang Ian auf. »Ich komme mit runter«, sagte er, während er sich ebenfalls in Richtung Treppe bewegte. »Ob du es glaubst oder nicht, ich habe Kate tatsächlich nicht vergessen und ...«

»Wow, du hast dir ihren Namen gemerkt. Kompliment«, unterbrach Lauren ihn.

»Danke. Jedenfalls sollte ich ihr vielleicht langsam mitteilen, was Nile gesagt hat, bevor wir sie morgen früh den *Saighdear* vorsetzen.«

Lauren hob beide Augenbrauen an. »Klingt nach einem guten Plan.«

7

Es war noch sehr früh, als Kate am nächsten Morgen hinter Ian den Trampelpfad zum Steg der kleinen Insel entlangstolperte. Zehn nach sechs, wie ihr Lauren bei der kurzen Verabschiedung im Turm gesagt hatte. Und obwohl Kate das frühe Aufstehen eigentlich von der Arbeit mit den Schafen gewöhnt war, fühlte sie sich heute, als würde Ian sie ins Altersheim bringen, nicht nach Kirkwall, damit sie sich dort darum bemühen konnte, in einer militärartigen Geheimorganisation aufgenommen zu werden.

Ihre Muskeln schmerzten wegen dem wunderbaren Schwimmausflug mit Ian noch immer, und auch die Nacht auf einer abgewetzten, quietschenden Couch hatte nicht gerade zu ihrem körperlichen Wohlbefinden beigetragen.

Insgesamt schien Niles Truppe keinerlei Gegenstände zu besitzen, die nicht abgegriffen oder ranzig aussahen. Sie sah ja ein, dass neuwertige Möbel oder Klamotten nicht die oberste Priorität besaßen, wenn man sich mehr oder weniger im Krieg befand und in einem runtergekommenen Leuchtturm hauste, aber trotzdem. Vermutlich hatte das meiste in dem Turm seit Jahren keine Putzutensilien zu Gesicht bekommen. Auch Körperhygiene schien nicht sonderlich hoch im Kurs zu stehen. Kein Strom, kein fließendes Wasser. Lediglich ein einfaches Klo und eine mittelalterlich wirkende Holzwanne, deren Wasser man mit Eimern vom Meer holen musste. Kate sehnte sich nach einer Dusche.

Am Steg angekommen, warf Ian einen löchrigen, dunkelgrünen Rucksack auf das kleine Motorboot und sprang dann leichtfüßig hinterher. Der kühle Wind, der heute über die Insel fegte und einen hellgrauen Wolkenteppich über den Himmel jagte, blies ihm lange Haarsträhnen vor die Augen, als er am Boden des Bootes auf die Knie ging, doch es schien ihn nicht zu stören.

Anstatt die Haare wieder aus seinem Gesicht zu streichen, tasteten seine Hände suchend über den Boden des Bootes. Kate fragte sich bereits, ob er vielleicht eine Kontaktlinse verloren hatte, als Ian eine längliche Klappe im Boden öffnete und dann nach dem Rucksack griff, um ihn in den darunterliegenden, etwa dreißig Zentimeter tiefen Hohlraum zu stopfen.

»Wow«, kommentierte Kate ungläubig, als Ian die Klappe wieder zufallen ließ und nur noch eine schmale Linie im Boden verriet, wo ihre Ränder verliefen. Er warf ihr einen knappen Blick zu.

»Beeindruckt?«, fragte er.

»Schockiert«, erwiderte sie. »Wozu braucht ihr Geheimverstecke in euren Booten?«

In ihrem Kopf manifestierten sich bereits Bilder von Waffenarsenalen, auch wenn sie bei Niles Leuten bis jetzt noch keine gesehen hatte. Das war noch so eine Sache, die ihr komisch vorkam: Wer versuchte denn, ohne Waffen einen Krieg zu gewinnen? Und anstatt den *Saighdear* Waffen zu stehlen, warfen sie sie ins Wasser. Kein Wunder, dass Niles Gruppe schon auf Kates Hilfe angewiesen war, um in diesem Konflikt überhaupt noch etwas herauszuholen.

»Um Dinge zu verstecken?«, gab Ian überaus hilfreich zur Antwort.

»Nein, wirklich?«, fragte Kate sarkastisch, und kurz meinte sie, die Andeutung eines Lächelns über sein Gesicht huschen zu sehen. Der Typ wurde ja glatt noch freundlich.

Er blickte auf und sah ihr in die Augen. »Ist alles in Ordnung bei dir?«

Kate stutzte kurz, nicht sicher, ob das eine Fangfrage war oder ob er sich tatsächlich für ihr Befinden interessierte. »Äh. Ja. Soweit. Warum?«

»Du siehst nicht so aus. Deswegen.«

Kate hob die Augenbrauen an. »Hast du gerade gefragt, wie es mir geht, um mir anschließend zu sagen, dass ich scheiße aussehe? Vielen Dank auch.« Vielleicht begann sie erst jetzt, voll und ganz zu verstehen, was Lauren gemeint hatte, als sie gesagt hatte, Ian sei gelegentlich »schwierig« .

»Ich hab nicht ›scheiße‹ gesagt. Das kam von dir«, erwiderte er locker.

Anstatt einer Antwort verdrehte Kate die Augen. Ians Worte hatten in ihr das Bedürfnis geweckt, einen Blick in einen Spiegel zu werfen oder zumindest das Display ihres Handys als einen solchen zu missbrauchen, doch diese Genugtuung würde sie ihm bei Gott nicht gewähren.

»Kommst du dann rüber, Kitty?«, fragte Ian. »Oder willst du noch mal zurück und dich von Nile verabschieden?«

»Nicht wirklich«, sagte sie und sprang, ihrer Meinung nach recht elegant, neben Ian auf das munter schaukelnde Boot. Nile hatte sie überhaupt nicht mehr gesehen, seit er am Tag zuvor im Leuchtturm verschwunden war, und sie hatte kein Problem damit, wenn das auch so blieb. Er hatte etwas an sich, das Kate beunruhigte. »Übrigens wiederholst du dich.«

Ian, der inzwischen damit beschäftigt war, das Boot vom Steg loszumachen, warf ihr einen fragenden Blick über die Schulter zu. »Womit?«

»Mit deinen dämlichen Spitznamen. Kitty hatten wir gestern schon«, erklärte sie.

»Nicht mal meine Ressourcen an dämlichen Spitznamen sind

unerschöpflich. Schande«, erwiderte er, wieder voll und ganz dem schweren Seil zugewandt, das das Boot an Ort und Stelle gehalten hatte.

Kate ließ sich auf eine der Sitzbänke fallen und beobachtete die etwas angespannt wirkenden Bewegungen seiner Muskeln unter dem grauen Stoff seines Kapuzenpullis. Sie war beinahe überrascht gewesen, dass er Sachen mit langen Ärmeln besaß, wo er und Fynn doch gestern nicht übermäßig viel Kleidung getragen hatten. Jedoch war es heute bewölkt, windig und wesentlich kühler als am Vortag. Was sich nicht geändert hatte, war seine ausgewaschene Jeans, die an den Knien selbstverständlich Löcher aufwies. Wie alle Dinge auf dieser Insel.

Nur Schuhe schien er trotz allem nicht zu besitzen.

Ian löste den Knoten, warf das Seil aufs Deck und trat ans Steuer.

»Hast du alles, was du brauchst?«, fragte er.

»Ja«, sagte Kate und deutete auf ihren eigenen Rucksack, was Ian aber nicht sah, da er sich gar nicht erst die Mühe machte, sich noch einmal nach ihr umzudrehen. Es wäre aber auch egal gewesen, wenn sie ihren Rucksack vergessen hätte. Von ihrem Wasser und ihrem Proviant war beinahe nichts mehr übrig, das Messer war schon längst in den Tiefen der Nordsee verschwunden, und ihr Handy hatte keinen Akku mehr, nachdem Ian und Fynn am letzten Abend festgestellt hatten, dass sie auf dem Teil Tetris spielen konnten.

Nur ihr Geld war noch wirklich von Nutzen, wobei sie das auch einfach in die Hosentasche hätte stecken können.

»Gut«, sagte er knapp. »Dann fahren wir los.« Unter lautem Knattern startete er den Motor, wendete das Boot vorsichtig und langsam in die richtige Richtung und beschleunigte es dann nach und nach. Keiner von ihnen sagte etwas. Über den Lärm des Motors, das Krachen der Wellen, wenn das Boot durch sie hindurchstieß, und den starken Wind hinweg hätten sie vermutlich schreien müssen, um sich zu unterhalten, und darauf schien im Moment keiner von ihnen aus zu sein.

Kate vergrub die Hände in den Taschen ihrer Jeans. Der kalte Wind vertrieb den dumpfen Schleier ihrer Müdigkeit, und sie spürte, wie die Anspannung des Vorabends langsam in ihren Körper zurückkehrte. Ihre Gedanken erwachten wieder zum Leben, begannen damit, wirr und unvollständig durch ihren Kopf zu jagen wie aufgescheuchte Schafe.

Sie hatte gehofft, alles ein wenig besser zu verstehen, mehr über die *Saighdear* und Niles Leute in Erfahrung zu bringen. Doch nach den wenigen Dingen, die ihr Lauren und Ian gestern Abend über die ganze Sache verraten hatten, war eher das Gegenteil der Fall. Dieser Kleinkrieg wirkte noch absurder als zuvor, und sie nahm sich fest vor, Gabriel so schnell wie nur möglich da rauszuholen.

Sie ließ ihren Blick über das endlose stahlgraue Meer schweifen, bis ihre Augen an der immer kleiner werdenden Leuchtturminsel hängen blieben.

Nachdem Ian sie gestern eine knappe Stunde lang hatte warten lassen, war er endlich auf der Treppe aufgetaucht, Lauren und Fynn im Schlepptau. Sie hatten sich zusammengesetzt und geredet.

Zuerst hatte Ian ihr verkündet, dass er Nile doch überzeugen hatte können, seinem Plan zuzustimmen, bevor er ihr knapp erklärt hatte, wie sie vorgehen würden. Nachdem Ian seinen Bericht beendet hatte, waren er und Lauren schließlich etwas näher auf ihre Fragen eingegangen. Kate war heilfroh gewesen, ein paar Informationen von ihnen zu bekommen, auch wenn die regelmäßigen, auffällig unauffälligen Blicke, die Ian und Lauren miteinander ausgetauscht hatten, in ihr das Gefühl ausgelöst hatten, dass die beiden absichtlich etwas vor ihr zurückhielten.

Doch was es auch war, Kate war zuversichtlich, früher oder später alles, was sie wissen musste, in Erfahrung zu bringen und froh darüber, dass man sie überhaupt aufgeklärt hatte. Die *Saighdear* waren offenbar eine vor Jahrhunderten gegründete schottische Organisation, die fest an die Existenz mythischer Kreaturen wie Feen oder Meerjungfrauen glaubte. An diesem Punkt hatte sich Kates Verdacht, dass diese Leute ein Haufen Freaks waren, beträchtlich erhärtet. Jedenfalls waren die *Saighdear* der Meinung, dass Feen, Geister, Einhörner und weiß Gott was noch alles eine ernsthafte Bedrohung für die menschliche Bevölkerung Schottlands darstellten. Die logische Schlussfolgerung war, sämtliche Fabelwesen, die sie aufspüren konnten, abzuschlachten. Früher mit Schwertern und Pfeil und Bogen, wie es Figuren in Fantasyromanen taten, heute eben mit Gewehren und Pistolen. Lauren hatte erklärt, dass die *Saighdear* ihre selbst gewählte Aufgabe oft viel zu ernst nahmen, was dann im Töten unschuldiger Tiere und Menschen gipfelte. Damit war nun Niles Gruppe wiederum nicht einverstanden. Sie wollten, dass die *Saighdear* ihr Treiben beendeten und sich auflösten. Diese Meinungsverschiedenheit hatte sich dann wohl immer weiter hochgeschaukelt, bis es zu diesem Kleinkrieg gekommen war, in dem die beiden Gruppen sich nun befanden.

Kate hatte gefragt, warum man nicht die Polizei oder die Regierung einschalten konnte, damit dem Treiben der *Saighdear* ganz offiziell ein Ende gesetzt wurde. Ian hatte daraufhin gesagt, dass einige Männer der schottischen Regierung persönlich involviert waren, dass die *Saighdear* ursprünglich sogar von der Regierung organisiert worden waren und noch immer von ihr subventioniert wurden. Diese Kontakte waren auch der Grund dafür, dass weder die falschen Leute noch die Medien von der Sache erfuhren.

Kate fand es beinahe beängstigend, dass der Glaube an alte

Volksmärchen Menschen dazu bringen konnte, sich gegenseitig umzubringen. Als kleines Mädchen hatte sie selbst gerne an all die Geschichten geglaubt, die ihre Mutter ihr und Gabriel immer erzählt hatte. Sie hatte mit ihrem Bruder nach Feen gesucht, wenn die Blumen im Frühjahr am schönsten geblüht hatten; sie hatte sich bei ihm versteckt, wenn der Wind in stürmischen Nächten geheult hatte wie eine Banshee, und sie hatte mit ihm am Strand gestanden, um nach Selkies und Meerjungfrauen Ausschau zu halten.

Doch sowohl Gabriel als auch sie selbst waren älter geworden, und die Geschichten wurden zu dem, was sie eben waren – Geschichten. Nicht mehr und nicht weniger. Erinnerungen an eine schöne Kindheit, in der sie noch eine liebevolle, fürsorgliche Mutter gehabt hatten.

Kate wusste, dass es auf den Inseln und in Schottland noch Menschen gab, die vom Wahrheitsgehalt der Märchen überzeugt waren, doch nie im Leben hätte sie gedacht, dass dieser Aberglaube an mythische Kreaturen erwachsene Männer dazu bringen konnte, andere Lebewesen zu töten, ohne dabei mit der Wimper zu zucken.

Das Geräusch des Pistolenschusses, den Jack gestern auf dem Kutter abgegeben hatte, hallte erneut in ihrem Kopf wider, und sie unterdrückte ein Schaudern. Wenn ihr noch einmal jemand erzählte, dass Erwachsene ihre Konflikte nur mit Worten lösten, dann würde sie ihn, wenn nötig, mit einem Ruderboot vor die Haustür der *Saighdear* bringen.

Die Fahrt verging schleppend. Gelegentlich wechselten sie und Ian ein paar Sätze, doch die kurzen Unterhaltungen erstarben schnell wieder, da sie tatsächlich schreien mussten, damit der andere überhaupt verstand, was man sagte. So hatte Kate keinerlei Beschäftigung, außer den Blick über die Inseln und das Wasser schweifen zu lassen und ihren wirren Gedanken nachzuhängen.

Immerhin würde es für sie und Gabriel nicht allzu gefährlich sein, oder? Sie war mehr oder weniger auf Niles Seite, und allem Anschein nach waren Niles Leute die Einzigen, die den *Saighdear* nach dem Leben trachteten. Von ihnen ging also für Gabriel und sie keine Gefahr aus. Und die *Saighdear* würden ihnen ja wohl auch nichts tun, solange sie nicht aufflog.

Solange sie nicht aufflog? Sie musste es ja erst einmal schaffen, aufgenommen zu werden. Allein das war eine Sache, die Lauren für unrealistisch hielt. Wenn sie scheiterte, würde Ian sie noch heute nach Hause fahren. Schon deswegen *musste* Kate es schaffen, dass man sie aufnahm.

Je näher sie der Hauptinsel kamen, die nun endlich vor ihnen in Grün und Grau aus dem dunklen Wasser emporwuchs, desto rascher klopfte Kates Herz. Und mit jedem zurückgelegten Meter wuchs ihre Anspannung.

Schließlich fuhren sie in die weite Bucht ein, an der Kirkwall, die größte Stadt Orkneys, lag. Die Bucht und auch der sonst so geschäftige Hafen waren ruhig – die Fischer waren schon lange von ihrem nächtlichen Fang zurückgekehrt, und für die meisten Touristen war es zu früh. Doch allein der Anblick der dicht gedrängten Häuser der Stadt und einer Fähre, die gerade dabei war, abzulegen, hatte eine fast beruhigende Wirkung auf Kate. Es war ein völlig normaler, bekannter Anblick, ganz anders als das Chaos des letzten Tages. Kirkwall war ihr fast so vertraut wie ihre eigene Heimatinsel, schließlich waren sie und Gabriel jahrelang Tag für Tag mit der Fähre hergekommen, um hier zur Schule zu gehen oder Freunde zu treffen. Es kam ihr unwirklich vor, dass sie heute nicht deshalb hier war, sondern um sich auf die Suche nach den *Saighdear* zu machen.

Herrgott, die ganze Situation war komisch. Vielleicht wachte sie gleich in ihrem Bett auf, und Gabriel würde sie nur schräg anschauen, wenn sie beim Frühstück von ihren Erlebnissen erzählte.

Andererseits wusste sie ganz genau, dass nichts hiervon ein Traum war.

Ian verlangsamte das Boot und manövrierte es umständlich an den anderen kleinen Schiffen im Hafenbecken vorbei. Als Fynn gestern am Steuer gewesen war, war er sehr routiniert und gelassen gewesen, während sich Ian ein wenig anstellte wie ein Fahrschüler kurz vor der Prüfung. Kate konnte nicht genau sagen warum, aber sie hatte erwartet, dass Ian einer dieser Menschen war, die alles mit Leichtigkeit auf die Reihe brachten, ohne dabei jemals verlegen oder ungeschickt zu sein. Sie hatte sich offenbar getäuscht.

»Spar's dir einfach«, sagte Ian, als habe sie ihre Gedanken laut und deutlich ausgesprochen.

»Ich hab doch gar nichts gesagt«, erwiderte Kate. Immerhin waren der Motor und der Fahrtwind aufgrund des niedrigen Tempos leiser geworden, und sie brauchten sich nicht mehr jedes Wort zuzuschreien.

»Es hat einen Grund, warum normalerweise Fynn das Teil fährt. Ich mag keine Boote«, erklärte Ian.

»Du magst keine Boote?«, fragte Kate ungläubig. »Dann wohnst du ja wirklich am perfekten Ort, was?«

»Wasser und Boote sind zwei verschiedene Dinge, Katy.«

Katy. Einer der wenigen Spitznamen, vor denen er sie bis jetzt verschont hatte. Es war der Name, den Gabriel gelegentlich benutzte, vornehmlich natürlich, um sie zu ärgern. Der Name »Kate« an sich war ja schon eine Abkürzung, und sie war immer der Meinung gewesen, dass man eine Abkürzung nicht auch noch verniedlichen musste. Natürlich wusste Gabriel das auch.

Sie wollte nicht, dass Ian einen Namen verwendete, der in ihrem Kopf fest für Gabriel reserviert war. »Lass das«, sagte sie.

»Du kannst das auch noch zehnmal sagen, und es bringt nichts«, antwortete Ian und steuerte eine freie Anlegestelle an.

Kate seufzte leise und stützte sich mit beiden Händen auf der Sitzbank ab. Vermutlich wären sie besser dran gewesen, wenn sie das dämliche Boot gesteuert hätte. Erstaunlicherweise schaffte Ian es aber doch noch, nahe genug an den Steg heranzukommen, ohne schwerwiegende Schäden an den anderen Booten anzurichten.

Kate klaubte das Anbindeseil vom Boden auf, als er den Motor ausschaltete und, nun wieder mühelos und elegant, auf den Steg sprang.

Die anderen Boote wippten ruhig über die Wellen. Außer ihnen selbst war niemand am Steg. Erst weiter vorne, an Land, fuhren inzwischen ein paar Autos die Hafenstraße entlang, und vereinzelt liefen Menschen über die Gehwege. Eine junge Frau mit Schürze wischte die Tische vor einem Café.

Sie kam Kate vertraut vor, und ein leiser Zweifel schlich sich in ihre Gedanken ein. Was, wenn sie jemand erkannte? Kirkwall hatte nur um die sechstausend Einwohner, unwahrscheinlich war es also nicht, dass sie jemanden sah, den sie kannte. Vielleicht sollte sie dann einfach sagen, dass sie eine Freundin traf. Oder dass sie zur Bücherei ging. Etwas Unverfängliches eben.

Auf jeden Fall nicht, dass sie die netten uniformierten Herren mit dem Fischkutter suchte.

»Ian, kann ich dich kurz was fragen?«, sagte sie, um ihre Gedanken mit etwas anderem zu beschäftigen. Er fing das Seil auf, als sie es ihm zuwarf, und band es fest.

»Was denn?«, fragte er.

»Hast du überhaupt einen Führerschein? Für Boote?«

Er bedachte sie mit einem unergründlichen Blick. »Nein.« Die Antwort kam ruhig und völlig selbstverständlich, als sei das keine große Sache.

»Beruhigend«, sagte sie ironisch und dachte, dass das vielleicht auch einen Teil seiner Fahrkünste erklärte. Dann stand sie auf, warf sich die Tragegurte ihres Rucksacks wieder um die Schultern und sprang zu Ian auf den Steg.

»War's so schlimm?«, fragte er, wartete aber nicht auf Kates Antwort, sondern deutete mit einer Hand über ihre Schulter. »Sieh mal.«

Kate wandte den Kopf in die von ihm angegebene Richtung. Dort, weiter draußen am Wasser, befand sich eine andere Anlegestelle, an der ein mittelgroßer dunkler Fischkutter vertäut war. An der Seite des Schiffes stand in schwungvollen weißen Buchstaben ein Name, und obwohl die Entfernung zu groß war, um alles zu entziffern, war sich Kate sicher, dass es sich bei dem ersten Buchstaben um ein großes »S« handelte.

Der Name des Bootes, mit dem die *Saighdear* Gabriel abgeholt hatten, hatte auch mit S begonnen, auch wenn Kate sich nicht mehr an das ganze Wort erinnern konnte. Doch das brauchte sie auch nicht. Die Farbe, das kleine Beiboot an Deck, die geschwungenen, hellen Buchstaben am Bug, all das reichte ihr aus, um den Kutter zweifelsfrei zu erkennen.

»Das ist derselbe wie gestern, oder?«, fragte sie und warf Ian einen Blick zu. Er nickte.

»Ja, das ist er. Immerhin wissen wir jetzt, dass sie hier sind. Du musst sie nur noch finden«, sagte er.

Kate war drauf und dran, ihm zuzustimmen, als ihr doch noch eine kleine Eigenheit in seiner Wortwahl auffiel. »Wieso ›du‹?«, fragte sie. »Du kommst doch mit, oder?«

Ian sah sie einen Moment lang an. »Ich kann nicht«, sagte er dann, langsam und vollkommen ernst. »Das musst du alleine machen.«

»Wie, ›du kannst nicht‹?« Sie zog verständnislos die Stirn in Falten. »Wie soll ich die denn bitte ohne dich finden? Ich kenne doch nur Jack und Alaric. Was, wenn es heute andere Anwerber sind?«

»Die tragen immer ihre Uniformen, wenn sie unterwegs sind«, sagte Ian lediglich. »Und die hast du ja bei dir auf der Insel gesehen, oder?«

Kates Mund klappte erst auf und dann wieder zu. Sie hatte nicht damit gerechnet, dass Ian sie einfach absetzen würde. Sie konnte doch schlecht alleine die ganze Stadt nach ein, zwei dunkelblauen Jacken und schwarzen Pullovern absuchen. »Ich … Du musst doch wissen, wo die sind! Sag mir wenigstens, wo ich suchen soll!«

Ian hob die Schultern. »Keine Ahnung. Unsere einzige Info war, dass sie heute hier sind. Mehr wissen wir auch nicht. Wir haben sowieso Glück, dass sie tatsächlich schon da sind. Hätte auch sein können, dass sie erst nachmittags kommen. Oder gar nicht.«

Na großartig. Gestern hatte Kate wenigstens noch den Eindruck von Kompetenz gehabt, und nun musste sie also hören, dass Nile und seine Leute offenbar selbst keine Ahnung hatten. »Also sind wir nur auf *gut Glück* hergefahren?«

Ians Augenbrauen zogen sich ein Stück zusammen. »Wir sind hergefahren, weil das die sinnvollste Option war«, erklärte er. »Und sie sind hier, also passt doch alles. Du musst sie nur finden.«

»Und wie soll ich das deiner Meinung nach anstellen?«, fragte sie.

»Mal in ein paar Pubs nachsehen, vielleicht? Ich glaube nicht, dass die von Haustür zu Haustür gehen oder so, dafür sind die sich wahrscheinlich zu fein.« Als Ian ihr nur einen kurzen Blick zuwarf und dann wortlos wieder auf das Boot sprang, sank ihr Herz noch ein Stückchen tiefer in Richtung Magengrube.

»Fährst du jetzt auch noch weg?«, fragte Kate entsetzt. Sie war die ganze Zeit über schon nervös gewesen, doch da hatte sie noch nicht gewusst, dass sie vollkommen auf sich allein gestellt sein würde.

Ian schüttelte den Kopf, während er einen dünnen schwarzen Haargummi von seinem Handgelenk löste und sich daranmachte, sein fast schulterlanges Haar zu einem kleinen Knoten zu drehen. »Ich bleibe hier. Ich würde dir ja helfen …« Er hielt einen Moment inne, als er seine neue Frisur fixierte und mit einer Hand überprüfte, ob auch alles an seinem Platz saß. »… aber ich kann nicht mit dir kommen. Wenn die eine Verbindung zwischen dir und mir herstellen, ist alles umsonst, und wir können die Sache ein für alle Mal vergessen.«

»Wenn wir aufpassen, sehen die dich doch gar nicht«, hielt Kate dagegen. Sie versuchte, die Tatsache zu verdrängen, dass seine Haare so gut wie perfekt aussahen, während ihre eigenen vom letzten Tag bestimmt strähnig und matt wie die eines alten Hundes waren. Er war ein Kerl, verdammt. Das Leben war doch wirklich ungerecht.

»Kate«, seufzte Ian. »Das Risiko ist zu hoch. Und ich weiß nicht mehr als du, also macht es keinen Unterschied, ob ich dabei bin oder nicht.«

»Natürlich weißt du mehr als ich«, erwiderte Kate stur.

Doch Ian schien nicht bereit nachzugeben.

»Kate, *ich kann nicht mit dir kommen.*«

Klar. Er konnte nicht. Genau wie sie ihr nicht mehr erzählen *konnten*. Genau wie sie keinen Arzt holen *konnten,* wenn einer ihrer Freunde schwer verletzt war. Diese Leute hatten echt Probleme. »Also wartest du hier, während ich planlos durch die Gegend laufe?«

»Such in Cafés oder Pubs, eben an Orten, wo sich bequem und unbemerkt mehrere Leute versammeln können«, sagte Ian. »Ach ja, wenn du es schaffst, darfst du danach nicht mehr hierherkommen, klar?«

Kate nickte langsam. »Klar.«

»Ich bleibe in deiner Nähe. Wenn sie dich nicht nehmen,

komm einfach wieder an den Hafen. Ich hol dich dann ab. Wenn es klappt, dann bleib bei ihnen. Versuch, gleich mit ihnen zum Fort zu fahren. Ich werde einen Weg finden, dich in den nächsten Tagen zu kontaktieren.«

»Ach, du kannst also einfach zu ihrem supergeheimen Geheimversteck kommen, aber nicht unbemerkt durch eine Stadt gehen?«, fragte sie ungläubig.

Ians Blick verdüsterte sich. »Ich hab gesagt, dass ich einen Weg finden werde, nicht, dass ich mich gegen ihre Türklingel lehnen werde, bis einer rauskommt«, erwiderte er.

Sie starrten sich eine Sekunde lang schweigend an.

»Also«, sagte Ian schließlich. »Wenn du keine Fragen mehr hast …«

»Hab ich nicht«, sagte Kate. »Ich ziehe einfach los und suche die Nadel im Heuhaufen.«

»Du wirst sie schon finden.«

»Ganz bestimmt. Dir noch viel Spaß beim Warten.« Mit diesen Worten nickte sie Ian noch einmal zu und drehte dann mit allem Stolz ab, der ihr noch geblieben war, nachdem sie ja beinahe darum gebettelt hatte, dass Ian mit ihr kam.

Sie war bereits ein gutes Dutzend Schritte von ihm entfernt, als er noch einmal ihren Namen rief. Ihren *richtigen* Namen, ohne alberne Verniedlichungen. Vielleicht war das der Grund dafür, dass sie stehen blieb und ihm über die Schulter einen fragenden Blick zuwarf. »Was denn?«

»Viel Erfolg«, sagte er.

Sie nahm seine Worte mit einem knappen Nicken zur Kenntnis.

Danach ging sie weiter ohne sich noch einmal umzusehen. Erst als sie den Steg schon weit hinter sich gelassen hatte und kurz davor war, in die Gassen zwischen den Häusern zu tauchen, drehte sie sich noch einmal um. Sie sah den Kutter der

Saighdear und das kleine Motorboot, mit dem sie und Ian angekommen waren.

Aber Ian selbst war verschwunden.

Kate schnaubte. Wo war der Kerl hin? Hatte er sie doch sitzen lassen? Sie konnte sehen, dass das Boot noch da war. Nein, er konnte nicht weg sein. Vielleicht war er ausgestiegen und stand nun hinter einem anderen, größeren Boot, und sie konnte ihn deswegen nicht sehen.

Das musste es sein.

Sie schüttelte den Kopf. Sie hatte wichtigere Probleme. Die *Saighdear* zum Beispiel. Oder ihren fast leeren Magen.

Sie wusste, dass sie sich so schnell wie möglich auf die Suche machen sollte, doch es würde mit Sicherheit niemandem schaden, wenn sie vor ihrem planlosen Rundgang noch einen kurzen Abstecher zu der kleinen Bäckerei machte, die keine drei Minuten vom Hafen entfernt lag. In ihrem Rucksack hatte sie noch zwanzig Pfund und etwas Kleingeld, das war mehr als genug, damit sie sich nach dieser furchtbaren Nacht wenigstens einen anständigen Kaffee und eine Kleinigkeit zu essen kaufen konnte. Und Ian würde es ja sowieso nicht merken.

Zufrieden bog Kate in die richtige Straße ein. Es waren noch nicht sehr viele Leute zu Fuß unterwegs, und nur hin und wieder rollten Autos an ihr vorbei. Zwischen den Häusern war der Wind auch ein bisschen stiller. Wenn es nur nicht so bewölkt gewesen wäre, hätte es vermutlich ein wirklich schöner Morgen werden können. Doch die hellgrauen Wolken am Himmel sahen leider nicht so aus, als ob sie heute noch verschwinden würden.

Kate wusste nicht genau, warum, doch plötzlich musste sie an die Schafe zu Hause denken. An Crab. Und an ihren Vater. Hoffentlich hatte er ihren Brief bekommen und gelesen. Hoffentlich verstand er, warum Kate es für nötig gehalten hatte zu gehen. Und hoffentlich hatte er wirklich seinen Bruder um Hilfe gebeten, damit er sich nicht alleine um Haushalt, Hund und Schafe kümmern musste. Das erste Mal, seit sie die Insel verlassen hatte, regte sich in ihrem Hinterkopf ein Anflug von schlechtem Gewissen. Die Tatsache, dass sie bis jetzt kaum einen Gedanken an ihren Vater verschwendet hatte, versetzte ihr noch einen weiteren Stich. Vielleicht war er kein guter Vater mehr, seit ihre Mutter gegangen war, aber vielleicht war sie auch keine gute Tochter mehr.

Kate erreichte die Bäckerei, stieß die Glastür auf und trat ein. Die Inhaberin, eine freundliche, rundliche Frau in ihren Fünfzigern, wünschte ihr strahlend einen guten Morgen und vertrieb so für den Moment die schweren Gedanken aus Kates Kopf.

Sie kaufte sich ein belegtes Brötchen und einen schwarzen Kaffee zum Mitnehmen. Gabriel kippte immer einen halben Liter Milch und einen halben Löffel Zucker in seinen Kaffee, sie selbst bevorzugte ihn dagegen pur, besonders dann, wenn sie die halbe Nacht wach verbracht hatte.

Sobald die große Maschine hinter der Theke ihr Getränk ausgespuckt hatte, bezahlte sie, nahm Tüte und Pappbecher entgegen, bedankte sich und ging dann wieder in Richtung Tür. Den Kaffee und die Papiertüte umständlich in eine Hand nehmend, streckte sie die andere nach dem Türgriff aus. Vor lauter Bemühungen, nichts fallen zu lassen, sah sie zu spät, dass draußen auf der anderen Seite ein Mann aufgetaucht war.

Und so wäre sie beinahe erschlagen worden, als die Tür schwungvoll nach innen aufgestoßen wurde. Nur durch eine schnelle Reaktion entkam sie. Dafür rannte sie aber fast gegen den Mann, der nun mit einem einzigen, großen Schritt das Geschäft betrat.

Kaum dreißig Zentimeter voneinander entfernt kamen sie beide zum Stehen. Der Mann hielt die geöffnete Tür immer noch in der Hand, und die kühle, salzige Luft von draußen wehte herein. Kate stockte der Atem, und ihr Herz machte einen erschrockenen Sprung gegen ihren Brustkorb, als ihr Blick von der dunkelblauen Uniformjacke über das heute rot-gold gemusterte Halstuch glitt und schließlich an den bernsteinfarbenen Augen des Mannes hängen blieb.

Sie spürte, dass ihr Mund offen stand, aber sie war nicht dazu in der Lage, irgendeinen Laut hervorzubringen, geschweige denn etwas zu sagen.

»Na so ein Zufall aber auch«, sagte er grinsend. »Lange nicht mehr gesehen, Katherine.«

Vor ihr stand Jack.

8

Es dauerte einen Augenblick, bis Kate ihre Stimme wiederfand.

»Muss gestern gewesen sein«, sagte sie dann so selbstbewusst und lässig wie sie konnte, auch wenn sie sich ziemlich sicher war, dass die Worte erstickt und nervös klangen.

Jack legte mit einem eigenartigen Glitzern in den Augen den Kopf schief. »Ich denke, es war vorgestern.«

Verdammter Mist. Natürlich war es für ihn vorgestern gewesen. Eine Hitzewelle durchflutete Kates Körper. Wie um alles in der Welt hatte ihr gleich zu Beginn ein so dämlicher Fehler passieren können?

»Ich ...«, presste sie hervor, nicht sicher, was sie noch folgen lassen sollte, um ihren Versprecher wieder auszubügeln. »Mein ich ja«, sagte sie schließlich, hoffentlich überzeugend genug.

»Aber wenn du den Tag gestern vor lauter Trauer um deinen Bruder im Vollrausch verbracht hast, kann man da natürlich mal was verwechseln«, sagte Jack, Kates Gestammel ignorierend.

»Ich war nicht im Vollrausch«, erwiderte sie sofort. Immerhin gewann ihre Stimme nun wieder an Festigkeit. Und das, obwohl es ihr sehr wohl auffiel, dass es hinter ihr vollkommen still geworden war. Sie konnte sich nur allzu gut vorstellen, wie die nette Bäckerin in ihrer Aufgabe innegehalten hatte, um mit neugierig gespitzten Ohren der eigenartigen Unterhaltung auf ihrer Ladenschwelle zu lauschen.

Jack streckte seine freie Hand nach Kate aus und hob eine

Haarsträhne an, die sich aus ihrem Zopf gelöst hatte. »Siehst 'n bisschen danach aus.«

Sie starrte auf seine kräftige, raue Hand, widerstand aber dem Drang, sie wegzuschlagen. »Ich hab euch gesucht«, sagte sie stattdessen.

Jack ließ seine Hand wieder sinken und hob die Augenbrauen an. »Ach ja?«

Kate nickte. »Ich hab gehört, ihr braucht …«, begann sie, wurde aber von Jack unterbrochen, ehe sie den Satz vervollständigen konnte.

»Draußen«, sagte er mit einem knappen Blick über ihre Schulter, der zweifellos der Bäckerin galt. »Ich hol mir 'nen Kaffee, und du wartest 'ne Minute. Ja?«

Ehe sie zustimmen oder ablehnen konnte, klopfte er ihr auf die Schulter und schob sich an ihr vorbei, um an der Theke seine Bestellung aufzugeben. Sie hörte, wie die Inhaberin ihm einen guten Morgen wünschte, als habe er nicht schon die letzten drei Minuten in ihrem Türrahmen verbracht.

Draußen. Ehe die Tür vollständig zufallen konnte, streckte Kate die Hand nach ihr aus und zog sie wieder auf, um rauszugehen. Auf dem Gehweg atmete Kate tief ein und trat dann ein paar Meter nach rechts, um wenigstens den großen Fenstern der Bäckerei zu entkommen.

Dem Tonfall nach zu urteilen, hatte die Bäckerin Jack behandelt wie alle anderen Kunden auch, ohne eine Spur von Verwirrung. Trotz der Uniform. Konnte es sein, dass sie von der ganzen Sache mit den *Saighdear* wusste? Andererseits … andererseits war es ja nicht einmal eine richtige Uniform. Das Outfit sah eigentlich normal aus, solange es nicht mehrere Leute nebeneinander trugen. Vielleicht lag es daran.

Kate stellte den Kaffee auf dem nächstbesten Fensterbrett ab, um die Tüte mit ihrem Essen in ihren Rucksack zu stopfen. Sie war sich noch nicht sicher, ob es nun Glück oder Pech war, dass sie ausgerechnet in Jack reingerannt war. Sicher, General Blackbird oder gar ein fremdes Mitglied der *Saighdear* wäre vermutlich schlimmer gewesen, doch sie konnte nicht gerade behaupten, dass sie Jack nett fand.

Zum einen hatte er natürlich auf sie und Ian geschossen, doch das war noch nicht alles. Es war etwas in seiner Art, seinem Blick, seiner Ausstrahlung, das Kate nicht ganz benennen konnte und das ihr irgendwie unangenehm war. Sie zog den Rucksack zurück in die richtige Position, nahm den Kaffee wieder in die Hand und ließ ihren Blick über die Straße schweifen. Keine andere dunkelblaue Jacke weit und breit. Sie konnte sich aber nicht vorstellen, dass Jack ganz allein hergefahren war, nicht mit einem so großen Boot.

Vielleicht war Gabriel ja auch hier? Der Gedanke hellte ihre Stimmung augenblicklich ein wenig auf. Doch selbst wenn er hier war – um ihn zu finden, musste sie vermutlich erst mal dafür sorgen, dass Jack sie nun nicht wegschickte.

Es dauerte nicht lange, bis die Tür der Bäckerei wieder geöffnet wurde. Kate starrte nach vorn, während sich die Schritte von Jacks schweren Stiefeln näherten und dann neben ihr zum Halten kamen.

Eigentlich hatte sie alles richtig gemacht. Sie war noch keine zwanzig Minuten in der Stadt und hatte Jack bereits gefunden. Oder er hatte sie gefunden. Wie auch immer. Zu schade, dass sie Ian diesen Erfolg nicht unter die Nase reiben konnte.

»Also?«, fragte Jack.

Kate nahm einen tiefen Atemzug und wandte sich dann in seine Richtung, um ihm in die Augen sehen zu können. Leider stellte sie recht schnell fest, dass Jacks Aufmerksamkeit darauf gerichtet war, den Inhalt eines Zuckertütchens in seinen eigenen Kaffee zu befördern.

»Wie gesagt, ich hab gehört, ihr sucht Freiwillige. Für eure … Organisation«, sagte sie.

»Von wem?«, fragte Jack. Als Kate nicht sofort antwortete, führte er seine Frage weiter aus. »Von wem hast du das gehört?«

Kate zögerte noch einen weiteren Moment. Tja, von wem hatte sie das gehört? Sie konnte ja schlecht die Wahrheit sagen. Diese ganze Sache mit dem Spionieren gestaltete sich schon jetzt schwieriger, als sie anfangs angenommen hatte. »Wer sagt denn, dass ich nicht genauso davon gehört habe wie die anderen auch?«

Ein belustigtes Lächeln spielte um Jacks Mundwinkel. »Ich weiß, wie die anderen davon gehört haben. Und daher weiß ich auch, dass *du* nicht so davon erfahren hast.«

»Jemand aus dem Dorf hat es mir gesagt. Bei mir zu Hause«, sagte Kate mit einem Schulterzucken.

Das funktionierte offenbar. Jack nickte knapp. »Wer?«

»Wieso sollte ich dir das verraten?«, entgegnete sie.

»Gut, wenn du's nicht tust. Ist auch egal, wissen eh genug Leute davon«, sagte er. Er stopfte das leere Zuckertütchen in die Tasche seiner Jacke und zog stattdessen eine Schachtel Zigaretten hervor. Natürlich war er Raucher. Kate hätte es sich eigentlich schon denken können, als sie ihn vorgestern das erste Mal gesehen hatte. »Und warum bist du jetzt hergekommen?«, fragte er und sah tatsächlich kurz zu ihr rüber, nachdem er mit den Lippen eine Zigarette aus der Schachtel gefischt hatte.

Kate sammelte sich. Hier kam er also, der entscheidende Satz. Auf keinen Fall durfte sie jetzt stottern oder unsicher klingen. Völlig ausgeschlossen. Sie hielt ihren Blick fest auf Jack gerichtet, der gerade dabei war, seine Kippe mit einem Sturmfeuerzeug anzuzünden, und sagte dann: »Ich will bei euch mitmachen.«

Sie hatte einen schockierten Blick oder vielleicht sogar ein Lachen erwartet, nicht aber, dass Jack nur ein dünnes Schnauben ausstieß, bei dem eine helle Rauchwolke wirbelnd in die klare Luft stob.

»Du bist ganz schön hartnäckig, was?« Er klang nicht sonderlich überrascht. Im Gegenteil, fast so, als habe er nichts anderes erwartet.

Seine schwache Reaktion versetzte Kate einen kleinen Dämpfer.

»Wenn ihr Gabriel einfach mitnehmt, könnt ihr mich nicht allein zurücklassen«, sagte sie.

Jack nahm einen tiefen Zug von seiner Zigarette und legte den Kopf leicht in den Nacken, um eine ganze Reihe von Rauchkringeln in Richtung Himmel zu schicken. »Hast du überhaupt 'ne Ahnung, was wir machen, Mädel?«

Wahrheit oder nicht? Aber was brachte ihr es, sich vollkommen dumm zu stellen? Vorhin hatte es ja ganz gut geklappt, dass sie von jemand anderem von den *Saighdear* gehört hatte, vielleicht konnte sie mit dieser Lüge noch ein wenig weiterfahren.

»Ihr … jagt Fabelwesen, oder nicht?«, versuchte sie es.

Jack grinste, ohne das Kinn zu senken. »Und du glaubst an Fabelwesen?«

Die Frage traf Kate unvorbereitet. *Natürlich nicht,* war das Erste, das ihr in den Sinn kam. Doch vermutlich war das nicht gerade die beste Antwort, wenn sie sich darum bewarb, im Kampf gegen Fabelwesen zu helfen. Andererseits fürchtete sie, dass Jack es schnell durchschauen würde, wenn sie ihn belog. »Ich weiß es nicht. Vielleicht«, sagte sie schließlich. Es war weder eine ganze Lüge noch die volle Wahrheit. Sie war recht zufrieden mit der Antwort.

Jack wandte langsam den Kopf in ihre Richtung und sah sie direkt an. Da war wieder dieses eigenartige, belustigte

Schimmern in seinen Augen, das ihr schon ein paarmal aufgefallen war. »Noch nie eins gesehen, was?«, fragte er.

Sie hatte das Gefühl, als würde er sie gerade zum Narren halten, gab aber eine ernste Antwort. »Nein.«

»Hm. Verstehe.«

»Du etwa?«, fragte sie eigentlich eher, um das Gespräch am Laufen zu halten, bis sie eine Zusage von ihm bekam, doch seine Antwort war so ernst und düster, dass sie ihr einen kleinen Schauer durch den Körper jagte.

»Mehr, als mir lieb ist.« Sein Blick schweifte einen Moment lang leer über die Straße vor ihnen. Ein älterer Herr auf der anderen Seite deutete mit der rechten Hand einen knappen Salut an, als er Jack sah. Der reagierte jedoch nicht darauf. »Ist das alles, was du weißt?«, fragte er.

»Ich weiß, dass ihr Mitglieder braucht. Und dass ihr nicht jeden aufnehmt«, sagte sie. Seine Schwermut verflog wieder, und das halbe Lächeln kehrte auf seine Lippen zurück. »Unter anderem keine Frauen. Hat dein Informant dir das nicht gesagt?«

»Äh, doch.«

Jack nippte an seinem Kaffee. Kate hatte ihren eigenen völlig vergessen, obwohl sie den Becher die ganze Zeit mit beiden Händen fest umklammert hatte. »Warum bist du dann hier?«

»Ich will, dass ihr mich trotzdem aufnehmt. Deswegen.«

»Und du machst das, weil …? Weil du deinen Bruder vor irgendwelchen Viechern schützen willst, die es gar nicht gibt?«, fragte Jack. Er klemmte sich die Kippe zwischen die Lippen, nahm den Kaffee in eine Hand und zog mit der anderen ein ursprünglich wohl silberfarbenes Klapphandy hervor, das nicht viel jünger sein konnte als Kates vorzeitliches Nokia. »Fünf nach halb … Der Kleine wird mich umbringen«, murmelte er und packte das Handy wieder weg.

Kate fragte nicht nach, wer mit »der Kleine« gemeint war. Sie musste sich jetzt auf das eigentliche Thema konzentrieren. »Ich mache das, weil ich bei ihm sein will. Ihr könnt ihn mir nicht einfach wegnehmen und erwarten, dass ich dabei zusehe. Da ist es doch egal, ob es die Viecher nun gibt oder nicht.«

»Kann sein.«

»Und wir haben dieselben Eltern. Wenn er geeignet ist, bin ich das ja wohl auch«, sagte sie.

»Ändert aber auch nichts dran, dass du 'n Mädchen bist und er nicht«, erwiderte Jack stur.

»Braucht ihr nun Leute oder nicht? Und ich kann mir nicht vorstellen, dass ihr hier und heute viele findet. Die meisten Menschen glauben nämlich nicht an Einhörner und werden mit Sicherheit nicht ihre Sommerferien opfern, geschweige denn ihr ganzes Leben auf den Kopf stellen, nur um welche zu jagen«, sagte Kate. Sie meinte jedes Wort genau so, wie sie es gesagt hatte. Wäre es nicht um Gabriel gegangen und hätte sie nicht den letzten Tag bei Niles Leuten verbracht, sie wäre nie im Leben auf die Idee gekommen, den *Saighdear* beizutreten.

Gut, vermutlich hätte sie auch nie von ihnen erfahren, aber das war eine andere Sache.

Jack bedachte sie mit einem langen Blick. »Hier auf den Inseln gibt es keine Einhörner.«

»Toll … großartig«, sagte Kate mit unverdeckter Ironie.

»Aber genug anderes Zeug. Und das macht bei Weitem mehr Probleme als Einhörner«, sagte Jack gelassen, als würde er über Mäuse, Ratten und Kakerlaken sprechen und nicht über mythische Kreaturen, die außer in Büchern und in den Köpfen von Verrückten nirgends vorkamen.

Versuchte der Kerl gerade wirklich, ihr weiszumachen, dass es Einhörner gab? Das wurde ja immer besser. Hoffentlich hatten die Gabriel noch nicht so weit beeinflusst, dass er nun auch an diese Märchen glaubte.

Kate suchte fieberhaft nach einer Erwiderung, aber was sagte man bitte auf so einen Satz? Glücklicherweise ergriff Jack nach ein paar Sekunden der Stille wieder das Wort.

»Also bist du dir sicher, dass *du* deine Sommerferien und dein ganzes Leben für deinen Bruder auf den Kopf stellen willst?«, fragte er.

Über die Antwort brauchte sie gar nicht erst nachzudenken. »Ja.«

»Weißt du, wir sind nicht die Wohlfahrt oder so'n Scheiß. Das ist ein echter Job. Manche von uns arbeiten auch noch nebenbei, aber die meisten tun nichts anderes in ihrem Leben. Wenn man einmal drinsteckt, kommt man nicht mehr davon weg.«

Die Worte erschreckten Kate ein wenig, doch sie beruhigte sich damit, dass Ian versprochen hatte, sie und Gabriel wieder aus der Sache rauszuholen. »Ich will das trotzdem.«

»Und das alles wegen deinem Bruder?«

»Ja.« In Jacks Gesicht regte sich etwas, doch Kate kannte ihn nicht gut genug, um es richtig einordnen zu können. »Obwohl du nicht an Einhörner glaubst?«

»Heißt das, ihr nehmt mich?«, fragte sie einfach, um einer weiteren Diskussion über die Existenz gehörnter Pferde zu entgehen und schneller zu einem eindeutigen Ergebnis zu gelangen. »Ich kann mitkommen?«

Jack lächelte wieder, antwortete aber nicht sofort. Zunächst nahm er den letzten Zug von seiner fast heruntergebrannten Zigarette und warf sie dann auf den Gehweg, um sie auszutreten. »Yep«, sagte er.

Diese Zusage kam nun doch etwas zu plötzlich, um für Kate völlig glaubwürdig zu sein. Ihr Herz setzte einen kleinen Schlag lang aus. »Wirklich?«

Er nickte. »Ja. Wir brauchen wirklich Leute, und bevor wir

uns irgendwelche wandelnden Inkompetenzen anlachen, können wir wohl auch Weiber nehmen, die halbwegs 'ne Ahnung von dem haben, was sie tun«, sagte er, ohne besondere Betonung auf das Wort »Weiber« zu legen. Er sagte es, als wäre es ein völlig normaler Teil seines Wortschatzes. »Kann dir aber nich' sagen, was Blackbird davon hält, und der hat da das letzte Wort.«

Kate nickte langsam. Nun hing also alles von Blackbird ab, dem weißhaarigen Mann, der mit Jack und Alaric gekommen war, um Gabriel zu holen. Der, der von den anderen beiden ständig »General« genannt wurde. Ob er wohl der Chef von allen *Saighdear* war? Sie würde es herausfinden.

»Also, dann sieh zu, dass du heimfährst und deine Sachen packst. Wir sind nächste Woche noch mal in der Gegend, da kannst du dann mitkommen, wenn du willst«, sagte er.

»Ich hab alles dabei«, sagte sie rasch. Eigentlich fielen ihr jede Menge Dinge ein, die sie gerne mitgenommen hätte, doch sie konnte es sich nicht erlauben, noch einmal zu Hause vorbeizuschneien. Völlig ausgeschlossen. »Ich würde lieber gleich mitkommen, wenn ihr wieder abfahrt. Wenn das geht.«

Jack überlegte einen Moment. Dann zuckte er die Schultern. »Hm. Denk schon. Sicher, dass du nichts brauchst? Sonst nehmen Frauen doch auch immer 'n Dutzend Koffer mit, wenn sie nur übers Wochenende wegfahren.«

»Ich kann ja kurz beim Supermarkt vorbeischauen, wenn ihr noch länger hier seid«, sagte Kate zögerlich.

»Wir bleiben noch 'ne Stunde«, erwiderte Jack mit einem knappen Nicken. »Aber jetzt muss ich erst mal zu Alaric. Bin eh schon zu spät.«

Alaric war also auch hier. Kate wusste nicht, was sie von ihm halten sollte. Er hatte weder auf der Insel noch auf dem Boot viel geredet, und einen Großteil seines Charakters schien er absichtlich zurückzuhalten, um weiterhin ungehindert mit dem gigantischen Stock in seinem Arsch durch die Weltgeschichte laufen zu können.

»Wozu bist du zu spät?«, fragte sie nach.

Jack zog die Augenbrauen zusammen, als hätte sie ihn gerade gefragt, was der Unterschied zwischen Plus und Minus war. »Die Freiwilligen. Die rennen uns ja nicht grad die Tür ein. Der Kleine und ich sollten denen bisschen was erzählen und so. Termin war halb acht, und jetzt ist Viertel vor.«

»Was erzählt ihr denen denn? Feengeschichten und so was?«, fragte sie ungläubig. Es fiel ihr schwer, sich vorzustellen, dass sich Jungs in ihrem Alter durch eine Märchenstunde davon überzeugen ließen, ihre Zukunftspläne an den Nagel zu hängen.

Jack verzog das Gesicht. »Was wir machen, warum es uns gibt. Vielleicht auch ein paar Dinge, die du Feengeschichten nennst. Aber das ist nun mal unser Job.« Er machte eine kleine Pause. »Die, die uns nicht glauben, denken, dass wir nicht mehr alle Tassen im Schrank haben. Die anderen sehen vielleicht ein, dass wir gebraucht werden, dass wir wichtig für die Inseln sind, und kommen mit uns.«

Kate nickte. »Dann mal viel Glück. Werdet bestimmt viele finden.«

»Mit Sicherheit«, murmelte Jack. Dann schnaubte er und sagte forsch: »Also, in einer Stunde, spätestens in anderthalb am Boot, klar? Die *Sealgair.* Müsstest du bei dir auf der Insel schon gesehn haben.«

Sie würde ihm mit Sicherheit nicht sagen, dass sie sogar schon ganz genau wusste, wo der Kutter vertäut war. Geschweige denn, dass sie schon ein paar Stunden ihres Lebens auf dem Kahn zugebracht hatte.

»Okay«, sagte sie. »Bekomme ich hin.«

»Ist nicht zu verfehlen. Geh einfach zum Hafen, dann siehst du's«, sagte er.

»Geht klar.«

In ihrem Kopf hatte sich bereits der Gedanke festgesetzt, dass sie die freie Zeit nutzen konnte, um noch einmal bei Ian vorbeizuschauen und ihm von ihrem Erfolg zu erzählen. Nur ganz kurz. Es würde schon nichts schiefgehen, wenn sie das tat. Doch zuvor wollte sie wirklich noch in den Supermarkt, daher hatte sie es nun ein wenig eilig, Jack wieder loszuwerden.

Blieb nur zu hoffen, dass sie gerade nicht etwas *zu* eifrig gewirkt hatte.

Jack nickte und sah ihr dann in die Augen, wieder dieses schiefe Grinsen im Gesicht, das immer wirkte, als wüsste er etwas, auf das sie selbst nicht mal im Traum gekommen wäre. »Dann bis später, Mädel.« Doch er machte keinerlei Anstalten zu verschwinden. Offenbar erwartete er von ihr, dass sie zuerst abdrehte.

Etwas verunsichert nickte sie. »Ja. Bis nachher«, sagte sie, wandte sich langsam ab und ging los. Sie war sich fast sicher, Jacks Blick bohrend in ihrem Rücken zu spüren.

Aber er würde ihr doch bestimmt nicht folgen, oder? Er hatte es doch selbst gesagt, er musste zu Alaric.

»Wenn du dir einen Gefallen tun willst, Mädel, dann machst du keine Dummheiten.«

Kate blieb stehen und blickte über die Schulter zurück. Jack hatte den Kopf schief gelegt, das Lächeln war verschwunden. Sie war mindestens sechs Meter von ihm entfernt, und er hatte nicht lauter gesprochen als sonst auch, und doch hatte sie jedes seiner Worte klar verstanden. Es hatte nicht wie eine Drohung geklungen. Es war gar nichts darin gewesen, keine Betonung oder eine Emotion. Als habe die Aussage für ihn kaum Bedeutung gehabt.

»Werd ich schon nicht …«, gab sie eher schwach zurück.

Jack nickte langsam, dann schlenderte er in die entgegengesetzte Richtung davon. Wenn sie sich nicht täuschte, begann er sogar, ein leises Lied zu pfeifen.

Nicht sicher, was sie davon halten sollte, sah Kate ihm noch hinterher, bis er nach wenigen Metern in eine größere Straße abbog und verschwand. Er konnte doch unmöglich etwas von der ganzen Sache mit Ian und Nile und den anderen gemerkt haben.

Sie löste sich kopfschüttelnd aus ihrer Starre, hoffte, dass keiner der Passanten auf sie und Jack aufmerksam geworden war, und machte sich auf den Weg zum nächstbesten Supermarkt. Jack hatte zwar ein Mädchen bei Ian gesehen, als sie vom Kutter geflohen waren. Aber es war völlig unmöglich, dass er sie unter ihrer Jacke, die nun im Meer schwamm, erkannt hatte. Es hätte auch jedes andere Mädchen sein können, oder? Und hätte er nicht anders reagiert, wenn er gewusst hätte, dass sie auf dem Boot gewesen war? Nie im Leben hätte er ihrer Aufnahme bei den *Saighdear* zugestimmt, da war sie sich sicher.

Er konnte sie nicht erkannt haben.

Aber warum dann diese schrägen Blicke und der Spruch von eben?

Egal was es war, sie musste in Zukunft vorsichtiger sein. Wenn ihr noch öfter Versprecher passierten, war es nur eine Frage der Zeit, bis sie aufflog.

Nachdem Kate endlich den mittlerweile kalten Kaffee ausgetrunken, das Brötchen verputzt und das Nötigste eingekauft hatte, stopfte sie den Kram zusammen mit ihrem verbliebenen Geld in ihren Rucksack und machte sich rasch auf den Weg zur Anlegestelle. Der Einkauf hatte länger gedauert, als sie geplant hatte, aber sie brauchte jetzt Ians Meinung. Eine Anweisung. Irgendwas.

Er wusste doch viel mehr als sie. Vielleicht konnte er ihr sagen, warum Jack sich so eigenartig verhalten hatte.

Als sie den Steg erreichte, an dem sie angelegt hatten, war niemand dort.

Das Motorboot war nach wie vor fest vertäut, aber von Ian keine Spur. Kate stieß ein leises Schnauben aus. Vermutlich war er in der Stadt unterwegs, doch es erschloss sich ihr nicht ganz, wie um alles in der Welt er so in Erfahrung bringen wollte, ob sie es geschafft hatte oder nicht. Ihr war klar, dass sie nur zurück zum Boot kommen sollte, wenn sie versagt hätte. Aber mit der Möglichkeit, dass sie noch Fragen haben könnte, hatte der Herr wohl nicht gerechnet.

Mit einem Mal kam ihr der Gedanke, dass Ian ihr vielleicht die ganze Zeit gefolgt war und sie ihn nur nicht bemerkt hatte. Vielleicht hatte er sie testen wollen und war deshalb nicht mit ihr auf die Suche nach den *Saighdear* gegangen? Sie löste ihren Blick von dem leeren Boot und ließ ihn erst über den Hafen und dann über die weite Bucht gleiten. Nirgends auch nur der Schatten von Ian. Plötzlich hielt Kate inne. Es steuerte eine weitere Fähre auf das Hafenbecken zu, doch das war es nicht, was ihre Aufmerksamkeit auf sich zog.

Es war eine eher kleine, halbrunde Form, die in etwa dreißig Metern Entfernung wie eine Boje aus den Wellen lugte. Kate kniff die Augen zusammen, um das Ding besser erkennen zu können. Denn eine Boje war es definitiv nicht. Bojen hatten helle, auffällige Farben und oft eine spitze Form, während dieses Teil rund und dunkel war und schwach glänzte. Fast wie … ein Kopf.

»Eine Robbe?«, flüsterte Kate ungläubig. Sicher, die Inseln waren voll von Robben, doch die Tiere kamen eher ungern bis gar nicht in den Hafenbereich von Kirkwall. Und vor allem hatte sie noch nie eine Robbe so reglos auf der Stelle verharren sehen. Es kam ihr fast vor, als würde sie zu ihr herüber starren.

Kate machte auf dem Steg einen langsamen Schritt in Richtung Robbe. Das Tier rührte sich nicht, also wagte sie noch ein paar weitere Schritte. Wenn sie nur etwas näher herankam, dann konnte sie vielleicht mehr erkennen. Vielleicht war es ja auch gar keine Robbe, sondern etwas ganz anderes, das zufällig daran erinnerte.

Einige Meter lang ging alles gut, dann löste sich der Kopf ruckartig aus seiner Starre und verschwand in den stahlgrauen Wellen. Also war es wirklich eine lebendige Robbe gewesen.

»He, Mädel! Falsches Boot, falscher Steg!«

Jack.

Kate zuckte zusammen.

Sie blinzelte, bemühte sich, die Robbe wieder aus ihren Gedanken zu verdrängen, und drehte sich um. Sie warteten am Ende des Stegs: Jack und Alaric, beide in ihren dunkelblauen Uniformjacken. Jack hatte die Daumen entspannt in die Taschen seiner Jeans geschoben, Alaric war so steif und gerade, als stünde er unter Strom.

»Wir liegen da drüben«, rief Jack ihr zu und deutete mit einer lockeren Armbewegung in Richtung der *Sealgair*.

Okay. Ruhig bleiben, ermahnte sich Kate. Sie musste nur schnell eine Ausrede für ihr Verhalten von eben finden, denn sie hatte das unbestimmte Gefühl, dass es besser war, den Seehund nicht zu erwähnen. Sie warf einen knappen Blick auf die anderen Boote am Steg und hätte am liebsten innerlich gejubelt, als sie weiter hinten tatsächlich einen Kutter entdeckte, der dem der *Saighdear* in Größe und Farbe nicht unähnlich war. »Hab's verwechselt«, antwortete sie und zeigte auf den fremden Kutter.

»Seh ich schon.«

Sie ging nach einem kurzen Zögern auf die beiden Männer zu. Alarics helle Augen waren starr auf sie gerichtet, als sie sich näherte. Erst kurz bevor sie vor ihnen stehen blieb, verformten sich seine Lippen zu einem schmalen, höflichen Lächeln, ohne dass der kalte Ausdruck in seinen Augen sich erwärmte.

»Jack hat mir erzählt, was ihr besprochen habt«, sagte er. Dann streckte er seine Hand aus. »Wir haben uns noch nicht richtig vorgestellt. Alaric Blackbird.«

Blackbird?

Das hieß dann wohl, dass sie sich bei ihrem ersten Treffen nicht getäuscht hatte – er und der General waren verwandt. Sie ergriff Alarics Hand und schüttelte sie kurz. Seine Haut fühlte sich glatt und kühl an.

»Kate«, sagte sie nur, da es ihr seltsam vorkam, sich vor einem Gleichaltrigen mit ihrem vollen Namen vorzustellen. Jack kommentierte ihren kleinen Aussetzer in Sachen Etikette mit einem amüsierten Schnauben.

Doch wider Erwarten wurde Alarics Gesichtsausdruck für einen kurzen Moment weicher, sein Lächeln schien für einen winzigen Moment bis zu seinen Augen aufzusteigen. »Freut mich«, sagte er. Und sie glaubte es ihm. Trotz der Anspannung, die seine ganze Körperhaltung nach wie vor deutlich dominierte.

Jack deutete mit dem Kopf in Richtung ihres Schiffs. »Also. Gehn wir.«

»Du hast alles, was du brauchst?«, fragte Alaric, als Jack sich schon von ihnen abgewandt hatte und nun in Richtung des anderen Stegs schlenderte.

Kate nickte mit einem kleinen, höflichen Lächeln. »Ich denk schon.«

»Und du bist sicher, dass du gleich mit uns kommen willst?«, fragte er weiter. Als Jack einen kurzen Blick über die Schulter warf, setzten auch sie sich nebeneinander in Bewegung, einen knappen halben Meter Abstand zwischen sich. Alarics Bewegungen waren gerade, präzise und gleichmäßig – wie fast alles an ihm. Kate konnte sich nicht erinnern, jemals einen Jungen kennengelernt zu haben, der auch nur ansatzweise mit ihm vergleichbar war. »Die anderen rücken vermutlich erst nächste Woche ein«, sagte er nun.

»Die anderen?«, erwiderte sie beinahe reflexartig. »Also habt ihr Freiwillige gefunden?«

In Alarics Gesicht regte sich nichts. »Ja. Auf dieser Insel zwei.«

Kate hob erstaunt die Augenbrauen. Das waren immerhin zwei mehr, als sie erwartet hatte. Automatisch fragte sie sich, wer sein Leben ohne triftigen Grund an eine Gruppe Männer verkaufte, die von Meerjungfrauen und Feen fantasierten. Sie konnte von nun an wohl nicht mehr abstreiten, dass es hier auf den Inseln und in Schottland im Allgemeinen immer noch Menschen gab, die felsenfest von der Existenz mythischer Kreaturen überzeugt waren (es musste es ja einen Grund haben, dass das Nationaltier der Schotten allen Ernstes ein Einhorn war). Dennoch, diesen Aberglauben zu einem echten Beruf zu machen fand sie übertrieben.

»Nicht schlecht«, sagte sie.

Alaric zuckte die Schultern. »Es ist immerhin etwas.«

»Mit mir sind es drei«, sagte sie, um einen aufmunternden Tonfall bemüht.

Nun war es Alaric, der ihr aus dem Augenwinkel einen kleinen Blick zuwarf. »Ich hatte dich schon mit eingerechnet.«

»Oh.«

»Wobei wir uns nicht sicher sein können, was der General dazu sagen wird«, sagte er. »Die Aufnahme von weiblichen Mitgliedern war schon immer ein recht ... kontroverses Thema. Aus verschiedenen Gründen. Und am Ende hat er das letzte Wort.«

»Also ist das alles noch unsicher?«, fragte sie vorsichtig. »Darf nur der General bestimmen, wen ihr aufnehmt und wen nicht?«

Alaric schenkte ihr ein kurzes, fast nachsichtiges Lächeln. »Jack ist bei uns second-in-command. Er übernimmt im Fall, dass dem General etwas zustößt, doch außer in Extremsituationen kann er keine Entscheidungen treffen, die unseren bisherigen Richtlinien widersprechen.«

»Verstehe«, murmelte Kate.

Sie fand es erstaunlich, dass jemand wie Jack – jemand, der rauchte, trank und ein lockeres Mundwerk besaß – so hoch in der Rangordnung aufsteigen konnte. Allerdings kannte sie ja auch noch nicht viele Mitglieder der *Saighdear* und wusste daher nicht, ob die anderen nicht einfach noch ungeeigneter für diese Position waren.

»Jetzt schieb mal keine Panik, Kleiner«, sagte Jack über die Schulter. »Ich regel das schon. Wird alles gut gehen.«

Kate sah, dass Alarics Blick sich ein klein wenig verdüsterte, ohne dass er etwas sagte. Erst jetzt fiel ihr auf, wen Jack wohl auch vorhin gemeint hatte, als er von dem ›Kleinen‹ gesprochen hatte: Alaric. Kate war über den Spitznamen zugegebenermaßen etwas erstaunt – Alaric war mindestens zehn Zentimeter größer als Jack.

Sie folgte den beiden Männern auf den Steg und dann auf das Boot. Obwohl sie die *Sealgair* bereits zum zweiten Mal betrat, hatte sie, als sie diesmal den ersten Fuß aufs Deck setzte, das Gefühl, eine schwerwiegende Entscheidung getroffen zu haben. Eine Entscheidung, die nicht mehr rückgängig gemacht werden konnte. Und das, obwohl ihr erster Aufenthalt auf dem Kutter eigentlich wesentlich illegaler und gefährlicher gewesen war.

Als alle notwendigen Vorbereitungen getroffen worden waren und sie schließlich ablegten, sah Kate noch einmal zurück zu dem Motorboot, mit dem sie und Ian angekommen waren. Sie war fast nicht mehr überrascht, als sie Ian nirgends entdecken konnte. Trotzdem ließ seine anhaltende Abwesenheit neue Angst in ihr aufkeimen. Er hatte gesagt, er würde einen Weg finden, sie zu kontaktieren. Aber was, wenn er von Anfang an gar nicht vorgehabt hatte, das zu tun? Wenn alles, was er von ihrer Zusammenarbeit erzählt hatte, eine Lüge gewesen war?

Schließlich beruhigte sie sich damit, dass es ihm oder Nile auch nichts bringen würde, sie bei den *Saighdear* abzusetzen und dann für immer zu verschwinden. Der ganze Aufwand bliebe dann ohne jeden Vorteil für sie. Aber warum war Ian dann nicht mehr da?

Da Jack und Alaric offenbar allein klarkamen, stand sie am hinteren Teil der Reling, als sich der Kutter in Richtung offenes Meer bewegte. Es war kalt, und sie fror, aber sie weigerte sich, jetzt schon reinzugehen. Sie starrte auf die kleiner werdenden Häuser Kirkwalls, als wäre es das letzte Mal, dass sie sie sah.

Doch dann zog eine kleine, graue Kugel im weiß schäumenden Wasser hinter dem Kutter ihre Aufmerksamkeit auf sich. Ein Robbenkopf, diesmal unverkennbar, auch wenn Kate natürlich nicht sagen konnte, ob es das selbe Tier war wie vorhin. Als hinter ihr die dumpfen Schritte von Stiefeln auf dem Deck erklangen, tauchte die Robbe ab und verschwand.

»Wirst dir noch den Arsch abfrieren hier draußen«, sagte Jack, als er neben sie an die Reling trat. »Da meint man, es ist Sommer, und trotzdem ist es saukalt.«

Kate blickte mit einem leichten Stirnrunzeln auf die Stelle, an der das Tier verschwunden war. Sie war beide Male abgetaucht, als Jack gekommen war. Doch es war völlig ausgeschlossen, dass eine Robbe dazu in der Lage war, Menschen voneinander zu unterscheiden.

»Wie jedes Jahr eben«, sagte Kate geistesabwesend.

»Hätte nach Italien ziehen sollen«, murmelte Jack und lehnte sich mit den Unterarmen auf die Reling. »Wesentlich wärmer und wesentlich weniger Viecher.«

Bei diesem Kommentar wurde Kate hellhörig. »Viecher? Im Sinne von Fabelwesen? Gibt es die da etwa auch?«

Jack verzog das Gesicht. »Erstens: Ja, es gibt sie auch in anderen

Ländern. Und zweitens: Fabelwesen klingt immer nach glitzernden Feen und Einhörnern. Gewöhn dir das gar nicht erst an.«

»Ich dachte, es *gibt* glitzernde Feen und Einhörner?«, erwiderte Kate so ernst sie konnte. Ihr Versuch ging offensichtlich daneben, denn Jack bedachte sie mit einem langen, erstaunlich seriösen Blick und sagte dann: »Die glitzern nicht. Nimm das nicht auf die leichte Schulter. Am Ende bereust du's.«

Sie hob entschuldigend die Hände. »Tut mir leid. Es ist nur ... etwas schwer zu glauben.«

»Kann schon sein.«

»Ähm ... Was gibt es denn alles so?«, fragte sie vorsichtig. »Also, außer Einhörnern?«

»Wirst du alles noch lernen«, sagte Jack und fügte mit einem schiefen Grinsen an: »Was ich dir aber sagen kann, ist, dass an den meisten Sagen ein bisschen was Wahres dran ist. Die Leute sind ja nicht ganz blöd, waren sie noch nie. Wenn Dutzende Leute an einem Dutzend verschiedener Orte Geister gesehen haben, wieso sollte es sie dann nicht geben?«

»Also gibt es auch Geister?«, fragte Kate zweifelnd.

Jack nickte langsam. »Aber keine fliegenden Betttücher mit klirrenden Ketten.«

»Nach deiner Logik gibt es aber auch den Weihnachtsmann, oder?«, fragte sie.

Nun schüttelte Jack knapp den Kopf.

»Das ist Schwachsinn. Kein Mensch hat je den Weihnachtsmann gesehen. Das ist nur eine Geschichte, die sich Menschen für ihre Kinder ausgedacht haben«, erklärte er.

»Was ist mit Feen?«, versuchte Kate es.

Jacks Blick verdüsterte sich. »Gibt es.«

»Elfen?«

»Auch.«

»Seeungeheuer?«

»Verdammt selten.«

Kate fiel wieder die Robbe im weißen Schaum der Wellen ein. Die großen schwarzen Augen, die sie scheinbar direkt angesehen hatten. Dann tauchte ein anderes Bild in ihrem Kopf auf. Lange, goldblonde Locken und strahlende Augen, eingerahmt von hellen Wimpern. Ein glockenhelles Lachen. Ihre Mutter. Sie erinnerte sich an eine Geschichte von einer Robbe, einem Robbenmädchen, die ihre Mutter Gabriel und ihr oft erzählt hatte. Es war immer Kates Lieblingsgeschichte gewesen, auch wenn sie im Nachhinein nicht mehr wirklich sagen konnte, warum.

»Was ist mit Selkies?«, fragte sie mit gerade so viel Vorstoß, wie sie es sich traute.

Jack sah zu ihr, und für einen kurzen Moment sah er fast verwirrt aus, als passten Kates Worte nicht in sein Weltbild. Doch er fing sich schnell wieder. »Die gibt es auch«, sagte er langsam.

Sie nickte und richtete ihren Blick wieder auf die Gischt, die die *Sealgair* wie einen Brautschleier hinter sich her zog. Jacks Antworten waren so ernst, so sachlich gewesen, dass Kate sich sicher war, dass er tatsächlich fest von der Existenz dieser Kreaturen überzeugt war.

Vor allem ein Satz spukte immer wieder durch ihren Kopf: *Wenn Dutzende Leute an einem Dutzend verschiedener Orte Geister gesehen haben, wieso sollte es sie dann nicht geben?*

Wenn eine ganze Gruppe erwachsener Männer an Fabeltiere glaubte, sie sogar jagte, warum sollte es diese Wesen dann nicht geben? Der Gedanke, dass all die Geschichten tatsächlich wahr sein könnten, war absurd und beängstigend zugleich, sodass Kate ihn so schnell wie möglich wieder an den Rand ihres Bewusstseins drängte. Sie war nicht elf Jahre zur Schule gegangen, um jetzt von Evolution und Wissenschaft wieder zu Magie und Aberglauben zurückzukehren.

Jack und sie schwiegen einen Moment, in dem die einzigen

Geräusche das Dröhnen des Motors und das Klatschen der Wellen unter ihnen waren.

»Sonst noch Fragen?«, fragte Jack dann. Als sie nicht gleich antwortete, fuhr er fort. »Das meiste lernt man sowieso, indem man einfach dabei ist. Wir machen kaum Theorieunterricht oder so 'nen Scheiß. Bringt eh keinem was und kostet nur Zeit.«

»Aber Praxisunterricht findet öfter statt?«

Jack lächelte. »Muss sein. Weiß nicht, wie's mit dir ist, aber die meisten können keine Pistolen oder Gewehre abfeuern, wenn sie neu dazu kommen.«

In Kates Kopf tauchte das Bild von Matts blutigem Bein auf, gefolgt von Carolines tränenüberströmtem Gesicht. *»Wo ist James?« »Er ... Es tut mir leid. Es tut mir leid!«* Ein leiser Schauer rieselte Kates Rücken hinab, als ihr klar wurde, dass sie sich möglicherweise mit einem Mörder unterhielt. Einem Mörder, der ihr trotz seiner rauen Art in den letzten Stunden beinahe sympathisch geworden war.

»Ihr ... habt Schusswaffen?«, fragte sie mit gespieltem Erstaunen und warf einen kleinen Blick auf Jacks Gürtel, an dem aber kein Pistolenholster befestigt war.

Vielleicht trug er seine Waffe aber auch unter der Jacke. Oder er hatte gar keine dabei.

»Glaubst du, die Biester lassen sich mit ein paar netten Worten überzeugen?«

»Ähm ... Wahrscheinlich nicht?«

»Eben.«

Es entstand eine weitere Pause. Kate wären noch Dutzende Fragen eingefallen, über die *Saighdear,* über diesen Kleinkrieg mit Niles Truppe, doch sie wusste nicht, wie viel sie fragen konnte, ohne dass Jack misstrauisch wurde. Doch eine Sache, die ihr nun schon einige Zeit auf der Zunge lag, gab rein gar nichts über ihren Kontakt zu Ian und den anderen Preis.

»Eins noch … Was ist das eigentlich mit Alaric und dem General? Also, sie haben den gleichen Nachnamen, oder? Sind sie …«

»… verwandt?«, vervollständigte Jack ihre Frage. »Ja. Ziemlich. Vater und Sohn.«

Kate warf Jack einen ehrlich erstaunten Blick zu. »Wirklich?«

»Klar. Was hast du denn gedacht?«

»Ich dachte nur nicht, dass sie so eng verwandt sind. Weil sie so …« Kate wusste nicht, mit welchen Worten sie Alarics steifes Verhalten gegenüber dem Mann, der offenbar sein Vater war, am besten beschreiben sollte. »*Distanziert* miteinander umgehen«, sagte sie schließlich.

Jack hob amüsiert die Augenbrauen. »Gut erkannt, Sherlock. Die beiden haben ein schwieriges Verhältnis. Aus verschiedenen Gründen. Aber ich sag's dir gleich: Am besten lässt du das Thema einfach bleiben. Das geht weder dich noch mich etwas an.«

Und damit schien die Angelegenheit für ihn beendet zu sein. Er lenkte das Gespräch auf belanglosen Small Talk um, und als sie die Bucht von Kirkwall endgültig hinter sich gelassen und das offene Meer erreicht hatten, gingen sie zu Alaric auf die Brücke, um genau die Art von Unterhaltung zu führen, die sie vor etwa vierundzwanzig Stunden schon mit Lauren, Fynn und Ian gehabt hatte: Sie wurde ausgefragt.

Der einzige Unterschied war, dass Jack im Gegensatz zu den dreien kein Geheimnis aus seinem lediglich eingeschränkten Interesse an Kates Privatleben machte. Sie konnte es ihm nicht verdenken. Sie mochte ihr Leben, aber als »spannend« hatte man es wohl auch nie beschreiben können. Schule, Schafe und kaputte Motoren waren nicht jedermanns Sache.

Sehr zu ihrem Erstaunen fand Alaric aber Gefallen an ihren Hobbys. Zumindest wirkte er geradezu neugierig und stellte gelegentlich Fragen in seiner höflichen, kühlen Art. Als sie erwähnte, dass sie früher gerne gezeichnet hatte, schien sogar ein kleiner Funken Wärme in das Eis seiner Augen aufzusteigen.

Nach einigen Minuten fühlte es sich wie ein völlig normales Gespräch mit völlig normalen Menschen an, und Kate drohte beinahe zu vergessen, dass sie sich auf dem Schiff des Feindes befand. Sie rief sich die Spannung in Gabriels Körper, als er am Hafen ihrer Insel mit den drei *Saighdear* gesprochen hatte, in Erinnerung. Damals war sie davon ausgegangen, dass er sie nicht mochte, doch nun schienen zumindest Jack und Alaric gar nicht so übel zu sein, wie sie anfangs angenommen hatte.

Vermutlich hatte Gabriels offensichtliche Abneigung andere Gründe gehabt. Kate konnte es ihm nicht verdenken – ihr selbst wäre es wahrscheinlich nicht sehr viel anders ergangen, wenn sie mehr oder weniger gezwungen worden wäre, ihr Zuhause zu verlassen, um gegen nicht-existente Ungeheuer in den Krieg zu ziehen. Und Gabriels Risikobewusstsein war schon immer deutlicher ausgeprägt gewesen als ihr eigenes.

Es dauerte noch eine ganze Weile, bis die Unterhaltung mit Jack und Alaric allmählich abebbte. Und obwohl sie lange geredet hatten, hatte Kate am Ende nicht das Gefühl, sehr viel mehr über die beiden Männer zu wissen. Besonders Alaric hatte eine erstaunliche Gabe dafür, alle Themen, die ihn selbst betrafen, zu umschiffen wie scharfkantige Felsen im Wasser.

Doch immerhin wusste sie nun, dass Alaric neunzehn war und Jack zweiunddreißig, dass Jack von der Hauptinsel kam und noch ein paar eher fragwürdige Dinge über seine Weltanschauung. Bei dieser Fülle an relevanten Informationen würde Ian vermutlich begeistert sein.

Ach was. Der konnte froh sein, dass sie es überhaupt so weit geschafft hatte.

Über die Organisation an sich hatten sie nur sehr, sehr wenig gesprochen. Sowohl Alaric als auch Jack hielten sich bei dem

Thema zurück, da Kates Beitritt ja noch nicht feststand. Sie wollte nicht daran denken, wie frustrierend es wäre, wenn General Blackbird sie doch noch nach Hause schicken würde. Was das anging, musste sie sich wohl auf Jacks Charme verlassen. Vielleicht keine gute Aussicht, aber etwas anderes blieb ihr ja gar nicht übrig.

Den Rest der Fahrt saß Kate neben Jack auf einer Bank an der Wand der Brücke, von wo aus sie ihren Blick über das endlose Wasser vor den Fenstern schweifen lassen konnte. Ihre Gedanken drehten sich hauptsächlich um ihren Bruder. Immer wieder malte sie sich aus, wie sie ihm um den Hals fallen würde, sobald sie ihn wiedersah. Auch wenn sie nur zwei Tage getrennt gewesen waren – angesichts der ganzen fragwürdigen Aktionen, die sie bereits unternommen hatte und noch unternehmen würde, um zu ihm zu kommen, kam es ihr vor wie eine Ewigkeit.

So war ihr Kopf die meiste Zeit mit ihren Tagträumen beschäftigt, während vor dem Fenster Wolken, Inseln und andere Schiffe an ihnen vorbeizogen. Es war Jack, der sie schließlich aus ihren Gedanken riss.

»He, Mädel.«

Sie blinzelte ihn fragend an. Er lächelte und deutete mit einem Kopfnicken in die Fahrtrichtung des Bootes. »Sind gleich da.«

Kate sah an Alaric vorbei nach vorn. In etwa fünfhundert Metern Entfernung ragte eine steinige Insel inmitten brechender Wellen aus dem Wasser empor. Auf ihr thronte ein gewaltiges Gebäude aus Stein, das sie viel mehr an eine Ritterburg erinnerte als an die Bauten, die im Laufe der Zeit auf den anderen Inseln errichtet worden waren.

Ihr Herz schlug schneller.

Das war es also.

Das hier war das Fort.

9

Es war anders, als Kate es sich vorgestellt hatte.

Als sie das erste Mal von dem Fort der *Saighdear* gehört hatte, hatte sie eher an die alten Kriegsanlagen gedacht, die die Weltkriege vor Jahrzehnten auf den Inseln hinterlassen hatten, an alten Beton und zerbrochene Fenster. Das Gebäude vor ihnen wirkte aber kein bisschen so, als hätte man es in aller Eile und nur zum Erfüllen eines simplen Zwecks lieblos in die Landschaft gesetzt. Im Gegenteil. Das Fort war so meisterhaft zwischen die kantigen Felsen der Insel gebaut worden, dass es beinahe aussah, als würde es direkt aus ihnen erwachsen.

Der Baustil ähnelte dem schottischer Burgen – wenn Kate alles richtig verstanden hatte, hatten die *Saighdear* ihren Ursprung ja auch in Schottland, was die Architektur ihres Hauptsitzes wohl erklären würde.

Bei näherer Betrachtung war das Fort nicht so riesig, wie Kate zunächst gedacht hatte, aber es war auch alles andere als klein. Auf der ihnen zugewandten Seite befand sich ein breiter, niedriger Turm, der direkt an den Teil anschloss, der der Größe nach das Hauptgebäude sein musste. In unregelmäßigen Abständen waren kleine Fenster in die mächtig aussehenden Wände eingelassen. Am Fuße des Forts peitschte der Wind die stahlgrauen Wellen gegen die Felsen, ließ sie in Tausende Tropfen zerspringen, die weiß schäumend in die Luft stoben.

Es war ein schöner Anblick, doch es hatte auch etwas Bedrohliches an sich.

Kate konnte sich nicht erklären, dass sie noch nie etwas von dieser Insel oder dem Fort gehört hatte. Sie waren nicht lange unterwegs gewesen, allzu weit von Shapinsay entfernt konnten sie also gar nicht sein.

»Hübsch, oder?«, fragte Jack.

»Es ist … groß«, sagte Kate nach kurzem Überlegen. »Also dafür, dass man weder von euch noch von dem Teil hier was weiß … Wurde das für die *Saighdear* gebaut, oder habt ihr es einfach besetzt?«

»Wurde für uns gebaut«, antwortete Jack. »Ist aber 'ne Zeitlang her. Früher waren wir noch wichtiger, heute könnten wir wahrscheinlich froh sein, wenn man uns 'n paar Blockhütten auf 'nem Felsen hinstellt.«

Was vermutlich daran lag, dass die meisten Menschen nicht mehr an alte Märchen glaubten, dachte Kate. Doch diese Diskussion hatte sie nun schon oft genug begonnen, daher schwieg sie. Abgesehen davon geriet ihre feste Überzeugung, dass keines dieser Wesen existierte, allmählich ein wenig ins Wanken. Sie wollte nicht darüber nachdenken, wie viel Aufwand man betrieben haben musste, um so ein imposantes Gebäude auf einer einsamen Insel hochzuziehen. Kein Mensch hätte so ein Fort errichtet, wenn es nicht einen triftigen Grund dafür gegeben hätte.

Jack stand auf und trat neben Alaric, wo er ein Funkgerät anhob, um irgendetwas von »Netz runterlassen« hineinzusprechen.

Bevor Kate nachfragen konnte, was es damit auf sich hatte, drang aus dem Gerät eine rauschende, leicht verzerrte Stimme, die mit einem schlichten »In Ordnung, Sir« antwortete.

Was mit »dem Netz« gemeint war, verstand Kate in dem Moment, als Alaric den Kutter an der Festung vorbei in Richtung einer etwa dreißig Meter breiten Engstelle lenkte, hinter der offenbar eine große Bucht lag. Genau dort, zwischen den Felsen, war ein riesiges Netz ins Meer gespannt. Es ragte fast zwei Meter aus dem Wasser und sah neu und stabil aus, mit Löchern, die nicht sehr viel größer als eine menschliche Hand sein konnten. Als sie näher kamen, senkte sich das Netz unter lautem Rattern entlang der Leisten, die zu beiden Seiten der Engstelle in den Fels integriert worden waren, langsam ins Wasser.

»Die waren auch schon mal schneller«, murrte Jack. »Brems mal 'n bisschen ab, Kleiner, sonst bleiben wir am Ende hängen«, sagte er zu Alaric, der seinen Befehl augenblicklich befolgte.

»Darf ich fragen, wozu das Teil da ist?«, fragte Kate und trat ebenfalls neben Alaric, um besser sehen zu können.

»Was glaubst du denn, wozu es da ist?«, entgegnete Jack. »Rate doch mal.«

Kate sah zwischen dem Netz und Jack hin und her, während sie sich bemühte, so zu denken, wie ein *Saighdear* es tun würde. Also, wozu brauchte man so ein Netz in einer Welt, in der all die alten Märchen und Sagen wahr waren? Sie lächelte beinahe, als ihr eine mögliche Antwort in den Sinn kam. »Ähm … um Meerjungfrauen fernzuhalten, vielleicht?« Sie hatte es halb im Ernst und halb als Scherz gemeint, doch Jack nickte anerkennend, und selbst Alarics Mundwinkel zuckten kurz nach oben.

»Wird ja schon besser«, sagte Jack und deutete nach vorn. Sie hatten die Engstelle passiert und fuhren nun in die Bucht ein, wo an zwei Stegen ein paar Schiffe verschiedener Größen befestigt waren, die meisten von ihnen kleiner als der Kutter, auf dem sie sich befanden. »Hier haben wir all unsere Boote«, erklärte Jack. »Meerjungfrauen sind gerissene Biester. Das Letzte, was wir brauchen, ist, dass die unsere Motoren sabotieren, daher das Netz.«

»Wow. Gibt es auch irgendwelche Horrorszenarien, gegen die ihr nicht vorgesorgt habt?«, fragte Kate mit einem knappen

Blick über ihre Schulter. Das Netz wurde bereits wieder hochgefahren und erhob sich hinter ihnen triefend aus dem Wasser.

»Wir versuchen, so viel wie möglich auszuschließen«, sagte Alaric.

»Außerdem gibt's uns schon 'ne Weile. Ab dem dritten kaputten Boot lernt man, den Mist von vornherein zu verhindern«, fügte Jack hinzu.

Als sie sich den Stegen näherten, konzentrierten sich die beiden Männer ganz auf das Anlegemanöver. Ihr Umgang mit dem Kutter war mühelos und wesentlich geübter als Ians planloses Einparken am Morgen. Kaum fünfzehn Minuten später hatte Kate wieder festen Boden unter den Füßen.

Sie sah Jack und Alaric gerade dabei zu, wie sie den Kutter vertäuten, als der Wind den Klang von Stimmen zu ihr trug. Kate wirbelte herum.

Am Ende des Stegs lag ein aus Stein erbauter Vorplatz und dahinter eine steinerne Treppe, die über die Felsen hinweg hinauf zum Fort führte. Und auf eben dieser Treppe schritt ein schmächtig wirkender Mann mit ausgedünntem, rotbraunem Haar in der Uniform der *Saighdear* hinab, dicht gefolgt von einem weizenblonden Haarschopf, den Kate überall auf der Welt erkannt hätte.

»Gabriel«, flüsterte sie. Sie konnte kaum glauben, dass sie ihn so schnell entdeckt hatte.

Die beiden Männer kamen am Fuße der Treppe an, und als der Rothaarige ein wenig zur Seite trat, bestand kein Zweifel mehr. Das hinter ihm *war* Gabriel.

»Gabriel!«, rief Kate strahlend aus. Für einen Moment vergaß sie die *Saighdear* an der Anlegestelle und stürmte auf ihren Bruder zu. »Gabe!«

Gabriel, der sich bis eben mit seinem Begleiter unterhalten hatte, sah fragend in Richtung Steg, bis sein Blick Kate fand. Er sagte nichts und bewegte sich auch nicht.

Erst als Kate ihn erreicht hatte und ihm überglücklich um den Hals fiel, trat er einen Schritt nach hinten, um nicht aus dem Gleichgewicht zu geraten. Sie spürte, wie er seine Hände zögernd und etwas unsicher auf ihren Rücken legte.

»Kate?«, fragte er verwirrt.

»Ich bin so froh, dich zu sehen!« Kate presste ihn fester an sich, genoss das vertraute Gefühl seiner Nähe und ignorierte die dunkelblaue Uniformjacke, die an seinem Körper ungewohnt und fehl am Platz wirkte. Doch schon nach kurzer Zeit lösten sich seine Hände von ihrem Rücken, und er schob sie an den Schultern ein Stück weit von sich weg.

Nur widerwillig ließ Kate ihren Bruder los. Als sie zu ihm aufsah, waren seine himmelblauen Augen so voller unausgesprochener Fragen und Zweifel, dass man glauben konnte, er stünde nicht seiner Schwester gegenüber, sondern einem Geist. Kate hatte gehofft, ihn zumindest lächeln zu sehen; aber sie konnte ihm auch nicht wirklich übel nehmen, dass er nicht verstand, was hier vor sich ging.

»Was machst du hier?«, fragte er. Seine Stimme klang ungewöhnlich dünn, gepresst. »Warum hat man dich hergebracht?«

Kate schüttelte rasch den Kopf. »Ich bin freiwillig hier.«

Gabriels Gesicht verlor jeglichen Ausdruck, doch Kate konnte spüren, wie sich seine Hände an ihren Schultern verkrampften. »*Warum?*«, fragte er.

»Ich ... will beitreten?«, sagte sie. »Wie du!«

»Sie nehmen keine Frauen auf«, erwiderte Gabriel. Eine Windböe kam vom Meer, fuhr durch seine hellen Locken und blies ihm die Haare aus dem Gesicht. Er machte keinerlei Anstalten, sie wieder zur Seite zu streichen.

Kate hob langsam die Schultern an. Konnte er sich denn nicht wenigstens *ein bisschen* freuen, sie zu sehen? Sein Gesicht war nun fast so farb- und ausdruckslos wie das einer Statue, und seine Augen starrten auf sie herab wie farbiges Glas. War es so schlimm für ihn, dass sie hergekommen war?

»Jack meinte, es geht vielleicht … Er wollte das mit General Blackbird klären«, sagte sie.

»Das ist ein schlechter Scherz, oder?«, fragte Gabriel.

»Nein«, entgegnete Kate. »Ist es nicht.«

»Du bist verrückt. Hast du überhaupt eine Ahnung, was die hier machen? Warum bist du nicht zu Hause geblieben?«

»Tut mir ja leid, dass ich nicht einfach zuschaue, wenn du gegen deinen Willen verschleppt wirst. Ich will dir helfen.«

Gabriel warf einen raschen Blick zur Seite, auf den anderen Mann, der sie beide mit unverhohlener Neugier beobachtete. Ein dürrer rotbrauner Schnurrbart zierte seine Oberlippe. »Kate, du verstehst das nicht«, sagte Gabriel leise, wieder an sie gewandt. »Es … es ist schon in Ordnung. Du hättest nicht herkommen dürfen.«

»Und warum nicht?«, fragte sie. Sie hatte alles in ihrer Macht Stehende getan, um ihn wiederzusehen, und jetzt hatte er nichts Besseres zu tun, als sie deshalb anzuzicken. Und das vor allen Leuten. Es war doch wirklich großartig.

»Weil das kein Ort für dich ist«, zischte er noch leiser als zuvor, aber der andere Mann stand so nah neben ihnen, dass er es vermutlich trotzdem hören konnte.

»Du bist doch auch hier!«, erwiderte sie.

»Katherine«, sagte er. Ihren vollen Namen aus seinem Mund zu hören versetzte ihr einen Stich. Gabriel hatte sie in den siebzehn Jahren ihres Lebens so gut wie nie so genannt – dass er es tat, bedeutete, dass die Lage ernst war. Wirklich ernst. »Fahr wieder nach Hause. Ich bitte dich.«

»Ich gehe nicht ohne dich.«

Bevor Gabriel antworten konnte, räusperte sich jemand hinter ihnen laut und deutlich.

»Will eure privaten Dramen ja nur ungern unterbrechen, aber wir sind auch noch hier«, sagte Jack.

Gabriels Hände rutschten von ihren Schultern und blieben zu losen Fäusten geballt an seinen Seiten hängen.

»Entschuldigung«, murmelte Kate halbherzig.

»Kein Grund. Ich finde solche Szenen ja immer reizend, aber ich hatte befürchtet, dass das hier noch 'ne Weile dauern kann, wenn ich nichts sage«, erklärte Jack.

Alaric stand neben ihm, wieder steif wie ein Brett, was Kate ein wenig verwunderte. Auf dem Schiff hatte sie noch geglaubt, sein Verhalten läge vielleicht daran, dass er sie noch nicht so gut kannte, und er würde nun allmählich auftauen. Offenbar gab es doch noch einen anderen Grund.

»Jack«, sagte Gabriel. »Bitte bring sie wieder nach Hause. Sie hat hier nichts verloren.«

»Das entscheidet immer noch Blackbird, nicht wir.«

»Bitte! Sie weiß doch gar nicht, was sie tut«, sagte Gabriel.

Kate öffnete empört den Mund, um sich auch einzuschalten und nicht gänzlich als naives Dummchen dazustehen, doch Jack ließ ihr gar nicht erst die Möglichkeit dazu.

»Solltest du dich nicht darüber freuen, dass deine Schwester hier ist? Ich dachte, ihr habt euch so lieb?«, fragte er Gabriel mit hochgezogenen Augenbrauen. »Und das letzte Wort in der Sache ist noch lange nicht gefallen, also reg dich nicht auf. Vielleicht will Blackbird sie ja gar nicht hier haben und schickt sie noch heute Abend nach Hause. Dann wär das ganze Theater umsonst gewesen.«

»Wenn ich auch was dazu sagen darf …«, meinte der Mann mit dem Schnurrbart. Kate konnte sich vage erinnern, dass Jack und Alaric über ihn gesprochen, um nicht zu sagen *gelästert,* hatten, als sie sich im Beiboot versteckt gehalten hatte, doch sein Name fiel ihr beim besten Willen nicht mehr ein.

Jack sagte bereits »Nein«, aber der Mann ließ sich davon nicht irritieren und sprach einfach weiter.

»... ich wäre an Gabriels Stelle auch nicht über die Maßen begeistert, wenn mir eine Frau einfach so um den Hals fällt«, sagte er.

Seine Stimme war in etwa so dünn wie sein Schnurrbart. Er sah überhaupt nicht aus wie Jack, Alaric oder General Blackbird, die alle auf ihre eigene Weise beeindruckende Männer waren, mit breiten Schultern und ausgeprägtem Selbstbewusstsein. Er hingegen war fast schon schmächtig, und der Blick seiner grünbraunen Augen tanzte wie ein Irrlicht über die anwesenden Personen.

»Mach dir mal keine Sorgen, das wird in deinem Leben nicht vorkommen«, sagte Jack trocken.

»Sie ist meine Schwester, Quentin«, klärte Gabriel den Mann auf. Quentin also. Das war der Name gewesen, den Jack und Alaric auf dem Kutter verwendet hatten.

Quentins Blick huschte zu Kate und blieb an ihr hängen. »Verstehe.« Er starrte sie noch einen Moment lang an. »Ihr seht euch ähnlich.«

»Und das, obwohl sie Geschwister sind«, bemerkte Jack sarkastisch. »Erstaunlich, nicht wahr?«

Quentin nickte langsam, dann fragte er Jack: »Wie lief die Suche?«

»Ganz ausgezeichnet.«

»Wie viele habt ihr gefunden?«, fragte Gabriel.

»Zwei«, sagte Jack. »Wobei einer erst nächste Woche nachrückt.«

»Und der andere?«, fragte Quentin mit schief gelegtem Kopf.

Jack bewegte seine Hand in einer ausladenden Geste in Kates Richtung. »Steht vor euch.«

»Vorausgesetzt, General Blackbird stimmt dem zu«, wandte Gabriel augenblicklich ein. »Oder?«

Jack nickte. »Exakt. Kluges Kerlchen. Und genau das kläre ich jetzt.« Er bedeutete Quentin mit einem kleinen Kopfnicken, zur Seite zu gehen, was dieser mit zusammengepressten Lippen tat. Die beiden schienen nicht gerade die besten Freunde zu sein. Aber sie waren auch so vollkommen verschieden, dass es Kate nicht wirklich wunderte.

»Also, Katherine, du kannst gleich mit hochkommen, und Alaric zeigt dir mal 'n bisschen was von unsrer Hütte«, sagte Jack und zeigte auf das Fort, doch Kate sah erst mit einem leichten Zögern zu Gabriel.

»Ich komme mit«, sagte er sofort, als habe er die unausgesprochene Frage in ihrem Blick klar und deutlich gehört. »Ich kann sie auch rumführen.«

»Wolltet ihr nicht das Netz kontrollieren oder so? War da nicht was?«, fragte Jack. »Zumindest heute Morgen noch. Es sei denn, ihr habt das schon gemacht.«

»Nein, haben wir nicht. Wollten wir gerade. Dann seid ihr gekommen«, sagte Quentin.

»Dann könnt ihr das ja *jetzt* machen. Besonders Gabriel schadet es nicht, wenn er sich das mal genauer anschaut«, sagte Jack mit einem seiner schrägen Lächeln. »Wir sehen uns dann später.«

Er zwinkerte Quentin gespielt freundlich zu, doch der stiefelte schon auf den Weg zu, der am Rand der Bucht entlang zu den Felsen führte, zwischen denen das Netz gespannt war.

»Wir reden später, ja?«, sagte Gabriel leise und angespannt. Er ließ seine Finger kurz an Kates Hand stupsen und folgte dann Quentins schmaler Gestalt, ohne eine Antwort abzuwarten oder sich noch einmal umzudrehen.

Es fühlte sich seltsam an, schon wieder mit Jack und Alaric allein zu sein. Wo sie Gabriel doch gerade erst wiedergefunden hatte. Kate wollte ihm von Nile, Ian und den anderen erzählen, so schnell wie möglich. Damit er endlich *verstehen* konnte, was sie hier machte. Auf ihn musste das Ganze wie eine schwachsinnige Kurzschlussreaktion seiner kleinen, kaum der Pubertät entwachsenen Schwester wirken. Sie musste ihm wenigstens erklären, dass sie durchaus einen Plan hatte. Dass die Sache durchaus mit einer schwachsinnigen Kurzschlussreaktion seiner kleinen Schwester *begonnen hatte,* konnte sie getrost verschweigen.

»Also, auf geht's«, sagte Jack und bedeutete Kate und Alaric, sich in Bewegung zu setzen, was Alaric auch sofort tat. Kate schloss erst nach einem letzten, sehnsüchtigen Blick auf Gabriels Rücken zu ihm auf.

Die Stufen, die Gabriel und Quentin zuvor herabgestiegen waren, waren eng und steil, und der hellgraue Stein, aus dem sie einst gehauen worden waren, stark abgenutzt. Kate war heilfroh, dass es nicht geregnet hatte. Wenn es nass war und man nicht aufpasste, musste die Treppe zu einer regelrechten Rutschbahn werden.

Vor ihr lief Alaric, Jack hinter ihr. Vermutlich war es Zufall, aber es kam Kate ein wenig vor wie ein Gefangenentransport, und sie fragte sich, wie weit die beiden *Saighdear* ihr über den Weg trauten, wenn sie es denn überhaupt taten. Aber es war ausgeschlossen, dass sie von Kates Bündnis mit Niles Truppe wussten. Oder?

Als sie das obere Ende der Treppe und damit einen nicht weniger abgetretenen Weg aus Pflastersteinen erreichten, trat Alaric einen Schritt zur Seite, um ihr die Sicht auf die Insel freizugeben. Kate war froh darum, sie war mehr als neugierig. Langsam drehte sie sich um ihre eigene Achse, sah sich aufmerksam um. Die Insel war mindestens doppelt so groß wie die Leuchtturminsel. Sie fiel nach Südosten hin ein wenig ab, wobei die mächtigen Steinmauern der Festung auf der höchsten Seite aus den Felsen ragten. Auf der dem Fort gegenüberliegenden Seite entdeckte sie eine Ansammlung kleinerer Gebäude, die wie völlig normale Wohnhäuser aussahen. Es gab sogar ein paar Felder. Auf einer großen, umzäunten Wiese grasten Rinder und Schafe.

»Hier wohnen Menschen?«, fragte sie erstaunt.

»Yep«, sagte Jack. »Hier haben schon Menschen gelebt, bevor das Fort gebaut wurde. Ein paar unserer Mitglieder haben ihre Familien hier. Und wir brauchen nicht alles von anderen Inseln herzukarren. Ist eigentlich recht praktisch.«

Kate nickte langsam. Es kam ihr so unwirklich vor, dass hier völlig normale Menschen Tür an Tür mit den *Saighdear* wohnten, sie selbst aber bis vor Kurzem überhaupt nichts von ihnen mitbekommen hatte.

»Wie kann es sein, dass bei uns niemand von eurer Existenz weiß? Ihr versteckt euch ja nicht gerade, oder?«, fragte sie Jack. Ehe er antwortete, trieb er Kate und Alaric wie kleine Schäfchen dazu an, auf dem Weg in Richtung Fort weiterzugehen.

»Wer hat denn behauptet, dass niemand von uns weiß? Wenn dem so wäre, wär'n wir arbeitslos, weil uns keiner rufen würde, wenn's Probleme gibt«, sagte er.

»Und das sind gar nicht mal wenige«, fügte Alaric hinzu. Er lief nun, da der Weg zum Fort breiter war als die Treppe, neben Kate. Jack folgte ihnen noch immer wie ein aufmerksamer Hirte. »Wir bemühen uns aber, dieses Wissen auf einen bestimmten Personenkreis zu beschränken. Natürlich kann man nicht *immer* verhindern, dass die Leute reden, aber das ist nicht weiter schlimm. Es geht nur darum, dass nicht die ganze Welt erfährt, dass es noch Dinge gibt, die die Wissenschaft längst als Märchen entlarvt zu haben glaubt.«

»Und ihr meint nicht, dass euer Leben einfacher wäre, wenn die Medien davon erfahren und das Militär oder die Regierung eure Probleme löst?«, hakte Kate nach.

Jack schnaubte. »Glaubst du, es ist so einfach? Weißt du, was los ist, wenn die Welt rauskriegt, dass Feen und Einhörner tatsächlich existieren? Was das für ’nen Wirbel verursachen würde? Das ist es nicht wert, kein bisschen. Wir Schotten haben von Anfang an gelernt, unsere Probleme selbst zu lösen. Solange wir gut damit fahren, seh ich keinen Grund, was dran zu ändern. Wir brauchen den Rest der Welt nicht.«

»Das kann doch nicht ewig funktionieren«, sagte Kate, immer noch nicht zu hundert Prozent von den Erklärungen der beiden überzeugt. »Ich meine, wenn so viele eingeweiht sind, werden früher oder später alle davon erfahren.«

»Erstens glauben die meisten Leute nicht an Übernatürliches, selbst wenn sie davon hören«, sagte Jack. »Und zweitens gab es schon immer gewisse Regeln, wenn man auf ’nem Haufen winziger Inseln oder in den einsamen Highlands auf dem Festland überleben wollte. Zum Beispiel gegenseitiges Vertrauen und Zusammenhalt.«

Kate fiel ein, dass ihr Vater gelegentlich etwas Ähnliches gesagt hatte, als ihre Mutter noch da gewesen war und er sein Leben noch nicht abgeschrieben hatte. Die Menschen auf den Inseln waren eine Gemeinschaft. Sie hielten zusammen.

Und obwohl sie dieses Gemeinschaftsdenken in ihrem Leben schon oft bemerkt hatte, überraschte sie es doch, dass das Band zwischen den Menschen stark genug war, um ein so großes Geheimnis wie die Existenz der *Saighdear* vor der Außenwelt zu bewahren.

Der Gedanke an ihren Vater warf eine weitere Frage auf. Hatte auch er die ganze Zeit, all die Jahre, davon gewusst? Hatte er gewusst, dass Feen, Kobolde und Selkies mehr als bloße Fantasiegeschichten waren? Und wenn ja, warum hatte er ihr nie davon erzählt? Kate hätte gerne geglaubt, dass dem nicht so war. Aber er war von Gabriels Aufbruch so niedergeschlagen gewesen, dass wahrscheinlich das Gegenteil der Fall war.

Doch selbst in diesem Licht ergaben die Worte ihres Vaters nicht viel mehr Sinn. *Tu ihr nichts an. Vergiss nicht, wer du bist …* Was steckte wohl dahinter? Sie würde wohl einen guten Moment ohne Alkohol abpassen müssen, wenn sie wieder daheim waren, und ihn dann fragen.

Sie waren an der Mauer des Forts angekommen und gingen nun durch ein offenes Tor in den Innenhof. Es überraschte Kate nicht mehr, dass sie über sich ein massives Eisengitter entdeckte, das man bei Bedarf herablassen konnte.

»Kein Wassergraben mit Hängebrücke?«, fragte sie halb im Scherz. Alaric schenkte ihr tatsächlich ein schmales, fast schüchternes Lächeln.

»Enttäuscht?«, fragte Jack grinsend. »Bevor das noch mal passiert, sag ich's gleich – wir haben auch keine Pechfässer. Und keine Folterkammer.«

Kate beschloss, es noch ein klein wenig weiter zu treiben. »Wie sieht's mit einem Kerker aus?«, fragte sie.

Jacks Antwort ließ sie ihre Frage augenblicklich bereuen. »Haben wir«, sagte er locker, als sei überhaupt nichts dabei. »Wird aber nur selten benutzt.«

Sie hätte sich ja denken können, dass Leute, die ein Meerjungfrau-Abwehr-Netz und Fallgitter besaßen, auch über einen Kerker verfügten. Wie dumm von ihr. Kates Sorgen und Ängste meldeten sich zurück, all die Zweifel, die sie in den letzten Stunden immer wieder zurückgedrängt hatte.

Hatte Gabriel etwa recht? War es ein Fehler gewesen, herzukommen? Sie gab sich alle Mühe, das Gefühl auszublenden, doch es blieb nagend in ihrem Hinterkopf zurück, und als sie unter dem Gitter hindurchschritt, kam sie sich ein wenig vor wie eine Maus, die geradewegs in eine Falle getappt war.

Der Innenhof, den sie anschließend durchquerten, war in etwa so groß wie die Hälfte eines Fußballfelds. Teilweise war der

Boden wie der Weg, auf dem sie hergekommen waren, aus Kopfsteinpflaster, der größte Teil bestand aber aus nichts als festgetretener Erde.

Jack, der seine Hirtenposition aufgegeben hatte, um neben Kate und Alaric herzugehen, machte eine ausschweifende Armbewegung. »Unser Innenhof. Samt hochmodernem Übungsplatz. Schick, nicht wahr?«

Kate nickte. »Ja. Wahnsinn.«

»Bisschen mehr echte Begeisterung bitte«, sagte Jack. »Das Teil hier hat immerhin 'n paar Jahre auf'm Buckel. Und dafür ist der Übungsplatz noch gut.«

»Außer, wenn es regnet«, sagte Alaric. »Dann ist das die reinste Schlammschlacht.«

Kate fand es faszinierend, wie schnell Alaric umschalten konnte. In der Gegenwart von Quentin war er so steif gewesen wie bei ihrer ersten Begegnung am Hafen. Doch jetzt, wo er wieder mit ihr und Jack allein war, schien ein Teil seiner Anspannung von ihm abgefallen zu sein. Sie konnte nicht umhin, sich zu fragen, warum er vor seinen Kameraden so ein Schauspiel vollzog. Auch wenn Kate immer noch nicht glaubte, dass Alaric besonders herzlich war, so war er doch nicht halb so schlimm, wie sie es anfangs vermutet hatte.

Sie schritten auf eine weit geöffnete, mit Schnitzereien verzierte Flügeltür zu, die ins dunkle Innere des Forts führte. Die Tür war so breit, dass sie problemlos zu dritt nebeneinander hindurchgehen konnten.

Es erschloss sich Kate nicht ganz, wozu man Netz und Gitter brauchte, wenn die Haustür sperrangelweit offen stand. Fast so sinnvoll, wie wenn man seine Tür absperrte und den Schlüssel unter der Fußmatte versteckte.

Jeder Vollidiot konnte reinkommen, wenn er wollte.

Doch Kate hatte mittlerweile begriffen, dass sie die Hintergründe besser nicht hinterfragte, wollte sie nicht die nächste ewig lange Unterhaltung über die Notwendigkeit bestimmter Verhaltensweisen lostreten.

Also trat sie schweigend in eine große, hohe Eingangshalle, die ihre besten Tage schon lange hinter sich hatte. Blasse Lichtstrahlen, die durch einige schmale Fenster in der oberen Hälfte der Wand sowie durch die geöffnete Tür ins Innere fielen, waren die einzige Lichtquelle, und doch war es hier nicht halb so düster wie in den Räumen des Leuchtturms, in denen Kate die letzte Nacht verbracht hatte.

Schön war die Halle aber trotzdem nicht.

Längst verblichene Teppiche hingen von den Wänden herab, und das Holz der Türen, die an den Seiten von der Halle abgingen, wirkte stumpf und abgenutzt. In der hinteren Hälfte des Raums führten auf beiden Seiten Steintreppen zum Stockwerk über ihnen. Sowohl den Stufen als auch dem Boden war deutlich anzusehen, dass schon einige Füße über sie hinweggeschritten waren – das Gestein war stellenweise so glatt, dass es aussah, als habe ein gewaltiger Fluss es über Jahrhunderte geschliffen. Die Empore, die die beiden Treppen am oberen Ende miteinander verband, und die Treppen selbst waren von einer Balustrade eingefasst, aus der bereits einzelne Teile herausgebrochen waren. Bis auf die Wandteppiche und die Schnitzereien an den Türen gab es keine Dekoration. Keine dramatischen Statuen, Brunnen oder Kronleuchter, wie man sie in Burgen sonst meist fand.

Bestimmt war die Halle einmal eindrucksvoll gewesen, nun aber war der Verfall so offensichtlich, dass es Kate fast traurig stimmte. Sie hatte ja schon oft genug gehört, dass das Fort alt war, aber *so* alt? Vor allem die Eingangshalle sah aus, als habe sie in ihrem Leben noch nie etwas von Renovierung gehört. Wenn die anderen Räume hier in einem ähnlichen Zustand waren, würden die folgenden Nächte vermutlich nicht sehr viel angenehmer werden als die letzte.

Jack steuerte die Mitte der Halle an und wandte sich dann mit einer ausladenden Geste an Kate.

»Herzlich willkommen im Fort der *Saighdear*«, sagte er. »Brauchst übrigens nichts über unsere Inneneinrichtung zu sagen. Hat dein Bruder schon übernommen.«

Kate nickte langsam. »Okay. Dann nicht.« Insgeheim wunderte es sie ein wenig. Gabriel konnte unglaublich höflich sein, wenn er sich ein wenig anstrengte, und es war eigentlich nicht seine Art, sich erst einmal zu beschweren, wenn er ein fremdes Haus betrat.

»Ich werd jetzt gleich hoch zu Blackbird gehen. Besser, wenn wir das sofort klären«, verkündete Jack, die Daumen in die Gürtelschlaufen seiner Jeans gehakt. Sein Blick glitt von Kate zu Alaric. »Kleiner, du führst sie 'n bisschen rum. Zeig ihr mal das Wichtigste.«

»Und der General?«, fragte Alaric. »Ich weiß nicht, ob …«

»Ich klär das schon«, sagte Jack. »Wird nicht schiefgehen, keine Sorge. Und wenn doch, werd ich ihm sagen, dass Kate auf meinen Befehl mitgekommen ist. Dir passiert nichts. Klar?«

Alaric nickte. »Ja. Danke.«

Jack drückte ihm lächelnd die Schulter. »Kein Stress. Und seid lieb zueinander. Wird nicht lang dauern.« Damit wandte er sich von ihnen ab und verschwand über die linke Treppe im Obergeschoss.

Kate warf Alaric einen kurzen Blick zu. »Wenn es ein Problem mit dei…« Sie brach mitten im Wort ab. Um ein Haar hätte sie »mit deinem Vater« gesagt, doch nach dem, was Jack ihr vorhin über das Thema erzählt hatte, war das vermutlich eine schlechte Idee.

»… mit dem General gibt«, korrigierte sie reichlich unbeholfen in der Hoffnung, dass Alaric nicht überriss, was ihr gerade fast herausgerutscht war, »dann können wir auch hier warten. Ich muss mich nicht gleich umsehen, wenn dir das lieber ist.«

Alaric schüttelte den Kopf. »Nein. Ist in Ordnung«, sagte er und ging zu einer Tür zu ihrer Rechten.

Kate folgte ihm.

»Mag General Blackbird es nicht, wenn Leute durch sein Fort laufen?«, fragte sie, um einen lockeren, freundlichen Ton bemüht, sobald sie durch die Tür in einen Gang getreten waren, der sich vom Stil her nicht sehr von dem der Eingangshalle unterschied.

»Er ist misstrauisch«, sagte Alaric. »Er mag es nicht, wenn Fremde die Innenräume betreten, nein.«

»Na ja, ich werd hier schon keine Bomben platzieren oder so«, sagte Kate, doch Alarics Gesichtsausdruck nach zu urteilen, schien er den Scherz nicht als solchen zu verstehen. Hatte wohl seine eigene Art von Humor. Sie sah ja ein, dass sie nicht das Zeug zum Alleinunterhalter hatte, aber sie hatte sich wenigstens ein höfliches Lächeln erhofft. So viel also dazu.

»Wir haben viele Feinde«, sagte Alaric nach einem Moment des Schweigens. »Daher sind wir eher vorsichtig.«

»Merkt man gar nicht«, murmelte Kate ironisch.

Statt zu antworten, öffnete Alaric eine der vielen Türen im Gang und begann seine kleine Führung durch die wichtigeren Räume des Forts.

Wie es sich herausstellte, beherbergte das Erdgeschoss unter anderem eine Waffenkammer, eine Werkstatt und eine Vorratskammer sowie eine recht große Küche und einen Übungsraum, der fast die Maße einer normalen Turnhalle besaß. Zudem gab es eine Waschküche, einige leer stehende Schlafzimmer und einen mittelgroßen Raum, dessen Fenster zum Meer hinausführten und der verdächtig nach Klassenzimmer aussah. In die meisten Räume ließ Alaric Kate kurz hineinsehen, andere – wie Waffen- und Vorratskammer – erwähnte er nur beiläufig im Vorübergehen. Als habe er tatsächlich Angst, Kate würde etwas in die Luft jagen, sobald sie die Gelegenheit dazu bekam. Sie bemerkte sehr wohl, dass es auf dem Gang auch mehrere Türen gab, zu denen Alaric nichts sagte, doch sie fragte nicht nach. Wenn Blackbird ihrer Aufnahme zustimmte, würde sie die übrigen Zimmer noch früh genug kennenlernen.

Als sie im Erdgeschoss fertig waren, führte Alaric sie zurück in die Eingangshalle und von dort die Treppen hinauf zum Obergeschoss. Er erklärte ihr, dass die meisten festen Mitglieder der *Saighdear*, die außer dem Jagen von Ungeheuern keinen anderen Job hatten, im ersten Stock des Forts lebten. Außerdem gab es einen großen Aufenthaltsraum, der ursprünglich für eine große Zahl an Menschen ausgelegt worden war, sowie zwei Badezimmer.

Kate war positiv überrascht, als Alaric sie auch hier in einige Räume hineinsehen ließ, und sie entdeckte, dass sie nicht halb so heruntergekommen waren wie die Eingangshalle. Offenbar war doch teilweise renoviert worden, und auch die Möbel sahen aus, als wären sie in einem durchaus akzeptablen Zustand. Es gab sogar fließendes Wasser. Was ihr bis jetzt aber überhaupt nicht gefiel, waren die Gemeinschaftsbäder. Als einzige Frau im Bunde würde es nicht einfach sein, an die nötige Privatsphäre zu gelangen, da war sie sich sicher.

Im ersten Stock gab es auch noch eine Bibliothek und ein paar Büros, in die sie natürlich nicht hineinschauen durfte. Den Turm, zu dem es sowohl im Erdgeschoss als auch hier einen Zugang gab, betraten sie ebenfalls nicht. Er war Blackbirds Reich, und ganz oben war der Funkraum untergebracht.

Das letzte Zimmer, das Alaric ihr zeigte, war der Besprechungsraum. Er war nicht gerade klein und genau so ausgestattet, wie man sich so ein Zimmer eben vorstellte. In der Mitte stand ein langer dunkler Holztisch mit einem knappen Dutzend Stühle auf jeder Seite. Weniger, als Kate Mitglieder vermutete, aber bestimmt war nicht jeder zu jeder Sitzung willkommen. Der Stuhl am Kopfende war etwas größer und feiner ausgearbeitet, und das Holz an den Armlehnen war bereits deutlich abgegriffen. Es gab eine Seite mit Fenstern, die zum Meer zeigten, an den anderen Wänden waren Tafeln, Pinnwände und Landkarten befestigt.

»Und hier arbeitet ihr eure fiesen Pläne aus?«, fragte Kate, nachdem Alaric die Tür hinter ihnen angelehnt hatte.

Er schenkte ihr ein kleines Lächeln. »In etwa«, sagte er. »Früher wurde der Besprechungsraum nur von den höhergestellten Mitgliedern unserer Organisation genutzt, doch seit wir weniger sind, wird er gelegentlich auch verwendet, um den Neuen ein wenig Unterricht zu erteilen.«

»Wusst ich's doch, dass das da unten ein Klassenzimmer war«, murmelte Kate, während sie zu der Fensterfront ging, um einen Blick hinaus zu werfen. Das Wetter hatte sich seit vorhin nicht viel verändert. Eine unbewegliche Wolkendecke und stahlgraues Wasser mit schäumenden weißen Hauben. Sie ließ ihren Blick über den Horizont schweifen und wartete darauf, dass Alaric noch etwas sagte, aber wie es schien, waren seine Erklärungen zu diesem Raum bereits zu Ende.

Kate wandte sich vom Fenster ab und ging zu der Pinnwand, die links von ihr an der Wand hing. Ein ganzer Haufen Zeitungsartikel in unterschiedlichen Verfallsstadien war daran befestigt. Manche von ihnen waren winzig, nur kurze Meldungen mit wenigen Zeilen, andere hatten eine ganze Seite der jeweiligen Zeitung eingenommen. Ein paar sahen aus, als wären sie nachträglich aus dem Müll gezogen worden.

Eine der fett gedruckten Schlagzeilen sprang Kate besonders

ins Auge, und sie spürte, wie sich ihr Herzschlag beschleunigte. *Tod auf hoher See – Familienausflug endet in Tragödie*. Die Überschrift war reißerisch, keine Frage, doch was Kates Aufmerksamkeit vor allem auf sich zog, war die kleine Landkarte, die unter der Überschrift abgedruckt worden war. Sie zeigte das gesamte Orkney-Archipel, und der rote Kreis, der den ungefähren Unfallort markierte, war keine fünfzig Kilometer von Shapinsay entfernt.

Sie trat näher und überflog die Zeilen auf dem verblichenen Papier.

Zwei Familien waren während eines nächtlichen Sturms mit ihrem Segelboot gekentert. Sie hatten noch einen Notruf abgesetzt, doch wegen des Unwetters war jede Hilfe zu spät gekommen. Keiner hatte überlebt. Kate runzelte die Stirn. So ein schreckliches Unglück hatte sicher einen riesigen Wirbel verursacht, doch sie konnte sich nicht daran erinnern, je davon gehört zu haben.

Sie deutete auf den Zeitungsausschnitt.

»Wann ist das passiert?«

Alaric kam näher, um einen Blick auf die Schlagzeile werfen zu können. Einen Moment lang sah er nachdenklich auf die Buchstaben – und diese wenigen Sekunden reichten, dass Kate realisierte, wie dicht er mit einem Mal neben ihr stand. Es war nicht aufdringlich, doch sie konnte problemlos einen Hauch seines Geruchs aufschnappen.

Er erinnerte sie ein wenig an die reine Unberührtheit von frischem Schnee, aber da war auch noch etwas anderes, dunkleres, das Kate nicht auf Anhieb einordnen konnte. Ehe sie weiter darüber nachdenken konnte, sagte Alaric: »Das war vor zehn, elf Jahren, glaube ich.«

Eine lange Zeit. Kate war also höchstens sieben gewesen, als es passiert war; vermutlich war das die Erklärung dafür, dass sie sich nicht daran erinnern konnte. »Verstehe …«

Als sie sich den anderen Artikeln widmete, konnte sie Alarics

Blick auf sich spüren. Schnell wurde ihr klar, was die Ausschnitte gemeinsam hatten: Sie alle berichteten von Menschen, die im Wasser den Tod gefunden hatten. Zudem war offenbar alles in Schottland passiert.

Mann (37) nach Firmenfeier ertrunken.

Segelboot kentert vor Thurso: Insasse vermisst.

Gefährliche Mutprobe: Mädchen springt von Klippen in den Tod.

»Warum sammelt ihr so etwas denn?«, fragte Kate verwirrt, noch immer schlug ihr Herz viel zu schnell. Ihr fiel einfach keine harmlose Erklärung dafür ein, dass die *Saighdear* Todesnachrichten an einer Pinnwand zusammentrugen.

Alaric zögerte mit der Antwort einen Moment. »Wenn jemand im Wasser sein Leben verliert, ist das nicht immer Zufall«, sagte er dann. »Oft steckt mehr dahinter.« Er deutete auf einen Artikel, der von einem verschollenen Boot im Osten Schottlands berichtete. »Gerade wenn Boote aus heiterem Himmel verschwinden, liegt die Schuld häufig bei mythischen Kreaturen wie Meerjungfrauen. Und dies herauszufinden, Risiken möglichst schnell zu eliminieren, das ist unser Job.«

Kate nickte langsam. »Klingt nach einer Menge Spaß.«

Alaric zuckte mit den Schultern. »Hat Vor- und Nachteile«, sagte er, doch es klang hohl.

»Kann ich dich etwas fragen?«, murmelte Kate vorsichtig.

»Was denn?«

»Wie lange bist du eigentlich schon dabei? Also … hier?«

»Ich lebe auf dieser Insel, seit ich denken kann«, sagte er ruhig. In seinen hellen Augen konnte Kate nicht die Spur einer Emotion erkennen. »Ein offizielles Mitglied bin ich aber erst seit dreieinhalb Jahren.«

Sie hätte gern nachgehakt, hatte aber das Gefühl, dass es besser war, das Thema nicht mehr weiter zu verfolgen.

Die Entscheidung wurde ihr einen Augenblick später ohnehin abgenommen, als die Tür weit aufgestoßen wurde und ein schief grinsender Jack in den Raum geschlendert kam.

Reflexartig rückte Kate von Alaric ab, was Jack dazu veranlasste, mit einer fragend angehobenen Braue stehen zu bleiben. »Will euch ja nicht die Stimmung versauen oder so«, sagte er. »Aber das Ding ist durch.« Sein bernsteinfarbener Blick blieb an Kate hängen. »General Blackbird ist einverstanden.«

10

Ohne viel Aufhebens stieß Jack die Tür zu einem kleinen, sauberen Raum im ersten Stock auf und trat hinein. Kate folgte ihm, den Tragegurt ihres Rucksacks fest umklammert.

»Dein Reich: Bett. Tisch. Schrank. Fenster«, erklärte er und klopfte auf die entsprechenden Möbelstücke. »Das Fenster kann man aufmachen. Aber nicht kippen. Zumindest nicht, wenn du's nicht aus den Angeln heben willst.« Er drehte den Griff des Fensters und öffnete es. Ein Schwall kühler, salziger Luft drängte in das Zimmer, zog durch die Tür in den Gang und ließ sie durch den Zug nach wenigen Sekunden heftig ins Schloss knallen.

»Ups. Ist wohl bisschen windig draußen.« Jack machte das Fenster wieder zu und wandte sich an Kate. »Frühstück um sieben. Mittag um eins. Abends hängt's immer davon ab, wann wir fertig mit Arbeiten sind. Küchen- und Putzdienst wechselt wöchentlich, Plan hängt im Gemeinschaftsraum. Siehst du noch früh genug.« Er kratzte sich kurz am Bart. »Was das Bad angeht … Vielleicht geb ich dir heut Abend noch 'nen Schlüssel oder so, dann hast du deine Ruhe, wenn du sie brauchst.«

Kate nickte rasch. Da die anderen *Saighdear* allesamt Männer waren, klang das nach einer guten Idee, auch wenn der Rest wahrscheinlich nicht begeistert sein würde, wenn sie so schnell Sonderrechte eingeräumt bekam.

»Bis zum Abendessen wird's heute noch dauern«, sagte Jack. »Es war noch ein anderes Schiff von uns in Richtung Shetland unterwegs, und das Letzte, das wir von denen gehört haben, war, dass sie gegen fünf da losfahren.« Er sah auf sein Handy. »Jetzt ist erst Viertel vor sechs. Kann also noch dauern. Ich hol dich dann. Mach's dir solange hier gemütlich, oder schau dir die Insel an ...« Sein Blick wanderte in Richtung Fenster. »Würd mich aber beeilen, wenn du noch rauswillst, sieht so aus, als wär ein Sturm im Anmarsch.«

Die grauen Wolken, die schon den ganzen Tag den Himmel bedeckt hielten, waren merklich abgedunkelt, und weiße Schaumkronen tanzten über die unruhigen Wellen des Meeres. Der Wind trieb die Wolken so schnell vor sich her, dass Kate ihre Bewegung über den Himmel mühelos verfolgen konnte. Wie um Jacks Worte zu unterstreichen, dröhnte ein dumpfer Donner aus der Ferne durch die dicken Steinwände der Festung.

»Ach ja. Was die Regeln angeht«, sagte Jack nach ein paar Sekunden des Schweigens und ließ sich auf das schmale, aber saubere Bett sinken. »Wir haben mehr davon, als wir brauchen können. Tradition und so ein Zeug, kennst das ja. Das meiste lernt man nach und nach, aber die wichtigsten Sachen sollte ich dir vielleicht sagen.« Er machte eine kleine Pause und sah sie fest an, wie um sich zu vergewissern, dass er ihre ungeteilte Aufmerksamkeit genoss. »Niemand darf die Insel unerlaubt betreten oder auch nur in ihre Nähe gelangen. Ohne ausdrückliche Genehmigung ist der Kontakt zu Außenstehenden unzulässig. Handys sind für Neulinge erst mal verboten. Es dürfen keine vertraulichen Informationen nach draußen gelangen. Kein Krach auf dem Gang. Mythische Kreaturen sind in erster Linie als Feinde anzusehen. Es gibt Ausnahmen, aber zunächst solltest du immer davon ausgehen, dass sie dir nichts Gutes tun wollen.« Er machte eine kurze Pause. »Ach ja. Alleine die Insel zu verlassen ist auch verboten. Wir sind immer mindestens zu zweit, häufig sogar zu dritt unterwegs.«

»Okay, gut … Und das war's?«, fragte Kate. Wenn noch viel mehr nachkam, würde es früher oder später schwierig werden, sich alles zu merken.

Jack schüttelte den Kopf. »Nee, nee, noch lang nicht, wie gesagt. Aber ich denke, für den Anfang reicht's. Bei dir kommen natürlich erst mal noch ein paar Sachen hinzu. Darfst nicht in alle Räume und nicht überall dabei sein, aber das hab ich ja vorhin schon erklärt.«

Kate nickte. Vorhin, als Jack zu ihr und Alaric in den Besprechungsraum gekommen war, um ihr die positive Nachricht von General Blackbirds Zustimmung zu verkünden, hatte sie schnell feststellen müssen, dass ihre Aufnahme alles andere als endgültig war. Die nächsten zwei Wochen würden eine Art Probezeit sein – erst dann wollte der General entscheiden, ob Kate als vollwertiges Mitglied aufgenommen wurde oder eben nicht.

In ihrer Probezeit durfte sie mit den anderen trainieren, den Theorieunterricht besuchen und vielleicht sogar mit auf den ein oder anderen Einsatz fahren, von taktischen Besprechungen blieb sie aber ausgeschlossen. Die Bibliothek, die Rüstungskammer oder den Konferenzraum durfte sie ohne Begleitung nicht betreten. Offenbar traute ihr der General nicht über den Weg, was vermutlich auf einen über Generationen wohlbehüteten Frauenhass zurückzuführen war.

Kate fand die scharfen Regeln in Ordnung. Zwei Wochen, vierzehn Tage, das war eine nicht allzu lange Zeit, und wenn sie nichts Dämliches anstellte, würde sie im Anschluss sicherlich voll aufgenommen werden. Ian und Nile würden von ihrer Probezeit allerdings nicht allzu begeistert sein, bedeutete es doch, dass sie die meisten relevanten Informationen gar nicht erst bekam.

Plötzlich klopfte es hinter Kate an der Türe. Jack lehnte sich ein Stück zur Seite, um an ihr vorbei sehen zu können, und auch

Kate drehte sich um. Niemand drückte die Klinke herunter. Sie warf Jack einen fragenden Blick zu, doch der zuckte nur mit den Schultern.

Nach ein paar Sekunden klopfte es erneut.

Jack seufzte. »Herein«, sagte er.

Diesmal wurde die Tür geöffnet, und Quentin trat in den Raum, einen Stapel mit Kleidung und Bettbezügen in den Armen. »Ich habe deine Uniform«, sagte er, während er die Tür umständlich mit dem Ellbogen schloss. »Und das Bettzeug.«

Kate bemühte sich trotz der spürbaren Spannung im Raum um ein freundliches Lächeln und nahm den Stapel entgegen. »Danke dir«, sagte sie und legte die Sachen auf dem Bett ab. Jack rückte zur Seite, als hätten Quentins Hände tödliche Viren auf dem Stoff hinterlassen. Es war wie im Kindergarten.

Quentin deutete auf die blaue Uniformjacke, die direkt unter dem schwarzen Pullover auf der Spitze des Stapels lag. Ihre silbernen Knöpfe glänzten selbst im dämmrigen Licht des Zimmers wie neu. »Kann sein, dass die zu groß ist. Ist die kleinste, die wir dahatten, aber, na ja, die Jacken sind eben nicht für Frauen gemacht«, sagte er.

»Deswegen passt ihm seine auch nicht«, sagte Jack, was Quentin erstaunlich gekonnt ignorierte. Und das, obwohl seine Jacke bei genauerem Hinsehen wirklich etwas schlaff an seinem schmalen Körper herabhing.

Quentin fuhr sich durch sein spärliches Haar und trat nervös von einem Bein aufs andere, als sei er sich nicht ganz sicher, ob er noch etwas vergessen hatte. Schließlich leuchtete etwas in seinen Augen auf, und er griff in die Innentasche seiner Jacke, um einen angerosteten Schlüssel ans Tageslicht zu befördern.

Als er ihn Kate hinhielt und sie ihn zögernd entgegennahm, huschte eine zarte Röte über seine Wangen. »Der ist für das kleinere Bad. Das neben deinem Zimmer, kannst du eigentlich nicht verfehlen«, sagte er.

»Oh. Danke«, sagte Kate ehrlich überrascht. Jack hatte zwar erwähnt, dass sie vielleicht einen Schlüssel bekommen würde, aber damit, dass es so schnell gehen würde, hatte sie nicht gerechnet. Sie wollte gar nicht daran denken, wie lange ihre letzte richtige Dusche nun schon zurück lag.

»Blackbird hat daran gedacht?«, fragte Jack. »Im Ernst?«

Quentin schüttelte den Kopf. »Nein. Ich selbst habe daran gedacht.«

»Hast ihn hoffentlich gefragt, ob du hier Schlüssel verschenken darfst. Am Ende bin's wieder ich gewesen, wenn's Ärger gibt«, murrte Jack.

»Selbstverständlich habe ich gefragt«, sagte Quentin und warf seinem Kollegen einen verblüffend scharfen Blick zu. »Manche Menschen hier sind tatsächlich dazu in der Lage, sich mit dem General abzusprechen, bevor sie handeln.«

Kate war klar, dass seine Worte auf ihre ungeplante Anwesenheit im Fort gemünzt waren, aber Jack ließ sich davon nicht beeindrucken. Er setzte einen gespielt betroffenen Gesichtsausdruck auf und schüttelte die Hand, als habe er sich an einer Herdplatte verbrannt.

Als Quentin keine Erwiderung mehr einzufallen schien, durchbrach Kate die unangenehme Stille im Raum.

»Gibt es sonst noch etwas, das ich wissen muss, Quentin?«

Der *Saighdear* wandte sich wieder ihr zu, offensichtlich dankbar für den Themenwechsel.

»Hat man dir die wichtigsten Räume gezeigt?«, fragte er.

Sie nickte. »Das hat Alaric vorhin gemacht.«

»Und hat dich Mr. Dullahan in unsere Regeln eingeführt?«

Im Augenwinkel bemerkte Kate, dass Jack erneut die Oberlippe verzog. Sie hingegen konnte Quentin nur ein wenig ratlos ansehen. Dullahan? Sie glaubte, den Namen bereits gehört zu haben, doch sie konnte ihm keine bestimmte Person zuordnen. Vielleicht war es auch das Wort an sich, das ihr so bekannt vorkam? Es ließ etwas in ihrem Hinterkopf klingeln – etwas über einen kopflosen Reiter und den Tod aus den Geschichten ihrer Mutter vielleicht?

»Hat er?«, hakte Quentin nach.

Sie hob die Schultern. »Jack hat mir vorhin ein paar Regeln erklärt …«, probierte sie es.

»Also ja«, sagte Quentin sofort. »Sag's doch gleich.«

Kate warf Jack einen fragenden Blick zu. Er deutete nachsichtig auf seine Brust. »Ist mein Nachname.«

»Oh. Entschuldige«, sagte sie.

Jack winkte ab. »Kein Stress. Gibt sowieso nur zwei Leute hier, die darauf bestehen, den zu benutzen. Der eine ist Blackbird, und der andere steht vor dir. Musst du dir also nicht merken, Jack reicht völlig.«

»Wenn du die Regeln also bereits kennst …«, schaltete Quentin sich wieder ein. »Du weißt, dass du bis zum Abendessen freihast? Wir haben zu tun, insofern wird sich niemand um dich kümmern können.«

»Ich weiß schon. Danke.«

»Gu. Dann war es das, denke ich. Ich gehe jetzt«, sagte er und wandte sich ab. Erst als er die Tür schon wieder halb geschlossen hatte, warf er ein rasches »Schönen Abend noch, wenn wir uns nicht mehr sehen« hinterher. Einen Augenblick später war er weg, und die raschen Schritte seiner Stiefel verhallten langsam auf dem Gang.

»Freak«, murrte Jack.

»Ich finde ihn ganz in Ordnung … Ich mein, klar, er ist vielleicht nicht wie … du, aber er ist doch eigentlich ganz nett«, sagte Kate unsicher.

»Sag das noch mal, wenn du ihn zwei Wochen lang kennst.« Jack erhob sich vom Bett und streckte sich ausgiebig. »Außerdem: Wenn eine Frau sagt, dass jemand ›ganz nett‹ ist, findet sie ihn doch meistens total beschissen. So viel hab ich in über dreißig Jahren Lebenserfahrung gelernt.«

»Nicht immer«, erwiderte Kate.

»Aber manchmal?«, fragte Jack grinsend.

Sie hob entschuldigend die Schultern. »Gelegentlich vielleicht. Aber bei Quentin mein ich es ernst. Er hat mir immerhin freiwillig den Badschlüssel und die Sachen hinterhergetragen, obwohl er wahrscheinlich nicht davon begeistert ist, dass ich hier bin.«

»So kann man's auch sehen«, sagte Jack. »Wenn du mich fragst, war das nicht freiwillig, eher 'n Befehl, aber ich will dir deinen Glauben in die Menschheit nicht versauen.« Er deutete in Richtung Tür. »Wenn's keine Fragen gibt, würd ich's auch mal packen. Guck dich bisschen um, mach's dir gemütlich, und wir sehen uns dann spätestens beim Essen, hm?«

»Wann soll ich denn da sein?«

Jack hob die Schultern an und ließ sie langsam wieder sinken. »Sieben vielleicht? Keine Ahnung, wann die anderen zurückkommen. Kannst ja einfach schauen, dass du gegen sieben in der Halle bist. Bis dahin wissen wir mit Sicherheit mehr.«

Kate nickte. »Alles klar. Danke noch mal.«

»Keine Ursache«, sagte Jack. »Bis später dann.«

Nur wenige Momente später war Kate allein in ihrem neuen Zimmer, vor sich eine unbestimmte Menge an Zeit, die sie füllen konnte, wie sie wollte. Einen genauen Plan für ihre Freizeitgestaltung hatte sie noch nicht ausgearbeitet, doch sie wusste schon ganz genau, womit sie anfangen würde. Mit einer Dusche.

Sie warf ihren Rucksack aufs Bett, durchwühlte ihn nach frischer Unterwäsche, Deo, Duschgel und den anderen Hygieneartikeln, die sie sich in Kirkwall im Supermarkt besorgt hatte, und legte alles nebeneinander auf die Matratze. Im Schrank fand sie ein großes Handtuch, das sicherlich nützlicher war als das winzige Ding in Taschentuchgröße, das sie in ihrem Rucksack bei sich hatte.

Nachdem sie sich vergewissert hatte, dass der Schlüssel in der Tasche ihrer Jeans steckte, nahm sie ihre Sachen und ging über den menschenleeren Gang ins Bad.

Quentin hatte zwar gesagt, es sei das »kleinere«, doch es war definitiv groß genug, um mehreren Leuten gleichzeitig ausreichend Platz zu bieten. Im vorderen Teil befanden sich einige Waschbecken und ein großer Wandspiegel, während in der hinteren Hälfte Toiletten- und Duschkabinen waren. Wer auch immer sich um die Renovierung der Bäder gekümmert hatte, hatte immerhin genug Anstand besessen, keine Pissoirs an die Wände zu pflastern.

Gott sei Dank ließ sich die Eingangstür mit dem Schlüssel problemlos verriegeln. Kate fand es erstaunlich, dass sie ein so großes Badezimmer ganz für sich beanspruchen durfte, wenn sie wollte. Nachdem sie zweimal kontrolliert hatte, ob die Tür auch wirklich zu war, begann sie zu duschen.

Sie ließ sich Zeit, obwohl das Wasser alles andere als warm war, und genoss das Gefühl, den Dreck und das Salzwasser der letzten Tage endlich von sich spülen zu können. Nachdem sie fertig war, zog sie sich wieder an, trocknete ihre Haare, soweit es mit dem Handtuch möglich war, und machte sich dann auf den Weg zurück in ihr Zimmer.

Draußen hatte es inzwischen zu regnen begonnen. Kate trat dicht an die Scheibe, in der Hand ihre Bürste, damit sie ihre feuchten Haare in eine halbwegs passable Form bringen konnte. Aus der Nähe betrachtet, war das Wort »Regen« vielleicht untertrieben. Es schüttete in Strömen, und gelegentlich war eine

Windböe stark genug, um die Tropfen mit voller Wucht gegen ihr Fenster prallen zu lassen. Kate zog die Stirn in Falten. Länger als eine halbe Stunde war sie keinesfalls im Bad gewesen, und vorhin hatte es draußen noch nach einem höchstens mittelgroßen Gewitter ausgesehen, nicht nach einem ausgewachsenen Orkan. Blitze zuckten über den düsteren Himmel.

Das Erste, das ihr in den Sinn kam, war Ian.

Es wäre reiner Selbstmord gewesen, bei so einem Wetter mit der Nussschale herumzufahren, mit der sie in Kirkwall angelegt hatten. Hoffentlich hatte er sich vorhin zurück zur Leuchtturminsel aufgemacht und war jetzt in Sicherheit. Die Wellen schlugen mit solcher Macht gegen die Felsen am Fuße des Forts, dass Teile ihrer Gischt noch bis vor Kates Fenster in die Luft aufstiegen.

Sie atmete tief ein – Ian würde wohl klug genug sein, bei diesem Wetter nicht über das offene Meer zu schippern. Der Kerl war immerhin fast zwanzig. Er hätte die letzten neunzehn Jahre seines Daseins nicht überlebt, wenn er nicht wenigstens ein Mindestmaß an Risikobewusstsein besessen hätte. Der Nachteil war natürlich, dass sie heute nicht mehr mit ihm rechnen konnte, obwohl sie gerne noch mal mit ihm gesprochen hätte. Von all den Menschen, denen sie in den letzten Tagen begegnet war, vertraute sie ihm, Lauren und Fynn am meisten.

Wobei es ihr ein Rätsel war, wie um alles in der Welt Ian unbemerkt mit ihr in Kontakt treten wollte. Vom Turm des Forts aus konnte man vermutlich die ganze Insel einsehen. Und Kate kam ohne Begleitung nicht von hier weg.

Ein mächtiger Donner ließ die dicken Wände um sie herum erbeben und riss Kate aus ihren Grübeleien. Plötzlich fiel ihr wieder ein, was Jack vorhin gesagt hatte.

Es war noch ein anderes Schiff von uns in Richtung Shetland unterwegs …

Kate blickte sich um. Über der Tür hing eine alte Wanduhr. Es war zwanzig nach sechs. Das Schiff müsste sich also noch auf dem Rückweg befinden – und war vermutlich von der Heftigkeit des Unwetters überrascht worden. Auf offener See war das bei größeren Schiffen nicht weiter schlimm, aber die engen Felsen zu passieren, die die Bucht des Forts umgaben, musste bei einem solchen Wellengang völlig unmöglich sein. Kate sah erneut aus dem Fenster. Sie hatte fast Mitleid mit der Besatzung, die wohl oder übel ein paar Stunden Schleudergang vor sich hatte, wenn sich der Sturm nicht bald beruhigte. Nachdenklich bürstete sie ein letztes Mal durch ihre langen Haare und wandte sich dann ab, ehe das Weltuntergangsszenario hinter der Glasscheibe sie deprimieren konnte.

Doch auch ihr kleines Zimmer machte im Moment keinen sehr viel fröhlicheren Eindruck. Die dicken Sturmwolken draußen hatten das Sonnenlicht verschluckt, sodass nichts als düsteres Zwielicht durch das Fenster hereinkam. Es wirkte unheimlich. Kate ging zur Tür und betätigte den Plastikschalter, der dort in die Wand gebettet worden war.

Die einzelne Lampe an der Decke leuchtete nach ein paar Sekunden des Zögerns auf, flackerte zweimal – und brannte durch.

»Fantastisch«, seufzte Kate leise und ließ den Lichtschalter noch ein paarmal hin und her wippen. Doch natürlich folgte keine Reaktion der Glühbirne mehr.

Genervt zog Kate den Stuhl unter dem Schreibtisch hervor und schob ihn in Position, damit sie sich daraufstellen und die Lampe erreichen konnte. Sie hatte gehofft, dass das Teil vielleicht nur einen kleinen Wackelkontakt hatte, doch als sie die Birne aus der Fassung drehte und genauer betrachtete, war sofort klar, dass sie im Eimer war.

Noch dazu sah sie aus, als stamme sie aus der ersten Hälfte des zwanzigsten Jahrhunderts – zumindest konnte Kate sich beim besten Willen nicht vorstellen, dass das Ding auch nur annähernd EU-Richtlinien erfüllte.

Sie reckte sich auf die Zehenspitzen, um nun auch die Fassung der Birne näher in Augenschein zu nehmen; doch damit schien alles in Ordnung zu sein. Also lag es wirklich nur an der Birne. Immerhin war das ein kleines Problem, leicht behebbar.

Hier drinnen zu bleiben war ohne Licht zwecklos, da konnte sie auch losgehen und jemanden suchen, der ihr sagte, wo sie hier ihre Ersatzbirnen bunkerten. Als Kate wieder vom Stuhl stieg und die kaputte Birne in die hintere Tasche ihrer Jeans stopfte, fiel ihr Blick auf das Bett – und auf den kleinen Kleiderstapel, der unberührt auf der Matratze thronte.

Kate sah an sich herab. Sie war zwar endlich wieder sauber, trug aber nach wie vor die Sachen, mit denen sie vor zwei Tagen von zu Hause aufgebrochen war. Stiefel, Jeans, Shirt. Vor allem das Shirt hatte seine besten Zeiten schon längst hinter sich, da konnte sie genauso gut die Uniform anziehen.

War vielleicht sogar förderlich für ihre Probezeit, wenn sie sich von Anfang an richtig kleidete.

Also schlüpfte sie aus ihrem Oberteil und in den schwarzen Pullover der *Saighdear*. Er war ihr etwas zu weit und schmiegte sich nicht so an ihren Körper, wie er das bei Gabriel, Alaric und Jack tat, aber immerhin war er nicht viel zu groß. Auch die Jacke hing ein wenig zu lose an ihrem Körper herab, als sie sie überstreifte.

Das war wohl die Folge, wenn man Teil einer Organisation war, die sonst hauptsächlich aus ausgewachsenen, muskelbepackten Männern bestand. Vielleicht half es, die Sachen mal bei ein paar Grad zu viel in die Waschmaschine zu stecken. Das würde sie auf jeden Fall ausprobieren.

Trotz allem erfüllte Kate das Gewicht des schweren Stoffes auf ihren Schultern mit einem gewissen Stolz. Nach dem, was

Ian und Nile ihr erzählt hatten, hielt sie nicht allzu viel von den *Saighdear* und ihren dubiosen Machenschaften, aber das Gefühl, Teil einer jahrhundertealten Gruppierung zu sein, war auf seine ganz eigene Weise reizvoll. Sie ließ ihre Finger über die silberfarbenen, fein verzierten Knöpfe gleiten, über den dicken meerblauen Stoff der Jacke, das aufgestickte Symbol, und für einen Moment stahl sich ein kleines Lächeln auf ihre Lippen. War das vielleicht einer der Gründe, warum Leute ihr Leben freiwillig den *Saighdear* schenkten? Das Gefühl, Teil von etwas Altem, etwas Größerem zu sein?

Jedenfalls erschien das Kate eine sinnvollere Erklärung zu sein als die Liebe zum Kampf gegen Fabelwesen.

Sie rückte ihre neue Uniform ein wenig zurecht, nahm die tote Glühbirne in die Hand und trat hinaus auf den Gang. Immerhin hier funktionierte die Beleuchtung einwandfrei. Im Vergleich zu ihrem düsteren Zimmer wirkte der Gang der uralten Festung in seinem weichen gelblichen Licht fast einladend.

Kate ließ die Glühlampe wie einen Spielball durch ihre Hände wandern, während sie reichlich ratlos über den Steinboden schritt. Sie wollte jemanden finden, den sie nach Ersatz fragen konnte, ohne aber die anderen zu stören oder gar in eins der verbotenen Zimmer zu stolpern.

Sie war fast am einen Ende des Ganges angelangt, als hinter ihr eine Tür geöffnet wurde und Quentin heraustrat, eine Hand am Stoff seiner Jeans abtrocknend.

Vielleicht war es nicht über die Maßen höflich, jemanden anzusprechen, der gerade vom Klo kam, doch die Gelegenheit war einfach ideal. Immerhin hatte sie Quentin schon kennengelernt, und sie hatte keine Ahnung, wo sie nach Alaric, Jack oder Gabriel hätte suchen können.

»Quentin! Hast du kurz Zeit?«, fragte sie, sobald er die Badtür hinter sich geschlossen hatte.

Quentin hob die Augenbrauen an. »Wofür?«

Kate hielt die Birne hoch. »Meine Lampe ist durchgebrannt, und ich wollte fragen, wo ich eine neue finden kann«, sagte sie.

Quentin trat näher und nahm ihr mit spitzen Fingern die Glühbirne aus den Händen, um sie eingehend zu betrachten. Vermutlich kontrollierte er, ob das Ding wirklich kaputt war. Das blonde – na ja, das dunkelblonde – Mädchen könnte ja auch einfach zu minderbemittelt sein, um einen Wackelkontakt von einem Totalschaden zu unterscheiden.

Kate ließ seinen Kontrollblick unkommentiert. Er würde auch so schnell genug merken, dass sie recht hatte, blonde Haare hin oder her.

»Ist wirklich durchgebrannt«, sagte er und machte gerade Anstalten, ihr die Birne zurückzugeben, als an seinem Gürtel ein lautes Rauschen ertönte.

Kate sah ihn fragend an.

»Funkgerät«, kam es unter seinem spärlichen Bärtchen hervor. Er ließ die Glühbirne zurück in Kates Hände fallen und werkelte dann an seinem Gürtel herum, bis er das unhandliche schwarze Teil freigekämpft hatte.

Es folgte ein zweites lautes Rauschen, diesmal konnte man jedoch den Klang einer Stimme zwischen dem Lärm erahnen. Quentin runzelte die Stirn und hob das Funkgerät an den Mund.

»Noch mal bitte«, sagte er.

Das Gerät spuckte eine weitere rauschende Welle aus, gefolgt von ein paar Sekunden Stille. Und plötzlich waren klar und verständlich Worte zu vernehmen.

»… alle verfügbaren Kräfte zum Hafen, Notstand gemeldet«, sagte eine ihr unbekannte Männerstimme.

Es folgten ein paar Buchstaben und Zahlen, dann ging die Stimme erneut im Rauschen unter.

Aus der Ferne vernahm Kate nun auch zwei aufgeregte Stimmen, die miteinander zu diskutieren schienen. Sie sah zu Quentin hoch, der ziemlich blass um die Nasenspitze geworden war.

»Was ist?«, fragte sie, sobald das Funkgerät in seiner Hand verstummt war.

»Notfall«, entgegnete Quentin barsch. »Ein Angriff, Seenot, so was eben. Hab nicht alles verstanden.«

»Ja … Und jetzt? Was machen wir jetzt?«, fragte Kate und folgte Quentin auf dem Fuß, als der sich ohne ein weiteres Wort abwandte, beide Hände damit beschäftigt, das Funkgerät zurück an seinen Gürtel zu klemmen.

»*Du* machst gar nichts«, sagte Quentin. »*Wir* müssen sehen, was es zu tun gibt.«

»Ich würde aber gerne helfen«, sagte Kate. Sie musste fast laufen, um mit Quentin mithalten zu können. »Dazu bin ich doch hier.«

Quentin warf ihr einen Blick zu. »Du bist nicht ausgebildet. Hast keine Waffe. Noch dazu das Wetter, und keiner weiß, was uns erwartet. Du stehst nur im Weg.«

Kate öffnete den Mund, ohne zu wissen, was sie sagen sollte. Sie hatte es satt, pausenlos sitzen gelassen zu werden, nur weil man sie für unfähig hielt.

»Aber …«

»Nichts aber. Keine Einsätze für dich, ist eben so«, sagte Quentin unwirsch.

In diesem Moment trat Jack aus einem der Räume, die Kate nicht sofort zuordnen konnte. Vermutlich war es eines der Zimmer, die Alaric ihr nicht hatte zeigen dürfen. An seinem Gürtel erkannte Kate ein Pistolenhalfter und, an der rechten Seite seiner Hüfte, den schimmernden Griff eines Schwerts.

»Was ist los?«, fragte Quentin.

Jack blinzelte und hielt an, als habe er seinen Kameraden und Kate erst jetzt bemerkt. Er verzog das Gesicht, als quälten ihn Schmerzen. Doch der Ausdruck schwand, als er zu sprechen begann. »Keine Ahnung, was genau«, sagte er. »Die *Fàire* hat 'nen Notruf abgesetzt, keine dreihundert Meter vor unserer Küste.«

»Warum? Weil sie bei dem Wetter nicht anlegen können?«, fragte Quentin mit gerümpfter Nase.

»Vermutlich, weil es einen Notfall gibt«, erklärte Jack in einem Ton, als müsste er einem kleinen Kind das Rechnen beibringen.

»Und keiner weiß, was für einer«, murmelte Quentin skeptisch.

»Der Funk ist bei dem Wetter dezent beschissen«, erwiderte Jack. »Wäre nicht wirklich möglich gewesen, dass sie in allen Details die Situation schildern, Schlauberger.«

Quentins wässrige Augen verengten sich zu Schlitzen. »Dessen bin ich mir bewusst.«

»Glückwunsch.«

»Was hat der General denn gesagt?«, fragte Quentin. »War es sein Befehl, alle zum Hafen zu ordern?«

»Ja. War es«, sagte Jack ungeduldig, und auch Kate spürte, dass ihr Herz aufgeregt gegen ihre Brust flatterte. Was mochte der Notruf wohl bedeuten? Bilder von Seeungeheuern hatten sich gegen ihren Willen in ihren Kopf geschlichen. Natürlich konnte es sein, dass das Schiff sich in Seenot befand. Aber vielleicht war es auch etwas anderes …

Egal was es war, sie würde sich den anderen anschließen und mit zum Hafen gehen.

»Wir können bei dem Wetter nicht rausfahren«, bemerkte Quentin. »Nicht ohne triftigen Grund.«

Jack zuckte die Achseln. »Haben wir schon gemacht, und 'nen Grund gibt's ja wohl auch.«

Es entstand eine kleine Pause, dann fragte Quentin: »Sind Kreaturen involviert?«

»Möglicherweise«, sagte Jack düster.

»Du bist dir nicht sicher?«, fragte Quentin. Seine dünnen Nasenflügel hatten sich aufgebläht, und sein Blick schien Jack geradezu durchbohren zu wollen. Bis eben hatte Kate gedacht, die ständigen Sticheleien der beiden würden nur auf ihren unterschiedlichen Charakteren beruhen. Mittlerweile glaubte sie jedoch, dass es noch einen älteren, tieferen Grund für ihre Feindschaft geben musste, auch wenn Kate nicht wusste, was das sein konnte.

»Wir sprechen von *dreihundert Metern Entfernung*«, erklärte Jack. »Noch dazu das Wetter. Jetzt geh, pack deine Waffen und beweg deinen Hintern zum Hafen runter. Wir haben keine Zeit für Small Talk.«

Quentin nickte schwach, was Jack als Bestätigung auszureichen schien. Ohne ein weiteres Wort marschierte er an Kate und Quentin vorbei zur Treppe. Auch Quentin setzte sich nun rasch in Bewegung, vermutlich um seine Ausrüstung aus seinem Zimmer zu holen.

Kate wurde kommentarlos stehen gelassen.

Sie ging rasch ihre Optionen durch – Quentin zu folgen oder zurück in ihr Zimmer zu gehen, kamen nicht infrage, also legte sie rasch die Glühbirne neben der Wand auf dem Boden ab, machte kehrt und lief hinter Jack her. Als sie zu ihm aufschloss, hatte er bereits die oberste Stufe der Treppen in der Haupthalle erreicht.

»Jack«, sagte sie, sobald sie neben ihm war. Er warf ihr einen raschen Blick zu, ohne etwas zu sagen. »Kann ich euch irgendwie helfen?«, fragte sie, während sie die Treppen hinabeilten.

Sie rechnete halb mit einem weiteren »Nein, zu gefährlich, geh auf dein Zimmer«, doch Jack lächelte.

»Schon so ehrgeizig?«, fragte er.

Unten in der Haupthalle sah Kate drei Männer, die sie nicht kannte, durch das offene Tor in das tobende Unwetter vor den schützenden Mauern des Forts eilen. »Ich will auch etwas tun«, sagte sie.

»Deine Entscheidung«, sagte Jack. »Du bist alt genug, ich werd's dir nicht verbieten. Aber das dort draußen wird bei dem Wetter kein Spaß. Wir wissen nicht, was los ist, was uns erwartet. Und du hast weder 'ne Ausbildung noch Waffen, Mädel. Du kannst deine Entscheidung treffen, aber mit den Konsequenzen musst du leben.«

Sie standen nun auf dem von Pfützen bedeckten Steinboden der Haupthalle, nur wenige Schritt vor dem Tor. Der Himmel war beinahe schwarz. Regen und kalter Wind drückten in die Halle herein und ließen Kate für eine Sekunde frösteln.

»Also?«, fragte Jack.

Kate starrte entschlossen in die Düsternis vor der Tür, dann löste sie ein Haargummi von ihrem Handgelenk und fixierte ihre immer noch feuchten Haare zu einem Knoten, damit sie ihr nicht ins Gesicht fallen konnten. »Ich komme mit.«

»Dann sieh mal besser zu, dass du mir nachher nicht über die Reling kotzt«, sagte Jack und trat geradewegs hinaus in den Sturm.

Kate folgte ihm.

Der Weg zur Bucht war im Regen wesentlich schwerer zu bewältigen als bei ihrer Ankunft. Die ausgetretenen Stufen waren wie erwartet spiegelglatt unter dem praktisch nicht mehr vorhandenen Profil ihrer alten Stiefel, und Jack legte ein schnelles Tempo vor.

Als sie endlich die Anlegestelle erreicht hatten, war Kate fast stolz darauf, nicht auf die Nase gefallen zu sein. Es goss nach wie vor in Strömen, doch der Wind schien ein wenig abgeflaut zu sein. Zumindest waren die Wellen hier im Becken der Bucht geradezu ruhig.

Kate konnte mindestens ein Dutzend Männer erkennen, die damit beschäftigt waren, zwei der vertäuten Schiffe für den Einsatz vorzubereiten. Es waren kleinere Modelle als die *Sealgair*.

Ein Boot war kurz vor dem Auslaufen. Vier Leute waren bereits an Bord, einer machte sich gerade an dem dicken Tau zu schaffen, das das Boot mit dem Steg verbunden hielt. Ein paar andere standen etwas abseits, ohne etwas zu tun, als hätten sie ihre Aufgabe bereits erfüllt.

Ein heller Blitz erleuchtete die Szene. An Bord leuchtete ein goldener Haarschopf auf.

Gabriel! Kate wollte sich reflexartig in Bewegung setzen, um zum Boot ihres Bruders zu gelangen, doch Jack hielt sie an der Schulter fest.

»Wir gehen mit auf das andere«, sagte er, als sie ihm einen fragenden Blick zuschoss.

»Aber … Da sind doch erst fünf Leute, oder?«

»Viel mehr nehmen wir auf den kleinen Dingern möglichst nicht mit. Wär ziemlich scheiße, wenn wir alle Mitglieder bei einem Einsatz im Meer versenken«, erklärte Jack knapp und zog sie mit sich in Richtung des zweiten Bootes.

Kate folgte ihm ohne weiteren Protest und bemühte sich, ihren kindlichen Anflug von Enttäuschung schnell zu unterdrücken. Sie wäre gerne bei Gabriel gewesen – andererseits war sie sich, so, wie er sie vorhin begrüßt hatte, nicht sicher, ob er sich über ihre Anwesenheit auf dem Schiff gefreut hätte.

Sie würde schon noch früh genug die Gelegenheit bekommen, mit ihm zu reden, daran musste sie einfach glauben.

Keiner der Männer, die auf dem zweiten Boot und dem Steg davor umherhuschten, schenkte Jack und dem Mädchen, das neben ihm heraneilte, übermäßig Beachtung.

Jack steuerte geradewegs auf einen Mann zu, der mit dem Rücken zu ihnen gewandt auf dem Steg stand, und ließ seine Hand auf dessen Schulter fallen.

»Hey«, sagte er. Der Angesprochene zuckte unter der Berührung zusammen und starrte Jack an, als habe der ihm soeben die Mündung einer Pistole ins Kreuz gedrückt. Erst jetzt erkannte Kate ihn.

Alaric.

Jack hob entschuldigend die Hände. »Woah, Kleiner. Wir sind's nur, keine Sorge.«

Alaric blinzelte, ließ seinen Blick kurz zu Kate und dann wieder zurück zu Jack wandern. Einzelne Strähnen seiner sonst so sorgfältig gescheitelten schwarzen Haare hingen ihm triefend nass in die Stirn. Er strich sie mit einer fahrigen Bewegung beiseite.

»Habt ihr noch zwei Plätzchen frei?«, fragte Jack unbeirrt und deutete auf das schwankende Boot neben ihnen.

»Wir sind schon zu fünft«, erwiderte Alaric nach einer kleinen Pause, in der seine hellen Augen erneut zögernd zu Kate geglitten waren. »Wir haben nur noch auf dich gewartet«, sagte er zu Jack.

»Sie hier wiegt ja nicht viel«, sagte Jack leichthin. »Kann nicht schaden, wenn sie gleich mal sieht, was wir hier machen.«

»Das Wetter … Es ist gefährlich. Und sie hat keine Waffe …«

»War ihre Idee, Kleiner. Und wir passen schon auf, hm?« Jack bedachte Alaric mit einem langen Blick, in dem mit Sicherheit mehr Bedeutung lag als in den Worten, die er gerade ausgesprochen hatte, dann wandte er sich ab und ging zum Bug des Bootes.

Kate beobachtete stirnrunzelnd, wie Jacks Gestalt im strömenden Regen verschwamm. Sie wurde nicht schlau aus ihm. Er schien Interesse daran zu haben, ihr auf ihrem Weg weiterzuhelfen, doch sie konnte sich nicht erklären, warum.

Wäre sie ihm in Kirkwall nicht zufällig in die Arme gelaufen, wäre sie jetzt vermutlich nicht hier. Er hatte ihre vorläufige Aufnahme bei den *Saighdear* erst möglich gemacht, und auch nun setzte er sich dafür ein, dass sie mit auf das Boot durfte.

Hatte das mit Gabriel zu tun? Mit ihr selbst? Oder mit etwas ganz anderem?

Es dauerte einige Sekunden, bis sie bemerkte, dass Alaric sie anstarrte. »Tut mir leid, wenn ich euch Umstände mache«, sagte sie, plötzlich ein wenig eingeschüchtert von dem unbewegten Ausdruck in seinen Augen. »Ich muss nicht *unbedingt* mit.«

»Wenn Jack dich dabeihaben will, geht das wohl in Ordnung«, sagte er.

»Ich werd auch nicht kotzen«, erwiderte sie mit einem kleinen Lächeln, darum bemüht, die Stimmung ein wenig zu lockern. »Versprochen.«

Alaric reagierte nicht darauf. Ohne den Blick von ihr zu wenden, griff er an die linke Seite seiner Hüfte. Erst jetzt bemerkte Kate, dass auch er ein Pistolenhalfter und ein Schwert an seinem Gürtel trug.

»Was …«, begann Kate. Doch bevor sie die Frage beenden konnte, löste Alaric mit wenigen Handgriffen die Schwertscheide von seinem Gürtel und hielt sie ihr entgegen.

»Wir wissen nicht, was uns erwartet«, sagte er. »Nimm es. Es wäre verantwortungslos, eine Kameradin unbewaffnet in den Kampf ziehen zu lassen.«

»Ich hatte so was noch nie in der Hand …«, sagte Kate und musste schlucken, um das enge Gefühl in ihrer Kehle loszuwerden. Eine Waffe. Eine *echte* Waffe, mit der vielleicht schon Blut vergossen und Leben genommen worden waren.

»Es ist besser als nichts«, sagte Alaric.

Kate streckte langsam ihre Hand aus und ließ sie zögernd

über der matt glänzenden schwarzen Schwertscheide schweben. »Und was ist mir dir?«

»Ich habe noch meine Pistole.«

Langsam schloss Kate die Hand um die Waffe. Sie merkte zunächst kaum, dass Alaric losließ, so leicht war sie.

»Also. Wir müssen an Bord«, sagte er.

Sie nickte und machte sich eilig daran, das Schwert an ihrem eigenen Gürtel zu befestigen. Als sie halbwegs zufrieden mit ihrem Werk war und wieder zu Alaric aufsah, spürte sie seine Hand sanft auf ihrem Rücken.

Die Berührung jagte einen kleinen Stromschlag durch ihren Körper, ob er positiver oder negativer Natur war, konnte sie vor lauter Aufregung aber nicht sagen.

»Nach dir«, sagte Alaric.

11

Die Beleuchtung der *Fàire* tanzte wie eine Gruppe von Irrlichtern über den dunklen Wellen.

Als sie sich dem Kutter näherten, war es aber nicht dieser Anblick, der Kate beunruhigte, es war die Stille. Das Schiff hatte immerhin einen Notruf abgesetzt, hatte sich also offenbar in einer Situation befunden, die es ihm unmöglich gemacht hatte, weiterzufahren und in den sicheren Hafen einzulaufen.

Sie hatte mit vielem gerechnet, mit einem halb versunkenen Schiff, mit Feuer, mit Besatzungsmitgliedern, die winkend und rufend an Deck standen, um ihre Retter auf sich aufmerksam zu machen.

Doch nichts dergleichen traf zu.

Das Schiff lag verhältnismäßig ruhig auf dem aufgewühlten Wasser. Die Lichter an Bord glommen vor sich hin, und von der Besatzung war niemand zu sehen. Selbst der Sturm war weitergezogen; der Regen hatte nachgelassen, und das Grollen des Donners war nur noch aus weiter Ferne zu hören.

»Warum ist da niemand?«, fragte Kate leise.

»Schwer zu sagen«, murmelte Alaric. Er stand neben ihr an der Reling, den Blick fest auf den verlassenen Kutter gerichtet. »Vielleicht sind sie in der Kabine. Wegen dem Regen.«

Die beiden Einsatzboote der *Saighdear* glitten in einem beständigen Tempo auf den Kutter zu. Mittlerweile trennten sie keine zweihundert Meter mehr von ihrem Ziel. »Habt ihr denn keinen Kontakt mehr?«, fragte Kate mit einem Blick zu Jack, der nahe der Spitze des Motorbootes stand und von dort aus unverständliche Worte in sein Funkgerät sprach.

Alaric schüttelte kaum merklich den Kopf. »Den letzten Kontakt hatten wir, als wir noch am Fort waren. Jack spricht mit den Männern auf dem anderen Boot.«

»Oh. Okay.« Kate ließ ihre Hand langsam über die glatte, regennasse Oberfläche der Schwertscheide an ihrer Seite gleiten. Die Gewissheit, sich im Notfall verteidigen zu können, war beruhigend, andererseits hatte sie noch immer keine Ahnung, was sie bei dem totenstillen Schiff dort vorn erwarten mochte.

Wenn etwas in der Lage war, ein Schiff voll ausgebildeter und bewaffneter Männer zum Stillstand zu bringen, dann würde ein siebzehnjähriges Mädchen mit einem Schwert, das sie nicht einmal richtig halten konnte, nicht viel ausrichten können. Sie konnte nur beten, dass sie gar nicht erst in eine Situation kam, die sie dazu zwingen würde, Alarics Klinge zu ziehen.

Kate ließ ihren Blick über das Deck schweifen. Drei der Männer an Bord kannte sie nicht. Einer von ihnen stand am Steuer, die anderen beiden lehnten wie sie und Alaric an der Reling und sahen unablässig auf die scheinbar herrenlos über die Wellen treibende *Fàire*.

Jack hatte inzwischen das Funkgerät sinken lassen und war mindestens drei Schritt von der Spitze des Bootes abgerückt. Der Haltung seines Kopfes nach zu urteilen, starrte er aus dieser sicheren Entfernung auf das dunkle, fast schwarze Wasser vor dem Bug.

Plötzlich drehte er sich um. »Weg von der Reling«, bellte er.

Alaric und die anderen beiden Männer kamen dem Befehl augenblicklich nach, Kate folgte ihnen nach einer kleinen Sekunde des Zögerns.

»Meerjungfrauen?«, fragte einer der Männer entsetzt.

»Selkies«, erwiderte Jack, hob das Funkgerät wieder an und wiederholte den Befehl, dass auch die Männer des anderen Bootes Abstand zur Reling und zum Wasser gewinnen sollten. Kate spürte die Nervosität, die sich plötzlich über die Mannschaft gelegt hatte, aber sie konnte sie nicht nachvollziehen.

Eine Welle von Fragen bildete sich in ihrem Kopf, nur um gleich darauf von der nächsten überrollt zu werden. Woher wusste Jack so plötzlich, was genau dort vorne auf sie lauerte? Hatte er etwas aus dem Wasser auftauchen sehen? Oder war es nur auf jahrelange Erfahrung zurückzuführen?

Alarics sonst so glatte Züge wirkten angespannt. Kate konnte sich beim besten Willen nicht erklären, was ihn und die Männer derart verängstigte. Meerjungfrauen waren wohl keine freundlichen Wesen, so viel hatte sie in ihrer kurzen Zeit bei den *Saighdear* bereits gelernt. Aber Selkies?

In jeder Geschichte, die sie gehört hatte, waren Selkies umgängliche, scheue Kreaturen gewesen, die den Menschen lieber aus dem Weg gingen, anstatt sie anzugreifen. Ihre Mutter hatte ihr und Gabriel oft erzählt, was Selkies der Sage nach waren: Robben, die ihr Fell ablegen und zu Menschen werden konnten.

Warum also trieb eine Robbe einem erwachsenen Mann den Schweiß auf die Stirn?

»Wie nah?«, fragte Alaric, sobald Jack das Funkgerät wieder sinken ließ.

»Nicht hier …«, erwiderte Jack. »Vorne, bei der *Fàire*. Wir müssen sie ranholen und sehen, wie es der Besatzung geht.« Er wandte sich an den Steuermann. »Adam, nach steuerbord! Wir ziehen sie ran! Der Rest macht sich bereit!«

Mithilfe des Funkgeräts wies Jack das andere Boot an, die Backbordseite der *Fàire* anzusteuern. Währenddessen eilten Alaric und die anderen beiden *Saighdear* zur Reling, wo sie allen Ernstes ein paar klauenbewehrter Haken an langen, stabil aussehenden Seilen hervorzogen, wie Kate sie nur aus Piratenfilmen kannte. Mit jedem Meter, den sie der *Fàire* näher kamen, wurde Kate aufgeregter. Sie wollte unbedingt etwas tun, wollte helfen, anstatt nur herumzustehen und sich zu fragen, wie gefährlich die Situation wirklich sein mochte.

Sie zuckte erschrocken zusammen, als Jack plötzlich neben ihr auftauchte.

»Katherine«, sagte er. »Geh nicht zu nah ans Wasser, bleib hier in der Bootsmitte. Dann kommen sie nicht an dich ran.«

Sie sah zu ihm auf. Die Beleuchtung der dicht beieinander fahrenden Boote warf harte Schatten auf sein Gesicht. »Du hast gesagt, da sind Selkies, oder?«, fragte sie.

»Sieht so aus, ja.«

»Sind sie … böse? Die Selkies?«

Jack zog die Stirn in Falten. »Na ja. Haben nich' die beste Vorgeschichte mit denen. Sind vielleicht bisschen rachsüchtig. Sieh einfach zu, dass du nicht zur Reling gehst. Das Letzte, was ich brauche, ist 'ne abgebissene Hand.«

»Können Selkies nicht an Bord kommen? Also … ich meine, können die sich nicht in Menschen verwandeln und so?«, fragte sie. Ihr fiel auf, wie leise sie sich mit Jack unterhielt. Als würde ein einziges zu lautes Wort die vollkommene Konzentration an Bord zerstören.

»Ja, können sie. Aber im Normalfall tun sie es nicht. Erstens sind sie auf festem Boden leichter zu treffen«, sagte Jack und klopfte mit einer Hand auf die Pistole an seinem Gürtel, »zweitens sind sie ziemlich am Arsch, wenn man ihren Pelz in Benzin taucht und brennend über Bord wirft. Also, alles im Griff, dir passiert nichts.«

Ihr Boot wurde langsamer, die Motoren verstummten. Adam hatte es geschafft, das Boot in fünf Metern Entfernung fast parallel zur *Fàire* zum Halten zu bringen. Als eine Welle sie anhob, sah sie auf der Backbordseite des Kutters das andere Boot. Sie meinte für eine Sekunde Gabriels Kopf zu sehen, war sich aber nicht sicher.

»Enterhaken bereit machen«, rief Jack.

Alaric und die beiden anderen Männer hatten sich mit einem kleinen Sicherheitsabstand entlang der Reling aufgestellt. Ein jeder hielt einen der schweren Metallhaken in den Händen, bereit, sie hinauszuschleudern, sobald der Befehl dazu kam.

»Enterhaken bereit, Sir!«, rief einer der Männer.

Es vergingen ein paar furchtbar lange Momente der Stille, in der alle darauf warteten, dass eine der Wellen sie erneut nach oben trug. Als ihr eigenes Boot fast einen halben Meter über der *Fàire* schwebte, schallte Jacks tiefe Stimme über das Deck.

»Enterhaken los!«

Nahezu gleichzeitig schleuderten die drei *Saighdear* die Haken von sich. Wie Kometen flogen sie in hohen Bogen über das Meer, um dann ein knappes Stück hinter der Reling auf dem Deck der *Fàire* aufzuschlagen. Alaric und die anderen beiden zogen an den Seilen, die die Haken mit ihrem eigenen Schiff verbunden hielten. Eines der Instrumente rutschte, ohne Halt zu finden, von Bord und fiel ins Wasser, doch zwei blieben mit ihren Klauen an der untersten Stange der Reling hängen. Die Seile strafften sich, als Alaric und sein Kamerad begannen, an ihnen zu ziehen; doch zunächst fühlte es sich für Kate so an, als würde sich keines der beiden Schiffe bewegen. Jack war bereits zu seinem Kollegen getreten und nahm nun einen Teil des Seils auf, um mit anzupacken. Der Mann links neben Alaric versuchte, seinen eigenen Enterhaken aus dem Wasser zu fischen, und war damit keine Hilfe. Kate drückte die Schultern durch und ging zu Alaric.

Sie war zwar nicht annähernd so stark wie die Männer um sie herum, aber wenn sie auch nur ein klein wenig helfen konnte, war das immer noch besser, als hier Löcher in die Luft zu starren.

Alaric warf ihr einen kleinen Blick zu, als sie das Seil fest in beide Hände nahm, doch er sagte nichts.

»Holt sie ran!«, rief Jack nun.

Und als sie nun mit vereinten Kräften zu ziehen begannen, bemerkte Kate, wie sich das kleinere Boot, auf dem sie standen, langsam dem größeren Kutter näherte. Immer kürzer wurde das Seil, das die beiden Schiffe miteinander verband, während der Haufen aus Seilschlingen, der sich hinter Kates Füßen auf dem Deck bildete, immer weiter anwuchs.

Kate spürte die ungewohnte Anstrengung in ihren Muskeln, als die Schiffswände endlich aneinander schlugen. Alaric ging sofort in die Hocke, um das Seil so zu befestigen, dass der Kutter nicht wieder von ihnen abtreiben konnte.

Kate blickte auf. Die *Fàire* schien nach wie vor verlassen. Das andere Boot, jenes, auf dem auch Gabriel war, trieb auf der anderen Seite des Kutters mit einigen Metern Entfernung im Wasser. Sie hatten keine Enterhaken genutzt – vermutlich um beweglich zu bleiben, sollte etwas Unvorhergesehenes passieren.

Kate konnte erkennen, dass die gesamte Besatzung zu ihnen herüberschaute. Sie sah Gabe, doch die Entfernung war zu groß, um mit Sicherheit sagen zu können, ob er sie bemerkt hatte oder nicht.

»Gut, ich brauche einen Freiwilligen, der jetzt da rüberklettert«, sagte Jack.

»Ich gehe«, meldete sich Alaric sofort.

»Du hast nich' mal 'n Schwert, Kleiner. Sieh lieber zu, dass du von hier aus sicherst«, erwiderte Jack und deutete dann auf den Mann, dessen Enterhaken sein Ziel verfehlt hatte. »Gordon, wie wär's?«

Der Angesprochene nickte. »Klar.«

»Bekommst auch 'n Bierchen für«, verkündete Jack mit einem schiefen Grinsen.

Gordon lächelte, als er zum mittleren Teil der Reling ging. Bevor er sich endgültig ans Klettern machte, warf er Jack einen kurzen Blick zu. »Keine Viecher in der Nähe?«

Kate glaubte zu merken, dass Jack kurz zögerte, doch sie war sich nicht sicher. »Eigentlich nich', nein. Also, rauf mit dir«, sagte er.

Gordon nickte, setzte einen Fuß auf die Reling und zog sich geschickt am Rand der *Fàire* hoch. Er hätte vermutlich keine zehn Sekunden gebraucht, um ganz an Bord zu gelangen, doch gerade als er sich zwischen den beiden Schiffen befand, zerriss das Heulen eines startenden Motors die Stille.

Mit einer Kraft, die Kate einem gewöhnlichen Fischkutter nie im Leben zugetraut hätte, machte die *Fàire* einen Satz nach vorn, zerrte das wesentlich kleinere Motorboot der *Saighdear* mit sich. Gordon reagierte schnell, versuchte, sich mit einem Sprung in Sicherheit zu bringen – doch bevor er sich überhaupt richtig abstoßen konnte, beschleunigte die *Fàire* weiter und schlug einen scharfen Haken nach links.

Die Bordwände der beiden Boote schlugen aneinander wie kollidierende Eisberge. Der Ruck, der daraufhin durch ihr Boot ging, hätte Kate beinahe von den Füßen gerissen. Doch sie hatte das sichere Deck unter ihren Stiefeln und fand mit einem Schritt zur Seite zurück ins Gleichgewicht.

Gordon nicht.

Entsetzt musste Kate mit ansehen, wie der Mann den Halt verlor und schreiend in den Spalt zwischen den beiden Schiffen stürzte. »Wir müssen ihn rausholen!«, rief sie, doch als sie losrennen wollte, hielt Alaric sie zurück.

»Nicht«, sagte er und ging gleichzeitig mit Jack zu der Stelle, an der Gordon gefallen war. Aber die *Fàire* hatte nicht angehalten. Sie fuhr einfach weiter und zog das kleine Motorboot an den Seilen der Enterhaken neben sich her wie einen störrischen

Esel. In wenigen Sekunden würde das Gespann Gordon hinter sich lassen, und im Wasser waren doch die Selkies.

Alaric zog seine Pistole. Die *Fàire* schwenkte jetzt scharf nach rechts, ließ die Schiffswände erneut mit aller Macht aneinander prallen. Kates Herz setzte einen Schlag lang aus.

Was war mit Gordon?

Wenn er zwischen die beiden Boote geraten war, wenn ... Sie wollte gar nicht daran denken.

Sie hörte Jack fluchen. Die beiden Schiffe gewannen wieder an Geschwindigkeit, ließen den Punkt hinter sich, an dem Gordon ins Wasser gefallen war – doch als Kate sich nach dem Mann umdrehte, war niemand zu sehen. Er tauchte nicht mehr auf.

Am Rande nahm sie wahr, dass Jack in sein Funkgerät bellte, ohne dass sie verstand, was er sagte. Ihr Blick war auf das wirbelnde Kielwasser der beiden Schiffe geheftet, in der Hoffnung, Gordon an die Oberfläche brechen zu sehen. Sie wartete auf eine Hand oder seinen Haarschopf, auf ein Zeichen, dass er noch *lebte*.

Als sich nach ein paar endlos langen Sekunden tatsächlich etwas aus den schäumenden Wellen erhob, war es aber kein Mensch, sondern der glänzende, geschmeidige Körper einer Robbe.

»Da hinten«, stieß sie aus und deutete auf die Stelle, an der sie das Tier gerade eben noch gesehen hatte. »Da war eine ...« Sie wollte schon »Robbe« sagen, hielt sich aber zurück. Das Tier war unverhältnismäßig groß gewesen und hatte sich bewegt wie eine Seeschlange. Das war keine der süßen Seehunde, die im Sommer faul auf den Sandbänken vor ihrer Insel in der Sonne lagen.

Alaric war sofort an ihrer Seite. »Selkie?«, fragte er.

»Ja ... ich glaube schon«, sagte sie.

Sie kommen nicht auf das Boot, ermahnte sie sich stumm, um ihre Nerven zu beruhigen. Sie war in Sicherheit, oder? Aber Gordon ...

»Die sind überall, die Mistviecher«, fauchte Jack.

»Sir, die anderen müssen nach Gordon sehen«, schaltete sich der Mann am Steuer ein. »Wenn sie ihn nicht in wenigen Sekunden aus dem Wasser ziehen, hat er keine Chance.«

»Die anderen sind manövrierunfähig«, sagte Jack düster. »Netz oder so was in der Schiffsschraube.«

»Haben die Biester das mitgebracht?«, fragte der junge Mann neben Jack entsetzt. Zum ersten Mal nahm Kate ihn wirklich wahr. Eine Masse an roten Haaren hing ihm triefend nass in die Stirn. Seine grünen Augen wirkten riesig vor Angst. »Können die so was?«

»Sieht ganz danach aus.«

»Also trennen wir die Seile durch«, sagte Alaric und deutete auf die Enterhaken, die den enormen Kräften, die auf sie einwirken mussten, bis jetzt problemlos standhielten.

»Die *Fàire* hat einen starken Motor«, erwiderte Jack. »Die holen wir niemals ein, wenn wir nicht mehr dranhängen. Die Mistviecher klauen uns den Kahn, und wir schaun auch noch zu.«

»Früher oder später geht ihnen der Diesel aus«, warf Alaric ein.

»Darauf können wir nicht warten. Wir müssen die *Fàire* wieder unter Kontrolle bringen, alles andere ist Irrsinn.« Kate folgte Jacks Blick. Solange der Kutter weiter geradeaus oder auf großen Wendungen fuhr, war der Spalt zwischen den beiden Schiffen kaum einen halben Meter breit und nicht allzu schwer zu überwinden.

»Ich gehe«, sagte Alaric, der seine Pistole ohnehin noch in der Hand hielt. Die Waffe schimmerte im gelblichen Licht der Schiffslaternen, als würde unter dem kühlen Metall ein Feuer schwelen.

Diesmal nickte Jack, wenn auch erst nach einem Augenblick. Dann wandte er sich an den jungen Mann mit den roten Haaren.

»Colin, du gibst ihm Deckung. Könnte sein, dass die unsere Waffen haben und …«

»Nein«, stieß Colin aus.

Jack hielt überrascht inne. »Was?«

»Ich geh da nicht rauf«, sagte Colin mit bebender Stimme. »Vergiss es. Ich hab keinen Bock, neben Gordon die Fische zu zählen.«

Kate war vom Verhalten des jungen Mannes mindestens genauso überrascht wie Jack. Sie hatte gedacht, dass die Mitglieder der *Saighdear* sich freuen würden, wenn sie solche Aufgaben zugeteilt bekamen. Immerhin war das ihr Job. Doch dann fiel ihr Gabriel ein. Er war auch nie jemand gewesen, den Kate als den geborenen Krieger bezeichnet hätte, und sie wusste nach wie vor nicht, ob er den *Saighdear* überhaupt freiwillig beigetreten war.

Vielleicht war es Colin nicht anders ergangen. Vielleicht war er in einen Beruf und damit in ein Leben hineingezogen worden, das er nie gewollt hatte.

»Ich schick niemanden allein da rauf«, sagte Jack bestimmt. »Und du wirst …«

»Es muss doch einen anderen Weg geben!«, fiel Colin ihm erneut ins Wort. »Vielleicht einen, der uns nicht auf direktem Weg in die Hölle schickt!«

Jack sah aus, als würde er den jüngeren Mann am liebsten kopfüber ins Wasser werfen. Bevor er etwas sagen konnte, rief Kate: »Ich kann es machen!« Sie hatte nicht die geringste Ahnung, woher die Worte plötzlich kamen, doch sie waren da, und als sie in sich hineinhorchte, spürte sie keine Furcht. Möglicherweise, weil sie nicht wusste, was sie auf dem Kutter erwarten mochte.

Jack war von dem Vorschlag alles andere als begeistert. Aber sie hatten nicht unendlich viel Zeit. Sie entfernten sich immer weiter von dem anderen Motorboot, und Kate bezweifelte, dass die Selkies angesichts ihres Vorteils bald die Flucht antreten würden.

Aus dem Augenwinkel registrierte sie, dass Alaric sie ansah, doch er widersprach nicht.

»Also gut«, sagte Jack schließlich. »Halt Alaric einfach den Rücken frei. Keine Offensive, keinen Scheiß machen, kapiert?«

Kate nickte. »Kapiert.«

»Bewaffnet bist du?«

»Ich habe ein Schwert«, sagte Kate und klopfte mit den Fingern auf den nassen Griff der Waffe.

»Und dir reicht die Pistole?«, wandte Jack sich an Alaric.

»Völlig.«

»Alles klar«, sagte Jack. »Dann mal los.«

»Wie viele von den Viechern sind denn an Bord? Weißt du das überhaupt?«, schaltete Colin sich wieder ein.

»Einer, höchstens zwei«, erwiderte Jack. »Ist machbar.«

»Vorhin hast du auch nicht gemerkt, dass einer von denen am Steuer sitzt, oder?«, sagte Colin. »Gordon könnte noch leben, wenn …«

Alaric berührte Kate am Ellbogen und bedeutete ihr, ihm zu folgen, während Jack und Colin weiter stritten.

»Er ist wirklich nicht für unseren Beruf geeignet«, erklärte Alaric ihr nüchtern, als sie zur Reling gingen. Ohne zu zögern, setzte er einen Fuß auf den niedrigen Rand des Motorbootes und schnellte dann geschickt nach oben, um nach der Reling der *Fàire* zu greifen.

Der Kutter begann sofort in Schlenkern zu fahren, doch Alaric hatte bereits damit gerechnet und blieb wie festgeklebt an der Bordwand hängen. Sobald die Situation es ihm erlaubte, sein Gleichgewicht zu finden, zog er sich ganz nach oben und schwang sich über die Reling an Bord.

Bei ihm sah es kinderleicht aus.

Doch nun sah er zu ihr herab, und Kate wusste, dass sie an der Reihe war. Jack und Colin waren verstummt, alles, was sie von ihnen hörte, war ein scharfes, metallenes Klicken. Eine Pistole? Plötzlich fühlten sich ihre Beine doch ein wenig weicher an als sonst, ihre Finger waren kalt – doch sie würde jetzt keinen Rückzieher machen. Alaric brauchte ihre Deckung, und irgendetwas sagte ihr, dass er sie in so einer Situation auch nicht alleingelassen hätte, obwohl sie sich kaum drei Tage kannten.

Alaric lehnte sich ein Stück über die Reling und hielt ihr wortlos die Hand hin. Kate nahm alles an Entschlossenheit zusammen, das sie in ihrem klammen Körper finden konnte, und setzte wie zuvor Alaric einen Fuß auf den Rand des Motorboots.

Jetzt kam der entscheidende Moment. Die Boote fuhren Kurven, schlugen aneinander und trieben wieder auseinander und hüpften zusätzlich über die Wellen. Sie fuhren zu asynchron, um an beiden gleichzeitig einen stabilen Halt zu finden. Kate würde viel Schwung brauchen, um sich mit nur einem Satz ganz an den Kutter klammern zu können, wie sie es bei Alaric gesehen hatte. Seine Hand zu nehmen kam gar nicht infrage. Sie glaubte nicht, dass er in seiner Position ihr ganzes Gewicht halten konnte, und wenn sie abrutschte, würde sie ihn am Ende nur mit sich ins Wasser ziehen.

Kate nahm einen tiefen Atemzug, zählte in Gedanken bis drei – und stieß sich ab. Sie flog über den halben Meter an Wasser hinweg, der die beiden Schiffe trennte, und fast schon reflexartig griffen ihre Hände nach dem Gestänge der Reling der *Fàire*. Ihr Herz machte einen Satz – geschafft, sie hatte es geschafft, alleine!

Doch die Metallstange, an der sie sich festhielt, war glatt und nass vom Regen, und ehe sie auch nur die Chance hatte, sich an ihr hochzuziehen, rutschte sie mit der rechten Hand ab. Kate keuchte erschrocken auf. Kalte Panik machte sich in ihr breit, als sie darauf wartete, vollständig den Halt zu verlieren.

Es geschah nicht. Denn plötzlich war da etwas, das ihr Handgelenk umklammerte wie ein Schraubstock und sie so vor dem Fallen bewahrte.

Als sie nach oben blickte, sah sie in Alarics Gesicht. »Komm hoch«, sagte er.

Sie konnte nicht sprechen, nur nicken, dann drückte sie ihre Füße gegen die Bordwand und kletterte etwas unbeholfen über die Reling an Deck. Alaric ließ ihr Handgelenk erst los, als sie nicht mehr in Gefahr lief, abzurutschen und ins Wasser zu fallen.

Ein kleiner Teil von ihr ärgerte sich, dass sie nun schon zum zweiten Mal mehr oder weniger gerettet worden war, doch in erster Linie war sie dankbar, nun das feste Deck des Kutters unter den Füßen zu haben.

Sie sah zu Alaric, halb im Glauben, er wäre vielleicht sauer, weil sie seine ausgestreckte Hand am Anfang ignoriert hatte, doch sein Gesicht war nicht weniger ausdruckslos als sonst.

Plötzlich waren in der Ferne Schüsse zu hören. Kate sah verwirrt zu dem anderen Boot der *Saighdear,* das – wohl nach wie vor bewegungsunfähig – in der Ferne auf den Wellen trieb. Dunkle Gestalten schossen wie Torpedos aus dem Wasser, flogen scheinbar mühelos über das kleine Boot hinweg und verschwanden wieder im Meer.

Selkies, dachte Kate. Die Biester griffen das Schiff ihres Bruders an!

Der Großteil der Besatzung hatte die Waffen gezogen und versuchte, die Angreifer mit Kugeln und Schwertern zu treffen, doch es gelang ihnen nicht. Es war nicht vorherzusagen, wo der nächste Selkie aus dem Wasser springen würde, und kaum zwei Sekunden nach ihrem Erscheinen waren die Wesen auch schon wieder spurlos in den Wellen verschwunden.

Kate hatte schon gesehen, wie Seehunde für ihre Trainer durch Reifen sprangen, doch sie konnte sich beim besten Willen nicht vorstellen, dass gewöhnliche Robben zu jenen riesigen Sätzen fähig waren, die die Selkies gerade mühelos vollführten. Die meisten Sprünge der Wesen gingen ins Leere, doch dann stieß eines von ihnen mitten im Flug gegen einen der Männer an Bord. Der Selkie geriet auf seiner Flugbahn ins Taumeln, schaffte es aber, im Wasser zu landen – der Mann verlor durch die Wucht des Aufpralls das Gleichgewicht und fiel gefährlich nah an den Rand gegen die niedrige Reling des Bootes. Kate war sich fast sicher, dass gleich einer der Selkies aus dem Wasser schießen würde, um ihn endgültig in die Tiefe zu ziehen, als Alaric sie am Ärmel berührte.

»Kommst du?«, fragte er leise.

Sie blinzelte, sah in seine erwartungsvollen Augen und wieder zurück zu dem angegriffenen Boot. Gabriel und ein weiterer Mann zogen ihren gestürzten Kameraden gerade zurück in Sicherheit, wo er hektisch zurück auf die Beine kam. Offenbar war fürs Erste alles gut gegangen.

»Ja«, sagte sie und konnte nur mit Mühe den Blick von ihrem Bruder lösen, um Alaric in Richtung Aufbau zu folgen.

»Geh links von der Tür in Position und zieh dein Schwert«, sagte er, ohne sich nach ihr umzudrehen. »Ich gehe auf die rechte Seite und öffne dann die Tür. Du musst nichts weiter tun, als das Deck zu beobachten und mir den Rücken freizuhalten. Nur für den Fall, dass eins von denen sich hier draußen versteckt oder im Beiboot sitzt. Um das, was in der Führerkabine ist, werde ich mich kümmern. Ist das in Ordnung?«

Für den Fall, dass eins von denen im Beiboot sitzt. War das eine Anspielung gewesen? Hatte er doch gemerkt, dass sie sich vor zwei Tagen auf der *Sealgair* versteckt hatte? Es konnte nicht sein. Die *Saighdear* hätten sie doch nie im Leben aufgenommen, wenn sie ihre verbotene Anwesenheit auch nur geahnt hätten …

Kate bemühte sich, ihre Aufregung zu unterdrücken, und sagte dann: »Geht klar.«

Sie griff mit kalten Fingern nach dem Schwertgriff an ihrer Seite und zog die Waffe behutsam hervor. Alarics Schwert glitt aus seiner Hülle, als könne es selbst kaum erwarten, endlich zum Einsatz zu kommen.

Vor ihr entsicherte Alaric seine Pistole und trat, die Waffe fest in beiden Händen, an die rechte Seite der Tür, während Kate sich wie abgesprochen links hielt. Als sie zu beiden Seiten der Tür einen Moment innehielten, fühlte sie sich auf eigenartige Weise an Polizeifilme erinnert. Nur dass wohl kein Polizist der Welt seinen Job mit einem Schwert in den bebenden Händen verrichtete.

»Bist du bereit?«, flüsterte Alaric.

Kate verstärkte ihren Griff um das Schwert und nickte. »Ja.«

Dann ging alles ganz schnell. Alaric brauchte keine halbe Sekunde, um die Tür des Aufbaus mit dem Ellbogen nach innen aufzustoßen und mit der Waffe voraus in den Raum zu treten. Kate bewegte sich fast instinktiv zur Seite, um ihre Position hinter Alaric einzunehmen – sie konnte spüren, dass er da war, nur wenige Zentimeter entfernt.

Ihr Blick huschte gerade über das Deck, auf der Suche nach Bewegungen, als hinter ihr zwei Schüsse knallten, gefolgt von dem Klirren zerberstenden Glases.

Alaric, dachte sie alarmiert, vergaß für den Moment ihre Deckung und wirbelte zu ihm herum. Wie es schien, hatte er gar nicht gefeuert. Auf der kleinen Brücke, hinter dem Steuerrad, stand eine muskulöse Frau, die offenbar gerade die Frontscheibe der Brücke zerschossen hatte. Die Glasscherben glommen im gelblichen Licht der Bootsscheinwerfer wie Tränen.

Kate konnte das Gesicht der Fremden nicht erkennen. Flink wie ein Wiesel griff sie nach einem dunklen Fell auf dem Steuerpult und stürmte auf das zerstörte Fenster zu. Ihre Waffe hatte sie achtlos beiseite geworfen.

Im Augenwinkel nahm Kate wahr, wie Alaric sich anspannte, zielte und – ehe sie es verhindern konnte – abdrückte. Die Frau duckte sich zur Seite weg, als habe sie von vornherein mit nichts anderem gerechnet, und entging um ein Haar der tödlichen Kugel, die ohne getroffen zu haben in die Nacht flog. Alaric zielte erneut, aber ehe er erneut schießen konnte, sprang die Frau mit einem kraftvollen Satz aus dem Fenster. Alaric fluchte nicht, er gab überhaupt keinen Ton von sich, als er den Raum durchquerte und ans Fenster trat, Kate dicht auf den Fersen.

Die Frau war inzwischen fast bei der Reling angekommen, das Fell hatte sie wie einen Umhang um die Schultern gelegt. Ohne sich noch einmal umzudrehen, drückte sie sich vom Deck ab und setzte über die Reling hinweg, um mit dem Kopf voraus in Richtung Wasser zu springen.

Kate hielt den Atem an, sie konnte kaum glauben, was sie sah: Im Flug schien das Fell ein Eigenleben zu entwickeln. Es umfasste den Körper der Frau, bis es ihn vollständig verhüllte. Innerhalb von wenigen Augenblicken hatte es ihren Kopf, ihre Arme und ihre Beine in sich aufgenommen.

Wo zuvor noch ihre Hände und Füße gewesen waren, befanden sich nun dicke schwarze Flossen. Ihre helle Haut war dunklem Pelz gewichen, und statt eines menschlichen Kopfes tauchte ein hundeähnlicher Schädel in die schwarzen Wellen ein.

Die Frau war zu einer Robbe geworden.

Alaric gab noch einen weiteren Schuss ab, der knapp hinter der Selkie im Wasser einschlug. Es war unmöglich zu sagen, ob er sie getroffen hatte oder nicht, und vielleicht war Kate gar nicht unglücklich mit dieser Ungewissheit. Sie wusste nicht mehr, was sie denken sollte.

Ein Mensch hatte sich gerade direkt vor ihren Augen in eine Robbe verwandelt. Eigentlich unmöglich, und doch war es geschehen. Sie hatte ja schon verstanden, dass Jack und Alaric ihr keine Märchen erzählten, wenn sie von Fabelwesen sprachen, aber die Wahrheit *tatsächlich* zu sehen war dann doch etwas anderes.

»Wir müssen den anderen helfen«, sagte Alaric, während er seine Pistole sicherte und zurück in den Gürtel schob. »Würdest du draußen die Enterhaken lösen?«

Als er sie ansah, kam Kate sein Gesichtsausdruck merkwürdig vor, doch sie wusste nicht, warum. Ihr fielen tausend Sätze und Fragen ein, aber nichts davon fühlte sich im Moment passend an, um ausgesprochen zu werden. Sie würde später hoffentlich noch genug Zeit haben, um mit Alaric über die Selkies zu sprechen. In Ruhe, wenn der Kampf endlich vorbei war.

»Ähm ... Ja. Klar. Ich gehe nachsehen«, sagte sie. Erst als sie sich von ihm abwandte, fiel ihr das ungewohnte Gewicht in ihrer rechten Hand wieder auf. Alarics Schwert. Sie hob es an und beförderte es etwas ungeschickt zurück in die Scheide an ihrem Gürtel, ehe sie die Brücke durch die nach wie vor geöffnete Tür verließ.

Draußen fiel ihr als Erstes auf, dass Wind und Regen weiter nachgelassen hatten. Die Wellen waren niedriger geworden. Sie trat hinter dem Aufbau des Kutters hervor, um zu ihrem Bruder zu sehen.

Gabriels Boot wirkte im Schein der Bootslichter ruhig. Es waren keine Schüsse mehr zu hören, und Kate konnte auch keine Selkies mehr sehen. Waren die Robbenmenschen schon wieder verschwunden? Oder waren sie lediglich dabei, sich neu zu formieren? Kate bemühte sich, ihre Sorgen zu verdrängen und sich auf ihre eigentliche Aufgabe zu konzentrieren. Die Enterhaken mussten weg. Je eher die Schiffe sich wieder unabhängig voneinander bewegen konnten, desto schneller würden sie auch bei Gabriel und den anderen sein. Sie steuerte den ersten der Haken an und ging neben ihm in die Hocke. Das kleine Motorboot war so nah, dass die Seile durchhingen, also müsste sich der Metallhaken eigentlich problemlos abnehmen lassen.

»Katherine! Wie sieht's aus?«, rief Jack zu ihr herüber.

Er stand an Bord des kleinen Motorboots, den Kopf schief gelegt. Kate glaubte, fast eine Spur von Besorgnis auf seinem Gesicht zu erkennen.

»Ähm ... Alles gut so weit«, sagte sie, nicht sicher, was genau er hören wollte.

»Was war da drinnen los?«

»Eine ... Frau. Also, eine Selkie, glaube ich. Aber sie ist abgehauen, als wir reinkamen«, sagte sie, sah wieder nach unten und zog an dem Enterhaken, um seine kalten Klauen vom Gestänge der Reling zu befreien.

»Und hat auf dem Weg unser Scheißfenster ruiniert, was?«, raunzte Jack. »Aber egal. Was ist mit der Besatzung?«

»Welche Besatzung?«, fragte Kate verwirrt. Der Enterhaken schien nur widerwillig von der *Fáire* abzulassen. Als sie ihn endlich frei in den Händen hielt, ließ sie ihn ins Meer fallen, damit Colin ihn einholen konnte, und ging dann neben dem zweiten Haken in die Knie.

»Na, die auf der *Fáire?* War niemand auf der Brücke?«

Kates Magen zog sich zusammen. »Nein, ich habe niemanden gesehen«, sagte sie wahrheitsgetreu.

Colin sah aus, als wäre er kurz davor, sich zu übergeben, während Jack einen leisen Fluch ausstieß. Inzwischen war es Kate gelungen, den zweiten Haken loszumachen. Sie ließ ihn wortlos ins Wasser fallen.

»Sag Alaric, er soll wenden und zurück zum zweiten Boot fahren«, rief Jack.

Kate nickte, doch kaum hatte sie sich aufgerichtet, änderte der Kutter unter ihren Füßen schon die Richtung. Von der Frontscheibe war nicht mehr viel übrig – vermutlich hatte Alaric Jacks Befehl auch ohne ihr Zutun problemlos verstanden.

Das Motorboot mit Jack, Colin und Adam an Bord drehte ebenfalls ab. Es war um einiges kleiner, schneller und wendiger als die *Fàire,* und so befand es sich bereits auf direkter Linie zu dem manövrierunfähigen Boot, als Kate und Alaric gerade einmal die Hälfte ihrer Wende vollführt hatten.

Kate wollte zurück zu Alaric auf die Brücke, als ihr Blick das Boot ihres Bruders streifte und unweigerlich an ihm hängen blieb. Die Selkies hatten sich nicht zurückgezogen. Sie hatten lediglich ihre Taktik geändert.

Anstatt wie hungrige Haie über das Boot zu springen, hielten sie sich nun, dicht aneinander gedrängt, knapp unter der Wasseroberfläche verborgen und brachten das kleine leichte Boot so sehr zum Schaukeln, dass es aussah, als befände es sich in einem Orkan. Die Männer an Bord konnten nicht viel mehr tun, als sich festzuhalten und gelegentlich ziellos ins Wasser zu schießen, sobald sich ihnen die Gelegenheit dazu bot.

Kate wusste nicht mehr, was sie fühlen sollte. Da war ihre eigene Aufregung, da war die Angst um ihren Bruder und die anderen, das Entsetzen über das brutale Verhalten der *Saighdear* – doch ein Teil von ihr war auch wütend. Sie konnte nicht verstehen, warum die Selkies alles daransetzten, so viele Menschen wie möglich ins Wasser zu zerren.

Waren das wirklich die Geschöpfe, von denen ihre Mutter mit strahlenden Augen erzählt hatte? Kate wollte es nicht wahrhaben, dass die Selkies – ein Teil ihrer Kindheit – in Wahrheit blutrünstige Seeungeheuer waren, die Schiffe kaperten und Männer in die Tiefen des Ozeans hinabzogen.

Sie presste die Lippen zusammen und ging zurück zu Alaric.

Er stand am Steuer und drehte sich nicht mal nach ihr um, als sie die Führerkabine betrat.

»Sie versuchen, das Boot umzukippen«, sagte sie.

»Sieht so aus«, erwiderte Alaric. »Aber sie ziehen sich vermutlich zurück, sobald wir bei ihnen sind. In der Zeit, in der sie sich darauf konzentrieren, das Boot zum Kentern zu bringen, sind sie leicht zu treffen, und das wissen sie auch.«

Kate hoffte, dass er recht behalten würde. Ihre größte Sorge galt nach wie vor Gabriel, doch sie fand es auch nicht richtig, so lange auf die Wesen zu schießen, bis sie sich schließlich geschlagen gaben. »Habt ihr so was öfter?«, fragte sie.

»Die Selkies?«, fragte Alaric. Er warf ihr einen Blick zu, und sie nickte knapp. »Nicht direkt«, sagte er dann. »Die sind eher defensiv, greifen selten von sich aus an. Dass sie ein ganzes Schiff kapern, habe ich noch nie erlebt.«

»Aber warum dann heute?«

Alaric zuckte kaum merklich die Schulter. »Gestern haben wir zwei von denen erwischt. Das hier ist wohl die Rache«, sagte er kühl.

Jacks Boot hatte das andere mittlerweile erreicht und brachte sich in Position; und wie Alaric es prophezeit hatte, hörte das Geschaukel schlagartig auf. Kate fiel ein Stein vom Herzen. »Sie sind weg«, sagte sie.

In diesem Moment tauchte neben Gabriels Boot ein glänzender Kopf aus den Wellen auf. Einer der Männer hatte sich zuvor im Sitzen an der niedrigen Reling festgeklammert, und nun, da die Gefahr gebannt schien, erhob er sich. Er war viel zu nah am Wasser, das sah Kate selbst von hier. Die Robbe verschwand wieder im Wasser.

»Alaric«, sagte sie mit einem Anflug von Panik. »Da vorn ist …«

Ehe sie ihren Satz beenden konnte, schoss der Körper des

Selkies in die Luft, flog in einer eleganten Kurve über das Deck des Bootes und prallte ungebremst gegen den Rücken des ahnungslosen Mannes. Das Wesen landete kurz darauf wieder im Wasser – der Mann aber stürzte und fiel über die Reling.

Kate schlug entsetzt die Hand vor den Mund. Sie sah ihn im Geiste schon im Meer versinken, wie es zuvor mit Gordon passiert war, doch es gelang ihm im letzten Moment, die Bordwand zu greifen. Nun klammerte er sich daran fest, während seine Beine bereits im Wasser baumelten.

Das dunkle Wasser verbarg gütig das Geschehen unterhalb der Oberfläche, doch es sah aus, als zerrte etwas mit übermenschlicher Kraft an den Füßen des Mannes. Noch konnte er sich halten, aber es war absehbar, dass dieser Zustand nicht mehr lange währen würde.

Sie kriegen ihn, dachte Kate. Die *Saighdear* würden ihren nächsten Mann verlieren.

Doch dann war Gabriel zur Stelle.

Sein goldenes Haar schimmerte wie ein Heiligenschein, als er mit gezückter Pistole an der Seite seines Kameraden auftauchte. Trotz der Entfernung sah Kate, dass sein Auftreten bestimmt und zielgerichtet war, sein Blick fest. Er war wie ein Racheengel, und obwohl Kate ihn noch nie im Leben mit einer Waffe gesehen hatte, hatte sie nicht den geringsten Zweifel daran, dass er treffen würde.

Selbst Alaric schien für eine Sekunde den Atem anzuhalten – für den kurzen Moment, den sie auf das Dröhnen des Schusses warteten. Es kam nicht.

Denn ehe Gabriel abdrücken konnte, stieg ein zweiter Selkie aus dem Wasser empor, das Maul aufgerissen wie ein Haifisch – und Kate musste tatenlos zusehen, wie die Hand ihres Bruders mitsamt der Waffe zwischen den Fängen des Ungeheuers verschwand.

Gabriel schrie auf und ging in die Knie.

Kate hörte einen Schuss, konnte aber unmöglich sagen, wer ihn abgegeben hatte. Der Selkie im Wasser erschien kurz zuckend und spritzend an der Oberfläche und tauchte dann ab, doch der an Gabriels Hand blieb hängen wie ein Hund an einem Beißknochen.

»Gabe!«, schrie Kate verzweifelt über die Wellen hinweg, das sie von ihrem Bruder trennte. Sie konnte nichts tun. Der Mann neben ihm hievte sich mit einem blutenden Bein mühsam zurück an Bord des Bootes. Aber Gabriel hing halb über der Reling, das Gesicht verzerrt vor Schmerz, und niemand schien ihm helfen zu können. Kate sah, dass seine Kameraden die Waffen hoben, um sie auf den breiten Körper des Selkies zu richten. Sie waren zu langsam, viel zu langsam ...

Kate war kurz davor, selbst durch den leeren Fensterrahmen der Frontscheibe zu klettern. Sie musste handeln, auch wenn das bedeutet hätte, mit einem der Rettungsringe nach dem Biest zu werfen. Bevor sie sich aber bewegen konnte, flog ein schimmernder Gegenstand auf die Robbe zu. Kate glaubte im ersten Moment, nicht richtig sehen zu können: Es war ein Enterhaken.

Der Haken bewegte sich viel zu langsam, um ernsthaften Schaden anrichten zu können, aber er traf, und der Aufprall war stark genug, dass der Selkie erschrocken das Maul aufriss. Gabriel bekam endlich seine Hand frei, und der Selkie glitt zurück ins Wasser, dicht verfolgt von den ersten Pistolenkugeln, die kaum eine Sekunde später durch die Luft pfiffen.

Das Nächste, das zu hören war, war Jacks Stimme.

»Feuer einstellen!«, rief er. »Die Hunde hauen ab!«

»Wurde auch Zeit«, sagte Alaric leise.

Kate konnte fühlen, wie ein erleichtertes Lächeln an ihren Mundwinkeln zupfte. Die Selkies waren weg, sie waren wieder in Sicherheit. Das kleine Lächeln erstarb, als ihr Blick an ihrem Bruder hängenblieb.

Sie waren inzwischen so nahe, dass sie jedes Detail an ihm wahrnahm. Gabriel kniete auf dem nassen Deck des Motorboots; sein makelloses Gesicht hatte sich zu einer schmerzverzerrten Maske verzogen, und er hielt die Hand, die der Selkie zwischen den Fängen gehabt hatte, mit der anderen fest umklammert gegen seinen Körper gepresst. Helles Blut floss in einem steten Strom zwischen den Fingern seiner gesunden Hand hervor, hatte bereits einen unübersehbaren Fleck im Schoß seiner Jeans gebildet.

Sein verwundeter Kamerad lag neben ihm. Seine Jeans war an der Wade völlig zerfetzt, und auf dem hellen Boden hatte sich eine dunkle Pfütze gebildet.

»Wir sollten vielleicht nachsehen, ob wir helfen können«, sagte Alaric ruhig, als sei nicht wirklich etwas geschehen. Er hatte die *Fàire* in der Nähe der beiden Motorboote zum Halten gebracht und löste sich nun vom Steuer, um zur Tür zu gehen. Kate war fassungslos. Wie konnte er so gelassen bleiben? Aber vielleicht hatte er nicht gesehen, was geschehen war.

Sie schüttelte den Kopf und folgte Alaric eilig. In mancherlei Hinsicht war der Kerl seltsam – ein freundlicheres Wort für sein Verhalten wollte ihr beim besten Willen nicht einfallen. Aber in einem hatte er recht: Hier drinnen konnten sie nicht mehr viel tun außer zuzusehen.

»Hast du das mit Gabriel mitbekommen?«, fragte sie atemlos. Es war so verdammt viel Blut gewesen. Kate meinte einmal gehört zu haben, dass die Hände so stark durchblutet waren, dass man sterben konnte, wenn man eine verlor … Aber Gabriel hatte seine Hand nicht verloren, sie war noch da gewesen. Zumindest glaubte sie das.

»Du meinst wegen seiner Hand?«, fragte Alaric monoton, als er nach draußen trat.

Sie stockte. Hatte Alaric die Verletzung doch bemerkt? Aber warum war er dann so cool?

»Meinst du, es ist schlimm?«, fragte sie vorsichtig und ging zu ihm auf das Deck.

Alaric legte den Kopf schräg. »Das wird sich zeigen … Aber ich denke nicht, dass er daran stirbt, wenn du das meinst.«

Die Antwort war nicht wirklich beruhigend. Schweigend trat sie an die Seite des Kutters, von der aus sie die anderen beiden Boote sehen konnte. Einer von Gabriels Kameraden war gerade dabei, aus einem Stoffstreifen einen Druckverband zu improvisieren, die anderen beiden unverletzten Männer an Bord versuchten, die stark blutende Wunde am Bein ihres Kollegen zu verarzten. Das gesamte Deck des Motorbootes sah aus wie ein Schlachtfeld im Miniaturformat.

Colin wechselte mit einem kleinen Sprung das Boot und machte sich mithilfe einer langen Stange daran, die Schiffsschraube von dem Netz zu befreien, das sie seit dem Beginn des Kampfes gefangen hielt. Die Anspannung war gewichen, und Kate war über das Vertrauen, das die Männer in Jacks Urteilsvermögen hatten, ehrlich überrascht.

Zuvor hatte Colin sich geweigert, das Wasser zu überqueren, doch nun, wo Jack den Rückzug der Selkies verkündet hatte, war er kommentarlos über die Lücke zwischen den beiden Motorbooten gesprungen. Kate schauderte, als sie einen Blick auf das dunkle Wasser warf. Es war unmöglich zu sagen, ob sich tief unter ihnen nicht vielleicht doch noch eines der Wesen verbarg.

»Bei euch passt alles?«, fragte Jack, als er Kate und Alaric bemerkte.

»Die Besatzung ist weg und die Frontscheibe ruiniert«, erwiderte Alaric. »Außerdem ist die Selkie am Steuer entkommen.«

»War nicht zu vermeiden. Viel schlimmer ist die Sache mit Gordon«, sagte Jack, woraufhin Alaric ein leises Schnauben ausstieß. »Jetzt müssen wir erst mal unsere Schiffe heil in den Hafen bringen.«

»Können wir helfen?«, fragte Alaric.

»Im Moment? Nein. Wir warten nur, bis die Schraube frei ist, dann fahren wir zurück.«

Kate sah Colin dabei zu, wie er mit dem Stab an der verfangenen Schiffsschraube hantierte, als wäre er gerade dabei, eine Bombe zu entschärfen. Zum ersten Mal, seit sie ihn kennengelernt hatte, sah er aus, als wüsste er, was er da tat, und Kate hoffte inständig, dass das Netz nichts beschädigt hatte, dass das Boot noch fahrtüchtig war. Je länger sie sich hier draußen auf dem Meer aufhielten, desto länger würde es dauern, bis Gabriel einen anständigen Arzt zu Gesicht bekam.

»Meinst du nicht, wir sollten Gabe … Äh, die Verletzten schon mal zum Fort bringen?«, fragte Kate Alaric.

»Bis wir die beiden auf ein anderes Boot verfrachtet haben, ist Colin fertig«, sagte er.

Vermutlich hatte er recht. Kate schwieg und blickte zu Boden, krampfhaft darum bemüht, Gabriels kleine Schmerzenslaute und das verzweifelte Stöhnen seines blutenden Kameraden auszublenden. Sie konnte und wollte ihren Bruder nicht leiden sehen, besonders nicht in so einer Situation, wo sie nichts tun konnte, um ihm zu helfen.

»Ah, Kleiner«, meldete Jack sich wieder zu Wort. »Es gibt doch was zu tun. Funk doch mal das Fort an. Falls die Biester die Anlage noch nicht geschrottet haben.«

»In Ordnung«, sagte Alaric. Dann wandte er sich an Kate. »Du kannst hier warten, wenn du möchtest. Es dauert nicht lange.«

Kate sah blinzelnd zu ihm auf. »Okay, dann … Bleib ich so lange hier.«

Alaric nickte, wandte sich ab und war nur wenige Momente später aus ihrem Sichtfeld verschwunden. Jack war inzwischen mit Adam beschäftigt, und auch auf Gabriels Boot schien jeder seine Aufgabe zu haben; und Kate war zum ersten Mal seit der kurzen Zeit in ihrem Zimmer im Fort wieder mit sich und ihren Gedanken allein.

Ein kleiner Teil von ihr hätte erwartet, dass nun, wo die Anspannung von ihr abgefallen war, die Tränen kommen würden, schließlich hatte sie mit einem verdammten Schwert einen Kutter gestürmt, hatte gesehen, wie eine Frau zur Robbe geworden war, und dann war auch noch ihr Bruder verletzt worden. Ihr Weltbild war endgültig auf den Kopf gestellt worden, und doch blieben ihre Augen trocken, brannten nicht einmal.

Ihr Herzschlag hatte sich beruhigt, das beengende Gefühl in ihrem Bauch war verschwunden. Was blieb, war ein Wirbel aus Fragen und neuen Informationen in ihrem Kopf und eine tonnenschwere Müdigkeit auf ihren Schultern. Es kam ihr surreal vor, dass sie noch vor wenigen Tagen sorglos in ihrem eigenen Bett geschlafen hatte.

Durch die zerbrochene Frontscheibe konnte sie Alaric sprechen hören. Er sagte etwas von Selkies, von Verlusten und Verwundungen, doch das leise Klatschen der Wellen ersparte Kate den genauen Wortlaut seiner Sätze.

Ein paar Minuten später hatte Colin es endlich geschafft, die Schiffsschraube von dem Netz zu befreien. Der Steuermann startete versuchsweise den Motor des Bootes – er schnurrte wie ein Kätzchen. Kate war erleichtert. Vielleicht konnten sie nun den Weg zum Fort antreten.

»Katherine!«, rief Jack. »Scheint alles zu passen. Sag Alaric, dass wir losfahren.«

Ihr Gehirn brauchte einen Moment länger als gewöhnlich, um die Worte zu verarbeiten. Als sie verstanden hatte, was Jack von ihr wollte, nickte sie und ging zurück zu Alaric auf die Brücke.

Die Rückfahrt kam ihr wesentlich länger vor als der Hinweg.

Sie hatte keine Erfahrung mit der Bedienung großer Schiffe, und so konnte sie nicht viel mehr tun, als in der Ecke zu sitzen und gelegentlich ein paar Worte mit Alaric zu wechseln, während er den Kutter an der Spitze ihrer kleinen Flotte zurück zum Fort steuerte.

Kate fror. Ihre Sachen waren völlig durchgeweicht, und die zerstörte Frontscheibe hielt die kühle Meeresluft von draußen nicht mehr ab. Dabei hatte sie es noch vergleichsweise gut – Jack und die anderen Männer auf den Motorbooten waren nicht weniger nass geworden als sie und dem Seewind völlig schutzlos ausgeliefert.

Während der Fahrt hing Kate die meiste Zeit ihren Gedanken nach. Bilder von Robben mit funkelnden Augen und gebleckten Reißzähnen huschten durch ihren Kopf. Sie sah erst auf, als sie zwischen den Felsen hindurch in die Bucht des Forts einfuhren. Sie hörte das mechanische Rattern, als hinter ihnen das Meerjungfrauennetz hochgezogen wurde. Und egal, wie albern sie den Verteidigungsmechanismus am Anfang auch gefunden hatte – jetzt war sie heilfroh, dass es ihn gab.

12

Das Geräusch, das beim Hochfahren des Netzes entstand, machte auf Ian immer den Eindruck von Endgültigkeit. Als würde sich das dämliche Teil, einmal hochgezogen, nie wieder absenken lassen. Vergleichbar mit dem Schließen mittelalterlicher Kerkertüren.

Dabei war die Einrichtung noch gar nicht so alt. Er konnte sich noch an den Wirbel erinnern, den Nile gemacht hatte, als die *Saighdear* vor etwa fünf oder sechs Jahren auf die brillante Idee gekommen waren, anstelle der herkömmlichen, per Hand befestigten Fischernetze ein mechanisches zu verwenden.

Nile hatte zugegebenermaßen schon immer einen Hang zur Dramatik gehabt. Denn es hatte gar nicht lange gedauert, bis Ian klar geworden war, dass das mechanische Netz auch Vorteile hatte: Dadurch, dass es nun vom Inneren des Forts aus bedient wurde und nicht mehr direkt vom Rand der Bucht, war es ein Leichtes, mit den einfahrenden Schiffen ungesehen über das Netz hinwegzuschwimmen.

Den Meerjungfrauen brachte das freilich nicht viel. Schlichen sie sich rein, so waren sie anschließend in der niedrigen Bucht gefangen, wie Freiwild zum Abschuss freigegeben. Verfügte man aber über zwei Füße, so konnte man durchaus über die Felsen an einer anderen Stelle wieder nach draußen klettern.

Und genau das würde Ian tun. Sobald er seine Aufgabe erfüllt hatte.

Mit etwas mehr als einer Körperlänge Abstand folgte er dem letzten der drei Boote in die Bucht, wohl darauf bedacht, möglichst tief unter der Wasseroberfläche zu bleiben und gleichzeitig nicht zu nah an die wirbelnden Schiffsschrauben zu gelangen. Wenn er gezwungen war, zum Atmen aufzutauchen, dann tat er dies nur für Sekunden und außerhalb der Lichtkegel.

Die Dunkelheit war sein Schutz. Bei Tag wäre es aufgrund des klaren Wassers in der Bucht unmöglich gewesen, ungesehen in den Hafen der *Saighdear* zu gelangen. Und bemerkt zu werden, hieß, von mehreren Seiten gleichzeitig mit Pistolen und womöglich auch Maschinengewehren bombardiert zu werden. Dies wiederum war nach Möglichkeit zu vermeiden.

Ian war ein guter Schwimmer und Taucher, und so hatte er keine Probleme, den Booten unter Wasser zu folgen. Schwierig wurde es erst, als sie sich aufteilten. Die beiden kleinen Motorboote hielten sich links, während der Kutter den rechten, tieferen Teil der Bucht ansteuerte. Ian hatte zugesehen, wie die *Saighdear* mit den beiden Motorbooten das Fort verlassen hatten, und hatte sich gemerkt, auf welchem Boot sich Kate befunden hatte.

Allerdings hatte er in der Nähe des Forts auf die Rückkehr der Gruppe gewartet, anstatt ihr auf den Einsatz zu folgen – die Gefahr, hungrigen Ungeheuern zu begegnen oder doch entdeckt zu werden, war zu groß gewesen. Aber als er nun vorsichtig den Kopf aus dem Wasser hob, konnte er Kates dunkelblonde Haare auf keinem der Boote ausmachen.

Eine furchtbare Ahnung durchzuckte ihn wie ein heißer Blitz. Wenn ihr etwas passiert war? Oder … War es möglich, dass die *Saighdear* nur ausgezogen waren, um sie auf einer anderen Insel abzusetzen?

Nein, das konnte nicht sein. Sie wären nicht mit so vielen Männern aufgebrochen, wenn es nur darum gegangen wäre, Kate loszuwerden. Aber wenn es ein richtiger Einsatz gewesen war, warum hatten sie sie dann überhaupt mitgenommen? Ian konnte sich beim besten Willen nicht vorstellen, dass ihnen ein junges Mädchen ohne Ausbildung eine große Hilfe war.

Er versuchte, seine Konzentration wieder auf seine eigentliche Aufgabe zu lenken, atmete tief ein und tauchte unter. Im Wasser wandte er sich nach rechts, in Richtung des Kutters. Er war sich sicher, Kate auf den Motorbooten nicht gesehen zu haben – wenn sie noch dabei war, und davon ging er aus, dann würde sie sich auf dem Kutter befinden.

Es war dunkel. Über seinem Kopf sah er zwar die Lichter der Schiffe und die Scheinwerfer des Hafens über die kleinen Wellen tanzen, doch das Wasser unter und neben ihm war schwarz. Zudem hatte der kurze Sturm von vorhin das Meer merklich abkühlen lassen. Ian war alles andere als kälteempfindlich, aber er hoffte trotzdem, das Ganze möglichst schnell hinter sich bringen zu können.

Er schwamm auf einer halbwegs geraden Linie am Kutter der *Saighdear* vorbei, bis er eine Weile später den steinernen Rand der Bucht ertasten konnte. Wenn er unterwegs nicht von der Richtung abgekommen war, dann musste er sich nun in einer eher abgelegenen Ecke am Rande des Hafens befinden, also außerhalb der Reichweite von Lichtern und misstrauischen Blicken.

Ian sah nach oben. Die Wasseroberfläche war dunkel, und auch als er ein paar Sekunden abwartete, strich kein Licht darüber. Eine bessere Gelegenheit würde sich wohl kaum bieten – er musste es versuchen. Alles oder nichts.

Er tauchte auf und atmete so ruhig er konnte die verbrauchte Luft aus. Wie es aussah, hatte er recht behalten. Er befand sich in einer günstigen Position: in der Ecke zwischen dem Rand des eigentlichen Hafens und dem Weg, der hinauf zum Netz führte. Er wusste von früheren Besuchen, dass dieser Weg nicht beleuchtet war und die Lichter von den Schiffen und dem Hafen ihn nicht erreichen konnten.

Zudem hatte Ian den Kutter gut im Blick.

Das Schiff hatte inzwischen sein Ziel erreicht; zwei Männer, die während des Einsatzes vermutlich im Fort geblieben waren, traten nun auf den Steg, um beim Anlegen behilflich zu sein. Die Gesichter kamen Ian vage bekannt vor, interessierten ihn aber nicht weiter.

Sein Blick wanderte zum Deck des Kutters, wo sich gerade die Tür des Aufbaus öffnete. Heraus kam ein junger Mann. Helle Haut, kurzes schwarzes Haar und ein Gesicht wie mit dem Lineal gezogen. Alaric.

Ian hatte über Blackbirds Sohn schon haufenweise Geschichten gehört, ihn bis jetzt aber nur ein paarmal gesehen. Die Meinungen über ihn gingen auseinander. Die einen hielten ihn für den verwöhnten Sohn des Generals, der statt Videospielen eben halbautomatische Waffen zum Geburtstag bekam, die anderen für ein Opfer seines Vaters, das – vernachlässigt und misshandelt – emotional zu Stein erstarrt war.

Von seinen wenigen Erfahrungen mit Alaric konnte Ian keine der beiden Versionen bestätigen, aber er glaubte ohnehin, dass die Erzählungen über die Mitglieder der *Saighdear* nur sehr selten auf echten Tatsachen beruhten. So oder so erschien ihm der junge Blackbird keine übermäßig sympathische Person zu sein.

Ein paar Momente später trat ein Mädchen aus der Tür hinaus aufs Deck. Ians Herz machte einen Sprung. Kate war noch hier, auf einem der Schiffe, und trug die Uniformjacke der *Saighdear* – sein Plan war aufgegangen!

Zu schade, dass Nile nicht da war, um zu sehen, dass es sehr wohl möglich war, eine junge Frau bei den *Saighdear* einzuschleusen. Und das ganz ohne Gewalt.

Ian sah Kate dabei zu, wie sie ein paar Sätze mit Alaric

wechselte. Die Entfernung war zu groß, um zu verstehen, was genau sie sagten, aber ihr Umgang miteinander wirkte auf Ian seltsam vertraut, und plötzlich war er sich nicht mehr sicher, wie er fühlen sollte. Eigentlich war es gut, wenn Kate sich mit den anderen Mitgliedern verstand – so kamen sie leichter an relevante Informationen, und die Gefahr, dass man sie der Spionage verdächtigte, war wesentlich geringer. Andererseits konnten Freundschaften zwischen Kate und den *Saighdear* auch gefährlich werden. Sollte sie doch noch die Seiten wechseln, würde Nile Ian den Kopf abreißen.

Er war so sehr mit Kate und Alaric beschäftigt, dass ihm die Bewegung am Rande seines Blickfelds beinahe entging. Erst im letzten Moment sah er, dass sich Jack von der anderen Seite des Hafens näherte, entspannt schlendernd wie eh und je, eine brennende Zigarette in der Hand. Sein Blick war auf den Fischkutter geheftet – vermutlich sein Ziel –, aber wer wusste schon, wie schnell sich das ändern mochte.

Ian tauchte wieder ab. Schloss die Augen und wartete.

Er konnte nichts anderes tun, als zu hoffen, dass Jack ihn nicht bemerkt hatte. Der Mann hatte unbestritten Fähigkeiten, über die ein normaler Mensch auf keinen Fall verfügen sollte, und Ian wusste nicht, wie groß seine Gabe tatsächlich war.

Er öffnete die Augen wieder und harrte in der Dunkelheit des Wassers aus, bis er sich einigermaßen sicher fühlte. Erst dann wagte er es aufzutauchen.

Jack war zum Kutter gegangen und sprach nun mit Kate, wobei er zweimal in Richtung der beiden Motorboote deutete. Kate schien eine Zeit lang zu zögern, nickte aber schließlich und trat auf den Steg. Sie lächelte die beiden *Saighdear* an und sagte noch etwas. Dann ging sie weg, kam mit jedem Schritt, den sie machte, näher auf ihn zu.

Ian fand keine Erklärung dafür, dass Jack sie alleine wohinauch-immer schickte, doch es kam ihm gerade recht. Er musste mit Kate reden. Und das war genau die Chance, auf die er gewartet hatte. Wer hätte gedacht, dass es so einfach werden würde?

Kate ging schnell, als habe sie es eilig, und hielt den Blick dabei auf den Boden knapp vor ihren Füßen gerichtet. Einzelne Haarsträhnen hatten sich aus dem Knoten in ihrem Nacken gelöst und flatterten nun ziellos in der schwachen Meerbrise. Ian war kein überdurchschnittlicher Menschenkenner, aber sie wirkte … entrückt. Vielleicht sogar traurig?

»Kitty«, zischte er, als sie nah genug bei ihm war. Als sie nicht reagierte, versuchte er es ein klein wenig lauter. »Kate!«

Sie blinzelte und blieb schlagartig stehen, dem raschen Umherhuschen ihrer Blicke nach zu urteilen nicht sicher, woher seine Stimme gekommen war.

»Hier drüben«, flüsterte er. Nun sah sie zumindest in die richtige Richtung, und schließlich entdeckte sie ihn. Ihre Lippen schienen kurz seinen Namen zu formen, ehe sie sich nach Jack, Alaric und den anderen beiden Männern umdrehte, wohl um sich zu vergewissern, dass sie nicht beobachtet wurde. Nicht gerade unauffällig, aber sie hatten das Glück, dass die *Saighdear* am Kutter mit einer völlig zerstörten Frontscheibe beschäftigt waren und daher keine Sekunde ihrer Aufmerksamkeit auf Kate verschwendeten.

Ian fragte sich belustigt, wer von den Idioten blöd genug gewesen war, die eigene Scheibe zu schrotten. Zutrauen würde er es jedem. Zu hoffen blieb nur, dass es nicht Kates Schuld gewesen war.

Sie war nun von ihrem ursprünglichen Weg abgewichen und trat aus dem Licht in die Schatten, die in den Winkeln des Hafens lagen. Ian spürte ihren Blick auf sich ruhen, als sie näher kam.

Er selbst war damit beschäftigt, die Umgebung im Auge zu behalten – wenn ihn jemand sah, würde es gefährlich werden. Das

Netz war längst wieder hochgezogen, und wenn er versuchte, über Land zu fliehen, würde er eine ausgezeichnete wandelnde Zielscheibe abgeben. Auch Kate durfte er dabei nicht vergessen. Soweit er wusste, gingen die *Saighdear* alles andere als zärtlich mit Verrätern und Aussteigern um.

Sein Gedankengang wurde jäh unterbrochen, als ein Paar Füße direkt vor seiner Nase zum Stehen kam. Er stieß sich wie aus Reflex von der Kante ab, an der er sich festgehalten hatte, und sah vorwurfsvoll auf.

»Was machst du hier?«, flüsterte Kate. Sie klang beinahe anklagend. Als habe er ihren Hamster geschlachtet.

»Dir auch einen schönen Abend«, erwiderte er.

»Ich meine das ernst«, sagte sie nachdrücklich. »Was machst du hier?« Ian war gerade dabei, sich seine Antwort zurechtzulegen, als sie noch eine weitere Frage hinterherschickte, diesmal keine unberechtigte. »Und wie bist du überhaupt hier reingekommen?«

»Geschwommen.«

Sie öffnete den Mund, wie um etwas zu sagen, schloss ihn aber wieder und warf einen hastigen Blick in Richtung des demolierten Kutters. Ian tat es ihr gleich.

Im Moment war niemand zu sehen. Das konnte sich aber jede Sekunde ändern, und Kate wusste wohl genau so gut wie er, dass sie nicht alle Zeit der Welt hatten. Nicht an einem solchen Ort.

»Kitty, hör mal«, sagte Ian und schwamm zurück zur Hafenkante, auch wenn das für ihn bedeutete, sich auf Augenhöhe mit Kates Füßen zu befinden. »Wir müssen reden.«

»Ich weiß«, sagte sie, und langsam wurde ihr Tonfall ein klein wenig nachgiebiger. Offenbar war ihr sogar der Höhenunterschied zu ihrem Gesprächspartner aufgefallen, denn sie ließ sich in die Hocke sinken. »Aber *nicht jetzt.* Ich muss zu meinem Bruder, ich kann jetzt nicht, ich …«

Ian nickte. »Ich weiß. Später.«

Kates Augen verengten sich zu Schlitzen. »Was willst du dann hier?«

»Ich musste dich doch kontaktieren«, sagte er. »Und ich weiß nicht, ob es dir aufgefallen ist, aber deine neuen Freunde wären nicht gerade begeistert, wenn ich einfach in deren Fort reinmarschiere. Das hatten wir doch schon heute Morgen in Kirkwall. Ich habe dir *gesagt*, ich würde einen Weg finden, Kontakt aufzunehmen. Also. Hier bin ich.«

Sie schwieg. Ian fiel auf, wie hart die Züge um ihre Lippen und Augenbrauen auf einmal wirkten. Vielleicht war es dem spärlichen Licht zuzuschreiben und nichts als eine Täuschung, aber er kam nicht umhin, sich zu fragen, was während des Einsatzes geschehen sein mochte.

Er würde es schon noch herausfinden. Später.

»Also. Ich hab mich ein bisschen umgesehen. Wenn du an der westlichen Außenmauer des Forts entlanggehst, dann …«, begann er, wurde aber von ihr unterbrochen.

»Ich hab keine Ahnung, wo Westen ist. Es war den ganzen Tag bewölkt.«

»Wenn du rauskommst rechts.«

»Okay.«

»Du gehst also an der Mauer lang«, wiederholte Ian. Diesmal nickte Kate, ohne einen weiteren Einspruch zu erheben. »Dann kommst du zu den Felsen. Geh da lang und halt dich in der Nähe der Mauer. Wenn du das machst, erreichst du die Rückseite des Forts. Dort kann uns keiner sehen, ohne sich aus dem Fenster zu lehnen. Und das tun sie normalerweise nicht.«

Während er geredet hatte, hatte sich eine kleine Falte zwischen Kates Brauen gebildet, die mit jedem seiner Worte ein wenig deutlicher geworden war. »Und wenn mich doch jemand entdeckt? Dann ist es aus.«

»Wir müssen es versuchen«, sagte Ian. »Das ist das Ungefährlichste, das wir tun können.«

»Sie werden es bemerken«, wandte sie ein.

Das Einzige, das Ian in diesem Moment bemerken konnte, war eine Bewegung am Kutter. Alaric, Jack und die zwei anderen Kerle traten auf den Steg. Sie waren nach wie vor ins Gespräch vertieft, aber es war absehbar, dass sie bald herkommen würden.

»Komm heute Nacht da hin, wenn du kannst«, sagte Ian hastig. Die vier *Saighdear* setzten sich in Bewegung, kamen den Steg herauf. »Egal wann. Ich warte.« Ehe Kate die Möglichkeit hatte, etwas zu erwidern, stieß er sich wieder von der Hafenkante ab und ließ sich tiefer in die Schatten der Bucht treiben. Kate sah aus, als wollte sie trotzdem etwas sagen. Hektisch hob Ian eine Hand aus dem Wasser und presste einen Finger an die Lippen, mit dem Kinn hinter sie deutend. Sie schien zu verstehen, drehte den Kopf rasch in Richtung des Kutters und stand dann auf, ohne Ian noch einmal anzusehen.

Es war besser so. Vielleicht war Kate gar nicht so blöd, wie er anfangs angenommen hatte.

Ian wusste, dass er untertauchen sollte, Abstand gewinnen, bis die *Saighdear* den Hafen verließen und es sicher war, die Bucht zu verlassen. Aber er konnte seinen Blick nicht von Kate abwenden, als sie die schützenden Schatten verließ und direkt auf Alaric und die anderen zuging.

»Falsch abgebogen, was?«, hörte Ian Jack sagen. »Irgendwann stell ich hier Schilder auf, Mädel.«

»Ich dachte nur, ich hätte was gesehen«, sagte Kate, kam mit den vier Männern am Ende des Stegs zum Halten. »Im Wasser. Ich hab nachgeschaut.«

Gut, vielleicht hatte Ian sich getäuscht. Vielleicht war sie genau so naiv, wie er anfangs gedacht hatte. Er ließ sich vorsichtig noch weiter wegtreiben, zurück in tiefere Wasser, wo er jederzeit untertauchen konnte.

Alaric war sofort an Kates Seite. »Was war das?«, fragte er, indem er eine Hand beinahe zärtlich an ihren Ellbogen legte. »Was du gesehen hast, meine ich.«

Ian verzog das Gesicht. Was sollte das? Versuchte der Kerl bereits nach ein paar Stunden, sich an Kate ranzuschmeißen? Eine Romanze zwischen den beiden war das Letzte, was Ian jetzt gebrauchen konnte.

»Eine Bewegung«, sagte Kate mit einem kleinen Schulterzucken. »Nichts weiter.«

»Ich sehe nach«, verkündete Alaric, wurde aber von Jack an der Schulter zurückgehalten.

Ians Herz schlug ihm bis zum Hals. Er hätte gleich verschwinden sollen – jetzt war es zu spät. Die beiden Männer neben Alaric und Jack sahen bereits in seine Richtung, es war nur noch die Dunkelheit, die ihn davor schützte, entdeckt zu werden. Wenn er jetzt untertauchte, würde das Plätschern des Wassers ihn verraten.

»Was soll denn da sein, Kleiner?«, fragte Jack. »Und selbst, wenn da was wäre – im Dunkeln treffen wir's eh nicht.«

»Also willst du es einfach hier im Hafen lassen?«

»*Da ist nichts*«, sagte Jack mit Nachdruck. »Höchstens ein Fisch. Ich würd's dir schon sagen, wenn was wär.«

Das schien selbst Alaric zu überzeugen. Nach kurzem Zögern trat er zurück in die Gruppe. Wenig später setzten sich alle fünf in Bewegung, diesmal in Richtung der Treppe, die hoch zum Fort und damit weg von Ian führte. Ihre Gespräche drangen immer schwächer bis zu ihm und verstummten schließlich ganz.

Ian verstand nicht, was da gerade vor sich gegangen war. Hatten Jack und die anderen ihn wirklich nicht bemerkt? Er war sich beinahe sicher gewesen, jede Sekunde entdeckt zu werden, und nun das. Sie hatten die Ecke ja nicht einmal näher überprüft.

Ian wusste, dass Jack in der Hierarchie der Organisation weit oben stand, die anderen vertrauten seinem Urteil. Und er hatte schon oft genug miterlebt, dass Jack von ihrer Anwesenheit gewusst hatte, *bevor* sie sich hätten verraten können. Nile glaubte, dass Jack über eine Gabe verfügte, die es ihm ermöglichte, ihre Präsenz zu spüren.

Doch sowohl gestern auf dem Boot als auch jetzt hatte Ian davon rein gar nichts mitbekommen. Jack hatte ihn erst bemerkt, als er und Kate deutlich sichtbar über das Deck gerannt waren, und jetzt hatte er ihn überhaupt nicht gespürt.

Konnte es sein, dass seine Fähigkeit nachließ? Oder vielleicht nie vorhanden gewesen war? Vielleicht hatte seine Gabe ja tatsächlich nur aus glücklichen Zufällen und technischen Hilfsmitteln bestanden.

Was es auch war, er würde mit Nile darüber sprechen müssen, wenn er das nächste Mal beim Leuchtturm war. Denn wenn Jack doch nicht so talentiert war, wie sie immer gedacht hatten, dann konnten sie einen ganzen Haufen ihrer Sicherheitsvorkehrungen abschaffen. Vieles würde einfacher werden.

Ian vergewisserte sich, dass niemand mehr in der Nähe war, dann tauchte er ab und schwamm zurück zu den Felsen. Nun galt es erst einmal, einen Weg nach draußen zu finden.

Stunden später saß Ian auf den Felsen an der Rückseite des Forts und fror sich den Hintern ab.

Es war Juli, es sollte Hochsommer sein. In den letzten Jahren war Ian zu dem Schluss gekommen, dass es im Norden Schottlands schlichtweg keine Jahreszeit gab, die man als »Sommer« bezeichnen konnte. Es gab Frühling und Herbst, und die Übergangszeit war, wenn man Glück hatte, ein bisschen wärmer und schöner als der Rest. Aber kein Sommer, bei Weitem nicht.

In den hintersten Ecken seines Bewusstseins konnte er Bilder von Palmen an einem weißen Strand finden, von türkisfarbenem Wasser und drückend warmer Luft. Als Kind war er mit seinen Eltern in der Karibik gewesen, doch diese Zeit schien mehr als hundert Jahre vom Hier und Jetzt entfernt zu sein.

Er klaubte ein Steinchen vom Boden auf und warf es schwungvoll in die Wellen am Fuße der Felsen. So langsam zweifelte er daran, dass Kate überhaupt noch auftauchen würde. Was war er auch so blöd gewesen, zu sagen, sie solle einfach kommen, wann es ihr passte. Vermutlich schlief sie tief und fest und hatte ihn längst vergessen.

Ian blickte nach oben. Wie spät war es überhaupt? Die Wolken verdeckten den Himmel noch immer vollständig. Er hatte sein Zeitgefühl innerhalb der letzten Stunden verloren, hatte keine Ahnung, wie lange es dauerte, bis es wieder Morgen werden würde, und es machte ihn wahnsinnig.

Er glaubte, endgültig den Verstand verloren zu haben, als er nach links blickte und eine Gestalt vorsichtig über die großen Felsen stolpern sah. Es war tatsächlich Kate.

Ian beobachtete sie, als sie sich Schritt für Schritt weiter an ihn herantastete, eine Hand gegen die Außenmauer des Forts gestützt, um nicht das Gleichgewicht zu verlieren. Ihre Bewegungen waren fahriger und unkoordinierter als sonst, und plötzlich hatte Ian ein schlechtes Gewissen, weil er sie noch herbestellt hatte. Sicher hatte sie in letzter Zeit nicht viel geschlafen.

Die Felsen reichten an dieser Stelle weit ins Wasser hinein, und so war wenigstens nicht zu befürchten, dass Kate ausrutschen und ins Meer fallen könnte. Trotzdem war Ian froh, als sie wohlbehalten bei ihm ankam.

»Ich bin ehrlich gesagt erstaunt, dass du hier bist«, sagte sie.

Er sah zu ihr auf. Unter ihren Augen lagen dunkle Schatten, ihr Haar war nun offen und fiel ihr in ungekämmten Wellen bis zur Brust. Sie gehörte ins Bett, nicht hierher. Aber es musste nun mal sein.

»Geht mir nicht anders«, erwiderte er.

»Es ist nicht so einfach, wie du denkst, unbemerkt da rauszukommen«, gab sie nicht gerade sanft zurück. »Bis vor Kurzem war pausenlos jemand auf dem Gang, und Quentin scheint überhaupt nicht zu schlafen.«

»Ich hab dir keinen Vorwurf gemacht«, sagte Ian und hob die Brauen an. »Wie spät ist es überhaupt?«

Kate sah ihn an, als wäre sie sich nicht ganz sicher, ob die Frage ernst gemeint gewesen war. Erst einen Augenblick später sagte sie: »Als ich mein Zimmer verlassen habe, war es halb zwölf.«

»Oh.« Und er hatte gedacht, es würde bald Morgen werden. Vielleicht sollte er sich wirklich mal eine Uhr besorgen. Die Frage war nur, wo und wie.

»Also, worüber möchtest du reden?«, fragte Kate nach einem kurzen Moment der Stille und ließ sich vorsichtig auf einen der rauen Felsen sinken. »Ich weiß nicht, wie lange ich wegbleiben kann, bis jemand etwas merkt …«

»Die werden ja wohl nicht nachts in dein Schlafzimmer platzen, oder?«, erwiderte Ian.

Kate biss sich auf die Unterlippe. »Wahrscheinlich nicht.«

»Eben.« Er schwieg einen Moment und sagte dann: »Okay, Kitty. Erzähl mal. Wie lief es?«

»Na ja«, sagte sie mit einem kleinen Schulterzucken. »Ich weiß nicht. Anfangs gut, aber jetzt …« Ihr Blick glitt in Richtung Wasser. »Es war furchtbar. Gabriel hat zwei Finger verloren.«

Ian setzte sich auf, plötzlich hellhörig. Wie um alles in der Welt hatte ihr Bruder es geschafft, zwei Finger zu verlieren? Er war kurz davor, genau das zu fragen, hielt sich aber in letzter Sekunde zurück. Dieser Gabriel, den er noch nie gesehen hatte, war immerhin der Kerl, wegen dem Kate hier war. Vermutlich ging ihr der Verlust seiner Körperteile sehr nahe, und Ian wollte nicht taktlos sein.

»Was … Was ist denn passiert?«, fragte er so vorsichtig er konnte nach. Eine elegantere Formulierung fiel ihm auf die Schnelle nicht ein.

»Sie wurden angegriffen«, sagte Kate, ohne ihn anzusehen.

»Die *Saighdear*? Von wem?«

»Du wirst es mir sowieso nicht glauben.« Endlich löste Kate ihren Blick von dem dunklen Wasser am Fuße der Felsen und sah ihn an. »Es waren Selkies.«

Ian spürte, dass ihm seine Gesichtszüge entgleisten, doch er konnte es nicht verhindern. *Selkies*. Das war unmöglich, konnte nicht sein. Sie musste sich geirrt haben. Nile hätte doch …

»Ich schwöre es«, sagte Kate, die seinen entgeisterten Blick wohl völlig falsch interpretiert hatte. »Ich habe sie *gesehen*. Da war eine Frau, die sich direkt vor meinen Augen in eine Robbe verwandelt hat.«

»Oh.«

»Es waren so viele«, fuhr Kate fort. »Sie sind über die Boote gesprungen und haben versucht, die Leute ins Wasser zu zerren. Ein Typ auf meinem Boot ist ins Wasser gefallen und … einfach nicht mehr aufgetaucht.« Sie schüttelte langsam den Kopf. »Die waren grausam. Mein Bruder wollte einem Kameraden helfen, und da hat ihn eins von den Biestern gepackt. Ich kann froh sein, dass er noch lebt.«

Ian starrte sie an, ohne das Gesagte wirklich glauben zu können. Seine Gedanken rasten wirr und ziellos durch seinen Kopf, er wusste nicht, was er tun sollte, was er sagen sollte. Zunächst einmal musste er ruhig bleiben. Er durfte sich nicht anmerken lassen, wie sehr ihn Kates Neuigkeiten aus der Fassung brachten. »Vielleicht, ja«, murmelte er unschlüssig. »Aber ihr … Äh, ihr habt sie geschlagen?«

Kate zuckte mit den Schultern. »Sie sind schließlich geflohen. Aber ich glaube, es wurde keiner von denen getroffen.«

»Warum warst du überhaupt dabei?«, fragte Ian. »Bei dem Einsatz?«

»Ich wollte helfen«, sagte sie und legte den Kopf schief. »Aber ich konnte nicht einmal verhindern, dass Gabe verletzt wird ... Hab versagt.«

»Bestimmt nicht.«

»Die Standardsätze kannst du dir sparen.«

»Ich weiß, ich ... Tut mir leid«, sagte er. Wieder keine besonders starke Aussage. Er musste endlich die Kurve kriegen, zurück zum eigentlichen Thema kommen, so schnell wie möglich. »Auch das mit deinem Bruder. Aber was du verstehen musst, ist ... Die Selkies, du hast davor noch keine gesehen, oder? Hast nie von Angriffen auf Menschen gehört?«

Kate schüttelte zögernd den Kopf.

»Siehst du. Man hört so gut wie nie von Begegnungen mit diesen Wesen, weil sie im Normalfall nicht vorkommen. Die attackieren Menschen nicht einfach so. Die *Saighdear* sind besessen von ihrer Jagd auf Fabelwesen, so ist dieser Konflikt erst entstanden«, erklärte er. Endlich war seine Stimme wieder etwas sicherer geworden. »Vergiss nicht, wer der Feind ist, Kate.«

Kate strich sich mit einer Hand über ihre wirren Haare. »Ich weiß ja. Aber es ist schwer, das alles zu glauben, weißt du? Vor ein paar Tagen hätte ich nicht mal gedacht, dass es Selkies gibt, und jetzt ...«

Für einen kurzen Moment wirkte sie überhaupt nicht mehr wie die entschlossene junge Frau, die Ian im Beiboot der *Sealgair* aufgegabelt hatte – sie sah aus wie das Mädchen, das sie eigentlich noch war, verwirrt und verletzlich. Ian widerstand dem eigenartigen Drang, ihr die Hand auf die Schulter zu legen.

Es hätte die Situation nur noch unangenehmer gemacht, als sie es ohnehin schon war. Kate schwieg, und Ian war erneut gezwungen, um Worte zu ringen. Er konnte sich nicht erinnern, jemals so tief in der Scheiße gesteckt zu haben.

»Kate ...«, begann er. »Ich kann verstehen, dass alles ... *schwierig* ist, aber ... Das, was heute passiert ist, das ist der Grund, warum wir kämpfen. Wenn es die *Saighdear* nicht gäbe, dann wäre der Mann, von dem du gesprochen hast, nicht gestorben. Gabriel wäre nicht verletzt worden. Matt wäre nicht angeschossen worden. James wäre noch am Leben. Die Liste kannst du endlos weiterführen.«

Er beobachtete sie für ein paar Sekunden, wartete auf eine Reaktion, doch es kam keine. Hatte er etwas Falsches gesagt? Und warum waren Lauren und Fynn eigentlich nicht da, wenn man sie brauchte?

»Es sind nicht nur Meerjungfrauen oder ... oder Selkies für diesen Krieg verantwortlich«, fuhr er fort. »In erster Linie sind es die *Saighdear* selbst. Und wir wollen dem ein Ende setzen, damit solche Zusammenstöße in Zukunft nicht mehr vorkommen. Deswegen gibt es uns, und deswegen bist du hier, oder?«

»Ich bin wegen Gabriel hier«, erwiderte Kate.

»Ich weiß«, sagte Ian. »Aber auch Gabriel könnte ein völlig normales Leben führen, wenn es die *Saighdear* nicht mehr gäbe.«

Diese Worte schienen endlich etwas zu bewirken. Kate nickte, hob langsam den Blick an und sah ihm wieder in die Augen, anstatt die Kiesel zwischen den Felsen zu studieren.

»Hast du gewusst, dass es sie gibt? Die Selkies, meine ich?«, fragte sie. »Am Leuchtturm hatte ich den Eindruck, ihr würdet das für Märchen halten.«

»Ich ... habe davon gehört«, sagte Ian ausweichend. »Also, mag sein, dass es sie gibt, sie kommen aber sehr selten vor und lauern definitiv nicht hinter jeder Ecke, wie die *Saighdear* es immer behaupten, wenn sie vor lauter Paranoia gewöhnliche Robben abschießen.«

»Das tun sie?«

»Gelegentlich.«

»Aber wenn die Selkies und die Meerjungfrauen in Wahrheit so friedlich sind, warum gehen sie den *Saighdear* nicht einfach aus dem Weg?«, fragte Kate. Die kleine Falte zwischen ihren Augenbrauen war wieder zurückgekehrt.

Langsam befürchtete Ian, dieser misstrauische Gesichtsausdruck könnte zum Dauerzustand werden.

»Weil die Robben dann trotzdem abgeschossen werden würden«, erklärte er so nüchtern er konnte. »Das ist für alle Beteiligten keine leichte Situation. Ich kann dich nicht zwingen, uns zu helfen, aber du musst dir bewusst machen, wer den ganzen Mist losgetreten hat. Das waren nicht die Meerjungfrauen, nicht die Selkies, nicht wir – es waren die *Saighdear*.«

Kate biss nachdenklich auf ihrer Unterlippe herum. »Okay«, sagte sie nach einer Zeit, die Ian vorkam wie eine kleine Ewigkeit. »Tut mir leid. Es ist nicht, dass ich dir und Nile und den anderen nicht glaube, ich … war einfach verwirrt. Aber ich denke, das ist wohl normal.«

»Vermutlich«, sagte Ian mit einem kleinen Nicken und wurde unfreiwillig an den kleinen Jungen erinnert, der vor zehn Jahren alleine in eine Welt geworfen worden war, die er nicht verstanden hatte. Er wischte die Bilder beiseite.

»Also, was muss ich machen?«, fragte Kate. Als Ian sie verwirrt anblinzelte, führte sie ihre Frage weiter aus. »Darum bist du doch hergekommen, oder? Ihr braucht meine Hilfe. Was kann ich tun?«

Ach, darum ging es. Da hatte er die ganze Zeit überlegt, wie er das mehr als heikle Gespräch möglichst schnell zurück auf das eigentliche, ungefährlichere Thema lenken konnte, und nun hatte Kate ihm dieses Problem einfach abgenommen.

Er würde sich nicht beschweren.

»Für den Anfang brauchst du nicht viel zu *machen*«, sagte er. »Leb dich ein bisschen ein, sorg dafür, dass sie dir vertrauen. Das ist erst mal das Wichtigste. Dann …«

»Ich glaube, ich komme mit Jack und Alaric schon ganz gut aus«, unterbrach sie ihn fast stolz.

Und ich glaube, Alaric will dir an die Wäsche, dachte Ian, sagte aber nichts. Vielleicht war es nur verständlich, dass Alaric, der einen Großteil seines Lebens auf einer Insel verbracht hatte, deren Population zu neunzig Prozent aus Männern und verheirateten Hausfrauen bestand, Kates Nähe suchte. Aber trotzdem. Ian war selbst ein Mann, und die wenigen Sekunden, die er Kate und Alaric zusammen gesehen hatte, hatten gereicht, um zu verstehen, was Sache war.

»Glückwunsch«, sagte er, da Kate auf eine Reaktion zu warten schien. Sie hatte es geschafft, in etwas mehr als zwölf Stunden einen weltfremden jungen Mann und einen potenziellen Alkoholiker von sich zu überzeugen. Es klang nicht unbedingt nach einer überwältigenden Leistung, aber in Anbetracht der Tatsache, dass die beiden einflussreiche Positionen innerhalb der Organisation innehatten, mochte das ein bedeutender Schritt zum Erfolg sein. Vielleicht konnte Kate also wirklich ein wenig stolz auf sich sein.

»Sie sind eigentlich ganz in Ordnung … Bis jetzt«, sagte sie.

»Du kennst sie doch kaum.«

»Theoretisch kenne ich sie länger als dich«, erwiderte Kate mit angehobenen Brauen, und Ian musste sich eingestehen, dass sie damit nicht ganz unrecht hatte.

»Die Zeit, die du heimlich in ihrem Beiboot gesteckt hast, zählt nicht«, sagte er. »Also sind wir etwa im Gleichstand.«

»Knapp ist es trotzdem.« Sie warf einen Blick in die Richtung, aus der sie gekommen war, als erwarte sie, jederzeit einen der *Saighdear* um die Ecke stampfen zu sehen. »Aber zurück zum Thema ... Ich muss also erst mal nichts für euch machen, außer mich nett mit den anderen zu unterhalten? Sehe ich das richtig?«

»Nicht ganz«, sagte Ian. »Was wir am dringendsten brauchen, sind Informationen, besonders zu ihren Einsätzen. Wann und wohin sie ausfahren, wie viele Leute und Schiffe dabei sind und so weiter. Außerdem zur Organisation an sich, vielleicht auch zu ihrem Wissensstand, was mythische Kreaturen angeht, und zu den einzelnen Mitgliedern. Wenn du also etwas davon mitbekommst, dann müsstest du das an mich weitergeben. Glaubst du, du schaffst das?«

Kate nickte. »Dürfte kein Problem sein.«

»Sehr gut.« Blieb nur zu hoffen, dass sie sich selbst nicht überschätzte.

»Also, ich weiß zum Beispiel, dass Jack und Quentin sich nicht leiden können«, sagte Kate. »Oder dass General Blackbird Alarics Vater ist. Oh, und Alaric ist übrigens genauso alt wie du.«

»Ist schon mal ein Anfang, denke ich«, sagte Ian und konnte plötzlich nicht verhindern, dass sich ein Lächeln auf sein Gesicht stahl.

»Aber das wusstet ihr wahrscheinlich alles schon, oder?«

»Dass Blackbird und Alaric verwandt sind, sieht wahrscheinlich ein Blinder«, sagte er. »Aber ich hatte Alaric immer älter geschätzt.« Er machte eine kleine Pause. »Ich denke, solche Dinge können auch nicht schaden. Geben uns vielleicht ein besseres Gesamtbild von denen. Es heißt doch immer ›Kenne deinen Feind‹, also warum nicht.«

Den Spruch kannte Ian von Nile. Der hatte einige solcher Lebensweisheiten parat, was Ian als Kind immer wahnsinnig beeindruckt hatte. Aus heutiger Sicht war es wohl nicht weiter verwunderlich, dass man die ein oder andere Redewendung aufschnappte, wenn man so wie Nile über zwanzig Jahre lang ein relativ normales Leben geführt hatte.

Kate nickte. »Alles klar.« Sie legte die Hände auf ihre Oberschenkel und streckte den Rücken durch. »War es das dann? Oder möchtest du noch etwas klären?«

»Nein, eigentlich …« Er verstummte augenblicklich, als hinter Kate ein langer und schmaler Lichtschein auf Felsen und Wasser fiel. Sein Herz setzte für einen Schlag aus – er dachte sofort an eine Taschenlampe und war sich sicher, dass man sie entdeckt hatte. Doch als er hörte, wie weiter oben ein Fenster entriegelt wurde, fiel ihm auf, dass das Licht höchstwahrscheinlich von drinnen stammte. Vielleicht ein Schlafzimmer oder jemand war auf der Toilette.

Trotzdem machte das die Situation nicht unbedingt sicherer.

Kate starrte zu dem beleuchteten Fenster hinauf, als habe sie einen Geist gesehen. »Ich muss gehen«, flüsterte sie so leise, dass sie über das sanfte Rauschen der Wellen nur schwer zu verstehen war.

»Ich weiß«, antwortete Ian. »Halt dich dicht an der Wand, dann sieht dich keiner.«

Sie nickte, stand vorsichtig auf und stakste zurück zur Mauer. Als sie sie erreicht hatte, drehte sie sich nach Ian um. »Was ist mit morgen?«

»Selbe Zeit, selber Ort?«, schlug er vor.

Sie überlegte einen Moment, rechnete vielleicht aus, wie viel Schlaf ihr dadurch verloren gehen würde, nickte dann aber. »In Ordnung. Dann also … bis morgen.«

»Bis morgen«, erwiderte er. »Und schlaf gut, Kitty.«

»Äh, danke«, sagte sie, offenbar überrascht. »Du … auch? Also, wenn du schläfst. Keine Ahnung. Gute Nacht jedenfalls.«

Sie schenkte ihm ein kaum erkennbares Lächeln und wandte sich ab, um den Rückweg anzutreten.

Ian hingegen rührte sich nicht.

Er blieb sitzen und sah ihr nach, bis sie, ohne dabei von den Felsen zu stürzen, um die Ecke des Forts verschwunden war. Er hörte, wie oben im Fort tatsächlich eine Toilettenspülung betätigt wurde. Das Fenster wurde geräuschvoll geschlossen, das Licht ausgeschaltet.

Dann war es still.

Was Kate anging, war bis jetzt alles gut gegangen. Nile war eine ganz andere Geschichte, und Ian konnte nicht behaupten, dass er sich freute, zum Leuchtturm zurückzukehren. Aber ihm blieb keine andere Wahl. Er musste diese Sache mit dem Angriff, von dem Kate ihm erzählt hatte, klären und zwar so schnell wie möglich. Es musste da ein Missverständnis gegeben haben.

Ian stand auf und nahm das feuchte Fell, das ihm als Sitzunterlage gedient hatte, vom Boden. Es fühlte sich warm an, als würde in ihm ein eigenes Leben pulsieren. Das Gefühl war beruhigend. Ganz anders als die Aussicht darauf, zurück zu seinem Boot zu kommen und dann zum Leuchtturm zu fahren. Aber je früher er dort war, desto besser. Er sehnte sich bereits nach Lauren und Fynn, zudem wusste er, dass das Gedankenkarussell in seinem Kopf nicht aufhören würde, sich zu drehen, bis er Gewissheit über diesen rätselhaften Angriff der Selkies hatte.

Ein Missverständnis. Er wiederholte es wie ein Mantra, als wären die beiden Worte eine Rettungsleine, an die er sich klammerte, um der Wahrheit zu entfliehen. Er konnte und wollte nicht glauben, dass Nile mit Vorsatz gehandelt hatte. *Kate muss sich geirrt haben,* dachte er, als er die groben Felsen wie Stufen herabstieg und schließlich in den schwarzen Wellen am Fuße des Forts verschwand.

13

Die Wellen um sie herum tobten wie Ungeheuer.

Die ganze Welt schien nur noch aus Schwärze, Wasser, Wind und Blitzen zu bestehen.

Sie hatte kein Boot. Alles, was sie vom tosenden Meer trennte, war das winzige Floß, auf dem sie kauerte. Sie wusste, dass die Selkies da waren, obwohl sie sie nicht sehen konnte.

Es war nicht viel mehr als ein unbestimmtes Gefühl, doch sie zweifelte keine Sekunde daran. Die Biester waren hier, und wenn sie einen Moment lang unachtsam war, würden sie an die Oberfläche kommen.

Ein Blitz erhellte die Szene, und sie sah, dass nur wenige Meter von ihr entfernt ein weiteres Floß auf den Wellen schaukelte. Das dunkle, nasse Fell eines kleinen Tieres schimmerte im zuckenden Licht.

Es war Crab. Gabriels Hund. Was um alles in der Welt machte er hier, mitten auf dem Meer?

Ein Teil von ihr ahnte bereits, was passieren würde. Sie streckte die Hand nach dem bebenden kleinen Hund aus, konnte die Entfernung, die sie voneinander trennte, aber nicht einmal ansatzweise überbrücken.

Sie wollte Crab helfen, konnte es aber nicht.

Der Selkie schoss wie ein Schlangendrache aus der Gischt, das Maul geöffnet, bereit, Crab mit sich in die Tiefen zu ziehen. Seine Zähne glänzten wie geschliffene Dolche.

Sie wartete darauf, den geliebten Hund zwischen den Fängen des Selkies verschwinden zu sehen, da hörte sie in kurzem Abstand drei Schüsse knallen.

Sie sah nicht, ob sie den Selkie trafen, denn plötzlich verschwand das kleine Floß unter ihr, sie fiel ins Wasser.

Doch es war nicht kalt, es war …

… warm?

Warm und erstaunlich trocken.

Kate öffnete die Augen und blinzelte in das helle Sonnenlicht ihres Zimmers. Einen Moment lang befand sie sich im Dämmerzustand zwischen Schlaf und Erwachen, zwischen Einbildung und Realität, doch sie saß augenblicklich aufrecht in ihrem Bett, als sich das Geräusch der Schüsse wiederholte.

Der Lärm kam von der Tür. Einen Moment lang starrte Kate sie fassungslos an, und erst da begriff sie, dass sie sich geirrt hatte. Das Knallen stammte gar nicht von Pistolen – jemand klopfte. Zugegebenermaßen fester, als es die soziale Norm vorschrieb, aber es war nur ein Klopfen. Es war harmlos.

Hastig trat Kate die Bettdecke von sich, stand auf und stolperte zur Tür. Als sie sie öffnete, stand Jack vor ihr – in voller Uniform und die Faust erhoben, als habe er zum erneuten Versuch, ihre Tür einzuschlagen, angesetzt.

»Du bist wach«, stellte er fest. »Dachte schon, ich hätt mich im Zimmer geirrt.«

»Äh, nein«, sagte Kate, während sie ihren Kopf hektisch nach den Erinnerungen an den letzten Tag durchforstete. Da waren Alaric, die Selkies, Gabriel … Ian. Hatte man ihr gesagt, wann sie aufzustehen hatte? »Ich habe vergessen, mir den Wecker zu stell…«

»Hast ja auch noch keinen, oder?«, erwiderte Jack mit angehobenen Brauen. »Deswegen bin ich hier. Geh ins Bad und mach dich in Ruhe fertig und komm dann in 'ner halben Stunde zum Frühstück. Klar?«

»Bin ich nicht zu spät?«, fragte Kate ungläubig.

»Kein Stück.« Er sah sie einen Moment lang an. »Nicht so gut geschlafen, was?«

»Nur schlecht geträumt«, sagte sie ausweichend. Er musste ja nicht wissen, dass sie sich mitten in der Nacht mit Ian auf den Felsen getroffen hatte.

»Hm.« Sie rechnete damit, dass er weiter nachhaken würde, doch er zuckte mit den Schultern und sagte: »Kann vorkommen. War vielleicht auch nicht der ideale Einstieg gestern.«

»Vielleicht.«

»Also, muss weiter.« Er hatte sich bereits halb von ihr abgewandt, als ihm noch etwas einzufallen schien. »Ach ja. Wenn du heut mal 'ne Minute hast – gäb da was zu bereden. Würd auch nicht lang dauern.«

»Ähm, okay«, sagte Kate. »Ich werde dran denken.«

»Gut.«

Er bedachte sie mit einem letzten Blick, dann drehte er ab und schlenderte den Gang entlang, die Schritte so ausladend und gelassen wie immer. Aber etwas an seinem Verhalten war … *anders* gewesen als sonst. Er hatte ernster gewirkt, nachdenklicher.

Kate trat zurück in ihr Zimmer und drückte die Tür langsam ins Schloss. Und wenn er etwas bemerkt hatte?

Andererseits hatte er gestern drei seiner Kameraden verloren. Menschen, die ihm wahrscheinlich nahegestanden hatten. Das wäre zumindest eine denkbare Erklärung für sein komisches Verhalten.

Eine andere Möglichkeit fiel Kate ein, als sie zum ersten Mal an diesem Morgen an sich heruntersah. Hatte sie gestern wirklich vergessen, sich umzuziehen? Sie konnte sich gar nicht erinnern, dass sie *so* müde gewesen war. Ehrlich gesagt, konnte sie sich auch nur verschwommen daran erinnern, dass sie überhaupt ins Bett gegangen war.

Nach dem Selkie-Überfall war sie in ihr Zimmer gegangen, hatte die nasse Uniform aus- und ihre eigene trockene Kleidung angezogen. Zum Glück hatte auf ihrem Bett eine neue Glühbirne gelegen. Kate war sich sicher, dass sie das Quentin verdankte. Und sie rechnete es ihm hoch an. Da es schon spät gewesen war, hatte es zum Abendbrot nur kalte Sandwiches gegeben. Dann war da das Gespräch mit Ian gewesen, der lange und schwierige Rückweg über die Felsen, die dunklen Gänge des Forts ... und die Erleichterung, auf Anhieb die richtige Tür gefunden zu haben. In ihrem Zimmer angekommen, hatte sie wohl nichts anderes mehr getan, als wie betäubt in ihr Bett zu fallen und bis zum Morgen durchzuschlafen.

Kate öffnete die Tür des Kleiderschranks und warf einen Blick in den kleinen Spiegel, der an der Innenseite angebracht war. Zwei Sekunden später wünschte sie sich, sie hätte es nicht getan. Sie sah furchtbar aus. So als hätte sie die halbe Nacht durchgefeiert und dann am Straßenrand geschlafen. Ihre langen Haare waren wirr und strohig vom Salzwasser, ihre Haut war blass, und unter ihren Augen hatten sich dunkle Ringe gebildet. Eigentlich kein Wunder, dass Jack vorhin etwas verhalten gewirkt hatte.

Sie sah auf die Wanduhr. Kurz vor halb sieben. Jack hatte gesagt, sie müsse erst in einer halben Stunde zum Frühstück kommen, also hatte sie genug Zeit, ins Bad zu gehen und unter die Dusche zu springen. Sie packte ihre Waschsachen zusammen, stopfte den Schlüssel in ihre Hosentasche und machte sich auf den Weg.

Als sie kurz vor sieben ihr Zimmer verließ, war sie wieder halbwegs zufrieden mit sich selbst. Sie hatte ihre Haare geflochten und die Klamotten, in denen sie geschlafen hatte, durch die Uniform der *Saighdear* ersetzt. Der dunkelblaue Stoff war zum Glück über Nacht getrocknet und sah wieder aus wie neu.

Kate beeilte sich, denn der Aufenthaltsraum befand sich am Ende des Gangs. Die einzigen beiden Männer, denen sie auf ihrem Weg begegnete, waren ihr unbekannt, und so deutete sie nur ein höfliches Nicken an. Die Männer erwiderten ihren Gruß mit einem prüfenden Blick, aber ohne Erstaunen und ohne ihren Weg Richtung Treppe zu unterbrechen. Soweit Kate wusste, hatte bisher noch nie eine Frau auf dem Fort gelebt – da war es vermutlich kein Wunder, dass sich die Neuigkeit über ihre Anwesenheit wie ein Lauffeuer verbreitete.

Sie erreichte die schwere Flügeltür, die in den Gemeinschaftsraum führte. Die Holztür war alt, wie fast alles hier. Schon gestern, als Alaric sie herumgeführt hatte, waren ihr die Schnitzereien in dem dunklen Holz aufgefallen, doch erst jetzt, wo draußen die Sonne schien und es im Inneren des Forts verhältnismäßig hell war, erkannte sie, dass sie ein ganz ähnliches Motiv wie das Wappen an den Jacken darstellten.

Die untere Hälfte der Tür wurde von Wasser eingenommen, über den Wellen war die Sonne zu sehen, die halb im Meer verschwand. Ob sie auf- oder unterging, war unmöglich zu sagen. Der Ideologie der *Saighdear* nach ging sie wahrscheinlich gerade auf; Licht ins Dunkel bringen und so. Anders als auf dem Wappen, wo nur ein Schwert abgebildet war, zog sich hier über beide Türflügel je eine schlanke Klinge, die der Alarics ähnelte. Ganz rechts tauchte ein Seehund ins Meer, links außen erhob sich eine Meerjungfrau aus den Wellen. Unten in der Mitte der Tür war ein Pferdekopf abgebildet. Kate war sich sicher, dass es sich dabei um kein gewöhnliches Tier handelte. Vielleicht stellte es einen Kelpie dar?

Sie konnte sich an eine Geschichte ihrer Mutter über Kelpies erinnern, in der die Wasserpferde Wanderer bei Nacht auf ihren Rücken lockten, um sie anschließend zu ertränken.

Kate schnaubte, als sie sah, dass in der Mitte, über allem anderen, ein großer Vogel mit ausgebreiteten Schwingen schwebte, möglicherweise eine der Raubmöwen, die es hier auf den Inseln gab. Damit hatten die *Saighdear* es wohl geschafft, alle Klischees einer privat organisierten Marineorganisation auf ein Türblatt zu packen. Wasser, Waffen und obendrauf dieser Raubvogel, der bestimmt für Freiheit und Unabhängigkeit stand.

Fehlte eigentlich nur noch der obligatorische Anker. Für Standhaftigkeit und den ganzen Mist. Sie sammelte sich eine Sekunde, dann öffnete sie die Tür und trat ein. Bei Sonnenlicht sah der Raum wesentlich beeindruckender aus als am Vortag. Dadurch, dass er sich am Ende des Gebäudes befand, hatte er auf drei Seiten Fenster. Zum ersten Mal, seit sie gestern angekommen war, fühlte sich Kate hinter den dicken Steinmauern nicht eingesperrt.

Sie war an der Längsseite eingetreten, ihr gegenüber führte eine weitere Tür, das wusste sie von Alaric, direkt auf die begehbare Außenmauer. Ansonsten waren in regelmäßigen Abständen hohe, schmale Rundbogenfenster in den Steinwänden eingelassen, zwischen denen schwere Wandteppiche hingen, die verschiedene Landschaften und Szenen zeigten. Auch hier waren Wasser, Fabelwesen und Waffen immer wiederkehrende Motive.

Der Raum selbst wurde von vier langen Holztischen eingenommen, von denen aber nur die beiden links von Kate besetzt waren. Und selbst an diesen beiden Tischen waren noch Plätze frei – Kate fiel es schwer, sich vorzustellen, dass vor Jahrzehnten der ganze Raum voller Leute gewesen sein sollte.

Sie ließ die Tür vorsichtig hinter sich zufallen und ging nach kurzem Zögern auf die beiden belebten Tische zu. Wie schon bei ihrer Begegnung mit den zwei Männern im Gang, so blieb auch jetzt die Reaktion, die sie eigentlich erwartet hatte, aus: nämlich, dass Gespräche verstummen und die Männer sie fragend anstarren würden.

Im Gegenteil, die wenigsten sahen überhaupt von ihrem Kaffee und ihren Tellern auf, und wenn sie es doch taten, dann nur, um ihr knapp zuzunicken. Es lag eine gewisse Neugier in den Blicken, aber kein Erstaunen. Kate hatte richtig geraten – ihre Anwesenheit hatte sich schon herumgesprochen. Und das innerhalb einer Nacht.

Das erste bekannte Gesicht, das sie entdeckte, war das von Alaric. Er saß neben Colin am Tisch. Ihnen gegenüber, mit dem Rücken zur Tür, saß Gabriel. Rechts von Gabe war noch ein Platz frei, und so bestand für Kate überhaupt kein Zweifel daran, dass sie sich zu den dreien gesellen würde.

Sie steuerte gerade den freien Platz neben ihrem Bruder an, als sie hörte, wie jemand ihren Namen rief.

Jack. Sie blieb stehen, sah sich suchend um und entdeckte ihn neben Blackbird, der am Kopfende der zweiten Tafel Platz genommen hatte und sie mit seinen stechenden Augen musterte, das Kinn abwartend auf die verschränkten Hände gestützt.

Sie hatte ja bereits gemerkt, dass er und Alaric sich sehr ähnlich sahen, doch in diesem Moment wirkte der General tatsächlich wie eine dreißig, vierzig Jahre ältere Kopie seines Sohnes.

Jack saß mit dem üblichen schiefen Grinsen zurückgelehnt auf seinem Stuhl und wies auf den leeren Platz neben sich.

Auch Quentin saß mit den beiden am Tisch, und er sah so zerknittert aus, als habe er in seiner Uniform geschlafen.

Kate überlegte. Wenn sie sich neben Jack setzte, würde sie den Altersdurchschnitt dort drüben vermutlich um zwanzig Jahre senken.

Keine allzu schöne Vorstellung, aber einfach ignorieren konnte sie die Einladung auch nicht.

Sie zwang sich zu einem kleinen Lächeln und ging auf die drei *Saighdear* zu. Es war unmöglich, an ihren Blicken zu erkennen, was sie von ihr wollten. Vielleicht war ihr Interesse ja ganz harmlos. Aber andererseits … Jack hatte gesagt, dass er mit ihr reden wollte. Was, wenn es um etwas Ernstes ging? Hatte sie vielleicht in dem halben Tag, den sie hier war, einen schweren Fehler gemacht?

Der Raum kam ihr ungewöhnlich still vor, als sie den Tisch umrundete, um zu dem freien Stuhl neben Jack zu gelangen. Als sie ihn erreichte, schlug ihr das Herz bis zum Hals.

»Guten Morgen«, brach sie unsicher das Schweigen.

»Miss Corrigal«, erwiderte General Blackbird und stand auf, eine Hand nach vorn gestreckt. Sie ergriff sie nach kurzem Zögern. »Ich hatte mich noch nicht vorgestellt. Charles Blackbird.«

»Freut mich«, murmelte sie.

»Nehmen Sie doch bitte Platz.«

Sie kam der Aufforderung nach, und auch General Blackbird setzte sich wieder. Quentin betrachtete sie wie ein seltenes Zootier, während Jack seelenruhig einen Flachmann aus der Innentasche seiner Jacke zog, um dann einen ordentlichen Schuss der klaren Flüssigkeit in seinen Kaffee zu kippen.

Kate fühlte sich auf schmerzliche Weise an ihren Vater erinnert und wandte den Blick ab.

»Haben Sie gut geschlafen?«, fragte Blackbird.

Kate blinzelte. Was, wenn er von ihrem Treffen mit Ian wusste? Es konnte nicht sein. Er würde sich ihr gegenüber doch bestimmt anders verhalten, wenn er wüsste, dass sie die *Saighdear* und damit auch ihn verriet.

»Ja, danke«, sagte sie und beschloss, nicht zurückzufragen. Sie wollte gar nicht wissen, wie er geschlafen hatte. Falls er denn überhaupt schlief. Blackbird wirkte auf sie wie jemand, der das

Sitzen und mit offenen Augen erledigte, womöglich sogar mit einer geladenen Waffe in den Händen.

»Ich hoffe, die Ereignisse des vergangenen Tages haben Sie nicht verschreckt«, sagte er. »Es wäre eine Schande, Sie nach so kurzer Zeit wieder gehen zu sehen.«

Kate war sich nicht sicher, ob Ironie oder gar ein Vorwurf in seinen Worten mitschwang. Sie wusste ja nicht einmal, was Jack dem General erzählt hatte.

»Ich denke, ich komme damit klar«, sagte sie, konnte es aber nicht unterlassen, an Quentin vorbei in Gabriels Richtung zu schielen.

Ihr Bruder sah sie an, und auch Colin hatte sich in eine höchst unbequem wirkende Position verdreht, um ihr Gespräch mit den drei älteren Männern beobachten zu können, ohne dafür den Verzehr seines Müslis unterbrechen zu müssen. Nur Alaric hatte ihr nach wie vor den Rücken zugewandt.

Gabriel sah schlimm aus.

Seine Haut leuchtete bleich und wächsern im Sonnenlicht, seine Haare waren matt und strähnig. Dazu kam der dicke weiße Verband an seiner rechten Hand, der, wie Kate wusste, der Ring- und der kleine Finger fehlten. Sie verspürte einen Anflug von Übelkeit und richtete ihre Aufmerksamkeit wieder auf Blackbird, der sich mit seinem Porridge beschäftigte und es schaffte, das einfache Gericht wie die Kreation eines Sternekochs wirken zu lassen. Kate hatte dem schleimigen Haferflockenbrei nie viel abgewinnen können, und doch spürte sie plötzlich mit aller Deutlichkeit das Loch in ihrem Bauch. Das eine Sandwich von gestern Abend war doch zu wenig gewesen. Wie war es eigentlich möglich, dass sie noch nicht zusammengeklappt war?

»Willst 'n Kaffee?«, fragte Jack und hielt ihr eine silberfarbene Kanne vor die Nase.

Bevor sie antworten konnte, hatte er schon damit begonnen, die leere Tasse vor ihr aufzufüllen. Sie bedankte sich artig, bevor sie die Speisen genauer unter die Lupe nahm: Der Tisch bog sich vor Körben, Schalen und Tellern mit Toast, Bohnen, Eiern, Porridge und Müsli. Auch eingelegten Hering und Obst konnte sie entdecken. Ihr Magen grummelte, aber sie traute sich unter den Blicken der drei Männer um sie herum nicht, etwas zu nehmen.

Stattdessen klammerte sie sich an ihre Tasse, die augenblicklich ihre wohltuende Wärme in ihre tauben Fingerspitzen sandte. Der Kaffee war noch viel zu heiß zum Trinken, das merkte sie schon jetzt. Aber bevor sie ihn mit Milch ruinierte, wartete sie lieber noch ein paar Minuten.

»Mr. Dullahan hat mich über den gestrigen Abend in Kenntnis gesetzt«, sagte Blackbird. »Und ich muss sagen, dass ich alldem mit gemischten Gefühlen gegenüberstehe. Während es sicher von Ihrer Einsatzbereitschaft zeugt, ohne Grundausbildung mit auf einen gefährlichen Einsatz zu fahren, ist es bei uns alles andere als gern gesehen, sich den Anweisungen ranghöherer Mitglieder zu widersetzen.«

Kate stand für eine Sekunde der Mund offen. »Aber … Ich hatte gar keinen Befehl«, sagte sie.

»Dessen bin ich mir durchaus bewusst«, erwiderte er. »Hätten Sie einen gehabt, dann würden Sie jetzt nicht hier sitzen. Verstehen Sie mich nicht falsch, aber Sie sind ein Experiment, nichts weiter. Sie haben die Chance, bei uns aufgenommen zu werden. Wenn Sie einen Fehler machen, Miss Corrigal, dann betrachte ich diesen Versuch augenblicklich als gescheitert. Erwarten Sie keine Sonderbehandlung, weil Sie eine Frau sind.«

Kate warf Quentin und Jack flehende Blicke zu, doch beide waren mit einem Mal sehr an ihrem Frühstück interessiert.

»Das tue ich gar nicht«, sagte Kate. »Ich … Ich wollte gestern nur … helfen.«

General Blackbird nahm einen kleinen Schluck aus seiner Tasse – kein Kaffee, es war Tee, was sonst –, ohne dass sich in seinem Gesicht etwas regte. Kates Fingerspitzen hatten begonnen zu schmerzen, und sie stellte ihre heiße Tasse ab, um die Hände miteinander zu verschränken.

»Und damit haben Sie einem erfahreneren Mitglied den Platz auf einem der Boote genommen. *Nachdem* man Sie darauf hingewiesen hat, dass Sie lediglich zwei Wochen zur Probe hier sind und nur an wenigen Einsätzen teilhaben werden.«

Kate war sprachlos. Sie hatte alles richtig machen wollen und genau deswegen einen Fehler gemacht. Es war frustrierend. Und warum sprang Jack nicht für sie ein? Er hatte ihr schließlich erlaubt, mitzukommen. Er hatte wohl seine Gründe, und sie wollte ihm nicht die Schuld an der Sache zuschieben.

Einen Moment lang herrschte wieder Schweigen am Tisch. Blackbird aß mit der Würde eines Adligen seinen Haferbrei weiter, Jack schälte einen Apfel, und Quentin … Quentin sah sie an. Mal wieder.

Aber es war keiner der Blicke, mit denen Männer Frauen betrachteten, die ihnen gefielen, er war nur neugierig. Forschend. Wie jemand, der zum ersten Mal eine seltene Vogelart in ihrem natürlichen Habitat beobachten durfte. Eigentlich hatte Kate ihn wegen der Glühbirne fragen und sich bedanken wollen. Doch sein seltsames Verhalten hielt sie davon ab.

Sie wollte sich gerade irritiert von ihm abwenden, als er sie etwas fragte.

»Frühstückst du nichts?«

»Äh, doch, schon«, sagte sie.

»Solltest was essen«, sagte Jack, plötzlich nicht mehr stumm. »Nicht dass du uns noch umkippst.«

Quentin schob einen Teller und einen Korb mit Toast in ihre Reichweite, was ihren Eindruck, dass sie für ihn ein Forschungsprojekt war, nicht gerade minderte. Doch sie bedankte sich leise und nahm eine der inzwischen kalten Brotscheiben, um sie mit Butter zu bestreichen. Währenddessen schielte sie hin und wieder zu Blackbird hinüber. Sie war sich nicht sicher, ob er mit seiner Standpauke fertig war.

»Jedenfalls weiß ich, dass Mr. Dullahan die gestrigen Ereignisse in einem anderen Licht sieht, weshalb ich die Angelegenheit vorerst fallen lassen und keine Konsequenzen daraus ziehen werde. Aber das nächste Mal sollten Sie etwas überlegter vorgehen.«

Offenbar nicht.

Jack hatte ihm also doch die Wahrheit gesagt. Aber warum hatte er sich dann nicht gleich eingemischt, als Blackbird angedeutet hatte, Kate habe sich ohne das Wissen ihrer Vorgesetzten auf das Boot geschlichen?

»Natürlich, Sir«, sagte sie.

»Ich rechne Ihnen hoch an, dass sie auch angesichts eines echten Risikos ruhig und einsatzfähig geblieben sind. Was man von Mr. Hackland leider nicht behaupten kann«, bemerkte Blackbird.

Kate hatte keine Ahnung, wovon er sprach oder wer zum Teufel Mr. Hackland war, aber sie nickte trotzdem.

»Nichtsdestotrotz konnten auch Sie nicht verhindern, dass eines unserer bedeutendsten Schiffe schwer beschädigt wurde« – sprach Blackbird von der Frontscheibe? –, »dass zwei unserer Leute verletzt wurden und dass wir mit Gordon und der Besatzung der *Fàire* drei Männer verloren haben.«

»Das tut mir leid«, presste Kate hervor. Aber was hätte sie denn tun sollen? Hätte sie die Möglichkeit gehabt, Gordon oder Gabriel zu retten, dann hätte sie das zweifellos getan.

»Das muss es nicht«, erwiderte der General kühl. »Diese Missgeschicke sind nicht Ihnen allein zuzuschreiben, und ich gehe davon aus, dass Sie getan haben, was in ihrer Macht stand, um ein Gelingen des Einsatzes zu garantieren.«

»Ich habe mir Mühe gegeben«, sagte Kate. Blackbirds vornehmes Geschnösel ging ihr allmählich auf die Nerven. Sie wollte endlich zu Gabriel, ihn fragen, wie es ihm ging. Sie hatte gestern Abend nur kurz mit ihm gesprochen, nachdem er mit Alaric und Colin von der kleinen Arztpraxis der Insel zum Fort zurückgekehrt war. Doch da hatte er nicht viel gesagt.

Kate verstand das – ihr selbst wäre mit einer solchen Verletzung vermutlich auch nicht nach Plaudern zumute gewesen.

»Heute Vormittag war ursprünglich ein Waffentraining für die neuen Mitglieder angesetzt«, unterbrach Blackbird Kates Gedankengang. »Aber da Ihr Bruder aufgrund seines … bedauerlichen Unfalls kaum einsatzfähig sein dürfte und weder Mr. Hackland noch Alaric durch herausragende Leistungen aufgefallen sind, dürfte sich das vorerst verschieben. Ich bin daher mit Mr. Dullahan übereingekommen, dass es nicht schaden könnte, die freien Stunden für die Reinigung der Fenster zu verwenden.«

»Sie wollen, dass die drei die Fenster putzen?«, platzte es aus Kate heraus.

Blackbirds Mundwinkel zuckten.

»Vier. Sie werden auch dabei sein. Ich wiederhole mich ungern, aber obwohl Sie gestern nicht negativer als die anderen aufgefallen sind, sind Sie auch nicht durch Ihre Glanzleistungen hervorgestochen. Oder wollen Sie etwa abstreiten, dass die Scheibe der *Fàire* zerstört ist und der Täter ungestraft fliehen konnte?«

»Nein, Sir«, sagte Kate kleinlaut.

»Richtig so. Sie vier werden also den Vormittag damit verbringen, unsere Fenster in einen akzeptablen Zustand zu bringen. Den Besprechungsraum können Sie auslassen, da die ranghöheren Mitglieder zu dieser Zeit eine Konferenz abhalten. Ist das klar?«

»Natürlich.«

Vorbei die Vorstellung vom Fechttraining wie im Film, zerplatzt die Hoffnung, im Unterricht etwas mehr über Gestalten zu erfahren, die normale Menschen nur aus dem Märchen kannten. Kate war frustriert. Sie war weit weg von zu Hause, in der Festung einer Geheimorganisation, und jetzt sollte sie den gleichen Mist machen, mit dem sie auch daheim regelmäßig ihre Zeit verschwendete: Putzen. Großartig!

»Gut«, sagte Blackbird. »Den Turm werden Sie übrigens ebenfalls auslassen, aber das sollten Alaric und Mr. Hackland bereits wissen. Mittags können Sie dann eine Dreiviertelstunde Pause machen, danach sollten Sie sich dem Krafttraining widmen. Das schadet weder den Herren noch Ihnen.« Es klang fast nach einer persönlichen Beleidigung, und Kate sah unauffällig an sich hinunter. Sie war schlank, aber vielleicht sprach Blackbird auch davon, dass weder sie noch Gabriel oder Colin die Statur eines Profisportlers aufwiesen. »Am Spätnachmittag dürfte auch der letzte Freiwillige angekommen sein, sodass Mr. Rutherford Sie dann gemeinsam in die Geschichte unserer Organisation einführen kann.«

»Ich dachte, ich soll die Motoren warten«, nörgelte Quentin.

»Du hast noch über acht Stunden für den Mist. Sollte sogar für dich reichen, oder«, sagte Jack, als General Blackbird gar nicht erst auf Quentins Beschwerde einging.

»Ich muss auch noch die Funkanlage der *Fàire* überprüfen, Dullahan«, erwiderte Quentin mit bebendem Schnurrbärtchen. Kate war dankbar, dass die Aufmerksamkeit fürs Erste nicht mehr auf ihr lag, verschlang den kalten Toast und lud sich noch Nachschlag auf ihren Teller.

»Sag mir nich', dass du den ganzen verdammten Tag dafür brauchst.«

»Ich weiß nicht, ob es dir aufgefallen ist, aber wir haben heute Vormittag eine Besprechung, und ich werde ihr beiwohnen. Vielleicht übersteigt es deine mathematische Fähigkeit, aber ich habe höchstens drei Stunden für die Schiffe«, sagte Quentin.

Kate kam es vor, als würden zwischen den beiden kleine Blitze durch die Luft fliegen. Sie hatte noch nie erlebt, dass sich zwei erwachsene Männer bekriegten wie pubertäre Mädchen in der Highschool, und sie wusste nicht so recht, was sie davon halten sollte. Sie sah zu Blackbird, doch der konzentrierte sich wieder auf sein Porridge. Seine beiden Untergebenen ignorierte er so gekonnt wie eine Mutter, die sich längst damit abgefunden hatte, dass ihre ungezogenen Kinder permanent versuchten, sich die Köpfe einzuschlagen.

»Dann arbeitest du eben schneller«, sagte Jack mit seinem halben Grinsen, als sei er von Quentins Anfeindungen lediglich amüsiert. »Klappe halten, Job machen – solltest du mittlerweile gelernt haben.«

»Ich arbeite nicht langsam, ich arbeite *gründlich*. Im Gegensatz zu anderen.«

»Ich bin noch nie aus Versehen auf den Shetland-Inseln gelandet, weil mein Navi Norden und Süden nicht voneinander unterscheiden konnte«, sagte Jack.

»Das ist *sieben* Jahre her.«

»Witzig war's trotzdem.«

Kates Gerechtigkeitssinn war mit Jacks Verhalten alles andere als einverstanden. Quentin war zwar nicht gerade freundlich, aber zu einem Streit gehörten immer zwei. Jack war zweifellos der Kräftigere der beiden, aber Quentin wirkte sehr intelligent auf sie. Beide hatten ihre Stärken und Schwächen, und Kate verstand nicht, warum sie sich die ganze Zeit anfeindeten, statt zusammenzuarbeiten und aus den Vorzügen des jeweils anderen einen Vorteil zu ziehen.

Es war Blackbird, der die beiden unterbrach, indem er das Gespräch – leider – wieder auf Kate lenkte. Er stellte die von ihr schon halb erwarteten Fragen: Was hatte sie nach der Schule ursprünglich vorgehabt? Hatte sie Erfahrung mit Kampfsport oder Waffen? Warum wollte sie unbedingt den *Saighdear* beitreten? Was machte sie in ihrer Freizeit und so weiter.

Als sie ihr Interesse für Technik und Motoren erwähnte, stieß Quentin ein belustigtes Schnauben aus und fiel auf ihrer Sympathieskala augenblicklich zurück in das Loch, aus dem er gerade erst hervorgekrochen war. Das nächste Mal würde sie ihn Jack gegenüber gewiss nicht mehr verteidigen. Sollten die zwei das eben alleine regeln.

Eine gute halbe Stunde später machte sich Aufbruchsstimmung im Speisesaal breit, die Männer erhoben sich einer nach dem anderen und trugen ihr Geschirr zu einem neben der Eingangstür in die Wand eingelassenen Aufzug. Kate hatte schon mit unangenehmeren Menschen als Blackbird zu tun gehabt – er war höflich, redegewandt und unaufdringlich –, aber trotzdem war sie die ganze Zeit über angespannt gewesen und war nun, als Blackbird auf seine Taschenuhr sah und verkündete, dass er sich in sein Büro zurückziehen würde, erleichtert, endlich zu ihrem Bruder gehen zu können.

»Es hat mich gefreut, mit Ihnen zu plaudern, Miss Corrigal«, sagte er, als er ebenfalls aufstand und die silberne Uhr zurück in die Innentasche seiner Jacke gleiten ließ. »Ich hoffe in Zukunft auf eine reibungslose Zusammenarbeit.«

»Ich … Ja. Ich danke Ihnen, dass Sie sich die Zeit genommen haben«, sagte Kate etwas holprig, was Jack neben ihr dazu veranlasste, schadenfroh zu grinsen. Blackbird nickte und verschwand. Sein Geschirr ließ er stehen. Wohl doch nicht so höflich.

Quentin war bereits davongehuscht wie eine streunende Katze, als der General Anstalten gemacht hatte aufzubrechen, und so saß sie nun allein mit Jack am Tisch, die Hände um ihren leeren Teller geklammert, um ihn wegzutragen. Sie konnte es kaum erwarten, endlich zu Gabe und den anderen beiden zu stoßen.

»Kannst übrigens gehen«, sagte Jack.

»Wolltest du nicht noch ... mit mir reden?«, fragte sie.

Er winkte ab. »Theoretisch ja. Aber nicht jetzt, nicht hier. Ist ein blödes Thema, außerdem solltest du den anderen vielleicht mal sagen, was sie für 'ne tolle Aufgabe bekommen haben, die wissen das nämlich noch gar nicht«, sagte er. »Bin sicher, die Jungs werden sich freuen.«

»Ganz bestimmt«, sagte sie skeptisch.

Kate konnte sich nur zu gut an die endlosen Diskussionen mit Gabriel erinnern, wenn es um das Thema Hausarbeit ging. Er war immer lieber draußen bei Crab und den Schafen gewesen, als abzuspülen. Stall ausmisten? Kein Problem. Aber Fenster putzen? Kate konnte sich nicht entsinnen, ihren Bruder je dabei gesehen zu haben.

Sie erhob sich langsam und deutete auf Jacks Teller. »Soll ich deinen mitnehmen?«

»Lass stehn, ich mach schon«, sagte er, während er seinen Apfelbutzen nachdenklich zwischen den Fingern drehte. »Eine Sache noch, Katherine. Unterschätz das hier nicht. Mach keinen Blödsinn. Wär schade um dich.«

Kate biss sich auf die Unterlippe. Was wusste er? Jack war nicht blöd, und ihre Ausrede gestern, dass sie etwas im Wasser gesehen hatte, war verdammt gefährlich gewesen. Viel zu nahe an der Wahrheit.

Aber es war unmöglich, dass er Ian in der Dunkelheit gesehen hatte. Und wieso machte er sich überhaupt Sorgen um sie? Er kannte sie doch gar nicht.

»Alles klar«, sagte sie. »Mach ich nicht.«

»Hoffen wir's.«

Kate nahm, Jacks Angebot zum Trotz, ihren Teller und schob mit dem Fuß ihren Stuhl an den Tisch. »Wir sehen uns ja bestimmt noch, oder?«, fragte sie höflich, um ein Lächeln bemüht, obwohl es ihr im Moment schwerfiel, ihn einzuschätzen.

»Geh davon aus. Schau vielleicht mal beim Krafttraining vorbei, und wenn Quentin doch noch an seinem Job scheitert, werd ich wohl die Theoriestunde übernehmen müssen.« Er warf den Apfelrest auf den Teller und streckte sich. »Aber jetzt geht mal spielen, die Fenster machen sich nicht von allein sauber.«

»Bis später dann.«

»Bis später.«

Kate ging, wie die anderen zuvor, zum Geschirraufzug, wo sich schon einiges an benutzten Tellern und Tassen angestaut hatte. Sie bedauerte diejenigen, die das später spülen mussten, und hoffte, nicht so schnell zum Küchendienst eingeteilt zu werden.

Die meisten *Saighdear* hatten die Halle schon verlassen, und auch Alaric, Colin und Gabriel standen zum Gehen bereit neben der großen Tür.

»Morgen«, sagte sie lächelnd, als sie zu ihnen stieß.

Ihre Begrüßung wurde von allen drei erwidert, wenn auch nicht gerade euphorisch. Bei Alaric lag es wohl an seiner ohnehin kühlen Art, bei Gabriel an zwei fehlenden Fingern und bei Colin an der Tatsache, dass sie bis jetzt noch kein Wort mit ihm geredet hatte.

»Was wollte der General von dir?«, fragte Alaric und ersparte ihr somit peinlichen Small Talk.

»Bloß reden«, sagte sie. »Wegen gestern Abend.« Sie warf Gabriel einen Blick zu, doch der starrte auf den Fußboden und sagte nichts. Er sah nicht so aus, als sei er überhaupt in der

Lage, jetzt Fenster zu putzen. Sie hätte ihn gerne gefragt, wie es ihm ging, wollte vor den anderen beiden Jungs aber nicht zu fürsorglich wirken. Gabriel war empfindlich, was das anging.

»Und was hat er gesagt?«, hakte Alaric nach.

»Er … Nun, er war nicht begeistert davon, dass ich bei dem Einsatz dabei war. Und von der kaputten Frontscheibe der *Faìre* wohl auch nicht«, sagte sie vorsichtig. Alaric wandte den Blick ab und nickte, ohne etwas zu sagen. »Zur Strafe müssen wir heute Vormittag Fenster putzen.«

»Quentin hatte es beim Rausgehen bereits erwähnt«, murmelte Alaric. »War nicht anders zu erwarten.«

Nachdem sich ein kurzes Schweigen über die Gruppe gelegt hatte, reichte Colin Kate mit einem Mal die Hand. »Colin Hackland übrigens«, sagte er. »Gestern war nicht so ideal zum Kennenlernen.«

Kate sah ihn zum ersten Mal heute richtig an – der ängstliche junge Mann vom Vorabend war verschwunden. Sein flammend rotes Haar hing nicht platt an seinem Kopf wie gestern im Regen, sondern war sorgfältig gestylt, und er wirkte entspannt und selbstsicher. Er hatte ein freundliches, sympathisches Gesicht mit einer geraden Nase, die vielleicht ein wenig zu lang war, um als perfekt zu gelten (Kate fühlte sich ein wenig an ein Pferd erinnert), und einer ganzen Flut an hellen Sommersprossen auf den Wangen. Wenn sie sich nicht täuschte, umrahmte sogar ein klein wenig Eyeliner seine grünen Augen.

»Kate Corrigal«, erwiderte sie lächelnd.

»Du bist also Gabriels Schwester, hm?«, fragte er, als er seine Hand zurücknahm. »Wahnsinn, ich glaub, meine Geschwister würden nicht mal herkommen, wenn ich im Sterben läge.« Er stieß ein kleines Schnauben aus. »Aber das kann man wohl kaum vergleichen.«

Kate wusste nicht so recht, was sie darauf erwidern sollte – für sie war es selbstverständlich, ihrem Bruder immer und überall zu helfen. Sie war sich sicher, dass Gabriel dasselbe für sie getan hätte.

»Wir sollten die Putzsachen holen gehen«, sagte Alaric und ersparte ihr so eine Antwort. »Je schneller wir damit fertig sind, desto besser.«

14

Kate zuckte zusammen, als Gabriel die Tür des Klassenzimmers zuknallte. Der Kübel Putzwasser in ihren Händen schien plötzlich Tonnen zu wiegen. Sie trat an den nächstbesten Tisch und stellte ihn ab.

Den ganzen Morgen über hatte sie gedacht, Gabes abweisendes Verhalten hätte mit seinem Unfall zu tun. Immerhin hatte er zwei Finger verloren. Erst als sie gemeinsam beschlossen hatten, sich zum Putzen aufzuteilen, erst als sie sich von Colin und Alaric getrennt hatten und in eine andere Richtung gegangen waren, war in Kate der Verdacht aufgekeimt, dass Gabriels Benehmen vielleicht doch einen persönlicheren Grund hatte. Dass er wütend auf sie war.

Dabei hatte sie ihm doch gar nichts getan.

Als ihr Bruder weiterhin hartnäckig schwieg, schloss sie einen Moment die Augen, schob den Putzeimer von sich und drehte sich um. Gabriel stand an der Tür, die Klinke mit der gesunden Hand fest umklammert. Er sah Kate an, aber in seinem Blick lag keine Zuneigung.

Kate deutete auf den dicken Verband an seiner rechten Hand. Einmal täglich wechseln, hatte der Arzt gestern Abend gesagt, und sie war froh, keine dunklen Flecken auf dem weißen Stoff zu sehen. »Wie geht es dir?«, fragte sie.

»Das spielt jetzt keine Rolle«, sagte er. »Sag mir bitte *endlich,* was um alles in der Welt du hier machst, Kate.«

»Das hab ich doch schon«, erwiderte sie. Sie konnte das wärmende Licht der Sonne in ihrem Rücken spüren, doch es half nicht, um das Gefühl der Kälte abzuwenden, das ihr aus der Richtung ihres Bruders entgegenschlug. »Ich will dir helfen, Gabe.«

»Wie hilft es mir bitte, wenn du dich auch noch in Gefahr bringst?«

»Du verstehst das nicht …«

»Dann erklär es mir.«

»Ich will dir helfen, hier rauszukommen«, sagte sie. »Du willst das doch gar nicht, oder? Ich möchte, dass du in Glasgow studieren kannst, dass du dein Leben …«

»Und du denkst, wenn du hier auftauchst und Probleme machst, lassen die mich gehen?«, fiel er ihr erneut ins Wort. »Kate, wenn man so einfach auf ein Boot steigen und wegfahren könnte, dann wären mit Sicherheit schon Leute vor dir auf die Idee gekommen.« Er zwängte sich an ihr vorbei und trug den Putzeimer zu den Fenstern. »Ich komme hier nicht mehr weg«, sagte er trocken, schnappte sich einen der triefenden Lappen und begann energisch die erste Fensterscheibe zu polieren.

»Das war nicht mein Plan, einfach so von der Insel zu spazieren«, sagte Kate. »Ich habe jemanden kennengelernt, der uns helfen kann, von hier zu fliehen.«

Gabriel hielt mitten in der Bewegung inne und ließ den Lappen sinken. »Was? Wen?«

»Versprich mir, den anderen nichts zu verraten?«, sagte sie. Wenn Alaric oder einer der anderen von Ian erfuhr, war alles umsonst gewesen. Im günstigsten Fall würde man Kate heimschicken und Gabriel müsste alleine im Fort bleiben. Was im schlimmsten Fall geschehen würde, darüber wollte sie gar nicht nachdenken.

»*Wen hast du kennengelernt?*«, wiederholte er.

»Du darfst niemandem nichts sagen«, erwiderte Kate. »Versprich es.«

»Kate, ich würde dich auf die oberste Stelle der Abschussliste setzen, wenn ich so was weitererzähle. Du bist meine Schwester. Natürlich halte ich den Mund«, erklärte er, doch es klang gepresst.

»Er heißt Ian«, sagte Kate nach kurzem Zögern. »Er gehört zu einer Gruppe, die gegen die *Saighdear* kämpft … Und er hat gesagt, dass er uns hilft, von ihnen loszukommen.«

»Und das hast du ihm natürlich geglaubt«, sagte Gabriel.

»Was hätte ich sonst tun sollen?«, fragte Kate. »Du hast mir ja nicht mal erzählt, wo du hinfährst! Du bist einfach gegangen, hast mich zu Hause sitzen lassen, und dann erwartest du, dass ich das einfach so hinnehme? Ich dachte, du seist in Gefahr, und Ian war die einzige Möglichkeit, die ich hatte, um dir zu helfen!«

»Wer hat eigentlich gesagt, dass ich Hilfe brauche?«, schoss er zurück.

Kate biss sich auf die Unterlippe. Er hatte sie nicht darum gebeten, das war richtig. Er hatte eigentlich um *gar nichts* gebeten. Aber das plötzliche Auftauchen der *Saighdear* hatte für Kate wie die Entführung ihres geliebten Bruders ausgesehen.

Zum ersten Mal, seit sie den Raum betreten hatten, wurde Gabriels Miene ein wenig weicher. »Kate, ich … Hör mir zu. Wenn man von den *Saighdear* ausgesucht wird, dann gibt es zu Beginn schon Möglichkeiten, alles doch noch abzuwenden. Sie sind begrenzt, aber es gibt sie. Das ist vielleicht nicht das Leben, das ich mir erträumt habe, aber es ist das Leben, für das ich mich *entschieden* habe.«

Kate sah erneut auf seinen Verband. In ihrem Kopf manifestierten sich Bilder von Selkies, die wie Haie auf der Jagd aus den schwarzen Wellen schossen.

»Du kannst das nicht wirklich wollen«, sagte sie mit erstickter Stimme.

»Es ist meine Pflicht«, erwiderte er.

»Wer behauptet das? Blackbird?«

»Kate, die *Saighdear* gibt es seit Jahrhunderten«, sagte Gabriel. Seine linke Hand knetete abwesend den nassen Lappen. Wasser tropfte auf den Steinboden und bildete eine kleine Pfütze. »Sie *beschützen* die Menschen. Wer weiß, wie viele gestorben wären, wenn die *Saighdear* nicht wären. Ich möchte dazu beitragen, dass die Bewohner der Inseln in Frieden leben können.«

Kate schüttelte ungläubig den Kopf. Sie erkannte ihren Bruder kaum wieder. Wo war der Gabriel, dessen politisches Wissen sich auf den Namen der Premierministerin beschränkte?

»Seit wann interessiert dich so was überhaupt?«, fragte sie. »Was ist mit deinem Studium?«

»Ich kann nicht mal mehr einen Stift halten«, sagte Gabriel verbittert und streckte seine verbundene Hand hoch. »Was soll ich da an der Uni?«

»Warum bist du nicht gleich gegangen?«, fragte Kate leise. Sie überlegte, ein »bevor dir die Finger abgebissen wurden« anzuhängen, ließ es aber bleiben. Endlich sprachen sie offen miteinander, und sie wollte vermeiden, dass Gabriel sich wieder hinter seine Mauer zurückzog.

»Das hab ich dir doch gesagt. Es ist meine Pflicht«, sagte er. »Meine, nicht *deine*. Sieh zu, dass du in deiner Probezeit einen Fehler machst, dann kommst du wieder nach Hause und bist außer Gefahr.« Er bückte sich, tauchte den mittlerweile ausgewrungenen Lappen erneut ins Wasser und wandte sich wieder der schmutzigen Fensterscheibe zu.

Kate konnte sich noch immer nicht so recht erklären, warum ihr Bruder sein Leben aufs Spiel setzen wollte. Und wenn es »seine Pflicht« war, warum war es dann nicht auch die ihre? Sie nahm den zweiten Lappen und trat zu Gabriel, um ihm zu helfen. Sie konnte die Distanz zwischen ihnen spüren, obwohl sie ganz dicht neben ihm stand.

»Ich verstehe dich nicht, Gabe«, sagte sie vorsichtig. »Ian hat gesagt, es gäbe keine Probleme mit den Selkies und den Meerjungfrauen, wenn die *Saighdear* sie nicht angreifen würden.«

»Dann hat dieser Ian keine Ahnung, wovon er redet«, erwiderte Gabriel. »Wer ist das überhaupt? Sag endlich, woher du ihn kennst.«

Kate war versucht, »von der Schule« zu sagen, doch sie war sich sicher, dass ihr Bruder die Lüge sofort durchschauen würde. Immerhin war er bis zu seinem Abschluss vor ein paar Wochen auf dieselbe Schule gegangen wie sie.

Die Wahrheit konnte sie ihm auf keinen Fall sagen. Die Geschichte mit dem Beiboot war ihr nun, da sie wusste, wie naiv und gefährlich sie gehandelt hatte, mehr als peinlich, und sie hätte sie am liebsten für immer begraben. Schlimm genug, dass Niles gesamte Truppe davon wusste.

»Ich hab ihn über ein paar Ecken kennengelernt«, sagte sie ausweichend.

»Und du glaubst jedes Wort, wenn der Typ einfach so über Fabelwesen und die *Saighdear* redet?«, hakte Gabriel nach.

»Wir sind wegen dir auf das Thema gekommen«, sagte Kate. Sie hatte mal gehört, dass die besten Lügen einen kleinen Teil der Wahrheit enthielten, also würde sie sich an diese Regel halten. »Weil ich keine Ahnung hatte, wo du hingehst oder warum. Mit irgendjemandem musste ich darüber reden.«

»Und dafür suchst du dir einen entfernten Bekannten aus?«, fragte Gabriel zweifelnd. Er hatte die Stirn in Falten gelegt, löste den Blick aber nicht von seiner Aufgabe. Das direkte Sonnenlicht von draußen ließ ihn noch blasser aussehen, selbst seine Lippen hatten deutlich an Farbe verloren. Plötzlich hatte Kate Angst, dass er sich übergeben oder in Ohnmacht fallen würde.

»Er war zufällig dabei, als ich es angesprochen habe«, murmelte sie. »Und er war der Einzige, der etwas darüber wusste. Er meinte, er könne mir helfen, dich da wieder rauszuholen.«

»Einfach so?«

»Na ja, wenn ich im Gegenzug etwas für seine Gruppe mache, spioniere …«, räumte Kate ein. »Aber das war es mir wert.«

Gabriel ließ den Lappen erneut sinken. »Bist du deswegen hier?«, fragte er leise.

»Ja.«

Gabriel schwieg, und einen Moment lang war nichts zu hören als das leise Quietschen von Kates Lappen auf der klaren Fensterscheibe. »Lass es«, sagte er dann. Kate war sich nicht sicher, ob er von dem Fenster oder von Ian sprach. »Du weißt nicht, was die hier mit Verrätern machen. Es sind schon Leute gestorben. Dieser Ian nutzt dich nur aus, damit jemand die Drecksarbeit für ihn macht. Wenn er und seine Leute unbedingt einen Spion bei den *Saighdear* brauchen, warum kommt er dann nicht selbst?«

Die Frage war nicht unberechtigt. Kate überlegte fieberhaft, ob Ian einen Grund genannt hatte, aus dem nicht er oder Nile den *Saighdear* beitreten konnten, doch ihr fiel keiner ein.

»Er kann nicht«, sagte sie schließlich zögerlich. »Ich meine, seine ganze Gruppe lebt in einem verlassenen Leuchtturm …«

Gabriel blickte sie nachdenklich an und schüttelte dann den Kopf. »Was ist das denn für ein Grund? Überhaupt weiß ich nichts von so einer Gruppe. Die einzigen Feinde, die wir haben, sind Selkies, Feen und Meerjungfrauen.«

»Du bist erst seit drei Tagen dabei«, erwiderte Kate. »Vielleicht hat dir noch keiner davon erzählt?«

»Ich könnte Alaric mal danach fragen«, murmelte Gabriel.

In Kates Kopf schrillten augenblicklich sämtliche Alarmglocken. »Wenn du ihn danach fragst, wird er wissen wollen, wie du darauf kommst«, sagte sie rasch. »Bitte. Die anderen *dürfen nichts erfahren.*«

»Vielleicht hat dieser Ian dich einfach verarscht und es gibt seine Gruppe gar nicht?«, fragte Gabriel.

»Ich war da. Ich habe sie getroffen.«

»In dem Leuchtturm?«

Kate nickte.

Nur sehr langsam wandte Gabriel sich dem nächsten Fenster zu. »Trotzdem«, sagte er nach ein paar Augenblicken der Stille. »Ich weiß nicht, wie du mit denen in Kontakt stehst, Kate, aber ich bitte dich, *brich das ab*. Ich will nicht, dass du dich damit umbringst. Sag diesem Kerl, er soll sich ins … Ähm, sag ihm, er soll das Weite suchen und dass du seine Hilfe nicht mehr brauchst. Dann mach irgendeinen blöden Fehler so wie Colin gestern und geh nach Hause. Ich bin ja nicht aus der Welt.«

»Ich will aber nicht so tun, als wäre alles in Ordnung, während du in Gefahr bist!«, erwiderte sie stur. Warum verstand er denn nicht, dass sie nicht so mir nichts, dir nichts heimfahren und alles vergessen konnte?

»Zum letzten Mal, Kate. Ich bin nicht in Gefahr. Es geht mir gut«, sagte er ebenso unnachgiebig wie sie, obwohl seine Worte zweifellos gelogen waren. Es ärgerte Kate, dass er sie behandelte wie ein kleines Kind, obwohl sie gerade mal anderthalb Jahre jünger war als er.

»Erzähl das deiner Hand«, schnappte sie. Erst als sie Gabriel schlagartig noch blasser werden sah, wusste sie, dass sie einen Schritt zu weit gegangen war.

»Das war ein Unfall«, presste ihr Bruder zwischen zusammengebissenen Zähnen hervor. »Mein Fehler. Ich … hab einfach nicht gut genug aufgepasst.«

»Entschuldige, so war das nicht gemeint«, sagte Kate, doch Gabriel stierte konzentriert aus dem Fenster. Sanft fügte sie hinzu: »Du hast gestern das Richtige getan, als du deinen Kameraden retten wolltest, das war … mutig von dir. Aber ich habe gesehen, was mit Gordon passiert ist, und die Besatzung der *Fàire* ist spurlos *verschwunden!* Ich meine, das waren Männer, die seit Jahren dabei sind, und sie sind *gestorben*, verstehst du? Also sag mir *bitte* nicht, du wärst hier nicht in Gefahr.«

Als Gabe etwas von »Berufsrisiko« murmelte, fuhr Kate fort: »Ich begreife nicht, warum du das hier *willst.*«

»Ich *muss.* Kate, es ist meine …«

»… Pflicht?«, vervollständigte sie den Satz, den sie nun schon zum dritten Mal gehört hatte. »Ich habe dir gesagt, dass Ian uns helfen kann, von hier wegzukommen. Egal was Blackbird und die anderen behaupten, wir werden einen Weg finden. Du musst es nur wollen, okay?«

»Ich will aber nicht weg, versteh das doch endlich!«, sagte Gabriel.

Langsam bekam Kate das Gefühl, es wäre produktiver gewesen, sich mit einem Stuhl oder einer Kaffeemaschine zu unterhalten. Sie hatte ihren Bruder selten so unnachgiebig erlebt und schon gar nicht ihr gegenüber. Wieso hielt er so massiv an seiner Entscheidung fest? Vor allem nach letzter Nacht, die ihm doch eindrücklich bewiesen haben sollte, dass das Leben hier kein Spaß war?

In der Stille, die entstand, dachte Kate angestrengt darüber nach, was sie noch sagen konnte, um Gabriel zu überzeugen, ohne ihn dabei erneut zu verletzen. Aber schließlich war er es, der das Schweigen brach.

»Hat Blackbird dir nicht von unserer Mutter erzählt?«, fragte er mit brüchiger Stimme.

Kate durchzuckte ein kalter Blitz. Was hatte der General denn bitte mit ihrer Mutter zu schaffen? Die beiden hätten unterschiedlicher nicht sein können. Ihre Mutter mit ihrem liebevollen

Lächeln und strahlenden Blick, Blackbird mit seinem Gesicht aus Marmor und Augen aus Eis. Nie im Leben wäre Kate auf die Idee gekommen, dass die beiden sich gekannt hatten.

»Nein«, sagte sie atemlos. Ihre Hände wischten über die Scheibe, doch sie sah nicht mehr hin. Wie gebannt starrte sie zu ihrem Bruder. »Was ist mit ihr?«

»Sie hat uns nicht verlassen«, sagte Gabriel leise. »Die Selkies haben sie umgebracht. Und unser Vater war zu feige, uns die Wahrheit zu sagen.«

Die Worte ihres Bruders trafen Kate wie ein Schlag ins Gesicht. Kraftlos ließ sie den Lappen sinken. »Wirklich?«

»Ich vertraue General Blackbird, was das angeht, eher als unserem Trunkenbold von Vater«, sagte Gabriel.

»Wie lange weißt du das schon?«

»Seit ein paar Tagen. Und ich habe nachgedacht … Ich werde unsere Mutter rächen, Kate. Deswegen muss ich bleiben.«

Kate wusste zunächst nicht, was sie sagen sollte. Ihr Kopf drehte sich. Ihre Mutter war nicht tot. Sie hatte ihren Vater verlassen, war gegangen, weil sie sich immer öfter gestritten hatten. Sie *musste* leben.

Tief in ihrem Inneren wusste Kate, dass an dieser Version der Geschichte immer etwas falsch gewesen war – niemals hätte ihre Mutter sie und Gabriel zurückgelassen, ohne sich ein einziges Mal bei ihnen zu melden.

»Aber … Warum hätten die Selkies sie töten sollen? Sie hat niemandem etwas getan«, stammelte Kate.

Gabriel zuckte mit den Schultern. »Ich weiß es nicht. Vielleicht brauchen die Viecher keinen Grund für einen Mord. Vielleicht macht es ihnen einfach Spaß«, mutmaßte er. Und dann sah er sie an – seine Augen waren wieder die seinen, nicht mehr kalt und abweisend wie zuvor. »Solange diese Monster im Meer rumschwimmen, ist keiner auf den Inseln sicher. Das, was unserer

Mutter passiert ist, kann jedem hier zustoßen. Und wenn ich verhindern kann, dass Menschen ihr Leben oder ihre Liebsten verlieren, dann ist das Grund genug, um zu bleiben.«

Seine Worte jagten einen kleinen Schauer durch Kates Körper. Ihr Bruder wirkte mit einem Mal unglaublich erwachsen auf sie, überhaupt nicht mehr wie der Gabriel, der sich vor der Hausarbeit drückte, weil er lieber mit Crab über die Felder streifte oder mit Freunden um die Häuser zog.

Doch sie erinnerte sich auch an die Bilder, die sich auf der Leuchtturminsel unwiderruflich in ihr Gedächtnis gebrannt hatten: die weinende Caroline, Matts Verletzung, und wenn sie sich recht erinnerte, war ein dritter Mann aus Niles Gruppe getötet worden. »Die *Saighdear* töten auch Menschen«, sagte sie leise.

Gabriel schwieg lange, bevor er sagte: »Manchmal muss man Opfer bringen, um größere Ziele zu erreichen. Aber die *Saighdear* sind dazu da, die Menschen zu beschützen. Und sie würden niemanden verletzen, wenn es sich vermeiden lässt.«

Kate wandte sich ohne Gefühl in den Händen wieder ihrer Aufgabe zu. Sie hatte sich immer danach gesehnt, ihre Mutter wiederzusehen. Sie hatte sich vorgestellt, dass sie nach England gezogen war und sich dort ein neues, eigenständiges Leben ohne ihren Mann aufgebaut hatte. Unbewusst hatte Kate wohl darauf gewartet, dass sich ihre Mutter eines Tages doch noch bei ihr melden würde. Und nun sollte sie seit über sieben Jahren tot sein? Ermordet von den Wesen, von denen sie immer so lebhaft erzählt hatte?

Kate konnte es noch gar nicht begreifen. Warum hatte ihr Vater nie etwas gesagt? Warum hatte er sich immer weiter hinter den Schleier seines Alkohols verzogen, hatte seine Kinder von sich gestoßen und die Wahrheit mit sich in die Tiefe gerissen?

Sie spürte, dass sich Tränen in ihren Augen sammelten, aber sie wollte nicht weinen und schluckte sie mühsam herunter. Wenige Sekunden später rannen sie trotzdem ihre Wangen hinab, ohne dass sie es verhindern konnte.

Sie war verwirrt, traurig, wütend – alles zugleich. Sie wusste nicht, wie sie weitermachen sollte.

»Jedenfalls solltest du zusehen, dass du die Probezeit hier nicht bestehst«, brach Gabriel beinahe vorsichtig die Stille. »Es reicht, wenn einer von uns sein Leben aufs Spiel setzt. Und wir können unseren Vater nicht alleinlassen. Einer von uns muss ihm zur Seite stehen. Außerdem gehst du noch zur Schule … Du kannst nicht bleiben, Kate. Und sag diesem Ian, dass sich dein Problem erledigt hat.«

Kate knüllte den Lappen in ihrer Hand zusammen und drehte sich zu ihrem Bruder. »Also erwartest du ernsthaft von mir, dass ich daheim den Haushalt schmeiße und die Schafe hüte, während du hier den Helden spielst?«, fragte sie, ohne die Tränen auf ihrem Gesicht wegzuwischen. »Ich kann das nicht, okay? Ich kann nicht nichts tun, während du dein Leben riskierst … Ich will dich nicht auch noch verlieren.«

»Du tust mir keinen Gefallen, wenn du bleibst«, sagte er, sah ihr dabei aber nicht in die Augen. »Du bringst dich auch in Gefahr, und das … das kann ich nicht zulassen.«

»Warum ist es dann okay, wenn du in Gefahr bist?«

»Weil ich dein großer Bruder bin«, erwiderte er. »Es ist meine *Aufgabe*, dich zu beschützen …«

»Ich kann auf mich selbst aufpassen.«

Gabriel warf seinen Lappen in den Wassereimer zu seinen Füßen. »Ich weiß«, sagte er. »Aber das kann ich auch. Ich habe mich für diesen Weg entschieden, Kate, und ich werde ihn bis zum Ende gehen, auch wenn das nicht einfach ist. Und bitte glaub mir, wenn ich dir sage: Mir wird nichts passieren.«

»Du weißt, dass das gelogen ist«, sagte sie bitter.

»Ich kann nicht mehr tun, als es dir zu versprechen«, entgegnete Gabriel. »Und jetzt ist es sowieso schon zu spät. Ich weiß zu viel. Sie lassen mich nicht mehr gehen. Und daran wird auch dein Ian nichts ändern.«

»Das stimmt doch gar nicht«, sagte Kate. »Vielleicht kennt er Wege, um …« Sie unterbrach sich augenblicklich, als sie hörte, wie die Tür in ihrem Rücken knarrend geöffnet wurde. Was, wenn jemand auf dem Gang etwas von Ian oder ihren Plänen gehört hatte? Sie musste wirklich vorsichtiger sein, verdammt. Sie drehte sich zur Tür um, wo Colin suchend um den Türstock lugte.

Seine Miene erhellte sich sofort, als er Gabriel erblickte. »Hier bist du also«, sagte er erfreut.

Kate erlaubte sich, ein wenig zu entspannen. Er war also nicht hereingekommen, weil er gelauscht hatte. Wenigstens etwas.

»Was ist los?«, fragte Gabriel.

Colin trat in den Raum, ließ die Tür aber offen. »Dr. Russell hat uns angefunkt. Bei ihm ist ein Termin ausgefallen, und er hätte jetzt kurz Zeit, deinen Verband zu wechseln, also sollst du zu ihm gehen, wenn's bei dir passt.«

»Ich kann Kate nicht mit all den schmutzigen Fenstern alleinlassen«, behauptete Gabriel.

Seinem Gesichtsausdruck nach zu urteilen, fand er den Gedanken, seiner Schwester – und damit auch von der für ihn anstrengenden Diskussion – zu entkommen, aber durchaus verlockend.

»Geh nur«, sagte Kate so locker wie möglich. »Ich komm allein klar.«

»Alaric und ich sind ja auch noch da«, sagte Colin und lächelte sie an. Offenbar war es das erste Mal, dass er sie bewusst ansah, seit er den Raum betreten hatte, denn er blinzelte verwirrt und hob eine seiner geraden Augenbrauen an. »Weinst du?«

Kate griff hastig an ihre Wange. Verdammter Mist aber auch. »Hatte was im Auge«, sagte sie und lächelte, um ihm nachdrücklich zu beweisen, dass es ihr gut ging.

»Könnte am Staub liegen«, sagte Colin grinsend. »Die Wollmäuse hier unten sind fast so groß wie Wanderratten.«

»Und du bist sicher, dass du kurz allein klarkommst?«, fragte Gabriel.

Kate nickte. »Klar.« Sie war sich allerdings nicht sicher, wie sie das »kurz« in seinem Satz interpretieren sollte. Wie sie Gabriel kannte, unterschied sich seine Definition von Zeit gewaltig von der anderer Menschen.

»Außerdem können wir ab jetzt ja gemeinsam putzen«, schlug Colin vor. »Alaric ist heute noch ungesprächiger als sonst. Bin ganz froh, wenn ich nicht den ganzen Vormittag alleine mit ihm verbringen muss.«

Gabriel warf noch einen letzten, fast schuldbewussten Blick auf den Eimer und die zur Hälfte ungeputzten Fenster, dann nickte er. »Sorry, Kate,«, sagte er. »Ich versuch, mich zu beeilen.«

»Schon okay.«

Colin trat zur Seite, um Gabriel nach draußen zu lassen.

Während Gabriel ging, ohne sich noch einmal umzudrehen, lehnte sich Colin aus dem Türrahmen und starrte ihm einige Sekunden lang hinterher.

»Nicht so gut drauf heute, was?«, fragte er Kate abwesend.

»Liegt an gestern Abend«, sagte sie ausweichend.

»Ich wäre wahrscheinlich nicht besser drauf.«

»Ja, kann sein.«

Kate wandte sich wieder den Fenstern zu. Weder sie noch Gabriel waren konzentriert bei der Arbeit gewesen, und so wiesen selbst die geputzten Glasscheiben noch hässliche Schlieren auf. Eigentlich konnte sie von vorn anfangen.

»Ich denke, ich brauch hier noch ein bisschen«, sagte sie.

Endlich löste Colin seine Aufmerksamkeit vom davonschreitenden Gabriel und sah sie an. »In Ordnung. Dann komm einfach zur Gemeinschaftshalle hoch, wenn du hier fertig bist. Ab da arbeiten wir dann zusammen weiter«, sagte er.

Kate nickte. »Alles klar.«

Nachdem Colin mit einem freundlichen Lächeln gegangen war, blickte sie noch lange auf die geschlossene Tür, bis das einengende Gefühl in ihrer Kehle nachließ und sie sich sicher sein konnte, dass sie nicht mehr weinen würde. Erst dann hob sie die Putzsachen vom Boden auf und begann beim ersten Fenster der Reihe von vorne.

Als Kate endlich den letzten Raum erreichte, in dem sie noch nicht geputzt hatten, war es bereits kurz nach elf.

Bis zur Mittagspause um zwölf würden sie mit ihrer Strafarbeit zwar locker fertig werden, dennoch war Kate überrascht, dass sie so lange gebraucht hatten, um die Fenster eines Gebäudes zu putzen, das anfangs auf sie gewirkt hatte wie ein Steinklotz mit vereinzelten Luftlöchern.

Sie zog die Tür des kleinen Büros hinter sich zu und stellte den Putzeimer hinter dem mächtigen Holzschreibtisch in der Mitte des Raums auf den Boden. Vermutlich wären sie schon längst fertig, wenn sie sich ein wenig mehr beeilt hätten. Doch Colin, Alaric und sie hatten sich während der gemeinsamen Arbeit wider Erwarten gut unterhalten und so einiges an Zeit vertrödelt.

Natürlich hatte Gabriel sich nicht mehr blicken lassen, um ihnen zu helfen. Zuverlässig wie immer eben.

Aber Kate konnte nicht sagen, dass sie über diesen Umstand

wahnsinnig unglücklich war. Sie fürchtete, dass die Stimmung angespannt sein würde, wenn sie Gabe das nächste Mal traf.

Sie atmete tief ein und nahm sich einen Moment Zeit, um das Büro näher zu betrachten. Es war einer der Räume, die Alaric ihr gestern nicht gezeigt hatte, und sie wunderte sich noch immer, dass sie nun doch hereindurfte, wenn auch nur zum Putzen. Zur Sicherheit hatte sie zuvor bei Alaric und Colin nachgefragt, die noch die letzten Fenster des Zimmers putzten, in dem sie bis eben zu dritt gearbeitet hatten. Die beiden hatten zwar kurz überlegt, schließlich aber genickt und gesagt, es würde sich schon keiner der Älteren beschweren, immerhin gehöre sie ja schon fast dazu. Sie alle drei wollten es so schnell wie möglich hinter sich bringen.

Auf den ersten Blick war das Büro nicht spannend. Ein eher kleines, rechteckiges Zimmer im Hauptgebäude des Forts. Gegenüber der Tür führten zwei schmale Fenster hinaus zum Meer. An der rechten Wand war der raue Stein mit Landkarten in unterschiedlichen Maßstäben behängt.

Kate trat näher und betrachtete sie. Es gab eine Welt- und darunter eine Europakarte. Daneben, wesentlich größer und stellenweise mit roten Pinnnadeln markiert, hingen Karten des Vereinigten Königreichs und Schottlands. Eine zeigte sogar nur die Inseln von Orkney und Shetland.

Kate wusste, dass sie nicht viel Zeit hatte, die Markierungen und kleinen Zettel auf den Karten genauer zu studieren. Jederzeit konnten Alaric und Colin hereinplatzen, und dann würde es schwierig werden, zu erklären, warum sie herumschnüffelte, statt die Fenster zu putzen.

Wenig später löste sie den Blick von den Landkarten, die ihr nicht viel Neues über die *Saighdear* erzählt hatten, und untersuchte den Rest des Raumes. Die Wand, in die die Tür eingelassen war, war völlig leer – keine Bilder, keine Wandteppiche mit

Fabelwesen, Meerestieren und Waffen. Die letzte Wand, links von ihr, wurde von Regalen und Schränken verdeckt. Kate war überrascht, auf einem der Regalbretter einen modernen Drucker zu entdecken.

Gut, eigentlich war es alles andere als erstaunlich, dass ein Büroraum so ein Gerät enthielt, aber ein nicht zu geringer Teil von ihr war fest davon ausgegangen, dass die *Saighdear* Anfang des letzten Jahrhunderts aufgehört hatten, den Entwicklungen von Zeit und Technik zu folgen.

Dominiert wurde der Raum von dem dunklen Holzschreibtisch in seiner Mitte. Er war offensichtlich alt, eine Antiquität wie der Großteil der Inneneinrichtung hier im Fort. Auf der Tischplatte lagen ein Laptop, ein paar Kabel und der ein oder andere Kugelschreiber, daneben eine Ansammlung lose verstreuter Blätter, die auf den ersten Blick uninteressant wirkten. Leider gab es keine Fotos oder andere persönliche Gegenstände, die ihr vielleicht einen Hinweis darauf gegeben hätten, wem das Büro gehörte.

Die Beine des Tisches waren geformt wie elegante Wassersäulen, in denen Kate bei genauerem Hinsehen auch die Gestalten von Robben, Meerjungfrauen und Fischen erkannte. Die Schnitzereien waren unglaublich fein gearbeitet, und obwohl Kate sich mit dem Handel von Möbelstücken nicht auskannte, vermutete sie, dass er ein halbes Vermögen gekostet haben musste. Davon abgesehen hatte es bestimmt unglaublich viel Spaß gemacht, das Teil unbeschadet hierherzubefördern. Vom Hafen zum Fort, im Fort die Treppe hinauf … War bestimmt eine tolle Arbeit gewesen.

Wo sie gerade beim Thema war. Es gab in diesem Zimmer nichts Geheimnisvolles zu entdecken – vielleicht sollte sie dann mit den Fenstern anfangen, bevor Alaric oder Colin kamen.

Kate bückte sich nach dem Eimer zu ihren Füßen, als sie etwas sah und mitten in der Bewegung innehielt. Unter der Tischplatte befand sich eine zweite, dünnere Holzplatte, die sich offenbar herausziehen ließ. Von ihrer unbequemen Position aus konnte Kate erkennen, dass in der schmalen Lücke Papier lag, doch es war unmöglich zu sagen, ob es beschrieben war.

Sie strich eine lose Haarsträhne hinters Ohr und dachte fieberhaft nach. Sollte sie einen kurzen Blick riskieren? Sie lauschte, doch im gesamten Gebäude war es vollkommen still, fast so, als warte das Fort selbst gespannt auf Kates Entscheidung.

War das hier nicht genau das, was Ian von ihr verlangte? Dass sie versuchte, an Informationen zu kommen? Doch nach allem, was Gabriel gesagt hatte, war sie nicht mehr sicher, ob sie überhaupt noch für Ian arbeiten sollte. Was hatte es denn noch für einen Sinn? Gabriel hatte ihr klargemacht, dass er die *Saighdear* nicht verlassen würde. Alles, was sie in den letzten drei Tagen unternommen hatte, war umsonst gewesen. Und ihre Mutter …

Sie schluckte das enge Gefühl in ihrer Kehle herunter, streckte die Hand nach der versteckten Platte aus und zog sie hervor. Das Holz war heller als der Rest des Tisches, offenbar jünger. In der Mitte der Fläche lag nicht nur ein Blatt, sondern ein kleiner Stapel Papier. Die Kanten der einzelnen Blätter lagen perfekt übereinander, es gab keine Eselsohren. Es war das Gegenteil der wild verstreuten Papiere auf der oberen Tischplatte.

Kate blickte auf und sah einen Moment auf die geschlossene Tür. Nichts rührte sich. Zögernd zog sie die Platte weiter hervor, bis sie die Überschrift auf dem ersten Blatt lesen konnte.

Vorläufiger Einsatzplan – August 2016. Es war Ende Juli, der Plan würde also in wenigen Tagen in Kraft treten. Unter der Überschrift befand sich eine Liste mit den einzelnen Daten. Unter jedem geplanten Einsatz waren Grund, Dringlichkeit, die benötigten Boote, Ausrüstung und die Namen der *Saighdear* aufgeführt, die an der jeweiligen Aktion beteiligt waren.

Kates Herz machte einen kleinen Sprung.

Das war es! Genau das brauchte Ian. Eine Chance wie diese würde sich ihr wohl so schnell nicht mehr bieten. Vorsichtig strich sie über das schneeweiße Papier und hob den Zettel an. Dann den nächsten.

Drei Seiten gehörten zum Einsatzplan. Danach folgten Zahlen und Abrechnungen, Geldgeschäfte, Dinge, mit denen Kate nicht viel anfangen konnte.

Also ging es nur um diese drei Seiten.

Aber sie konnte den Einsatzplan nicht einfach mitnehmen – der Nächste, der an diesem Schreibtisch saß und nachsah, würde es zweifellos bemerken, wenn ein so wichtiges Dokument plötzlich fehlte. Wenn sie Pech hatte, und das hatte sie häufig, dann würde der Verdacht rasch auf sie fallen.

Du weißt nicht, was die hier mit Verrätern machen.

Die Erinnerung an Gabriels Worte jagte ihr einen kleinen Schauer über den Rücken. Vielleicht sollte sie die Unterlagen einfach hierlassen. Aber wollte sie das denn? Nichts tun? Bei den Kriegen und Kämpfen der *Saighdear* zusehen? In zwei Wochen heimfahren, weiterleben und so tun, als wäre nichts geschehen?

Dafür war es doch ohnehin zu spät. Sie hatte in den letzten Tagen Dinge erlebt, die sie nie wieder würde vergessen können, ganz egal wie sehr sie es auch versuchte.

Kate strich über den ersten Zettel und überlegte. Fotografieren konnte sie den Plan nicht, sie hatte weder ein Handy noch eine Kamera hier. Den Plan auswendig zu lernen war völlig ausgeschlossen. Sie las die Gründe für die Einsätze, die teilweise sehr abenteuerlich klangen: *übernatürliche Vorkommnisse, möglicherweise Poltergeist*, stand bei einer geplanten Ausfahrt am 6. August, und unter dem 10. entdeckte Kate *vier verschwundene Haustiere, nähere Untersuchung notwendig*. Trotzdem, sie wusste, dass sie nicht dazu in der Lage war, sich Datum, Insel, eingesetzte Mitglieder und all die anderen zugehörigen Informationen so einzuprägen, dass nichts durcheinandergeriet. Abschreiben würde zu lange dauern, kam also auch nicht infrage. Am besten sie schob die Platte zurück und vergaß, dass sie die Pläne gesehen hatte.

In diesem Moment hatte sie einen Geistesblitz.

Der Drucker. Warum war sie nicht schon früher darauf gekommen?

Kate nahm die drei Blätter vorsichtig vom Stapel und trat vor das Gerät. Das kleine Licht blinkte grün, es war also an. Wenn sie mit ihrer Einschätzung richtig lag und das Teil weniger als zwei Jahre alt war, dann würde sie nicht viel mehr als eine Minute brauchen, um die drei Blättern zu kopieren. Und besonders laut waren diese neuen Multifunktionsdrucker auch nicht. Mit den dicken Steinwänden um sie herum würde niemand etwas hören.

Es war ihre Angst, die sie doch noch einen Moment lang zögern ließ. Das Risiko, das sie gerade einging, war ihr plötzlich mit erdrückender Schwere bewusst. Es war vielleicht unwahrscheinlich, aber wenn sie doch jemand erwischte, dann war es aus.

Von Ians Standpunkt aus betrachtet, war es das Risiko wohl wert.

Aber galt das auch für Kate? Gabriel hatte gesagt, die Selkies hätten ihre Mutter getötet … Und die Einzigen, die diese Ungeheuer wirklich bekämpften, waren die *Saighdear*. Wenn sie Ian half, schadete sie dann nicht den einzigen Menschen auf der Welt, die den Tod ihrer Mutter rächen konnten?

Kate erstarrte, als sie ein Geräusch vernahm. Die Besprechung der älteren *Saighdear* war zwar bis zwölf angesetzt, aber wenn sie früher fertig wurden, kam der Besitzer des Büros vielleicht direkt hierher. Sie hatte keine Zeit zu verlieren.

Sie musste handeln, und zwar jetzt. Sie würde erst einmal

nur die Unterlagen kopieren – ob sie den Plan dann tatsächlich an Ian weitergab, damit konnte sie sich auch noch später beschäftigen.

Sie legte das erste Blatt ein und drückte auf *kopieren*. Das Gerät wärmte sich ein paar schrecklich lange Sekunden auf, dann begann es mit seiner Arbeit. Es war vermutlich nicht sehr viel lauter als eine schnurrende Katze, doch in der Stille des Zimmers kam es Kate vor, als habe eine Alarmglocke zu schellen begonnen. Ihr Puls nahm Tempo auf. Sie musste das hier so schnell wie möglich über die Bühne bringen.

Die erste Kopie kam heraus. Kate faltete sie und steckte sie in eine der Innentaschen ihrer Jacke, dann legte sie die zweite Seite ein. Die Zeit, die der Kopierer brauchte, um eines der Blätter zu vervielfältigen, kam ihr vor wie eine halbe Ewigkeit.

Endlich war auch die zweite Seite fertig.

Kate warf einen Blick zur Tür – alles ruhig bis jetzt. Aber würde sie es hier drinnen überhaupt hören, wenn draußen jemand über den Gang lief. Sie sah nervös auf die letzte Seite des Einsatzplans. Zweimal hatte sie Glück gehabt, war es der blöde Zettel wirklich wert, das Schicksal ein drittes Mal herauszufordern?

Wenn sie die Seite einfach wegließ, war sie schneller außer Gefahr – allerdings würden ihr dann auch drei geplante Einsätze fehlen. Und sie konnte nicht wissen, ob sich unter diesen drei vielleicht der wichtigste versteckte.

Sie würde es versuchen. Sie hatte mit den ersten zwei Seiten schon genug verbotene Dinge getan, um auf der Stelle rausgeschmissen zu werden, ein Blatt mehr oder weniger würde da keinen Unterschied mehr machen.

Das Schicksal hingegen war mit ihrer Entscheidung wohl nicht zu hundert Prozent einverstanden. Keine zwei Sekunden nachdem der Kopiervorgang begonnen hatte, hörte sie auf dem

Gang jemanden lachen. Es klang nach einer eher jungen Stimme, und die einzigen jungen Männer im Fort waren Gabriel, Colin und Alaric. Alle drei konnten jederzeit hier reinplatzen, um Kate beim Putzen zu helfen.

»Mach schon!«, zischte sie leise. Es kam ihr vor, als würde sich das Gerät jetzt, wo es wirklich riskant wurde, extra viel Zeit lassen.

Nun hörte sie, dass sich draußen jemand unterhielt, auch wenn die Stimmen durch die Wände und die Tür stark gedämpft wurden. Die Leute kamen zweifellos näher. Und das alles andere als langsam.

In dem Moment, in dem der Drucker die letzte Kopie ausspuckte, sah sie, wie die Klinke nach unten gedrückt wurde. Kate schnappte den Zettel, knüllte ihn in einer Kurzschlussreaktion zusammen und schob ihn sich in den Ausschnitt. Für ordentliches Falten blieb keine Zeit. Sie packte die drei Originalseiten, legte sie – so gut es ihre zitternden Hände zuließen – halbwegs ordentlich zurück auf den Stapel und schob die Tischplatte kraftvoll zurück an ihren Platz.

Langsam wurde die Tür geöffnet.

Verdammt.

Sie packte ihren Putzeimer und wuchtete ihn in Richtung Fenster, nahm wahllos einen der Lappen und klatschte Wasser auf die erste Scheibe, um produktiv auszusehen – in diesem Moment hörte sie eine Stimme hinter sich.

»Na, schon fertig?«

Sie drehte sich in gespielter Überraschung zu Colin um. Er und ein schuldbewusst dreinblickender Gabriel standen in der Tür. Die beiden schienen nichts gemerkt zu haben.

»Gleich, was gibt's?«, fragte sie.

»Sorry, dass wir erst jetzt kommen …«, begann Colin und fasste sich in den Nacken. »Brauchst du noch Hilfe?«

Kates Herzschlag beruhigte sich langsam. Sie hatte es echt geschafft, oder? Ein kleines, stolzes Lächeln stahl sich auf ihre Lippen, und sie hoffte, dass die anderen zwei es als Dankbarkeit interpretierten. »Passt schon. Ich bin fast fertig«, sagte sie. »Sind nur noch die zwei Fenster hier.«

Colin trat ganz in den Raum. »Wir helfen trotzdem noch. Damit es schneller geht«, sagte er. Gabriel folgte ihm mit ein wenig Abstand und schloss die Tür hinter sich.

»Wo ist Alaric?«, fragte Kate, um einen heiteren Eindruck bemüht. Zum einen natürlich, um ihre Anspannung von eben zu verbergen, zum anderen wollte sie Gabriel nicht merken lassen, wie sehr sie seine Worte vorhin getroffen hatten.

Colin hob eine Augenbraue. »Keine Ahnung. Vielleicht ritzt er sich und hört dabei melancholische Musik, was weiß ich.«

Kate konnte es nicht verhindern, dass ihr Gesichtsausdruck für eine Sekunde in sich zusammenfiel. »Was?«, fragte sie verwirrt.

»Oder er schreibt düstere Gedichte über Blut, Tränen und gefallene Engel«, fuhr Colin fort.

»Er verarscht dich«, sagte Gabriel, nahm einen Lappen und begann ohne weiteren Kommentar mit der Arbeit an den Fenstern.

Colin schürzte die Lippen und warf ihm einen tadelnden Blick zu. »Musst du immer alles kaputt machen?«, fragte er.

Tatsächlich lächelte Gabriel, obwohl es ein wenig bemüht wirkte. »So einen Mist glaubt dir doch eh kein Mensch.«

»Kate hat es geglaubt«, erwiderte Colin.

»Eine halbe Sekunde lang«, sagte Kate grinsend. »Dann nicht mehr.«

»Es wären zwei Sekunden geworden, hätte Gabriel mich nicht verraten.«

Kate schüttelte den Kopf. »Wohl kaum.«

»Verdammt«, sagte Colin und hob den Abzieher aus dem Eimer, um Gabriel zu helfen. »Dabei ist das gar nicht mal so unwahrscheinlich.«

»Eigentlich schon«, sagte Gabriel. »Alaric ist nicht so drauf. Ich würde ihm vielleicht zutrauen, dass er in seiner Freizeit Morde plant, aber melancholische Musik und Gedichte über gefallene Engel – eher nicht.«

»Richtig, ist zu gefühlsbetont, zu viel Seele«, stimmte Colin ihm nun zu. »Und Alaric *hat* keine Seele.«

»*Du* hast keine Seele«, gab Gabe mit einem kleinen Lachen zurück und wedelte mit seinem nassen Lappen in Richtung Colins flammend roter Haare.

»Wegen meiner Haarfarbe?«, fragte Colin mit gespielter Empörung. »Das ist rassistisch.«

Kate konnte nicht anders, als über die beiden den Kopf zu schütteln. Da hatte Gabe doch tatsächlich jemanden im Fort gefunden, der seinen fragwürdigen Humor teilte. Es war nicht unbedingt der ihre, aber dank lockerer Scherze der beiden löste sich ihre Anspannung allmählich auf und die dicke Luft zwischen ihr und ihrem Bruder wich ein wenig. Vielleicht war es gar nicht so schlecht, dass die beiden hier waren.

Sie bückte sich, darauf bedacht, dass der zusammengeknüllte Zettel in ihrem Pullover nicht herausfiel, hob einen trockenen Lappen auf und begann neben den beiden feixenden Jungs ihre Arbeit.

15

Als Kate vier Tage später über die Felsen am Fuß des Forts zu ihrem geheimen Treffpunkt kletterte, schienen die drei gefalteten Blätter Papier in ihrer Jackentasche Tonnen zu wiegen.

Sie konnte noch immer nicht glauben, was sie gerade tat. Nach vier Tagen, an denen sie sich strikt geweigert hatte, Ian die Unterlagen zu geben, an denen sie ihm nicht einmal im Ansatz davon erzählt hatte, kam sie nun doch in der Absicht her, ihm die wertvollen Informationen zu überreichen. Vielleicht war sie in ihrer Zeit im Fort einfach verrückt geworden.

Was an sich gar nicht so abwegig war. Wenn man einen Großteil des Tages mit Kraft- und Waffentraining, mit Unterricht und Gesprächen über Fabelwesen verbrachte, dann geriet man früher oder später unweigerlich in einen Zustand, den der Durchschnittsbürger ohne langes Zögern als »verrückt« bezeichnet hätte. Ihre Muskeln schmerzten, besonders jene, von denen sie zuvor nicht einmal gewusst hatte, dass sie existierten. Jeden Tag stürmte eine Vielzahl von Informationen auf sie ein, sodass sie abends noch stundenlang wach lag, obwohl ihre Glieder sich bleischwer anfühlten.

Die ersten drei Tage waren die Hölle gewesen. Immer wieder hatte sie festgestellt, wie weit sie in Sachen Ausbildung hinter Alaric und den anderen zurücklag, und einige Male hatte sie das Gefühl gehabt, nicht einmal die zwei Wochen Probezeit zu überstehen.

Heute waren ihr die Übungen mit Schwert und Pistole zum ersten Mal etwas leichter gefallen. Jack und Alaric schienen sogar stolz gewesen zu sein, fast so, als sei sie ein ihnen anvertrauter Hundewelpe, der zum ersten Mal richtig auf ihre Kommandos reagiert hatte.

Auch die anderen Mitglieder akzeptierten sie langsam. Wo anfangs nur beiläufige Blicke und anhaltendes Schweigen gewesen waren, gab es nun freundliche Begrüßungen und ehrlich interessierte Unterhaltungen. Mit Colin und Alaric verstand sie sich täglich besser, und auch Gabriel war wieder umgänglicher geworden, nachdem sie ihm versprochen hatte, die *Saighdear* nach der Probezeit zu verlassen. Ob sie das auch tun würde, stand selbstverständlich auf einem anderen Blatt.

Insgesamt war heute der erste Tag gewesen, an dem sie Gefallen an ihrem Aufenthalt im Fort gefunden hatte. Es war ein schönes Gefühl, sich endlich zugehörig zu fühlen. Leider hatte das nicht länger als bis drei Uhr nachmittags angehalten.

Wenn sie an die Bilder dachte, die sich ihr und den anderen Mitgliedern im Hafen des Forts geboten hatten, dann drehte es ihr noch immer den Magen um, obwohl sie das Schlimmste nicht einmal gesehen hatte.

Kate trat um einen Felsen herum, der direkt in die massive Steinmauer des Forts hineinzuwachsen schien, und ihr Treffpunkt mit Ian kam in Sichtweite. Sie hoffte, ihn zwischen den Steinen zu entdecken, aber als sie näher kam, musste sie enttäuscht feststellen, dass er noch nicht da war.

Es war nicht so, dass sie ihn als Freund betrachtete. Aber sie mochte ihn, und sie hätte gern mehr über ihn und seine Gefährten erfahren. Nur hatte sie nach wie vor keiner im Fort erwähnt. Dabei *mussten* die *Saighdear* doch von einer Gruppe wissen, die im offenen Konflikt mit ihnen stand. Als sie Ian vor zwei Nächten darauf angesprochen hatte, hatte der lapidar gemeint, dass die anderen es vermutlich vor ihr geheim hielten, solange es keinen triftigen Grund gab, mit ihr darüber zu reden.

Sie hätte gerne Alaric gefragt, der sich ihr gegenüber immer offener zeigte. Aber es wäre zu auffällig gewesen, wenn sie von einer Sache gesprochen hätte, von der sie eigentlich nichts wissen konnte. Ohnehin schienen Alaric und Jack sich sehr nahezustehen, und Jack misstraute ihr eh schon.

Zu dem von ihm angekündigten Vier-Augen-Gespräch war es noch nicht gekommen, aber sie konnte gar nicht mehr zählen, wie oft er ihr kleine Andeutungen hingeworfen hatte, dass er über ihre heimlichen Geschäfte auf dem Laufenden war. Dementsprechend war sie in seinem Einzugskreis übervorsichtig mit den Dingen, die sie von sich gab. Jack war zweifellos intelligent, aber bisher hatte sie ihm gut ausweichen können. Den entscheidenden Beweis hatte er wohl noch nicht gefunden, denn noch hatte Blackbird sie nicht rausgeworfen.

Sie erreichte ihren Treffpunkt. Die Stelle zwischen den Felsen, an der Ian sonst immer saß, war immer noch verwaist. Allerdings war Kate auch früher dran als sonst. Sie war um Viertel vor zehn aufgebrochen und hatte sich auf ihrem Weg Zeit gelassen, es musste jetzt also kurz nach sein. Die Sonne war bereits untergegangen, aber es war noch dämmerig. Üblicherweise traute sie sich erst später hierher, wenn es dunkler war und sie sicher sein konnte, dass die meisten *Saighdear* schon schliefen.

Es war riskant gewesen, so früh aufzubrechen – sowohl im Inneren des Forts, als auch auf ihrem Weg zu den Felsen hätte sie leicht jemandem begegnen können. Und wie hätte sie dann erklären sollen, warum sie um zehn Uhr abends noch in voller Montur durch die Gegend stiefelte?

Aber sie war aufgewühlt und freute sich darauf, Ian zu sehen. In den letzten Tagen war er eine Konstante für sie geworden, der einzige Mensch, mit dem sie rational und objektiv über die

Saighdear und ihre Auseinandersetzungen mit den mythischen Kreaturen reden konnte. Colin, Jack und Alaric waren nett, aber sie waren voreingenommen.

Ian schien das Ganze mit etwas mehr Abstand zu beurteilen.

Natürlich hegte auch er Vorurteile gegen die *Saighdear,* aber im Gegensatz zu ihnen glorifizierte er die Handlungen seiner eigenen Gruppe nicht. Er betrachtete Niles Tun kritisch und wollte Tod und Gewalt, wo es ging, vermeiden. Ein Standpunkt, den Kate mit ihm teilte.

Vielleicht hatte sie sich deshalb entschlossen, ihm heute den Einsatzplan trotz aller Zweifel zu überreichen.

Kate zog ihre Jacke enger um den Körper. Der Wind war kühl geworden. Fröstelnd ließ sie ihren Blick über das blaugraue Meer schweifen – weit hinten, fast schon am Horizont, glaubte sie ein Schiff zu erkennen, ansonsten war die Wasserfläche endlos und leer. Das Fort schien am Ende der Welt zu liegen. Sie hatte die Insel vorgestern zusammen mit Gabriel und Colin zu Fuß umrundet, doch wohin man sah, nirgends konnte man Land entdecken.

In ihrer Heimat lagen die Inseln so nah beieinander, dass man bei schönem Wetter sogar einzelne Häuser auf den Nachbarinseln ausmachen konnte. Kate hatte ihr ganzes Leben abgetrennt vom Festland verbracht, aber sie hatte sich noch nie so einsam gefühlt wie hier. Es war eine andere Welt. Die Schule, das Festland, England, die Bilder aus den Nachrichten, all das schien in eine ganz andere Dimension zu gehören. Nicht hierher, wo Himmel und Horizont nahtlos ineinander übergingen, wo das Leben von Meer und Wetter bestimmt wurde und man sich im Kampf gegen Meerjungfrauen und Selkies behaupten musste.

Sie betastete den Stein, auf dem Ian für gewöhnlich wartete, und setzte sich, nachdem sie festgestellt hatte, dass er trocken war. Es war eigentlich kein schlechter Posten – sie hatte sowohl das Fort als auch Felsen und Meer bestens im Blick.

Sie fragte sich, wie lange sie wohl warten musste, bis Ian auftauchte. *Falls* er auftauchte. Aber warum sollte er es nicht tun? Bis jetzt war er jeden Tag gekommen.

Doch wohin sie auch blickte, sie konnte ihn nicht erspähen.

Ohnehin war es Kate schleierhaft, wie er immer wieder unbemerkt hierhergelangte. Er hatte gesagt, er würde sein Boot weiter draußen auf dem Meer zurücklassen und das letzte Stück bis zu den Felsen schwimmen. Gelogen war das sicher nicht – eine andere Möglichkeit, das Fort zu erreichen, gab es nicht –, aber es wunderte sie, dass Ian dieses Kunststück jedes Mal aufs Neue vollbrachte. Immerhin konnte so ein kleines Motorboot nur allzu leicht abtreiben, und das Wasser war eiskalt.

Aber das war nun wirklich sein Problem, nicht ihres.

Sie blinzelte, als sie keine fünfzig Meter von den Felsen entfernt eine Bewegung in den Wellen wahrnahm. Vermutlich ein Tier. Kate starrte auf die Stelle, wartete, ob es sich noch einmal blicken lassen würde – und tatsächlich, wenig später tauchte ein dunkler Kopf aus dem Wasser auf, nur um nach einer halben Sekunde wieder zu verschwinden.

Eine Robbe.

Kate durchlief ein kleiner Schauer. Seit sie erfahren hatte, dass es Selkies gab, seit sie gesehen hatte, wozu diese Ungeheuer fähig waren, hatte sie alles, was sie je über Robben gedacht hatte, infrage gestellt. Sie hatte sie immer gemocht, sie sogar süß gefunden. Nun überlegte sie jedes Mal, wenn sie eine sah, ob es sich um einen Selkie handeln könnte.

Kate starrte weiterhin aufs Meer, doch das Tier tauchte nicht mehr auf.

Ein beklemmendes Gefühl breitete sich in ihr aus. Sie saß hier in voller Uniform, war also klar als Mitglied der *Saighdear* zu identifizieren. Selkies konnten sich in Menschen verwandeln und an Land gehen; auch wenn Quentin gestern im Unterricht behauptet hatte, dieser Vorgang sei an bestimmte Bedingungen, wie etwa den Stand des Mondes, geknüpft. Einen Beweis für diese Theorie gab es jedoch nicht.

Die Selkie auf der *Fàire* hatte ja auch nicht länger als zwei Sekunden gebraucht, um sich wieder in eine Robbe zu verwandeln. Und heute Nachmittag ... Kate betete, dass das Ding im Wasser ein stinknormaler Seehund gewesen war und kein Selkie, der nun versuchen würde, sie umzubringen. Sie war ja nicht einmal bewaffnet.

Eine Zeit lang regte sich überhaupt nichts. Das Meer war ruhig, und das Tier zeigte sich nicht mehr. Es war wohl wirklich nur eine neugierige Robbe gewesen, auch wenn die sich laut Alaric nur noch selten in die Nähe des Forts trauten. Die *Saighdear* vertrieben sie, wenn sie auf den Felsen oder am Strand Rast machen wollten, weil man nie wusste, ob sich nicht doch Selkies unter ihnen befanden. Das Letzte, das man in so einem Krieg gebrauchen konnte, waren nun mal Feinde im eigenen Basislager.

Kate richtete ihre Aufmerksamkeit auf die Brandung am Fuße der Klippen. Sie würde Ian dort entdecken, sobald er auftauchte. Sie blickte erst wieder auf, als sie eine Bewegung am rechten Rand ihres Blickfelds wahrnahm und Ian sah, der mühelos über die Felsen hinwegstieg, um zu ihr zu gelangen.

Sie stand rasch auf, bemühte sich um ein Lächeln und winkte ihm nach kurzem Zögern zu, aber er reagierte nicht. Sein Gesichtsausdruck war ungewöhnlich düster. Blieb nur zu hoffen, dass das an Nile oder seiner Anreise lag, nicht an ihr.

»Früh dran heute, was?«, fragte er, sobald er nah genug herangekommen war, um sprechen zu können, ohne dass seine Stimme bis zu den Fenstern des Forts hinaufgetragen wurde.

»Äh, na ja ... Ist das ein Problem?«, fragte sie verwirrt.

Ian ließ sich auf seinen Stammplatz fallen und fuhr sich mit einer Hand durch die nassen Haare. »Nein«, sagte er. »Eigentlich nicht.«

»Okay«, erwiderte sie langsam. »Dann … passt doch alles, oder nicht?«

Ian zuckte mit den Schultern, ohne zu ihr aufzublicken. »Weiß nicht. Vielleicht.«

»Willst du darüber reden?«, fragte Kate. Als sie ihn mit einem kleinen Kopfschütteln Luft holen sah, hängte sie ein: »Und sag jetzt nicht, dass nichts los ist« an.

»Es ist nichts *Schlimmes*«, sagte er ein paar Sekunden später. »Zumindest nichts, was dich direkt betrifft. Es ist eben …« Er zuckte erneut mit den Schultern. »… Nile. Kennst ihn ja.«

Kate unterließ es, ihn darauf hinzuweisen, dass sie Nile genau genommen überhaupt nicht kannte. Sie hatte einmal mit ihm geredet und dann eine Nacht im selben Gebäude verbracht, ohne ihn noch einmal zu Gesicht bekommen zu haben. »Habt ihr euch gestritten?«, fragte sie vorsichtig.

Ian ließ sich mit seiner Antwort Zeit, und sie nutzte die entstehende Pause, um sich ihm schräg gegenüber ebenfalls auf einen der Felsen sinken zu lassen. Seit sie auf dieser Insel war, verbrachte sie ohnehin einen Großteil ihres Tages im Stehen und Laufen.

»Nicht wirklich«, sagte Ian schließlich ausweichend. »*Diskutiert* vielleicht. Aber die Stimmung ist im Moment im Keller, ist also kein Wunder … Nile war immer etwas … äh, eigen.«

»Worum ging es?«, hakte Kate nach. »Um die *Saighdear?*«

Ian überging ihre Frage. »Und bei dir?«, sagte er und sah sie zum ersten Mal, seit er gekommen war, direkt an. Sein Gesichtsausdruck war halbwegs neutral geworden, doch unter seinen Augen lagen dunkle Schatten. Kate hatte keine Ahnung, wie lange er brauchte, um von ihren abendlichen Treffen zurück zum

Leuchtturm zu gelangen, aber viel Schlaf hatte er in den letzten Tagen sicherlich nicht bekommen. »Gibt's Neuigkeiten?«

Das war dann wohl der Zeitpunkt, an dem sie mit der Wahrheit rausrücken musste. Kate nickte tonlos, griff mit klopfendem Herzen in die Innentasche ihrer Uniformjacke und zog die gefalteten Unterlagen hervor.

Ians Augen, zuvor matt und abwesend, leuchteten interessiert auf, als er das Papier zwischen ihren Fingern erblickte. »Was ist das?«, fragte er.

»Der Einsatzplan für August«, sagte Kate. Ihre Gedanken hatten wieder zu rasen begonnen. Tat sie wirklich das Richtige? Im Prinzip konnte es ihr egal sein – sie hatte sich bereits entschieden, und jetzt war es zu spät, einen Rückzieher zu machen.

Ian blinzelte sie ungläubig an und sah dann wieder auf die Zettel. »Wirklich? Der gesamte Plan?«

Er erinnerte sie einen Moment lang an eine Katze, vor deren Nase man mit einer Plüschmaus herumwedelte. Sie hatte genau das, was er und Nile von ihr wollten. Kate konnte gar nicht sagen, wie oft Ian bei all ihren Treffen von Daten und Einsatzplänen gesprochen hatte. Und nun saß sie ihm gegenüber, keinen halben Meter entfernt, und hielt das Objekt seiner Begierde in ihren Händen. Sie wusste, dass ihr diese Konstellation einen Hauch von Macht verlieh, doch sie hatte nicht vor, das auszunutzen.

Am liebsten hätte sie Ian den Zettel einfach in die Hand gedrückt, um dann so schnell wie möglich zurück ins Fort zu verschwinden. Den Verrat schnell hinter sich bringen, aber das ließ sich weder mit ihrer Erziehung noch mit ihrer Würde vereinbaren.

Sie würde das jetzt durchziehen. Anstatt davonzurennen, nickte sie also.

»Der ganze«, sagte sie und faltete das Papier auf, um es in ihrem Schoß glatt zu streichen.

»Woher hast du ihn?«, fragte Ian. »Haben die anderen was gemerkt?«

»Ich hab ihn beim Putzen gefunden«, erwiderte Kate wahrheitsgemäß. »Das hier ist eine Kopie, es wird also niemand merken. Es sei denn, jemand zählt das Restpapier im Drucker.«

Sie konnte Ian ansehen, dass er es kaum erwarten konnte, einen Blick auf die Unterlagen zu werfen. Anstatt ihn noch weiter zappeln zu lassen, gab sie sich einen Ruck und händigte ihm die Seiten aus.

Er nahm den Plan betont langsam entgegen, so als wolle er Kate nicht zeigen, wie wichtig ihm die Informationen waren, die das Dokument enthielt.

Kate hätte fast gelacht. Eigentlich war es absurd, wie sie beide versuchten, dem anderen Professionalität und Ausgeglichenheit vorzuspielen, während sie offensichtlich wie auf glühenden Kohlen saßen.

Ian überflog die erste Seite, hob sie hoch und warf auch einen Blick auf die anderen beiden Blätter. Zum Glück kommentierte er nicht, dass die dritte Seite so zerknüllt aussah, als habe man sie gerade eben erst aus dem Müll gezogen.

»Das ist ... Wahnsinn«, sagte er. »Das ist es, was wir brauchen.« Er sah wieder zu ihr hoch. »Danke. Es war sicher nicht einfach, da ranzukommen.«

Kate hob unschlüssig die Schultern. »Es ging schon.«

»Trotzdem. Das war sehr mutig von dir. Ich hätte nicht gedacht ... Danke, Kitty. Du hilfst uns echt weiter damit«, sagte er. Seine Augen schienen von innen zu glühen. Die Farbe erinnerte Kate ein wenig an das beleuchtete Aquarium, das bei einer ihrer Schulfreundinnen im Zimmer stand.

»Wozu braucht ihr ihn überhaupt?«, fragte sie nach kurzem Zögern. »Den Plan, meine ich?«

»Damit ...«, begann er, brach dann aber ab und schwieg einen

Augenblick lang. »Für unsere Strategie. Es ist wichtig zu wissen, wer von denen sich wo befindet, wenn wir selbst … *planen* wollen.«

»Damit ihr wisst, wann ihr am besten angreifen könnt?«

»Wir wollen, dass so wenig Leute wie möglich Schaden davontragen«, sagte Ian ernst. Das Licht in seinen Augen schwand langsam wieder, was aber nichts daran änderte, dass er die Unterlagen mit beiden Händen fest umklammert hielt. »Trotzdem müssen wir etwas *tun*, Kate.«

Sie nickte, löste ihren Blick von Ian und ließ ihn die Felsen hinab in Richtung Wasser wandern. Vielleicht war es nicht besonders klug, aber sie verspürte den eigenartigen Drang, Ian die ganze Wahrheit zu sagen – nämlich dass sie lange überlegt hatte, ob sie ihm den Einsatzplan überhaupt geben sollte. Vielleicht würde seine Meinung ihr helfen, Klarheit in ihrem Kopf zu schaffen.

Sie brauchte einfach *irgendeine* Meinung, die nicht von ihr selbst stammte.

»Ich hab den Plan schon seit ein paar Tagen, weißt du«, begann sie leise.

Ian schwieg. Kate nahm ihm am Rande ihres Blickfelds verschwommen wahr, doch es reichte bei Weitem nicht, um seinen Gesichtsausdruck zu deuten. War er verwirrt? Überrascht? Oder sogar verärgert? Vielleicht wollte sie es gar nicht so genau wissen.

»Warum hast du nichts gesagt?«, fragte er dann, erstaunlich sanft für seine Verhältnisse.

»Ich war mir nicht sicher«, sagte sie. »Es ist … Jeder erzählt mir etwas anderes, und ich weiß nicht mehr, wem ich glauben soll. Ich weiß nicht mehr, wer die Guten sind, was richtig oder falsch ist.«

»Manchmal lässt sich die Welt nicht in Schwarz und Weiß einteilen«, sagte Ian. »Ich kann dir nicht versprechen, dass wir die Guten sind und die anderen die Bösen. Ich kann dir nur sagen, dass jeder von uns seine Ziele hat, für die er kämpft. Was du für richtig hältst – das musst du selbst entscheiden. Ich werde dich zu nichts zwingen, auch wenn Nile das vielleicht anders sieht.«

»Wie aufopfernd von dir«, schnaubte Kate. Es war nicht wirklich das, was sie zu hören gehofft hatte. Doch was hatte sie von Ian erwartet?

»Ich kann dir nur erklären, wie ich das sehe«, sagte Ian, ohne näher auf ihre Äußerung einzugehen. »Die *Saighdear* wollen vom Grundsatz her auch, dass Frieden herrscht, aber sie gehen dafür über Leichen. Seit Jahrhunderten. Das wird sich nicht ändern. Sie akzeptieren nicht, dass mythische Kreaturen neben den Menschen existieren. Sie sehen sie als Bedrohung, und das wird so bleiben, bis sie alles, von dem Gefahr ausgehen könnte, ausgelöscht oder von hier vertrieben haben.« Er machte eine kleine Pause. »Nile, Fynn, Lauren, ich und der Rest wollen, dass das Töten aufhört. Wir wollen, dass endlich Frieden herrscht, dass Menschen und Selkies miteinander leben können, ohne sich gegenseitig umzubringen.«

Kate löste den Blick von den Wellen und sah Ian wieder direkt an. »Aber wenn ihr dafür pausenlos auf die *Saighdear* losgeht, macht euch das auch nicht wirklich besser, oder?«

»Manche Leute verstehen keine andere Sprache als die der Gewalt«, sagte Ian bitter.

Die Bilder des Nachmittags flammten glühend hell in Kates Erinnerung auf.

Rot gefärbte Salzwasserpfützen auf dem rauen Pflaster des Hafens. Ein zappelnder Körper im Netz des Fischkutters, die panischen Schreie einer Frau, als das schützende Robbenfell vom Körper der Selkie geglitten war. Dann die Rücken von mindestens zwei Dutzend Männern vor ihr, gereckte Hälse, neugierige Blicke.

Alarics Hand, die sie mit sanftem Druck zur Treppe schob,

seine Stimme dicht an ihrem Ohr. »Gehen wir. Das musst du nicht sehen.«

Im Nachhinein war sie ihm dankbar. Ihm und auch den ganzen anderen *Saighdear*, die vor ihr am Hafen angelangt waren, und ihr so die Sicht auf das meiste versperrt hatten.

Manche Leute verstehen keine andere Sprache als die der Gewalt.

Kates Magen verkrampfte sich. Ian hatte recht. Und aus diesem Grund war es richtig gewesen, ihm die Unterlagen zu geben. Das, was die *Saighdear* taten, das … Es war falsch. So sehr Kate sich vor den Selkies fürchtete, es waren Lebewesen, und kein Lebewesen hatte es verdient, so zu leiden.

»Sie haben heute eine Selkie erwischt«, sagte sie, ehe sie es verhindern konnte. Ians Augen verdunkelten sich plötzlich. Wurden von Meergrün zu Schwarz. War sie zu weit gegangen? »Sie haben sie in einem Netz gefangen und an Land gezogen und … Sie hat geblutet … und so *geschrien*. Es war schrecklich.« Die Worte waren Kate herausgerutscht, ohne dass sie sie hätte aufhalten können. Es war, als hätten sich die Sätze über die letzten Stunden angestaut, als hätten sie nur auf den richtigen Moment gewartet, um hervorzubrechen. »Sie war fast wie ein normaler Mensch, weißt du? Sie hatte Angst. Und die anderen haben einfach zugesehen. Sie haben sich *gefreut*, dass sie eine lebend erwischt haben, weil sie sie dann befragen können.«

Ians Gesicht sah aus, als wäre er direkt vor ihr zu einer Holzpuppe erstarrt, aber sein Blick sprach Bände – noch nie hatte sie so viel Abscheu, so viel Verachtung und Hass in seinen Augen gesehen, und das erschreckte sie. Sollte er nicht wissen, wozu die *Saighdear* imstande waren?

»Was haben die mit ihr gemacht?«, presste er hervor.

Der Klang seiner Stimme erinnerte Kate an das Knurren eines großen Hundes.

»Ich weiß nicht«, sagte sie, fast ein wenig eingeschüchtert von Ians plötzlichem Stimmungswandel. »Sie wollten sie befragen. Aber … Ich bin mit Alaric gegangen. Ich wollte nicht zusehen.«

»Wann war das?«

»Heute Nachmittag, gegen drei. Vielleicht war es auch halb vier … Keine Ahnung.«

Ian sprang auf und machte ein paar unruhige Schritte in Richtung Meer. Die Unterlagen stopfte er achtlos in die Tasche seiner Jeans. Trotz seines Shirts konnte Kate sehen, dass seine Rückenmuskeln angespannt waren.

»Und du hast nichts mehr von der Gefangenen gehört?«, fragte er, als er sich wieder zu ihr umdrehte. Es kam ihr plötzlich falsch vor zu sitzen, doch sie war wie erstarrt. Aufzustehen schien ihr unmöglich.

»Ich habe nicht nach ihr gefragt«, sagte sie. »Ich bin sicher, dass die anderen darüber geredet haben, aber ich wollte es nicht wissen, verstehst du? Ich hatte genug gesehen.«

»Also weißt du nicht, was mit ihr passiert ist?«, hakte Ian nach, beinahe flehend.

»Nein, ich … keine Ahnung. Ich würde es dir sagen, wenn ich es wüsste, wirklich. Aber vielleicht kann ich es bis morgen herausfinden. Ich versuche es«, bot sie an.

»Das wäre toll«, sagte Ian.

»Dann mach ich das«, sagte sie. »Ich frage morgen früh einfach Jack oder … vielleicht doch lieber Gabe oder Colin, die verraten mir am ehesten etwas.«

»Gut.« Er machte einen Schritt auf sie zu und fragte: »Meinst du, du kannst mir eine Nachricht schicken, sobald du etwas rausgefunden hast?«

Kate blinzelte. »Äh, ich hab kein Handy«, sagte sie mit einem reflexartigen Griff an ihre leere Hosentasche. »Und wahrscheinlich keinen Empfang.«

Ian sah kurz aus, als müsse er diese Information erst einmal richtig einordnen. Dann schüttelte er ungeduldig den Kopf. »Ich hab auch keins«, erwiderte er. »Darum geht es auch nicht. Nimm ein Blatt Papier, schreib drauf, was du weißt, und dann wirf es von deinem Fenster aus hier runter. Vielleicht schaffe ich es, am Nachmittag kurz vorbeizukommen.«

Kate zog skeptisch die Brauen zusammen. »Und wenn der Zettel weggeweht wird?«

»Wickel ihn um einen Stein oder steck ihn in eine leere Flasche, was weiß ich«, sagte er. »Es ist wichtig. Meinst du, du kannst es versuchen?«

»Ja, klar.«

»Gut.« Er sah auf das Meer hinaus. »Gibt es noch was, über das du reden willst? Ansonsten würde ich …«

»Geh nur«, sagte sie. Seit sie die Selkie im Hafen erwähnt hatte, sah er aus, als warte er nur auf den richtigen Moment, um kopfüber ins Wasser zu springen und zu seinem Boot zurückzuschwimmen. »Ist eh nicht schlecht, wenn ich mal früher schlafen gehe als sonst.«

Ian sagte nichts. Erst als sie aufgestanden war, berührte er seine Hosentasche. »Danke für die Unterlagen, Kitty.«

»Kein Ding«, erwiderte sie, die inneren Konflikte und nagenden Zweifel der letzten Tage einfach übergehend. »Man sieht sich morgen, oder?«

»Wahrscheinlich.«

»Bis dann.«

»Ja.«

Sie deutete ein kleines Winken an, wandte sich ab und machte sich auf den Rückweg. Inzwischen war es dunkel geworden, und sie musste sich voll auf ihre Schritte konzentrieren, um nicht abzurutschen und zu stürzen.

Erst als sie die Hälfte des Weges über die Felsen hinter sich gelassen hatte, sah sie über ihre Schulter zurück. Natürlich war von Ian weit und breit nichts mehr zu sehen. Kate streckte eine Hand Halt suchend nach der Mauer des Forts aus und setzte ihren Weg vorsichtig fort. Ians Verhalten hatte sie überrascht. Sie war nicht davon ausgegangen, dass er, der sonst immer so abgeklärt wirkte, was die Machenschaften der *Saighdear* anging, so heftig auf die Ereignisse des Nachmittags reagieren würde.

Vielleicht war die Art und Weise, wie die älteren *Saighdear* die gefangene Selkie heute behandelt hatten, ja doch nicht so üblich, wie Kate es zunächst angenommen hatte. Das würde auch die Neugier der anderen Männer und vor allem Alarics Reaktion erklären. Jemand, der ohne auch nur mit der Wimper zu zucken auf Selkies schoss, hätte vermutlich nicht mit Kate den Hafen verlassen, wenn die Ereignisse dort an der Tagesordnung gewesen wären.

Möglicherweise war der unmenschliche Umgang mit dem Wesen für Ian aber auch ein Zeichen dafür gewesen, dass die Brutalität der *Saighdear* zunahm. Und der Einsatzplan gab ihm, Nile und den anderen eine handfeste Möglichkeit, endlich zu handeln.

Das schien ihr die beste Erklärung für Ians Nervosität zu sein.

Er konnte es wahrscheinlich kaum erwarten, seiner Gruppe von den Neuigkeiten zu erzählen und ihnen die Einsatzpläne zu zeigen. Falls das Papier den kleinen Tauchgang bis zu seinem Boot überlebte.

Kate atmete auf, als sie die Felsen hinter sich gelassen und wieder Gras unter den Füßen hatte. So brauchte sie nicht mehr jeden Schritt zweimal zu überdenken und kam endlich wieder schneller voran. Sie ging an der Mauer des Forts entlang bis zu dem großen Torbogen, hinter dem der Innenhof still im blassen Licht der Sterne lag.

Einen Moment hielt sie inne und sah sich um. Der Hof und

die Wege zum Hafen und zum kleinen Dorf der Insel waren leer. Im Turm des Forts brannte noch Licht, aber sonst war nirgends ein Zeichen menschlicher Aktivität zu erkennen. Eine bessere Gelegenheit würde sich ihr nicht bieten. Kate verließ den Schutz der Mauer, trat unter dem heraufgezogenen Gitter des Torbogens hindurch und durchquerte mit raschen Schritten den Platz, auf dem sie noch heute Vormittag mit Alaric und Colin auf Puppen geschossen hatte.

Die schemenhaften Silhouetten der Dummies hatten im Dunkeln etwas Unheimliches an sich. Die schwarzen Einschusslöcher kamen ihr plötzlich vor wie Augen, die jede ihrer Bewegungen aufmerksam verfolgten, und Kate war erleichtert, als sie die große Flügeltür erreichte, durch die sie ins Innere des Forts gelangen würde.

Sie hatte sich noch nie Gedanken darüber gemacht, warum niemand nachts das Gitter herunterließ oder die Tür absperrte. Allerdings wusste sie inzwischen auch, dass im Dorf jemand einen Betrieb führte, den man wohlwollend als Pub hätte bezeichnen können. Ein paar ältere *Saighdear* waren nach Schichtende regelmäßig dort, und vielleicht sperrten sie ab, wenn sie von ihrem Ausflug zurückkamen. Andererseits hielt Kate es aber auch nicht für unrealistisch, dass die *Saighdear* ausschlossen, dass einer ihrer Feinde nachts eindringen könnte. Die meisten, wie etwa Kelpies, Seeschlangen oder Meerjungfrauen, waren ohnehin fest ans Meer gebunden.

Im Inneren des Gebäudes war es kühl und dunkel. Offiziell war keiner mehr auf den Beinen, sonst hätte in den Gängen Licht gebrannt. Kate horchte nach Schritten; als alles still war, ließ sie die Tür so leise wie möglich zufallen und steuerte die Treppe zum ersten Stock an. Bisher war sie bei ihren nächtlichen Exkursionen noch nie jemandem begegnet, war nicht einmal in Gefahr gelaufen, dies zu tun. Das Fort war immer wie ausgestorben, wenn sie von ihren Treffen mit Ian zurückgekehrt war.

Eigentlich war es logisch – Schlaf war wertvoll, wenn man täglich zwischen sechs und halb sieben aufzustehen hatte und dann den ganzen Tag mit Trainieren und Kämpfen verbrachte. Gäbe es die Treffen mit Ian nicht, Kate wäre nach elf wohl auch nicht mehr draußen und auf den Gängen herumgelaufen.

Sie hatte den oberen Treppenabsatz erreicht und bog in den Gang, in dem sich ihr Zimmer befand, als sie plötzlich eine Wand vor sich sah. Nur ihren Reflexen hatte sie es zu verdanken, dass sie nicht geradewegs dagegen lief, sondern einen erschrockenen Satz nach hinten machte.

Sie war so in ihren Gedanken versunken gewesen, dass sie die wahre Natur der vermeintlichen Wand erst erkannte, als diese in einer ihr durchaus bekannten Stimme zu sprechen begann.

»Kate? Ich hätte nicht damit gerechnet, dich zu sehen.«

Kates Mund blieb offen stehen, während sie verzweifelt nach einer plausiblen Erklärung suchte, aufsah und in Alarics nahezu farblose Augen blickte.

16

Ich konnte nicht schlafen«, sagte Kate rasch.

Das war vielleicht nicht die glaubwürdigste Ausrede, aber die erste, die ihr auf die Schnelle einfiel. Sie fühlte sich wie damals in der kleinen Bäckerei in Kirkwall, als sie Jack an der Eingangstür beinahe umgerannt hätte. War das wirklich erst ein paar Tage her? Es schien Wochen zurückzuliegen. Die Zeit hatte einen eigenartigen Lauf genommen, seit sie den *Saighdear* das erste Mal begegnet war.

Das schwache Mondlicht, das durch die Fenster der Eingangshalle bis nach oben drang, reichte gerade aus, damit sie Alaric vor sich sehen konnte. Der Gang hinter ihm verlor sich in der Dunkelheit.

»Damit wären wir dann wohl zu zweit«, sagte Alaric.

Hatte er ihr das abgekauft? Wirklich? Das war gut, so kam sie nicht in die Verlegenheit, sich noch eine größere Lüge einfallen lassen zu müssen.

Sie entspannte sich ein wenig.

Aber wovor hatte sie eigentlich Angst? Bis auf ihre Probezeit, von der auch die anderen nicht so genau zu wissen schienen, was sie konkret bedeutete, hatte Kate die gleiche Stellung innerhalb der Organisation wie Alaric – wenn es ihr verboten war, nachts über die Gänge zu schleichen, dann galt dasselbe wohl auch für ihn.

»Warst du draußen?«, fragte er und setzte sein Verhör fort.

Kate entschied sich, ihm die Wahrheit zu sagen. Das war vermutlich ungefährlicher als jede Lüge; immerhin kam sie gerade aus dem Erdgeschoss, und dort befand sich neben anderen Räumen auch die Waffenkammer.

»Ja«, sagte sie. »War ich.«

Er sah aus, als müsse er überlegen, was er mit dieser Information anfangen sollte.

»Frische Luft schnappen«, hängte sie nach ein paar Sekunden an, um die entsetzliche Stille, die im Gebäude herrschte, zu vertreiben. Oder um vielleicht etwas Leben in Alarics kalte Augen zu zwingen.

»Das hatte ich auch gerade vor«, sagte er.

»Oh, ich wollte dich nicht aufhalten.«

»Nein, tust du nicht, du …« Er stockte kurz. »Du könntest mich begleiten, wenn du möchtest.«

Ein winziger Stromschlag durchzuckte ihren Körper. Wollte sie das? Sie wusste es nicht. Alaric schien in Ordnung zu sein, aber Kate war nicht dämlich – sie hatte gemerkt, dass er zu ihr wesentlich freundlicher und offener war als zu Gabriel oder Colin. Nicht dass er ihr eigenes Verhalten falsch interpretierte und dann verletzt war.

Ihr Verstand riet ihr, sein Angebot auszuschlagen und zurück auf ihr Zimmer zu gehen. Aber die Vorstellung, sich die nächste Stunde vor lauter Gewissensbissen wach im Bett zu wälzen, war alles andere als verlockend. Sie würde nicht schlafen können, das wusste sie schon jetzt. Nicht nachdem sie Ian den August-Einsatzplan übergeben hatte. Und ihm und Nile damit ermöglichte, die *Saighdear* von nun an jederzeit anzugreifen, ja sogar Mitglieder von ihnen zu töten.

Jetzt, da Alaric als lebender, atmender Mensch, *als Freund* vor ihr stand, war sie sich nicht mehr sicher, ob sie das Richtige getan hatte. Sie dachte an Colin, an Jack, an Gabriel. Hatte sie

sie in Gefahr gebracht? Wo war es denn bitte fair, dass sie als siebzehnjähriges Mädchen über den Ausgang eines jahrhundertealten Konflikts mitzuentscheiden hatte?

»Wenn es dich nicht stört«, sagte sie zu Alaric, um ihre nagenden Gedanken wenigstens kurz zum Schweigen zu bringen. »Gerne.«

»Im Gegenteil«, erwiderte er. »Ich … freue mich, wenn du mir Gesellschaft leistest.« Er deutete nach vorne, in den schwarzen Gang. »Wir müssen hier entlang … Kommst du?«

Kate, die erwartet hatte, dass sie das Fort durch die Eingangshalle verlassen würden, blinzelte verdutzt. »Wo willst du denn hin?«, fragte sie.

»Auf die Außenmauer«, sagte er. »Ein Großteil von ihr ist begehbar. Es ist schön dort, ruhiger als unten und man sieht mehr.« Als sie ein paar Sekunden lang nichts erwiderte, fragte er: »Du hast doch keine Höhenangst, oder?«

Kate schüttelte rasch den Kopf. »Nein, überhaupt nicht«, sagte sie. »Ich wäre nur allein nie auf die Idee gekommen, da hinzugehen.«

»Ich zeige es dir. Es ist wirklich schön«, sagte Alaric und setzte sich in Bewegung.

Kate folgte ihm in den totenstillen Gang. Anfangs setzte sie ihre Füße noch vorsichtig, dann gewöhnten sich ihre Augen an die Dunkelheit, und sie schloss zu Alaric auf. Sie hatten die meisten Türen bereits hinter sich gelassen, als Kate klar wurde, dass sie auf dem Weg zur Gemeinschaftshalle waren. Ihr fiel die schwere Holztür ein, die von dort nach draußen auf die Mauer führte. Als Alaric sie an ihrem ersten Tag durch das Gebäude geführt hatte, hatte er ihr sogar gesagt, dass man so nach draußen gelangte.

»Es ist immer so still hier«, sagte Kate leise.

»Nun, die anderen schlafen«, entgegnete Alaric, und das

leichte Stirnrunzeln, das diese Worte begleitete, war nahezu hörbar. »Da ist es relativ normal, still zu sein, oder nicht?«

»Äh, doch ... ist es. Ich meine, es ist *immer* still, auch ...« Sie unterbrach sich, als aus einem der Zimmer – sie glaubte, dass es sich um die Bibliothek handelte – ein keuchendes Husten drang. Nach ein paar Sekunden trat eine kleine Pause ein, gefolgt von einem weiteren, längeren Anfall. »Außer jetzt vielleicht«, murmelte Kate, als das ungut klingende Röcheln wieder verstummte.

»Das ist Benjamin«, erklärte Alaric. »Er war auf dem anderen Boot, als wir den Einsatz an der *Fàire* hatten. Er hat den Sturm nicht so problemlos weggesteckt wie der Rest von uns. Er hat gestern schon gesagt, dass er nicht richtig schlafen kann, vermutlich ist er deshalb nicht im Bett.«

Kate erinnerte sich an den strömenden Regen, an den Wind, dessen beißende Kälte unter ihre Klamotten gekrochen war. Es hätte sie gewundert, wenn sich bei dieser Aktion niemand verkühlt hätte. Bei schlechtem Wetter völlig durchnässt über die Nordsee zu schippern war eine Sache, die den meisten Müttern auf dieser Welt zweifellos Herzrasen und schlaflose Nächte beschert hätte.

Nach zwei weiteren langen Hustern war es wieder still.

»Das hört sich aber nicht gut an, wenn ich ehrlich bin«, sagte Kate.

»Ist es auch nicht«, sagte Alaric.

Sie blieben vor der großen Flügeltür der Gemeinschaftshalle stehen. Kate wollte gerade die Klinke runterdrücken, als Alaric ihr zuvorkam und dann den Vortritt ließ.

»Er hat Fieber, und bis sich sein Zustand bessert, wird er wohl noch ein, zwei Tage im Fort bleiben müssen ...«, fuhr er fort, als er hinter ihr den Raum betrat.

Im kalten Mondlicht, das von draußen durch die hohen Fenster hereindrang und auf die leeren Stühle und Tische schien, sah die Gemeinschaftshalle aus, als sei seit Jahren keine lebende Person mehr hier gewesen. Es war unheimlich. *Wie ein Spukschloss*, dachte Kate, *glücklicherweise fehlen die Gespenster*. Sie hatte nie an Geister geglaubt, aber dasselbe hatte bis vor wenigen Tagen auch für Selkies und Meerjungfrauen gegolten. Sie war froh, nicht allein hier zu sein.

»Na ja, ist sicher besser für ihn.«, sagte sie und folgte Alaric durch die Halle.

»Ja«, sagte er. »Aber Benjamin wäre morgen mit mir und zwei anderen für einen Einsatz bei Shetland eingeplant gewesen, und das wiederum ist ungünstig.«

»Reichen drei Leute auf einem Boot denn nicht aus?«, fragte Kate.

»Es geht eigentlich um zwei kleinere Angelegenheiten«, sagte Alaric. »Normalerweise hätten wir uns auf zwei verschiedene Boote aufgeteilt, aber so fahren wir zu dritt mit einem. Es verstößt gegen unsere Regeln, allein die Insel zu verlassen und ... ungefährlich ist es auch nicht. Aber so wird es länger dauern, weil wir uns erst um das eine Problem kümmern müssen, dann um das andere.«

»Verstehe«, sagte Kate, doch in ihrem Hinterkopf begann sich etwas zu regen. Wenn es sich bei dem Einsatz nur um kleinere Aufgaben handelte, vielleicht konnte sie ihre Hilfe anbieten? Es wäre eine willkommene Abwechslung zum Lernen, Trainieren und Putzen, mit dem sie bisher ihre Tage im Fort zugebracht hatte, und es interessierte sie nach wie vor brennend, was die *Saighdear* taten, wenn sie nicht gerade auf der Jagd nach Selkies waren.

»Ich würde gerne mitkommen«, platzte sie heraus. »Also natürlich nur, wenn das kein Problem für euch ist. Dann könntet ihr wie ursprünglich geplant doch mit zwei Booten fahren«, hängte sie an.

»Ich weiß nicht, ob das geht«, sagte Alaric nachdenklich. »Ich müsste mit dem General sprechen ... Aber es ist besser als nichts.«

Kates Augenbrauen schossen in die Höhe. Nachdem er eben gesagt hatte, wie gern er sie in seiner Nähe hatte, hatte sie sich eine freudigere Reaktion auf ihr Angebot erhofft. Außerdem war es ja nicht einmal so, dass sie sich beim Training wie der letzte Vollidiot anstellte. Sie war sich bei den Waffenübungen anfangs zwar vorgekommen wie ein Kind, das Pirat spielte (und hatte bei ihren ersten Schüssen mit Pistole und Gewehr auch in etwa so viel getroffen), aber ihr technisches Interesse half, und mittlerweile machte sie deutliche Fortschritte. Sie mochte noch nicht in der Lage sein, alleine einen Selkie zu bekämpfen, aber sie konnte durchaus auf sich selbst aufpassen, fand Kate. Und Alaric sollte das wissen, immerhin bestritt er jede Übungsstunde mit ihr.

»Mach dir keine Umstände«, sagte sie und hoffte, dass sie nicht zickig klang. Alaric hatte von seinem Job mehr Ahnung als sie, und wenn er ihre Anwesenheit bei dem Einsatz morgen für unangebracht hielt, dann würde er seine Gründe dafür haben. »War nur eine Idee.«

Alaric blinzelte, und Kate sah, dass sich ein paar kleine Fältchen zwischen seinen schmalen Brauen gebildet hatten.

»Also möchtest du doch lieber hierbleiben?«, fragte er.

»Äh, nein«, erwiderte Kate. »Ich würde gern mitkommen, aber ... Wie gesagt, ich will euch nicht auf die Nerven gehen, das ist alles. Ich bin nicht sauer, wenn es nicht klappt.«

»Verstehe«, sagte Alaric, klang aber nicht wirklich, als ob er voll und ganz begriffen hätte, was sie meinte. Kate schob sein Verhalten auf mangelnde Sozialisierung in der Kindheit. »Wenn du wirklich dabei sein willst«, sagte er und hob am Ende des Satzes ein wenig die Stimme, als würde er eine Frage stellen.

Kate nickte schnell. »Will ich. Gerne.«

»... dann spreche ich morgen mit dem General. Es ist nicht so, dass *ich* dich ausschließen will. Blackbird mag es nur nicht, dass solche Angelegenheiten ohne seine Zustimmung entschieden werden, daher kann ich dir nichts versprechen.«

Alarics Mimik verriet nur selten etwas über sein Innenleben, und seine Stimme und sein Tonfall waren immer höflich und kühl, sogar in Situationen, in denen er offensichtlich unter Stress stand. Als sie ihn kennengelernt hatte, war Kate davon ausgegangen, dass es sich bei seiner distanzierten Art um eine Fassade handelte, um ein Schauspiel, das er aufführte, um sich selbst zu schützen. Doch nun, wo er sich ihr gegenüber öffnete, ohne dass die Kälte aus seinem Verhalten wich, fragte sie sich, ob sie mit ihrer Einschätzung nicht völlig danebengelegen hatte.

Auch jetzt hatte sie keine Ahnung, ob er sie am nächsten Tag wirklich dabeihaben wollte, oder ob er sie nur als zusätzliche Last empfand. Sie lächelte trotzdem und sagte: »Danke dir.«

Alaric war offenbar bemüht, ihr Lächeln zu erwidern, auch wenn er nicht sehr viel mehr als ein kleines Zucken der Mundwinkel zustande brachte. »Keine Ursache«, sagte er und deutete dann mit dem Kinn in Richtung Tür. »Lass uns nach draußen gehen. Manchmal haben die Wände hier Ohren.«

Salzige Nachtluft empfing sie, als Kate hinter Alaric ins Freie schlüpfte. Sie folgte ihm auf den schmalen Wehrgang, wo es, obwohl die Sonne schon lange im Meer versunken war, nach wie vor wärmer war als hinter den dicken Steinmauern des Forts. Weit unter ihnen konnte man die Wellen gegen die Felsen brechen hören.

»Du meinst, es gibt Leute, die lauschen?«, fragte Kate, während sie nebeneinander die Mauer entlangspazierten. Die steinerne Brüstung reichte ihr fast bis zur Brust. Links von ihnen erstreckte sich das Meer endlos in die Dunkelheit, rechts lag der Innenhof verlassen da. Es war die erste wolkenlose Nacht seit Langem, und über ihnen glitzerten Mond und Sterne auf dem samtschwarzen Nachthimmel. Es war traumhaft schön hier oben.

»Vielleicht nicht mit Absicht, aber hinter manchen Wänden sind Gänge und Hohlräume. Geheime Abkürzungen, durch die wir uns im Notfall schneller durch das Gebäude bewegen können«, antwortete Alaric.

»Aber glaubst du wirklich, dass um diese Zeit jemand durch die Wände kriecht?« So ausgestorben, wie das Fort nachts immer war, konnte Kate sich nicht vorstellen, dass es sich für den Lauscher lohnte.

Alaric zuckte mit den Schultern. »Man kann nie wissen. Ich glaube, Quentin benutzt die Geheimgänge manchmal lieber als die normalen Wege, und er schläft so gut wie nie. Das behauptet Jack zumindest.«

»Die beiden mögen sich nicht, was?«, fragte Kate. Sie hatte selten erlebt, dass zwei erwachsene Männer sich permanent anstichelten, und war neugierig, was der Grund für ihre Feindschaft sein mochte.

»Nein«, sagte Alaric. »Nicht wirklich. Quentin ist deutlich länger hier als Jack und kommt seit Jahren nicht darüber hinweg, dass Jack seinen Posten als second-in-command übernommen hat.«

»Quentin war …?« Kate war überrascht. Sie hatte verstanden, dass Quentin innerhalb der Organisation keinen niedrigen Rang innehatte, aber in ihren Augen war er keine Führungsperson.

Alaric bedachte sie mit einem kleinen Blick. »Quentin ist sehr intelligent und sowohl technisch als auch strategisch begabt, auch wenn es manchmal nicht den Anschein haben mag.

Unterschätz ihn nicht, er beherrscht seinen Beruf. Auch wenn Jack versucht, alle vom Gegenteil zu überzeugen.«

Sie hatten das Ende der Mauer erreicht, und der schmale Weg mündete in eine quadratische Fläche von etwa sechs Metern Durchmesser. Darunter musste die Waffenkammer liegen. Danach ging der Weg um die Ecke weiter. Kate war überrascht, dort zwei rostige Kanonen zu entdecken, die offensichtlich lange nicht mehr benutzt worden waren. Aber sie passten zu dem Ensemble aus Kerkern, Gittern und Meerjungfrauen-Abwehr-Netz.

»Die werden nicht mehr benutzt«, sagte Alaric, der ihr Interesse bemerkte hatte. »Früher, als wir noch Krieg gegen andere Menschen geführt haben, war das anders, aber jetzt? Gegen unsere Feinde sind Kanonen so gut wie nutzlos.«

Kate nickte. Sie konnte sich gut vorstellen, dass man die wendigen Selkies nie im Leben mit dieser schwerfälligen Waffe erwischte – aber die blöden Dinger hatten sie völlig aus dem Konzept gebracht. Sie hatte mehr über die Geschichte zwischen Jack und Quentin erfahren wollen, doch nun war eine zu lange Pause eingetreten.

»Es gefällt mir gut hier oben«, sagte sie stattdessen. Und das war die Wahrheit. Sie waren an die Mauer getreten. Hier, am äußersten Eck, erstreckte sich nichts als das im Mondlicht schimmernde Meer vor ihr, das am Horizont nahtlos in den mit Sternen besprenkelten Himmel überzugehen schien. Vom Wasser her wurde ein frischer Wind zu ihnen heraufgetragen, der ihr langes Haar tanzen ließ und ihr trotz der Uniformjacke eine leichte Gänsehaut bescherte.

Alaric schien die kühle Luft rein gar nichts anhaben zu können. Er schenkte ihr eines seiner praktisch kaum erkennbaren Lächeln.

»Ich weiß«, sagte er. »Deswegen wollte ich es dir zeigen.«

»Das ist lieb von dir. Danke«, sagte Kate und lächelte ebenfalls. Diesmal erwiderte Alaric nichts, und einen Moment lang sahen sie in einträchtigem Schweigen in die Nacht hinaus.

Es war schon spät, und eigentlich gehörte Kate ins Bett, wenn sie morgen früh nicht aussehen wollte, als habe sie die ganze Nacht durchzecht, aber sie hatte keine Lust zu gehen. Sie wollte Alaric näher kennenlernen, wollte herausfinden, wer er wirklich war, und eine bessere Gelegenheit dazu würde sich ihr kaum bieten.

Sie lehnte sich nach vorn und stützte sich mit den Unterarmen auf der Brüstung ab. »Sag mal, der Einsatz morgen, worum geht es da? Was müsst ihr machen?«

»Es sind, wie gesagt, nur Kleinigkeiten, nichts Besonderes«, erwiderte Alaric. Er stand nach wie vor aufrecht an ihrer Seite, und als er fortfuhr, klang er fast beschämt. »An einem Strand treibt ein Shellycoat sein Unwesen, und eine Dame glaubt, ihr Kater sei vom Geist eines toten schottischen Herrschers besessen.«

Was ein Shellycoat war, wusste Kate aus den Geschichten ihrer Mutter – ein Wassergeist, der sich unter einem Muschelpanzer versteckte. So verborgen wartete er darauf, dass ein unvorsichtiger Mensch ihm zu nahe kam, damit er den Unglücklichen dann mit sich in die endlosen Tiefen des Meeres zerren konnte. Doch als Alaric die Katze erwähnte, konnte sie ein ungläubiges Auflachen nicht verhindern.

»Wie um alles in der Welt merkt man, dass die eigene Katze von einem toten Herrscher besessen ist?«, fragte sie. »Noch dazu von einem Schotten?«

»Angeblich attackiert er ihren Londoner Ehemann und versteckt sich unter dem Sofa, wenn im Fernsehen die englische Nationalhymne gespielt wird«, erklärte Alaric widerstrebend. »Blanker Unsinn meiner Meinung nach, und normalerweise beschäftigen wir uns mit so was gar nicht erst.«

»Warum habt ihr sie dann nicht abgewiesen?«, fragte Kate grinsend.

»Das haben wir. Mehrmals«, seufzte Alaric. »Aber sie ist felsenfest von ihrer Meinung überzeugt und ziemlich hartnäckig. Sie fürchtet ernsthaft um das Wohl ihres Gatten.«

»Klingt toll.«

»Jack war kurz davor, ihr am Telefon zu raten, sie solle das Tier in der Regentonne ertränken, wenn es sie stört«, erzählte Alaric, und Kate stellte erfreut fest, dass seine Züge nach und nach etwas sanfter geworden waren. Zum ersten Mal, seit sie ihn kannte, wirkte sein Gesicht gar nicht mehr, als sei es aus hellem Marmor gemeißelt, und in seinen sonst so starren Augen spiegelte sich das funkelnde Licht der Sterne. Er sah richtig schön aus, wenn die Kälte aus seinem Auftreten wich. »Aber Quentin hat ihn davon abgehalten.«

»Dabei hätte Jack wahrscheinlich gar nicht unrecht gehabt«, mutmaßte Kate.

»Vielleicht nicht«, stimmte Alaric ihr zu. »Aber es wäre ziemlich unprofessionell gewesen und hätte unserem Ruf geschadet.«

Kate ließ ihren Blick zu Alarics schlanker Hand wandern, die locker auf dem groben Stein der Brüstung ruhte. »Also sehe ich das richtig, dass die Leute einfach anrufen, wenn sie euch brauchen?«, fragte sie interessiert nach.

»In etwa, ja«, sagte er. »Du kannst dich glücklich schätzen, dass du noch nicht für den Telefondienst eingeteilt wirst. Wir müssen rund um die Uhr erreichbar sein, und Handys sind hier draußen fast unbrauchbar. Es gibt spannendere Aufgaben, als den Leuten zu erklären, dass man noch lange keinen Kobold im Haus hat, nur weil die Balken gelegentlich knarzen.«

Kate zog die Stirn in Falten. Da hörte sie von allen Seiten, dass die *Saighdear* zu wenig Personal hatten, und trotzdem saßen Leute rund um die Uhr neben einem Telefon, das ohnehin nur alle paar Tage klingelte. »Ist das nicht ein bisschen … ineffektiv?«

Alaric zuckte mit den Schultern. »Man kann nebenher den anfallenden Papierkram bearbeiten.«

»Auch nachts?«

»Nachts schläft immer einer von uns neben dem Telefon«, sagte Alaric. »Es ist definitiv laut genug, um Tote zu wecken.«

»Hm.« Kate sah wieder auf das schimmernde Wasser hinab. Sie hätte gerne aus erster Hand gehört, was Menschen dazu bewog, bei den *Saighdear* anzurufen. Aber Tag und Nacht neben einem halb toten Telefon zu verbringen, das war es dann doch nicht. Plötzlich fiel ihr etwas ein, das sie schon länger hatte fragen wollen.

»Eine Sache noch …«, sagte sie und spürte, dass Alaric sie ansah. »Ich hab verstanden, dass nicht jeder auf den Inseln weiß, dass es die *Saighdear* gibt. Und ich kann auch verstehen, warum. Aber sowohl meine Mutter als auch mein Vater und ihre Familien stammen von hier. Trotzdem habe ich davor noch nie von euch gehört. Wie kann das sein?«

Alaric brauchte einen Moment, um zu antworten. »Wenn deine Familie von hier kommt, müssen deine Eltern von uns gewusst haben«, sagte er dann. »Aber als wir uns das erste Mal bei deinem Bruder gemeldet haben, war er absolut ahnungslos. Eure Eltern hielten es wohl für das Beste, euch nichts von uns zu erzählen. Warum sie geschwiegen haben – das weiß nur dein Vater.«

Kate überlief ein Schauer, als ihr Gabriels Worte über ihre Mutter wieder in den Sinn kamen.

Die Selkies haben sie getötet.

Ihre Kehle wurde eng, wie immer, wenn sie in den letzten Tagen an ihre Mutter gedacht hatte, doch sie würde Alaric nicht von ihr erzählen oder gar vor ihm in Tränen ausbrechen. Es machte ihre Mutter nicht wieder lebendig, wenn sie jetzt sentimental wurde. Sie musste sich auf das Hier und Jetzt konzentrieren und nach vorne blicken. Alles andere war zwecklos.

»Warum hat mein Vater nie für euch gearbeitet? Gabriel habt ihr doch auch angeworben, warum nicht ihn?«

Wieder vergingen ein paar Sekunden, bevor Alaric antwortete. »Früher waren die Anforderungen strenger. Oder dein Vater hatte einfach kein Interesse an der Organisation«, sagte er. »Es ist aber auch schon vorgekommen, dass Männer erst Mitglieder waren und dann den *Saighdear* den Rücken gekehrt haben, wenn sie eine Familie gegründet haben. Es ist zwar nicht einfach, bei uns auszusteigen, aber es ist möglich.«

»Verstehe«, murmelte sie.

Als sie noch klein gewesen war, war ihr Vater ein völlig normaler Mensch gewesen, nicht der depressive und täglich betrunkene Schatten, zu dem er verkommen war, seit ihre Mutter fort war. Aber Kate konnte ihn sich nicht in der Uniform der *Saighdear* vorstellen. Sie vermutete eher, dass er sich dem Kampf gegen übernatürliche Wesen nicht hatte anschließen wollen. Vielleicht fand er sogar schlimm, was die *Saighdear* taten – so wie Ian und Nile. Das würde auch seine Reaktion an dem Abend erklären, an dem Gabriel verkündet hatte, er werde seine Familie für die Organisation verlassen.

»Du bist doch schon dein ganzes Leben lang hier, oder?«, fragte Kate vorsichtig. Sie war sich nicht sicher, ob sie Alaric mit der Frage zu nahetrat.

Er nickte kaum merklich. »Zumindest fast. Ich wohne seit meinem zweiten Lebensjahr bei meinem Vater.«

Kate blinzelte überrascht. Wenn sie sich nicht täuschte, war es soeben das erste Mal gewesen, dass Alaric den General als seinen Vater bezeichnet hatte. Sie hätte gerne gewusst, warum Alaric und sein Vater so eine distanzierte Beziehung zueinander hatten, erinnerte sich aber gerade noch rechtzeitig an Jacks Rat, das Thema besser nicht anzusprechen.

»Dann hättest du es ja mitbekommen, wenn mein Vater hier gewesen wäre«, sagte sie stattdessen.

»Wie heißt er denn?«, fragte Alaric.

»William«, sagte sie. »William Corrigal.«

Alaric schüttelte den Kopf. »Nein, tut mir leid. Vielleicht habe ich den Namen schon einmal gehört, aber ich weiß nichts Konkretes.« Er machte eine kleine Pause. »Aber Gabriel dürfte ungefähr in meinem Alter sein, oder? Wenn dein Vater hier war und gegangen ist, um sich um seine Familie zu kümmern, dann hätten wir uns wohl ohnehin verpasst.«

Kate nickte. »Wahrscheinlich war er nie hier.«

»Mag sein«, sagte Alaric, und fügte dann beinahe vorsichtig an: »Ich kenne deinen Vater nicht. Wenn dein Bruder jedoch arg nach ihm schlägt, dann hätte dein Vater hier ohnehin nicht viel Freude gehabt.«

Kate richtete sich verdutzt auf. »Wie meinst du das?«, fragte sie. Sie wusste, dass Gabriel nicht in jeder Hinsicht perfekt war, aber wer konnte das schon von sich behaupten? Sie würde es jedenfalls nicht zulassen, dass Alaric ihn direkt vor ihrer Nase beleidigte.

Alaric sah nicht aus, als würden ihm seine Worte leidtun – im Gegenteil, als er weitersprach, klang seine Stimme so nüchtern, als würde er mathematische Fakten aufzählen. »Das Leben hier bringt gewisse Anforderungen mit sich, die Gabriel nicht erfüllt, zumindest im Moment nicht. Vor allen Dingen bin ich davon überzeugt, dass man die Entscheidung, sein ganzes Leben einer einzigen Aufgabe zu verschreiben, von innen heraus treffen muss. Dein Bruder wollte das nie, daher glaube ich nicht, dass er es bei uns jemals weit bringen wird.«

Kate wollte schon zurückschnauzen, dass Alaric nicht wusste, wovon er sprach, dass Gabe sehr wohl alles erreichen konnte, was er wollte, wenn er es nur versuchte. Doch dann tauchte das Bild des dicken Verbands um seine Hand von ihrem inneren Auge auf, das blutverschmierte Deck des Motorboots, Gabriels kalkweißes Gesicht, als die *Saighdear* ihn in zu Hause abgeholt hatten, und ihr wurde klar, dass Alaric mit jedem einzelnen Wort recht hatte.

Gabe gehörte nicht hierher, und das hatte sie von Anfang an gewusst – warum war sie sonst hier? Sie fragte sich, wie Alaric wohl reagieren würde, wenn sie ihm sagte, dass sie nur hergekommen war, um ihren Bruder zurückzuholen.

Kate gab ihre Abwehrhaltung auf und lehnte sich wieder gegen die Brüstung. »Du hast dir das doch auch nicht ausgesucht, oder?«, sagte sie. »Gabe ist noch nicht lange da. Er wird das lernen.«

»Ich kenne kein anderes Leben«, sagte Alaric. »Für mich gab es nie einen anderen Weg. Dein Bruder hingegen hat gesehen, was für Möglichkeiten er hatte. Er hatte Ziele. Und jetzt ist er hier.«

»Hast du dir nie etwas anderes gewünscht?«, fragte Kate.

»Was meinst du?«, erwiderte Alaric, als habe er nicht verstanden, worauf sie hinauswollte.

»Na ja, für dich, für dein Leben. Gabriel wollte Wirtschaft studieren und weg von Orkney, nach London oder Edinburgh, um dort zu arbeiten. Was ist mit dir? Wolltest du schon immer Geisterjäger und Robbenfänger werden?«

Alaric blinzelte sie perplex an. »Wir sind keine Geisterjäger«, sagte er.

Kate verdrehte mit einem kleinen Lächeln die Augen. »Du weißt, wie ich das meine.«

»Hm, ich habe noch nie darüber nachgedacht.« Er sah sie lange an, und Kate spürte, wie ihr Herz einen winzigen, kaum wahrnehmbaren Satz machte. »Früher wollte ich sein wie mein

Vater. Aber jetzt ... Ich denke, jetzt will ich nur tun, was ich kann, um die Menschen zu beschützen. Dafür existieren wir.«

»Wie nobel von dir«, bemerkte Kate. Die latente Anspannung, die sich über sie gelegt hatte, als sie über ihren Vater und Bruder gesprochen hatten, fiel langsam wieder von ihr ab, und sie stellte erstaunt fest, wie wohl sie sich neben Alaric fühlte. Sie hatte befürchtet, dass sie sich in der Stille der Nacht peinlich anschweigen würden, doch die Unterhaltung lief ganz von alleine, ohne dass sie sich anstrengen mussten.

»Und du?«, fragte Alaric. »Was wolltest du werden, Kate?«

»Äh«, machte sie ausweichend. Sie hatte nicht mit einer Gegenfrage gerechnet und wusste, wie die meisten Leute auf ihren Berufswunsch reagierten. »Mechanikerin. Ich will Mechanikerin werden. Autos und Boote reparieren, so was eben.«

»Und jetzt hast du spontan auf ›Geisterjägerin‹ umgesattelt?«, fragte er.

»Sieht so aus«, sagte Kate lachend. »Irgendwer muss ja auf Gabe aufpassen, oder?«

»Kann ihm nicht schaden«, meinte Alaric. Dann verblasste das Lächeln auf seinem Gesicht, und er schlug einen ernsteren Tonfall an. »Du hast ja noch etwas mehr als eine Woche, ehe die Entscheidung fällt ... Aber ich wollte dir nur sagen, dass es auch bei uns für Mechaniker immer genug zu tun gibt. Das eine schließt das andere also nicht aus. Wir brauchen um jeden Preis fähige Leute, Kate.«

Sie schnaubte. »Hältst du mich denn für fähig?«

»Ich denke, du kannst es hier sehr weit bringen«, sagte er leise.

Kate richtete sich auf, und erst da wurde ihr bewusst, wie nahe sie sich waren. Ihre Körper berührten sich beinahe, und ihre Hände lagen so dicht nebeneinander auf der Brüstung, dass sie glaubte, seine Wärme in ihren Fingern spüren zu können.

Das Eis in seinen Augen schien sich verflüssigt zu haben – sie waren weich, lebendig, schimmerten.

Das Herz schlug ihr bis zum Hals.

Sie war verwirrt, wusste nicht, was sie wollte, aber das hier konnte es nicht sein. Es war keine Stunde her, dass sie Alaric verraten hatte. Sie hatte sein Leben in die Hände von Nile und Ian gelegt, und nun stand sie hier mit ihm auf der Mauer und musste sich eingestehen, dass er vielleicht schon immer ehrlicher zu ihr gewesen war, als Ian es jemals sein würde.

Verdammt, sie kannte Ian doch gar nicht! Was hatte sie nur getan?

Sie schenkte Alaric ein kleines Lächeln, löste ihren Blick und rückte so unauffällig wie möglich ein kleines Stück zur Seite. Sie wusste, dass sie damit vielleicht seine Gefühle verletzte, aber sie konnte nicht weitergehen. Nicht nach dem, was sie getan hatte.

»Ich … ich sollte jetzt ins Bett gehen«, sagte sie.

Alaric hatte sich kein Stück bewegt. Als sie ihn erneut ansah, wirkte er nicht beleidigt oder gar wütend. Da war einfach gar nichts. Sein Gesicht war wieder glatt wie eine Maske.

»Jederzeit«, sagte er freundlich. »Ich wollte dich nicht vom Schlafen abhalten.«

Sie schüttelte rasch den Kopf. »Hast du nicht, ich … Ich hab mich gern mit dir unterhalten«, sagte sie in der Hoffnung, dass sie nicht alles noch schlimmer machte. »Es war nett.«

Nett ist die kleine Schwester von scheiße, hörte sie Gabriel in ihren Gedanken sagen. Und hatte nicht auch Jack dasselbe über sie und Quentin gesagt.

»Es hat mich auch gefreut«, sagte Alaric nun. »Wirklich.«

Kate war verwundert. Die meisten Jungs, die sie kannte, hätten ihre Zurückweisung persönlich genommen und wären ihr eine Woche lang schweigend aus dem Weg gegangen. Doch Alaric schien es zu respektieren.

»Ich will nur, dass du weißt, dass ich das gerade ernst gemeint habe«, sagte er. »Wir brauchen Leute wie dich hier. Du bist mutig, du triffst deine eigenen Entscheidungen und stehst zu ihnen. Als du zu uns gestoßen bist, als ich nur deinen Bruder kannte, hatte ich meine Zweifel, aber jetzt … Du bist eine Kämpferin. Wirf das nicht weg.«

Die Temperatur um Kate herum schien mit jedem seiner Worte um ein paar Grad zu fallen. *Wirf das nicht weg.* Wenn er wüsste, was sie Tag für Tag getan hatte, wenn er wüsste, weshalb sie wirklich hergekommen war.

»Danke«, sagte sie, es klang leer und inhaltslos in ihren Ohren. »Aber es liegt ja nicht an mir, ob ich bleibe … Der General entscheidet darüber, nicht wahr?«

»Ich spreche mit ihm«, sagte Alaric. »Wegen morgen. Wenn alles läuft wie bisher, dann denke ich nicht, dass er Nein sagen wird.«

Kate nickte langsam. Sie musste früher oder später einen Fehler machen oder freiwillig gehen. Sie konnte nicht bleiben.

»Mal sehen«, sagte sie vage. »Also, ich gehe dann … schlafen. Kommst du mit rein oder bleibst du noch hier?«

»Willst du denn, dass ich dich begleite?«, fragte Alaric.

Bei fast jedem anderen Mann hätte Kate den Satz als plumpen Versuch gewertet, doch noch etwas zu erreichen. Bei Alaric hingegen verbarg sich keine tiefere Absicht hinter seinen Worten – er wollte wirklich nur wissen, ob er sie zu ihrem Zimmer bringen sollte.

»Danke, aber das musst du nicht«, sagte sie freundlich. »Ich glaube, ich finde den Weg alleine.«

»Ich gehe stark davon aus.«

»Gute Nacht.«

»Schlaf gut.«

Als sie sich abwandte, ihn allein in der Nacht zurückließ und über die Mauer zurück zur Gemeinschaftshalle ging, spürte sie seine Blicke im Rücken.

Als Kate später in ihrem Bett lag, lauschte sie noch lange, ob sie ihn draußen auf dem Gang vorbeigehen hörte. Doch es blieb still. Ihre Gedanken kreisten wieder und wieder um die Gespräche mit Ian und Alaric, und es kam ihr vor, als wären Stunden vergangen, bis sie endlich in einen dunklen, traumlosen Schlaf glitt.

17

Kate rieb sich mit einer Hand über die müden Augen, als sie am nächsten Tag hinter Colin in die Waffenkammer schlurfte. Es war unmöglich gewesen, etwas über die gefangene Selkie in Erfahrung zu bringen. Sie hatte alles versucht. Die Gesichter von Jack, Alaric, Quentin und den anderen *Saighdear,* mit denen sie heute gesprochen hatte, tauchten in ihrem Geist auf. Keiner hatte ihr mehr über die junge Frau verraten, obwohl Ian die Information so dringend gewollt hatte. Die jüngeren Mitglieder schienen selbst nicht so recht zu wissen, was man mit der Robbenfrau gemacht hatte, und Kate hatte sich nur mit äußerster Vorsicht getraut, bei den älteren *Saighdear* nachzuhaken – und diese hatten ihre Fragen weitestgehend unbeantwortet gelassen oder ihr geraten, Abstand zu der Sache zu nehmen.

Sie wusste nicht, was sie sonst noch probieren sollte. Sie konnte sich ja schlecht heimlich in den Keller schleichen und nachsehen, ob in einer der Zellen eine Selkie saß. Zumal sie weder den Zugang zum Kerker kannte, noch wusste, ob Jack damals an ihrem ersten Tag nicht einen Scherz gemacht hatte. Vielleicht war die Gefangene gar nicht mehr im Fort?

»Du kannst das hier nehmen«, sagte Colin in diesem Moment und riss sie aus ihren Gedanken.

Er warf Kate ein Schwert samt Scheide zu. Sie reagierte gerade noch rechtzeitig und fing es auf, bevor es auf dem Boden landete. Als sie es sicher in den Händen hielt, zog sie die Klinge aus ihrer schützenden Hülle hervor.

Der Stahl schimmerte im trüben Licht der alten Glühlampen. Paranoid wie die *Saighdear* waren, hatte die Waffenkammer natürlich keine Fenster. Nicht dass einer ihrer Feinde am Ende noch auf die Idee kam, draußen an den Felsen und der nahezu senkrechten Wand des Forts heraufzuklettern, um dann zwei Messer und eine Pistole zu mopsen. Völlig ausgeschlossen.

Dieses Schwert war bei Weitem nicht so schön wie das von Alaric, aber es war auch nicht so abgenutzt und verschrammt wie das, mit dem Kate ihre Trainingsstunden absolvierte. Es müsste vielleicht einmal poliert werden, wies aber kaum Macken auf.

Zufrieden ließ sie es zurück in die Scheide gleiten und befestigte es an ihrem Gürtel.

Colin steckte mit dem Kopf in einem der Schränke, die sich in der hinteren Ecke der Kammer befanden.

»Kann man dir irgendwie helfen?«, fragte Kate.

»Mir ist nicht mehr zu helfen«, erwiderte er fröhlich und wandte sich dann dem nächsten Schrank zu, in der Hand eine kleine Pappschachtel, die verdächtig klapperte.

Munition. Kate schluckte.

»Was suchst du denn?«, fragte sie.

»'ne Pistole«, erwiderte Colin, ohne aus dem Schrank aufzutauchen.

»Meinst du, ich brauche eine?«

Kate war davon ausgegangen, dass sie keine Waffen benötigen würde und dass das Schwert an ihrer Hüfte eher repräsentativen Zwecken diente. Von wegen der gute Ruf der *Saighdear* und so. Aber eine Pistole war kein Spielzeug und sollte nahezu unausgebildeten Leuten wie ihr nicht einfach in die Hand gedrückt werden.

Der General hatte Alarics Vorschlag zugestimmt und es erlaubt, dass Kate ihn an Benjamins Stelle begleitete, allerdings nur unter der Bedingung, dass sie und Alaric nicht den Shellycoat übernahmen, sondern die Frau mit der verrückten Katze. Oder vielleicht besser gesagt, die verrückte Frau mit der Katze.

Alaric war von dieser Entwicklung nicht übermäßig begeistert gewesen, aber Kate war froh über jede Aufgabe, die sie wenigstens einen Nachmittag lang weg vom Fort und unter halbwegs normale Menschen brachte. Die Sache mit der Katze konnte vielleicht sogar ganz lustig werden, doch musste sie dafür wirklich bewaffnet sein?

»Wenn ich ehrlich bin ... wahrscheinlich nicht«, murmelte Colin, den Kopf noch immer im Schrank. »Es sei denn, du versuchst, mit Londoner Akzent zu sprechen und die Katze springt dich an.«

»Mit einer Katze werde ich auch ohne Knarre fertig«, erwiderte Kate.

»Kommt auf die Katze an.« Colin tauchte endlich wieder auf und hielt mit triumphierendem Gesichtsausdruck eine Pistole in die Luft. »Hab eine.« Er nahm die Waffe prüfend in Augenschein, wischte den Staub von ihrer Oberfläche und öffnete dann die Patronenkammer, um sie zu laden. »Funktioniert hoffentlich noch.«

»Ich werde sie sowieso nicht benutzen«, sagte Kate. »Und selbst wenn, treffe ich noch eher die Besitzerin als die Katze.«

»Wäre nicht so gut«, sagte Colin lachend. »Aber der General hat angeordnet, dich auszurüsten, also tue ich das. Befehl ist Befehl. Offensichtlich vertraut er dir so weit, dass er nicht befürchtet, du könntest seinen Sohn erschießen.«

Kate blinzelte ungläubig. »Warum um alles in der Welt sollte ich Alaric erschießen?«

Colin zuckte mit den Schultern, als er vorsichtig über die

Kisten und Truhen auf dem Fußboden stieg, um zurück zu ihr zu gelangen. Rumpelkammer wäre der passendere Ausdruck für diesen Raum, dachte Kate. Dafür, dass es im Fort überall penibel sauber war, sah es hier drinnen aus wie in einem Schweinestall.

»Ich weiß nicht, meinst du nicht, dass der auf dich steht?«, fragte Colin, als er ein Holster von einem Regalbrett fischte und die Pistole hineinschob. »So ein bisschen? Ich habe gehört, dass es Mädchen gibt, die echt biestig werden, wenn man sie nicht in Ruhe lässt.«

»Ich habe definitiv nicht vor, ihn umzubringen«, sagte Kate.

»Aber er steht auf dich?«, fragte Colin mit einem Leuchten in den Augen, als habe er gerade einen überaus wertvollen Schatz entdeckt.

Kate zog die Stirn in Falten. Sie wusste, dass Colin und Gabriel nicht nur positiv über Alaric sprachen, und wollte ihn nicht unnötig weiteren Sticheleien der beiden aussetzen. »Keine Ahnung, das ist seine Sache.«

»Besser, das bleibt es auch«, sagte Colin und drückte ihr die Waffe und ein paar Ersatzpatronen in die Hand. »Wenn er wirklich in dich verknallt ist, schulde ich Gabriel zwanzig Pfund, und ich hänge an meinem Geld.«

Kate befestigte das Holster an seinem Platz an ihrer Hüfte. »Ihr habt gewettet? Seid ihr noch ganz dicht?«

»Lange Geschichte«, sagte Colin ausweichend. »Aber wo wir gerade bei deinem Bruder sind …« Er wies in Richtung Tür, und sie verließen die Waffenkammer. Kate warf einen beiläufigen Blick auf Colins Armbanduhr – es war Viertel vor zwei, sie konnte sich also ganz entspannt auf den Weg zum Hafen machen, wo sie Alaric und die anderen beiden *Saighdear* zur vollen Stunde treffen würde. »Hat Gabriel eigentlich eine Freundin?«

Kate schnaubte. »Ich glaube, von einer ›Freundin‹ kann man erst sprechen, wenn die Beziehung länger als zwei Wochen hält. Also nein, er hat keine Freundin, zumindest keine, von der ich weiß.«

»Aber er hatte schon mal eine?«

»Er war schon mit mehreren Mädchen zusammen, ja«, sagte Kate. »Warum fragst du ihn das nicht selbst?«

»Wollte nicht aufdringlich sein«, murmelte Colin und fuhr sich durch seine leuchtend roten Haare.

Kate glaubte ihm kein Wort. Er und Gabriel hingen den ganzen Tag miteinander rum, und sie war davon ausgegangen, dass ihr Bruder in Colin einen neuen besten Freund gefunden hatte. Dass die beiden nicht über Mädchen sprachen, wunderte sie – Gabriel war bei diesem Thema alles andere als verschlossen.

»Ich gehe dann zum Hafen«, sagte sie. »Danke für deine Hilfe.«

»Oh, ich komme mit«, sagte Colin rasch.

»Ich finde den Weg allein, wenn es darum geht.«

»Tut es nicht«, erwiderte Colin. »Jede Sekunde, die ich nicht hier oben im Fort verbringe, ist eine Sekunde weniger, in der ich die Kartoffeln für heute Abend schälen muss. Ich begleite dich bis auf dein Boot, wenn es sein muss.«

Kate musste lächeln. »Wenn der General das hört, jagt er dich über die Planke«, sagte sie, als sie sich nebeneinander in Bewegung setzten.

»Ach, der kriegt das nicht mit«, winkte Colin ab. »Die haben wieder eine superwichtige Sitzung.« Er warf einen Blick nach hinten. »Bei Quentin ist das was anderes. Du denkst dir nichts Böses, und plötzlich steht er hinter dir, ist immer dasselbe.«

Kate spitzte die Ohren. Sie hatte nichts von der Besprechung der älteren *Saighdear* gewusst, und sie hatte bis eben noch keine Gelegenheit gehabt, Colin nach der gefangenen Selkie zu fragen.

Vielleicht war das ja ihre Chance, doch noch etwas herauszufinden.

»Weißt du, worum es bei dieser Besprechung geht?«, fragte sie.

»Vielleicht wollen sie jemanden dazu verdonnern, endlich in der Waffenkammer aufzuräumen. Wer weiß«, sagte er schnaubend.

»Meinst du, sie sprechen auch über die Selkie?«

»Die sie gestern an Land gezogen haben?«, fragte Colin, und Kate merkte, dass er plötzlich ihrem Blick auswich. »Ich denke nicht. Also … äh … Keine Ahnung, was die mit der gemacht haben, ich war nicht dabei. Hab nicht hingeschaut und nicht weiter nachgefragt. Solltest du übrigens auch nicht tun.«

Kate ließ entmutigt die Schultern sinken. Colin würde ihr auch nicht weiterhelfen. Und sie wollte ihn nicht so lange drängen, bis er misstrauisch wurde. Versuchte man, etwas vor ihr geheimzuhalten? Oder wussten alle tatsächlich so wenig, wie sie vorgaben?

»Wo sie jetzt wohl ist?«, startete sie einen letzten, vorsichtigen Versuch.

Colin schüttelte den Kopf. »Ich kann dir nur sagen, *nett* waren die alten Säcke noch nie, wenn es um mythische Kreaturen ging. Und Selkies stehen im Moment leider ganz weit oben auf der Abschussliste, also … Egal was sie mit ihr getan haben oder nicht getan haben, sie wird das Fort nicht lebendig verlassen.«

Kate wurde blass, und auch Colin griff sich in den Nacken, fast beschämt. »Weißt du, wenn man kein Mensch ist und ein bisschen was von seinem Leben haben will, sollte man den *Saighdear* aus dem Weg gehen. Es sei denn, man hat keine andere Wahl. Die Selkies haben das noch nie kapiert.«

»Und die anderen Wesen schon?«, fragte Kate zweifelnd.

Colin zögerte, ehe er antwortete. »Na ja, die meisten. Sagen wir so … Die Feen haben ihre eigenen Wege gefunden, sich die *Saighdear* vom Leib zu halten.«

Als sie nebeneinander in den Innenhof traten, empfing sie traumhaftes Wetter, kaum Wolken am Himmel, strahlender Sonnenschein und bestimmt zwanzig Grad Celsius. Der Wind war zwar frisch, aber Kate konnte sich ohnehin an keinen Tag ihres Lebens erinnern, an dem nicht wenigstens eine leichte Brise über die Inseln geweht hatte.

Der Hof war leer. Die meisten Mitglieder waren den Nachmittag über beschäftigt, was neben Benjamins Krankheit der Grund dafür gewesen war, dass sie nun mit Alaric auf den Einsatz fahren durfte.

»Wie lange bist du eigentlich schon dabei?«, fragte sie Colin, um ihr Gespräch wieder auf ungefährliches Terrain zu lenken.

»Äh, definitiv zu lange«, sagte Colin. »Drei Jahre. Oder sind es schon vier? Nein, warte. Ich bin im Winter dazugekommen, also dreieinhalb.«

»Nicht schlecht«, sagte Kate anerkennend.

»Ist ziemlich scheiße eigentlich«, erwiderte Colin. »Ich meine, es gibt Schöneres, als so viel Zeit mit einem Haufen alter Männer in einer Ritterburg zu verbringen.« Er grinste. »Jetzt sind wenigstens ein paar Leute in meinem Alter hier, mit Gabriel, dir und Mike.«

Kate nickte. Mike war der zweite Freiwillige, den Alaric und Jack in Kirkwall aufgegabelt hatten. Kate kannte ihn nicht gut, er blieb lieber für sich.

»Als ich beigetreten bin, war ich achtzehn«, fuhr Colin fort. »Und was meinst du, wie toll es ist, drei Jahre lang nur einen mehr oder weniger pubertierenden Alaric zur Gesellschaft zu haben, weil der Rest sich für Gespräche zu alt und zu wichtig fühlt.«

»Klingt nicht so, als wärst du freiwillig hergekommen?«, bemerkte Kate. Es fiel ihr schwer, sich eine jüngere Version von Alaric vorzustellen. Er schien immer, als wäre er so, wie er jetzt war, auf die Welt gekommen, ohne sich jemals wirklich zu ändern.

Wie eine Statue.

»Na ja, wenn du die Alten fragst, sagen sie dir vermutlich, dass ich mich freiwillig gemeldet hab«, sagte Colin. »Stimmt auch halbwegs. Wurde nicht hergeschleift oder so, aber ... Sagen wir mal, ich hatte meine Gründe.«

Kate nickte, doch bevor sie weiter nachhaken konnte, fuhr Colin fort.

»Ich denke, das ist bei den meisten so. Bei dir ja auch. Man hat immer einen ganz bestimmten Grund, sonst kommt man nicht auf die Idee, hier zu arbeiten. War früher vielleicht anders, als Drachen töten und Jungfrauen retten noch cool war, aber heute gibt's wirklich bessere Jobs.«

»Zum Beispiel?«, fragte Kate grinsend.

»Alles«, sagte Colin, ohne zu zögern. »Postbote. Taxifahrer. Putzfrau. Alles ist besser, als in einer Ruine zu wohnen und alte Frauen von der psychischen Unversehrtheit ihrer Haustiere zu überzeugen.«

Kate fragte sich, warum er nicht fortging und etwas anderes machte, traute sich aber nicht nachzubohren, weil sie ihn nicht beleidigen wollte. Sie hatten die steinerne Treppe erreicht, die hinab zum Hafenbecken führte, und Kate warf einen Blick hinunter zu dem Anlegesteg, auf dem Alaric und zwei weitere *Saighdear* gerade damit beschäftigt waren, die Boote für den Einsatz vorzubereiten.

»Da wären wir«, sagte Colin und grinste sie an. Als sie den Blick von Alaric löste und sich ihm zuwandte, schien ein Hauch von frischem Heu in der Luft zu liegen – vermutlich zu ihnen heraufgetragen von den Wiesen des Dorfes, anders konnte Kate es sich nicht erklären. »Ich lasse dich jetzt alleine, dann muss ich mich mit keinem von denen unterhalten.«

»Alles klar«, erwiderte Kate. »Danke fürs Mitkommen.«

»Kein Ding. Und viel Erfolg mit der verrückten Katzenlady.«

Kate schnaubte. »Meinen herzlichen Dank.«

Colin zwinkerte ihr noch zu, dann ging er mit schwingenden Schritten zurück zum Fort. Kate sah ihm noch eine Weile nach. Er war sicherlich nett und hatte Humor, aber wie bei den meisten *Saighdear* wusste sie nicht, was sie von ihm halten sollte.

Sie schüttelte den Kopf, um ihre Gedanken zu klären. Sie musste sich auf die vor ihr liegende Aufgabe konzentrieren. Rasch lief sie die Stufen zum Hafen hinab.

Die beiden Boote waren nur etwa vier bis fünf Meter lang und somit das Kleinste, was die Flotte der *Saighdear* zu bieten hatte. Kates Erfahrung mit Motoren sagte ihr, dass ihre Tanks genug Sprit für die heutige Fahrt nach Shetland beinhalteten. Trotzdem löste der Anblick ihrer Transportmittel einen Anflug von Unwohlsein in ihr aus.

Wenn sie die Position des Forts auf der Landkarte richtig einschätzte, dann waren es mindestens vierzig Kilometer bis Shetland, vielleicht sogar fünfzig. Fünfzig Kilometer auf dem offenen Meer, ohne das kleinste Stückchen Land in der Nähe. Kate dachte an die Geschichten von Meerjungfrauen, die die anderen beim Frühstück erzählt hatten. Und auch die Bilder vom Angriff der Selkies auf die *Fàire* tauchten in ihrem Kopf auf. Die dünnen und niedrigen Bordwände der kleinen Motorboote wären für diese Wesen kein nennenswertes Hindernis.

Andererseits, so beruhigte sie sich, würden die Selkies kaum nach nur wenigen Tagen ein zweites Mal angreifen – und wenn ein hohes Risiko bestanden hätte, hätten die *Saighdear* sich bestimmt für größere Boote entschieden.

Als sie auf den Steg trat, wurde sie von Alaric und den beiden anderen Männern begrüßt. Louis war Ende zwanzig und hatte ein freundliches, rundes Gesicht. Kate hatte ihm schon einmal in der Küche geholfen und wusste, dass er ziemlich nett war. Der andere *Saighdear,* Richard, war älter, bestimmt über vierzig, und hatte ein verhärmtes Gesicht. Er sprach nicht viel mit den jüngeren Mitgliedern. Jack hatte Kate einmal erzählt, dass er seine einzige Tochter im Kindesalter verloren hatte, was wohl der Grund für seine abweisende Haltung war.

Kate nickte allen zu und wandte sich dann an Alaric, der dabei war, die Seile zu lösen.

»Kann ich dir helfen?«, fragte sie.

»Ich bin so gut wie fertig«, sagte Alaric und warf das letzte Seil auf das zweite Boot. »Hast du Waffen bekommen?«

»Ja, ein Schwert und eine Pistole. Colin hat sie mir gegeben.«

»Gut.«

Er richtete sich auf und reichte ihr mit einem kleinen Lächeln die Hand, um ihr auf das schaukelnde Boot zu helfen. Der gestrige Abend schien kaum etwas an seinem Verhalten ihr gegenüber geändert zu haben. Wenn überhaupt, dann war er nun noch freundlicher als zuvor, das hatte sie beim gemeinsamen Training am Vormittag gemerkt.

Nach kurzem Zögern nahm sie seine Hand und ließ sich von ihm an Bord ziehen.

»Danke«, sagte sie.

»Keine Ursache.« Kate setzte sich auf die Bank und sah Alaric dabei zu, wie er die Ausrüstungskiste überprüfte. Sie war nicht überrascht, eine wasserdichte Umhängetasche, einen Erste-Hilfe-Kasten und ein paar leuchtend orangefarbene Rettungswesten zu entdecken, aber sie hob die Brauen, als sie die längliche Metallschachtel entdeckte. Sie wusste inzwischen, was sich darin befand.

»Ein Gewehr«, erklärte Alaric nüchtern. Er hatte sie aufmerksam gemustert. »Für alle Fälle. Ist effektiver als eine Pistole.«

»Ja, klar«, sagte Kate und hoffte, dass das Ding nicht zum Einsatz kam.

»Seid ihr so weit?«, rief Louis zu ihnen herüber.

Alaric warf Kate einen fragenden Blick zu, den sie mit einem schnellen Nicken beantwortete. Dann schloss er die Kiste und wandte er sich den beiden anderen zu.

»Sind wir. Wir können los.«

Sie hatten schon weit mehr als die Hälfte der Strecke zurückgelegt, als Kate eine Welle der Übelkeit überkam. Aus Angst, sie könnte sich übergeben, rückte sie auf ihrer Sitzbank näher an die Bordwand heran und presste sich eine Hand vor die Lippen. Ihre Finger fühlten sich kalt an.

»Stimmt etwas nicht?«, fragte Alaric. Er saß ihr gegenüber neben dem Motor und steuerte. »Du bist blass.«

»Ich weiß nicht«, sagte Kate. »Mir ist schlecht.«

Alaric legte den Kopf schräg. In seinem Blick spiegelte sich ein Anflug von Besorgnis. »Vom Bootfahren?«

Kate schüttelte den Kopf. »Eigentlich macht mir das nichts aus«, murmelte sie. Sie war ihr ganzes Leben lang auf Booten unterwegs gewesen, auf kleinen ebenso wie auf großen. Anders kam man hier auf den Inseln nicht vom Fleck. Sie konnte sich nicht erinnern, dabei jemals seekrank geworden zu sein, warum also jetzt?

Sie horchte in sich hinein und stellte mit einer Mischung aus Erleichterung und Verwirrung fest, dass das ungute Gefühl offenbar nicht von ihrem Magen ausging. Es schien eher ihr ganzer Körper zu sein, der ihr vermeldete, dass etwas nicht stimmte. Vielleicht der Kreislauf?

»Es ist nicht mehr weit, wenn dich das beruhigt«, sagte Alaric. »Dreißig Minuten vielleicht.«

»Hmmm.«

Doch sie war sich nicht sicher, ob Alaric sie überhaupt hörte, denn wie aus dem Nichts kräuselte eine heftige Böe die Wellen und fegte heulend über ihre beiden kleinen Boote hinweg. Kate schenkte dem keine große Beachtung – Böen konnte es hier draußen immer geben, völlig unabhängig vom Wetter. Aber ihr fiel auf, dass Alaric erst einen Blick zum Himmel warf, in dem ein paar weiße Schäfchenwolken vor sich hintrieben und nichts auf einen Sturm hindeutete, und dann zum anderen Boot hinübersah, das in etwa zwanzig Metern Abstand neben ihnen durchs Wasser glitt.

»Ist was?«, fragte sie.

»Eigentlich nicht«, sagte Alaric, schien einen Moment zu zögern und fügte dann hinzu: »Vielleicht hältst du etwas mehr Abstand von der Bordwand.«

Kates Herz setzte einen Schlag lang aus. Dasselbe hatte Jack zu ihr gesagt, als sie sich der *Fàire* genähert hatten. Sie kam Alarics Vorschlag sofort nach und rückte in die Mitte der Sitzbank, wobei sie ihren Blick suchend über das friedliche blaue Wasser schweifen ließ, das die beiden Boote umgab. Nirgends konnte sie etwas Auffälliges erkennen.

War es wirklich nur die Böe gewesen, die Alaric beunruhigte?

Sie erinnerte sich an einen Satz, den Quentin im Unterricht hatte fallen lassen: *Die Legenden besagen, dass männliche Selkies manchmal dazu in der Lage sind, Unwetter heraufzubeschwören und Schiffe zu versenken.*

Kate schüttelte den Kopf. Das war nur eine Sage, eine Fabel. Sie steigerte sich da in etwas hinein. Selkies waren scheu, das hatte nicht nur Ian, sondern auch Jack einmal gesagt. Sie griffen so gut wie nie gezielt an. Daher hatte der Vorfall an der *Fàire* die *Saighdear* unvorbereitet getroffen und so viele Opfer gefordert.

Kate unterdrückte ihr ungutes Gefühl und zwang sich, sich zu entspannen. Doch als sie sah, wie Alarics Blick wie Suchscheinwerfer über das Wasser vor ihrem Boot glitten, hielt sie es nicht länger aus.

»Willst du mir nicht sagen, was los ist?«, platzte es aus ihr heraus.

»Es ist eigentlich nichts«, sagte er ausweichend.

»Das ›eigentlich‹ gefällt mir aber nicht.«

Alaric schwieg einen Moment. »Das dachte ich mir«, sagte er dann.

»Also?«

»Der Windstoß gerade ... Und Richard kann sie manchmal spüren. Nicht annähernd so zuverlässig wie Jack, aber ich erkenne sogar von hier aus, dass er nervös ist«, erklärte Alaric. »Seit der *Fàire* sind wir alle wegen jeder Kleinigkeit in Alarmbereitschaft.« Er zögerte kurz und fuhr dann fort. »Wir sollten darauf vorbereitet sein, dass etwas passieren *könnte* ... Das heißt aber nicht, dass es auch der Fall sein wird.«

Die Stille, die auf seine Worte folgte, währte keine dreißig Sekunden lang, dann hörten sie einen der beiden Männer auf dem anderen Boot schreien. Kate wusste nicht, was passiert war, ob Richard das Ruder herumgerissen hatte oder ob etwas anderes für den plötzlichen Richtungswechsel verantwortlich war. Was sie aber zweifelsfrei sehen konnte, war, dass sie aus heiterem Himmel eine scharfe Rechtskurve eingeschlagen hatte und das so steil und unvermittelt, dass Louis gestürzt war.

»Was ist los?«, fragte Kate atemlos.

Doch Alaric gab ihr keine Antwort. Wie gebannt starrte er auf das zweite Boot. In der nächsten Sekunde schnellte eine Robbe aus dem Wasser hervor, um dann mit nahezu übernatürlicher Kraft und Schnelligkeit über die Köpfe der geduckten *Saighdear* hinwegzufliegen.

Selkies.

Kate fühlte sich, als habe jemand einen Eimer kalten Wassers über ihren Kopf gekippt.

Und sie griffen mit derselben Technik an, mit der sie auch die Motorboote bei der *Fàire* bedrängt hatten. Mit der sie einen der Männer beinahe getötet hatten, mit der sie Gabriel zwei Finger abgebissen hatten.

Es war vielleicht keine übermäßig effektive Taktik, da die Selkies nur selten trafen und noch seltener jemanden zu Fall brachten, aber solange sie sich so schnell bewegten und überall aus dem Wasser hervorschossen, hatten die *Saighdear* so gut wie keine Chance, sie mit ihren Pistolen zu treffen.

Alaric hatte ihr Boot gewendet, um den anderen folgen zu können.

»Übernimm das Ruder«, sagte er. Seine Stimme war kühl, verriet keinerlei Anspannung oder gar Angst. »Sieh zu, dass wir in ihrer Nähe bleiben. Sie dürfen uns nicht trennen.«

»Geht klar«, presste Kate hervor und tauschte den Platz mit ihm. Das Ruder lag glatt in ihrer Hand, und die Aufgabe half ihr, ihren Herzschlag zu beruhigen.

Während Alaric das Gewehr aus der Kiste holte, schienen Richard und Louis die Kontrolle über ihr Boot zurückgewonnen zu haben. In einer ausladenden Kurve brachten sie es zurück auf den richtigen Kurs. Doch noch immer schossen die Selkies mit weit geöffneten Mäulern aus dem Wasser und verfehlten die Köpfe der Männer ein paarmal nur um Haaresbreite.

Die beiden *Saighdear* waren vorsichtig, bemerkten die Selkies meist, sobald sie aus dem Wasser auftauchten, und konnten rechtzeitig ausweichen. In Kate keimte Hoffnung auf. Noch hatten die Selkies kein Netz eingesetzt, um die Boote außer Gefecht zu setzen.

Wenn es bei den Sprungattacken blieb, schafften sie es vielleicht, unversehrt nach Shetland zu gelangen …

Sie wagte einen Blick in Richtung der Inseln. Sie schienen aber unendlich weit weg zu sein, obwohl Kate ihre Umrisse schon am Horizont erkennen konnte. Sie schluckte. Als sie wieder zum anderen Boot schaute, stellte sie entsetzt fest, dass die Selkies es mitnichten bei den Sprüngen beließen. Richards und Louis' Boot hatte deutlich an Tempo verloren und schwankte fürchterlich hin und her – es war nur eine Frage der Zeit, bis das kleine Ding kentern würde. Im Wasser würden Louis und Richard den scharfen Zähnen der Selkies schutzlos ausgeliefert sein.

»Fahr langsamer und versuch, das Boot so ruhig wie möglich zu halten«, sagte Alaric. Er klang kühl und beherrscht, als er das Gewehr anlegte und auf das Wasser knapp unterhalb des anderen Bootes zielte. Die genaue Position der Selkies war von hier aus unmöglich zu bestimmen. Alaric konnte nur auf gut Glück schießen und hoffen, dass keine der Patronen die dünnen Bootswände durchschlug.

Richard und Louis hatten größere Chancen, die Selkies im Wasser auszumachen, wagten es aber kaum, sich der Reling zu nähern. Die Gefahr, dass einer der Selkies erneut angriff, war zu groß. Als Alaric nachlud und das Gewehr erneut anlegte, hörte Kate ein Plätschern zu ihrer Linken. Reflexartig duckte sie sich zur Seite, und keinen Wimpernschlag später flog ein Schatten über sie hinweg. Kaltes Meerwasser spritzte vom Körper des Wesens auf sie herab, und sie schnappte den Geruch seines nassen Fells auf. Kurz nachdem der Selkie wieder abgetaucht war, hörte Kate es an einer völlig anderen Ecke ihres Bootes platschen. Da war nicht nur einer.

Alaric gab seine Stellung auf, ohne noch einmal geschossen zu haben, als um ihr eigenes Boot herum immer wieder schimmernde Rücken aus dem Wasser auftauchten. Kate sah, wie er sich aufrichtete, um einen besseren Überblick zu gewinnen. Er legte wieder an, als ein großer heller Selkie hinter Alaric die Wasseroberfläche durchstieß.

»Pass auf!«, schrie sie, und gerade noch rechtzeitig wirbelte Alaric herum, schwang das Gewehr in seinen Händen wie einen Baseballschläger gegen den Selkie.

Kate konnte sich beim besten Willen nicht vorstellen, wie viel Kraft nötig sein musste, um so ein großes Tier im Flug auszubremsen, aber der Selkie verlor seinen Schwung und fiel gleichzeitig mit Alaric auf den feuchten Boden des Bootes.

Kates Finger am Ruder fühlten sich kalt an. Sie überlegte anzuhalten, aber was hätte es gebracht, außer dass sie den Selkies im Wasser ein leichteres Ziel geboten hätte? Der Selkie zappelte und wand sich wie ein Fisch auf dem Trockenen, doch die Bootswände waren zu hoch, als dass er durch seine ruckartigen Bewegungen zurück ins Wasser hätte gelangen können.

Alaric war im Vorteil. Er warf das Gewehr, das auf so kurze Distanz unbrauchbar war, zur Seite und griff nach der Pistole an seinem Gürtel. Kate spürte einen Stoß von unten, der das Boot leicht zum Wanken brachte, aber Gott sei Dank nicht ausreichte, um es kentern zu lassen.

Die Selkies im Wasser wollten ihrem Freund zu Hilfe eilen. Doch Alaric würde schneller sein.

Wie in Zeitlupe sah Kate Alaric die Pistole aus dem Halfter ziehen; währenddessen warf sich der hilflose Selkie im Boot herum, und Kate erblickte erstmals seine großen, dunklen Augen, die mit einem erschreckend menschlichen Ausdruck zu Alaric aufsahen. Dann veränderte sich plötzlich etwas.

Die schimmernden Augen der Robbe ermatteten, und ihr rundlicher Körper fiel an mehreren Stellen in sich zusammen. Der Glanz des hellen Pelzes verblasste, der Kopf kippte zur Seite, und plötzlich war aus dem lebendigen Tier ein totes Fell geworden, das wie eine Jagdtrophäe auf dem Boden ihres Bootes lag.

Doch das Fell lag nicht platt auf dem Deck – es war etwas darunter. *Jemand*, stellte Kate mit pochendem Herzen fest, als sich unter dem Robbenfell eine blasse Hand hervorschob, um es wie eine Kapuze herunterzuziehen.

Haut, so hell wie feiner Sand.

Schlagartig fühlte sich Kate auf das kleine Motorboot zurückversetzt, mit dem Ian und die anderen sie zum Leuchtturm gebracht hatten. Sie hörte die Stimmen von Ian und Lauren durch ihren Geist hallen, ohne zu verstehen, was sie sagten, als ihr Herz auszusetzen schien und sie den jungen Mann erkannte, der unter dem Pelz der Robbe auftauchte.

Es war Fynn.

Sein weißblondes Haar hing in wirren, nassen Strähnen vor seinem fein geschnittenen Gesicht herab, die grauen Augen waren vor Angst weit geöffnet und starrten voll unausgesprochener Worte in die Mündung von Alarics Pistole.

Unfähig, auch nur einen klaren Gedanken zu fassen, riss Kate das Ruder in ihrer Hand bis zum Anschlag zur Seite. Das Boot machte einen scharfen Schlenker, der nicht nur sie in ihrer sitzenden Position beinahe aus dem Gleichgewicht gebracht hätte, sondern auch Alaric mit Wucht auf den Boden knallen ließ.

Fynn und Kate sahen sich an. Erst war nichts als Panik in seinen Augen, doch dann erkannte er sie. Sein Kiefer klappte ein Stückchen herunter, er runzelte die Stirn, als könne er nicht verstehen, warum er gerade sie hier antraf. Sie hielten eine, vielleicht zwei Sekunden lang Blickkontakt, starrten einander verständnislos an, dann hatte Alaric die Kontrolle über seinen Körper zurückgewonnen und hob erneut die Waffe.

Aber diesmal war Fynn schneller. Mit einem letzten Blick auf Kate hob er die Finger an sein Kinn und bewegte die Hand mit der Fläche nach innen nach vorne. Kate hatte sich nie mit Gebärdensprache beschäftigt, doch das Wort schien so klar durch ihre Gedanken zu schweben, als habe er es laut ausgesprochen.

Danke.

Einen Augenblick später war er auf den Füßen und sprang geschickt über den Bootsrand hinweg, das schützende Fell eng um die Schultern gezogen. Kate hörte das Wasser platschen, und die Kugel, die Alaric ihm in letzter Sekunde hinterhergejagt hatte, verlor sich in der Tiefe der Nordsee.

Noch zweimal schoss Alaric in die Wellen, ohne jedoch zu treffen – Kate war sich sicher, dass Fynn flink und schlau genug war, um sich sofort aus der Reichweite zu bringen.

Als Alaric die Waffe sinken ließ, hielt er sie so fest umklammert, dass die Knöchel seiner Hand deutlich unter der hellen Haut hervortraten.

Kate rechnete fest damit, dass er sie anschreien würde. Immerhin war sie schuld daran, dass er Fynn verfehlt hatte. Und tatsächlich schienen seine kalten Augen von innen heraus zu glühen, als er sich zu ihr umdrehte. Sein Gesicht hingegen blieb ausdruckslos, und als er sprach, war in seiner Stimme keine Spur von Zorn zu erkennen.

»Bist du verletzt?«, fragte er.

Kate schüttelte rasch den Kopf. »Nein. Was ist mit dir?«

»Das spielt keine Rolle.«

Kate biss sich auf die Unterlippe. Alarics Sturz auf den harten Boden hatte schlimm ausgesehen, und sie hielt es nicht für unwahrscheinlich, dass er sich etwas geprellt hatte. Aber selbst wenn – er war vermutlich zu stolz, um vor ihr darüber zu sprechen.

Es vergingen ein paar Augenblicke, in denen sie beide atemlos darauf warteten, dass sich der nächste Selkie aus den Wellen erheben würde, um sie anzugreifen, doch nichts dergleichen geschah, und Kate spürte, dass sich ihr Herzschlag langsam beruhigte, dass ihre Gedanken wieder klarer wurden.

Aus dem Augenwinkel sah sie, dass einige Meter von ihnen entfernt hin und wieder graue Köpfe auftauchten. Sie blickten kurz zu ihnen herüber und verschwanden blitzschnell, sobald Alaric sich in ihre Richtung wandte.

Kate dachte an Fynn, den Schock in seinem Blick, als er sie erkannt hatte. Hielt er die anderen von einem weiteren Angriff ab, weil er sie nicht verletzen wollte? Sie kniff die Augen zu. Sie *wollte* nicht nachdenken, hatte Angst vor den Dingen, die sich ihr erschließen würden, aber das Karussell in ihrem Kopf setzte sich unerbittlich in Bewegung. Fynn war ein Selkie. Wenn Fynn ein Selkie war, was sagte das über Ian, Lauren, Nile? Was bedeutete das für *sie*, Kate, und für alles, was sie getan hatte, seit sie von zu Hause aufgebrochen war?

Für wen um alles in der Welt arbeitete sie eigentlich? Kate hatte das Gefühl, als würde sich der Boden unter ihren Füßen drehen.

Erst als sie Alaric erschrocken nach Luft schnappen hörte, öffnete sie ihre Augen wieder und hielt ebenfalls den Atem an.

Das andere Boot war gekentert, trieb mit der Unterseite nach oben im Wasser. Louis und Richard waren dem Tod geweiht, wenn sie denn überhaupt noch lebten. Ohne auf einen Befehl von Alaric zu warten, gab Kate Gas und lenkte ihr Boot in einer Kurve zum Unglücksort.

Sobald sie nur noch wenige Meter entfernt waren, hielt Kate an. Erleichterung stieg in ihr auf – Louis und Richard lebten und paddelten in ihre Richtung! Doch da war noch etwas, ein Gefühl, das sie nicht richtig einordnen konnte. Irgendetwas sagte ihr, dass die beiden nur ihretwegen noch am Leben waren. Weil die Selkies sie verschonen wollten. Hatte sie das Fynn zu verdanken?

Sie würde sich später damit beschäftigen. Jetzt musste sie Alaric helfen, ihre beiden Kameraden an Bord zu hieven.

»Was zur Hölle war das denn?«, fragte Richard, sobald er sicher auf der Bootsbank saß. »Die sind einfach abgehauen, oder?«

»Scheint so«, sagte Alaric. »Offenbar hat es ihnen gereicht, das Boot umzukippen.«

»Aber warum?«, fragte Louis. »Es ist ja noch nicht mal kaputt. Wir müssen zwar mit einem der Kutter herkommen, um es umzudrehen … Aber wir können damit wieder ausrücken. Was also hat es ihnen gebracht?«

Darauf wusste keiner eine Antwort.

Die Ratlosigkeit der drei Männer hing in der Luft, während sich Kates eigener Körper anfühlte, als sei er von innen ausgehöhlt worden. Der Einsatzplan! Es war alles ihre Schuld, begriff sie. Wäre Benjamin nicht krank geworden, wäre sie nicht für ihn eingesprungen, dann hätten die Selkies alle vier *Saighdear* getötet.

Sie sah Ian vor sich, das Leuchten in seinen Augen, als sie ihm letzte Nacht den Einsatzplan in die Hand gedrückt hatte. Es konnte kein Zufall sein, dass die Selkies genau dann angriffen, wenn die *Saighdear* mit nur vier Leuten und zwei kleinen Booten ohne schweres Geschütz unterwegs waren, oder? Sie dachte daran, wie nahe sich Ian, Lauren und Fynn standen. Sie dachte daran, dass Ian, der ein Boot kaum auf gerader Strecke halten konnte, ihr erzählt hatte, er würde Tag für Tag vom Leuchtturm bis zum Fort fahren. Sie erinnerte sich an das Fell, das sie bei Ian gesehen hatte, als er sie vom Kutter gerettet hatte, den alten, feuchten Leuchtturm, an Niles Hass auf die *Saighdear,* seinen Wunsch, sie zu vernichten … Plötzlich ergab alles einen Sinn, fügte sich zusammen wie Puzzleteile.

Es gab keine Rebellengruppe, die sich für den Schutz der mythischen Kreaturen einsetzte. Ian, Fynn, Nile und die anderen – sie waren Selkies. Und Kate war dumm genug gewesen, nichts davon zu merken. War naiv Ians Anweisungen gefolgt, hatte alles getan, um ihnen zu helfen, und hatte damit das Leben ihrer Kameraden in Gefahr gebracht.

Sie musste das beenden. So schnell wie möglich, das wurde ihr jetzt klar. Sie würde Ian sagen, dass sie sein Geheimnis kannte, und ihm dann die Zusammenarbeit kündigen. Und Jack würde sie sagen, dass er den Einsatzplan ändern musste, sofort. Bevor ihre Dummheit tatsächlich Menschenleben forderte.

»Kate?«

Alarics Stimme riss sie aus ihren Gedanken. Sie blinzelte, merkte erst jetzt, dass sie geistesabwesend in das kräuselnde Wasser neben dem Boot gestarrt hatte. Alle Blicke waren auf sie gerichtet. Kate hatte am Rande mitbekommen, dass die Männer miteinander gesprochen hatten.

»Was?«, fragte sie unsicher, weil sie nicht wusste, was die drei von ihr wollten.

»Geht es dir gut?«, fragte Alaric.

Kate ließ ihren Blick zu Louis und Richard huschen. Sie konnte weder ihnen noch Alaric sagen, was in ihr vorging. Sie konnte unmöglich die *Wahrheit* sagen. Hatte man sie nicht oft genug gewarnt, die *Saighdear* würden Verräter hart bestrafen? »Ja«, sagte sie schließlich. »Es ist nur …«

»Der Schock«, sagte Louis mitfühlend. »Ist kein Problem, keiner von uns hat mit so was gerechnet.«

Alaric musterte sie eindringlich, dann schob er Kate vom Steuer weg und startete den Motor.

»Was ist mit dem zweiten Boot?«, fragte Kate.

»Richard funkt gleich das Fort an und gibt die Koordinaten durch. Dann können die mit einem Kutter kommen und es holen. Wir fahren weiter«, antwortete Alaric. »Wir können nicht auf die anderen warten … Der Einsatz geht vor.«

»Wenn wir zu viert fahren, dann können wir aber nur einen Fall untersuchen«, murmelte Louis. »Blackbird bringt uns um.«

»Ihr wollt trotzdem noch nach Shetland?«, rutschte es Kate heraus.

Alaric hob die Schultern. »Solange niemand verletzt ist … Natürlich. Das ist unsere Aufgabe.«

Kate spürte, dass er ihr gegenüber nun doch merklich zurückhaltender war. Er konnte nicht wissen, dass sie den Selkie kannte, dass sie Fynn mit ihrer Wendeaktion hatte retten wollen, versuchte sie sich zu beruhigen. Und er durfte es auch nie erfahren. Sie musste die Sache alleine lösen.

Die Selkies hatten seine Kameraden getötet, Menschen, die Alaric gemocht oder vielleicht gar geliebt hatte. Kate wollte sich nicht vorstellen, wie er reagieren würde, wenn er herausfände, dass sie seinen Todfeinden bis vor wenigen Minuten freiwillig in die Hände gespielt hatte.

Sobald sie wieder am Fort waren, würde sie die Sache ein für alle Mal beenden. Sie würde Ian sagen, dass er verschwinden sollte, dass sie fertig mit ihm und seinen Lügen war und ihn nie wiedersehen wollte. Er hatte ihr verschwiegen, dass er nicht einmal ein Mensch war, zum Teufel. Alle hatten es ihr verschwiegen, auch Lauren und Nile und … Fynn.

Auch wenn er weniger dafür konnte als die anderen. Dennoch, der Gedanke, von einer ganzen Gruppe nach Strich und Faden belogen worden zu sein, ließ Wut in ihr aufsteigen. Gehörte die junge Frau, die gestern gefangen genommen worden war, zur selben Gruppe? War Ian deshalb so interessiert an ihrem Schicksal?

Die Leute, die sie für Verbündete, vielleicht sogar für Freunde gehalten hatte, waren dieselben Leute, die ihrem Bruder die halbe Hand abgebissen hatten, die diesen sinnlosen Krieg führten und Menschen töteten. Und sie hatte mit diesen Biestern in einem Leuchtturm übernachtet. Wenn sie ihnen nicht von Nutzen gewesen wäre, hätte sie vielleicht nicht einmal diese eine Nacht überlebt. Wer konnte schon wissen, zu welchen Grausamkeiten die Selkies noch imstande waren? Das waren keine Menschen. Keine Robben. Es waren Ungeheuer.

Während Richard den Funkspruch durchgab und seinen Kollegen am Fort wiederholt versicherte, dass niemand verletzt war, und Louis sich einen bequemen Platz in dem kleinen Motorboot suchte, steuerte Alaric schweigend Richtung Shetland.

Kate starrte auf das ruhige Wasser. Und mit einem Mal sah sie den neugierig auftauchenden Robbenkopf aus Kirkwall wieder vor sich. Und hatte sie nicht auch gestern, als sie zum ersten Mal zu früh zu ihrem Treffen mit Ian gekommen war, eine Robbe gesehen? Auch da hatte das Tier interessiert den Kopf aus den Wellen gereckt, und zehn Minuten später war Ian aufgetaucht. Kate überlief ein Schauer. Nie im Leben wäre sie darauf gekommen, beides miteinander zu verknüpfen. Wäre statt Fynn ein anderer Selkie auf ihrem Boot gelandet, jemand, den sie noch nie gesehen hatte, dann würde sie noch immer im Dunkeln tappen. Ian hätte ihr nie von sich aus seine wahre Identität verraten.

Als sie Shetland eine halbe Stunde später erreichten, war Kates Laune endgültig im Eimer. Der Auftrag, auf den sie sich den ganzen Vormittag über gefreut hatte, interessierte sie nicht mehr. Sie wollte keiner verrückten Lady mit einer verrückten Katze helfen, sie wollte Ian und seine Leute zum Teufel jagen. Und so die Schuld, die auf ihr lastete, ein wenig mindern.

18

Es war noch hell, als Ian sich am Abend dem Fort näherte.

Er konnte das glitzernde Sonnenlicht sehen, das weit über seinem Kopf fröhlich über die Wellen tanzte, als wäre nie etwas geschehen. Die Welt drehte sich weiter. Dem Universum war es scheißegal, dass dieser Tag als einer der schlimmsten in Ians Leben eingehen würde. Und das, obwohl die Konkurrenz an miesen Tagen in seinem Leben wirklich stark war. Was hatte er falsch gemacht, dass innerhalb weniger Stunden so viel schiefgegangen war?

Nicht nur, dass sie gestern Caroline an die *Saighdear* verloren hatten – der bloße Gedanke an das Mädchen ließ einen eisigen Schauer durch seinen Körper rieseln. Sie war fünfzehn, verdammt. *Fünfzehn*. Ian wusste nicht einmal, ob sie noch lebte.

Kate hatte zwar gesagt, dass sie versuchen würde, etwas über das Schicksal der Selkie herauszufinden, aber das war vor den Ereignissen des heutigen Nachmittags gewesen.

Angefangen hatte der ganze Mist eigentlich schon gestern. Nile war fest entschlossen gewesen, die *Saighdear* so schnell wie möglich erneut anzugreifen, erst recht nach der Sache mit Caroline. Er wollte Rache. Es schien Nile fast immer um Rache zu gehen, und das hatte Ian noch nie gefallen. Wenn sie nur Blut vergossen und Leben nahmen, waren sie dann wirklich besser als die *Saighdear*?

Dank Kates Einsatzplan war es für Nile ein Leichtes gewesen, die am schwächsten gesicherte Mission der *Saighdear* als Ziel auszuwählen. Nicht mehr als vier Mitglieder, kein schweres Geschütz und nur zwei kleine Motorboote, die sich umkippen ließen wie leere Nussschalen, wenn man es richtig anstellte. Nile hatte beschlossen, mit der ganzen Gruppe anzugreifen. Die *Saighdear* hätten keine Überlebenschance gehabt, wenn alles nach Plan verlaufen wäre.

Alle waren mit Niles Vorschlag einverstanden gewesen. Lauren und Fynn hatten zwar eine Weile gezögert, aber letztendlich war es nur Ian gewesen, der sich geweigert hatte mitzuziehen. Und so war er mittags alleine am Leuchtturm zurückgeblieben, als seine Freunde ausgezogen waren, um die *Saighdear* zu töten.

Er war davon überzeugt gewesen, dass sie Erfolg haben würden.

Die Namen der vier Männer auf dem Einsatzplan waren in seinem Kopf herumgeschwirrt, als seien sie bereits auf Grabsteine gemeißelt worden: *Benjamin Learmonth. Richard Kelday. Louis Duncan. Alaric Blackbird.* Vier Männer, die den Abend nicht mehr erleben würden. Es wäre ein großer Erfolg für die Selkies, nachdem sie sich jahrelang nur selten getraut hatten, die Organisation anzugreifen. Aber Ian konnte sich nicht darüber freuen.

Mord war nie der richtige Weg.

Für Nile waren die Männer auf der Liste Schachfiguren, nichts weiter als Bauern, die er aus dem Weg räumen musste, um eines Tages König Blackbird vom Brett zu stoßen.

Für Ian waren sie Menschen, egal was sie getan hatten. Menschen, die liebten und geliebt wurden. Die Familien und Freunde hatten, die um sie trauern würden.

Ian hatte zu viel verloren, um töten zu können.

Diese Einstellung trübte seine Beziehung zu Nile; aber es war der einzige Weg für Ian, sich treu zu bleiben. Er hatte noch nie jemanden umgebracht, und er wusste, er würde sich nie wieder im Spiegel ansehen können, sollte eines Tages der Moment kommen, wenn er es doch tun musste.

Er war enttäuscht gewesen, dass Lauren und Fynn Nile trotz ihrer Zweifel in den Kampf gefolgt waren, und so hatte er sich anfangs geweigert, nach ihrer Rückkehr mit ihnen zu sprechen. Er wollte nichts von dem Angriff hören.

Nun wusste er alles und wünschte sich fast, die Aktion wäre nach Niles Plan verlaufen. Es war niemand verletzt worden, und auch von den *Saighdear* war niemand getötet worden, doch der Rest war eine einzige Katastrophe. Fynn hatte erzählt, dass ihn beim Sprung über das Boot ein Gewehrlauf so heftig getroffen hatte, dass er direkt vor Alarics Füßen auf dem Trockenen gelandet war. Als Selkie gefangen in einem Boot, einen Mann mit einer Waffe vor sich – das war das Todesurteil.

Aber Fynn war gerettet worden.

Von Kate.

Ausgerechnet von Kate.

Ian war ihr unendlich dankbar dafür. Aber um vom Boot fliehen zu können, hatte Fynn sein Fell ablegen und für kurze Zeit zum Menschen werden müssen. Und Kate hatte ihn in beiden Gestalten gesehen. Hatte gesehen, wie er sich verwandelte. Und sie war klug genug, um eins und eins zusammenzuzählen. Inzwischen war ihr bestimmt klar, dass ihre neuen Freunde vom Leuchtturm und die bösen Selkies aus den Geschichten der *Saighdear* ein und diesselben waren.

Er hoffte, dass sie die Neuigkeiten gut aufnehmen würde und dazu bereit war, sich alles in Ruhe erklären zu lassen. Aber trotzdem, niemand wurde gerne angelogen. Kate bildete da bestimmt keine Ausnahme.

Aber wenn sie ihm die Chance ließ, sich zu entschuldigen und alles in Ruhe zu erklären – dass es nicht sein, sondern Niles Plan gewesen war –, vielleicht konnte er sie dann besänftigen und die weitere Zusammenarbeit mit ihr sicherstellen.

Ein nicht gerade kleiner Teil von Ian ging aber davon aus, dass es kaum so einfach sein würde. Im schlimmsten Fall kam Kate gar nicht mehr zu ihrem Treffen, weil sie nichts mehr mit ihm zu tun haben wollte. Ian konnte nur Vermutungen darüber anstellen, was sie nun von ihm und den anderen dachte.

In den meisten Geschichten, die sich die Inselleute über Selkies erzählten, wurden sie positiv dargestellt. Doch inzwischen hatte Gabriel fast seine Hand verloren (den Verantwortlichen hätte Nile beinahe rausgeworfen), und die *Saighdear* schmückten ihren Theorieunterricht mit zahllosen Schauergeschichten über Selkies, Meerjungfrauen oder andere Sagengestalten aus. Das hatte Kate ihm erzählt.

Und dann heute Nachmittag …

Es war also durchaus möglich, dass sie Kate verlieren würden. Doch Ian wollte sie nicht verlieren. Durfte sie nicht verlieren. Noch nie waren sie so weit ins Herz der Organisation vorgedrungen. Noch nie war ein Ende des Konfliktes so greifbar gewesen. Nur mit Kate konnten sie den Krieg mit den *Saighdear* so unblutig wie möglich beenden. Wenn sie nun die Seiten wechselte, dann war alles umsonst gewesen. Schlimmer noch – sie wusste, wo sich der Leuchtturm befand. Wenn sie diese Information an Blackbird weitergab, dann würden die Selkies ihren einzigen sicheren Rückzugsort verlieren.

Ian hätte gerne Nile die Schuld an dem ganzen Schlamassel gegeben. Es war sein Befehl gewesen, ihr wahres Wesen vor Kate zu verheimlichen. Ian hatte von Anfang an mit offenen Karten spielen wollen. Es wäre riskant gewesen, aber Kate hätte wenigstens gewusst, worauf sie sich einließ. Aber nicht einmal Nile hatte ahnen können, dass eines der auf dem Einsatzplan genannten Mitglieder ausfallen und dass ausgerechnet

Kate, kaum ausgebildet und unerfahren, seinen Platz einnehmen würde.

Nile traf also nur eine Teilschuld. Es war dumm gelaufen und ließ sich nicht mehr ändern.

Dennoch, nicht zum ersten Mal, seit er sich auf den Weg gemacht hatte, fragte sich Ian, warum eigentlich er alles wieder ins Lot bringen musste. Wenn jemanden keine Schuld an den Ereignissen des Nachmittags traf, dann war das wohl er. Eigentlich sollte sich Nile bei Kate entschuldigen, fand Ian. Das Problem an der Sache war, dass Nile die emotionalen Kompetenzen eines Kieselsteins aufwies.

Die Einfühlsamste von ihnen war Lauren, und auch Fynn war trotz – oder vielleicht gerade wegen – seiner Einschränkung gut darin, mit den Problemen anderer umzugehen und Ratschläge zu geben. Aber Ian liebte die beiden zu sehr, um sie in die Höhle der Löwen zu schicken, nur weil er selbst sich einer Aufgabe nicht gewachsen fühlte. Er musste es schaffen, zu Kate durchzudringen, egal wie wütend sie auf ihn sein würde. Ihn kannte sie am besten. Wenn, dann hatte er die größte Chance, überhaupt etwas zu erreichen.

Ian schnellte an die glitzernde Wasseroberfläche, um Luft zu holen. Sein Robbenkörper erlaubte es ihm zwar, eine knappe halbe Stunde unter Wasser zu bleiben, und Selkies waren schneller, kräftiger und ausdauernder als gewöhnliche Seehunde, aber der Weg vom Leuchtturm zum Fort war weit und dauerte meist ziemlich lange.

Als Ian den Kopf aus den Wellen hob, war das Fort nur noch zweihundert Meter entfernt. Er stierte angestrengt auf die Felsen am Fuße der Festung. Sie waren leer, und auch auf der hohen Steinmauer konnte er keine Bewegung entdecken. Er schwamm näher und ließ seinen Blick erneut über Felsen und Fort wandern. Einer der Nachteile des Robbendaseins war es, dass seine

Augen in Tierform für eine klare Sicht unter Wasser ausgelegt waren. An der Luft war die Lichtbrechung anders, und er war kurzsichtig.

Nach einem letzten Atemzug tauchte Ian wieder ab. Mit jeder Sekunde, die sein Kopf länger aus dem Wasser ragte, stieg das Risiko, von einem *Saighdear* gesehen zu werden.

Sobald er wieder von blaugrünem Wasser und kleinen grauen Fischen umgeben war, die eilig die Flucht ergriffen, sobald er ihnen zu nahe kam, ging er noch einmal seinen Plan durch. Er würde wie all die Tage zuvor an Land gehen, sein Fell zwischen zwei Felsen stopfen und an der geschützten Stelle am Fuße der Mauer auf Kate warten. Sollte sie in zwei Stunden immer noch nicht da sein, hatte sie wohl doch ein ernsthaftes Problem mit ihm, und er müsste versuchen, sie anders zu erreichen. Es hatte ja schon einmal im Hafen geklappt, warum also nicht auch ein zweites Mal?

Falls Kate kam, dann musste Ian sich erklären, egal wie sauer oder verletzt sie war. Er hoffte nur, dass seine zwischenmenschlichen Fähigkeiten genügten, um etwas zu erreichen. Ian wusste, dass Kate sehr empfindlich war, was ihren Bruder anging, aber wie würde sie reagieren, wenn sie sich selbst angegriffen fühlte? Aber vielleicht machte er sich auch einfach zu viele Gedanken – vielleicht war alles gar nicht so schlimm, wie er befürchtete, und Kate würde ganz normal zu ihrem Treffen erscheinen.

Langsam wurde der steinige Grund unter ihm sichtbar. Er war bald da. Ian schwamm in stetigem Tempo weiter, und als er nur noch wenige Meter von der Küste entfernt war, hob er erneut vorsichtig den Kopf über die Wasseroberfläche. Die Sonne sank langsam tiefer, doch es hatte noch lange nicht richtig zu dämmern begonnen. Sein Blick glitt zur Mauer hinauf. Von dort könnte man ihn problemlos sehen, und er wollte sichergehen, dass sich niemand dort aufhielt, bevor er sich an Land wagte und sein Fell ablegte. Alles war still.

Ian war beruhigt, bis etwas rechts von ihm seine Aufmerksamkeit erregte. Er drehte den Kopf, und sein Herz setzte einen Schlag lang aus. Jemand lief über die Felsen.

Kate.

Er wollte schon abtauchen und sich eine andere Stelle suchen, an der er an Land gehen würde, als ihm klar wurde, dass es egal war, ob sie ihn sah oder nicht. Sie wusste ohnehin, was er war. Und selbst wenn sie bisher nur Fynn für einen Selkie gehalten hatte, musste er ihr jetzt endlich die Wahrheit sagen.

Er konnte nicht ewig vor ihr verbergen, dass er den halben Tag als Seehund verbrachte.

Kate schien ihn noch nicht bemerkt zu haben. Ian tauchte erneut unter und suchte sich eine geeignete Stelle für seine Verwandlung.

Der flache Felsen, den er schließlich wählte, lag nur ein paar Zentimeter unter Wasser, sodass sein Kopf und sein Rücken ins Freie ragten, nachdem er sich mit Schwung auf den Felsen gehievt hatte. Auch wenn er nicht lange brauchte, um seine menschliche Gestalt anzunehmen, so hoffte er doch, dass ihn das umliegende Gestein vor Blicken aus den Fenstern des Forts schützte.

Ian atmete tief ein und konzentrierte sich mit allen Sinnen darauf, das Fell abzulegen. Er stellte sich vor, wie er seinen Tierkörper hinter sich ließ, wie sich das Fell von seiner menschlichen Haut löste wie abblätternde Farbe, ganz so, wie Eleanor es ihm vor all den Jahren beigebracht hatte. Nach wenigen Herzschlägen spürte er, dass ein Strom kleiner, schmerzhafter Blitze seinen Körper durchzuckte. Er hatte nun fast zehn Jahre Zeit gehabt, die Verwandlung zu üben, und was ihm als Kind unmöglich erschienen war, klappte jetzt innerhalb weniger Sekunden.

Seine Sinne zogen sich aus dem Fell der Robbe in seinen menschlichen Körper zurück. Er spürte den harten Stein unter seinen Knien, als das Fell sich an der gesamten Unterseite öffnete, spürte, wie die Robbenhaut über seinem Rücken in sich zusammenfiel. Sein Blick verschwamm, dann wurde alles schwarz.

Ian griff nach dem nutzlos herunterhängenden Unterkiefer des Fells, zog es von seinem Kopf wie eine Kapuze und blinzelte in die Dämmerung. Die Welt hatte ihre Farbigkeit und Schärfe zurückgewonnen. Er war gerne eine Robbe, aber die Sehstärke einer Großmutter zu haben, die selbst zum Lesen von Zeitungsüberschriften eine Brille benötigte, war ein deutlicher Minuspunkt.

Er nahm das Fell in beide Hände, strich liebevoll über die plötzlich matt erscheinende Haut der Robbe und rannte geduckt die wenigen Schritte zu seinem Versteck. Er hatte den Pelz gerade vorsichtig in die tiefe Felsspalte gelegt, als er Schritte hinter sich hörte. Er wirbelte herum und sah Kate.

Sie stand keine fünf Meter von ihm entfernt auf den Felsen, die Hände am Griff eines Schwertes, das an ihrem Gürtel baumelte. Es war das erste Mal, dass er sie bewaffnet sah (das lächerliche Küchenmesser, das sie bei ihrem ersten Treffen dabeigehabt hatte, nicht mitgerechnet), und er konnte nicht sagen, dass es ihn beruhigte, an ihrer Hüfte ein Waffenholster zu entdecken, aus dem der Griff einer Pistole ragte.

»Keinen Schritt weiter«, fauchte sie. »Bleib, wo du bist.«

»Kate, ich bin gekommen, weil ich mit dir reden will«, begann Ian so diplomatisch er konnte. Er war körperlich mit Sicherheit stärker als sie, aber sie hatte ein Schwert und eine verdammte *Knarre*. Und er war zu weit weg, um sie ihr abzunehmen. »Ich will dir nichts tun.«

»Warum sollte ich dir auch nur ein Wort glauben?«, schoss sie zurück.

»Warum sollte ich dich anlügen?«, erwiderte er.

»Weil du das schon die ganze Zeit getan hast.«

Ihre Blicke schienen ihn auf der Stelle erdolchen zu wollen.

Sie war sauer. Richtig sauer. Aber sie war hier, um mit ihm zu reden. Das gab Ian die Chance, noch etwas zu retten. Er sah nervös zur Mauer. Da Kate ihm entgegengegangen war, standen sie viel zu nahe am Wasser. Wenn sich oben jemand gegen die Brüstung oder aus den Fenstern lehnte und heruntersah, würde er sie sofort entdecken. Verdammt, er musste Kate näher an die Mauer lotsen. Er machte einen großen Schritt auf sie zu.

»Ich hatte keine andere Wahl«, verteidigte er sich. »Nile wollte nicht, dass du von uns erfährst, um dich zu schützen.«

»Ich habe gesagt, du sollst stehen bleiben«, sagte Kate. Ihre Haut war bleicher als sonst, ihr langes dunkelblondes Haar vom Seewind zerzaust. Ian versuchte, sich den Einsatzplan in Erinnerung zu rufen, doch er wusste nicht mehr, wie lange der heutige Einsatz gedauert hatte. War sie gleich nach ihrer Rückkehr hergekommen, um auf seine Ankunft zu warten? »Und erzähl mir bloß nicht, dass *irgendwer* von euch mich schützen wollte«, fuhr sie fort. »Ich sollte doch nur eure Drecksarbeit machen, oder? Deshalb habt ihr mir Lügen über die *Saighdear* erzählt.«

Ian verspürte einen kleinen Stich. Es stimmte, was sie ihm vorwarf, aber das konnte er nicht zugeben.

»Wir wollten nie, dass dir etwas passiert«, sagte er ausweichend. »Wir hatten immer das Wohl von dir und deinem Bruder im Sinn, also …« Er brach ab, als er seinen Fehler bemerkte, aber da war es bereits zu spät.

»Ihr habt meinem Bruder *die halbe Hand abgebissen*«, fauchte Kate. »Das hat mit Beschützen *nichts* zu tun. Warst du das? Oder Fynn? Oder vielleicht Nile?«

»Keiner, den du kennst. Fynn und ich waren an dem Abend nicht einmal dabei«, sagte Ian. »Es war ein Fehler. Das mit Gabriels Hand hätte nicht passieren dürfen, und es tut uns leid.«

Kates Augen verengten sich zu Schlitzen.

»Davon kriegt er seine Finger auch nicht zurück.«

»Nile hätte den Schuldigen beinahe rausgeworfen, wenn dich das beruhigt«, sagte Ian.

»Beinahe? *Beinahe?*«, fragte sie mit hochgezogenen Augenbrauen. »Unglaublich beruhigend, wirklich.«

Ian seufzte. »Ich will nur sagen, dass keiner von uns jemals vorhatte, dich oder Gabriel zu verletzen. Auch Nile nicht.«

»Ian, das ist mir egal«, sagte sie. »Es ändert nichts daran, dass Gabriel bis ans Ende seines Lebens zwei Finger fehlen. Es ändert nichts daran, dass ihr mich belogen habt. Und es ändert auch nichts daran, dass ihr unschuldige Menschen tötet!«

Ian schüttelte verwirrt den Kopf, machte zwei weitere Schritte auf sie zu, aber sein Plan, Kate damit weiter zurückzudrängen, klappte nicht. Sie wich nicht einen Millimeter. Nur ihre Hand am Schwertgriff zuckte. »Wir töten keine unschuldigen Menschen«, stellte er klar.

»Wir haben vor zwei Tagen eine Trauerfeier für *drei Leute* abgehalten, die ihr getötet habt«, sagte Kate mit hohler Stimme. »Ein vierter wäre fast verblutet.«

Ian ballte die Hände zu Fäusten. »Das waren *Saighdear*«, sagte er. »Keine unschuldigen Menschen.«

»Sie wollen die Inselbewohner *schützen*«, erwiderte Kate. »Vor *euch*. Und *ihr* … ihr schlachtet sie einfach ab! Und ich habe euch auch noch geholfen!«

»Kate, ich kann dir alles erklären, aber du musst mir die Chance dazu geben«, flehte Ian und deutete mit dem Kinn zu ihrem alten Treffpunkt, damit sie sich endlich bewegte. Doch Kate stand wie eine Statue vor ihm, erinnerte ihn in ihrer Sturheit fast an Nile. Inzwischen hatte der Wind aufgefrischt und blies Ian nasse Haarsträhnen vor die Augen. Er kümmerte sich nicht weiter darum. »Bitte, nur ein paar Minuten, dann …«

»Ich bin nicht hergekommen, um mir noch mehr von deinem Schwachsinn anzuhören, Ian«, sagte Kate aufgebracht. »Ich will nichts mehr mit dir zu tun haben. Ich will dich nicht mehr sehen. Weder dich noch einen von den anderen.«

Ein Eisklumpen schien direkt in Ians Magen zu fallen. Genau das hatte er die ganze Zeit befürchtet. Dass sie ihnen den Rücken kehren würde.

»Kate, bitte, lass es mich erklären«, wiederholte er. »Wir wollen niemanden töten. Wir wollen nur in Frieden leben. Und du kannst uns dabei helfen.«

»Ich will euch aber nicht mehr helfen«, sagte sie. »Ich hätte euch von Anfang an nicht geholfen, wenn ich gewusst hätte, dass ihr Monster seid.«

»Wir sind *keine* Monster«, sagte Ian atemlos und dachte an Eleanor, Kates und Gabriels Mutter. Warum hatte sie ihren Kindern nie etwas gesagt? Ein Teil von ihm wollte die Wahrheit rausschreien, wollte Kate alles sagen, das ihr ihr Leben lang verschwiegen worden war. Doch etwas hielt ihn davon ab.

»Aber ihr seid auch keine Menschen«, sagte Kate und fügte etwas leiser an: »Ihr seid eigentlich nicht mal mehr am Leben.«

Der letzte Satz wischte alle Gedanken an Eleanor aus Ians Kopf und ließ ihn ehrlich verwirrt blinzeln. »Wer hat dir denn bitte den Mist erzählt?«, fragte er, und zum ersten Mal wirkte Kate ein klein wenig verunsichert.

»Quentin«, erklärte sie nach kurzem Zögern. »Selkies werden aus den Seelen der Ertrunkenen geboren … Sie versenken Schiffe und töten Menschen, weil sie sich rächen wollen.«

»Ich lebe«, sagte Ian nachdrücklich, überwand ohne nachzudenken die letzten Meter, die sie trennten, und fasste nach ihrer Hand. Kate zuckte unter seiner Berührung zusammen, riss sich aber nicht von ihm los. Vorsichtig legte er ihre Hand auf seine Brust. »Spürst du das? Mein Herz schlägt. Ich bin nicht tot.«

Kate starrte einen Moment lang auf ihre Hand, dann entzog sie sich kraftvoll seinem Griff und machte einen raschen Schritt nach hinten.

»Vergiss es«, sagte sie. »Das ändert überhaupt nichts.«

»Was ist mit Gabriel?«, fragte Ian. Er hatte diese Karte nicht ausspielen wollen, doch sie ließ ihm keine andere Wahl. »Wir können euch immer noch helfen, von hier wegzukommen, das meine ich ernst. Willst du ihm jetzt doch nicht mehr helfen?«

Kate öffnete den Mund zu einer Erwiderung, aber sie sagte nichts.

»Es tut mir leid, dass wir dich angelogen haben«, sagte er. »Es war falsch. Es wird nicht mehr passieren.«

»Ich glaube dir nicht«, sagte sie leise.

»Kate …«

»Ihr habt mich benutzt, um leichter morden zu können!«, fuhr sie ihn an, und Ian sah, dass ihre Augen schimmerten. »Dabei helfe ich euch nicht mehr!«

»Wir brauchen dich, damit bald *niemand mehr* sterben muss«, erwiderte Ian. »Allein mit deiner Hilfe können wir die *Saighdear* ohne Gewalt erreichen, verstehst du das nicht?«

Kate sah ihn an, als habe er den Verstand verloren. »Wenn ich heute nicht dabei gewesen wäre … Ihr hättet sie alle umgebracht. Und es wäre meine Schuld gewesen. Ich habe dir den Plan gegeben, ich habe dir vertraut!«

»Das mit dem Angriff war nicht meine Idee«, verteidigte Ian sich. »Ich hätte das nicht getan.«

»Es ist mir egal, wessen Idee es war! Wenn Benjamin nicht krank geworden wäre … Wenn ich nicht dabei gewesen wäre … *Es wären vier Leute gestorben*. Wegen mir, ist dir das klar?«

»Keiner von denen ist unschuldig«, wiederholte Ian. Er hatte zu viel Blutvergießen gesehen, zu oft miterlebt, wie seine Freunde jäh aus dem Leben gerissen wurden, um eine solche Aussage unberührt stehen zu lassen. »Kein einziger.«

Kates Kiefer verspannte sich, und Ian wusste, dass er einen Fehler gemacht hatte. »Du kennst die *Saighdear* nicht«, sagte sie. »Du glaubst einfach alles, was Nile dir erzählt, ohne jemals mit ihnen gesprochen zu haben! Keiner von euch kennt sie!«

Carolines junges Gesicht erschien vor Ians innerem Auge. Dann das von James. Er spürte, wie er langsam die Geduld verlor. »Und du kennst sie auch nicht!«, erwiderte er. »Du würdest keinen einzigen von denen ›unschuldig‹ nennen, wenn du wüsstest, wer sie sind! Wenn du wüsstest, was sie getan haben.«

»Ich kenne sie definitiv besser als ihr«, sagte Kate düster, wirkte aber nicht mehr ganz so überzeugt wie gerade eben.

»Was ist mit James? Sie haben ihn vor einer Woche erschossen«, sagte Ian. »Was ist mit der Selkie, die sie gestern in euren Hafen geschleppt haben, Kate? *Was ist mit Caroline?*«

Kate riss erschrocken die Augen auf. »Das war Caroline?«, fragte sie fassungslos.

Ian presste sein Kiefer zusammen und nickte.

»Ich … Das …« Kate brach ab. Dann schüttelte sie den Kopf. »Vergiss es«, sagte sie mit tränenerstickter Stimme. »Ich habe meine Entscheidung getroffen. Ich helfe niemandem dabei, Menschen zu töten, weder euch noch den *Saighdear*. Ich werde mich ab jetzt nur noch um mich und Gabe kümmern und … Ich will dich nicht mehr sehen.«

»Kate, *es tut mir leid*«, sagte Ian, aber ein Teil von ihm wusste, dass er verloren hatte. »Mit dir könnten wir alles beenden, versteh das doch!«

»Ich helfe euch nicht mehr bei euren Kriegsspielen, Ian.«

»Dann wünsche ich dir viel Erfolg«, antwortete er und sah zu Boden. Er wollte und konnte Kate zu nichts zwingen.

Kate schwieg. Ian spürte ihren Blick auf sich. Er wusste nicht, wie es weitergehen sollte. Er hatte all seine Hoffnungen in sie gesetzt, und nun hatten sich seine Ziele in einen Haufen Scherben verwandelt.

Aus unerklärlichen Gründen fiel ihm eine Schachmetapher ein – die Dame, die sie nach jahrelangem Versagen endlich in die Reihen der *Saighdear* eingeschleust hatten, war nach gerade einmal fünf Tagen gefallen. Nun galt es also wieder, die anderen Figuren auszuspielen, zuzusehen, wie eine nach der anderen vom Brett stürzte.

»Ich gehe jetzt«, verkündete Kate.

Er hob den Blick, und ein paar Sekunden sahen sie sich an, als warteten sie beide darauf, dass der andere doch noch etwas sagte, aber es war alles bereits ausgesprochen worden. Ian blieb nichts anderes übrig, als zuzusehen, wie Kate sich ungewöhnlich steif von ihm abwandte und dann langsam den Rückweg über die dunkelgrauen Felsen antrat.

Er wusste nicht, wie lange er ihr nachsah, doch plötzlich erstarrte das Blut in seinen Adern zu Eis. Jemand beobachtete ihn!

Er sah hoch zur Mauerkrone des Forts, und da stand Alaric Blackbird, der Sohn des Generals. Ians Gedanken begannen zu rasen: Wie lange war er schon dort? Wie viel hatte er gesehen? Was hatte er gehört?

Kate bewegte sich weiter an der Mauer entlang, ohne etwas gemerkt zu haben. Ian machte einen Schritt nach hinten. Als Alaric über ihm seine Pistole anhob, setzte Ian zum Sprung an. Er wusste, auch ohne Fell konnte ihn nur das nahe Wasser retten.

Als Alaric mit einer demonstrativen Geste seine Waffe entsicherte und auf Ian richtete, schien für eine Sekunde lang die Welt stillzustehen. Dann wandte der *Saighdear* sich ohne Eile ab, schlenderte über die Mauer und verschwand im Fort.

Ehe Ian einen klaren Gedanken fassen konnte, hatte sich sein

Körper bereits in Bewegung gesetzt, weg vom Wasser in Richtung der Festungsmauer, die hinter den Felsen wie ein riesiges graues Ungeheuer in den Abendhimmel ragte.

Als sein Kopf die Arbeit endlich wieder aufnahm, hallte nur ein einziges Wort durch seine Gedanken: Kate.

19

Kate spürte Ians Blick in ihrem Rücken, als sie sich an der Mauer entlang zurück zum Tor der Festung tastete. Sie fühlte sich schrecklich.

Die letzten beiden Tage hatten ihr jede Orientierung genommen. Ihre Welt, in der es lange nur Schwarz und Weiß gegeben hatte, lag nun in unzähligen Graustufen vor ihr. Sie wusste nicht mehr, wer gut und wer böse war. Sie wollte das Richtige tun, hatte aber keine Ahnung mehr, was das eigentlich war.

War es richtig gewesen, sich von Ian abzuwenden?

Vielleicht. Vielleicht aber auch nicht. Auf dem Boot war sie sich noch sicher gewesen, dass es der einzige Weg war. Doch dann hatte sie mit Ian gesprochen und gesehen, wie in seinem Blick etwas zerbrochen war.

Er hatte wirklich gehofft, dass sie die Lösung seiner Probleme sein würde, und diese Hoffnung hatte sie zunichtegemacht. Aber, so tröstete sie sich, Ian war ein erwachsener Mann, er würde seine Probleme auch ohne ihre Hilfe lösen können. Er, Lauren und Fynn lagen hinter ihr, sie musste nach vorne sehen. Und überlegen, wie es nun weitergehen sollte. Sie würde die *Saighdear* nach ihrer Probezeit verlassen – nach allem, was passiert war, würde sie dieser gefährlichen Organisation auf keinen Fall ihr Leben widmen. Außerdem war Alaric seit ihrem riskanten Wendemanöver am Nachmittag nicht mehr sonderlich gut auf sie zu sprechen.

Doch was war mit Gabriel?

Sie stieg über eine Lücke zwischen zwei Felsen, als sie hinter sich eine Stimme hörte.

»Kate!«

Es war Ian.

Sie wollte nichts mehr mit ihm zu tun haben, das hatte sie ihm ja wohl deutlich genug gesagt. Sie stapfte weiter. Nackte Füße klatschten auf den nassen Steinen auf. Rannte er etwa?

»Kate, bleib stehen!«

Sie wirbelte zu ihm herum.

»Was ist?«, fragte sie und hoffte, dass ihre Stimme sicherer klang, als sie sich fühlte. Was wollte er denn noch? Er würde sie doch nicht angreifen?

Ian legte die letzten Meter zurück und blieb erst dicht vor ihr stehen.

»Alaric«, sagte er rasch, ein hektisches Glimmen in den Augen. »Er hat uns gesehen, und vielleicht auch gehört … Du kannst nicht zurück. Wir müssen hier weg.«

Kate durchlief ein kleiner Schauer. Wenn Alaric sie entdeckt hatte, war das tatsächlich alles andere als gut. Aber konnte sie sich drauf verlassen, dass Ian die Wahrheit sagte?

»Woher willst du das wissen?«, fragte sie Ian, aus Angst, dass er recht haben könnte, etwas schärfer als beabsichtigt. »Hast du ihn gerochen oder was?«

»Ich habe ihn gesehen«, sagte er ungeduldig. »Auf der Mauer. Er hat mit seiner Pistole auf mich gezielt. Keine Ahnung, wie lange er uns beobachtet hat, aber das ist schlecht, verdammt schlecht … Du bist jetzt eine Verräterin … Du musst hier weg.«

Kate schüttelte den Kopf.

»Ich kann nicht einfach abhauen. Im Gegensatz zu dir bin ich kein verdammter Seehund, ich kann nicht einfach losschwimmen.«

Obwohl Ians Worte sie nervös machten, wollte sie ihre Bedeutung nicht wahrhaben. Vielleicht hatte Alaric gar nicht sie bemerkt? Vielleicht hatte er die Waffe aus einem anderen Grund gezogen? *Er würde mir nichts tun*, sagte sie sich. *Er ... mag mich. Das heute Nachmittag ist dumm gelaufen, aber er würde mir nicht wehtun.*

»Ich helfe dir ...«, begann Ian, brach dann aber ab, als habe er selbst eingesehen, dass diese Idee zu nichts führte. Die nächste Insel war viel zu weit entfernt, und Kate war sich sicher, dass es auch keine mutierte Monsterrobbe schaffen würde, einen Menschen über vierzig Kilometer durchs Wasser zu ziehen.

»Alaric wird mir schon nichts tun«, behauptete sie, ohne selbst voll und ganz von ihren Worten überzeugt zu sein. »Selbst wenn er uns gesehen hat.«

»Deswegen hat er auch seine verdammte Knarre entsichert, bevor er sich auf den Weg gemacht hat, oder?«, erwiderte Ian aufgebracht. »Kate, ich schwöre dir, der Kerl hat sie nicht mehr alle, mit dem ist nicht zu spaßen.«

»Er hat seine Waffe *entsichert*?«, wiederholte Kate ungläubig.

Ian nickte. »Hat er. Wahrscheinlich hat er dabei auch noch gelächelt ... Ich sage dir, mit dem stimmt was nicht. Du kannst unmöglich ins Fort zurück.«

Kate zog die Stirn in Falten. Das hörte sich an, als sei Alaric ein durchgedrehter Psychopath. Aber er war doch ... normal. So normal, wie man es eben sein konnte, wenn man mit einem Vater wie General Blackbird auf einer abgeschiedenen Insel aufgewachsen war. Sie richtete sich auf. »Ian, wenn jemand weg muss, dann bist *du* es. Er hat es auf dich abgesehen, nicht auf mich. Ich kann mich rausreden, aber wenn er dich hier sieht, dann ...«

»... wäre das tatsächlich nicht sehr angenehm, da hast du recht«, sagte Alarics Stimme hinter ihr. »Ich unterbreche euch nur ungern, Katherine, aber ich denke, es gibt etwas zu klären. Findest du nicht auch?«

Kate sah in Ians Augen, sah das Entsetzen in ihnen und drehte sich langsam um, unfähig, auch nur ein Wort über die Lippen zu bringen. Alaric stand keine drei Meter von ihnen entfernt auf den Felsen. Die Mündung der Pistole in seiner Hand war ohne das leiseste Zittern auf sie gerichtet; sein sonst so ordentliches, kohlschwarzes Haar jedoch war zerzaust, seine Jacke stand weit offen. Aber es waren seine Augen, die Kate wirklich frösteln ließen. Sie wirkten heller denn je, und seine Pupillen waren nicht viel größer als Stecknadelköpfe. Ian hatte recht gehabt, bei Alaric war eine Schraube locker.

»Hör mal ...«, sagte sie. »Du verstehst das falsch, lass es mich dir erklären.«

»Ich denke, darauf kann ich verzichten«, sagte er, ohne die Waffe in seiner Hand zu bewegen. »Aber danke.«

»Es geht um Gabriel, ich ...«

»Ich hatte mehr von dir erwartet«, sagte er, ohne auf ihre Worte einzugehen. »Heute Nachmittag hatte ich erstmals Zweifel, aber davor ... Das hätte ich nie gedacht. Ich bin wirklich enttäuscht, weißt du?«

Er klang kein bisschen enttäuscht. Als würde ihn Kates Verrat in keinster Weise beeindrucken.

»Alaric ...«, presste Kate hervor, in Gedanken hektisch auf der Suche nach einem Weg, die Situation zu entschärfen. Sie war sich der Waffen an ihrem Gürtel bewusst, aber was konnte sie tun? Alaric hatte bereits den Finger am Abzug. Er würde abdrücken, sobald sie ihre Hand auch nur in die Richtung ihrer eigenen Pistole bewegte.

»Wir reden später«, sagte er unwirsch. »Geh zur Seite, Katherine.«

Er wollte also Ian erschießen. Es war, als habe das Adrenalin ihre Sinne geschärft. Sie spürte Ians Präsenz hinter sich, konnte seinen flachen Atem hören, obwohl er bestimmt einen Meter von ihr entfernt war. Sie sah Alaric fest in die Augen. Heute auf dem Boot, als nichts als Wut ihre Gedanken beherrscht hatte, hätte sie seinen Befehl befolgt. Aber Ian hatte versucht, sie in Sicherheit zu bringen, statt ins Wasser zu springen und seine eigene Haut zu retten. Er hatte sein eigenes Leben aufs Spiel gesetzt, um ihres zu retten.

»Nein«, sagte sie, so fest sie es konnte.

»Ich weiß nicht, was er dir erzählt hat, aber dieses ... *Ding*, das du gerade zu schützen versuchst, ist kein Mensch. Er benutzt dich. Wenn er dich nicht brauchen würde, würde er dich ohne mit der Wimper zu zucken töten.«

»Ich lasse trotzdem nicht zu, dass du ihn erschießt!«

»Er sollte schon längst tot sein!«, erwiderte Alaric, erstmals einen Hauch von Zorn in seiner Stimme. »Weißt du, warum im Besprechungsraum die ganzen alten Zeitungen hängen? Die von den Bootsunglücken?«

»Weil ...«, begann Kate verwirrt und versuchte, sich an die Erklärung zu erinnern, die Alaric ihr an ihrem ersten Tag bei den *Saighdear* gegeben hatte. »Du hast gesagt, weil Seeunfälle manchmal übernatürliche Ursachen haben.«

»Sie hängen dort, weil Selkies entstehen, wenn *Menschen ertrinken*«, sagte Alaric nun wieder ungerührt. »Ich habe es dir damals nicht gesagt, weil es nur Vermutungen waren. Aber General Blackbird hat die gefangene Selkie verhört, und jetzt haben wir endlich Gewissheit: Diese Kreatur hinter dir ist vor Jahren ertrunken!«

Es war keine Neuigkeit für Kate – Quentin hatte im Unterricht bereits davon gesprochen, und so wahrte sie bei Alarics Worten die Fassung. Aber sie hatte nicht gewusst, dass die Zeitungsartikel im Besprechungsraum gesammelt wurden, um weiter hinter das Geheimnis der Selkies zu gelangen. Wollten die *Saighdear* so die Entstehung neuer Selkies verhindern? Oder ging es darum, sie effektiver bekämpfen zu können? Ging es in einem der Artikel um Ians Geschichte?

Sie konnte regelrecht spüren, wie Ian sich hinter ihr verkrampft hatte, als Alaric die Selkie erwähnt hatte. Es gab nur eine Gefangene im Fort: Caroline, das blonde Mädchen, das Kate damals am Leuchtturm gesehen hatte.

»Was hat Blackbird mit ihr gemacht?«, fragte sie. Der Satz war ihr herausgerutscht, ehe sie weiter darüber nachdenken konnte.

Alarics Braue zuckte, sein ausgestreckter Arm hatte kaum merklich zu zittern begonnen. »Sie ist da, wo sie hingehört«, sagte er, doch es war klar, was seine Worte bedeuteten.

Ian reagierte unglaublich schnell.

Innerhalb eines Wimpernschlags machte er einen Satz auf Alaric zu, zog im Vorbeilaufen Kates Schwert aus der Scheide, die an ihrer Hüfte hing, und schlug Alaric mit aller Kraft die Pistole aus der Hand.

Kate hörte etwas knacken, als die Breitseite des geschmiedeten Stahls ungebremst auf Knochen traf. Alaric schrie, die Waffe flog in hohem Bogen durch die Luft, bis sie klackernd in einer Felsspalte verschwand. Obwohl Alaric verletzt sein musste, zog er mit der anderen Hand sein eigenes Schwert und hieb in einer einzigen, geschmeidigen Bewegung nach Ian, der sich nur durch einen raschen Sprung zur Seite in Sicherheit bringen konnte.

»Mit der Pistole wäre es schneller gegangen«, sagte Alaric zu Ian. »Du machst alles nur unnötig kompliziert.«

Er holte zum nächsten Schlag aus, und auch diesmal gelang es Ian nur knapp, die schimmernde Klinge mit seiner eigenen abzublocken.

Kate wusste aus den Übungsstunden, dass Alaric gut mit Pistolen und Gewehren umgehen konnte, ein Ergebnis jahrelangen Trainings, aber mit dem Schwert war er, egal mit welcher Hand, so gut wie unschlagbar. Er hatte in den letzten Jahren praktisch keinen Kampf verloren – weder gegen die jüngeren Mitglieder noch gegen Jack selbst.

Er führte die Waffe, als wäre sie eine natürliche Verlängerung seines Arms, und jeder Schlag war gefährlich. Atemlos sah Kate zu, wie Ian mehr und mehr zurückwich. Einzig seine unglaubliche Schnelligkeit – ausweichen, abblocken, wieder ausweichen – hatte ihn bis jetzt vor Treffern bewahrt. Doch sobald der Selkie einen Moment der Schwäche zeigte, würde Alaric ihn treffen. Und töten.

Der Kampf trieb die beiden immer näher ans Ufer – wenn Ian eine Chance hatte, dann diese.

»Ian, *hau ab!*«, schrie sie.

»Ich lass dich sicher nicht mit dem Spinner hier sitzen«, knurrte er und wehrte einen Stoß von Alarics Klinge ab, indem er die Waffe mit Kates Schwert in beiden Händen kräftig nach unten schlug.

»Du würdest das Wasser auch nicht lebendig erreichen«, sagte Alaric. Sein Gesicht war unbewegt, zeigte trotz seiner Verletzung kaum Zeichen der Erschöpfung, und seine Hiebe wirkten träge; wie die einer Katze, die mit ihrer wehrlosen Beute spielte, ehe sie dem Ganzen gnädigerweise ein Ende bereitete.

»Ich *kann* hier nicht weg!«, rief Kate erneut. »Du musst gehen!«

»Rührend, wirklich«, bemerkte Alaric. »Was bezahlst du ihr dafür?«

Ohne Vorwarnung sprang Ian nach vorn und holte aus. Die Attacke traf Alaric, und er wich eine Millisekunde zu spät aus, aber Ian hatte mit der flachen Seite der Klinge zugeschlagen und stolperte, von seinem Schwung mitgenommen, an Alaric vorbei, sodass er ihm den Rücken zuwandte. Alaric ging direkt zum Gegenangriff über.

Entsetzt beobachtete Kate, wie sich an Ians Rücken eine dünne rote Linie abzeichnete, bevor er eine Möglichkeit hatte, sich in Sicherheit zu bringen.

Der Schnitt schien nur oberflächlich zu sein, und Ian war wenig später wieder aus Alarics Reichweite gewirbelt, aber es war der erste Treffer. Kate wusste, dass weitere folgen würden, wenn sie nichts unternahm.

Sie überlegte fieberhaft, wie sie Alaric ablenken konnte, um Ian die Chance zur Flucht zu geben. Die einzige Schwäche, die Alaric hatte, war die Beziehung zu seinem Vater, und das half ihr im Moment auch nicht weiter.

Ihre Hand glitt zu dem Pistolenhalfter an ihrer Hüfte und löste den Knopf, der die Waffe an Ort und Stelle hielt. Sie konnte eingreifen, wenn sie es wollte, das wurde ihr erst jetzt klar.

Mit tauben Fingerspitzen zog sie die Pistole und nahm sie in beiden Hände, ohne aber zu zielen. Sie wollte weder Ian noch Alaric verletzen, sie wollte nur, dass sie endlich aufhörten zu kämpfen, damit Ian von hier wegkam.

Keiner der beiden hatte bemerkt, dass sie ihre Waffe gezogen hatte – sie waren viel zu sehr aufeinander konzentriert.

Kate überlegte, einfach in den Himmel zu feuern. Aber im schlimmsten Fall lenkte sie damit nicht Alaric, sondern Ian ab. Zudem würde ein Schuss die anderen *Saighdear* alarmieren. Mit Alaric wurden sie vielleicht noch fertig, aber wenn Jack und seine Kameraden hier auftauchten, hatten sie keine Chance mehr.

Die Waffe in ihren Händen fühlte sich eigenartig an, wie ein Fremdkörper. Sie konnte keinesfalls auf einen von beiden schießen.

Ihr Blick glitt hastig über die Umgebung, auf der Suche nach einem anderen Ausweg … Und blieb an der Stelle hängen, an der sie Ian zuvor zur Rede gestellt hatte. Sie hatte nun schon zweimal gesehen, wie sich Selkies verwandelten. Einmal auf der *Fàire* und heute Nachmittag bei Fynn. Ian war mit Sicherheit als Robbe hergekommen, und er hatte etwas versteckt, bevor er sich aufgerichtet hatte. Lag sein Fell dort hinten? Wenn sie es fand und ihm zuwarf, dann konnte er sich in Sicherheit bringen.

Alaric und Ian keine Sekunde aus den Augen lassend, setzte sie sich in Bewegung. Sie wollte den beiden nicht zu nahe kommen, um Ian genug Platz zum Ausweichen zu geben, und beschrieb einen Bogen um die Kämpfenden, während sie so schnell sie konnte über die unebenen, rutschigen Felsen hinwegsetzte.

Alaric kämpfte mit dem Rücken zu ihr und bemerkte nicht, dass sie sich entfernte, aber Ians Blick huschte für den Bruchteil einer Sekunde zu ihr, und er schien augenblicklich zu begreifen, was sie vorhatte. Nur mit Mühe entkam er Alarics nächstem, eher nachlässig geführtem Hieb.

Er spielt noch immer mit ihm, schoss es Kate durch dem Kopf. *Sobald er Ernst macht, wird Ian verlieren.*

»Kate, schnapp dir eins der Boote und flieh!«, rief Ian ihr zu. »Ich komm hier schon klar!«

Mit einem kleinen Schritt zur Seite wechselte Alaric die Position, sodass nun auch er Kate im Blick behalten konnte, ohne dabei Ian aus den Augen zu verlieren.

»Die anderen werden sie nicht einfach wegfahren lassen«, sagte er nüchtern, während er den nächsten Hieb lässig parierte. »Sie werden sie aufhalten.«

»Wenn die alle so kämpfen wie du, wird Kate auch allein mit denen fertig«, knurrte Ian.

Alarics Haltung änderte sich. Seine Augen blitzten auf, der Zug um seine Mundwinkel wurde härter, und sämtliche Muskeln in seinem Körper schienen sich mit einem Mal angespannt zu haben.

Ian hatte Kate erneut geholfen, denn nun sah Alaric nicht mehr zu ihr. Sah nicht, dass sie sich immer weiter wegbewegte. Doch er hörte auch auf zu spielen. Immer schneller, immer härter schlug er auf Ian ein. Als Kate endlich die Stelle erreicht hatte, wo sie das Fell vermutete, hatte Alaric den Selkie bis an die Wasserkante zurückgedrängt.

Kate kniete sich hin, suchte fieberhaft nach dem Fell. Auf den dunklen Steinen lag es nicht. Sie wollte schon weitergehen, als sie in einer Felsspalte etwas Weiches ertastete. Endlich! Sie zog es heraus und sah zu den Kämpfenden zurück. Gerade schlug Alaric mit nur einem einzigen, gezielt geführten Hieb Ians Schwert zur Seite, sodass seine Deckung offen lag.

Mit dem nächsten Hieb riss er die Vorderseite von Ians Shirt auf. Ian taumelte zurück, rutschte auf einer glatten Felskante aus und fiel nach hinten.

Ehe Ian sich wieder aufrappeln konnte, war Alaric neben ihm und beförderte Kates Schwert mit einem gezielten Fußtritt aus seiner Reichweite.

Kate musste handeln. Sie ließ das Fell zu Boden fallen, entsicherte ihre Waffe, und als Alaric die Spitze seines Schwerts auf Ians Kehle richtete, zielte sie auf den Felsen neben den beiden und schoss.

Der Knall war ohrenbetäubend. Kate schloss die Augen und hoffte, dass der Schuss Alaric abgelenkt hatte, dass er Ian etwas Zeit verschaffte, und sie ihm das Fell geben könnte … Beim nächsten Mal würde sie auf Alaric zielen, falls der Warnschuss nicht gereicht hatte. Als sie die Augen wieder öffnete, war Alaric mit schmerzverzerrtem Gesicht in die Knie gegangen, eine Hand in den Oberschenkel gekrallt.

Kates Herz setzte aus.

Sie hatte doch gar nicht auf ihn geschossen! Sie konnte ihn nicht getroffen haben, sie hatte nicht auf ihn gezielt. Sie hatte auf den Felsen geschossen, mehr nicht … Als ihr Blick an der Stelle hängen blieb, an der die Kugel den Stein getroffen haben musste, traf sie die Erkenntnis wie ein Schlag.

Der Querschläger. Die Kugel musste abgeprallt sein und hatte Alaric getroffen.

Das hatte sie nicht gewollt. Mit einer Hand hob sie Ians Fell auf, umklammerte mit der anderen die Pistole und lief so schnell sie konnte los. Es war ihr egal, dass sie zweimal abrutschte und sich die Hände und Knie an den scharfen Felsen aufschlug.

»Alaric«, presste sie hervor, als sie ihn fast erreicht hatte. »Es tut mir …«

Ihre Entschuldigung blieb ihr im Halse stecken, als Alaric hasserfüllt zu ihr aufsah. Dunkle Blutspritzer prangten auf seinem weißen Gesicht. Ob sie von seiner oder von Ians Verletzungen stammten, war nicht zu sagen. Aber die Sicherheit, dass er ihr nichts tun würde, war mit einem Mal wie weggeblasen.

»Du Schlampe«, stieß Alaric zwischen zusammengebissenen Zähnen hervor. *»Was hast du getan?«*

Kate wusste, wonach es aussah: Er glaubte, dass sie ihm mit voller Absicht ins Bein geschossen hatte.

Und wenn sie es getan hätte? Wenn es Absicht gewesen wäre? Es wäre auf dasselbe hinausgelaufen. Sie hatte verhindern müssen, dass Alaric Ian ermordete, und das hatte sie geschafft. Hätte sie Alaric nicht getroffen, wäre Ian jetzt tot.

Kate spürte, wie sich etwas anderes unter ihre Schuldgefühle, ihre Verwirrung und ihre Angst um das Leben der beiden mischte. Wut.

Es war nicht viel, aber es half ihr, endlich ihre Stimme zurückzugewinnen.

»Du hättest ihn umgebracht«, fuhr sie Alaric an.

»Er hat es verdient«, fauchte er.

Kates Augen verengten sich zu Schlitzen. Niemand hatte es verdient, ermordet zu werden, auch Ian nicht. »*Was hat er dir denn jemals getan?*«

Diesmal blieb Alaric ihr die Antwort schuldig.

Ian hatte sich hochgerappelt, hatte Kates Schwert aufgehoben und sich in sicherer Entfernung von Alaric positioniert. Er blutete, aber die beiden Wunden, die Alaric ihm zugefügt hatte, schienen ihn in der Bewegung kaum zu beeinträchtigen.

»Kate, wir müssen fliehen«, sagte er, während er auf sie zukam.

»Ihr kommt hier nicht weg«, knurrte Alaric.

Kate wollte ihm gerade entgegenschleudern, dass sie durchaus dazu in der Lage war, ein Boot zu steuern, als der Wind aufgeregte Rufe vom Fort zu ihnen herübertrug.

Die *Saighdear* hatten den Schuss gehört.

Und jeder, der sich aus den Fenstern lehnte und nach unten sah, würde zu demselben Schluss kommen: Alaric blutend am Boden, Kate mit einer Pistole und einem Robbenfell in den Händen, daneben ein Fremder, der sie fortziehen wollte – es stand außer Frage, dass sie den Sohn des Generals angeschossen hatte. Dass sie eine Verräterin war.

Kate steckte die Pistole weg, und eine Welle der Übelkeit durchflutete sie. Niemand würde ihr glauben, dass Alarics Verletzung nur ein Unfall gewesen war. Dass ein Querschläger in seinem Bein gelandet war.

Die Einzige, die die Wahrheit kannte, war sie selbst. Selbst Alaric und Ian waren viel zu sehr aufeinander konzentriert gewesen, um zu sehen, dass sie auf den Felsen gezielt hatte.

Was hatte sie nur getan? Sie hatte einen Menschen verletzt, den sie eigentlich gemocht hatte. Sie hatte jemanden angeschossen. Dafür konnte sie ins Gefängnis kommen. Was war nur aus ihr geworden?

Sie spürte, dass Ian an ihrem Handgelenk zog, und erst da erwachte sie aus ihrer kurzzeitigen Trance.

»Komm mit«, sagte er gehetzt. »Wir versuchen es mit einem Boot von denen, und wenn das nicht klappt, dann …« Sein Blick nahm für eine Sekunde einen merkwürdig leeren Ausdruck an. »Dann schwimmen wir.«

Kate schüttelte den Kopf und streckte Ian sein Fell entgegen. Erst jetzt nahm sie es bewusst wahr. Wie groß es war. Und wie dünn. Vorsichtig hielt sie es in den Händen.

Das Robbenfell der Selkies war ganz weich, und obwohl es schlaff herunterhing, fühlte es sich nicht tot an. Eine eigenartige Kraft schien von ihm auszugehen, als sei es ein eigenständiges Lebewesen. »Ich würde auf halbem Weg ertrinken«, sagte sie.

Ian schüttelte rasch den Kopf. »Würdest du nicht«, sagte er bestimmt. Als er das Fell entgegennahm, fiel Kates Blick auf die stumpfen Augen des Seehundes, und mit einem Mal war sie wieder acht oder neun Jahre alt und spielte mit Gabriel auf dem Heuboden ihrer alten Scheune … Dort hatte sie so etwas schon mal gesehen … Aber das konnte nicht sein.

»Hier«, sagte Ian und holte sie zurück in die Gegenwart. Er reichte Kate ihr Schwert, doch sie schob es von sich.

»Behalt es.«

Ian zögerte, nickte dann aber. »Also, komm«, sagte er. »Wir müssen zum Hafen, ehe die ganze Truppe dort auftaucht.« Und damit lief er los, in die Richtung, aus der Kate vorhin gekommen war. Zurück zu den Felsen.

Kate war klar, dass er das Tor des Forts vermeiden wollte, aber dort hinten wurden die Felsen rasch steiler und höher, und sie war sich nicht sicher, ob man zu Fuß überhaupt bis zum Hafenbecken vordringen konnte. Doch als die Stimmen auf der Mauer immer lauter wurden, wusste sie, dass dieser Weg die einzige Möglichkeit war, den *Saighdear* zu entkommen.

Ehe sie Ian folgte, sah sie ein letztes Mal zu Alaric.

Er hatte sich wieder auf die Füße gekämpft, aber er humpelte. Für zwei, vielleicht drei Sekunden, die Kate vorkamen wie eine Ewigkeit, hielten sie Blickkontakt. Wie am Abend zuvor auf der Mauer. Doch nun konnte sie seinen Hass und seinen Zorn spüren, doch da war noch etwas, ein stumpfes Glimmen, das das Eis seiner Augen aussehen ließ, als sei es unter den Stiefeln eines unvorsichtigen Kindes zerborsten.

Er hat mir vertraut, schoss es durch ihren Kopf. »Es tut mir leid«, formte sie mit den Lippen, ohne einen einzigen Ton hervorzubringen, dann wandte sie sich ab und lief hinter Ian her.

Ihre Flucht über die Felsen war die reinste Kletterpartie.

Die Strecke bis zum Hafen war so zwar wesentlich kürzer, und sie liefen nicht Gefahr, einem der *Saighdear* zu begegnen, aber Kate fürchtete dennoch, dass sie zu lange brauchten, um vor den anderen am Hafen anzukommen. Sie konnte nur hoffen, dass die Männer zuerst Alaric zu Hilfe eilten.

Ian fluchte leise, als er beim Überwinden einer Felsspalte mit seinen nackten Füßen abrutschte und sich das Knie an der Kante anschlug. Während er sich wieder aufrappelte, öffnete sich der blutgetränkte Riss in seinem Shirt, und Kate sah, dass der Schnitt darunter längst zu einer hellroten Linie verheilt war. Eigentlich wunderte es sie gar nicht – irgendwelche übernatürlichen Tricks mussten die Selkies ja auf Lager haben, wenn es sie nach einem jahrhundertelangen Krieg mit den *Saighdear* immer noch gab. Normale Seehunde waren nicht die gefährlichsten Tiere, die die Natur erschaffen hatte, auch wenn die Selkies von Kraft, Zähnen und Größe her eher ausgewachsenen Seelöwen ähnelten.

Sie hatten das Fort hinter sich gelassen, und so ragte rechts neben ihnen nichts als dunkler Fels in den dunkler werdenden Himmel. Außer dem Rauschen des Wassers unter ihnen und ihrem eigenen Atem hörte Kate kein Geräusch – die Stimmen der *Saighdear* waren mit dem Hauptgebäude und Alaric hinter ihnen zurückgeblieben.

Ian hatte sich sein Fell wie einen geschmacklosen Poncho um die Schultern geknotet, aber das Schwert bereitete ihm Probleme, wenn er beide Hände zum Klettern brauchte. Kate hatte ihm angeboten, es in ihrem Schwertgurt zu tragen, doch er wollte bewaffnet bleiben.

Kate wusste nicht, wie lange sie schweigend und keuchend weiterkletterten. Sie hatte ihr Zeitgefühl völlig verloren. Bald hatte sie zahllose Schrammen an Händen und Knien, ihre Jeans hatte einen Riss, und ihre Muskeln brannten, aber der Schmerz drang kaum zu ihr durch. Sie war sich sicher, dass sie das Tempo, das Ian vorgab, unter normalen Umständen nicht den ganzen Weg zum Hafen hätte durchhalten können, aber das Adrenalin in ihren Adern verlieh ihr die Kraft, die sie dafür brauchte.

Es kam ihr vor wie ein Wunder, als sie die letzten hohen Felsen überwunden hatten, die den Hafen von dieser Seite umschlossen, und das Becken in Sicht kam. Alle Boote der *Saighdear* lagen vertäut im Wasser – sogar die *Sealgair*, die am Nachmittag ausgezogen war, um das gekenterte Motorboot zurückzuholen, war wieder hier. Das Schiff war nun an Land aufgebockt, wohl um nach Schäden zu suchen.

Kate schluckte. Es waren also alle Mitglieder auf der Insel. Selbst ohne Alaric und sie umfassten die *Saighdear* fast dreißig Leute, und sie wusste sehr wohl, dass ein Mädchen mit einer Pistole und ein Selkie mit einem Schwert keine Chancen gegen eine so große Gruppe ausgebildeter Männer hatten.

Sie robbte zu Ian, der sich bis an die Kante der Felsen vorgewagt hatte, um auch den letzten Winkel des Hafens einsehen zu können. Es war inzwischen dunkel geworden, sodass die Lichtanlage des Hafens bereits in Betrieb war.

Seit ihrer Flucht hatten Kate und Ian kaum gesprochen. Und auch jetzt legte er den Finger auf seine Lippen, als er nach unten deutete und dann flüsterte: »Keiner zu sehen. Entweder sie sind alle bei Blackbirds Sohn, oder sie suchen uns an den Felsen.«

Kate nickte. Dann packte sie Ian am Arm und deutete auf das aufgebockte Boot. Da war Colin! Sein leuchtend rotes Haar stach ihr wie ein Signalfeuer in die Augen. Er beugte sich über den Motor, und wenige Meter neben ihm machte sich auch Quentin an einem Werkzeugkoffer zu schaffen.

Kates Gedanken rasten. Natürlich vereinfachte es die Sache nicht, dass die beiden hier waren, aber sie und Ian würden mit ihnen fertigwerden. Quentin war zwar klug, aber sie hatte ihn noch nie kämpfen sehen, und Colin wäre vermutlich ein Hippie geworden, wären das Jahr und der Ort seiner Geburt anders gewesen. So entspannt, wie sie sich verhielten, hatten sie noch nichts vom Drama auf den Felsen mitbekommen.

Sie wollte Ian gerade vorschlagen, dass sie alleine runterklettern und einfach nach einem Boot fragen würde, als eine dritte Person in Sicht kam.

»Gabriel«, stieß Kate überrascht aus. Sie schlug sich eine Hand vor den Mund und musste sich zurückhalten, ihm nicht auf der Stelle zuzuwinken. Er und die anderen durften Ian nicht sehen – erst recht nicht mit dem Fell über den Schultern.

Ian sah erst nach unten und dann zu Kate. »Nimm ihn mit, wenn du kannst«, sagte er nach ein paar Sekunden. »Aber denk daran: Du hast auf Blackbirds Sohn geschossen, sie sind hinter *dir* her, nicht hinter ihm.«

»Ich habe nicht auf …«, flüsterte Kate empört zurück, wurde aber von Ian unterbrochen.

»Was ist mit dem Netz?«, fragte er angespannt.

Kate stockte der Atem. Das verdammte Netz hatte sie bisher völlig vergessen. Sie wusste, dass es vom Kontrollraum im Turm des Forts aus gesteuert wurde, aber allein der Versuch, jetzt noch in Blackbirds Reich zu gelangen, käme einem Selbstmord gleich. Kate zog die Stirn in Falten – was hatte Quentin in ihrer ersten Theoriestunde gesagt? Früher, bevor es Elektrizität auf der Insel gegeben hatte, war das Netz per Hand mit Kurbeln betrieben worden. Der Kurbelmechanismus war seit Jahren außer Betrieb.

Kate war noch nie vorne beim Netz gewesen, aber es musste eine Lösung geben. Sie konnte sich nicht vorstellen, dass eine dermaßen altmodische Organisation wie die *Saighdear* sich voll und ganz auf das neue elektronische System verließ. Vielleicht waren die Kurbeln noch vorhanden und viel wichtiger, vielleicht funktionierten sie noch. Sie musste es zumindest versuchen.

»Früher konnte man das Netz per Hand runterlassen«, wisperte sie Ian zu.

»Betonung auf ›früher‹, was?«, flüsterte er bitter zurück.

»Ich weiß nicht, ob das immer noch geht. Aber stell dir vor, die Technik versagt, und eins der Boote ist draußen. Sie haben bestimmt einen Ersatzmechanismus für solche Notfälle.«

Ian nickte anerkennend. »Mag sein.«

Er robbte von der Kante zurück und ging hinter einem hervorstehenden Felsen in die Hocke, um den Blicken von Quentin, Colin und Gabriel zu entgehen. Kate tat es ihm gleich und sah ihm fest in die Augen.

»Meinst du, du kannst das Netz absenken?«, fragte sie. »Ich versuche, uns ein Boot zu beschaffen. Wenn wir es aufs Meer schaffen, bevor die anderen hier ankommen … Dann gibt es eigentlich kein Problem mehr.«

»Ich versuche es«, sagte Ian und sah zu dem kleinen Steinhäuschen, das neben der Hafeneinfahrt auf den Felsen thronte.

»Aber wenn ich sehe, dass die *Saighdear* in den Hafen kommen und wir es bis dahin nicht geschafft haben, dann komme ich zurück und wir schwimmen, ja?«

Kate schauderte, als sie an das kalte Meer und die riesige Distanz zur nächsten Insel dachte. Dann sah sie Alarics hasserfüllten Blick vor ihrem inneren Auge. »Alles klar«, sagte sie. »Bereit?«

»Bereit«, sagte Ian, streckte eine Hand aus und strich ihr fast zärtlich eine lose Haarsträhne aus dem Gesicht. »Viel Erfolg.«

Es gab so viel, das Kate hätte sagen wollen.

Ja, Ian hatte sie angelogen, aber nun hatte er wieder und wieder sein Leben aufs Spiel gesetzt, nur um ihr zur Flucht zu verhelfen. Mit seinem Fell hätte er sich schon längst in Sicherheit bringen können, aber er hatte es nicht getan. Sie wollte ihm sagen, dass er ohne sie gehen sollte, wenn sie es nicht schnell genug schaffte, ein Boot zu organisieren. Wenn es ihm nicht gelang, das Netz abzusenken. Aber sie hatten keine Zeit mehr, und die einzigen Worte, die ihre Lippen verließen, waren: »Dir auch.«

Einen Wimpernschlag später hatten sie ihr Versteck verlassen. Ian wandte sich nach links, um über die Felsen zu dem Häuschen beim Netz zu gelangen, Kate trat zur Kante vor und begann, die Felsen zum Hafen hinabzuklettern. Sie wusste, dass Colin, Quentin und ihr Bruder sie nun problemlos sehen konnten, und hoffte, dass sie nicht allzu misstrauisch reagierten, wenn sie sie entdeckten.

Der erste war Colin. Er trug gerade eine längliche Kiste in Richtung Steintreppe und riss seine Augen so weit auf, als er Kate sah, dass sie fast fürchtete, er würde die Kiste fallen lassen. Doch er schien ihre Ankunft lediglich lustig zu finden. »Wir haben auch 'ne Treppe hierher, weißt du«, sagte er grinsend, als sie die letzten eineinhalb Meter zu ihm auf den Steinboden sprang.

Nun drehten sich auch Gabriel und Quentin zu ihr um. Quentins Brauen zogen sich fragend zusammen, aber er schien schnell das Interesse an ihr zu verlieren und wandte sich wieder seiner Arbeit zu. Gabriel hingegen sah sie an, als sei sie gerade auf einem leibhaftigen Drachen zu ihnen geflogen.

»Kate?«, fragte er perplex. »Wo kommst du denn her?«

»Ist bestimmt appariert, Gabe«, sagte Colin feixend. »Hab gehört, Mädchen machen das öfter.«

Kate trat auf Gabriel zu und zog ihn ein wenig zur Seite.

»Hast du kurz Zeit?«

»Klar … Worum geht's?«, fragte er.

Quentin kniete wenige Meter entfernt am Boden und ging seiner Arbeit nach, Colin stand, die Kiste noch immer in den Armen, ein Stück hinter Gabriel und beobachtete sie aus neugierigen grünen Katzenaugen. Quentin sah vielleicht desinteressierter aus als Colin, aber sie war sich sicher, dass er seine Ohren gespitzt hatte. Sie musste ungestört mit Gabriel reden.

»Können wir das unter vier Augen besprechen«, sagte sie und deutete in Richtung des zweiten, weiter entfernten Stegs. Praktischerweise lag dort genau das Gefährt, auf das Kate es abgesehen hatte – das kleine Motorboot, mit dem sie heute Nachmittag nach Shetland gefahren waren. Es war nicht das schnellste Boot der kleinen Flotte, aber gemeinsam mit dem, das gerade repariert wurde, war es das einzige, das sich per Schnurzug und ohne Schlüssel starten ließ. Die *Saighdear* ließen die Schlüssel der größeren Boote nicht einfach stecken, und sie hatte nicht die Zeit, eines kurzzuschließen.

»Bitte komm mit! Ich muss unter vier Augen mit dir sprechen«, führte sie weiter aus, als Gabriel nur fragend die Brauen hob.

»Ja, klar«, sagte er dann und wandte sich an Colin. »Entschuldigst du uns 'ne Sekunde?«

»Jederzeit. Aber nicht lästern, ja?«

»Wir doch nicht«, sagte Gabriel grinsend.

Colin klemmte die Kiste umständlich unter einen Arm und deutete mit der frei gewordenen Hand an, dass er sie beobachten würde, ehe er ihnen endlich den Rücken kehrte und die Treppe zum Fort hochstieg. Quentin arbeitete seelenruhig weiter, ohne sich um sie zu kümmern.

»Also, gehen wir?«, fragte Gabriel und deutete mit der gesunden Hand zum hinteren Steg. Die andere Hand war noch immer in einen dicken weißen Verband gewickelt. Kate wusste, dass er wenigstens nicht mehr so starke Schmerzen wie am Anfang hatte. Sie nickte und setzte sich an der Seite ihres Bruders in Bewegung.

Ihr Herz schlug ihr bis zum Hals, aber ansonsten hatte sie eine merkwürdige Ruhe überkommen. Die Situation schien so normal – Gabriel und Colin scherzten miteinander, Quentin reparierte irgendetwas, und sie unterhielt sich mit ihrem Bruder. Ein Teil von ihr wollte glauben, dass Ian nicht gerade versuchte, das Netz herunterzufahren, dass Alaric nicht blutend auf den Felsen hinter dem Fort kniete, dass sie nicht auf der Flucht war. Sie wollte daran glauben, dass die letzten Stunden nur ein böser Traum gewesen waren, aber sie konnte es nicht. Sie wusste ganz genau, dass das hier die Realität war und dass sie in großer Gefahr schwebte.

Sie wollte schneller gehen, aber Gabe hatte keine Eile. Er schlenderte vor sich hin, als spazierte er an einem schönen Sommertag über eine bunte Blumenwiese.

»Warum seid ihr eigentlich so spät noch am Arbeiten?«, fragte sie, darum bemüht, den Eindruck einer normalen Konversation zu erwecken, solange sie noch in Quentins Hörweite waren. Innerlich bebte sie vor Ungeduld.

»Colin und ich bereiten das Boot für morgen vor«, sagte Gabriel und deutete auf Quentin. »Er repariert den Motor und das Funkgerät. Beidem hat das Meerwasser nicht gutgetan. Und wir wollten morgen mal einen Abstecher auf die Hauptinsel machen, deswegen.«

Kate schluckte. Das Funkgerät. Sie sah zu dem kleinen schwarzen Kasten, der neben Quentin und dicht an der Hafenkante lag. Quentin selbst beugte sich gerade über den Motor des Boots. Sobald er alles repariert hatte und die anderen einen Funkspruch absetzten, waren sie und Ian verloren! Alaric wusste, dass sie zum Hafen fliehen wollten. Und das hatte er den anderen bestimmt schon gesagt. Aus einem Impuls heraus trat sie einen Schritt zur Seite und beförderte das Funkgerät mit einem Fußtritt ins Wasser. Sie hustete, um das Platschen zu übertönen. Dann schloss sie zu Gabriel, der schon weitergeschlendert war, auf und wartete auf einen Schrei oder darauf, dass Quentin sie plötzlich von hinten an der Schulter packte.

Doch nichts davon geschah, und als sie und Gabriel am Steg ankamen, war Kate erleichtert.

Ein Problem weniger, um das sie sich kümmern musste. Natürlich konnte auch Colin ein Funkgerät bei sich tragen, aber er war schon zum Fort unterwegs, und bisher waren ihr nur welche bei Jack, Blackbird und Quentin aufgefallen.

»Kannst du mir jetzt vielleicht erklären, warum du im Dunkeln über die Felsen zum Hafen kletterst?«, brach Gabriel schließlich die Stille, dann huschte sein Blick an ihrem Körper hinab, zu ihrer zerrissenen Jeans, ihren blutigen und verschrammten Knien. »Und wie siehst du überhaupt aus?«

Kate strich sich die Haare aus dem Gesicht und sah in seine fragenden blauen Augen. Und plötzlich fehlten ihr die Worte.

»Oh, Gabe …«, seufzte sie. Er hatte ihr gesagt, dass sie den Kontakt zu Ian und seiner Gruppe abbrechen sollte. Wie würde er erst reagieren, wenn sie ihm erzählte, dass diese Leute die Selkies waren, die ihm seine Finger abgerissen hatten? Dass einer hier war und sie statt auf ihn auf Alaric geschossen hatte? »Ich … Ich muss hier weg«, sagte sie schließlich.

Gabriels Augenbrauen verschwanden hinter dem hellen Haar, das ihm ungeordnet in die Stirn hing. »Ja, musst du«, erwiderte er. »Aber ich dachte, das hätten wir schon geklärt. Wenn diese … deine Probezeit vorbei ist, dann kannst du ja wieder heim und dann …«

Kate unterbrach ihn mit einem eiligen Kopfschütteln. »Das meine ich nicht«, sagte sie. »Ich muss *jetzt* hier weg. Sofort. Und ich will, dass du mit mir kommst, Gabe.«

Nun sanken Gabriels Augenbrauen wieder herab und zogen sich langsam zusammen. »Wir können nicht einfach hier abhauen, Katy«, sagte er sanft, als fürchte er, seine kleine Schwester habe in den letzten Tagen den Verstand verloren. »Und ich habe es dir schon einmal gesagt: Ich will nicht von hier weg. Unsere Mutter …«

»Du verstehst nicht«, sagte Kate rasch. »Ich habe einen Fehler gemacht: Alaric ist verletzt, und es ist meine Schuld … Ich muss hier weg, bevor die anderen kommen.«

Gabriel wurde schlagartig blass um die Nase. »Alaric ist was?«

»Angeschossen«, platzte es aus Kate heraus.

»*Du hast auf Alaric Blackbird geschossen*?«, zischte Gabriel. Er griff nach ihrem Arm, und kurz fürchtete Kate, dass er wütend war. Doch dann wurde sein Griff lockerer und sein Blick weicher. »Kate, hat er … Hat er dir etwas getan?«

»Nein, ich …« Ihre Augen huschten nervös in Richtung des Netzes am Ausgang der Bucht. Noch hing es weithin sichtbar zwischen den Felsen. Sie spürte Panik in sich aufsteigen. »Er hat mich mit Ian gesehen.«

»Ian war hier auf der Insel?«, fragte Gabriel verwirrt. »Du weißt doch, dass Fremden der Zutritt verboten ist … Ich dachte, das mit diesem Typen hat sich längst erledigt.«

»Ich habe ihn weggeschickt«, erklärte Kate. »Ich *wollte* es beenden. Aber Alaric hat uns gesehen und kam dazu und … Gabriel, er hätte Ian fast getötet. Ich musste etwas tun, und jetzt ist er verletzt, verstehst du? Wegen mir. *Ich muss hier weg.* Bevor die anderen kommen und mich festnehmen.«

Gabriel schüttelte langsam den Kopf. In seinen Augen schwebten tausend kleine Fragezeichen. »Aber warum versucht Alaric Ian zu töten, nur weil er auf die Insel gekommen ist?«, fragte er. »Kate, wenn das stimmt, dann hat Alaric sie nicht mehr alle … Du hättest nichts anderes tun können. Es war Notwehr. Die anderen werden dich nicht verurteilen, wenn du keine andere Wahl hattest.«

Sie waren an dem kleinen Motorboot angekommen, und für einen Moment schloss Kate die Augen. Sie konnte ihren Bruder nicht belügen. Er musste die Wahrheit erfahren. Sie sah zu ihm auf und legte ihre Hand auf seine. »Er hatte einen Grund«, sagte sie.

Das Bild von Alaric blitzte in ihren Gedanken auf. Sie erinnerte sich an die kalte Grausamkeit in seinem Blick und wusste, dass Gabriel zumindest teilweise recht hatte – Alaric war nicht normal. Ihm fehlte etwas, das andere Menschen von Natur aus besaßen, auch wenn Kate noch nicht benennen konnte, was es war. Andererseits wusste sie ganz genau, dass auch die anderen *Saighdear* nicht anders als Alaric reagiert hätten, wenn sie einen Selkie am Fuße ihrer Festung entdeckt hätten.

Sie öffnete den Mund, um Gabriel endlich die Wahrheit zu sagen – *Ian ist ein Selkie.* Nur diese vier Worte, für lange Erklärungen hatte sie keine Zeit –, aber der Satz blieb ihr im Hals stecken, als vom oberen Ende der Hafentreppe laute Stimmen ertönten.

»Da unten ist sie ja«, schrie einer der Männer.

»Nicht weit gekommen«, rief ein zweiter und klang dabei fast belustigt.

Die *Saighdear* waren hier. Und sie hatte noch kein Boot, und das Netz hatte sich noch kein Stück nach unten bewegt! Kates Blick glitt hastig zu dem kleinen Steinhaus am Rand der Bucht hoch. Ian war nirgends zu sehen. Hatte er aufgegeben und war geflohen? Doch dann bemerkte sie hinter dem Fenster des Häuschens eine Bewegung – er war da.

»Miss Corrigal«, rief nun einer der Männer bei der Treppe.

Kate wirbelte zu ihnen herum. Sie waren zu fünft. Ian durfte keinesfalls versuchen, ihr zu helfen. Er wäre tot, bevor er irgendetwas hätte unternehmen können. »Ich darf Sie darum bitten, sich nicht von der Stelle zu bewegen.«

Quentin hatte in seiner Arbeit innegehalten und sah ungeduldig zu den Neuankömmlingen hoch. »Gibt's ein Problem?«

Niemand antwortete.

Mit raschen Schritten stiegen die fünf die Stufen hinab.

»Sie stehen in dringendem Verdacht, die *Saighdear* an den Feind verraten zu haben«, fuhr der Anführer der kleinen Gruppe fort. Jetzt erkannte Kate ihn – es war Richard, der Mann mit dem verhärmten Gesicht, der noch vor wenigen Stunden mit ihr im selben Boot gesessen hatte. »Sie sind dazu angehalten, sich nicht von der Stelle zu bewegen und keinen Widerstand zu leisten.«

Kates Magen verkrampfte sich. Sollte sie auf das Boot hechten und hoffen, dass der Motor beim ersten Versuch ansprang? Aber das Netz … Das Hafenbecken war etwa hundert Meter lang, weit würde sie also nicht kommen. Sie sah die gezogenen Pistolen der Männer im Licht der Hafenscheinwerfer glimmen und wusste, dass sie nicht lebend entkommen würde.

»Was hast du getan, Katy?«, flüsterte Gabriel neben ihr fassungslos. »Was hast du getan?«

Kate ließ sich mit ihrer Antwort Zeit, bis Richard den Hafen erreichte. »Das, was er sagt«, antwortete sie leise. »Ich … Ich habe sie verraten, Gabe.«

Sie überlegte fieberhaft, doch es gelang ihr nicht, einen Ausweg zu finden.

Und dann, als Richard den ersten Schritt in ihre Richtung setzte, geschah das Unglaubliche. Hinter Kate ertönte ein lautes, mechanisches Rattern.

Das Netz, schoss es ihr durch den Kopf. *Ian hat es geschafft.*

20

Die plötzliche Bewegung des Netzes hatte die *Saighdear* für einen Moment aus dem Konzept gebracht. »Wer ist im Kontrollraum?«, brüllte Richard.

»Ich weiß es nicht«, sagte einer der Männer. »Er ist um diese Zeit unbesetzt …«

»Jedenfalls spielt da jemand an den Knöpfen rum«, knurrte Richard. »Die sollen sofort das Netz wieder hochziehen. Louis, funk den Kontrollturm an. Das Letzte, das wir brauchen, ist, dass eins der Viecher in den Hafen kommt.«

Louis trat gehorsam zur Seite und sprach in ein Funkgerät, während die anderen sich wieder in Bewegung setzten.

Kate sah ihnen entsetzt entgegen. Die Männer würden in einer Minute bei ihr und Gabriel sein. Und dann war alles vorbei. Das Netz senkte sich, sie musste endlich ins Boot und verschwinden. Doch nicht ohne Gabriel.

Nur am Rande nahm Kate wahr, dass es Jacks Stimme war, die nach ein paar Sekunden aus dem Funkgerät antwortete. Hatte er etwa das Netz heruntergelassen? Aber warum sollte er das tun?

Sie wandte sich an Gabriel, packte mit beiden Händen seine Schultern und zwang ihn, sie anzusehen.

»Gabe, wir müssen weg! Ian ist aus einem bestimmten Grund auf der Insel gewesen. Er ist ein …«

»Mr. Corrigal«, rief Richard brüsk.

Kate drehte sich um. Richard und sein Gefolge hatten den Steg betreten. Kate spürte, wie Gabriel sich an ihrer Seite versteifte.

»Ich darf Sie darum bitten, die Privatgespräche mit Ihrer Schwester einzustellen.«

»Natürlich, Sir«, erwiderte Gabriel zackig.

Kate zuckte zusammen. So sehr war ihr Bruder schon Soldat.

»Nun, Miss Corrigal«, wandte sich Richard nun an sie. Und während er sie aus matten braunen Augen musterte, legte er wie nebenbei seine Hand auf das Pistolenholster. »Wenn Sie mich bitte begleiten würden. General Blackbird wünscht Sie zu sprechen.«

Kate warf Gabriel einen Hilfe suchenden Blick zu, doch seine Aufmerksamkeit war voll und ganz auf die vier Männer vor ihnen gerichtet. Was sollte sie tun? Mitgehen und hoffen, dass man sie nicht auf direktem Weg in den Kerker warf? Wie lange wurde man für Körperverletzung weggesperrt? Und was war mit dem Verrat?

»Ich bin sicher, Ihr Bruder wird sich innerhalb der nächsten Stunden nicht in Luft auflösen«, sagte Richard ungeduldig. »Aber glauben Sie mir, wenn ich Ihnen sage, dass es für Sie *und* Ihren Bruder das Beste ist, wenn Sie mitkommen und dem General ein paar Fragen beantworten.«

»Geh«, sagte Gabriel so leise, dass sie Probleme hatte, ihn zu verstehen, obwohl er nur wenige Zentimeter neben ihr stand. »Was anderes kannst du eh nicht machen.«

Richard hob seine Hand, und einen Wimpernschlag später traten zwei seiner Männer auf Kate zu.

»Ich kann selber laufen«, schleuderte sie ihnen entgegen. Sie hatte zwar Angst, und sie fragte sich, wie ihr Leben in wenigen Tagen so aus den Fugen hatte geraten können, doch all diese Gefühle gingen nur sie etwas an. Vor den *Saighdear* würde sie sich nichts anmerken lassen.

Die Männer hielten aber nicht an, reagierten nicht einmal auf ihre Worte.

Sie waren nur noch einen Schritt von ihr entfernt, als neben dem Steg eine Robbe aus dem Wasser schoss. Tropfen stoben in einem Schleier in die Luft, glitzerten im Licht der Hafenscheinwerfer wie Diamanten, dann prallte der Selkie mit voller Wucht gegen einen der Männer, die Kate gerade abführen wollten. Der schrie laut auf, stürzte und riss auf der Suche nach Halt seinen Kollegen mit sich zu Boden.

Ian, dachte Kate. *Ian, du unglaublicher Vollidiot, sie werden dich umbringen …*

Er landete auf dem Steg, schaffte es aber, sich mit zwei kraftvollen Bewegungen seines Körpers zurück ins Wasser zu bugsieren.

Neben Kate keuchte Gabriel auf, vor ihr war Richard einen Schritt zurückgewichen, als der Selkie aufgetaucht war – und nun starrte er Kate an, als habe er den leibhaftigen Teufel vor sich stehen. »*Sie sind hier drin.* Melde es dem General«, rief er Louis zu, der inzwischen zu ihnen aufgeschlossen hatte. »Fährt endlich jemand das Scheißnetz hoch, verdammt noch mal«, bellte er dann und zog sein Schwert. »Und holt die anderen. Die Selkies sind hier.«

Noch während er sprach, schnellte Ian erneut aus dem Wasser. Die Männer auf dem Steg rannten los, um sich in Sicherheit zu bringen. Doch Ian schien es gar nicht auf die *Saighdear* abgesehen zu haben. Elegant tauchte er einen Augenblick später schon wieder ins Wasser. Ein Scheinangriff?

Gabriel war leichenblass und drückte seine verletzte Hand an seine Brust.

»Gabe, uns passiert nichts«, versuchte Kate ihn zu beruhigen. »Es ist okay.«

Ihr Bruder stieß ein zittriges Schnauben aus, als der Selkie erneut über den Steg sprang, diesmal an einer völlig anderen Stelle.

Zweimal hatte Ian die Männer nun schon abgelenkt, doch Kate fürchtete, dass der Trick bald nicht mehr funktionieren würde.

Unter Richards scharfen Befehlen versammelten sich die *Saighdear* bereits wieder, und während Richard seine Waffe auf das Wasser richtete, zogen drei ihre Schwerter. Der vierte kam auf Kate und Gabriel zu und hielt erst inne, als plötzlich zu beiden Seiten des Stegs je ein Selkie auf sie zuflog.

Es sind zwei, dachte Kate verwirrt, als der Mann, der sie eben noch ergreifen wollte, sich mit einem Sprung zur Seite in Sicherheit brachte. Einer war bestimmt Ian, aber wo kam der zweite her?

Die Selkies tauchten ab, Befehle hallten durch die Bucht, und der Mann vor ihnen rappelte sich wieder auf.

Kate war klar, dass sie *jetzt* handeln musste.

»Los«, sagte sie, nahm die Hand ihres Bruders und hastete zu dem kleinen Motorboot. Gabriel ließ sich nur widerwillig mitziehen. Er erinnerte Kate dabei ein wenig an Bonnie, ihr störrisches Schaf. Auch sie folgte genau dann nicht, wenn man es am dringendsten brauchte.

»Kate, wir können nicht auf ein Boot, wenn das Hafenbecken voll mit den Viechern ist!«, protestierte er. »Die bringen uns um!«

»Sie werden uns nichts tun«, sagte Kate, ließ ihn los und sprang auf das kleine Boot, das unter dem plötzlichen Gewicht heftig zu schwanken begann. »Bitte, Gabe, glaub mir … Uns wird nichts passieren, bitte, komm an Bord, wir müssen weg …«

»Sie tun sich keinen Gefallen mit Ihrem Fluchtversuch, Miss Corrigal«, bellte Richard vom Steg aus. »Sie werden nicht weit kommen!«

Die beiden Selkies setzten alles daran, mit weiten Sprüngen aus dem Wasser die Männer auf dem Steg abzulenken, doch offenbar trauten sie sich nicht mehr direkt über den Steg. Kate konnte es ihnen nicht verdenken – die Schwerter der *Saighdear* waren höllisch scharf.

Kate griff erneut nach der gesunden Hand ihres Bruders und zog an ihm. Doch Gabe bewegte sich keinen Millimeter.

»Bitte!«, flehte sie. »Wir müssen weg!«

»Die Selkies … Wir können nicht …«, stammelte er, dabei ließ er die durchs Wasser hechtenden Robben keine Sekunde aus den Augen. »Sie werden unser Boot umkippen und uns töten …«

»Jetzt glaub mir doch, dass sie uns nichts tun werden!«, fuhr Kate ihn an. Sie sah, wie ein Selkie nur mit knapper Not der blitzenden Klinge eines Schwerts entging. Der zweite, der ebenfalls gerade in der Luft war, zuckte, als ihn eine Kugel aus Richards Waffe am Rücken streifte. Als das Tier wieder verschwand, schimmerte die Wasseroberfläche für eine Sekunde rötlich.

Die Selkies würden sterben, wenn das so weiterging. Ian würde sterben. Die *Saighdear* würden Gabriel und sie mit sich nehmen und weiß Gott was mit ihnen machen … Und der Mut der Selkies wäre völlig umsonst gewesen …

Sie ließ Gabriel los und entknotete mit bebenden Fingern das Seil, das das Boot am Steg befestigt hielt.

»*Bitte, Gabe!*«, rief sie, als sie das Seil auf den Steg warf.

»Ich kann nicht Kate, ich …« In diesem Moment erhob sich hinter Gabriel der silbern schimmernde Körper eines Selkies und prallte kurz darauf ungebremst gegen seinen Rücken. Kate hörte den erschrockenen Aufschrei ihres Bruders, als er nach vorn stolperte, direkt auf sie zu. Sie wollte nach ihm greifen, verhindern, dass er ins Wasser fiel, da begriff sie, dass Gabriel nicht alleine auf sie zuflog. Sie warf sich hastig zur Seite, und keinen Wimpernschlag später schlugen ihr Bruder und der zappelnde Körper des Selkies hart auf dem kleinen Boot auf, das unter heftigem Schaukeln vom Steg abtrieb.

Dann geschahen zwei Dinge gleichzeitig: Von der Engstelle der Bucht aus ertönte nun erneut das mechanische Rattern, das beim Bewegen des Netzes entstand – wurde es etwa hochgezogen? Und der Robbenkörper des Selkies erschlaffte, das Fell wurde stumpf und leblos, und innerhalb einer einzigen Sekunde kam ein Mensch unter dem grauen Fell des Tieres zum Vorschein.

Kate kämpfte sich hoch. Ihr Herz machte einen Satz, als sie die junge Frau erkannte – die dunkle Haut, das tiefschwarze Haar, die großen dunklen Augen …

»Lauren!«, stieß sie hervor.

Lauren warf ihr ein knappes Lächeln zu, das wohl zuversichtlich wirken sollte, Kate aber eher an ein Zähnefletschen erinnerte. Dann wirbelte die Selkie herum, griff nach der Leine des Motors und zog sie mit aller Kraft heraus.

Kate hätte beinahe gejubelt, als der Motor augenblicklich ansprang. Endlich keimte wieder Hoffnung in ihr auf. Vielleicht entkamen sie ja doch, vielleicht schafften sie es alle …

»Auf die Boote!«, brüllte Richard vom Steg aus seine Leute an. »Lasst sie nicht mit unserem Kahn abhauen, verdammt!«

Das Motorboot gewann schnell an Fahrt, während Lauren geradewegs auf die Öffnung der kleinen Bucht zusteuerte. Zwar tauchten an beiden Seiten bereits die Enden des Netzes aus dem Wasser, aber wenn sie ihr Tempo hielten, dann konnten sie in der Mitte noch durchschlüpfen …

Kate blickte über Laurens Schulter zurück zum Hafen. Neben ihr rappelte sich Gabriel mit schmerzverzerrtem Gesicht hoch. Er war gegen eine der Sitzbänke geknallt, als Lauren ihn geschubst hatte.

Kate wollte ihn gerade fragen, wie es ihm ging, als Richard und zwei Männer in einem der mittelgroßen Boote ablegten. Quentin und ein weiterer kletterten soeben auf das zweite Schiff, das mit Enterhaken ausgestattet war. Daneben stand Colin, und er blickte ihnen nach.

Kates Blick wanderte weiter, und plötzlich war ihr, als hätte ihr jemand mitten in den Magen geschlagen.

»Runter!«, schrie sie Lauren an.

Am Ende des Stegs, von dem sie eben abgelegt hatten, stand ein Mann mit gezückter Waffe, den Finger am Abzug, zielte direkt auf Lauren und drückte ab.

Deren dunkle Augen weiteten sich, dann verstand sie und ließ sich nach vorne ebenso wie Kate und Gabe auf den feuchten Boden des Bootes fallen. Einen winzigen Augenblick später hallte der dröhnende Knall des Schusses von den schroffen Felsen der Bucht wider.

»Danke«, sagte Lauren. Rasch richtete sie sich wieder auf, doch nur noch so weit, wie es nötig war, um zu sehen, in welche Richtung sie fuhren.

»Er hat geschossen«, sagte Gabriel mit Panik in den Augen. »Er hat wirklich auf uns geschossen …«

Kate blieb keine Zeit zu antworten, denn als sie über den Bootsrand linste, zielte der Mann auf dem Steg erneut in ihre Richtung. Lauren riss das Boot scharf nach rechts. Kurz darauf zerfetzte der zweite Schuss die Luft.

»Die spinnen doch«, fauchte sie, während sie das Boot wieder auf den richtigen Kurs brachte. »Die ballern auf ihre eigenen Leute!«

»Er zielt schon wieder«, sagte Kate hektisch, ohne den Blick von dem Schützen zu lösen.

»Echt jetzt?«, fragte Lauren ungläubig und riss erneut das Ruder herum.

Doch diesmal hatte der Mann mit dem Richtungswechsel gerechnet. Kalt folgte er mit dem Visier seiner Waffe der Bewegung des Bootes. Kate rechnete jeden Augenblick damit, dass er abdrücken würde, sie wartete auf den Knall, dass die Kugel die Bootswand durchschlug, und betete, dass keiner von ihnen getroffen werden würde, dass sie der Kugel entkommen würden …

Aber bevor der Mann abdrücken konnte, schoss zu seinen Füßen ein Selkie aus dem Wasser, das Maul voller spitzer Zähne weit aufgerissen. Er schnappte nach dem ausgestreckten Arm des Mannes. Kate stand der Mund offen, und sie hörte, wie ihr Bruder neben ihr scharf die Luft einsog.

»Was ist los? Was passiert da?«, fragte Lauren. Der Mann hielt mit aller Macht die Waffe fest, aber er hatte keine Chance gegen das Gewicht der Robbe, die sich wie ein Wolf in sein Handgelenk verbissen hatte. Er fiel auf die Knie, und Kate beobachtete mit grimmiger Genugtuung, wie die Waffe endlich aus seinen Händen glitt, über den glänzenden Rücken des Selkies rutschte und schließlich im Hafenbecken verschwand.

»Er hat keine Waffe mehr«, sagte Kate. Sie wollte noch eine kurze Erklärung anhängen, aber Lauren schien gar keine zu benötigen.

»Bestens«, erwiderte sie und lenkte das Boot zurück in die richtige Richtung.

Kate wusste nicht, ob es Ian gewesen war, der den Schützen gestoppt hatte. Sie wusste nicht, ob außer ihm und Lauren noch mehr Selkies in die Bucht gelangt waren. Sie wusste nur, dass auch die Selkies jetzt verschwinden mussten. Wenn das Netz erst einmal zurück an seinem Platz war, saßen sie in der Falle.

»Können wir nicht schneller fahren?«, fragte Kate Lauren mit höherer Stimme, als ihr lieb war.

Bisher hatte sie nur Augen für das Netz, den Schützen und Ian gehabt. Doch inzwischen waren die beiden großen Boote so nahe gekommen, dass auch sie eine ernste Gefahr darstellten.

»Keine Chance«, sagte Lauren. »Mehr geht einfach nicht.«

»Die anderen sind viel schneller als wir«, sagte Gabriel matt.

Kleine Schweißperlen schimmerten auf seiner Stirn. »Die werden uns einholen.«

»Nicht, wenn sie an ihren eigenen Vorsichtsmaßnahmen hängen bleiben«, sagte Lauren grimmig, und als sei es von ihren Worten angespornt worden, schien das kleine Boot unter ihnen nun doch ein klein wenig schneller über die Wellen zu hüpfen.

Und plötzlich sah Kate erst die am Ausgang der Bucht gelegenen Felsen neben sich auftauchen, dann die tief in das Gestein eingearbeiteten Schienen des Netzes. Stück für Stück bewegte es sich nach oben, tauchte immer weiter aus dem schwarzen Wasser empor. Keine Sekunde später spürte Kate, wie es an der Unterseite ihres Bootes entlang schrammte, dann hatten sie das Hindernis hinter sich gelassen, und Kates Herz machte einen Satz. Sie waren draußen, noch dazu mit über fünfzig Metern Abstand zu ihren Verfolgern. Es konnte nicht mehr lange dauern, bis das Netz den beiden großen Booten die Passage versperren würde.

Vielleicht kam das erste Boot noch durch, aber das zweite würde es mit Sicherheit nicht schaffen. Es sei denn, jemand senkte es wieder ab.

Kate betete, dass wer auch immer sich im Kontrollraum befand, das zu verhindern wusste.

Gerade bahnte sich Ian seinen Weg zurück in ihre Gedanken, als neben dem Boot eine helle Robbe flach über die Wellen sprang. Bevor sie wieder verschwand, erblickte Kate einen hellrosafarbenen Streifen auf seinem Rücken. Das musste der Selkie sein, den die Kugel getroffen hatte. Es beruhigte sie, dass die Wunde nicht allzu tief schien. Niemand sollte beim Versuch, sie und Gabriel zu retten, ernsthaft verletzt werden. Kurz darauf sprang eine zweite silbergrau schimmernde Robbe neben der ersten aus dem Wasser, fast als wollten sie Lauren zu verstehen geben, dass sie es heil am Netz vorbei geschafft hatten.

»Sind alle da?«, fragte Kate Lauren.

»Ja«, sagte sie, und ein erleichtertes Lächeln zupfte an ihren Lippen. »Fynn und Ian geht es gut.«

Die helle Robbe war also Fynn. Kate ärgerte sich, dass sie ihn nicht wiedererkannt hatte. Anders als Ian und Lauren hatte sie ihn schon einmal in seiner Selkieform gesehen.

Sie wollte sich bei Lauren bedanken, wollte ihr um den Hals fallen dafür, dass sie und Fynn gekommen waren, um sie zu retten, aber noch waren sie nicht in Sicherheit.

Das vordere der beiden Boote der *Saighdear* hatte die Hafenausfahrt erreicht und fuhr mit voller Geschwindigkeit in das inzwischen deutlich aus dem Wasser ragende Netz hinein. Kate sah, wie es sich spannte, kurz schien das Boot zu stocken, dann schob sich der Bauch des Kutters, begleitet von einem lauten, schabenden Geräusch hinüber.

»Das erste Boot ist raus«, rief Kate.

»So ein Mist«, zischte Lauren.

Während Gabriel wie unter Schock zur Insel der *Saighdear* zurückstarrte, reckte Kate den Hals, um nach dem zweiten Boot zu sehen. Sie konnte gerade noch erkennen, dass das Netz sich endlich vollständig aus dem Wasser erhoben hatte und dass das zweite Boot dahinter ein waghalsiges Wendemanöver einleitete, um nicht dagegenzukrachen. Dann war der Eingang zum Hafen hinter den Felsen verschwunden, und die Festung tauchte auf ihrer linken Seite auf.

Auf dem Schiff hinter ihnen wurde immer wieder derselbe Befehl in ein Funkgerät gebellt: »*Netz runterfahren,* runterfahren *hab ich gesagt*«, aber es war zu spät. Das zweite Boot kam nicht mehr hinter den Felsen hervor.

Wenn wirklich Jack am Hebel für das Netz gesessen hatte, dann verdankten sie ihm alle ihr Leben. Doch warum stand er auf ihrer Seite? Wenn sie ihn nur fragen könnte. Aber Kate wusste ja nicht einmal, ob sie ihn jemals wiedersehen würde.

Lauren riss sie aus ihren Überlegungen.

»Kate, könnt ihr schießen, du und Gabriel? Sie werden uns bald eingeholt haben«, sagte sie und deutete nach hinten, wo das Boot der *Saighdear* die Verfolgung aufgenommen hatte und stetig näher kam. Kate fasste an ihren Gürtel. Sie und Gabriel hatten noch immer ihre Pistolen, doch sie wusste, dass sie damit kein Boot aufhalten konnten.

Auf der Suche nach einer anderen Alternative, nach *irgendetwas*, um ihre Verfolger abzuschütteln, fiel ihr Blick auf die Ausrüstungskiste am Boden ihres Boots. Kate wusste, was sich darin befand: Waffen, Rettungswesten, ein Erste-Hilfe-Set, Wärmedecken und ein Netz. Letzteres war nur da, um »das ganze Viechzeug zu fangen, wenn's nötig ist«, wie Jack es einmal formuliert hatte – aber nun hatte Kate eine Idee. Bei ihrem Angriff auf die *Fàire* hatten die Selkies extra ein Netz mitgeschleppt, um eins der Schiffe manövrierunfähig zu machen. Warum sollte das nicht auch ein zweites Mal funktionieren?

»Gabe, mach die Kiste auf«, sagte Kate schnell, da er sich näher an der Ausrüstung befand als sie.

»Was …? Was willst du damit?«, fragte er verwirrt und ohne den Blick von den Verfolgern abzuwenden.

Kate hatte weder die Zeit noch die Geduld, ihm zu erklären, was sie vorhatte. Sie rutschte auf Knien zur Kiste, öffnete mit eiskalten Fingern die Schnappverschlüsse, packte den Deckel – und stieß einen leisen Fluch aus. Das verdammte Ding war verschlossen!

Sie würde das Schloss nicht innerhalb von wenigen Minuten aufbrechen können, handwerklich begabt oder nicht. Doch sehr viel länger würde es nicht dauern, bis die *Saighdear* nahe genug herangekommen waren, um zu schießen.

Sie rüttelte verzweifelt an dem Deckel, als sie eine Berührung an ihrer Schulter spürte und aufsah.

Gabriel hielt ihr einen kleinen, silberfarbenen Schlüssel hin.

»Colin hat ihn mir vorhin gegeben, damit ich die Kisten absperre, nachdem er die Waffen für die Nacht rausgeholt hat«, erklärte er, die Stimme nach wie vor ziemlich dünn. Kate konnte es ihm nicht verdenken – sie und die Selkies hatten im Moment vermutlich genau so viel Angst wie er.

»O Gott, du bist super – danke.« Kate packte den Schlüssel, fummelte ihn nach zwei Fehlversuchen in das Schloss und drehte ihn um. Nun ließ sich der Deckel problemlos anheben.

»Aber die Gewehre sind nicht mehr da«, bemerkte Gabriel, während Kate die leuchtend orangenen Schwimmwesten aus der Kiste rupfte und neben sich auf den Boden fallen ließ. Es folgten Wärmedecken, ein weißer Notfallkoffer, noch eine Schachtel und dann, ganz unten ... Kates Herz machte einen Satz. Das Netz.

»Ich brauch auch keine Gewehre«, sagte sie und zog das Netz heraus. »Lauren, sind Ian und Fynn noch in der Nähe?«

»Du bist genial«, sagte die, als ihr klar wurde, was Kate vorhatte. »Aber ich weiß nicht, wo die beiden gerade sind.«

Kate umklammerte das Netz fest mit beiden Händen. »Kannst du sie rufen?«, fragte sie. »Oder soll ich das Ding einfach ins Wasser werfen und ...«

»Nein, auf keinen Fall«, sagte Lauren. »Am Ende sehen sie es gar nicht.« Sie beugte sich über den Rand des Boots, streckte ihren freien Arm so weit sie konnte nach unten und begann, mit der Hand kräftig auf die Wasseroberfläche zu schlagen.

»Das bringt was?«, fragte Gabriel ungläubig und musterte Lauren, als sei sie vor seinen Augen aus einer Irrenanstalt ausgebrochen.

»Ich hoffe es.«

Im Gegensatz zu ihrem Bruder vertraute Kate der Selkie. Sie wusste zwar nicht, wie sich Robben unter Wasser orientierten. Aber was es auch war, Lauren war der Profi.

Kate holte gerade Luft, um etwas zu sagen, als direkt neben ihrem Boot Ian aus dem Wasser sprang, den Kopf halb in Laurens Richtung gedreht, als erwarte er weitere Anweisungen. Gabriel sah aus, als würde er sich am liebsten in Luft auflösen und an einem ganz anderen Ort wieder auftauchen, notfalls auch auf dem Mond.

»Warte«, sagte Lauren – für mehr war keine Zeit, denn der Selkie war schon wieder abgetaucht. Doch nun blieb er dicht unter der Wasseroberfläche, und Kate konnte sein graues Fell knapp unterhalb der Wellen schimmern sehen.

»Halt es ihm vor die Nase«, sagte Lauren schnell. »Er wird es schon kapieren.«

Kate stutzte, tat aber wie geheißen und hob das Netz über die niedrige Bordwand, um die untere Hälfte ins Wasser hängen zu lassen. Neben Ian war nun eine zweite, verschwommene Gestalt erschienen. Kate hatte das Netz noch keine zwei Sekunden ins Wasser hängen lassen, als Ian beschleunigte, um das Netz zu erreichen – einen Augenblick später spürte sie einen deutlichen Zug, als habe sie einen großen Fisch an der Angel.

Als auch Fynn herangeschwommen war und sich den Rand des Netzes zwischen die Zähne geklemmt hatte, sagte Lauren: »Jetzt kannst du loslassen.«

Kate wünschte den beiden in Gedanken viel Glück, dann öffnete sie ihre Hände. Das Netz fiel platschend ins Wasser und war kurz darauf mit den beiden Selkies in der Tiefe verschwunden.

»Und jetzt?«, fragte Kate.

Lauren zuckte die Schultern. »Wir warten. Mehr können wir eh nicht tun.«

Ihr Blick schien eine winzige Sekunde lang an den Pistolen von Kate und Gabriel zu haften, aber sie sagte nichts und konzentrierte sich wieder aufs Fahren.

Während sie weiter über die dunklen Wellen schossen, hatte

auch das Boot der *Saighdear* seine Höchstgeschwindigkeit erreicht und kam immer näher. Waren es anfangs noch mindestens fünfzig Meter, waren es schnell höchstens noch vierzig, dann nicht mehr als dreißig und jetzt nur noch zwanzig Meter geworden. Und noch immer wurde das Boot der *Saighdear* nicht langsamer.

Was, wenn Ian und Fynn scheiterten? Wenn einer von ihnen von der Schiffsschraube verletzt wurde? Die beiden waren ihre letzte Hoffnung, eine andere Möglichkeit hatten sie und Gabriel nicht, um zu entkommen.

Als ihre Verfolger bis auf zehn Meter herangekommen waren, schlugen sie eine leichte Rechtskurve ein, um sich von der Seite zu nähern. Kate sah Richard mit grimmiger Miene an der Reling stehen, neben ihm zwei Männer, die schon begannen Enterhaken durch die Luft wirbeln zu lassen, bereit, sie in Richtung des kleineren Motorbootes zu schleudern. Lauren fluchte und zwang ihr Boot in eine steile Kurve; aber den *Saighdear* gelang es trotz ihres größeren Schiffes mühelos, ihren Kurs zu verfolgen.

»Die kriegen uns«, sagte Gabriel heiser.

»Das hätten sie wohl gerne«, fauchte Lauren, ließ das Boot noch enger herumwirbeln, aber es half nicht. Der Kutter der *Saighdear* war genau so wendig wie sie. Er hatte sie fast erreicht, und schließlich hallte Richards Befehl wie ein Donnerschlag über das Wasser.

»Enterhaken los!«

Kate sah die blitzenden Klauen durch die Luft zischen, sah, wie sie auf sie zukamen – und plötzlich schienen sie mitten im Flug stehen zu bleiben. Das Boot der *Saighdear,* das eben noch direkt neben ihnen gewesen war, fiel zurück, die Enterhaken näherten sich dem Ende ihrer Flugbahn, aber anstatt ihr Ziel zu treffen, landeten sie platschend im schäumenden Kielwasser des kleinen Motorboots.

Kate hörte einen deftigen Fluch, Richard schien etwas von einem abgestorbenen Motor zu brüllen, aber der genaue Wortlaut der Äußerungen ging im dröhnenden Pochen ihres Herzens unter.

Die *Saighdear* verloren an Tempo, der Abstand zwischen den beiden Booten wurde wieder größer, und als Kates Herz wieder normal schlug, verblassten auch die aufgebrachten Stimmen der Männer in den Geräuschen des Motors, der sie Stück für Stück weiter weg vom Fort brachte.

Sie waren gerettet.

In einiger Entfernung zum Boot der *Saighdear* sprangen Ian und Fynn übermütig aus dem Wasser, drehten sich durch die Luft wie dressierte Delfine und landeten unter hohem Aufspritzen zurück im Meer.

Sie hatten es wirklich geschafft. Plötzlich durchströmten Erleichterung, Freude und ein unbändiges Gefühl von Freiheit Kates Körper. Sie waren davongekommen, obwohl alles dagegen gesprochen hatte – mithilfe jener Wesen, die Kate noch vor ein paar Stunden als Monster bezeichnet hatte. Der Gedanke daran, wie sie Ian ihre zornigen Worte entgegengeschleudert hatte, versetzte ihr einen Stich, aber er reichte nicht aus, um das Lächeln aus ihrem Gesicht zu wischen.

»Wir haben die Mistkerle abgehängt!«, sagte nun auch Lauren mit leuchtenden Augen. Sie drosselte den Motor des Bootes, damit Ian und Fynn aufholen konnten, aber die beiden Selkies kamen so schnell näher, dass Kate bezweifelte, dass das nötig gewesen wäre. Sie wusste, dass Robben im Wasser sehr schnell und geschickt waren, aber die Kräfte der Selkies beeindruckten sie jedes Mal aufs Neue. Sie waren magisch.

»Vielleicht macht ihr zwei mal Platz, ich weiß nicht, ob sie raufkommen wollen«, sagte Lauren, als Ian und Fynn aufgeholt hatten und die hellen Rücken ihrer Robbenkörper direkt neben dem Boot durch das dunkle Wasser glitten.

Kate brauchte einen Augenblick, um zu verstehen, wovon sie sprach, aber als einer der Selkies neben dem Boot einen kleinen, platschenden Hopser machte, reagierte sie, drückte sich so nah wie möglich an die Bordwand, um Platz zu schaffen, und zog Gabriel mit sich.

Ihr Bruder folgte nur zögernd, seine Augen waren mit einem seltsam glanzlosen Ausdruck auf das bewegungsunfähig zurückgebliebene Boot der *Saighdear* geheftet. Er schien sich nicht darüber zu freuen, dass sie in letzter Sekunde entkommen waren.

»Die kriegen uns nicht mehr«, sagte sie und stupste ihn in die Seite. »Bis die wieder fahren können, sind wir viel zu weit weg … Uns passiert nichts, Gabe.«

In diesem Moment schoss der erste Selkie empor, verpasste ihnen allen eine Dusche aus kaltem Meerwasser und landete zwischen den Sitzbänken ihres kleinen Motorbootes. Wenig später kroch ein grinsender Fynn unter dem Fell hervor.

Sobald er sich aufgesetzt hatte, beugte sich Lauren nach vorn und presste ihn mit einem Arm fest an sich, während sie mit der anderen Hand immer noch das Steuer bediente.

»Ihr wart toll!«, sagte sie. Fynn lächelte und antwortete Lauren mit einigen schnellen Gesten. Kate schielte kurz zu ihrem Bruder, der die Szene, die sich vor ihm abspielte, ratlos verfolgte.

Fynn rutschte an den Rand ihres Bootes, um erneut Platz zu machen, und kurz darauf sprang auch Ian spritzend aus dem Wasser, um nicht übermäßig elegant auf dem freien Stückchen Boden zu landen.

Kate spürte Gabriel an ihrer Seite zurückzucken, als der Robbenkörper in sich zusammenfiel und Ian das Fell mit einer schwungvollen Bewegung von sich zog.

Kate konnte sich nicht erinnern, Ian oft lächeln gesehen zu haben, doch nun schienen seine Augen regelrecht vor Freude zu leuchten.

Lauren war die Erste, die er in die Arme schloss, dann wandte er sich Fynn zu und zog ihn an sich wie einen lange verlorenen Bruder. Kate rutschte auf ihrem Sitzplatz herum. Lauren, Fynn und Ian brauchten keine Worte, um sich zu verständigen, sie waren so vertraut miteinander, als würden sie sich seit einer halben Ewigkeit kennen. Plötzlich kam Kate sich wie ein Fremdkörper vor.

Gabriel neben ihr war steif wie ein Brett, wollte offensichtlich nicht hier sein, während Kate sich wünschte, sie würde auch dazugehören. Aber war das nicht falsch? Sollte sie nicht voll und ganz auf der Seite ihres Bruders stehen? Die Selkies hatten ihn schwer verletzt, für ihn waren sie Feinde … Während sie für seine Schwester in der letzten Zeit zu Freunden geworden waren.

Kate hatte immer geglaubt, nichts auf der Welt könnte sich zwischen sie und Gabriel drängen. Und nun hatten sie sich in wenigen Tagen kilometerweit voneinander entfernt.

Das wird wieder, sagte sie sich. Jetzt wo sie die *Saighdear* los waren, würde alles einfacher werden, und sie würden die Sache bald wieder ins Lot bringen. Gabriel war ja kein anderer Mensch geworden.

Ian ließ Fynn los, drehte sich zu ihr und Gabriel um und schloss nach kurzem Zögern auch Kate in die Arme. Sie spürte, wie Gabriel ein Stück von ihr und Ian abrückte, während sie selbst zunächst viel zu perplex war, um überhaupt zu reagieren. Sie schnappte den Geruch nach Salzwasser und Sonne auf, der Ian umgab, gemischt mit einer leichten Note von nassem Hund, und nur langsam legte sie die Hände auf den nassen Stoff auf seinem Rücken, um die Umarmung zu erwidern.

»Danke«, sagte Ian leise.

»Wofür denn?«, fragte sie, als er sie wieder losließ.

»Du hast mir das Leben gerettet«, antwortete er, als wäre das offensichtlich.

Kate winkte ab und schob ihn ein Stück von sich. Sie war der Meinung, dass die Selkies *ihr* das Leben gerettet hatten, nicht umgekehrt. Ohne die Hilfe der drei wäre sie niemals entkommen, und sie hatte keine Ahnung, was die *Saighdear* mit ihr gemacht hätten, wenn sie im Fort geblieben wäre. »Ohne mich wärst du gar nicht erst in Lebensgefahr gewesen.«

Ian schien einen Moment zu überlegen, dann zuckte er mit den Schultern. »Kann auch sein.«

»Hast du echt versucht, mit einem Schwert gegen Blackbird zu kämpfen?«, schaltete Lauren sich ungläubig ein. »Wir waren viel zu weit weg, um einzugreifen, aber ich dachte, ich seh nicht recht.«

»Es war nur der kleine Blackbird«, sagte Ian ausweichend.

Lauren verdrehte die Augen. »Läuft aufs Gleiche hinaus«, sagte sie. »Die wissen, wie man ein Schwert hält, du nicht. Wenn du Pech gehabt hättest, wärst du tot gewesen, bevor Kate hätte eingreifen können ...«

»Dem Kerl ist eine Sicherung durchgebrannt, und er hatte eine Pistole auf uns gerichtet«, verteidigte sich Ian. »Was hätte ich machen sollen?«

»Vielleicht etwas, das nicht auf einen hoffnungslosen Schwertkampf hinausläuft?«, schlug Lauren vor.

Kate konnte ihre Neugier nicht länger zügeln.

»Warum seid ihr da gewesen?«, fragte sie Lauren und Fynn, ehe Ian etwas erwidern konnte. »Ich dachte, Ian war immer alleine. Seid ihr jedes Mal mit zum Fort gekommen?«

Lauren und Fynn tauschten einen Blick. Schließlich schüttelte Fynn den Kopf, um ihre Frage zu beantworten.

»Wir waren eigentlich ... wegen dir da, Kate«, fügte Lauren hinzu. »Also, versteh uns nicht falsch, aber nachdem du Fynn heute Nachmittag gesehen hattest, waren wir uns nicht sicher, wie du auf Ian reagieren würdest ... Wir sind ihm nachgeschwommen, um zu vermitteln, falls es Schwierigkeiten gibt. Wir wollten auch früher da sein, aber na ja, Ian hat uns unterwegs abgehängt, und als wir das Fort erreicht haben, war der Kampf schon in vollem Gange. Dann sind wir euch im Meer gefolgt, als ihr zum Hafen geklettert seid. Und zum Glück wurde dann das Netz abgesenkt.«

Kate spürte, wie ihre Wangen heiß wurden. Die beiden waren Ian gefolgt, weil sie sie, Kate, als potenzielle Gefahr eingestuft hatten. Die Selkies hatten Angst gehabt, dass sie Ian angreifen oder die anderen *Saighdear* alarmieren könnte. Und wenn sie ehrlich zu sich selbst war, hatte sie fast genauso reagiert, wie Lauren und Fynn befürchtet hatten. Sie hatte Ian als Monster bezeichnet und ihn von sich gewiesen …

»Sei nicht böse auf uns, ja?«, sagte Lauren. »Das ist nichts Persönliches. Wir kennen Ian lange genug, um zu wissen, dass er manchmal dumme Dinge tut« – an diesem Punkt nickte Fynn, der Laurens Lippen nicht aus den Augen ließ, nachdrücklich – »und wir wollten verhindern, dass … etwas passiert.«

Kate schüttelte den Kopf und zwang sich zu einem Lächeln. »Ich bin nicht böse auf euch«, sagte sie. »Ohne euch wären wir nicht weggekommen. Danke dafür.«

Lauren schenkte ihr ein warmes Lächeln. »Keine Ursache.«

»Wo fahren wir eigentlich hin?«, fragte Ian und ließ sich neben Kate auf die Sitzbank fallen. Gabriel rückte noch ein kleines Stückchen weiter von ihnen ab, und Kate fragte sich, wie lange es wohl noch dauern würde, bis er gegen die Bordwand stieß.

»Zum Leuchtturm, oder?«, sagte Lauren, wirkte aber selbst nicht ganz überzeugt.

Kate war für den Themenwechsel dankbar. Sie sah zurück zur Insel. Sowohl das Fort als auch das Boot der *Saighdear* waren in der fortschreitenden Dämmerung noch als Lichtpunkte und Umrisse zu sehen, wenngleich beide um einiges geschrumpft waren.

»Und wenn sie euch folgen?«, fragte sie besorgt. Das eine Boot mochte vorerst außer Gefecht gesetzt sein, aber sie hatten noch die großen Kutter, und es war kein Problem für die *Saighdear,* vom Turm aus ihre Richtung zu verfolgen.

»Wir werden einen Umweg fahren müssen«, gestand Lauren ein. »Wenn wir Richtung Süden fahren, bis wir außer Sichtweite sind und erst dann nach Westen fahren, werden sie hoffentlich denken, dass wir irgendwo bei Orkney anlegen ...«

»Meinst du nicht, dass wir genau *das* tun sollten?«, fragte Ian. »Kate und ... Äh ...«

»Gabriel«, sagte Kate.

»Kate und Gabriel heimfahren?«, vervollständigte Ian seinen Satz.

»Ich fürchte, wir haben nur genug Sprit für den Leuchtturm. Die beiden leben auf Shapinsay, oder?« Kate nickte. »Das ist zu weit weg. Wir sollten also erst heimfahren, oder? Da können wir kurz tanken, Nile Bescheid geben, dass wir alle noch leben, und *dann* nach Shapinsay ...«

»Aber für den Leuchtturm reicht der Tank?«, fragte Ian.

»Ich hoffe es«, sagte Lauren. »Und außerdem ... Na ja ...«

»... die *Saighdear* wissen, wo wir wohnen«, vervollständigte Kate Laurens Satz. Etwas Kaltes kroch ihren Rücken herauf. Konnte sie jemals zurück in ihr altes Leben?

»Das bringen die nicht«, wandte Ian ein. »Ich mein, in ihrem Fort können sie tun und lassen, was sie wollen, aber dass sie zu euch nach Hause kommen und euch angreifen ... Stellt euch alleine den Presserummel vor, den das nach sich ziehen würde. Ohne das Geld vom Staat gäbe es die schon lange nicht mehr, und das wissen die auch. Die werden sich nicht strafbar machen und ihre Subventionen aufs Spiel setzen, nur um sich an dir zu rächen, Kate.«

Sie sah ihn verblüfft an. Daran hatte sie noch gar nicht

gedacht. Doch wenn der Staat beteiligt war, die *Saighdear* sogar unterstützte – dann interessierte er sich im Umkehrschluss bestimmt nicht sonderlich für deren Machenschaften, solange sie ihren Job machten und ihm Meerjungfrauen und Seeungeheuer vom Hals hielten.

»Gut«, sagte Lauren und riss sie aus ihren Überlegungen. »Wir werden die beiden heimbringen. Aber wir sollten trotzdem zuerst beim Leuchtturm vorbeischauen. Allein wegen Nile. Die anderen machen sich wahrscheinlich schon Sorgen.«

Ian schnaubte.

»Aber was, wenn sie uns folgen und euren Leuchtturm finden?«, wiederholte Kate ihre Sorge von eben.

»Es ist schon dunkel«, sagte Lauren. »*Wir* brauchen keine Beleuchtung um zu fahren, sie werden uns also nicht hinterherkommen.«

»Wenn sie den Leuchtturm finden, reißt uns Nile den Kopf ab«, warf Ian in einem Ton ein, als habe er gerade eine beiläufige Bemerkung über das Wetter gemacht.

»Sie werden ihn nicht finden«, sagte Lauren. »Und selbst wenn. Die sind schon ein paarmal vorbeigefahren und haben das Ding trotzdem nie mit uns in Verbindung gebracht, oder?«

»Das ändert sich, wenn ihr eigenes Boot vor der Tür steht«, erwiderte Ian.

»Hm«, überlegte Lauren. »Sie werden nicht nachts so weit rausfahren, um einen alten Leuchtturm anzuschauen. Da müsste ihnen schon jemand einen konkreten Hinweis geben.«

Kate bemerkte, dass Laurens dunkle Augen für eine Sekunde zu ihr huschten.

»Ich habe niemandem etwas verraten«, sagte sie rasch. »Keinem von denen, das schwöre ich euch.«

Es war die Wahrheit. Der einzige Mensch, mit dem sie über Ian und den Leuchtturm gesprochen hatte, war Gabriel, und der saß direkt neben ihr, konnte die *Saighdear* also kaum auf die richtige Fährte bringen.

»Also, zum Leuchtturm«, stellte Ian fest, klang dabei aber, als würde er die Sache nach wie vor für eine verdammt schlechte Idee halten.

»Seid ihr einverstanden, oder gibt es noch Einwände?«, fragte Lauren in die Runde.

Fynn und Kate nickten. Gabriel sah erst zu Kate, dann ließ er seinen Blick mit leerem Ausdruck über die Selkies schweifen, ohne etwas zu sagen.

Kate spürte, dass er mit ihr sprechen wollte, aber nicht vor Lauren, Fynn und Ian. Sie musste am Leuchtturm einen geeigneten Moment finden, in dem sie alleine waren und alles klären konnten. Kate hatte beinahe Mitleid mit ihm. Er hasste die Selkies, und nun war er gezwungen, mit ihnen in einem Boot zu sitzen, und zu allem Übel war seine eigene Schwester mit ihnen verbündet.

Es gab Einiges, das Kate ihm erklären musste.

21

Kate wusste nicht, wie lange sie unterwegs gewesen waren, als sie endlich an dem kleinen Steg der Leuchtturminsel anlegten. Es war ihr sowieso ein Rätsel, wie Lauren, Ian und Fynn ohne Karte und Kompass den Weg gefunden hatten – sie schienen sich ausschließlich an den Sternen zu orientieren. Wobei Kate es den Selkies auch zugetraut hätte, dass sie über eine Art Gespür für die richtige Richtung verfügten.

Während sie über das schier endlose, nahezu schwarze Wasser gefahren waren – nur einmal hatten in der Ferne die Lichter einer bewohnten Insel gefunkelt –, hatten sich Raum und Zeit vorübergehend aufgelöst. Als das Boot nun sachte gegen die Holzplanken des Stegs stieß und vor ihnen die Umrisse der kleinen Felseninsel in den sternenbesprenkelten Himmel ragten, kam es Kate beinahe seltsam vor, wieder Land vor sich zu haben.

Fynn sprang als Erster vom Boot und fing geschickt das Seil auf, das Lauren ihm zuwarf.

»Da wären wir«, sagte Ian wenig begeistert und wandte sich Kate zu. »Ich bin sicher, du hast es schon vermisst.«

Kate schnaubte und blickte an Ian und den anderen vorbei zum einzigen Gebäude der Insel. Die kleinen Fenster waren dunkel, kein Licht brannte in dem alten Steinturm. Es sah nicht so aus, als ob hier irgendjemand lebte.

»Sind die anderen überhaupt da?«, fragte Kate.

»Lou ist auf jeden Fall hier, sonst wäre ihr Boot nicht da. Aber der Rest? Schwer zu sagen«, sagte Lauren und schaute ebenfalls zum Leuchtturm. »Vorhin waren sie's noch, aber das ist ja eine Weile her ... Kann sein, dass sie jagen sind. Oder patrouillieren. Ich hoffe nur, dass sie uns noch nicht suchen.«

»Egal wo sie sind – hoffentlich ist unser reizender Anführer dabei. Ich spare mir gerne die Unterhaltung mit ihm«, meinte Ian, stand auf und klaubte die drei Robbenfelle vom Bootsboden auf. »Und wir kommen schneller wieder von hier weg.«

»Nile hat dir nichts getan, Ian«, sagte Lauren leise.

Doch Ian sprang neben Fynn auf den Steg, ohne weiter auf ihre Bemerkung einzugehen.

Sobald auch Lauren das Boot verlassen hatte, erhob sich Kate. Ihre Gelenke knackten, und es fühlte sich in den ersten Sekunden eigenartig an, wieder auf den Füßen zu stehen – sie hoffte, dass sie beim Versuch, auf den Steg zu kommen, nicht auf der Nase landen würde. »Kommst du?«, fragte sie Gabriel.

Er sah zu ihr auf, und die Sterne spiegelten sich als blitzende Punkte in seinen weit geöffneten Augen. »Meinst du nicht, wir können gleich weiterfahren?«, flüsterte er, wohl in der Hoffnung, die drei Selkies aus dem Gespräch mit seiner Schwester auszuschließen.

Kate warf den anderen einen Blick zu. Sie redeten miteinander und waren zudem mit dem Vertäuen des Bootes beschäftigt, schenkten ihr und Gabriel ohnehin keine Aufmerksamkeit. »Nein, ich glaube nicht«, sagte sie zu Gabriel. »Sie müssen den anderen zumindest sagen, was passiert ist. Und den Tank füllen wollten sie auch noch ...«

Gabriel sah zweifelnd zu den beiden schäbigen Motorbooten, die die Selkies ihr Eigen nannten. »Was ist mit denen?«

»Wir müssen das nehmen. Du hast doch gehört, dass es hier nicht liegen bleiben kann«, sagte Kate.

Gabriel seufzte. »Wo sind wir überhaupt?«, fragte er dann. »Ich meine, auf der Landkarte? Weißt du das?«

»Nicht wirklich, leider«, sagte Kate und sah in Richtung Horizont. Das letzte Mal, als sie hier gewesen war, hatte sie weit und breit keine bewohnte Insel sehen können, doch nun schien in der Ferne eine Reihe winziger Lichtpunkte zu tanzen. »Das Fort liegt zwischen Orkney und Shetland, oder?«

Gabriel nickte.

»Na ja, vorhin sind wir erst nach … Süden, dann nach Westen gefahren, oder? Zumindest glaube ich das. Dann müssten wir in der Nähe von Orkney sein.«

»Also doch«, sagte Gabriel zufrieden.

»Was ist?«, fragte Kate stirnrunzelnd.

»Du hast mir doch vor ein paar Tagen erzählt, dass die in einem alten Leuchtturm sitzen, und so viele davon gibt's hier nun auch wieder nicht. Wir haben uns nur Gedanken gemacht, wo genau der liegen könnte«, erklärte Gabriel, wich aber ihrem Blick aus.

Kate fühlte sich, als habe man alle Luft mit einem Mal aus ihren Lungen gepresst. »Wir?«, fragte sie entsetzt. »Gabe, *wer ist ›wir‹?*«

»Keine Sorge. Ich meine Colin. Alaric weiß nichts …«

»Du hast *Colin* davon erzählt?«, unterbrach sie ihn.

»Ich vertraue ihm«, verteidigte er sich. »Dir hing den ganzen Tag Alaric an den Fersen, mit wem hätte ich denn sonst reden sollen?«

Die Temperatur in Kates Wangen schien um mindestens zwei Grad anzusteigen. So viel hatte sie nun auch wieder nicht mit Alaric zu tun gehabt. Gabriel übertrieb. Sie hatte auch viel Zeit allein oder mit anderen *Saighdear* verbracht und war eigentlich nur gestern Abend mit Alaric allein gewesen. Bis dahin waren eigentlich immer auch Gabriel und Colin oder Jack anwesend gewesen.

»Du hast nicht einmal versucht, mit mir zu reden«, sagte sie.

»So ein Quatsch«, schoss Gabriel zurück, brach ab und fixierte einen Punkt hinter ihr.

Erst jetzt fiel Kate auf, dass die Gespräche der anderen verstummt waren.

»Kommt ihr dann?«, fragte Lauren.

Kate drehte sich zu ihr um. »Klar. Tut mir leid.«

»Kein Problem«, sagte Lauren. Sie wirkte wie immer, und Kate hoffte inständig, dass weder sie noch Ian etwas von ihrem geflüsterten Gespräch mit Gabriel mitbekommen hatten. Oder verfügten Selkies über ein verbessertes Gehör?

Als sie auf den Steg sprang, sah Fynn sie kurz von der Seite an, und ihr Herz geriet kurz ins Stocken. Vielleicht war ein Supergehör gar nicht ihr Problem – Fynn musste nichts hören, um zu verstehen, was andere sagten. *Sie* hatte ihm den Rücken zugekehrt, aber Gabriels Gesicht hatte er wohl sehen können, und so dunkel, dass man nichts erkennen konnte, war es bei Weitem nicht.

»Wir schauen nur kurz rein, hoffen, dass Nile nicht da ist, Fynn füllt den Tank auf, und dann machen wir uns wieder auf den Weg«, sagte Ian nun. »Wird nicht lange dauern. In ein paar Stunden seid ihr zu Hause.«

Endlich kletterte auch Gabriel auf den verwitterten Steg. Als er sich neben sie stellte, fiel Kate ein dunkler Fleck auf dem Verband an seiner Hand auf.

»Was ist passiert?«, fragte sie und deutete auf die entsprechende Stelle.

Gabriel hob den Arm und drehte den Verband im Sternenlicht hin und her, um den Schaden einschätzen zu können. »Muss am Hafen aufgerissen sein. Vielleicht, als ich mit dem Gesicht voraus in ein Boot gestoßen wurde, aber ich bin mir nicht ganz sicher«, sagte er sarkastisch.

Kate biss sich auf die Unterlippe. Ihr Bruder tat ihr leid, vielleicht war seine verletzte Hand der Grund dafür gewesen, dass er auf der Fahrt zum Leuchtturm so still und blass gewesen war. Sie ärgerte sich, dass sie es nicht früher bemerkt hatte.

Sie wollte gerade etwas sagen, als Lauren auf Gabriel zuging. »Das tut mir leid«, sagte sie. »Ich wusste nicht, was ich sonst tun sollte. Wenn Lou wirklich da ist, kann sie es sich mal ansehen. Sie kennt sich mit so was aus.«

Gabriels Kiefer schien sich anzuspannen, zumindest trat der Knochen mit einem Mal deutlicher unter seiner blassen Haut hervor. »Es geht schon«, sagte er. »Ich geh einfach morgen zum Arzt.«

Lauren sah ihn einen Moment lang an, dann zuckte sie mit den Schultern. »Wie du meinst.«

Sie wandte sich ab und ging los. Fynn schloss sich ihr augenblicklich an, nur Ian zögerte eine Sekunde, den Blick auf Kate geheftet, als würde er darauf warten, dass sie zu ihm aufschloss. Aber Kate wollte endlich allein mit Gabriel sprechen, und sei es nur für ein paar Minuten.

Als sie nicht reagierte, wandte auch Ian sich ab und lief hinter seinen Freunden her.

»Ich will nicht hier sein«, sagte Gabriel, sobald auch er und Kate sich in Bewegung gesetzt hatten. »Ich trau denen nicht.«

»Sie werden uns nichts tun«, sagte sie leise und ging noch langsamer, um den Abstand zu den drei Selkies zu vergrößern. Sie sollten nicht hören, was ihr Bruder sagte. Immerhin hatten sie Kate und Gabriel gerade trotz aller Gefahren den Hintern gerettet, und sie hätte es voll verstanden, wenn sie dafür auch nur ein wenig Dankbarkeit erwartet hätten.

Gabriel hob seine blutige Hand an. »Bin sicher, du hast recht.«

»Gabe …«, begann sie, brach dann aber ab. Er hatte ja nicht unrecht. Auch sie konnte sich noch immer nicht erklären, warum die Selkies damals Gabriel angegriffen hatten, wo sie doch genau wussten, dass Kate einen Bruder bei den *Saighdear* hatte. Die Ähnlichkeit zwischen ihnen war ziemlich offensichtlich, vor allem in Anbetracht der Tatsache, dass Gabriel neben Alaric und Colin bei dem Einsatz das einzige Mitglied in ihrem Alter gewesen war. Andererseits war Gabriel kurz davor gewesen, einen der Selkies zu erschießen. Vermutlich war der Angriff nichts weiter als Notwehr gewesen.

Ob Notwehr eine Entschuldigung dafür war, jemandem zwei Finger von der Hand abzutrennen, das war wieder eine andere Frage. Eine, die Kate sich jetzt nicht stellen wollte.

»Das war ein Unfall«, sagte sie schließlich und wusste, gleich nachdem die Worte ihren Mund verlassen hatten, dass es nach einer schwachen Ausrede klang.

»Du solltest nicht alles glauben, was die von sich geben«, sagte Gabriel. »Wir können denen keinen Meter weit trauen.«

»Die haben uns *gerettet!*«, warf Kate ein. »Ohne sie wären wir gar nicht hier, und wer weiß, was Blackbird gemacht hätte, wenn er mich in die Finger bekommen hätte. Ich hab seinen Sohn verletzt, ich …«

»Das wäre gar nicht erst passiert, wenn du ihnen von Anfang an aus dem Weg gegangen wärst«, zischte Gabriel. »Nichts von alldem wäre passiert. Du wärst gar nicht erst zum Fort gekommen, und ich wäre jetzt nicht hier …«

»Ich wollte dir von Anfang an helfen!«, unterbrach ihn Kate entrüstet. Sie hatte ja mit vielem gerechnet, aber nicht damit, dass jetzt sie an *allem* schuld war.

Als Ian sich mit fragendem Blick zu ihnen umdrehte, hätte Kate sich am liebsten geohrfeigt. Ihre nächsten Worte flüsterte sie wieder.

»Wir wollten dich doch nur retten, Gabe!«

»Und ich wollte nie gerettet werden«, stieß Gabriel aus, den

Blick auf den ausgetretenen Pfad geheftet. »Ich wollte, dass du in Sicherheit bist. Ich wollte unsere Mutter rächen. Und du tust nichts anderes, als dich in Gefahr zu bringen, und jetzt muss *ich* den Viechern vertrauen, die Mum umgebracht haben. Kapierst du nicht, dass du alles nur noch Schlimmer gemacht hast?«

Kate zuckte verletzt zurück. Hatte sie ihn mit ihren Versuchen, alles wieder in Ordnung zu bringen, in eine Lage gebracht, die er nie gewollt hatte?

»Ich habe alles dafür aufgegeben«, sagte Gabriel leise, und plötzlich klang seine Stimme, als drohte er zu ersticken. »Alles. Ich habe keinen Studienplatz mehr. Mein Vater hasst mich. Ich habe alles dafür getan, sie zu rächen. Ich hatte Schiss, aber ich hab's gemacht. Und jetzt … Nach dem, was heute passiert ist, werden die mich für einen Verräter halten. Ich kann nicht mehr zurück, verstehst du? Ich kann nirgendwo hin.« Als er sie endlich wieder ansah, schimmerten seine blauen Augen ungewöhnlich hell.

Kates Magen zog sich zusammen, für einen Moment schien der harte Boden unter ihren Füßen ins Wanken zu geraten. Hatte sie wirklich Gabriels Leben zerstört? Es konnte nicht sein. Sie beide waren mit den Nerven am Ende, da war es logisch, dass er überreagierte. Gabriel hatte gute Noten, er würde überall einen neuen Studienplatz finden, und ihr Vater freute sich bestimmt, wenn sie beide wieder nach Hause kamen. Es konnte doch alles nicht so schlimm sein.

»Wir hätten dich nicht zurücklassen können«, sagte Kate vorsichtig. »Du bist mein Bruder … Wenn ich eine Verräterin bin, dann bist auch du verdächtig, weißt du? Ich wollte nicht, dass sie dir etwas antun.«

»Gegen einen Verdacht komme ich an«, sagte Gabriel. »Es gibt keine Beweise gegen mich. Ich war fast immer bei Colin oder Quentin. Die hätten bezeugen können, dass ich nichts gemacht habe. Aber jetzt …« Er schüttelte schwach den Kopf. »Sie haben gesehen, wie ich mit dir in einem Boot voller Selkies davongefahren bin. Dort bin ich nie mehr sicher.«

»Aber *hier* bist du *in Sicherheit* …«

»Ich will nicht in Sicherheit sein«, schnitt Gabriel ihr das Wort ab. »Ich will, dass mein Leben einen Sinn hat. Ich hatte endlich einen Grund, für den es sich zu kämpfen lohnte … Ich hatte Freunde … Und jetzt ist alles verloren.«

Kate spürte Wut in sich aufsteigen. Am liebsten hätte sie ihm ins Gesicht geschleudert, dass er zuvor mehr Freunde gehabt hatte, dass Colin doch nur pausenlos an ihm hing, weil er in ihn verknallt war, dass er Rache unmöglich für den Sinn seines Lebens halten konnte – aber sie wusste, dass es ungerecht gewesen wäre und rein gar nichts gebracht hätte, außer ihm wehzutun.

Ob Gabriel ahnte, wie sehr er sie mit seinen Worten verletzt hatte? Die ganze Zeit hatte sie ihm nur helfen wollen. Sie hätte alles dafür getan, dass es ihm gut ging, und nun warf er ihr vor, sie habe sein gesamtes Leben zerstört? Das war nicht fair. Wenn er ihr schon damals bei seiner Abreise die Wahrheit gesagt hätte, dann wäre sie nie in das Beiboot geklettert, hätte Ian nie kennengelernt und wäre auch nie bei den *Saighdear* gelandet.

Es war nicht allein ihre Schuld. Wenn er einfach mit ihr geredet hätte, anstatt sie zu behandeln wie eine nervige kleine Schwester, dann wäre es nie so weit mit ihnen gekommen.

»Gabe, wenn ich gewusst hätte …«

»*Wenn ich* gewusst hätte, dass deine sogenannten Rebellen Selkies sind, hätte ich vielleicht verstanden, worum es wirklich geht«, unterbrach er sie schneidend. »Wie viel auf dem Spiel steht. Ich hätte etwas tun können, aber du …«

»Ich habe das doch selbst nicht gewusst«, verteidigte sie sich. »Ich hab es auch erst heute erfahren, das musst du mir glauben!«

Gabriel blickte sie mit starren Augen an. Da war keine Liebe, keine Wärme – er sah sie an wie eine Fremde. »Warum sollte ich das tun?«

»Mir glauben?«, erwiderte sie fassungslos. »Ich bin deine Schwester. Ich liebe dich.«

»Das hat dich bisher auch nicht davon abgehalten, mich anzulügen, oder?«

»Ich hab dich nicht angelogen!«

»Dann erzähl mir nicht, dass du nichts davon wusstest«, sagte er und deutete ruckartig auf die drei Selkies vor ihnen.

»Ich habe es nicht gewusst«, wiederholte sie. »Ich schwöre es dir, ich hätte es dir gesagt. Du wärst der Erste gewesen, der es erfahren hätte.«

Doch ihr Bruder schüttelte lediglich den Kopf, als interessierten ihn ihre Worte schon gar nicht mehr.

Kate war mit einem Mal so müde. Sie wollte einfach nur in ihrem Bett aufwachen und feststellen, dass alles nur ein böser Traum gewesen war … Sie wollte, dass Gabriel mit Crab und den Schafen über die Felder zog und sie lachend begrüßte, wenn sie zu ihm stieß. Sie wollte nicht, dass ihm zwei Finger fehlten und dass er sie ansah wie jemanden, den er nur flüchtig von der Straße kannte.

»Bisschen schneller, Kitty«, rief Ian plötzlich von vorne. »Ich will nicht, dass wir Ärger bekommen, wenn du zu spät nach Hause kommst.«

Sie warf Ian einen bösen Blick zu, im Augenblick war ihr überhaupt nicht nach seinen Scherzen zumute. Wortlos stapfte sie die letzten Meter zum Turm, wo die drei Selkies vor der Tür auf sie warteten. Sobald Kate vor Ian stand, änderte sich sein Ausdruck. Und sie wusste, dass er verstanden hatte.

»Selbes Spiel wie letztes Mal?«, fragte Lauren, unberührt von der unterschwelligen Anspannung. »Wenn Nile da ist, haltet euch einfach ein bisschen im Hintergrund, dann regeln wir den Rest. Ist das in Ordnung?«

»Klar«, sagte Kate und räusperte sich, als sie merkte, dass sie etwas heiser klang. Gabriel schwieg.

»Gut«, sagte Lauren. Sie tauschte noch kleine Blicke mit Fynn und Ian, und wieder war Kate sich sicher, dass soeben Worte zwischen ihnen gewechselt worden waren.

Dann öffnete Lauren die schwere Stahltür und trat zur Seite, um sie einzulassen. Kate ging hinter Ian und Fynn in das Gebäude, gefolgt von Gabriel, der merklich zögerte, ehe er durch die Tür ging.

Innen war es wie bei Kates letztem Besuch kühl. Der größte Unterschied war, dass es diesmal noch dunkler war – die Einrichtung war nur schemenhaft erkennbar, und das Licht der Sterne schaffte es kaum, durch die staubigen Fenster zu dringen. Ohne die geöffnete Tür hätten sie wohl gar nichts erkannt.

»Hallo?«, rief Ian die Stahltreppe hinauf. »Wir sind da.«

Lauren wuchtete einen großen Stein vor die schwere Tür, damit sie nicht wieder zufiel, dann kam auch sie zu ihnen.

»Ist jemand da?«, rief Ian erneut.

Von oben schien zunächst keine Antwort zu folgen. Aber dann hörte Kate Stimmen. Wenig später huschte ein kalter Lichtschein über die Wand am oberen Ende der Treppe.

Eine Taschenlampe?

Die Stimmen waren verstummt, stattdessen hörte Kate jetzt, wie jemand die Stahltreppen vom zweiten in den ersten Stock herunterlief. Der Lichtschein kam immer näher, und wenig später tauchte ein paar dunkler Schnürstiefel auf den Stufen auf, die zu ihnen hinunter führten.

Wer war das? Wenn sie nicht alles täuschte, dann hatte Kate noch nie einen der Selkies Schuhe tragen sehen. Bestimmt waren Schuhe unpraktisch, wenn man sich in Sekundenschnelle in eine Robbe verwandeln musste. Sie kniff die Augen zusammen, als der Strahl der Taschenlampe über sie und die anderen hinwegglitt. Nachdem sie so viel Zeit fast ausschließlich im Dunkeln verbracht hatte, kam ihr das weiße Licht furchtbar hell vor.

»Ihr seid wieder da«, sagte eine Frauenstimme erleichtert.

Kate hörte, wie sich die Schritte auf der Treppe beschleunigten, kurz über den Betonboden eilten und dann folgte ein Geräusch, das ein wenig klang, als wären zwei Personen mit voller Kraft gegeneinander gesprungen. Kate blinzelte, und als sich ihre Augen endlich an die neuen Lichtverhältnisse gewöhnt hatten, sah sie, dass eine junge Frau in einem karierten Flanellhemd Lauren um den Hals gefallen war; die Taschenlampe baumelte hinter Laurens Rücken in ihrer Hand und tauchte den gesamten Raum in ein gespenstisch zuckendes Licht.

»Ihr wart *ewig* weg«, sagte die junge Frau. »Was ist passiert?«

»Das ist eine lange Geschichte, Lou …«, sagte Lauren.

»Ist Nile da?«, unterbrach Ian sie mit einem Seitenblick auf Kate und Gabriel.

Lou, die Ärztin, von der Ian schon mehrmals gesprochen hatte, löste sich von Lauren, und endlich konnte Kate sie genauer erkennen. Sie hatte helles, rotblondes Haar, das in einem unordentlichen Knoten in ihrem Nacken hing. Einige der kleinen Locken hatten sich aus der Frisur gelöst und wippten hin und her, als sie den Kopf schüttelte.

»Nein, er und der Rest sind weg«, sagte sie. »Nur Matt, Raj, Selma und ich sind hier … Wieso? Braucht ihr ihn?«

»Wir wollten ihn über die Ereignisse am Fort informieren«, sagte Lauren. »Und dann gleich weiterfahren.«

»Wo müsst ihr denn hin?«, fragte Lou irritiert.

»Wir bringen Kate und Gabriel nach Hause«, sagte Lauren

und deutete mit dem Kopf zu ihnen herüber. Lou blinzelte und sah zu Kate und Gabriel, als habe sie die beiden zuvor gar nicht richtig bemerkt.

»Ihr seid ...?«, fragte sie, schob sich an Lauren vorbei und kam auf Kate zu. Den Strahl der Taschenlampe hielt sie auf den Boden gerichtet, worüber Kate froh war.

»Ich bin Lou«, sagte sie freundlich und streckte ihr die Hand entgegen. »Du musst Kate sein, oder?«

»Ja«, sagte Kate und ergriff ihre Hand.

Lou war kleiner als sie, eher zierlich, aber ihr Händedruck war kräftig. Von Nahem sah Kate, dass sie ein paar Jahre älter war als Ian, Lauren und Fynn, aber sicher nicht viel mehr als fünfundzwanzig.

Kate wollte ja nicht kritteln, aber für eine *Ärztin* wirkte sie dann doch ziemlich jung.

»Die anderen haben schon von dir erzählt«, sagte Lou. »Freut mich, dich zu sehen.«

Kate warf Ian einen Blick zu, doch der schielte unschuldig in Richtung Decke. Vielleicht war es besser, nicht so genau zu wissen, was er den anderen über sie erzählt hatte. »Und du bist Gabriel?«, wandte sich Lou an ihren Bruder und streckte auch ihm die Hand entgegen.

Gabriel nickte und wollte ihre Begrüßung mit der rechten Hand erwidern – erst auf halbem Weg fiel ihm der blutige Verband ein, und er ließ sie wieder sinken.

»Ist das Blut?«, fragte Lou augenblicklich.

»Das ... Es ist nicht schlimm, muss vorhin irgendwie aufgegangen sein«, sagte er ausweichend und versuchte, die Hand hinter seinem Rücken zu verbergen.

»Willst du, dass ich es mir ansehe?«, fragte Lou und sah über die Schulter zu Lauren. »Habt ihr die Zeit?«

Lauren kommunizierte blitzschnell über Gesten und Lippenbewegungen mit Ian und Fynn, dann nickte sie und sagte: »Klar. Sind nicht im Stress.«

»Es ist wirklich nicht so schlimm«, wiegelte Gabriel ab. »Ich geh morgen zum Arzt, dann …«

Lou zog seine Hand sanft nach vorne und leuchtete mit der Taschenlampe darauf. »Der Verband ist durchgeblutet«, sagte sie nüchtern. »Ich checke das schnell und wechsle den Verband.«

Gabriel blickte Hilfe suchend zu Kate, doch sie schwieg. Nach so vielen Tagen sollte seine Wunde nicht mehr bluten. Sie machte sich Sorgen, dass die Verletzung schlimmer war als gedacht. Es war gut, wenn jemand mit Ahnung – jung oder nicht – einen Blick darauf warf. Außerdem hatte Gabriel Kate gekränkt; wie oft hatte er ihr nun vorgeworfen, dass sie versucht hatte, ihm zu helfen? Diesmal würde sie es eben nicht tun.

Während Lauren nach oben verschwand, sah Kate dabei zu, wie Gabriel weiterhin versuchte, Lou abzuwimmeln. Doch sie ließ nicht locker.

Kate fragte sich gerade, wann Gabe aufgeben würde, als sie jemand an der Schulter berührte und sie erschrocken zusammenzuckte.

»Kommst du kurz mit raus?«, fragte Ian.

»Aber … Was ist mit …?«, fragte sie verwirrt und deutete so unauffällig wie möglich auf ihren Bruder.

»Lou kümmert sich schon um ihn«, sagte er. Und als Kate weiter zögerte, fügte er hinzu: »Lauren ist oben bei den anderen und erklärt ihnen, was passiert ist. Wir haben also ein wenig Zeit … Ich würde gerne mit dir reden. In Ruhe, ohne Psychopathen auf der Mauer, verstehst du?« Seine Augen schimmerten hoffnungsvoll, und obwohl Kate Gabriel ungern allein zurückließ, nickte sie.

»Ich komm gleich wieder, Gabe«, sagte sie zu ihrem Bruder. Er schien protestieren zu wollen, aber Lou war kurz davor, ihn am Kragen mit sich nach oben zu ziehen, und so schloss er den

Mund wieder und schwieg, während Kate sich abwandte und mit Ian den Turm verließ.

»Ihr habt gestritten?«, fragte Ian leise, sobald ihnen draußen die frische Meerluft ins Gesicht wehte.

»Ein wenig«, sagte Kate mit einem Blick in den Himmel. Wie aus dem Nichts waren riesige Wolken aufgezogen und bedeckten mehr und mehr Sterne. »Na ja. Er ist sauer, weil es nicht so gelaufen ist, wie er sich das vorgestellt hat.«

»Ich glaub, das hat sich *keiner* von uns so vorgestellt«, sagte Ian schlicht und bog am Fuß des Leuchtturms nach rechts und bedeutete Kate, ihm an der Mauer entlang zu folgen. »Aber wir sind alle heil rausgekommen, und das ist die Hauptsache.«

»Ja«, sagte Kate. »Aber Gabriel geht es nicht nur um heute, es geht ihm um alles ... Vorhin hat er mich beschuldigt, dass ich ... dass ich sein Leben zerstört habe, dass er nirgendwo mehr hin kann und dass das alles meine Schuld ist.«

Ian stieß ein Schnauben aus. »Du hast sein Leben zerstört?«, wiederholte er ungläubig. »Soll doch froh sein, dass er von diesen Vollidioten weggekommen ist. Er hat doch gesehen, wie viel Wert die auf ihn legen. Haben auf ihn nicht weniger geschossen als auf uns.«

Kate hob die Schultern an und ließ sie langsam wieder sinken. Sie fand, dass es schon so ausgesehen hatte, als hätten die Schüsse vor allem Lauren, Ian und Fynn gegolten.

»Das ist ihm egal, es hat ihm dort gefallen«, sagte sie.

»Was bitte gefällt deinem Bruder so gut daran, Robben und Meerjungfrauen zu schlachten und sich von alten Männern rumkommandieren zu lassen?«, fragte Ian ernst.

»Er ...« Kate brach ab, als sie die Rückseite des Leuchtturms erreichten. Dieser Ort raubte ihr fast den Atem. Zwischen dem Turm und den Klippen lagen nur wenige Schritte trockenen Grases, der Boden dahinter war schroff und felsig, und weit unter ihnen rauschten die Wellen. Kate fühlte sich an ihre heimlichen Treffen mit Ian am Fuße des Forts erinnert, auch wenn die Felsen dort relativ flach zum Wasser geführt hatten, während hier mindestens zwanzig Meter zwischen ihnen und dem Meer lagen. Fasziniert näherte sie sich dem Rand der Klippen und warf dann einen vorsichtigen Blick hinab. Es war wirklich sehr weit nach unten, und wenn sich eine Welle zurückzog, meinte Kate, spitze Felsen aus dem Wasser ragen zu sehen. Irgendeinen Grund musste es ja haben, dass hier früher ein Leuchtturm benötigt worden war.

Der Gedanke, von hier herunterzufallen, ließ sie erschaudern und einen Schritt zurücktreten. »Ziemlich tief«, bemerkte sie und sah Ian an, der mit nachdenklichem Gesichtsausdruck an der Mauer lehnte und sie beobachtete.

»Ja, ziemlich«, sagte er. »Würd nicht runterspringen, wenn ich du wäre.«

Sie sahen sich einen Moment lang an, und plötzlich fiel Kate ein, dass sie Ians Frage, was ihren Bruder bei den *Saighdear* hielt, noch gar nicht beantwortet hatte.

»Gabriel wollte wegen unserer Mutter bleiben, weißt du«, platzte sie heraus.

»Was soll das denn heißen?«, fragte Ian, und seine Stimme hatte plötzlich an Schärfe gewonnen. Er klang fast, als hätte sie ihn soeben persönlich beleidigt.

Kate zog die Stirn in Falten. Was hatte sie denn jetzt schon wieder falsch gemacht? Ihre Mutter war ja wohl ihre und Gabriels Sache, nicht seine. Ruppiger als beabsichtigt, fuhr sie fort: »Nun, unsere Mutter hat uns verlassen, als wir Kinder waren.« Als Ian schwieg und sie nun fast mitleidig ansah, schluckte sie. Sie wollte kein Mitleid, schon gar nicht von Ian, also redete sie weiter. »Zumindest dachten wir das. Bis Blackbird Gabriel die Wahrheit gesagt hat ... Sie wurde ermordet.« Kate verfluchte ihre Stimme dafür, dass sie bei diesen Worten ins Stocken geraten war. »Gabe will sie rächen.«

Ian war merklich blasser geworden. »Sie hätte nicht gewollt, dass ihr euer Leben aufs Spiel setzt, um sie zu rächen«, sagte er.

»Wahrscheinlich nicht«, sagte Kate und blickte mit zusammengepressten Lippen aufs Meer hinaus.

Ian hatte ihre Mutter nicht gekannt, er konnte also nicht wissen, wie sie gewesen war. Kate wusste, dass er recht hatte, aber sie hielt den Satz für das übliche Gerede, mit dem die Leute ankamen, wenn jemand gegangen oder gestorben war. *Sie war eine tolle Frau, sie hätte gewollt, dass ihr glücklich seid, sie ist im Herzen bei euch,* all das eben. Es half niemandem weiter.

»Aber ich verstehe nicht, dass ausgerechnet Blackbird ihm das erzählt hat«, murmelte Ian, fast als würde er mit sich selbst sprechen und nicht mehr mit ihr. »Ich meine, was bringt ihm das denn?«

Kate war nicht danach, über die strategische Wirksamkeit des Todes ihrer Mutter zu sprechen. Sie würde die Wahrheit am liebsten vergessen und weiter in dem Irrglauben leben, dass ihre Mutter irgendwo da draußen war und ein glückliches Leben führte. »Ist doch klar, oder?«, fauchte sie. »Die wollen, dass Gabriel für sie kämpft. Also erzählen sie ihm natürlich, dass seine Mutter von … dass *ihr* unsere Mutter umgebracht habt.« Verdammt. Jetzt war sie doch den Tränen nahe. *Ian hat damit bestimmt nichts zu tun,* sagte sie sich immer wieder. *Er kann nichts dafür.* Als ihre Mutter gestorben war, waren Ian, Lauren und Fynn fast noch Kinder gewesen, sie konnten ihr nichts angetan haben. Ruhiger fuhr sie fort: »Sie wollen, dass er für sie gegen euch kämpft. Sie wären ja dumm, wenn sie es ihm nicht gesagt hätten.«

»*Das* haben sie gesagt«, flüsterte Ian. »Dass wir …? Kate, glaubst du das etwa?«

Der Wind war stärker geworden, die Wolken am Himmel schienen mehr geworden zu sein, und die Dunkelheit um sie herum nahm zu. Kate fragte sich, ob ein Sturm aufziehen würde. In Anbetracht von Gabriels Laune wusste sie nicht, wie sie die Nacht im Leuchtturm überstehen sollte, wenn es wirklich zu stürmen begann und sie erst morgen von hier wegkamen.

»Ja«, sagte sie. »Und es ist die erste Erklärung, die Sinn macht. Mein Vater hat uns immer erzählt, dass Mum ihn verlassen hat, aber selbst dann hätte sie sich irgendwann gemeldet, oder? Sie wäre nicht einfach spurlos verschwunden.«

»Natürlich nicht«, sagte Ian noch immer leise, aber ernst. »Sie hat euch sehr geliebt.«

»Aber Ian … ich weiß nicht, ob du es weißt, aber kannst du mir sagen *warum?*«, fragte Kate. »Weil ich es nicht verstehe. Sie hat doch nie jemandem etwas getan, oder? Warum musste sie sterben? *Warum habt ihr sie getötet?*«

Ian schüttelte den Kopf. »Wir haben Eleanor nicht getötet.«

In Kate geschahen zwei Dinge gleichzeitig – es versetzte ihr einen schmerzhaften Stich, den Namen ihrer Mutter aus dem Mund einer Person zu hören, die sie eigentlich nicht einmal gekannt hatte, und zugleich hatte sie das starke Gefühl, belogen zu werden. Ein Teil von ihr erstarrte auf der Stelle zu Eis. »Erzähl mir keinen Scheiß«, sagte sie kalt.

»Es ist die Wahrheit«, erwiderte Ian. »Keiner von uns hat sie angerührt. Wir wären für sie gestorben.«

Kate starrte ungläubig zu ihm auf, suchte nach einem Anzeichen, mit dem er sich verraten hätte. Doch sie konnte nichts dergleichen finden. Wenn überhaupt, dann lag ein leises Flehen in seinen Augen, als würde er alles dafür tun, dass sie ihm glaubte. »Hast du sie gekannt?«, fragte sie. Der Wind schien ihre Worte augenblicklich fortzutragen. Hatte Ian sie überhaupt verstanden?

Am Fuß der Klippen prallte eine Welle unter heftigem Tosen gegen die Felsen; und mit einem Mal heulte eine Böe um den Turm herum. Das Wetter schien sekündlich schlechter zu werden.

Ian drückte sich von der Wand ab und trat ganz dicht an Kate, damit sie ihn verstehen konnte. »Ja, ich habe sie gekannt. Aber nicht so lange wie du – vielleicht zweieinhalb Jahre. Ich war noch ein Kind«, sagte Ian. Sein Blick wurde kurz abwesend, als würde er sich an eine Zeit erinnern, die längst vorbei war. Und auch Kates Kopf begann fieberhaft zu arbeiten. Hatte ihre Mutter jemals etwas von einem Jungen in Gabriels Alter erzählt? Dann durchzuckte sie eine Erinnerung wie ein Blitz.

Ihre Mutter war oft weg gewesen, um Freunde und Verwandte zu besuchen, wie ihr Vater gesagt hatte. Und einmal, Kate war vielleicht acht oder neun Jahre alt gewesen, da hatte sie einen Jungen bei sich gehabt, der mit großen grünen Augen hinter ihr hergestolpert war, der Sohn einer Freundin, hatte sie gesagt. Der Junge war schüchtern gewesen, hatte wenig gesagt, als er mit Kate und Gabriel zum Spielen auf die Weiden gegangen war, und aus diesem Grund hatte Gabriel ihn nicht sonderlich gemocht.

Kate hingegen mochte ihn augenblicklich, und sie hatten den ganzen Nachmittag mit Fangen und Verstecken spielen verbracht. Sie meinte sich dumpf erinnern zu können, dass ihre Eltern am Abend einen furchtbaren Streit gehabt hatten. Aber das lag alles so weit zurück, sie hatte den Jungen nur dieses eine Mal getroffen, und sie hatte sich seinen Namen nicht gemerkt.

»Wir haben uns schon einmal gesehen, oder?«, fragte Ian mit der winzigen Andeutung eines Lächelns, als hätte er Kates Gedanken laut und deutlich gehört. »Wir haben miteinander gespielt. Du hast mich gewinnen lassen, obwohl ich auf der Weide fast hingefallen wäre.«

Kate schüttelte langsam den Kopf. Das durfte doch alles nicht wahr sein. »Woher hast du sie gekannt?«, fragte sie mit belegter Stimme.

Ian schwieg lange, bevor er antwortete, als würde er seine Worte zunächst sorgfältig überdenken. »Eleanor war Niles Vorgängerin. Sie war bis zu ihrem Tod unsere Anführerin«, sagte er, und dann, nach einer weiteren Pause, fügte er an: »Kate, deine Mutter war eine Selkie. Und nicht wir haben Eleanor getötet«, sagte Ian und klang traurig. »Es waren die *Saighdear.*«

Kate machte einen hastigen Schritt nach hinten, weg von Ian und seinen Worten. *Es ist nicht wahr,* sagte ihr Kopf. *Er macht das Gleiche wie Blackbird. Er versucht, dich auf seine Seite zu ziehen …* »Du lügst.«

»Sie hatte immer Angst um euch«, sagte Ian und näherte sich ihr vorsichtig. »Sie wollte nicht, dass ihr davon erfahrt, dass ihr in diese Sache reingezogen werdet. Bis zu ihrem Tod wollte sie euch ein normales Leben ermöglichen.«

Kate glaubte ihm kein Wort – dass es die *Saighdear* gewesen waren, die für den Tod ihrer Mutter verantwortlich waren, das mochte sein. Aber Eleanor war keine Selkie gewesen! Ihre Mutter war ein Mensch gewesen, es konnte einfach nicht anders sein. Doch tief in ihr begann sich etwas zu regen, und ein Teil von ihr schien bereits zu wissen, dass Ian die Wahrheit sagte.

Es ergab alles Sinn. Als sie Ians Fell in den Händen gehalten hatte, hatte sie das Gefühl gehabt, so etwas schon einmal gesehen zu haben, damals in der alten Scheune … Und nun wurde die Erinnerung klarer: Es war ein Robbenfell gewesen, versteckt unter einem Haufen alten Heus, das Kate und Gabriel beim Spielen beiseite geräumt hatten. Sie hatten es aufgeregt mit sich genommen und ins Haus getragen. Ihr Vater war bei den Schafen gewesen, und als sie ihrer Mutter stolz ihren Fund präsentiert hatten, war plötzlich alle Farbe aus ihrem Gesicht gewichen. Sie hatte das Fell an sich gerissen und sie geschimpft wie noch nie zuvor. Zuletzt hatte sie ihnen verboten, ihrem Vater von ihrer Entdeckung zu erzählen. Und war sie nicht die nächsten Tage weg gewesen? War sie nach diesem Vorfall nicht immer öfter tagelang verschwunden? Kate erinnerte sich an die lautstarken Diskussionen ihrer Eltern, die sie mit Gabriel heimlich vom oberen Treppenabsatz verfolgt hatte, ohne jemals richtig zu verstehen, worum es eigentlich ging.

Quentins Stimme hallte durch ihre Gedanken. »*Der Legende nach kann man Selkies zur Frau nehmen, indem man ihr Fell vor ihnen versteckt …*«

War also auch diese Geschichte wahr? Musste sie nicht wahr sein, wo Kate doch schon einige der von ihrer Mutter beschriebenen Wesen mit eigenen Augen gesehen hatte? Hatte ihre Mutter die Zeit, in der sie angeblich bei Freunden und Bekannten gewesen war, in Wahrheit mit den Selkies verbracht? Um hier, am Leuchtturm, Angriffe gegen die *Saighdear* zu planen? War sie ohne ihr Fell dorthin gegangen, gegen den Willen ihres Mannes? War sie keine zwei Jahre, nachdem Gabriel und Kate ihr so naiv ihr Fell überreicht hatten im Kampf gestorben und deshalb nie wieder nach Hause zurückgekehrt?

»*Ein Mann, der von einer Selkie verlassen wurde, verfällt dem Siechtum und stirbt vorzeitig*«, sagte der kleine Quentin in ihrem Kopf.

Bilder von ihrem Vater tauchten vor Kates innerem Auge auf. Sein leerer Gesichtsausdruck, sein verschleierter Blick, sein schmächtiger Körper …

»Es würde ihr das Herz brechen, deinen Bruder so zu sehen«, hörte sie Ian sagen. »Sie hat ihr Leben dafür gegeben, die *Saighdear* zu bekämpfen.«

Der Wind um sie herum tobte, und erste Regentropfen fielen vom Himmel herab.

»Die Kinder aus einer Verbindung zwischen Mensch und Selkie haben eine natürliche Begabung zum Schwimmen und Tauchen«, dozierte Quentin. *»Manchen Sagen nach fürchten sie das Wasser, aber wir haben keine Hinweise, die das bestätigen würden. Vermutlich weisen Halbselkies raue Hände auf, die angeblich zurückentwickelten Schwimmhäuten entstammen …«*

Ian hatte nicht gelogen – es war die Wahrheit. Und sie war ihr Leben lang so blind gewesen, hatte nichts von alldem gesehen.

Sie musste es Gabriel sagen! Wenn er die Wahrheit erfuhr, würde er seine Meinung ändern und den *Saighdear* den Rücken kehren, da war sie sich sicher. Sie würde es ihm erzählen, sobald sie zu Hause waren, sobald sie ungestört miteinander sprechen konnten … Und dann würde alles werden wie früher.

Sie sammelte sich und konzentrierte sich wieder auf Ian. Ein Hauch von Unsicherheit lag in seinen Augen, als wisse er nicht wirklich, ob sie ihm seine Version der Geschichte nun geglaubt hatte, oder ob sie ihn noch immer für einen Lügner hielt.

»War sie …«, begann Kate vorsichtig. »War sie eine gute Anführerin?«

Ian lächelte.

»Sie war großartig«, sagte er, und obwohl der Regen stärker wurde und der Wind ihm und Kate die Haare ins Gesicht peitschte und er auch nicht laut sprach, verstand Kate jedes Wort. »Ich habe sie leider nicht lange gekannt, und ich war ja noch ein Kind, aber ich kann mich an niemanden erinnern, der sie nicht gemocht hat. Anfangs kam sie immer mit dem Boot. Ich glaube, sie hatte Schwierigkeiten mit deinem Vater. Doch dann hat sie zum Glück ihr Fell wiedergefunden. Von da an war sie häufiger hier, doch die meiste Zeit blieb sie bei euch. Weil sie bei dir und Gabriel sein wollte. Aber wenn sie da war …« Ein Leuchten huschte über sein Gesicht. »Sie war wie eine Familie für mich.«

Kate wusste nicht, ob sie die Frage stellen durfte, die ihr bereits auf der Zunge lag, aber nach ein paar Sekunden rutschte sie doch aus ihr heraus, ohne dass sie es noch hätte verhindern können. »Ian, wie ... wie lange bist du denn schon hier?«, fragte sie.

»Am Leuchtturm?«, fragte er, und sie nickte. »Zehn Jahre ungefähr.«

Kate öffnete den Mund, doch bevor sie etwas sagen konnte, schien Ian ihre Frage bereits erahnt zu haben. »Meine Eltern sind ertrunken, als ich neun war«, sagte er, und seine Stimme klang plötzlich hölzern, als würden keine Worte der Welt ausreichend beschreiben können, was damals passiert war. »Sie und ein befreundetes Ehepaar ... Und deren Sohn Henry, damals mein bester Freund.« Er schwieg ein paar Sekunden lang. »Sie sind immer gern segeln gewesen. Wollten einmal die britischen Inseln umrunden. Wir waren schon ein paar Tage unterwegs; kurz vor Orkney ist dann in der Nacht ein Sturm aufgezogen, und das Boot ist gekentert. Wir waren viel zu weit vom Land weg, und der Sturm war zu stark. Keiner konnte ihnen helfen.« Er machte eine weitere Pause, aber Kate wusste bereits, was kommen würde, und als er die Worte aussprach, spürte sie, wie ein kalter Schauer über ihren Rücken rieselte. »Ich habe keinen von ihnen wiedergesehen«, sagte Ian. »Sie sind alle ertrunken.«

Kate wollte ihm eine Hand auf die Schulter legen oder ihn in die Arme nehmen, aber sie konnte sich nicht bewegen. Wie oft hatte sie sich über ihr Schicksal oder ihr Leben beschwert. Aber anders als Ian hatte sie wenigstens immer ein Zuhause gehabt, einen Ort, an den sie zurückkehren konnte, wenn es ihr schlecht ging ... Sie hatte immer noch Gabriel, ihren Vater und ihren Onkel und dessen Familie gehabt, nachdem ihre Mutter gegangen war. Aber Ian war ganz alleine gewesen.

»Ich bin damals ins Meer gestürzt«, sagte Ian. »Ich war

sicher, ich würde sterben. Ich war im Wasser, wusste nicht mehr, wo oben und unten ist, es war kalt. Ich habe keine Luft mehr bekommen. Danach weiß ich nicht mehr viel. Da waren Tiere im Wasser – vielleicht zwei oder drei, vielleicht nur eines. Heute weiß ich, dass es Seehunde waren. Ich konnte sie nicht sehen, nur fühlen, wenn sie an mir vorbeischwammen. Und da wusste ich, dass ich nicht alleine war. Ich denke, irgendwann habe ich Wasser geschluckt und bin bewusstlos geworden. Als ich an einem Strand zu mir kam, waren die Seehunde wieder bei mir – und diesmal war ich einer von ihnen.

Die ersten Tage waren seltsam, wie ein Traum. Ein Teil von mir dachte die ganze Zeit, ich sei tot und alles, was ich sehe, wären Halluzinationen. Doch ich lebte – ich lebte mit den Robben, ging mit ihnen ins Meer, um zu jagen, und folgte ihnen an den Strand, um mich zu erholen.

Selma fand mich dort nach ein paar Wochen, und erst als sie mit mir sprach, fiel mir ein, dass ich noch lebte, dass ich eigentlich ein Mensch war. Ich folgte ihr in ihrer Robbengestalt zum Leuchtturm, wo mir Eleanor und die anderen beibrachten, mein Fell abzulegen und wieder zum Menschen zu werden. So wurde ich ein Teil der Gruppe.« Er machte eine Pause, blickte abwesend auf das Meer hinaus. »Ich kann dir nicht sagen, warum ausgerechnet ich heute noch hier bin. Ich weiß es nicht. Manche sagen, dass nur jene mit reinem Herzen zu einem Selkie werden können. Andere, dass die Robben bewusst ihre Beschützer auswählen. Aber egal, was es ist – Henry hätte es eher verdient als ich. Doch er hat im Boot geschlafen, als wir kenterten. Er hatte keine Chance.«

Kate sah ihn sprachlos an. Ian war der Junge aus dem Zeitungsartikel, der ihr im Besprechungszimmer der *Saighdear* als Erstes aufgefallen war. Das beschriebene Bootsunglück stimmte haargenau mit dem überein, was Ian erzählt hatte … Zwei

Familien in einem Segelboot waren in einer stürmischen Nacht gekentert, niemand hatte helfen können.

Doch einen Unterschied gab es dann doch: Offiziell hatte *niemand* den Unfall überlebt.

Ian galt als verstorben.

Hier lebte er, aber für den Rest der Welt war er tot – Kate fragte sich unwillkürlich, ob seine Schulfreunde und der Rest seiner Familie, wenn es denn einen gab, damals seine Beerdigung gefeiert hatten. Als sie wieder zu ihm aufsah, war sein Blick fest, und Kate konnte nicht anders, als ihn für seine Stärke zu bewundern. Sie war in den letzten Tagen regelmäßig den Tränen nahe gewesen, wenn es um ihre Mutter gegangen war, und er stand hier und erzählte ihr von dieser schrecklichen Nacht, die alles in seinem Leben verändert hatte.

»Es tut mir leid«, presste sie hervor.

Ian schüttelte kaum merklich den Kopf, streckte eine Hand aus und strich ihr zärtlich eine Haarsträhne aus dem Gesicht, wie zuvor am Fort. »Das braucht es nicht«, sagte er. »Du kannst nichts dafür.«

Kate konnte seine Berührung noch auf ihrer Haut nachhallen spüren, als er seine Hand schon längst wieder zurückgenommen hatte. Die Wellen unter ihnen tobten nun, der Wind zerrte an ihrer Jacke, und aus dem anfänglichen Tröpfeln war ein beständiger Regen geworden, aber sie fror nicht. Im Gegenteil, ihr war warm, und es kam ihr vor, als würde das Unwetter ihren Körper gar nicht erreichen. Die Geräusche von Wind und Wasser drangen nur gedämpft an ihre Ohren, traten hinter dem aufgeregten Pochen ihres Herzens zurück. Und wurde dann zerrissen von einem dumpfen Knall …

Ihr Puls geriet ins Stocken. Die Geräusche der Welt kehrten mit aller Macht zurück.

Ein weiterer Knall in der Ferne, kaum wahrnehmbar im Sturm.

Kates Körper fühlte sich taub an. Das war nicht möglich, es konnte nicht sein, nicht jetzt, nicht hier. Doch als sie zu Ian aufblickte, wusste sie, dass er das gleiche dachte.

»Schüsse«, sagte Kate, und ein paar Sekunden lang sahen sie einander atemlos an, unfähig zu reagieren, bis der dritte Knall sie aus ihrer Starre riss.

Es waren zweifellos Schüsse, und sie konnten nur vom Steg kommen. Mit schmerzhafter Klarheit wurde Kate bewusst, dass es nur eine mögliche Erklärung gab – Colin hatte Gabriels Geheimnis verraten, und man hatte ihm geglaubt.

Die *Saighdear* waren hier.

22

Kate, geh in den Turm, du musst die anderen warnen … Wir haben irgendwo ein paar Waffen … Kannst du das für mich machen?«

Ians Worte drangen nur zäh zu ihr durch, als müssten sie zunächst mehrere Barrieren überwinden, bis sie von ihrem Hirn verstanden wurden, aber sie erkannte die Angst in seinen Augen und nickte. Das war doch alles nur ein böser Albtraum, oder?

Ian schien ihr noch etwas sagen zu wollen, doch dann streckte er nur den Arm aus und berührte ihre Schulter. In seinen Augen schienen Dutzende unausgesprochener Worte zu liegen. Wenig später war er hinter dem Leuchtturm verschwunden.

Nur langsam gewannen Kates Gedanken wieder an Schärfe. Die *Saighdear* waren hier, und sie waren mit Sicherheit nicht gekommen, um ein paar freundliche Gespräche zu führen. Wenn sie es nur auf Kate und Gabriel abgesehen hätten, dann hätten sie sie im Laufe der nächsten Tage zu Hause aufsuchen können. Nun aber waren sie hier, mitten in der Nacht, und das konnte eigentlich nur eines bedeuten – sie wollten die Selkies in ihrem sicher geglaubten Unterschlupf überraschen, um so viele wie möglich auf einen Streich zu vernichten.

Ehe Kate wirklich realisierte, was sie tat, hatten sich ihre Beine in Bewegung gesetzt und trugen sie über das unebene Gestein der Klippen zurück zum Eingang des Leuchtturms. Sie musste tun, was Ian gesagt hatte, die anderen warnen. Vielleicht hatten sie die Schüsse durch das weiterhin anschwellende Unwetter hindurch gar nicht gehört und waren völlig ahnungslos.

Etwas passte nicht ins Bild, und Kate überlegte fieberhaft, was sie störte.

Dann fiel es ihr ein. Die *Saighdear* hätten die zweifellos größten Chancen mit einem Überraschungsangriff gehabt ... Warum machten sie dann gleich bei ihrer Ankunft einen solchen Lärm? Es konnte doch keine Absicht gewesen sein, gleich an der Anlegestelle drei Schüsse abzufeuern. Waren sie vielleicht angegriffen worden? Aber von wem? Nile war mit einer Gruppe Selkies weg, und die anderen waren im Leuchtturm. Unten war doch niemand, außer – *Fynn*.

Die Erkenntnis traf Kate wie ein Schlag. Fynn hatte den Tank des Boots auffüllen wollen! Er war am Steg, und er hatte vermutlich nicht einmal sein Fell dabei, deshalb hatte Ian so panisch reagiert.

Und jetzt war auch Ian zum Anlegeplatz gelaufen. Ohne sein Fell, ohne Waffe. Beide schwebten damit in Lebensgefahr ... Wenn für Fynn nicht schon jede Hilfe zu spät kam. Der Gedanke jagte eine Welle der Übelkeit durch Kates Körper – *meine Schuld, wenn er tot ist, ist es meine Schuld* –, aber die Angst um Ian und Fynn beflügelte auch ihre Schritte, und schneller, als sie es sich je zugetraut hätte, war sie an der geöffneten Stahltür des Leuchtturms angekommen.

Auf den Betonstufen vor dem Eingang hielt sie mit rasendem Herzen an und warf einen Blick in Richtung der Boote. Ein kleiner Teil von ihr hoffte, dass sie und Ian lediglich überreagierten, dass es eine harmlose Erklärung für die Schüsse geben würde. Doch als sie angestrengt durch den dichter und dichter werdenden Regenschleier stierte, sah sie ihre schlimmsten Befürchtungen bestätigt.

Neben den zwei kleinen Booten der Selkies und dem von ihnen gestohlenen Motorboot lag ein wesentlich größeres – möglicherweise einer der beiden Kutter der *Saighdear*. Auf dem dunklen Meer vor der Insel tanzten weitere Lichter. Ihre Kehle wurde eng. Es waren mindestens drei Boote, und Kate hatte keine Ahnung, wie viele Männer sich an Bord befanden.

Gabriel und sie würden nie ungesehen von hier entkommen, und sobald die Männer bewaffnet an Land gekommen waren, war auch jeder Kampf hoffnungslos. Der Sturm hielt die Boote auf dem Meer noch davon ab, anzulegen. Das verschaffte den Selkies Zeit, aber Kate war sich sicher, dass die *Saighdear* einen anderen Weg finden würden, um auf die Insel zu gelangen. Sie kniff die Augen zusammen, doch sie konnte weder Fynn noch Ian sehen.

Hoffentlich lebten sie noch. Kate wandte sich vom Regen und den schwebenden Lichtern der Boote ab, nahm die letzte Stufe zur Tür des Leuchtturms – und blieb stehen, als Laurens Gesicht vor ihr auftauchte. Ihre Augen schienen riesig, viel größer als sonst, und als sie sprach, zitterte ihre Stimme.

»Was ist passiert?«, fragte sie atemlos. »Wir haben Schüsse gehört …« Ohne auf eine Antwort zu warten, trat sie an Kate vorbei nach draußen, blieb im strömenden Regen stehen und sah hinab zu den Booten.

Erst jetzt bemerkte Kate, dass sich hinter Lauren weitere Gestalten im Eingang des Turms drängten. Sie erkannte Lou und Matt, daneben standen ein Mann und eine Frau – den Mann hatte Kate noch nie zuvor gesehen, doch die Frau schien die Selkie zu sein, auf die sie und Alaric damals auf der Brücke der *Fàire* gestoßen waren. Hinter ihnen glomm Gabriels goldener Haarschopf in der Dunkelheit.

»Sie sind hier«, sagte Lauren, mehr zu sich selbst als zu der kleinen Gruppe in ihrem Rücken.

Aufgeregt redeten die Selkies durcheinander.

»Aber woher ...?«

»Die haben doch bisher auch keinen Verdacht geschöpft ... Warum ausgerechnet jetzt?«

»Und wenn sie euch doch gefolgt sind?«

»Was machen wir jetzt?«

Plötzlich wirbelte Lauren zu Kate herum. »Wo sind Ian und Fynn?«, fragte sie schneidend.

»Bei den Booten«, antwortete Kate. »Ian hat gesagt, ich soll euch warnen. Und ihr sollt die Waffen holen.« Ihr Atem ging flach, und sie hatte das Gefühl, als würde sie keine Luft mehr bekommen. In der Ferne ertönte ein Donner.

»Ians Fell ist im Turm«, zischte Lauren. »Wir müssen da runter.«

»Aber wir wissen doch gar nicht, wie viele schon auf der Insel sind. Und wenn die erst mal anlegen, dann sind es mindestens doppelt so viele wie wir. Und die sind alle bewaffnet«, protestierte Lou.

»Wir haben auch Waffen«, erwiderte Lauren und schob sich an den anderen vorbei zurück ins Innere des Turms.

Kate heftete sich dicht an ihre Fersen. Lou hatte recht, es war Selbstmord, sich den *Saighdear* in den Weg zu stellen. Aber sie mussten etwas tun, um Ian und Fynn zu helfen.

»Woher habt ihr eigentlich eure Waffen?«, fragte Kate, als sie zu Lauren aufgeschlossen hatte. Das hier waren nicht die Vereinigten Staaten; es konnte doch nicht so einfach sein, an Waffen zu gelangen, schon gar nicht, wenn man ein Selkie ohne Papiere und Personalausweis war.

»Haben hin und wieder welche von denen gestohlen«, erwiderte sie knapp. »Für den Fall, dass so was passiert.« Lauren steuerte einen Haufen alten, schmutzigen Segeltuchs unter der Treppe an und zog den Stoff beiseite. Darunter kam eine große, verwitterte und überaus schäbig anmutende Holzkiste zum Vorschein. Sie ließ sich auf dem staubigen Boden auf die Knie fallen und hob den ächzenden Deckel an.

»Lauren, ihr müsst fliehen«, sagte Lou angespannt. Sie und die anderen waren ihnen gefolgt. »Nehmt die Felle und haut ab. Ich bleib hier und sag denen, dass sie sich geirrt haben, wie sonst auch …«

»Wir wissen aber nicht, wie viel die wissen«, unterbrach Lauren sie und zerrte einige Netze und löchrige Schwimmwesten beiseite, die obenauf gelegen hatten. »Außerdem sind sie schon bei den Booten – wir könnten vielleicht abhauen, aber du, Kate und Gabriel nicht.«

Diesmal widersprach Lou nicht. Und in Kates Kopf ratterte es. Die Schuhe, ihre Worte von eben. Lou war gar keine Selkie. Sie überlegte, ob sie fragen konnte, warum sie sich der Sache der Selkies angeschlossen hatte, als am Boden der Kiste diverse Waffen sichtbar wurden.

Lauren zog zwei gefährlich aussehende Gewehre hervor und gab eines an Matt, das andere an Lou. »Könnt ihr auf die Plattform gehen und dort aufpassen?«

»Bei dem Regen?«, fragte Lou. »Lauren, wir werden nichts seh…«

»Wir gehen«, sagte Matt, nahm Lou am Arm und zog sie mit sich die Treppe hinauf.

»Könnt ihr denn mit den Dingern umgehen?«, fragte Kate leise, sobald die beiden verschwunden waren.

»Nile hat darauf bestanden, es uns beizubringen«, erklärte Lauren rasch, während sie weitere Waffen aus der Kiste zog und sie an den Rest verteilte. Kate hatte noch ihre Pistole und bekam von Lauren zusätzlich ein Schwert überreicht – ihr eigenes hatte Ian wohl irgendwo am Fort verschlampt. »Wir sind keine Profis, aber ich hoffe, es reicht.«

Die Kiste hatte sich rasch geleert, obwohl sie nur zu siebt waren. Viel war es wirklich nicht, dass die Selkies den *Saighdear* im Laufe der Zeit abgeluchst hatten. Andererseits hatte Kate ja schon beobachtet, wie sie Waffenkisten achtlos ins Wasser warfen, also war das nicht weiter verwunderlich.

»Selma, Raj, wir nehmen unsere Felle und gehen zu den Booten«, sagte Lauren, und die beiden Selkies nickten. »Kate, Gabriel, ihr bleibt drinnen, verbarrikadiert die Tür und …«

Lauren war aufgestanden, hatte sich zu ihrer Gruppe umgedreht und war plötzlich verstummt, einen Ausdruck der Ratlosigkeit im Gesicht. »Wo ist dein Bruder?«, fragte sie Kate.

Kate fühlte sich, als habe ihr jemand ein Glas kaltes Wasser ins Gesicht gekippt. Sie ließ ihren Blick erst durch den dunklen Raum huschen, dann zur geöffneten Tür, hinter der ein Blitz den Regen aufleuchten ließ wie einen silberfarbenen Schleier. Aber außer den drei Selkies und ihr war niemand mehr im Raum.

»Vielleicht ist er mit den anderen hochgegangen?«, schlug die Frau vor, die Lauren als Selma angesprochen hatte.

»Er war doch gerade noch da«, sagte Lauren. »Ich hab ihn doch gesehen, als ich dir die Pistole gegeben habe …«

»Jetzt ist er jedenfalls nicht mehr hier.«

»Aber warum sollte er hochgegangen sein?«, murmelte Lauren.

Kate sah zur Tür. Gabriel war wirklich gerade noch hier gewesen, er konnte noch nicht weit gekommen sein … Ohne lange nachzudenken, schob sie sich an Selma und dem Selkiemann vorbei und lief zur Tür. Sie kannte ihren Bruder gut genug, um zu wissen, dass er mitnichten Lou und Matt nach oben gefolgt war. Er hatte sich nach draußen geschlichen, und nun würde er Kontakt zu den *Saighdear* suchen.

Aber das konnte sie nicht zulassen. Sie musste ihm die Wahrheit über die Mörder ihrer Mutter sagen, ehe er einen folgenschweren Fehler beging.

»Kate, was zur Hölle machst du?«, rief Lauren ihr hinterher, doch Kate war bereits in den strömenden Regen gerannt. Der Trampelpfad zum Anlegeplatz war glitschig, und als sie anhielt, um sich einen Überblick zu verschaffen, wäre sie beinahe hingefallen.

Da waren Leute auf dem Pfad, keine fünfzig Meter mehr entfernt, und sie kamen von der Anlegestelle aus direkt auf den Leuchtturm zu. Drei Männer in den dunklen Jacken der *Saighdear,* nicht viel mehr als verschwommene Gestalten in der Sturmnacht. Kate wischte sich den Regen aus den Augen: Einer schien zu hinken, doch alle waren dunkelhaarig oder ergraut. Gabriels blonde blonden Locken waren nicht zu sehen …

Wenn er nicht bei diesen Männern war, wo dann? Er konnte noch nicht weit gekommen sein. Kate überlegte, ob sie zuerst Lauren und die anderen warnen sollte. Doch Lou und Matt waren auf dem Turm, sie würden die *Saighdear* auch bald sehen. Und sie waren bewaffnet. Sie selbst musste alles tun, um ihren Bruder zu finden.

Sie wandte sich ab und rannte los. Vielleicht war er hinter dem Leuchtturm, hatte sich dort versteckt, um den Kämpfen aus dem Weg zu gehen und nicht mit ihr im Turm eingesperrt zu sein.

Kate war sich mit einem Mal sicher, dass sie ihn finden würde. So rasch die Dunkelheit es zuließ, umrundete sie das uralte Gebäude, sprang über lose Steine und Holzreste, während ihr Haar und ihre Jacke sich erbarmungslos mit Wasser vollsogen, das in nicht enden wollenden Strömen vom Himmel herabfiel. »Gabe!«, rief sie gerade so laut, wie sie es sich traute, um nicht die drei *Saighdear* zu alarmieren, die zweifellos bald den Eingang des Turmes erreicht haben würden. »Gabriel!«

Aber ihr Bruder antwortete nicht. Sie hatte die Stelle erreicht, an der ihr Ian erst vor Kurzem – es schien Stunden zurückzuliegen – die Wahrheit über den Tod ihrer Mutter erzählt hatte.

Sie rief noch einmal nach ihrem Bruder. Doch es kam keine Antwort.

Niemand war hier. Sie war allein mit dem tobenden Unwetter, allein mit sich selbst und ihren ebenfalls lärmenden Gedanken. Gabriel, Ian, Lauren, Fynn, sie alle waren in Gefahr, und sie hatte Zeit damit verschwendet, um den Turm herumzurennen. Sie kam sich unglaublich dumm vor. Sie wollte sich gerade abwenden, als sie sich an eine andere Suche erinnerte. Ihr Schaf Bonnie. Sie war unterhalb der Klippen gewesen, da, wo man sie am wenigsten vermutet hatte.

Vorsichtig trat Kate an die scharfen Kanten der meterhohen Klippen heran und sah hinab. Aber da war kein Vorsprung, keine Fläche, auf der eine Person Platz gehabt hätte – nur der steile Fels, der senkrecht zum schäumenden Meer abfiel.

Irgendwo knallte etwas, durchdrang das heulende Unwetter. Von den weißen Schaumkronen in der Tiefe schien ein eigenartiger Sog auszugehen, und Kate konnte den Blick nur mühevoll lösen.

Woher der Knall auch stammte, ob er ein Schuss aus den Waffen der Selkies oder der *Saighdear* gewesen war, sie hatte hier nichts mehr verloren. Wenn sie Gabriel nicht finden konnte, dann musste sie wenigstens den anderen helfen. Es konnte kein Zufall sein, dass die *Saighdear* den Weg hierhergefunden hatten. Es war ihre Schuld.

Kate trat vom Abgrund zurück, um wieder zur Vorderseite des Leuchtturms zu gehen.

Sie hatte noch keine fünf Schritte gemacht, als im Regen vor ihr eine Gestalt auftauchte. Ihr Herz machte einen Sprung, als sie die blaue Uniformjacke erkannte. *Gabriel.* Doch als die Gestalt näher kam, erstarrte sie.

Das war nicht Gabriel.

Es war Alaric.

Er hinkte beim Gehen. Seine blasse Haut war weiß wie Marmor, und seine Augen schienen ihr Herz wie geschliffene Kristallklingen zu durchbohren. Zwei Meter vor ihr blieb er stehen, eine Hand fest um den Griff des Schwerts an seiner Hüfte geklammert.

Entsetzt stellte Kate fest, dass die Wunde an seinem Bein nur nachlässig verbunden war und der weiße Stoff sich an mehreren Stellen dunkel verfärbt hatte.

»Alaric«, stieß sie hervor.

Er musste einer der drei Männer gewesen sein, die sich dem Turm genähert hatten, eine andere Erklärung gab es nicht. Er hatte sie gesehen und war ihr hierhergefolgt, um sie alleine zu stellen, um sie ... zu ...

»Katherine«, erwiderte er glatt. »Du versteckst dich?«

Es kostete sie all ihre Willenskraft, seinem stechenden Blick nicht auszuweichen und ihn direkt anzusehen. »Ich habe Gabriel gesucht«, sagte sie.

»So?«, fragte Alaric, ohne dass sich in seinem Gesicht etwas regte. »Ist er weggelaufen? Wie überraschend.«

Kate spürte Wut in sich aufkochen – egal wie Gabriel sich ihr gegenüber verhalten hatte, sie ließ nicht zu, dass ihn jemand beleidigte. »*Er ist nicht feige*«, fauchte sie.

»Doch, ist er«, sagte Alaric. »Aber ich bin dir nicht gefolgt, um mit dir über deinen Bruder zu sprechen.«

Kate meinte, von der Vorderseite der Insel weitere Schüsse zu hören, dann Schreie und Rufe. Ihr Gehirn arbeitete auf Hochtouren: Hier stand sie nun und plauderte mit Alaric, während wenige Meter entfernt ihre Freunde starben ... Sie musste ihn irgendwie ablenken, um an ihm und seinen Waffen vorbeizukommen.

Sie atmete aus. »Was willst du dann?«, fragte sie.

»Dir eine Chance geben«, sagte er. Er taxierte sie wie einen

Rivalen, als würde er nur darauf warten, dass sie nach vorne stürmte und ihn angriff. »Eine letzte.«

»Ich brauche keine Chance von dir«, erwiderte sie schroff.

Die Hand, die auf dem Griff seines Schwertes ruhte, regte sich – Kate nahm die Bewegung wahr, wagte es aber nicht, ihren Blick von Alaric zu lösen. Wenn er sich tatsächlich dazu entschied, sie anzugreifen, dann würde sie es als Erstes in seinem Gesicht sehen.

»Dann willst du lieber mit deinen pelzigen kleinen Freunden zugrunde gehen«, sagte er. Der Satz schwebte irgendwo in der Grauzone zwischen Frage und Feststellung, und Kate wusste nicht, ob er eine Antwort darauf erwartete.

Der Schrei einer Frau durchbrach das Sturmtosen, und ein eiskalter Schauer rann über ihren angespannten Rücken. Die *Saighdear* hatten keine weiblichen Mitglieder. Wenn eine Frau in Not war, dann war es Lou oder eine Selkie.

»Sie werden verlieren, weißt du«, sagte Alaric so sachlich, als würde er über das unbeständige Wetter der letzten Tage sprechen. »Wir sind ihnen überlegen ... Kate, du hast deine eigene Art an einen Haufen unzivilisierter Halbmenschen verraten – der General kann das nicht gutheißen. Deine kleinen Freunde können vielleicht davonschwimmen, aber du und dein Bruder? Ich denke, ihr werdet diese Insel auf unseren Schiffen verlassen.« Er schwieg ein paar Sekunden lang. Kate spürte, wie der strömende Regen an ihr hinabrann. Inzwischen gab es an ihrem Körper keine trockene Stelle mehr. »Überleg dir gut, ob du dies freiwillig oder in einem Segeltuch tun willst.«

Alles in Kate verkrampfte sich. Das konnte er nicht ernst meinen. Er wollte ihr nur Angst machen, das war alles. Es mochte sein, dass der Staat bei Selkies ein Auge zudrückte, aber die *Saighdear* konnten keine Menschen töten. Das war Mord.

Doch Alaric sah nicht aus, als würde er scherzen.

»Wenn ich dir helfe«, sagte sie, einer plötzlichen Eingebung folgend. »Lasst ihr sie dann gehen?«

Alarics Mund verzog sich zu einem winzigen, fast mitleidigen Lächeln. »Deine Hilfe würde darin bestehen, genau das zu verhindern«, sagte er. »Irgendetwas muss ihnen ja an dir liegen, sonst wären sie schon längst im Wasser verschwunden, wie das dumme Vieh, das vorhin an der Anlegestelle versucht hat, uns anzugreifen. Ich kann nur hoffen, dass wir ihn erwischt haben.« Das musste Fynn gewesen sein. Kate wollte etwas sagen, doch Alaric sprach ungerührt weiter: »Sie vertrauen dir. Einige von denen sind wohl im Wasser – der Sturm ist nicht grundlos aufgezogen. Bring sie dazu, an Land zu kommen und zu kämpfen, und dir und deinem Bruder wird ...«

»Das werde ich nicht tun«, unterbrach ihn Kate. »Ich werde sie nicht verraten.«

Alarics Schwerthand zuckte erneut, aber sein Gesicht blieb ausdruckslos. »Bisher hatte ich nicht unbedingt den Eindruck, dass dir Verrat und Lügen sonderliche Probleme bereiten.«

Ganz langsam ließ Kate ihre Hand zum Schwert an ihrer Seite wandern; den nassen Griff der Waffe zwischen ihren Fingern zu spüren gab ihr ein wenig Halt, ein klein bisschen Sicherheit. Sie konnte sich wehren, wenn er angriff, sie war ihm nicht schutzlos ausgeliefert, und er war verletzt. Sie hatte reelle Chancen gegen ihn, da konnte er ihr drohen, wie er wollte. Sie hatte zwar auch noch ihre Pistole, aber nie wieder wollte sie diese Waffe gegen einen Menschen richten, solange es noch einen anderen Ausweg gab.

Alaric unterbrach den Blickkontakt keine Sekunde lang, doch sie wusste, dass er jede ihrer Bewegungen mit der Wachsamkeit eines lauernden Wolfs verfolgte. »Ihr habt meine Mutter getötet«, sagte sie. »Ich werde euch nicht helfen.«

»Wenn dem so ist, dann gab es dafür einen Grund«, erwiderte

Alaric lapidar. Kate stutzte. War es möglich, dass niemand ihm gesagt hatte, wer oder was ihre Mutter gewesen war? »Aber ich gehe davon aus, dass es ihr nicht gefallen hätte, dass ihre Tochter ihr Leben für ein paar Robben verkauft.«

»›Die paar Robben‹ haben mich und Gabriel gerettet«, erwiderte Kate scharf. »Vor deinen Leuten. *Vor dir.*«

Alarics Augen verengten sich zu Schlitzen. »Ich hätte dich nicht getötet.«

»Aber du würdest es jetzt tun?«

Er neigte den Kopf ein winziges Stück zur Seite. »Vielleicht.«

Obwohl der Regen weiterhin unbarmherzig auf sie niederströmte, obwohl der Wind immer lauter heulte und Blitz und Donner in immer kürzeren Abständen aufeinanderfolgten, spürte Kate, wie die Starre aus ihrem Körper wich.

Sie würde kämpfen, wenn es sein musste. Für ihre Mutter, für Gabriel, für Ian, für die anderen.

Von der Vorderseite der Insel drangen keine Geräusche mehr zu ihnen. Kate wusste nicht, ob der Kampf bereits entschieden war, oder ob der Sturm inzwischen zu laut geworden war.

»Wir haben den Auftrag, alle Selkies zu beseitigen«, sagte Alaric. »Sag mir, auf wessen Seite du stehst, und ich werde gemäß meiner Anweisungen handeln.«

»Ich kämpfe für die Selkies«, sagte sie, ohne zu zögern. Es war Ian gewesen, der sein Leben gefährdet hatte, um sie zu retten, selbst nachdem sie ihn abgewiesen hatte. Lauren und Fynn hatten alles dafür getan, damit sie und Gabriel sicher das Fort verlassen konnten, obwohl sie sich jederzeit in ihrer Robbengestalt in Sicherheit hätten bringen können. Und nun waren es wohl die Selkies im Wasser, die einen Sturm heraufbeschworen hatten, um die restlichen *Saighdear* davon abzuhalten, an Land zu gelangen.

Die Selkies kämpften unter Einsatz ihres Lebens für sie und Gabriel. Und sie würde alles daransetzen, sich zu revanchieren.

»Ist das dein letztes Wort?«, fragte Alaric.

Kate verstärkte den Griff um ihr Schwert und straffte die Schultern. Sie fürchtete, dass sie erbärmlich aussah – völlig durchnässt, übermüdet und blass –, aber ihr Aussehen konnte ihr nun ohnehin nicht mehr helfen. Was ab jetzt zählte, war das, was sie in ihrer kurzen Zeit bei den *Saighdear* gelernt hatte. »Ja«, sagte sie. »Ist es.«

»Dann«, sagte Alaric und zog in einer quälend langsamen Bewegung sein Schwert. Seine Pistole ließ er unangetastet. »Sind wir von nun an Feinde. Erwarte keine Rücksicht, weil du eine Frau bist.«

Seine Worte überraschten Kate ein wenig – im Gegensatz zu den meisten anderen *Saighdear* hatte Alaric nie betont, dass sie eine Frau war. Er hatte sie im Training immer behandelt wie alle anderen auch. Es war eine der Eigenschaften gewesen, die sie an ihm geschätzt hatte. Nie hatte er so getan, als ob sie von Natur aus schwächer wäre, hatte ihre Fähigkeiten sogar gelobt und ihren Wert für die Organisation über den ihres Bruders gestellt. Plötzlich fragte sie sich, ob alles ein Schauspiel gewesen war.

Sie blinzelte sich den Regen aus den Augen, umklammerte mit einer Hand die Scheide ihres Schwertes und zog die Waffe mit der anderen hervor.

Die Bewegung gelang ihr nicht so fließend, wie sie es sich gewünscht hatte, und als sie die Klinge endlich freibekommen hatte, stellte sie entsetzt fest, dass der Stahl von dunklem Rost bedeckt war.

Kate hatte keine Ahnung, wie lange das Schwert schon in dem dunklen, alten Leuchtturm vor sich hingegammelt hatte, und nun ärgerte sie sich, dass sie die Klinge nicht gleich überprüft hatte. Sie war sich ziemlich sicher, dass ein rostiges Schwert nicht von Vorteil war.

Alaric sagte nichts, aber sie sah, dass sein Mundwinkel zuckte, dass er sich für einen Augenblick hatte *ablenken* lassen.

Kate ließ alle Vorsicht fallen, stürmte nach vorn und griff an. Sie zielte nicht auf seinen Körper, sondern schlug mit aller Kraft nach seinem Schwert, in der wilden Hoffnung, er würde es fallen lassen, wenn sie nur hart genug traf.

Der Stahl klirrte hell, als die Klingen aufeinandertrafen. Alaric hatte nicht mit ihrem plötzlichen Angriff gerechnet, und für eine Sekunde war ein Großteil seines Oberkörpers ungeschützt. Kate wusste, dass sie die Chance nutzen und ihn verletzen konnte, sie musste es nur *tun*. Doch noch während sie ihre Möglichkeiten abwog, hatte Alaric sich wieder gefasst, parierte und schlug mit voller Wucht ihr Schwert beiseite.

Kate sprang eilig nach hinten, um dem nächsten Hieb zu entgehen, und plötzlich spürte sie, dass das raue Gras unter ihren Stiefeln knirschendem Stein gewichen war. Sie musste verdammt nah am Rand der Klippe sein … Ein falscher Schritt, und sie würde fallen.

Dem nächsten Schlag wich sie zur Seite aus und brachte so wieder etwas Abstand zwischen sich und den Abgrund. Nachlässig setzte Alaric zu einem weiteren Schlag an, diesmal von oben. Eine Erinnerung an ihr Training blitzte auf, und Kate hielt ihr Schwert in letzter Sekunde quer über ihren Kopf, keinen Augenblick bevor Alarics Waffe mit voller Wucht auf die ihre prallte. Er zog sich nicht zurück, setzte nicht zu einem erneuten Schlag an, sondern blieb, wo er war, und drückte sein Schwert nach unten. Kate hielt mit aller Kraft dagegen, doch sie spürte bereits, dass die Muskeln in ihren Armen zu zittern begannen, dass sie Alarics Kraft nicht lange würde standhalten können.

Sie sah zu seinen nahezu farblosen Augen hoch, die sich nun so nah vor ihrem Gesicht befanden, schauderte angesichts der

Pupillen, die auf dem hellen Grund unnatürlich klein wirkten – und plötzlich wurden ihr die Füße weggezogen. Mit einem erschrockenen Keuchen fiel sie auf den rauen Boden. Sie hatte das Schwert noch immer über dem Kopf, doch der Druck von Alarics Klinge war nun verschwunden, und Kate brauchte eine Sekunde, um zu realisieren, warum.

Die schimmernde Spitze der Waffe schwebte nun wenige Zentimeter über ihrer Stirn.

Sie war innerhalb von Sekunden in derselben Situation gelandet wie vor wenigen Stunden noch Ian am Fort.

Das Blut rauschte in ihren Ohren, sie überlegte fieberhaft, was sie tun, was sie sagen konnte, um Alaric abzulenken, um wieder auf die Füße zu kommen und weiterzukämpfen, als wie aus weiter Ferne Stimmen ihren Namen riefen. Sie schienen aus zwei Richtungen zu kommen, und trotz des Unwetters waren sie ihr so vertraut, dass sie sich unwillkürlich fragte, ob sie halluzinierte. Auch Alaric über ihr ließ sich kurz ablenken und drehte sein Gesicht zur Seite. Als Kate seinem Blick folgte, sah sie, dass sie sich die Stimmen nicht eingebildet hatte.

Ian stürmte von der linken Seite des Leuchtturms auf sie zu, in den Händen ein Sturmgewehr, das er zweifellos einem der *Saighdear* abgenommen hatte. Als Kate ihn sah, machte ihr Herz einen Sprung – da waren zwar Blutflecken auf seinem Shirt, aber er lebte, und er war hergekommen –, vielleicht hatten die Selkies doch noch eine Chance zu gewinnen, vielleicht war noch nicht alles verloren.

Aber da war noch eine andere Stimme gewesen, und als Kate es sich erlaubte, ihren Blick einen Moment zur Seite wandern zu lassen, entdeckte sie Gabriel, der von rechts auf sie und Alaric zurannte, mit durchnässtem Haar und gehetztem Blick.

Dann geschah alles gleichzeitig. Über sich hörte Kate etwas

klicken – Alaric hatte seine Pistole gezogen und entsichert und richtete die Waffe nun auf Ian, der in etwa vier Metern Entfernung stehen geblieben war und seinerseits auf Alarics Oberkörper zielte. Ian schien ein klein wenig schneller als Alaric gewesen zu sein, und ein Teil von Kate wartete bereits auf den ohrenbetäubenden Knall, der alles entscheiden, alles beenden würde, aber sie hatte nicht an Gabriel gedacht. Bevor Ian den Abzug betätigen konnte, warf sich Gabriel nach vorne und brachte ihn mit sich zu Fall.

In kurzem Abstand zerfetzten zwei Schüsse das Heulen des Sturms, aber niemand schrie auf, als wäre er getroffen worden. Stattdessen hatten Gabriel und Ian auf dem Boden begonnen, miteinander zu rangeln. Ian tat alles, um Gabriel von sich zu stoßen und wieder auf die Füße zu kommen, während Gabriel dies mit seinem gesamten Gewicht verhindern wollte. Das Gewehr lag ein gutes Stück neben ihnen auf dem Boden.

»Gabe, lass ihn los!«, schrie Kate.

»Du musst weg von ihm!«, stieß Gabriel aus, die Stimme dünn vor Anstrengung. »Verschwinde!«

Kate wollte mit aller Macht glauben, dass er Alaric meinte – er war derjenige, der gefährlich war –, aber sie fürchtete, dass ihr Bruder von Ian sprach. Hatte er geglaubt, dass Ian es auf Kate abgesehen hatte?

»Lass ihn los, er wird …« Sie brach ab, als sie sah, dass Ian nach ihrem Bruder trat. Zur Antwort holte Gabe mit seiner gesunden Faust aus. »Gabe, *nein!*«, schrie sie. Ian wich dem Schlag gerade noch aus, indem er sich mit seinem ganzen Körper abzuwenden versuchte, bekam einen Arm frei und stieß Gabriel von sich. Sofort suchten seine Augen ihre, blieben aber starr an einem Punkt über ihrem Kopf hängen.

Er sah aus, als würde er vor einem fahrenden Zug stehen.

Kate riss ihren Blick von Ian los und sah zu Alaric hoch. Er stand nach wie vor über ihr, die Pistole auf Ian gerichtet, den Finger am Abzug.

Er würde ihn töten, und sie konnte nichts dagegen tun. Sie lag am Boden, hatte keine Möglichkeit, rechtzeitig an ihre Waffe zu gelangen, hatte vermutlich keine drei Sekunden Zeit, ehe Alaric alles beenden würde, ehe er den einzigen Menschen umbrachte, der hier war, um ihr zu helfen … Noch während sich die Gedanken in ihrem Kopf überschlugen, fiel ihr Blick auf Alarics blutdurchtränkten Verband. Und plötzlich wusste sie, dass sie Ian retten konnte.

Ohne einen weiteren Gedanken an mögliche Folgen zu verschwenden, zog sie ein Bein an und trat mit aller Kraft zu. Im Augenwinkel sah sie einen Wirbel hektisch erscheinender Bewegungen – vielleicht hatte sich ihr Bruder wieder auf Ian gestürzt und versuchte, ihn an Ort und Stelle zu halten.

Alaric heulte auf, als ihr Stiefel mit erschreckender Wucht auf die Wunde an seinem Bein prallte.

Gleichzeitig ertönte ein Schuss, direkt über Kates Kopf, und ein lauter Schrei erklang. Sie spürte, wie ihr Herz aussetzte – Alaric hatte geschossen, sie war zu spät gewesen, einen winzigen Augenblick zu spät, und jetzt war Ian …

Doch als Alarics Bein nachgab, er von ihr wegstolperte und mit schmerzverzerrtem Gesicht unbeholfen auf den steinigen Boden fiel, war es nicht Ian, der schrie. Es war Gabriel.

Der Schuss aus Alarics Waffe, der sich in dem Moment gelöst hatte, in dem Kate ihn getreten hatte, schien sein ursprüngliches Ziel verfehlt und stattdessen ihren Bruder getroffen zu haben.

Kate setzte sich auf, zog ihre Pistole, sprang eilig zurück auf die Füße und lief auf ihn zu.

Wie ein verängstigtes Kind kauerte Gabriel an der Stelle, wo er eben noch mit Ian gekämpft hatte, die gesunde Hand um seine Schulter geklammert. Ein Blitz flackerte auf und ließ das dunkle Blut zwischen seinen Fingern schimmern.

»Gabe«, keuchte sie und machte einen weiteren Schritt auf ihn zu, aber dann sah sie Ian, der sich ein Stück neben ihrem Bruder aufgerappelt hatte und zu dem Sturmgewehr hechtete, das er zuvor hatte fallen lassen.

Solange Alaric hier war, waren sie nicht in Sicherheit. Sie konnte sich nicht um Gabriel kümmern. Kate konnte nur hoffen, dass seine Verletzung nicht schlimm war.

Sie wirbelte zu Alaric herum, der keine drei Meter von ihr entfernt dabei war, sich zurück auf die Füße zu kämpfen, die glühenden Augen starr auf Ian gerichtet, in den Händen noch immer seine Pistole. Sein Schwert lag unbeachtet auf dem Boden.

Sie musste schnell sein, handeln, bevor er erneut schießen konnte, denn diesmal konnte sie ihn nicht einfach treten, damit er Ian verfehlte. Genau in dem Moment, in dem Alaric wieder auf die Beine kam, als er seine Pistole anhob, um auf Ian zu zielen, richtete sie ihre eigene Waffe auf ihn.

»Nein«, fauchte sie. »Wenn du ihm wehtust, dann ...«

»Was?«, fragte Alaric, ohne den Blick von Ian zu lösen. »Dann schießt du?«

Kates Nasenflügel zitterten, als sie einen Schwall der feuchten, kalten Luft in ihre Lungen presste. »Ja«, sagte sie, so fest sie es konnte. »Dann schieße ich.«

Sie glaubte eigentlich nicht, dass sie wirklich bedrohlich geklungen hatte, aber die Pistole in Alarics Händen zuckte – er zögerte.

»Du willst auf einen Menschen schießen, um ein Rudel Robben zu retten?«, fragte er kühl. »Sie werden ohnehin sterben, Kate. Wir sind in der Überzahl. Du kannst nichts mehr tun.«

Kate ließ ihren Blick zu Ian huschen, der halb gebückt vor

dem Sturmgewehr stand, die Hände sachte angehoben. Er hatte Alaric fixiert, doch sie meinte zu sehen, wie er seinen Kopf für eine winzige Sekunde hin und her bewegte. Was wollte er ihr sagen? Dass Alaric log? Dass die Lage der Selkies nicht so schlecht war, wie Alaric ihr wieder und wieder weismachen wollte?

»Wenn du ihm etwas antust, drücke ich ab«, wiederholte Kate.

Ein verächtlicher Ausdruck huschte über sein edles Gesicht. »Und das alles für ihn«, sagte er. Seine Worte ließen Kate erschauern. Etwas hatte sich verändert, etwas in seiner Stimme, seiner Haltung, irgendetwas war anders als gerade eben noch. »Du lässt deine Familie zurück … Du wirfst deine Zukunft weg … Du lässt deinen eigenen Bruder blutend am Boden knien …« Er hielt einen Moment lang inne, und das Schweigen schien lauter zu sein als das Toben des Sturmes. »All das für eine Robbe.«

Und dann drückte er ab.

Die Welt schien aus dem Gleichgewicht zu geraten. Kate wollte schießen, aber sie sah Alaric vor sich stehen, sah einen lebenden, atmenden Menschen vor sich und wusste, dass sie es nicht konnte. Ihre Finger fühlten sich an, als wären sie Fremdkörper, über die ihr Gehirn keine Kontrolle hatte. Wieder schrie jemand, vielleicht war sie es selbst, aber es hatte keine Bedeutung mehr.

Wenn Alaric getroffen hatte, wenn er ihn diesmal nicht verfehlt hatte, dann war Ian … Es war ihre Schuld, *ihre Schuld*, und hier stand sie und war nicht einmal dazu in der Lage, auf den Mann zu schießen, der Gabriel verwundet und Ian getötet hatte.

Sie erwartete, dass Alaric die Waffe als nächstes auf sie richten würde, dass er sie für ihre Unfähigkeit verspotten würde, aber als ihr verschwommener Blick sich klärte, sah sie, dass er sich nicht von der Stelle gerührt hatte.

Er stand noch immer am Rand der Klippen, die Waffe fest in beiden Händen, ihren Lauf auf Ian gerichtet – und plötzlich ertönte ein weiterer Schuss. Das Nächste, das Kate sah, war, wie die Pistole in hohem Bogen aus Alarics Händen flog. Sie wirbelte in die Luft wie ein freigelassener Vogel, schimmerte auf dem höchsten Punkt ihres kurzen Fluges im flackernden Licht eines Blitzes und verschwand wenig später lautlos hinter dem gezackten Rand der Klippen.

Als Kate ihren Blick von der verlorenen Pistole losriss und wieder zu Alaric sah, waren seine Hände blutig – und er war nicht mehr allein. Ian stand ihm gegenüber, kaum zwei Meter von ihm entfernt, den Lauf seines Gewehres erneut auf Alarics Brust gerichtet. Seine Haltung wirkte ein wenig gekrümmt, und Kate sah einen rasch größer werdenden Blutfleck an seiner Seite, aber er *lebte*. Und das war im Moment alles, was zählte.

Er lebte, und er hatte Alaric entwaffnet, ohne ihn dabei ernsthaft zu verletzen. Es war unglaublich, aber sie hatten es geschafft. Sie hatten gewonnen!

Ihre Hände bebten, aber sie zwang sich, ihre Pistole weiterhin festzuhalten, die Mündung auf Alaric gerichtet. Sie wusste, dass sie ihn nicht erschießen konnte, aber sie wollte ihm klarmachen, dass es keinen Sinn mehr hatte, Ian anzugreifen. Dass er verloren hatte.

Doch als sie Alaric ins Gesicht blickte, war das unheimliche Glühen in seinen Augen keineswegs verschwunden.

»Das war's«, sagte Ian. Es bereitete ihm offensichtlich Mühe zu sprechen, aber sein Blick war fest und das Gewehr in seinen Händen ruhig.

Ein kleines, kaltes Lächeln zupfte an Alarics Mundwinkeln. »Ihr könnt mich nicht töten«, sagte er nur.

»Doch, das können wir«, erwiderte Ian barsch. »Und wir werden es tun, wenn du uns einen Grund dafür gibst.« In seinen

Augen spiegelten sich Schmerz, Hass und Verachtung, und Kate war sich sicher, dass seine Worte ernst gemeint waren – wenn nötig, dann würde er Alaric töten.

Aber das war es nicht, was sie wollte.

Niemand hatte es verdient, getötet zu werden, auch nicht Alaric. Vielleicht konnten sie mit ihm als Druckmittel die *Saighdear* sogar zum Rückzug zwingen.

»Ian«, sagte sie leise, einen warnenden Unterton in der Stimme.

»Du hast verloren«, sagte Ian, ohne auf sie einzugehen. Sie konnte nur hoffen, dass er sie durch den Sturm überhaupt gehört hatte. »Aber ich werde dich am Leben lassen, wenn du deine Leute dazu bringst, diese Insel auf der Stelle zu verlassen.«

Kates Herz machte einen kleinen Satz. Ian hatte also nicht vor, ihn umzubringen. Es war, als habe er ihre Gedanken gelesen.

Alaric schnaubte. »Du glaubst wirklich, dass das funktioniert?«, fragte er. »Dass du mich – *mich* – dazu bringen kannst, für dich zu arbeiten, nur weil du eine gestohlene Waffe in deinen dreckigen Flossen hältst? Glaubst du wirklich, dass es so läuft?«

»Du hast keine andere Wahl«, knurrte Ian.

»Ihr werdet mich nicht töten«, sagte Alaric wieder. Das unheilvolle Lächeln auf seinem Gesicht war breiter geworden, und plötzlich befürchtete Kate, dass er mehr wusste als sie und Ian. Hatte er noch eine weitere Waffe versteckt? Oder standen die *Saighdear* bereits in voller Mannschaft hinter ihnen, ohne dass sie es gemerkt hatten? Sie warf einen nervösen Blick über die Schulter, doch außer Gabriel, Alaric, Ian und ihr war niemand hier.

»*Mir* wird niemand helfen, Kate«, sagte Alaric, und sie hatte das Gefühl, dass er darauf anspielte, dass Ian nun schon des Öfteren genau dann aufgetaucht war, wenn sie ihn gebraucht hatte. »Ich brauche keine Hilfe.«

»Dann tust du jetzt vielleicht das Richtige und bewegst dich«, sagte Ian. »Sag den anderen, dass sie sich verpissen sollen. Jetzt.«

Alaric schüttelte langsam den Kopf. »Du kapierst es wirklich nicht, oder?«

Ians Augen verengten sich zu Schlitzen. Sein Gesicht schien Bände über sein Innenleben zu sprechen, während Alarics Züge vollkommen verzerrt waren. Kate hatte ihn noch nie so anhaltend lächeln sehen, und der Ausdruck gefiel ihr nicht – er erinnerte sie viel zu sehr an die Miene eines angriffsbereiten Wolfs und nahm Alaric seine kühle Schönheit.

»Was gibt es da nicht zu kapieren?«, grollte Ian. »Du hast verloren. Ich gebe dir die Chance, dein Leben zu retten, eine Chance, die du nicht einmal verdient hast. Ihr habt so viele von uns getötet. Du hättest unten am Steg beinahe meinen besten Freund erschossen ... Wenn einer der anderen hier stehen würde, würde er dich ohne zu zögern erschießen.« Er machte eine kleine Pause. »Und wenn du deine Meinung nicht änderst, dann werde ich das auch. Ich werde dich umbringen, und dann bereust du deine Entscheidung vielleicht.«

»Tote können nicht bereuen«, sagte Alaric ungerührt. »Sie sind tot.«

Ian schien für eine Sekunde aus dem Konzept gebracht, und auch Kate konnte beim besten Willen nicht nachvollziehen, wie Alaric in so einer Situation, nur Zentimeter von seinem möglichen Tod entfernt, dermaßen gelassen sein konnte. *Irgendetwas stimmt nicht mit ihm*, dachte sie, und sie fragte sich, warum ihr nicht früher aufgefallen war, dass es in seiner Psyche zweifellos etwas gab, das ihn von normalen Menschen deutlich unterschied.

Kate sah Ians Hand am Abzug zucken. »Deine Antwort«, fauchte er. »Komm mit nach vorne und pfeif deine Leute zurück oder ich schieße.«

Für einen Moment starrten Alaric und Ian sich an, als würden sie den jeweils anderen mit der Kraft ihrer Blicke durchbohren wollen. Der Regen war – ohne dass es Kate zuvor bemerkt hatte – schwächer geworden, der Wind etwas leiser, doch der Himmel war noch immer schwarz, und die Wellen am Fuße der Klippen schlugen gegen den Stein wie tobende Ungeheuer. »Ich habe schon alles gesagt«, sagte Alaric. »Wirklich. Ich arbeite nicht für euch. Ich werde nicht so tief sinken, meine eigene Familie zu verraten.« Kate meinte seinen Blick kurz in ihre Richtung huschen zu sehen. Sie fühlte eine unangenehme Kälte durch ihre Adern kriechen. »Ich werde rein gar nichts für euch tun. Und ihr … werdet mich nicht töten.«

Ian schluckte. Die Knöchel seiner Finger traten deutlich hervor, als er das Gewehr ein Stück weiter anhob, sodass die Mündung nun wenige Zentimeter vor Alarics Brust schwebte. Kate sah, dass er unter Hochspannung stand.

Ihr eigenes Herz schlug ihr bis zum Hals, während sie darauf wartete, dass Ian abdrückte, dass er ein Leben auslöschte … Sie suchte noch hektisch nach Alternativen, als Alaric einen Schritt nach hinten machte.

Und da verstand sie.

Ihr könnt mich nicht umbringen. Das unheimliche Lächeln auf seinem Gesicht. *Ihr werdet mich nicht töten.* Diese furchtbare Gelassenheit.

Ian stockte, und Alaric machte einen weiteren Schritt nach hinten. Der Absatz seines Stiefels befand sich nun direkt an der gezackten Kante der Klippe. Noch ein Schritt und er würde hinabstürzen. Kate ließ die Waffe fallen, streckte die Hand vorsichtig nach vorn und machte einen Schritt auf Alaric zu.

»Alaric …«, sagte sie behutsam.

»Nein!«, konnte sie Gabriel von hinten schreien hören, aber

sie wusste nicht, ob er sie oder Alaric meinte. »Spinnst du? Bleib stehen, verdammt!«

»Alaric, tu's nicht«, sagte Kate.

»Das überlebst du nicht«, schaltete Ian sich ein. »Ausgeschlossen.«

»Wir finden eine Lösung«, sagte Kate, fast schon flehend. »Komm schon, du kannst nicht …«

»Doch«, sagte er ruhig. »Ich kann.«

Und damit machte er einen weiteren Schritt nach hinten, in die gähnende Leere jenseits der Klippen.

»*Alaric!*«, schrie Kate, als sein Körper schrecklich langsam nach hinten kippte, starr wie eine Statue, auf den Lippen noch immer dieses furchtbare, selige Lächeln, als habe er sich von Anfang an keinen besseren Ausgang vorstellen können.

Kate stürzte nach vorne, ließ sich fallen und streckte die Arme so weit wie möglich aus. Noch einmal schrie sie seinen Namen. Ihre eigene Stimme klang viel zu hoch in ihren Ohren, unnatürlich, wie der Schrei eines verletzten Tieres.

Meine Schuld. Es ist meine Schuld, alles meine Schuld …

Sie musste ihn festhalten, so wie er sie festgehalten hatte, damals, als sie gemeinsam auf die *Fàire* geklettert waren.

Sie berührte das glatte Leder seines Stiefels mit den Spitzen ihrer Finger, bekam ihn aber nicht zu fassen. Sie warf sich noch weiter nach vorn, hing nun ein Stück über der Klippe – *nur ein kleines Stück, ein winziges Stück* –, sie spürte den rauen Stein unter sich, sah das tobende pechschwarze Wasser am Fuß der Klippe und streckte erneut die Hand nach Alaric aus, als sich zwei Arme um ihre Taille schlangen und sie zurückrissen, weg vom Abgrund, weg von dem fallenden jungen Mann, den sie in den Tod getrieben hatte …

»Nicht«, hörte sie Ians Stimme sagen, wie aus weiter Ferne, obwohl er direkt an ihrem Ohr sprach.

Nur langsam realisierte sie, dass es seine Arme gewesen waren, die sie von der Klippe weggezogen hatten, die nach wie vor fest um ihren Körper geschlungen waren, als sei sie diejenige, die sich umbringen wollte.

»*Aber er stirbt!*«, stieß sie hysterisch aus, sich gegen Ians festen Griff wehrend, um wieder zum Rand der Klippe zu gelangen. »*Er stirbt, Ian!*«

Sie hörte nicht, was er darauf sagte, denn es gelang ihr, ihn mit sich ein Stück nach vorn zu ziehen. Als sie zum zweiten Mal über den Rand der Klippe hinweg in das wütende Meer blickte, war das Wasser bis auf die tobende Gischt und die hellen Schaumkronen der heranrollenden Wellen schwarz. Da war kein Alaric, da war rein gar nichts, das darauf hindeutete, dass sich dort eben ein Mensch hinabgestürzt hatte.

Für eine lange Zeit umklammerte Kate Ians Arme, die noch immer um ihren Körper lagen, als seien sie ein Rettungsring, das Letzte, das sie vor dem Ertrinken bewahrte.

»Er ist tot«, flüsterte sie irgendwann. »Er hat sich umgebracht.«

»Ich weiß«, sagte Ian und fügte, als habe er ihre Gedanken gehört, hinzu: »Aber es ist nicht deine Schuld. Er war krank, du hättest ihn auch nicht mehr retten können, wenn er den Sturz überlebt hätte.«

Kate drehte ihren Kopf von der Klippe und dem Abgrund weg, der Alaric das Leben genommen hatte, und schlang ihre Arme fest um Ians Hals. Ihr gesamter Körper fühlte sich kalt und leer an. Sie wusste nicht, was sie fühlte. All die intensiven Gefühle der letzten Stunden – Trauer, Schmerz, Erleichterung, Wut und Angst – hatten sich zu einem undefinierbaren Brei vermischt, und obwohl sich soeben jemand vor ihren Augen das Leben genommen hatte, konnte sie nicht weinen.

Sie legte ihr Kinn auf Ians warme Schulter, und erst da merkte sie, dass etwas fehlte.

»Gabe«, flüsterte sie. Die Stelle, an der zuvor ihr Bruder gekniet hatte, war leer. »Wo ist mein Bruder?«, sagte sie lauter und löste sich hastig von Ian, um zurück auf die Füße zu kommen. Diesmal ließ er sie sofort frei.

»Er war doch eben noch da«, sagte Ian und stand ebenfalls auf. Als Kate bestürzt auf seine Wunde blickte, machte er eine wegwerfende Handbewegung. »Ein Streifschuss«, sagte er. »Tut schon fast nicht mehr weh.«

Kate zog kurz die Stirn in Falten, dann deutete sie auf den schmalen Streifen Weg, der um den Turm herumführte.

»Ich muss Gabriel suchen«, sagte sie.

Vermutlich hätte es die Worte gar nicht gebraucht, denn sobald sie sich in Bewegung setzte, war Ian an ihrer Seite. Sie bemerkte, dass sein Blick kurz zum Sturmgewehr huschte, das er am Rande der Klippen hatte liegen lassen, aber er drehte nicht um, um es mit sich zu nehmen.

Kate fiel ein, dass auch ihre eigenen Waffen verstreut herumlagen. Sie waren also vollkommen schutzlos, würden sie von den restlichen *Saighdear* angegriffen werden.

»Wie geht es den anderen?«, fragte sie, während sie um den Leuchtturm herumliefen. Ein Teil von ihr schämte sich dafür, dass sie bis eben mehr Gedanken an Alaric und Gabriel als an die kämpfenden Selkies verschwendet hatte.

»Vorhin sah es ganz gut aus«, sagte Ian. »Wegen des Sturms konnte nur das eine Schiff anlegen, wir waren an Land also in der Überzahl, und im Wasser hat Nile mit dem Rest von uns die übrigen Boote beschäftigt.«

»Heißt das, wir haben gewonnen?«, fragte Kate vorsichtig.

Ians Gesicht verdüsterte sich ein wenig. »Vielleicht. *Wenn* sie sich zurückziehen. Nile hält das nicht ewig durch, wie du siehst.«

Er deutete in Richtung Himmel, von dem immer weniger Regentropfen herabfielen. »Wenn sie jetzt noch alle an Land kommen, haben wir ein ernsthaftes Problem.«

Schon wieder deutete Ian an, dass Nile für das tobende Unwetter verantwortlich gewesen war – sie musste so bald wie möglich nachhaken, über welche Kräfte Selkies eigentlich verfügten. Doch jetzt zählte nur, Gabriel und die anderen lebendig vorzufinden.

Kates Herz schlug ihr bis zum Hals, als sie und Ian den Leuchtturm umrundeten und sie erstmals wieder freie Sicht auf die gesamte Insel hatte. Das erste, das ihr auffiel, war, wie still alles war. Wieso hörte sie nirgends kämpfende *Saighdear*, wo waren die Selkies?

Doch als sie auf die Tür zuschritten, tauchte aus der Dunkelheit plötzlich eine regungslose Gestalt am Boden auf. Und nicht weit entfernt lag ein weiterer Körper in der Nähe des Trampelpfades, der von der Anlegestelle zum Leuchtturm führte. Kates Magen verkrampfte sich.

Einer der Körper trug die Jacke der *Saighdear*, so viel konnte sie erkennen, der andere hingegen nicht. Beide waren offensichtlich tot. Also hatte der Kampf noch mehr Opfer als Alaric gefordert.

»Sie fliehen«, sagte Ian.

Und als Kate in Richtung der Anlegestelle blickte, sah sie, wie zwei Gestalten im tanzenden Licht einer Taschenlampe das am Steg vertäute Boot der *Saighdear* bestiegen, wo sie von einem weiteren Mann erwartet wurden. Sie wollte erleichtert sein, sie wollte sich freuen, konnte sich aber nicht gegen die eiskalte Hand wehren, die sich mit ihren spitzen Krallen fest um ihr Herz klammerte. Einer der Männer war Gabriel. Sein helles Haar war für einen Augenblick vom Strahl des Lichts getroffen worden.

Er floh mit den *Saighdear,* war vermutlich schon losgerannt, als Alaric von der Klippe gestürzt war. Er ließ sie alleine hier zurück, um zu dem Leben zurückzukehren, vor dem sie ihn hatte retten wollen. Fast achtzehn Jahre lang hatte Kate ihren Bruder bewundert, ihn geliebt, hatte vor allem nach dem Verlust ihrer Mutter geglaubt, nichts auf der Welt könne sie voneinander trennen. Und nun ließ er sie allein auf einer Insel voller Selkies zurück, die er hasste und für die Mörder ihrer Mutter hielt, um mit den Menschen zu gehen, die er erst so kurze Zeit kannte. Sie waren ihm wichtiger als seine eigene Schwester.

Ihre Kehle fühlte sich furchtbar eng an.

»Wir haben es geschafft!«, hörte sie plötzlich Lauren hinter sich rufen. Langsam drehte Kate sich um. Sie wollte nicht sehen, wie das Schiff mit Gabriel ablegte. Lauren stand auf den Stufen zum Leuchtturm. Neben ihr standen drei oder vier weitere Selkies. Sie konnte sie in der Dunkelheit und im Regen schlecht erkennen.

Lauren und Fynn lösten sich aus der Gruppe und rannten auf Ian und Kate zu.

»Sie hauen ab«, wiederholte Lauren erleichtert, als sie bei ihnen angekommen war. Kate erwartete, dass sie als Erstes Ian um den Hals fallen würde. Doch es war Fynn, der Ian in die Arme schloss – Lauren hingegen drückte Kate an sich, ganz so, als wäre sie ein fester Teil der Gruppe.

»Wie geht es euch?«, fragte sie, sobald sie Kate losgelassen und sich Ian zugewandt hatte.

Fynn deutete auf den großen Blutfleck auf Ians Shirt, und Lauren hob die Hand vor den Mund. »Wie ist das passiert?«, fragte sie. »Ist das …?«

»Streifschuss«, bestätigte Ian. Erst jetzt fiel Kate auf, dass er ungewöhnlich blass war. »Alaric.«

»Alaric?«, hakte Lauren nach. »Ich habe nur seinen Vater gesehen. Er hat wie ein Verrückter gekämpft, selbst als er einsehen musste, dass die Verstärkung wegen des Unwetters nicht anlegen konnte. Hat um sich geschossen, mit dem Schwert gekämpft. Er war auch derjenige, der Ralph getötet hat, als er versucht hat, in den Turm zu fliehen. Doch dann haben Lou und Matt ihn ins Visier genommen, und der zweite *Saighdear,* der mit ihm gekämpft hat, kam ums Leben. Trotzdem hat er weitergekämpft, bis Gabriel wie aus dem Nichts aufgetaucht ist« – sie warf einen kurzen Blick zu Kate – »und ich weiß nicht, was er ihm gesagt hat. Plötzlich hat er aufgegeben, und er und Gabriel sind zum Boot zurückgerannt.« Lauren war am Ende ihrer Erzählung der Ereignisse immer schneller geworden. Nun atmete sie tief ein und fragte: »Ist Blackbirds Sohn denn noch hier?«

Kate sah Ian an, dann schüttelten sie beide in schweigendem Einverständnis den Kopf. Sie konnten im Moment nicht über Alaric reden. Ein stummes Nein, dass er nicht mehr hier war, musste genügen.

Die Selkies vor dem Turm kamen nun langsam auf Ian, Lauren, Fynn und sie zu. Lou war nicht unter ihnen – vielleicht versorgte sie im Turm schon die Verletzten. Sie schwiegen, wirkten aber alle unendlich erleichtert. Auf dem Trampelpfad waren inzwischen noch mehr Selkies aufgetaucht. Langsam liefen sie in Richtung Turm. Ganz vorne war ein Dreiergespann, ein Mann und eine Frau stützten einen kraftlos vor sich hin stolpernden Mann, den Kate bei genauerem Hinsehen als Nile erkannte.

»Na, wer sagt's denn«, hörte sie Ian neben sich leise murmeln. »Er lebt ja noch.«

Als auch der Rest der Selkies ihren Anführer erblickte, setzten sie sich in Bewegung, um ihm entgegenzugehen. Kate und Ian folgten mit ein wenig Abstand, standen schließlich daneben, als Erleichterung und Freude der Selkies wie Buschfeuer auf Niles Begleiter übersprangen.

Kate sah mit einem winzigen Lächeln dabei zu, wie die Selkies die Neuankömmlinge in die Arme schlossen, zu Nile gingen und ihm auf die Schultern klopften, sich aber offenbar nicht trauten, ihn fester zu berühren.

Schließlich war es Selma, die näher an Nile trat und ihm anbot, ihn mit den anderen zum Turm zu tragen, damit er sich erholen konnte – doch er sah sie lediglich an, als habe sie den Verstand verloren, und schob sie stur von sich. Kate fand die schroffe Reaktion fast unfreundlich, Selma aber lachte, als habe sie nichts anderes erwartet, und trat bereitwillig beiseite, sodass Nile in die Mitte der Gruppe treten konnte.

Er stand nicht sonderlich fest auf den Beinen, doch er richtete sich zu seiner vollen Größe auf und ließ den Blick stolz über seine versammelte Mannschaft schweifen.

»Ich weiß, es war eine lange Nacht«, sagte er, die Stimme dünner als damals, als Kate sie zuerst gehört hatte, und trotzdem wurden die Selkies schlagartig still. »Ich weiß, wir haben Ralph an den Blutdurst der *Saighdear* verloren. Aber ihr habt gekämpft – und wie ihr gekämpft habt. Einer der Ihren liegt hier, tot, zu unseren Füßen, zwei weitere fanden ihr nasses Grab im Meer. Sie haben sich zurückgezogen, und wir – wir haben gewonnen. Es mag nur ein Teilsieg sein, aber es ist ein Schritt in die richtige Richtung. *Es ist ein Sieg*. Und es werden noch viele weitere folgen.«

Die Selkies jubelten. Nile wartete ein paar Sekunden, dann fuhr er fort: »Wir werden Ralph unseren Bräuchen gemäß verabschieden und seinen Körper mit seinem Fell bei Sonnenaufgang dem Meer übergeben. Bis dahin möchte ich, dass ihr seine Überreste in Sicherheit bringt.« Einige Selkies der Gruppe nickten rasch. »Ich weiß, dass es nicht leicht ist, einen der Unseren zu verlieren. Aber wir haben heute Nacht gemeinsam Unsere Feinde in die Flucht geschlagen – unsere Feinde, die mehr als doppelt so viele Leute haben als wir –, und das sollten wir feiern.«

Die Selkies brachen erneut in lauten Jubel aus. Anschließend tauschten sie sich aufgeregt über die Schlacht im Meer und auf der Insel aus. Lauren und Fynn wurden in der ausbrechenden Betriebsamkeit von Kate getrennt, doch Ian blieb an ihrer Seite, auch dann noch, als Nile sich aus der kleinen Menge löste und vor ihr zum Stehen kam.

»Katherine«, sagte er langsam, einen schwer deutbaren Ausdruck im Gesicht. »Du hast uns ganz schön was eingebrockt. Das weißt du, oder?«

Kate biss sich auf die Lippe. Es war ihre Schuld gewesen, dass die *Saighdear* überhaupt hergefunden hatten. Natürlich würde sie Ärger bekommen, das hätte ihr eigentlich klar sein sollen. »Es tut mir leid«, sagte sie.

»Sie hat hinten an den Felsen alleine gegen Alaric gekämpft«, kam Ian ihr zu Hilfe. »Sie hat alles getan, um uns zu helfen. Es war nicht ihre Schuld.«

»Hm. Du bist also mutig«, sagte Nile, ohne den Blick von Kate zu lösen. Und plötzlich schienen seine Augen ein klein wenig weicher zu werden. »Ganz wie deine Mutter. Ich habe gehört, dass du Fynn heute Nachmittag das Leben gerettet hast. Nicht jeder hätte das Risiko für einen von uns auf sich genommen.«

Kate wollte etwas sagen, brachte aber kein Wort über die Lippen. Dass Nile so freundlich sein würde, sie sogar mit ihrer Mutter, die einst seine Anführerin gewesen war, vergleichen würde, die er ja vermutlich sehr gut gekannt hatte, das hatte sie nicht erwartet.

Aber ehe sie zu einer Antwort imstande war, war die Sanftheit aus Niles Blick gewichen, und er hatte sich wieder an Ian gewandt. »Du hast gesagt, sie hat gegen das kleine Arschloch gekämpft. Was ist passiert?«

»Er ...«, begann Ian. »Na ja, er hat sich von der Klippe gestürzt.«

»Selbstmord?«, fragte Nile und hob eine Braue an, ehe er zu Kate sah. »Musst ihm ja einen guten Kampf geliefert haben. Männer bis in den Wahnsinn treiben kann nicht jeder – du bist wirklich wie deine Mutter.«

Kate zwang sich zu einem müden Lächeln, und in diesem Moment legte Ian einen Arm schützend um ihre Schulter. Nile sah sie an, presste die Kiefer zusammen, sagte aber nichts mehr. Mit einer wegwerfenden Handbewegung in Ians Richtung schleppte er sich zurück zum Rest der Gruppe.

Die Selkies machten sich bald in ausgelassener Stimmung auf den Weg zum Leuchtturm, doch für Kate schien die Welt still und blass geworden zu sein.

Sie wusste, dass Ian recht hatte, als er eben gesagt hatte, dass nicht sie die Schuld an Alarics Tod trug, und doch fühlte es sich an, als würde sein Blut an ihren Händen kleben. Ein Teil von ihr freute sich darüber, dass die Selkies den Kampf gewonnen hatten. Sie und Ian sollten endlich zu ihnen gehen. Mit ihnen feiern.

Doch sie konnte den Blick nicht von den Lichtern der kleinen *Saighdear*-Flotte lösen, die sich langsam zu einer Formation zusammenfügte und so ihren Weg in Richtung Horizont antrat.

Wenn sie nicht gewesen wäre, dann hätten die *Saighdear* nicht erfahren, wo sich die Basis der Selkies befand. Wenn sie nicht gewesen wäre, dann hätten Alaric und die beiden reglosen Gestalten auf dem Boden nicht ihr Leben lassen müssen.

Wenn sie sich damals nicht in dem Beiboot versteckt hätte,

wenn sie nicht versucht hätte, Gabriel zu retten, wenn sie sich nicht den *Saighdear* angeschlossen hätte, dann wäre heute niemand gestorben.

Es war alles nur wegen Gabriel passiert.

Und nun hatte ihr einziger Bruder sie verlassen.

EPILOG

Keine zwölf Stunden nachdem auch das letzte Boot der *Saighdear* am Horizont verschwunden war, war das Meer wieder friedlich, der Himmel blau und wolkenlos. Die Sonne sandte ihre Strahlen über die Leuchtturminsel und vertrieb so die feuchte Kälte, die das Unwetter über Nacht mit sich gebracht hatte.

Es war ein schöner Nachmittag. Hier draußen erinnerte nichts mehr an den zerstörerischen Sturm von gestern, und hätte Ian nicht gewusst, dass im Turm noch immer Verletzte versorgt wurden und dass irgendwo im Wasser mindestens drei Leichen umhertrieben – niemand wäre wohl je darauf gekommen, dass auf der Insel vor einigen Stunden ein erbitterter Kampf getobt hatte.

Hinter sich hörte er die Schritte von Kate, Fynn und Lauren über den aufgeweichten Trampelpfad in Richtung Anlegestelle tappen. Sie waren auf dem Weg zu den Booten, um Kate trotz ihres heftigen Protests nach Hause zu bringen. Ian konnte verstehen, dass sie nicht gehen wollte.

Nichts würde mehr sein wie früher. Nach allem, was sie gesehen hatte, mit der Wahrheit, die sie nun kannte, würde sie nie wieder ein völlig normales Mädchen sein können. Dazu die Sache mit Gabriel – er war der einzige Grund gewesen, aus dem sie losgezogen war, und nun hatte er sich gegen sie gestellt. Es musste ihr vorkommen, als sei alles umsonst gewesen.

Auch ohne Kates Leben, das sie bis vor einigen Tagen geführt hatte, zu kennen, konnte sich Ian vorstellen, wie furchtbar es für sie sein musste, mit leeren Händen nach Hause zurückzukehren. Wie sollte sie ihrem Vater beibringen, für welchen Weg sich sein Sohn entschieden hatte? Wie sollte sie Gabriels Freunden sagen, dass er nicht mehr zurückkehren würde?

Ian wollte ihr so gerne helfen. Aber er konnte weder klärende Gespräche mit Menschen führen, die er noch nie zuvor gesehen hatte, noch konnte er es Kate gestatten, auf der Leuchtturminsel zu bleiben. Nicht nur, dass Nile es nicht wollte – es war auch zu gefährlich, jetzt, da die *Saighdear* wussten, wo sich das Versteck ihrer Todfeinde befand.

Nile war sich sicher, dass Charles Blackbird nicht zu viel Zeit verstreichen lassen würde. Sie würden wiederkommen, sie würden besser vorbereitet und angesichts ihrer Toten wütender sein als das letzte Mal – und im schlimmsten Fall würden sie alles, was den Selkies wichtig war, zerstören.

Lou und Raj waren gerade damit beschäftigt, alle persönlichen Gegenstände der Selkies, alle Waffen, Unterlagen und Kleidungsstücke, mit dem Boot zu Lous kleiner Wohnung auf der Hauptinsel zu fahren. Es war natürlich nur eine Übergangslösung. Lou hatte ein kleines Ein-Zimmer-Apartment im Haus einer älteren Dame gemietet, und sie konnten kaum von ihr verlangen, den ganzen Krempel auf Dauer bei sich zu horten. Aber es war besser, als zuzusehen, wie die *Saighdear* alles auf einen großen Scheiterhaufen warfen und verbrannten.

Die Selkies selbst würden so lange wie möglich im Leuchtturm leben – anders als Lou und Kate konnten sie innerhalb von Sekunden ins Wasser fliehen, wenn es die Situation erforderte. Der Leuchtturm war der einzige Ort, den die meisten von ihnen ihr Zuhause nennen konnten. Ihnen allen war bewusst, dass es schmerzhaft werden würde, den Turm seinem Schicksal zu überlassen, wenn die *Saighdear* schließlich angriffen, aber es ließ sich nicht ändern.

Ians Herzschlag beschleunigte sich, als er vor den anderen auf den klapprigen Holzsteg trat, an dem ihr Boot befestigt war. Er hasste die Dinger, hasste ihr permanentes Gewackel und das Gefühl der Schutzlosigkeit, das sie ihm vermittelten. Lauren und Fynn hatten ihm in den letzten Stunden mehrfach angeboten, das Steuern zu übernehmen, damit er neben ihnen herschwimmen konnte, aber er hatte abgelehnt. Niemand konnte sagen, wie sich die Dinge in den nächsten Tagen und Wochen entwickeln würden, und er wollte es sich von seiner kindischen Angst vor Booten nicht nehmen lassen, Kate nach Hause zu fahren. Wer wusste schon, wann er sie wiedersehen würde?

Ganz allein würden Ian und Kate jedoch nicht sein – Lauren und Fynn hatten beschlossen, sie als schwimmende Eskorte zu begleiten, damit sie im Fall eines Falles eingreifen konnten. Vielleicht auch, damit Ian das verdammte Boot nicht ganz allein zurück zum Leuchtturm bringen musste, wenn er Kate zu Hause abgesetzt hatte.

»Also dann«, sagte Lauren, als sie alle den Steg erreicht hatten, und wandte sich an Kate. »Ich denke, wir werden bei dir zu Hause nicht mehr an Land gehen. Wäre zu auffällig, wenn neben dem Boot zwei nasse Personen aus dem Wasser kommen. Und die alten Leute auf den Inseln haben fast alle Kontakt zu den *Saighdear*.«

Kate nickte. Obwohl sie am Vormittag ein wenig geschlafen hatte und im Turm sogar noch etwas Essbares hatte auftreiben können, sah sie müde und blass aus.

Ian konnte es ihr nicht verdenken. Er hatte nie etwas anderes gewollt, als den Konflikt mit den *Saighdear* möglichst unblutig zu beenden und seine Gruppe, seine Familie, zu schützen. Sie hatte Gabriel retten wollen. Ian konnte weiterhin für seine Ziele kämpfen, während Kate ihren Bruder unwiederbringlich verloren zu haben schien. Dazu die Ereignisse der letzten Tage, die Kämpfe, Alarics Selbstmord. Kate hatte jedes erdenkliche Recht darauf, mit ihren Kräften am Ende zu sein.

Es war eine schwierige Position, in der sie sich befand – sie war zu sehr Mensch, um bei den Selkies bleiben zu können, und zugleich zu sehr in die Konflikte der *Saighdear,* Feen und Selkies hineingezogen worden, um wieder ein völlig normales Leben führen zu können. Sie stand zwischen den Welten, und Ian konnte nur hoffen, dass sie den richtigen Weg für sich finden würde.

Er sah ihr an, dass sie sich Mühe gab, sich nichts anmerken zu lassen. Sie hatte bisher noch keine Träne vergossen, sie ging aufrecht, und sie lächelte, wenn einer der anderen nett zu ihr war oder einen Witz machte. Nur in ihren Augen sah man, dass gestern etwas in ihrem Innersten zersprungen war.

»Danke für deine Hilfe, Kate«, sagte Lauren herzlich und schloss sie zum Abschied in die Arme. »Danke für alles. Ich bin sicher, wir sehen uns bald wieder. Du hast ja Lous Nummer. Wenn es Probleme gibt, dann melde dich einfach bei ihr … Und wir kommen dich natürlich so bald wie möglich besuchen.«

»Danke euch«, erwiderte Kate mit einem kleinen Lächeln, das trotz allem echt zu sein schien. »Ich besorge euch auch Fischstäbchen, wenn ich dazu komme.«

Ian verzog das Gesicht. »Die kannst du echt alleine essen.«

Lauren lachte hellauf, und Kate wandte sich Fynn zu, der ihr in Gebärdensprache sagte, wie mutig sie war und dass er sich darauf freute, sie wiederzusehen. Er führte die Gesten deutlich und nicht so schnell aus wie sonst, aber Ian fürchtete, dass Kate trotzdem kein Wort von dem verstand, was er ihr mitzuteilen versuchte. Sie lächelte und nickte zwar, aber wenn ihn nicht alles täuschte, sah er über ihrem Kopf einen Haufen kleiner Fragezeichen schweben. Vielleicht sollte er demnächst Zeit darin investieren, ihr die Grundlagen der Gebärdensprache beizubringen. Das würde sowohl ihr als auch Fynn Peinlichkeiten ersparen und die Kommunikation der beiden um einiges leichter machen.

Offenbar hatte nun auch Fynn begriffen, dass Kate ihm nicht folgen konnte. Und so ging er dazu über, sie mit einem freundschaftlichen Lächeln zu umarmen.

»Wir bleiben in eurer Nähe«, sagte Lauren zu Ian. »Wenn du kotzen musst, gib uns ein Zeichen, dann lösen wir dich ab.«

Ian schnaubte. »Ich muss *nicht* … Nein, ich krieg das schon hin, mach dir mal keine Sorgen.«

»Wie du meinst«, sagte Lauren mit einem kleinen Grinsen, das ihre strahlend weißen Zähne zeigte, legte sich ihr Fell um die Schultern und marschierte zusammen mit Fynn zum Ende des Stegs. »Wir sehn uns«, rief sie – und sprang.

Keine Sekunde später tauchte sie als grau schimmernder Seehund ins Wasser ein. Fynn winkte Kate und Ian kurz zu, dann sprang auch er ab, das Fell dicht um den Körper geschlungen, um noch in der Luft zu einer sandfarbenen Robbe zu werden.

Unter normalen Umständen hätte Ian alles dafür gegeben, gemeinsam mit ihnen ins Meer zurückkehren zu können, aber nun war Kate ihm wichtiger. Er löste seinen Blick von den beiden Robben, deren Körper hin und wieder spielerisch durch die Wasseroberfläche stießen, und sah zu Kate, die dicht neben ihm stand, die Arme fest um ihren eigenen Körper geschlungen.

»Frierst du?«, fragte er, doch sie schüttelte rasch den Kopf.

»Es geht schon«, sagte sie.

Ian musterte sie skeptisch. Seit der Schlacht weigerte sie sich, die warme Uniform der *Saighdear* anzuziehen, und trug obenherum nicht mehr als ein T-Shirt und einen ausgeleierten, wohl ehemals grünen Kapuzenpulli, den Lauren ihr geliehen hatte.

Ihr musste kalt sein. Er blickte zum Leuchtturm. Bestimmt hatten sie noch irgendwo eine Jacke herumliegen, vielleicht sollte er kurz hochgehen und nachsehen, ob sich nicht doch noch etwas Wärmeres für Kate finden ließ.

»Wirklich«, sagte Kate nachdrücklich, als habe sie seine Gedanken gelesen. »Mir geht's gut. Ich bin nur müde und so.«

»Bist du sicher?«

Sie deutete mit einem kleinen Lächeln ein Augenrollen an. »Ja. Ganz sicher.«

»Wird aber echt kalt werden«, sagte Ian. »Ist bestimmt ziemlich windig auf dem Wasser.«

»Ian, ich wohne schon mein ganzes Leben hier. Ich werd klarkommen.«

»Wie du meinst, aber ich will kein Zähneklappern hören, okay?«

Kates Lächeln wurde breiter. »Ich gebe mir Mühe.«

Sie sprang vor ihm auf das kleine Boot, das sie zurück zu den bewohnten Inseln bringen sollte, und er folgte ihr, nachdem er das Tau vom Steg gelöst hatte. Lauren und Fynn schienen langsam ungeduldig zu werden – Ian konnte sehen, wie ihre Rücken in regelmäßigen Abständen an die Oberfläche kamen, während sie vor dem Steg kreisten wie ein Paar hungriger Haie. Es wurde Zeit, dass sie losfuhren, auch wenn Ian den Moment, an dem er sich von Kate würde trennen müssen, am liebsten länger hinausgezögert hätte.

»Haben sie ihn eigentlich gefunden?«, fragte Kate.

Im ersten Moment wusste er nicht, was sie meinte.

»Wen?«, hakte er nach und startete den Motor.

Lauren und Fynn sprangen übermütig in die Luft, als sich das Boot endlich in Bewegung setzte und die Anlegestelle langsam hinter sich ließ. Nachdem Ian sich versichert hatte, dass er beim Ausparken nicht versehentlich den Steg rammen würde, blickte er wieder zu Kate. Sie sah nachdenklich an ihm vorbei, über seine Schulter hinweg, und war offenbar auf einen bestimmten Punkt der Insel konzentriert. Und plötzlich verstand er.

»Alaric«, sagte sie genau in dem Moment, in dem der Name auch in seinen Gedanken erschienen war. »Oder seine ... Na ja, das, was von ihm übrig ist.«

Ian schüttelte langsam den Kopf. Selma und Raj hatten zwar in ihrer Robbengestalt nach einer Leiche zwischen den Felsen gesucht, aber bisher keine Spur von Alaric entdeckt. »Sie werden ihn schon noch finden«, sagte Ian zuversichtlicher, als er war. Bei den Wetterverhältnissen, die geherrscht hatten, als Alaric gefallen war, konnten ihn die Wellen und Strömungen sonst wohin getragen haben; und wenn er sich an einer schwer erreichbaren Stelle am Ufer befand, dann würde man vermutlich erst auf ihn stoßen, wenn von ihm nicht viel mehr als die blanken Knochen übrig waren. Aber das musste er Kate nun wirklich nicht sagen.

»Könnte er nicht vielleicht überlebt haben?«, fragte sie so leise, dass er sie über das Dröhnen des Motors hinweg kaum verstehen konnte.

»Kate, er ...«, begann Ian, wusste dann aber nicht recht, wie er fortfahren sollte. Er wollte eigentlich nicht glauben, dass Kate in Alaric einen engen Freund gesehen hatte. Aber selbst wenn er ihr nicht die Welt bedeutet hatte, schien sie wegen seines Selbstmordes doch enorme Schuldgefühle zu haben.

Ian war der Meinung, dass bei Alaric schon vor langer Zeit eine grundlegende Sicherung durchgebrannt war – der Kerl hatte einfach nicht mehr alle Tassen im Schrank gehabt, und das war das Problem gewesen. Ian hatte den Ausdruck in Alarics Augen gesehen, kurz bevor er den entscheidenden Schritt von der Klippe gemacht hatte. Da war keine Furcht gewesen, kein Zweifel; es war nicht der Blick eines Mannes gewesen, der in seiner Verzweiflung keinen anderen Ausweg mehr gefunden hatte. Da war nichts als dieser furchtbar kalte Hohn gewesen, als würde er den aussichtslosen Kampf doch noch gewinnen können, indem er seinen Feinden die Möglichkeit nahm, ihn zu beenden.

Nach einem letzten Blick in Kates blasses Gesicht entschied sich Ian dazu, ihr die Wahrheit zu sagen. Alles andere wäre falsch und eine elegantere Lösung fiel ihm beim besten Willen nicht ein.

»Alaric ist zwanzig Meter in die Tiefe gestürzt«, sagte er. »Dort unten war alles voller Felsen. Dazu noch der Sturm ... Das überlebt kein Mensch. Und das wusste er. Er wusste, dass er nicht mit den anderen nach Hause fahren würde.«

Kate sah für einen kurzen Moment aus, als wollte sie etwas erwidern, aber dann biss sie sich auf die Unterlippe und starrte nachdenklich in das Wasser, das zu beiden Seiten ihres Bootes vorbeirauschte.

»Wie geht es eigentlich Nile?«, fragte sie schließlich.

Ian blinzelte, von dem plötzlichen Themenwechsel überrascht. »Na ja, besser. Der wird wieder, hat sich einfach überanstrengt. Morgen zickt er wieder rum, das kann ich dir versprechen.«

»Heißt das, ihr könnt echt ...«, sagte Kate und begann, mit der Hand wirr in der Luft herumzuwedeln, was wohl eine Anspielung auf Magie darstellen sollte. »... Stürme machen und so was? Ich meine, Quentin hat gesagt, dass die alten Sagen davon erzählen, aber ich dachte nicht, dass das wirklich geht, weißt du?«

»Nile kann es«, sagte Ian nach kurzem Zögern. »Eleanor konnte es auch und ... Eigentlich kriegen es ein paar von den älteren Selkies hin, aber keiner von denen, die jetzt bei uns sind, könnten so einen Orkan erzeugen wie Nile gestern. Ich glaube, das ist eine Mischung aus Alter, Erfahrung und der Stellung innerhalb der Gruppe. Ich kann's jedenfalls nicht, aber ich bin auch nicht halb so alt wie Nile.«

Kate zog die Stirn in Falten. »Willst du mir grade weismachen, dass er über vierzig ist?«, fragte sie ungläubig. »Er sieht aus wie Anfang dreißig.«

»Wir sind nicht unsterblich, aber wir altern langsamer als normale Menschen«, erklärte Ian. »Schließlich gibt es uns ja, damit wir die Robben der Inseln beschützen können, und das könnten wir nicht, wenn wir normal altern würden. Also ja, Nile ist dreiundvierzig, er war ein bisschen jünger als Ele… als deine Mutter.«

Kate schien einen Moment zu brauchen, um diese Information zu verarbeiten. Eigentlich hätte sie das schon bei ihrer Mutter bemerken müssen, dass sie langsamer gealtert war als andere Frauen. Aber dann fiel Ian ein, dass Eleanor noch jung gewesen war, als sie gestorben war. Und Kate selbst war noch ein Kind gewesen.

»Und du bist wirklich neunzehn?«, fragte sie schließlich.

Ian lächelte. »Wie gesagt, ich werde in ein paar Tagen zwanzig, aber ja, im Moment bin ich neunzehn«, sagte er und fügte dann, als sie nicht ganz überzeugt wirkte, noch an: »Ich bin kein Vampir, Kate.«

»Ich weiß, du glitzerst nicht in der Sonne.«

Er runzelte die Stirn. »Vampire glitzern auch nicht.«

Kate sah ihn ein paar Sekunden lang nachdenklich an, als habe er etwas sehr Bedeutsames verpasst, dann zuckte sie die Schultern und blickte wieder aufs Meer hinaus. »Glaubst du, es gibt Vampire?«

»Ganz ehrlich?«, fragte Ian. »Nein, zumindest nicht hier. Aber die Feen, Meerjungfrauen und Seeungeheuer in unserer Gegend machen den *Saighdear* auch allein genug Stress. Die brauchen nicht auch noch Vampire.«

Kate schnaubte. »Mag sein.« Sie hielt eine Hand über den

Bootsrand hinaus und ließ ihre Finger durch das rasch vorbeiströmende Wasser gleiten. Nur wenige Augenblicke später tauchte Lauren auf, stupste mit der Schnauze gegen Kates Hand und verschwand daraufhin wieder im Dunkeln. »Ian, meinst du, Alaric ... Na ja, glaubst du, er kommt zurück?«

»Er ist tot«, sagte Ian, obwohl er wusste, dass das nicht das war, was Kate hören wollte.

Er hatte befürchtet, dass sie das nach all dem, was er ihr am letzten Abend erzählt hatte, fragen würde. Aber noch viel mehr fürchtete er sich selbst vor der Antwort. Wenn Alaric sich nicht an den Felsen den Schädel zertrümmert hatte, dann war er ertrunken. Und dass Ertrunkene nicht immer tot blieben, das wusste Ian besser als jeder andere.

»Gestern hast du mir gesagt, dass Selkies entstehen, wenn jemand ... Wenn jemand so stirbt wie er, oder nicht?«, bohrte sie weiter. Während sie sprach, wurde sie immer unsicherer, als wäre sie sich nicht sicher, ob es taktlos war, mit ihm über dieses Thema zu reden.

»Nicht zwangsläufig«, sagte Ian. »Ich habe dir ja gesagt, dass es nicht so oft vorkommt, dass sich die Robben Ertrinkende aussuchen. Wir sind nur noch zehn und sind nicht einmal alle in der direkten Umgebung der Inseln, äh, umgekommen. Nile und Lauren kommen aus Schottland, haben aber viel weiter südlich von Orkney gelebt, Fynn ist sogar aus Norwegen. Es gibt noch Selkies, die sich von uns und unserem Kampf fernhalten und sicherlich auch solche, von denen wir nichts wissen. Aber trotzdem müsste die Zahl der Ertrinkenden in einem so großen Gebiet wesentlich höher sein. Es ist also eher die Ausnahme als die Regel, dass jemand zum Selkie wird.«

Ian konnte Kates Gesichtsausdruck nicht richtig deuten. War sie beruhigt oder enttäuscht, dass Alaric höchstwahrscheinlich so tot bleiben würde, wie er es jetzt war?

»Hm, verstehe«, sagte sie schließlich. »Wie ist das eigentlich mit, äh, Halbselkies? Also, wenn unsere Mutter eine Selkie war, heißt das dann, dass Gabe und ich … uns auch in Robben verwandeln können?«

»Ich wüsste nicht wie«, sagte Ian. »Vielleicht gibt es einen Weg, aber wenn das jemand weiß, dann einer der Älteren. Nile oder Selma – sie war sehr gut mit Eleanor befreundet. Ich weiß nur, dass die Nachkommen *zweier* Selkies sich verwandeln, wenn sie das erste Mal im Meer schwimmen, aber ich hab keine Ahnung von Halbselkies. In den Sagen werden wohl manchmal welche erwähnt, aber heutzutage gibt es kaum noch Menschen wie dich, Kate. Die *Saighdear* tun schließlich alles dafür, uns als blutrünstige Monster darzustellen … Kein Wunder, dass keine normale Person einen Selkie heiraten und Kinder mit ihm bekommen will.«

Kate schenkte ihm ein müdes Lächeln. »Mein Vater wird mir eine Menge erklären müssen, wenn ich zurück bin.«

Ian schwieg. Wie mochte der Mann, der Kate ihr Leben lang die Wahrheit verschwiegen hatte, wohl auf die Neuigkeiten reagieren, die ihm seine Tochter mit nach Hause brachte? Was hielt jemand, der einst eine Selkie geheiratet hatte, davon, dass sein einziger Sohn freiwillig den *Saighdear* beigetreten war? Ian beneidete Kate nicht um das Gespräch, das ihr bevorstand, aber er wusste noch immer nicht, wie er ihr hätte helfen können. Sie musste alleine da durch, so leid es ihm tat.

»Kannst ihm ja schöne Grüße ausrichten«, sagte er schließlich.

»Großartige Idee«, erwiderte sie ironisch, und Ian lachte. »Was habt ihr jetzt vor?«, fragte sie dann. »Zurück zur Tagesordnung? Schiffe versenken und Waffen klauen?«

Ian zuckte mit den Schultern. Bisher hatten sie weder die Zeit noch die Ruhe für eine richtige Besprechung gehabt – sie alle waren mit den Nachwirkungen der Schlacht beschäftigt gewesen, hatten Verletzte versorgt und aufgeräumt. Nile plante insgeheim sicher schon einen Gegenschlag, der die *Saighdear,* ihre Familien und ihre Haustiere bis ins Mark erschüttern würde, aber Ian würde zusehen, dass er Niles Aktionen von Beginn an vereitelte. Gewalt erzeugte nur noch mehr Gewalt, das hatte die letzte Nacht deutlich bewiesen. Auf Dauer konnte das keine Lösung sein.

Selbst wenn die Selkies den Kampf gegen die *Saighdear* wider Erwarten gewinnen sollten, würde der Staat wohl früher oder später merken, dass seine Fabelwesenabwehrtruppe vollzählig auf dem Grund des Meeres lag. Und wenn das Militär anrückte, würden die Selkies zweifellos das Nachsehen haben.

Es musste einen anderen Weg geben, und Ian würde ihn finden.

»Ich weiß noch nicht genau«, sagte er schließlich. »Aber wir werden nicht aufgeben.«

Ein kleines Schmunzeln zupfte an Kates Mundwinkeln. »Dachte ich mir fast.«

»Und du?«, fragte er lächelnd. »Zurück zur Tagesordnung? Schafe versorgen und Traktoren reparieren?«

Zu seiner Überraschung schüttelte Kate bestimmt den Kopf. »Auf keinen Fall«, sagte sie. »Ich meine, klar, ich werd jetzt nicht morgen ausziehen und meinen Vater alleinlassen, aber … Ich kann auch nicht so tun, als wäre nichts passiert, weißt du? Gabriel ist immer noch da draußen, immer noch bei denen. Er weiß noch immer nicht die Wahrheit über unsere Mutter, nur den ganzen Mist, den Blackbird ihm aufgetischt hat. Ich werde meinen Bruder nicht einfach so abschreiben, ihn so vergessen, wie er das bei mir getan hat.« Sie blinzelte eine Träne weg. Ian gab ihr die Zeit, die sie brauchte, um sich zu sammeln. Und tatsächlich sprach sie nach einer Weile von sich aus weiter. »Ihr befindet euch im Krieg. Das ist nicht vorbei, auch wenn die *Saighdear* sich zurückgezogen haben. Solange diese Kämpfe weitergehen, ist keiner in Sicherheit – weder ihr noch Gabriel. Ich kann nicht einfach zusehen, wie ihr euer Leben aufs Spiel setzt. Ich will etwas tun.«

Als sie zu ihm aufsah, schienen ihre Augen zu blitzen wie geschliffener Stahl.

Sie wollte kämpfen. Kate war mutig und bereit, alles für die Menschen zu geben, die sie liebte. In dieser Hinsicht war sie genau wie ihre Mutter. Ian hatte in ihr anfangs nicht mehr als eine kleine Eleanor gesehen, einen schwachen Abklatsch der Frau, die ihre Gruppe so lange geführt hatte. Aber Kate war noch so viel mehr als das.

Mehr einer hirnlosen Eingebung als einer taktischen Überlegung folgend, legte Ian eine Hand auf ihre. Er bereute seine Handlung, sobald ihm bewusst wurde, was er da gerade tat, doch Kate lächelte, der harte Ausdruck in ihren Augen wurde weicher – und sie drehte ihre Hand herum, um ihre Finger mit den seinen zu verschränken.

Sein Herz schlug ihm fast bis zum Hals.

»Ich hatte nichts anderes erwartet«, sagte er, darum bemüht, sich nach außen hin nichts von seiner Aufregung anmerken zu lassen. Erst als Verwirrung in ihr Gesicht trat, bemerkte er, was für einen dummen Fehler er gemacht hatte. Die falschen Worte zum falschen Zeitpunkt. So viel dazu. Er war in etwa so klug wie ein Seestern.

»Äh. Mit dem, was du gesagt hast, meine ich, nicht damit«, fügte er mit einem Blick auf ihre verflochtenen Finger rasch an und hoffte, dass er jetzt nicht auch noch rot wurde. Er wurde vielleicht alle vier Jahre einmal rot und musste daran jetzt nun wirklich nichts ändern. »Dass du etwas machen willst. Du bist niemand, der wegläuft.«

Sie zog die Brauen hoch, aber sie schien nicht böse zu sein –

eher überrascht. »Aber heißt das auch, ich kann euch helfen? Ich habe nicht das Gefühl, dass Nile mich sonderlich mag. Ich glaube, er hat ein Problem mit mir.«

Ian war dankbar, dass sie das Gespräch wieder auf ungefährlicheres Terrain lenkte. Vielleicht würde das die plötzliche Hitze aus seinem Körper vertreiben. »Bestimmt nicht. Er und Eleanor standen sich sehr nahe. Sie wollte nicht, dass ihr von uns erfahrt, und in dieser Hinsicht hat er – haben wir alle – versagt. Ich glaube, das ist es, was ihn stört.«

»Ich verstehe das nicht. Warum wollte sie nicht, dass wir die Wahrheit wissen?«

»Sie wollte euch schützen«, sagte er. »Euch sollte nichts geschehen … Sie hat euch über alles geliebt. So sind Eltern nun mal.«

»Und jetzt ist das egal, und ich kann helfen?«, hakte Kate mit einem bitteren Schnauben nach.

»Na ja. Egal ist es natürlich nicht. Wir werden trotzdem versuchen, euch zu schützen. Auch wenn das mit … mit Gabriel vielleicht etwas schwieriger wird, jetzt, da er sich für die *Saighdear* entschieden hat. Aber was dich betrifft: Wahrscheinlich ist es sogar sicherer, wenn wir dich helfen lassen. Bevor du noch versuchst, selbst zum Leuchtturm zu gelangen, und uns dabei absäufst.«

»Hey, ich kann sehr wohl schwimmen.«

»Kam mir damals nicht so vor«, bemerkte Ian mit einem kleinen Lächeln und spielte damit auf ihre etwas holprige gemeinsame Flucht von der *Sealgair* an.

Kate bedachte ihn mit einem bitterbösen Blick.

»Wie lange willst du mir das eigentlich noch nachtragen?«, fragte sie. »Ich habe stundenlang in einem winzigen Beiboot gelegen und nichts gegessen, und du wunderst dich, dass ich danach nicht mit einem verdammten *Seehund* mithalten kann …«

»Ich werde das auch noch den Leuten auf deiner Beerdigung erzählen, wenn ich die Chance dazu habe.«

»Wenn du noch ein einziges Mal damit anfängst, werde ich dafür sorgen, dass *ich* auf *deiner* Beerdigung erzähle, dass du mehr als vierundzwanzig Stunden gebraucht hast, um dir einen Namen zu merken, der aus vier Buchstaben besteht.«

»Okay, gut gekontert, Katy«, gestand Ian ihr zu. »Aber ich kannte deinen Namen schon beim ersten Mal, ist nur lustig, dich zu ärgern.«

Kate verdrehte die Augen, aber Ian konnte sehen, dass ihre Mundwinkel zuckten. Nun, da ihre Themen weit entfernt von Selbstmord, potenzieller Auferstehung und Verrat waren, wurde die Stimmung zwischen ihnen endlich gelöster.

Sie war schön, wenn die kleinen Sorgenfältchen zwischen ihren Brauen sich glätteten und ihre Augen zu strahlen begannen. Wenn sie so miteinander scherzten, kam es Ian vor, als würde er sie schon wesentlich länger als eine Woche kennen. Was ja auch stimmte, aber er weigerte sich, das kurze Aufeinandertreffen in ihrer Kindheit gelten zu lassen.

Ian hatte immer Probleme damit gehabt, fremden Menschen zu vertrauen, nach dem Unfall vor zehn Jahren noch mehr als zuvor, aber mit Kate fiel es ihm trotz ihrer Startschwierigkeiten immer leichter. Er mochte sie. Sehr. Trotz des kalten Winds auf dem Wasser war ihm von innen heraus warm.

Viel schneller, als Ian lieb war, erreichten sie Shapinsay. Während sie einen ruhigen Strand weit weg von allen Häusern ansteuerten, kam es Ian vor, als wären sie keine Stunde unterwegs gewesen, obwohl es mindestens zwei gewesen sein mussten. Ihre Hände hatten einen Großteil der Fahrt über ineinander gelegen, und nun, da Ian dafür sorgen musste, das Boot nicht gegen einen Felsen zu setzen, kam es ihm seltsam vor, Kate wieder loszulassen.

Fynn und Lauren schwammen nicht in die Nähe des Strands – sie wollten nicht gesehen werden, falls doch einer der Inselbewohner auftauchen sollte. Um nicht auf dem Kies aufzulaufen, hielt Ian an, kurz nachdem unter den grünblauen Wellen der Grund in Sicht gekommen war. Kate würde durch das Wasser waten müssen, um an Land zu kommen, und hatte dann patschnass noch ein gutes Stück Heimweg vor sich, aber es ließ sich nicht ändern. Zu den Anlegestellen im Hafen zu fahren wäre zu gefährlich gewesen, und Ian wollte nicht das Risiko eingehen, das Boot an den flachen Felsen im Wasser zu beschädigen, wenn er sich zu nahe ans Ufer wagte.

Er warf einen letzten Blick in das Wasser neben ihrem Boot und fuhr noch einen Meter vor. Er wollte wirklich sichergehen, dass er so nah wie möglich an den Strand gefahren war – dann schaltete er den Motor ab. Als das stetige Dröhnen des Bootes verebbte und dem leisen Rauschen der Wellen und den heiseren Schreien der Möwen am Strand wich, war es plötzlich unheimlich still.

Es war Kate, die das kurze Schweigen zwischen ihnen brach. »Da wären wir also, hm?«, fragte sie.

»Sieht so aus, ja«, sagte er. »Also … Ich würde dich ja begleiten, aber du weißt ja. Nach dem, was gestern passiert ist, will ich nicht den falschen Leuten über den Weg laufen, und für dich und deinen Vater ist es vielleicht auch besser, wenn man euch nicht mit uns in Verbindung bringt.«

Kate nickte. »Schon gut«, sagte sie. »Ich bin ein großes Mädchen. Ich finde auch allein nach Hause.«

»Wir bleiben in Kontakt, ja? Wenn du uns etwas mitteilen möchtest, melde dich bei Lou, sie hat ein Handy und einen Festnetzanschluss. Und wenn die Lage sich ein wenig beruhigt hat, können wir vielleicht auch mal auf die Insel kommen, oder wir treffen uns hier am Strand. Wir geben dir Bescheid, sobald wir wissen, wann es klappt.«

»Geht klar«, sagte Kate und fügte nach einer kleinen Pause an: »Ich meine, ich freue mich natürlich, wieder hier zu sein und alle wiederzusehen. Ich habe Gabes Hund vermisst … und meinen Vater. Und einem Freund von mir habe ich vor meinem Aufbruch versprochen, heil nach Hause zurückzukommen. Eigentlich auch, dass ich Gabriel mitbringe.« Sie schnaubte. »Na ja. Wenigstens die eine Hälfte des Versprechens konnte ich einhalten.«

»Sie werden sich trotzdem freuen, auch ohne Gabriel«, sagte Ian aufmunternd und versuchte, alle Gedanken an diesen »Freund« zu verdrängen. Vielleicht war der Kerl ein überdurchschnittlich gut aussehender Mensch, der studierte und immer nett zu seinen potenziellen Schwiegereltern war. Und vielleicht passte er wesentlich besser zu einem siebzehnjährigen Mädchen als ein Selkie, der noch nicht einmal die Grundschule hatte beenden können. Aber das tat nun wirklich nichts zur Sache.

Kate hob die Schultern. »Bestimmt. Aber mit Gabe wäre es besser gewesen. Ich denke, mein Vater wird traurig sein, wenn er erfährt, was passiert ist. Und Crab versteht wahrscheinlich die Welt nicht mehr.«

»Crab ist dein Freund?«, fragte Ian so beiläufig wie möglich.

»Crab ist Gabriels Hund«, erwiderte Kate und fügte an: »Der Freund, von dem ich geredet habe, heißt Terry. Und er ist dreizehn.«

»Oh.«

»Er wird wahrscheinlich alles bis ins kleinste Detail wissen wollen«, fuhr Kate fort, als sei nichts gewesen. Ian war ihr dafür sehr dankbar. »Aber ich kann ihm vertrauen. Er ist auf unserer Seite.«

»Bestens«, sagte Ian, mehr schien ihm nicht nötig. Kate war klug, sie würde wissen, wem sie von ihren Erlebnissen erzählen konnte und wem nicht. Er wollte nicht wie Nile sein und mit ihr eine Adressliste vertrauenswürdiger Kontaktpersonen anfertigen.

»Also dann …«, begann er, um sich von ihr zu verabschieden, wurde aber von ihr unterbrochen.

»Danke, Ian«, platzte sie heraus, und ein rosafarbener Schimmer tanzte über die helle Haut ihrer Wangen. »Für alles. Wenn du nicht auf die *Sealgair* gekommen wärst … Oder wenn du mich in dem Beiboot hättest sitzen lassen. Ich weiß nicht, was passiert wäre. Du hättest mir nicht helfen müssen, du wusstest nicht einmal, wer ich bin – und du hast es trotzdem getan. Wenn du dich nicht für mich eingesetzt hättest, hätte Nile mich gleich wieder heimgeschickt, und diese Liste geht ewig weiter. Ohne dich hätte ich nie erfahren, wer meine Mutter war. Deswegen … danke.«

Ian zwang sich zu einem Lächeln, obwohl ihn plötzlich eine Welle des schlechten Gewissens überspülte. Von der *Sealgair* hatte er sie aus Mitleid gerettet. Aber dass er Nile dazu überredet hatte, sie bei den *Saighdear* einzuschleusen, das war pure Berechnung gewesen. James war gestorben, er hatte Angst gehabt, dass es als Nächstes Fynn oder Lauren treffen könnte, wenn sie so weitermachten wie bisher. Kate war ein Mittel zum Zweck gewesen, der einzige Weg, den Kampf gegen die *Saighdear* ungefährlicher zu machen.

Natürlich hatte sich das geändert. Mittlerweile war es fast beängstigend, wie viel Kate ihm bedeutete – und das, obwohl er sie nicht annähernd so lange kannte wie seine Freunde.

»Nichts zu danken«, sagte er nach langem Schweigen und wich ihrem Blick aus. »Du hast Fynn das Leben gerettet, das ist mehr wert als alles andere.«

Sie sah ihn einige Sekunden lang an, biss sich auf ihre Unterlippe, und Ian spürte, wie sein Herz einen Satz machte. Sie war wirklich schön.

Er selbst war viel zu verkrampft, um sich überhaupt von der

Stelle zu rühren – er hatte keine Ahnung von Beziehungen, geschweige denn davon, wie man mit Frauen umging, wenn man sie als Frauen und nicht als Kumpel betrachtete –, doch Kate beugte sich plötzlich vor, und er spürte, wie ihre weichen Lippen sanft über seine Wange strichen. Er wusste, dass er etwas tun sollte, doch er konnte kaum atmen, und ehe er überhaupt begriffen hatte, was gerade geschah, war es auch schon wieder vorbei.

Sein Gesicht glühte, und er kam sich vor wie ein Fünfzehnjähriger. Er wurde bald zwanzig und verhielt sich wie ein präpubertärer Teenager. Ganz große Klasse.

Doch Kate strahlte ihn an, als sei sie stolz auf ihre Tat und die Röte in seinem Gesicht. »Dann bis bald«, sagte sie fröhlich, sprang aus dem Boot und landete platschend im Wasser. Es reichte ihr bis zu den Oberschenkeln, ihre Stiefel, die Jeans, alles war augenblicklich nass, und Ian bekam sofort wieder ein schlechtes Gewissen. Vielleicht hätte er ihr anbieten sollen, sie zu tragen – ihn störte es nun wirklich nicht, wenn er nass wurde. Aber dafür war es nun zu spät.

»Ja«, sagte er, nachdem sie schon losgewatet war. »Bis bald. Und … Komm gut heim.«

Sie drehte sich auf ihrem Weg in Richtung Strand noch einmal nach ihm um. Er konnte nur hoffen, dass das Wasser für sie nicht allzu kalt war, immerhin war sie nur eine Halbselkie. »Ich geb mir Mühe«, erwiderte sie. Es entstand eine kurze Pause zwischen ihnen, in denen sie sich über die zwei, drei Meter Entfernung ansahen, eine Wolke ungesagter Worte in der Luft, die keine feste Form annehmen wollten.

»Komm du auch gut heim«, sagte Kate schließlich. »Und mach das Boot nicht kaputt.«

Ian musste lächeln. »Fynn wird fahren. Er mag Boote. Ich schwimme.«

»Dann ertrink nicht.«

»Wird mir nicht passieren.«

Sie schnaubte. »Dann ist ja alles gut. Also … Sag den anderen liebe Grüße.«

»Mache ich.«

Sie lächelte, hob zum Abschied die Hand, und er erwiderte ihren Gruß.

Nachdem sie sich abgewandt und ihren Heimweg angetreten hatte, sah er ihr noch lange nach.

Der Moment hätte perfekt sein müssen. Er hatte Kate sicher nach Hause gebracht, sie hatten sich den ganzen Weg über gut verstanden, hatten sich unterhalten. Und dann dieser winzige Kuss – sie schien ihn wirklich zu mögen. Ihn! Nach all dem Mist, den er in den letzten Tagen gebaut hatte. Das Wetter war schön, Fynn und Lauren plätscherten hinter ihm ungeduldig im Wasser – es war alles gut. Er hätte durch und durch glücklich sein sollen.

Doch da war diese eine kalte Stelle zwischen seinen Schulterblättern, die ihn seit ihrem Aufbruch am Leuchtturm begleitete, ohne dass er weiter darüber nachgedacht hatte. Dieses unbestimmte Kribbeln, dieses vage Gefühl, beobachtet zu werden. Es versetzte seiner Stimmung einen deutlichen Dämpfer, ließ die Wärme langsam aus seinem Körper verschwinden.

Er löste den Blick von Kates Silhouette und sah auf die Wellen hinaus, doch da waren nur Lauren und Fynn, die gelegentlich die Köpfe aus dem Wasser streckten, um nach ihm zu schauen. Es war niemand außer ihnen hier, doch das Gefühl blieb.

Irgendetwas stimmte nicht. Ian wusste, dass ihnen auf ihrem Weg hierher kein Boot gefolgt war. Er wusste, dass Lauren und Fynn die Fahrt über bei Kate und ihm gewesen waren und sie augenblicklich gewarnt hätten, wenn ihnen Gefahr gedroht hätte. Aber er wusste auch, dass ihn sein Gefühl bisher noch nie getäuscht hatte.

Und das war es, was ihm Sorgen bereitete.

Danksagung

Es ist fertig. Ich kann noch immer nicht ganz glauben, dass nach fast zwei Jahren nun doch noch ein richtiges Buch aus meinen Ideen geworden ist. Ohne die Hilfe der wunderbaren Menschen in meinem Umfeld hätte ich vermutlich bei Seite fünfzig aufgegeben und alles zum Heizen in den Karmin geworfen. Habe ich aber nicht – und daher möchte ich mich bei all den Leuten bedanken, ohne die dieses Buch nie veröffentlicht worden wäre.

Zuallererst gilt mein Dank dem Heyne-Verlag. Ich hätte mir für den Text keinen besseren Partner wünschen können. Ihr seid ein klasse Team, und ich fühle mich mehr als geehrt, mit euch zusammenarbeiten zu dürfen!

Als nächstes möchte ich mich bei meinen Lektorinnen Martina Vogl und Stefanie Brösigke bedanken, die beide von Anfang an ein wahnsinnig tolles Gespür für den Text hatten. Tina – danke für deine wunderbare Unterstützung, für jeden Vorschlag, jede Idee und jede Kürzung, danke dafür, dass ich mich immer an dich wenden konnte, wenn ich hängen geblieben bin. Steffi, ich danke dir für deinen Einsatz im Verlag, für deinen Beistand, jeden deiner Kommentare, und dafür, dass du Dinge siehst, die davor auch nach zweimaligem Lesen nicht aufgefallen sind. Ohne euch wäre der Text nie so zustande gekommen!

Nun zu meiner Familie, die immer an mich geglaubt hat – auch dann, wenn ich kurz davor war, alles hinzuschmeißen und doch noch Diplomtaxifahrer zu werden. Papa, danke dass du immer für mich da bist, danke, dass du den kompletten Text gelesen hast, obwohl er ja leider rein gar nichts mit dem *Lederstrumpf* zu tun hat. Mama, Oma ich kann euch nicht genug für all das danken, was ihr für mich getan habt und noch immer tut. Ohne euch wäre ich nicht da, wo ich jetzt bin. Franci, du bist die beste Schwester, die ich mir wünschen kann. Danke, dass du bei mir bist, wenn ich nicht weiter weiß. Danke für all deine Ideen, für die tollen Gespräche über die Geschichte, die Figuren und ihre Hintergründe – ohne dich wären Nile und Alaric ganz andere Menschen geworden.

Danke auch an meine Freunde und Bekannten – ganz besonders an Jenny und Anja. Ich kann mich so glücklich schätzen, euch als Freundinnen zu haben! Danke dafür, dass ihr immer für mich da seid! Danke an dich, Karl (Du liest das hier hoffentlich in dem versprochenen handsignierten Exemplar) und an meine anderen Kommilitonen, an Linda, Paul, Cynthia und den Rest. Ines, Rike, Birgit – von euch (und vielleicht auch von Noca) habe ich gelernt, weiterzumachen und niemals aufzugeben, egal, wie oft ich auf die Nase falle. Danke auch an Thomas Schindler, Sie haben in der elften Klasse endgültig meine Liebe zur deutschen Literatur geweckt. Danke an Thorsten Jendrich, das *Sturm der Liebe*-Team, die Community von fanfiktion.de – ihr habt meinen Weg geprägt!

Es gibt noch so viel mehr Menschen, die auf ihre ganz eigene Art und Weise einen Beitrag zu diesem Buch geleistet haben, und es tut mir im Herzen weh, nicht jeden namentlich erwähnen zu können. Ich hoffe dass jeder, der im Laufe meines Lebens für mich da war, weiß, was er mir wert ist. In diesem Sinne: DANKE!